Lena Bloom Trügerischer Schein

Lena Bloom

Trügerischer Schein

Roman

FOUQUÉ LITERATURVERLAG
Frankfurt a.M. München London New York

Das Programm des Verlages widmet sich aus seiner historischen Verpflichtung heraus der Literatur neuer Autoren. Das Lektorat nimmt daher Manuskripte an, um deren Einsendung das gebildete Publikum gebeten wird.

Ein Imprintverlag des Frankfurter Literaturverlags GmbH
Ein Unternehmen der Holding
FRANKFURTER VERLAGSGRUPPE
AKTIENGESELLSCHAFT AUGUST VON GOETHE
In der Straße des Goethehauses/Großer Hirschgraben 15
D-60311 Frankfurt a/M
Tel. 069-40-894-0 * Fax 069-40-894-194

www.cornelia-goethe-verlag.de
www.haensel-hohenhausen.de
www.fouque-verlag.de
www.ixlibris.de

Die Deutsche Bibliothek – CIP-Einheitsaufnahme
Ein Titeldatensatz für diese Publikation ist bei der Deutschen Bibliothek erhältlich.

Satz und Lektorat: Ariell David
Titelillustration: Lena Bloom. Bild „Vogelherdnarr".
Eine der Zwerggrotesken der Hesperidengärten in Nürnberg-St. Johannis.

ISBN 3-8267-5561-8

Die Autorin unterstützt den gemeinnützigen Verein ›Der WEISSE RING e. V.‹, die einzige bundesweite Hilfsorganisation für Kriminalitätsopfer und ihre Familien. Wenn Sie sich als Leser an dieser Förderung beteiligen wollen, wenden Sie sich bitte an die Bundesgeschäftsstelle des Weißen Rings unter der Anschrift: Weißer Ring e. V., Weberstraße 16 in 55130 Mainz. Im Internet können Sie sich unter der Adresse www.weisser-ring.de über Spenden sowie die Aktivitäten des Weißen Rings informieren.

Printed in Germany

Erstes Kapitel

Ein leichter Windhauch scheint die üppige Faltenflut seines kurzen, in der Taille von einem schmalen Gürtel zusammengerafften Gewandes zu bauschen und über die Laute in seinen Armen zu wehen. Kinnlanges Haar umrahmt das jugendliche, asketisch magere Gesicht. Das ein wenig in die Stirn gerutschte Barett verleiht ihm einen Anflug von Verwegenheit und mildert die hagere Strenge des Gesichts. Strümpfen gleich umspannt die eng anliegende Hose die langen Beine und gibt mehr preis von den kräftigen Muskeln als sie zu verhüllen. Es sind die Beine eines ausdauernden Läufers oder Gehers, denen keine Steigung oder Bodenunebenheit etwas anhaben kann. Die Füße stecken in überlangen Schnabelschuhen. Halt gibt ihm das um einen Schritt nach vorn geschobene Bein. Den benötigt er, denn unter ihm gluckst in dem runden schalenförmigen Becken Wasser. Das Wasser strömt in ein darunter liegendes sechseckiges Becken, wird aufgefangen und wieder in die obere Brunnenschale geleitet. Drei Sandsteinbögen verbinden die Wasserbecken. Auf jedem Bogen kauert ein Nixenkind, den fischförmigen Hinterleib anmutig über den Steinbogen geschwungen. Eines dreht die Leier, das andere spielt auf der Schalmei, und das dritte setzt auf der Violine den Bogen zu einem kräftigen Akkord an.

Der mit dem Barett und den muskulösen Läuferbeinen neigt respektvoll den Oberkörper hin zu der Gestalt auf der Bank weit unter ihm.

Fliegen umschwirren die Gestalt, lassen sich auf dem nach hinten geneigten Kopf nieder, huschen über das Gesicht, nippen von der Tränenflüssigkeit der weit geöffneten Augen, trippeln vorsichtig über die hervorgequollenen glatten Augäpfel, erkunden die dunklen Gänge der Nasenlöcher, naschen von der blauroten Zunge und dringen in den schutzlos offen stehenden Mund ein. Niemand verscheucht sie. Die Arme, die es tun sollten, hängen kraftlos herab. Auf einer der nach oben weisenden Handflächen putzt sich anmutig eine Fliege. Flink gleiten ihre zierlichen Hinterbeine über die zarten Flügel, die im letzten Licht des Juliabends vielfarbig schillern. Putzen ermüdet. Sie lässt die Beine sinken und ruht sich aus. Dann besinnt sie sich der Flügelunterseiten, winkelt die Hinterbeine an und beginnt, kräftig zu schrubben. Fliegen sind auf Sauberkeit bedacht, zumal sie bei der Suche nach Nahrung häufig genötigt sind, mit Kopf und Körper in die Futterquelle einzutauchen. Deswegen lässt sie sich nun auf ihre Hinterbeine nieder und macht sich an die Reinigung des Kopfes und der Facettenaugen. Putzen ist anstrengend, und erschöpft lässt sie ihre Vorderbeine sinken. Putzen macht durstig, und sie erinnert sich der Quelle mit der salzig wohlschmeckenden Flüssigkeit. Eilig schwirrt sie auf und hat Glück. Der Innenwinkel eines der aufgerissenen Augen ist eben frei geworden. Sie lässt sich darauf nieder und taucht den Rüssel in das salzige Nass. Später würde sie sich um ihre Nachkommen bekümmern. Die dunkle, feuchte Höhle mit den wehrhaften Zähnen davor erscheint ihr der geeignete Ort für die Eiablage zu sein.

Fliegen sind unstet, und der Brunnen lockt. Sachte gleiten die zarten Beine über das Hoch und Tief der Worte am Brunnenrand. Für wen sind sie geschrieben? Wer soll sie sagen oder gar singen? Vielleicht der da oben über dem Wasser. Kraftvoll hebt sie ab zum Höhenflug, durchschneidet die letzten Strahlen der Abendsonne und kommt hoch oben auf den bronzenen Wangen zur Ruhe. An dein Lied will ich dich erinnern, das Lied der Minne, das du ewig singen sollst, scheint sie ihm zuzuflüstern:

»Sie ist so gar on arglist,
An zuht und eren ir nit gebrist,
Sie ist auch aller tugend voll,
Was sie hat geziembt ir wol;
Sie ist so tugendlich und fein
Und leucht recht als der sonnenschein,
Sie gleicht auch wol dem hellen tag,
kein mensch ir lob schön preisen mag.
Sie hat ein rosenfarben mund,
Zwei wänglein fein zu aller stund,
Sie hat ein schönes goldfarb haar,
Zwei äugelein lauter und klar.«

Zweites Kapitel

„Nimm doch endlich den dämlichen Königin-Elisabeth-Hut ab, damit verdeckst du mir ständig die Sicht auf den Bildschirm", schimpfte eine der vier alten Damen gerade, als Silvia, die Wirtin des ›Café Kiosk‹ im Rosenaupark, auf die Terrasse trat und das restliche Geschirr einzusammeln begann. Heftige Böen kündigten ein nahendes Gewitter an und hatten bereits die meisten Gäste verscheucht. Nur die sechs Herren, die sich jeden Donnerstag zum Stammtisch zusammenfanden, und die Damen, die wie stets ihren Senioren-Computerkurs vor dem kleinen Bildschirm des Laptops rekapitulierten, ließen sich von der Gewitterfront nicht beeindrucken.

„Der Hut bleibt, aber setz du doch endlich deine Bifokal-Brille auf, damit du was siehst", drang es an Silvias Ohr, während sie die Tische abwischte und erst jetzt die beiden älteren türkischen Männer bemerkte, die halb verdeckt von der Fichte, in die sie bunte Lichterketten geflochten hatte, vor ihren Espressotassen saßen. Seufzend stemmte sie das schwere Tablett mit dem schmutzigen Geschirr hoch. Dabei fiel ihr Blick um die Ecke auf das junge Pärchen in der Nähe des Ausgabefensters, das sich bereits vor Stunden eine Flasche Rotwein geholt hatte. Ihre Hoffnung, angesichts des drohenden Gewitters heute früher dichtmachen zu können, schwand zunehmend. Das waren durchweg Gäste, die wie Pech auf ihren Stühlen klebten. Resigniert zuckte sie die Achseln und war im Begriff, mit einem knappen Schwung aus der Hüfte die Tür zum Café aufzustoßen, als der Herrenstammtisch aufgeräumt nach einer Runde Sambucca verlangte.

„Kommt sofort!" Eingedenk ihres Wahlspruchs, den sie an ihrem dreißigsten Geburtstag gefasst hatte, und das war vor fünf Jahren, dass knickrige Wirte knickrige Gäste haben, ignorierte sie beim Füllen der sechs Schnapsgläser geflissentlich den Eichstrich und warf jeweils eine Kaffeebohne mehr als üblich in die wasserhelle Flüssigkeit. Mit einem munteren „Zum Wohl" verteilte sie den Schnaps unter den Herren und warf dabei einen Blick in den Park, der nun öde und leer vor ihr lag. Noch vor kurzem war er von

Picknick machenden Grüppchen und spielenden Kindern bevölkert gewesen. Windböen rissen Papierfetzen und leere Plastiktüten an sich und ließen sie durch die Luft tanzen.

„Wir bekommen eine Runde Prosecco. Bringen Sie sich auch einen mit, Silvia", erscholl es in diesem Augenblick von den Computerdamen.

„Lieber nicht, sonst verwackle ich die Abrechnung", lachte Silvia und wandte sich dem Inneren ihres Cafés zu, das sie heute wegen der drückenden Schwüle nur ungern betrat.

„Was gibt es denn zu feiern, und wo ist eigentlich Frau Sennefeld? War sie denn nicht im Kurs?", wollte sie von den alten Damen wissen, als sie mit den bis zum Rand gefüllten Prosecco-Gläsern und einem Mineralwasser für sich wieder an deren Tisch zurückkehrte.

„Ilschen hat's endlich kapiert", seufzte Marlene Gruber, während sie sich erleichtert durch ihr kastanienrot gefärbtes Haar fuhr, das sie seit ewigen Zeiten in Form eines Pagenschnittes mit Ponyfransen trug, damit die leidigen Stirnfalten verdeckt wurden. „Auf dich, Ilschen, und dem Schnösel von Kursleiter werden nächsten Donnerstag die Augen aus dem Kopf fallen, wenn du ihm deine Künste vorführst", prostete sie mit dem Prosecco in die Runde.

Alle Damen griffen zu den Gläsern und stießen auf Ilschens geistigen Zuwachs an.

Silvia nippte ebenfalls von ihrem Wasser und genoss dabei die Böe, die ihr erhitztes Gesicht kühlte und an den Lichterketten in den Bäumen zerrte. „Aber wo ist denn nun Frau Sennefeld, ist sie etwa krank?"

„Ingrid und krank! Die Krankheit muss erst noch erfunden werden, die Ingrid lahm legen würde", vermeldete Charlotte Benz mit ihrer rauchig tiefen Stimme, die jeder Bardame zur Zierde gereichen würde, und nahm einen Zug aus ihrer Damenpfeife. „Sie ist nur schnell nach Hause gelaufen und holt einen Schirm."

„Mit ihrer Frisur nimmt sie es nämlich sehr genau", steuerte Bertine Herbst erklärend bei, eine trotz des fortgeschrittenen Alters noch immer beeindruckende Schönheit mit tiefschwarzen und im kantigen Brikettstil der sechziger Jahre geschnittenen Haaren, durch die sich über der Stirn eine dicke silberweiße Strähne zog.

„Ach was", fuhr Ilse von Bernheim mit ihrer glockenhellen Stimme energisch dazwischen und lugte verschwörerisch unter der ausladenden Krempe ihres purpurfarbenen Hutes mit der rosa Tüllgarnierung hervor. „Glaubt mir, sie hat ein Verhältnis mit dem jungen Friseur angefangen. Deshalb hockt sie doch jede Woche stundenlang bei ihm herum. Dabei ist das Jüngelchen noch keine fünfzig!!! Und in den Computerkurs gehe ich nicht mehr, damit ihr es wisst. Der ganze Schulungsraum ist mit Viren verseucht. Wer weiß, was für schlimme Krankheiten man sich da holt."

„Viren im Schulungsraum?" Silvia starrte die alte Dame überrascht an.

„Jawohl, komplett verseucht. Selbst die Computer hat es erwischt, meinen jedenfalls. Ich bin überzeugt, dass der auch voll von Würmern und Trojanischen Pferden ist, die ständig das Programm zum Abstürzen bringen und dann zu spionieren anfangen."

„Spionieren?" Silvia verschluckte sich an ihrem Mineralwasser und musste kräftig husten.

„Richtig. Diese perfiden Würmer und Pferde kriechen dann im PC herum und spionieren alle persönlichen Daten und sogar die Kontonummern aus."

„Jetzt mach aber mal halblang, Ilse", knurrte Marlene. „Dein PC im Schulungsraum ist überhaupt nicht vernetzt, und der Kunstmann installiert regelmäßig einen Virenscanner. Wo sollen denn da Viren herkommen?"

„Irgendjemand wird sie eben eingeschleppt haben. Selbst ich könnte das", versicherte Ilse von Bernheim ihren Gefährtinnen mit einem schlauen Lächeln. „Oder habt ihr es schon einmal erlebt, dass der Kunstmann unsere Taschen kontrolliert, wenn wir den Schulungsraum betreten? Jedenfalls habe ich ihm dringend angeraten, eine Firewall zu installieren."

Marlene verdrehte verzweifelt die Augen, und vom Stammtisch dröhnte Gelächter. „Firewall, unsere Computermiezen brauchen eine Firewall."

„Also, das war mir von Anfang an klar, dass diese Damen jedes System zur Strecke bringen", stellte Ferdinand Mostler, der als Weinhändler für Silvias Weinbestände sorgte, entschieden fest. „Frauen und PC, das passt schon von den Genen her nicht zusammen."

Vier der Stammtischgefährten prosteten ihm im gemeinsamen Einvernehmen froh gelaunt zu.

Hegelund Fürst, der alte Kriminalrat außer Dienst, ließ jedoch die Hand vom Glas. „Hör mal, Ferdl", begann er, „solange ich dich kenne, bist du mit Zettel und Bleistift unterwegs und nimmst die Bestellungen auf. Und zu Hause", fügte er mit einem maliziösen Lächeln hinzu, „lieferst du deine Zettelchen bei deiner Frau ab, die dann alles feinsäuberlich in den Computer eingibt. Trotz ihrer weiblichen Gene, stell dir das mal vor!"

Ferdl Mostler rang nach Luft und wollte zu einer Erwiderung ansetzen. Doch Hegelund Fürst war noch nicht fertig mit ihm. „Als ich neulich bei euch draußen in Schwaig war und mir Nachschub für meinen Weinkeller holte, verriet mir dein Sohn, während er mir den Wein zum Auto schleppte, dass sich euer Betrieb gar nicht mehr rentieren würde, wenn deine Frau neben dem Haushalt nicht auch noch die Buchhaltung schmeißen würde. Du hättest davon nämlich keinen blassen Schimmer und wüsstest obendrein nicht einmal, wie man einen Computer einschaltet."

Ferdl Mostler lief puterrot an, und Hegelund Fürst griff nach seinem Sambucca.

Mit erhobenem Glas prostete er der Damengruppe zu. „Auf euch, meine Schönen! Lasst euch nur nicht unterbuttern." Wohlgefällig ruhte sein Blick dabei auf Marlene Gruber, die ihm über ihr Prosecco-Glas hinweg freundlich zulächelte. Wie ihn dieses Lächeln verwirrte! Donnerstag für Donnerstag setzte er sich der Öde dieses Stammtisches aus, nur, um einmal mehr dieses beunruhigende Lächeln zu erhaschen.

In diesen gefühlvollen Moment platzte Ilse von Bernheim hinein und zerrte wütend am Ärmel von Marlenes leichtem Leinenkostüm. „Eigentlich bist du an allem schuld", fauchte sie. „In diesen Computerkurs hast nur du uns hineingetrieben."

„Natürlich!", nickte Marlene ungerührt. „Damit ihr eure grauen Zellen in Schwung bringt und nicht vorzeitig senil werdet."

„Dafür lese ich doch tagtäglich schon stundenlang", ließ Ilse nicht locker. „Ich denke, nach dem Computerkurs sollten wir mehr für unsere körperliche Ertüchtigung tun."

„Ha, lesen! Den halben Tag schmökerst du in diesen Heftchen über die europäischen Königshäuser herum. Damit kurbelst du deine grauen Zellen nun wirklich nicht zu Spitzenleistungen an, und setz endlich diesen idiotischen Königin-Elisabeth-Hut ab", wies Bertine Herbst sie mit ihrer volltönenden Stimme zurecht, die nicht von ungefähr kam. Als ehemalige Lehrerin für Stimmbildung kannte sie sämtliche Sprechtechniken, was ihr im Seniorentheater, in dem sie neuerdings mitspielte - leider nur Matronenrollen, wie sie bei jeder sich bietenden Gelegenheit bedauerte, obwohl die jugendliche Liebhaberin gerade mal vier Jahre jünger als sie war -, stets rauschenden Beifall einbrachte.

„Außerdem gehen wir doch schon jeden zweiten Tag zum Krafttraining und mittwochs in die Schwimmgruppe", führten die anderen Damen wenig begeistert ins Feld.

„Zudem bekommen wir im nächsten Semester wahrscheinlich eine Navigatorin, die uns durch das Internet lotsen wird", gab Charlotte Benz zu bedenken, die heute ihre honigblond gefärbten Haare zu einem kleinen Dutt gezwirbelt hatte, aus dem die Haarenden wie ein Pinsel abstanden. Das Surfen im Internet wollte sie sich auf keinen Fall entgehen lassen und brannte darauf, im *Chatroom* Gleichgesinnte zu treffen, mit denen sie die neuesten Feng-Shui-Erkenntnisse erörtern konnte.

Doch Ilse von Bernheim fegte alle Einwände kurzerhand vom Tisch. „Navigatorin! Wer weiß, was das für eine Zimtziege ist. Sicher ist sie auch nicht besser als der Kunstmann, nur eben mit lackierten Fingernägeln, mit denen sie mir dann unentwegt vor dem Gesicht herumfuchtelt." Ilse schüttelte sich vor Abscheu. „Ich meine was mit Stil." Ihre Augen blitzten unternehmungslustig, und sie sprang auf. „Ich sage nur ein Wort: Tango!" Mit beiden Händen hob sie den Hut vom Kopf, deponierte ihn sorgsam auf ihrem Stuhl und umfasste mit festem Griff die Wirtin. Wehmütige

Klänge eines Bandoneums, die nur sie vernahm, schienen sie voranzutreiben, und mit raumgreifenden Schritten drängte sie Silvia zwischen die Tische und Stühle hindurch.

Der Stammtisch zollte begeistert Beifall, und der Weinhändler versäumte es nicht, „Das passt auf alle Fälle besser zu den weiblichen Genen als Firewalls", beizusteuern.

Unbarmherzig dirigierte Ilse die keuchende Wirtin, die ihr Wasserglas während des Überrumpelungstanzes krampfhaft nach oben hielt, Wange an Wange über das unebene Terrassenpflaster. Wie ein glutvoller Argentinier starrte sie ihrem Opfer zornig ins Gesicht, riss es unvermittelt an sich, um es dann wieder von sich zu stoßen. „Im Tango", so ließ sie weithin vernehmbar die um einen Kopf größere Silvia wissen, „drückt sich die Dominanz und Überlegenheit des Mannes aus. Das Weib antwortet darauf mit uneingeschränkter Hingabe." Mit einem herrischen Ausfallschritt zwang sie ihr Knie zwischen Silvias Beine. „Und jetzt nach hinten mit dem Oberkörper, aber hingebungsvoll!", drang es an das Ohr der Gäste. „Hin-ge-bungs-voll, hab ich gesagt." Mit Silvias Hingabe schien es wohl zu hapern, denn Ilse ließ plötzlich von ihr ab und kehrte zu ihren Gefährtinnen zurück. „Nach der Pleite mit dem Computerkurs seid ihr mir das einfach schuldig", beschied sie den dreien, die sich noch immer nicht von der unvermuteten Tanzdarbietung erholt hatten. „Ich möchte, dass wir endlich einmal das tun, was auch mir Spaß macht."

„Und das wäre?", hakte Marlene nach, die sich als Erste wieder gefangen hatte.

„Ein Tangokurs!"

„Na gut", erwiderte Marlene friedfertig. Eigentlich hätte sie es von vornherein wissen müssen, dass Ilschen sich mit dem Computer schwer tat. „Aber woher kriegen wir denn Tanzpartner? Wie du weißt, sind diese in unserem Alter ziemlich dünn gesät."

Ilse von Bernheim sah darin kein Problem. „Wir brauchen keine Tanzpartner. Wir engagieren uns einen Tanzlehrer, der abwechselnd mit uns tanzt, und zwar in meinem Wohnzimmer. Ich habe das beste Parkett von uns allen. Spie-gel-glatt!", setzte sie, jede Silbe eigens akzentuierend, hinzu. „Sie können übrigens auch mitmachen", beschied sie großmütig der Wirtin, die sich schwer atmend wieder ihrem Tisch näherte und nach dem ausgestandenen Schrecken ihr Glas auf einen Zug leerte. „In den Hüften müssen Sie aber biegsamer werden und natürlich insgesamt an Ihrer Hingabefähigkeit arbeiten. Herrgott noch mal, erotisch eben. Der Tango ist ein hocherotischer Tanz." Indigniert schüttelte sie den Kopf mit den blausilbrigen Löckchen und griff nach ihrem Hut. „Was ist nur los mit den jungen Frauen heutzutage. Haben sie denn keinen Sinn mehr für Erotik?"

„Sinn für Erotik!", schnaubte Silvia. „Mein Sinn steht jetzt vor allem nach einer eiskalten Dusche." Was sich diese müßig gehenden Alten aber auch alles einfallen ließen. Aufgebracht drehte sie sich um und wäre beinahe mit Ingrid Sennefeld zusammengestoßen, die wie von sämtlichen Furien gehetzt aus dem Park herausgerannt kam.

„Können Sie nicht aufpassen?", fauchte sie wütend. Ihr Zorn verrauchte jedoch sofort, als sie deren aschfahles Gesicht und die vor Schreck geweiteten Augen wahrnahm. „Um Himmels willen, was ist denn passiert?"

„Conny ist tot", stammelte die alte Dame und rang nach Luft. „Da hinten, am Minnesängerbrunnen!" Erschöpft ließ sie sich auf einen Stuhl sinken.

Sämtliche Gäste außer dem jungen Liebespaar, das nichts von der allgemeinen Aufregung wahrnahm, sprangen von ihren Stühlen auf und drängten sich um die leichenblasse Dame.

Der Weinhändler drückte ihr sein Schnapsglas in die Hand und befahl: „Trinken Sie das und dann erzählen Sie uns, was passiert ist!"

Sie tat, wie ihr geheißen, und stürzte den Schnaps in einem Zug hinunter. Die Schärfe des Alkohols trieb ihr Tränen in die Augen und nahm ihr für einen Augenblick den Atem. „Sie ist tot", keuchte sie, „Constanze ist tot, sie liegt dort hinten beim Minnesängerbrunnen tot auf einer Bank. Versteht ihr nicht, sie ist tot! Ruft schnell die Polizei!"

Kriminalrat a. D. Fürst fühlte sich sofort in vertrautem Element und übernahm das Kommando. „Keiner verlässt den Garten! Sie werden alle als Zeugen gebraucht. - Silvia, Sie garantieren mir, dass alle auf ihren Plätzen bleiben. Ich geh schnell nachschauen und verständige die Polizei." Hastig griff er nach dem Handy, das die Wirtin aus ihrer Bistroschürze hervorgeholt hatte.

Marlene arbeitete sich nun zu Ingrid vor und fragte eindringlich: „Bist du dir sicher, dass sie tot ist? Vielleicht ist sie auch nur bewusstlos."

„Tot", flüsterte Ingrid kaum vernehmbar und sackte noch mehr in ihrem Stuhl zusammen.

„Ich geh mit nachschauen", verkündete Marlene resolut. „Als ehemalige Krankenschwester kann ich ihr vielleicht noch helfen."

Der alte Fürst war einverstanden. Beide betraten den schmalen, asphaltierten Weg, der sie in wenigen Schritten zum Minnesängerbrunnen führte. Mit Ausnahme des Liebespaares, das von dem allgemeinen Tumult nichts mitbekommen hatte, hielt sich keiner der Gäste an die Anordnung des Kriminalrats und folgte den beiden auf dem Fuße.

Sie gewahrten sofort die Frau auf der Bank. Ihr Kopf hing unnatürlich über die Sitzfläche, die Arme baumelten seitlich herab. Die Handflächen der auf der Erde aufruhenden Hände waren nach oben geöffnet. Aus dem grotesk angeschwollenen, blaurot verfärbten Gesicht quollen die Augäpfel blutunterlaufen hervor, und die Zunge schob sich aus dem halb geöffneten Mund.

Marlene war sofort klar, was das zu bedeuten hatte. Trotzdem hob sie behutsam eine der Hände und suchte nach dem Puls. Nichts. Vorsichtig glitt ihre Hand über die Perlenkette den Hals entlang auf der Suche nach der Halsschlagader. Dabei verschob sie ein wenig den grünseidenen Schal mit dem Tigermuster, der ungewöhnlich hoch über dem Hals saß und tief in das Fleisch einschnitt. Eine dunkelrot unterlaufene Drosselfurche kam zum Vorschein.

Während Kriminalrat a. D. Fürst die Notrufnummer eintippte, musterte Marlene Gruber die Tote nachdenklich. Sie kannte sie gut. Mehr noch, sie hatte sie noch vor kurzem gesehen, und zwar äußerst lebendig.

Drittes Kapitel

Bereits von der Bleichstraße her konnte Hauptkommissarin Johanna Uhl die weiträumige Absperrung des Tatorts mit den rotweißen Bändern sehen. Zügig näherte sie sich dem Café und nahm eine Gruppe von Gästen wahr.

Ein junger Schutzpolizist, der wohl gerade die Aussagen der Gäste protokollierte, erblickte sie und kam auf sie zu. Mit einem knappen „Polizeimeister Radloff" stellte er sich vor. „Sie sind doch Hauptkommissarin Uhl von der MK 2?"

Die Beamtin nickte und wies auf die Gästegruppe. „Gibt es schon brauchbare Informationen?"

Der Polizeimeister warf einen verzweifelten Blick auf die Gruppe, die in lockerer Runde zusammen saß, und schnaubte wütend: „Also ehrlich, Frau Uhl, das sind doch alles Irre! Ich bin schon ganz konfus vor lauter Profs, Sambucca, Computerkurs, Trojanischen Pferden und Tango!"

„Trojanische Pferde und Tango?", wiederholte die Hauptkommissarin konsterniert seine letzten Worte. Na, da konnte sie sich auf einiges gefasst machen. Sie warf ihm einen mitfühlenden Blick zu und bat: „Halten Sie sie noch ein wenig in Schach. Kommissar Popp ist bereits im Anmarsch und müsste jeden Augenblick hier sein. Ich sehe mir erst einmal die Leiche an, dann helfe ich mit bei der Befragung."

Er löste auf einer Seite das rotweiße Band, das den Weg absperrte, und wies ihr die Richtung: „Gehen Sie immer hier entlang, dann kommen Sie direkt zum Fundort der Leiche." Hinter ihr befestigte er wieder das Absperrband und wandte sich seufzend der strapaziösen Gästegruppe zu.

Schon aus der Ferne sah die Polizeibeamtin die Kollegen des Erkennungsdienstes und der Spurensicherung, die in ihren weißen Schutzanzügen, hellblauen Gummihandschuhen und Schuhschützern das Areal um die Leiche sorgfältig nach Spuren durchkämmten.

Die Tote lag auf einer Plastikplane am Boden neben der Bank, auf der sie gefunden worden war. Das Fotografieren der Leiche und die Sicherstellung von Spuren auf dem Opfer waren offensichtlich schon abgeschlossen.

Neben der Toten knieten Dr. Max König vom rechtsmedizinischen Institut in Erlangen und Kriminalkommissar Klaus Wiesner. Hinter ihnen stand Sabine Reil, die gestern zu ihrem Team gestoßen war. Wiesner gehörte eigentlich zur Mordkommission 1, war ihr aber für diesen Fall zur Unterstützung zugeteilt worden.

Sie hatten die Leiche in Bauchlage gedreht und Dr. König war gerade dabei, das überlange, rektal eingeführte Thermometer herauszunehmen und abzulesen. Der Kommissar hielt ein kleines Außenthermometer in die Höhe.

Johanna trat neben die beiden und fragte: „Wie sieht's aus?"

„Der Mastdarmtemperatur nach kann sie noch nicht lange tot sein", stellte Dr. König mit gerunzelter Stirn fest und wandte sich an Kommissar Wiesner: „Wie ist denn die Außentemperatur?"

„Immerhin noch sechsundzwanzig Grad."

„Ganz klar, bei dieser Außentemperatur hält sich die Temperatur im Körperinneren relativ lange konstant, bestimmt ein bis zwei Stunden nach Todeseintritt." Dr. Königs Blick glitt nachdenklich über die Tote. „Außerdem ist sie vollständig bekleidet und normalgewichtig. Nun, ich werde im Sektionsraum auf alle Fälle eine Messung der zentralen Hirntemperatur vornehmen."

Er sah auf, und seine grauen Augen begannen begeistert zu funkeln. „Was für ein Lichtblick im grauen Einerlei." Wohlgefällig betrachtete er das ebenmäßige Gesicht, die halblangen blonden Haare und die schlanke Gestalt der Beamtin. „Das freut mich aber außerordentlich, dass wir wieder einmal zusammenarbei...!" Ein heftiges Niesen unterbrach seinen Satz, und er rückte verärgert seinen Mundschutz zurecht. „Das fehlt mir gerade noch, mitten im Hochsommer eine Erkältung eingefangen zu haben. Hoffentlich hat jetzt die Leiche nichts abbekommen."

„Toter wird sie von Ihren Bazillen auch nicht mehr, Doktor", warf Klaus Wiesner vorlaut dazwischen.

„Aber jetzt kann ich mich auch noch mit meinen eigenen Spuren herumschlagen", ärgerte sich der Gerichtsmediziner.

„Ich freu mich auch, mit dir wieder einmal zusammenzuarbeiten", versicherte ihm Johanna und nestelte für ihn ein Papiertaschentuch aus ihrer Tasche hervor. „Kannst du uns schon Anhaltspunkte zur Todeszeit geben, und wie sieht es denn aus mit den Totenflecken?"

„Den Livor mortis will sie wissen", brummelte Dr. König hinter dem Taschentuch hervor, „während ich dem Tode nahe bin. Und dann noch diese verdammten Fliegen!" Heftig schlug er nach einer Fliege, die ihn aufdringlich umschwirrte und ständig seine schweißnasse Stirn als Landeplatz anzielte.

„Du hast doch nicht etwa Fieber, Max?", fragte Johanna besorgt. „Mit einer Sommererkältung ist nicht zu spaßen, das weißt du doch am besten."

„Sicher", nickte Max kläglich. „Aber was soll ich tun? Die Urlaubszeit hat begonnen, und wir brauchen jeden Mann. Aber jetzt zum Livor mortis."

Vorsichtig verschob er die Kleidung der Toten. Blauviolette Flecken kamen zum Vorschein, und er fingerte darauf herum. „Wie du siehst, lassen sie sich noch leicht wegdrücken."

Die Hauptkommissarin wusste, dass die Totenflecken nach Stillstand des Kreislaufs entstehen. Dabei sinkt das Blut infolge der Schwerkraft in die tiefer liegenden Körperpartien. Die Entwicklung des Livor mortis beginnt bereits in der ersten Stunde nach dem Tod. Nach drei bis sechzehn Stunden ist die maximale Ausprägung erreicht. Die Schultern, das Gesäß und ein Teil der Ober- und Unterschenkel der Toten waren nicht verfärbt. Deshalb vermutete sie: „Man hat sie wohl auf dem Rücken liegend aufgefunden?"

„Richtig", nickte Dr. König. „Wie du weißt, wird die Haut auf den Aufliegeflächen komprimiert, und durch den Druck, der dabei entsteht, können sich keine Flecken bilden. Los, Kollege", befahl er, „fassen Sie mal mit an! Wir drehen sie um."

Erst jetzt, als die Leiche auf dem Rücken lag, konnte sich die Kriminalbeamtin ein genaueres Bild von der Toten machen. Sie schätzte sie um die fünfzig Jahre. Der Mimik der Toten schenkte sie keine Beachtung. Daraus konnte man keine Rückschlüsse ziehen, schon gar nicht auf mögliche Umstände, die zu ihrem Tod geführt hatten, da bei Todeseintritt zunächst die gesamte Muskulatur erschlafft. Die Tote trug flache Leinenschuhe, die Turnschuhen ähnelten, eine olivgrüne sportliche Leinenhose ohne Bügelfalte, eine ärmellose Weste mit unzähligen Taschen aus dem gleichen Stoff wie die Hose und darunter ein T-Shirt mit weitem Ausschnitt und Tigermuster. Kräftig gebräunte Arme ragten aus den kurzen Ärmeln hervor. Schulterlanges goldblondes Haar umrahmte wirr und ungeordnet das aufgedunsene Gesicht. Die Verunstaltung durch die Erdrosselung außer Acht lassend, ordnete sie die Tote einem sportlichen Frauentyp mit erstaunlich femininer Attraktivität zu. Aus eigener Erfahrung wusste sie, dass diese Frauen trotz ihrer weiblichen Ausstrahlung häufig über eine bemerkenswerte Zähigkeit, Willensstärke und Durchsetzungskraft verfügen. Wenn sie es für angebracht halten, bezaubern sie aber auch durch außergewöhnlichen Charme. Irgendwie passte jedoch die zweireihige schimmernde Perlenkette nach ihrem Dafürhalten nicht recht zu der Kleidung. „Wirklich ungewöhnlich, diese Perlen", sinnierte sie.

„Wieso ungewöhnlich?", fragte Kommissar Wiesner. „Meine Großtante Luise hat auch so eine protzige Kette und behauptet ständig, dass sie ziemlich wertvoll sei. Mir kann das aber egal sein, da ich sie bestimmt nicht erbe. Was sollte ich auch mit einer Perlenkette, höchstens verscherbeln." Nachdenklich schürzte er seine Lippen. „Glaubst du, diese Klunker hier sind auch echt?"

„Das könnten sie durchaus sein." Zu dem Gesamteindruck, den die Hauptkommissarin mittlerweile von der Toten gewonnen hatte, passte eigentlich kein unechter Schmuck.

„Dann können wir entweder einen Raubmord ausschließen", schlussfolgerte Klaus, „oder der Täter wusste nichts von dem Wert des Schmucks oder …" Nachdenklich fuhr er sich durch seinen dunkelbraunen Haarschopf. „Ach, was weiß ich, was der Täter wusste oder nicht wusste. Vermutlich erdrosselte er sie aber mit ihrem eigenen Schal. Das ist auch der Eindruck unserer Kollegen vom Dauerdienst, die gleich nach der Schutzpolizei eintrafen. Der alte Kriminalrat Fürst und eine andere Zeugin sind ebenfalls dieser Ansicht."

„Der alte Fürst?" Johanna Uhl war überrascht. Aber mit den Zeugen würde sie sich später befassen. „Warum habe ich nur das Gefühl, dass das Opfer den Mörder gekannt hat?", grübelte sie und ließ den Blick über den Tatort schweifen. Auf der Bank waren die Umrisse der Toten mit weißer Kreide markiert. „Der Lage des Kopfes nach müsste der Täter sich ihr von links genähert haben."

„Das wäre durchaus denkbar", stimmte ihr Kommissarin Reil zu. „Er könnte dann hinter die Bank getreten sein und blitzschnell nach ihrem Schal gegriffen haben."

„Viel Platz wäre ihm dabei aber nicht geblieben." Nachdenklich maß Johanna den Raum zwischen Banklehne und Mauer mit ihren Blicken ab. „Nur ein schlanker Mensch könnte sich dahinter zwängen, und einen Fremden hätte sie auf diese Weise bestimmt nicht so nahe an sich herangelassen. Deshalb glaube ich eben, dass sie den Täter gekannt hat. Gibt es eigentlich Hinweise auf Abwehrspuren?", wandte sie sich nun an den Gerichtsmediziner.

„Die Striemen an der Innenseite der Finger deuten darauf hin", bestätigte Dr. König mit näselnder Schnupfenstimme. „Ob sich unter den Fingernägeln fremde Hautpartikel befinden, müssen wir erst noch untersuchen. Aber kommen wir nun zum Rigor mortis." Er hob einen Arm der Toten und bewegte die Hand und die Finger. „Die Totenstarre hat zwar bereits in den kleinen Muskeln an den Augen und Fingern eingesetzt, ist aber noch kaum ausgebildet. Demnach befindet sich noch genügend ATP in der Muskulatur."

„ATP, was war das doch gleich wieder?", rätselte Klaus Wiesner.

„Adenosintriphosphat", erläuterte der Rechtsmediziner, „das ist sozusagen der Weichmacher in den Muskeln. Wenn das ATP abfällt, erstarren die Fasern des Muskels." Dann untersuchte er das Gesicht der Toten, tastete den Unterkiefer ab und schob behutsam seine gelblichen Gummifinger in die Mundhöhle. „Seht mal, die Kiefer lassen sich noch leicht öffnen. Ihr wisst, was das bedeutet."

„Wenn die Kaumuskeln erstarrt sind, liegt die Todeszeit ungefähr drei Stunden zurück. Sechs Stunden nach dem Exitus lassen sich die Hände nicht mehr bewegen, und nach acht Stunden sind auch die Beine starr", legte Sabine Reil sofort wie eine wohl vorbereitete Schülerin los.

Der Rechtsmediziner warf ihr einen beifälligen Blick zu. „Schön haben Sie das gelernt, meine junge Kriminalistin. Allerdings sind das nur Richtwerte, die man ..."

„Ist schon gut, Max", mischte sich nun die Hauptkommissarin ein, um seinen Vortrag abzukürzen. „Wir sind hier, um alle Informationen zusammenzutragen, die bei der Bestimmung der Todeszeit wichtig sind. Und du kannst dann nach dem ›Goldstandard‹, den Henßge und Madea entwickelt haben, den Todeszeitpunkt feststellen."

„Eins zu Null für dich." Max König hob friedfertig die Hände. „Trotzdem muss ich noch eine Kleinigkeit richtig stellen. Es heißt nämlich Todeszeitraum, nicht Todeszeitpunkt. Auch bei günstigen Fällen mit geringer Liegezeit, wie bei dieser Toten hier, lässt sich mit dem Goldstandard die Zeit bestenfalls auf zwei bis vier Stunden eingrenzen." Er wandte sich zu der jungen Polizistin um. „Die Totenstarre wird durch autolytische und Fäulnis bedingte Prozesse ausgelöst, die stark Temperatur abhängig sind. Deshalb nehmen wir es so genau mit der Temperaturmessung, meine junge Kommissarin."

Sabine Reil hatte wissbegierig seinen Worten gelauscht und nickte pflichtschuldig. Vor Rechtsmedizinern hatte sie gehörigen Respekt.

Zufrieden begann er nun, in seinem Aluminiumkoffer zu kramen und erklärte: „Nach Eintritt des Todes sterben die einzelnen Körpergewebe unterschiedlich schnell ab, deshalb werde ich noch ein paar supravitale Reaktionen überprüfen."

Während der Rechtsmediziner die Reaktion der Gesichts- und Handmuskulatur der Toten mit elektrischen Reizen überprüfte, wandte Johanna Uhl sich an Kommissar Wiesner: „Habt ihr schon herausgefunden, wer die Ermordete ist?"

„Ja", entgegnete er, „als ordentliche Tote trug sie ihre Ausweispapiere bei sich." Er öffnete den Reißverschluss des Schutzanzuges, suchte in seinen Jackentaschen und förderte einen Plastikbeutel mit einer rechteckigen Damengeldbörse aus dunkelrotem Schlangenleder zutage.

Die Hauptkommissarin holte aus ihrer Tasche Gummihandschuhe, streifte sie über, nahm den Geldbeutel an sich und öffnete ihn. Hinter dem Geldscheinfach, in dem sie einige Euroscheine und Quittungen entdeckte, steckte der Personalausweis. Eingehend studierte sie das Plastikkärtchen. Es handelte sich also um Prof. Dr. Constanze Zech. Sie war 61 Jahre alt und wohnte in der Bleichstraße. Überrascht wandte sie sich noch einmal zu der toten Frau um, denn sie war ihr um einiges jünger vorgekommen. Dann zählte sie das Geld. Mit den Münzen belief sich alles auf etwa hundert Euro, ein normaler Betrag für jemanden, der keine größeren Bareinkäufe vorhatte. Im Kartenfach fand sie zwei Kreditkarten, den Führerschein und einen Bibliotheksausweis. Außerdem steckten einige gefaltete Kontoauszüge der VR-Bank Johannisstraße darin. Ein Raubmord konnte somit doch mit ziemlicher Sicherheit ausgeschlossen werden.

„Das lag noch neben ihr auf der Bank." Klaus Wiesner reichte ihr ein umfangreiches Manuskript mit blauem Kartoneinband und eine Plastiktüte. „Es lag aufgeschlagen mit den Seiten nach unten auf der Tüte. Ich hab ein Eselsohr in die Seite geknickt, damit wir wiederfinden, was sie gerade gelesen hat."

Johanna verabscheute Eselsohren in Büchern. Ihre Zwillingstöchter hatten die gleiche Untugend. Aber was hätte der Kommissar auch tun sollen? Ein Lesezeichen trug er sicherlich nicht mit sich. Sie übrigens auch nicht. Mit ihren Gummifingern nahm sie das Manuskript entgegen und blätterte sich zum Titel durch. Es handelte sich um eine Magisterarbeit über den 17. Juni 1953.

„Der Titel verspricht mir ungefähr so viel Spannung wie ein Pfund Leberkäse, und ich würde das Buch rundheraus unter Vermeidungsliteratur abspeichern", stöhnte Klaus. „Hoffentlich müssen wir dieses Traktat nicht auch noch lesen."

„Höchstens, wenn es der Wahrheitsfindung unbedingt dienlich ist", beruhigte ihn Johanna. „Aber bei der VR-Bank müssen wir auf jeden Fall nachfragen, da die Kontoauszüge heute erstellt wurden."

Klaus nickte, und sie fragte: „Der alte Fürst hat die Tote gefunden, sagtest du?"

„Nein", berichtigte Kommissar Wiesner, „das war eine alte Dame. Sie ist vorne im Café, und Radloff von der Inspektion West befragt sie gerade."

„Und der alte Fürst?"

„Der hat die Polizei verständigt. Dahinten auf der Bank sitzt er mit einer älteren Dame. Die war bei ihm, als wir hier ankamen. Als ehemaligem Leiter des Kommissariats 11 ist das natürlich ein gefundenes Fressen für ihn. Am liebsten hätte er sich auch gleich einen Schutzanzug übergestreift und mitgemacht. - Wo ist übrigens der *deinige?*"

„Vergessen", gab die Hauptkommissarin zerknirscht zu. Dann bat sie den Kommissar: „Fang doch schon mit den Zeugen im Café an, wenn du hier fertig bist, ich komme gleich nach."

Er nickte zustimmend und begann, sich aus seinem Schutzanzug zu schälen.

Für sie war hier auch nichts weiter zu tun. Die Leiche hatte sie in Augenschein genommen, und die Sicherung des Tatorts und möglicher Spuren war die Arbeit der Spurensicherung. Ihre Aufgabe war es, Zeugen zu vernehmen und zu versuchen, den Tathergang zu rekonstruieren. Sie tippte Max König, der gerade die Hände der Toten in Plastiktüten verpackte, sachte an. „Wann wirst du die Obduktion vornehmen?"

Er zog den Mundschutz wieder herunter, warf einen Blick auf seine Armbanduhr und dachte kurz nach. „Gegen dreiundzwanzig Uhr. Sei aber pünktlich, sonst handelst du dir wieder einen Rüffel vom Staatsanwalt ein." Erneut nieste er heftig. Glücklicherweise war es ihm dabei gelungen, sich rechtzeitig von der Toten abzuwenden.

„Versprochen, bis später also!" Dann kam Johanna noch ein Gedanke. „Soll ich dir nicht die Nase putzen?", fragte sie den Arzt. „Mit so einer Schniefnase hinter dem Mundschutz kann doch der gutwilligste Mensch nicht arbeiten. Und du mit deinen Leichenfingern ..."

Max beäugte sie misstrauisch. Mit Frauen kannte er sich gut aus, sie waren sozusagen sein Lebenselixier. Es war ihm aber noch keine über den Weg gelaufen, die ihm die Nase putzen wollte. Wer weiß, wohin das führen würde. Und Johanna war ihm sowieso ein Rätsel. Er mochte sie wirklich gern, und das wusste sie genau, aber trotzdem war er bei ihr noch keinen Schritt weitergekommen. „Nein", beschied er ihr deshalb mürrisch und zog geräuschvoll die Nase hoch.

„Dabei kenne ich mich durch meine Zwillinge mit Rotznasen ziemlich gut aus. Aber wenn du nicht willst!" Johanna zuckte die Achseln. „Bis später also." Sie warf einen letzten Blick auf die Tote. Danach wandte sie sich zu dem Brunnen um und deutete auf den Minnesänger aus Bronze hoch oben über dem Brunnenbecken: „Schade, dass er uns nichts erzählen kann. Bei diesem grandiosen Überblick wäre er wirklich der ideale Zeuge."

„So ist das nun mal mit den stummen Zeugen", ließ sich Kommissar Wiesner mehrdeutig vernehmen, „sie wissen zwar alles, aber wir haben keine Handhabe, sie zum Reden zu bringen."

Johanna nickte und wandte ihren Blick von dem stummen Zeugen ab. „Sie kommen mit mir, Sabine!", rief sie dann der jungen Kommissarin zu, die inzwischen die Kapuze ihres Schutzanzuges zurückgeschoben hatte und aufmerksam die Inschrift am Rand der runden Brunnenschale studierte.

Statt der Aufforderung Folge zu leisten, entgegnete Sabine: „Schauen Sie mal, Frau Uhl, was da geschrieben steht."

Johanna trat zu ihr und bemühte sich nun ebenfalls, die verwitterten Schriftzüge zu entziffern. Erfolglos. Sie kam einfach nicht hinter den Sinn.

„Sie hat ein rosenfarben Mund", begann Sabine, stockend zu deklamieren, und malte mit dem Finger die Worte nach, „zwei Wänglein fein zu aller Stund, sie hat ein schönes goldfarb Haar, zwei Äuglein lauter und klar." Dann trat sie nachdenklich einen Schritt zurück. „Irgendwie klingt das wie der Text eines Minneliedes."

„Nun, zum Brunnenthema würde es passen", meinte Johanna, „immerhin ist es der Minnesängerbrunnen."

„Zu der Ermordeten passt der Text aber auch." Sabines Blick wanderte zwischen der Toten und der Inschrift hin und her. Nachdenklich wiederholte sie: „Sie hat ein schönes goldfarb Haar, zwei Äuglein lauter und klar. Wenn Sie mir Zeit lassen, krieg ich den Anfang auch noch heraus."

„Das wäre aber ein erstaunlich gebildeter Mörder", lachte Klaus, der unbemerkt zu ihnen getreten war. „Normalerweise ist unsere Klientel ziemlich schlicht gestrickt. Wisst ihr was, jetzt bin ich richtig scharf darauf, ihn zu erwischen."

„Das mit dem goldfarb Haar und den feinen Wänglein ist wohl eher Zufall", dämpfte die Hauptkommissarin seinen Enthusiasmus. „Wahrscheinlich hatte der Täter oder die Täterin überhaupt keine Ahnung von dieser Inschrift, zumal sie kaum zu entziffern ist. Wir halten uns lieber an die harten Fakten und fangen mit der Zeugenbefragung an."

„Sie hat ein schönes goldfarb Haar, zwei Äuglein lauter und klar", trällerte Klaus lauthals vor sich hin, während er sich auf den Weg zum Café machte.

Viertes Kapitel

Die beiden Polizistinnen gingen währenddessen auf den alten Fürst zu. Als Johanna die Frau an seiner Seite erkannte, blieb sie überrascht stehen. „Sie hier, Frau Gruber?" Erfreut trat sie näher und reichte Frau Gruber die Hand. „Was haben Sie denn hier zu suchen?"

„Ich habe die vitalen Funktionen des Opfers überprüft. Sie wissen schon, als ehemalige Krankenschwester kenne ich mich damit aus. Ich bin entzückt, Sie wieder zu sehen, Frau Hauptkommissarin - oder sind Sie mittlerweile befördert worden?"

„Das nicht", lachte Johanna. „So viele Beförderungsmöglichkeiten gibt es bei der Polizei leider nicht, nicht wahr, Herr Fürst?"

Der Kriminalrat außer Dienst kam auf sie zu, ergriff mit beiden Händen ihre Hand und drückte sie herzlich. „Sehen Sie nur, Frau Gruber, was aus dem Küken geworden ist. Als sie vor zehn Jahren zu uns ans Präsidium kam, war sie noch eine blutige Anfängerin gewesen, und jetzt leitet sie bereits selbst Untersuchungen. Das ist doch Ihr Fall, Frau Uhl?", vergewisserte er sich.

Johanna nickte und stellte den beiden die junge Kriminalkommissarin vor. „Frau Reil gehört seit gestern zur Mordkommission 2 und wurde mir zugeteilt."

„Sogar bei der Polizei sind die Frauen unaufhaltsam auf dem Vormarsch", stellte der alte Fürst schmunzelnd fest. „Da werden aber ein paar Kollegen schwer daran zu beißen haben. Bei Frau Uhl sind Sie jedenfalls in den besten Händen", munterte er die junge Polizistin auf. „Sie weiß, wie man mit störrischen Kollegen umspringt." Er musterte ein wenig besorgt die junge Frau mit den streichholzkurzen schwarzen Haaren, von denen am Oberkopf ein widerborstiges Büschel keck in die Höhe stand. Mit ihrem rundlichen Gesicht, den großen braunen Augen und der lustigen Stupsnase glich sie eher einem Mädchen als einer jungen Frau von Anfang zwanzig. Aber sie hat ein kräftiges Kinn. An Energie scheint es ihr nicht zu fehlen, stellte er für sich am Ende seiner eingehenden Musterung zufrieden fest. Sie würde sich schon durchkämpfen. Je länger er sie betrachtete, umso bekannter kam sie ihm vor. „Könnte es sein, dass wir uns ...?", begann er deshalb vorsichtig.

„Aber ja, Herr Kriminalrat", wurde er von Sabine Reil sofort unterbrochen, „bei Ihnen hatte ich in Fürstenfeldbruck einige Seminare in Kriminalistik belegt. Leider nur zwei Semester", setzte sie bedauernd hinzu, „dann gingen Sie in den Ruhestand."

„Und jetzt sehe ich Sie als Kriminalkommissarin wieder", freute sich der alte Herr. „Dass Sie aber gleich mit einem Mord Ihre Polizeiarbeit beginnen müssen, gefällt mir gar nicht."

„Damit sind wir auch schon beim Thema", unterbrach Hauptkommissarin Uhl rücksichtslos die Wiedersehensfreude der beiden und zog ihr Diktiergerät aus der Tasche.

„Sehen Sie nur, wie professionell sie das macht!" Der Kriminalrat zwinkerte Frau Gruber belustigt zu. „Wir haben früher alles fein säuberlich aufgeschrieben, aber die jungen Leute sprechen heute alle auf Band."

Johanna ließ die Frotzeleien des alten Herrn lächelnd über sich ergehen. Mit ihren dreiundvierzig Jahren zählte sie wahrhaftig nicht mehr zu den ›jungen Leuten‹. Sie freute sich aber aufrichtig, den alten Kriminalrat Fürst wiederzusehen. Als sie damals ans Präsidium kam, war er ihr ›Bärenführer‹ gewesen. So werden im Nürnberger Präsidium die altgedienten Kollegen bezeichnet, die die jungen in die Arbeit einweisen. Als er nach einem Jahr zum Kriminalrat befördert wurde und an der Fachhochschule Fürstenfeldbruck seine Lehrtätigkeit aufnahm, hatte sie sich zunächst richtig verlassen gefühlt. Kollege Heller vom MK 1 hatte sie immer das ›Hätschelkind‹ vom alten Fürst genannt. Aber mit dem alten Fürst im Rücken war sogar Kollege Heller leichter zu ertragen gewesen.

Dann besann sie sich wieder auf ihre Arbeit und ließ sich einen genauen Bericht über das bisher Vorgefallene geben.

„Damit haben wir aber nicht viel. Sie haben beide das Opfer nicht kommen sehen und auch sonst niemanden bemerkt."

„Wollen wir uns nicht setzen?", schlug Marlene Gruber vor. „Sie wissen schon, meine Füße." Mit einem kleinen Seufzer der Erleichterung ließ sie sich wieder auf der Bank nieder, von der sie sich zur Begrüßung der Beamtin erhoben hatte, und klopfte einladend neben sich auf das Holz.

Frau Gruber und ihre unbequemen Schuhe. Wie hatte sie das auch vergessen können. Johanna, die sich selbst aus modischen Gründen meist zu enge Schuhe kaufte, kam der Einladung unverzüglich nach und erinnerte sich belustigt daran, wie Frau Gruber und sie sich bei ihrem letzten Fall einträchtig in Strümpfen gegenüber gesessen waren. Auch der Kriminalrat nahm wieder Platz und streckte seine Beine weit von sich. Sabine Reil blieb vor den dreien stehen, damit ihr kein Wort von dem, was gesprochen wurde, entging. Sie trug immer noch den Schutzanzug und die hellblauen Schuhschützer. Lediglich die Gummihandschuhe hatte sie bei der Entzifferung der Brunneninschrift abgestreift.

„Wollen Sie die unmaßgebliche Meinung eines Kriminalisten außer Dienst hören, Frau Kollegin?", eröffnete der alte Fürst das Gespräch und fuhr fort, ohne eine Antwort abzuwarten: „Das wird eine schwierige Sache, denn der Täter konnte von allen Seiten relativ unbemerkt den Park betreten. Sehen Sie sich nur um, die Sicht aus den angrenzenden Häusern ist nahezu völlig von Büschen und Bäumen verdeckt." Resigniert hob er die Schultern. „Ich glaube nicht, dass Sie von den Anwohnern brauchbare Informationen bekommen werden."

„Aber irgendwer muss doch was bemerkt haben", wandte nun Marlene Gruber ein. „Zur Tatzeit war es immerhin noch heller Tag. Als wir sie fanden, war sie noch warm, das ist mir sofort aufgefallen. Demnach hatte man sie kurz vor ihrem Auffinden erdrosselt. Natürlich haben viele wegen des drohenden Gewitters vorzeitig den Heimweg angetreten", fügte sie nach kurzem Nachdenken hinzu, „aber ganz menschenleer war der Park meiner Ansicht nach nicht gewesen."

„Versuchen wir einmal, es vom Opfer aus anzugehen", schlug die Kriminalhauptkommissarin nun vor. „Ich kann mir nicht vorstellen, dass das Opfer unbemerkt den Park betreten hat."

„Warum eigentlich nicht?", setzte der alte Kriminalrat dagegen. „Es hat ebenso ungesehen wie der Täter in Richtung Brunnen gelangen können." Nachdenklich massierte er den Rücken seiner

Adlernase. „Unser Stammtisch traf sich um zwanzig Uhr, und ich war pünktlich da. Wenn sie auf dem Weg vor dem Café vorbeigekommen wäre, hätte ich sie allerdings bemerkt. Habe ich aber nicht!"

„Aber hinter dem Café führt ebenfalls ein schmaler Fußweg vorbei", wandte Johanna ein. „Über den hätte sie unbemerkt zu der Bank gelangen können."

„Unbemerkt?!" Der alte Fürst schüttelte seinen Kopf mit den kurzen grauen Haaren, die sich über der Stirn merklich zu lichten begannen. „Wenn sie vor oder hinter dem Café vorbeigegangen wäre, hätte ich sie gesehen. An mir kommt nämlich weder von vorn noch von hinten jemand unbemerkt vorbei. Ich habe meine Augen überall. Das ist sozusagen eine Berufskrankheit von mir, Frau Kollegin."

Johanna lachte und glaubte ihm aufs Wort, als sie seinen durchdringenden Blick aus den grauen Augen auf sich gerichtet sah. „Schade, dass sich diese Berufskrankheit bei mir noch nicht eingestellt hat. Bei meinen Zwillingen wünsche ich es mir manchmal auch, hinten Augen zu haben."

„Und wir", meldete sich Marlene Gruber zu Wort, „waren ebenfalls um acht Uhr verabredet. Ich kam allerdings erst kurz nach acht Uhr, weil ich ..."

„Sie kamen um zwölf Minuten nach acht, meine Liebe", berichtigte sie der Kriminalrat. „Ich habe auf die Uhr gesehen, weil ich mir schon Sorgen machte, dass Sie vielleicht nicht mehr kämen."

„Sorgen? Sie haben sich um mich Sorgen gemacht?" Marlene starrte ihn verwundert an.

Eine feine Röte überzog das faltige Gesicht des alten Herrn, und er entgegnete unwirsch: „Jawohl Sorgen! Man wird sich doch noch Sorgen machen dürfen über jemanden, der sonst pünktlich wie die Uhr ist."

Johanna verfolgte das Gespräch interessiert, obwohl es nichts zur Aufklärung des Mordes an der Professorin beitrug. Sollte sich der alte Fürst am Ende ein wenig in Frau Gruber verliebt haben? Warum auch nicht? Als sie ihn vor zehn Jahren kennen lernte, war er gerade von seiner Frau geschieden worden.

„Also gut", unterbrach Marlene Gruber Johannas gedankliches Abschweifen, „ich kam um zwölf Minuten nach acht. Von meinem Platz aus hatte ich einen Teil des Weges hinter dem Café im Blick. Hier war Constanze Zech während meiner Anwesenheit jedenfalls nicht vorbeigekommen. Ich habe sie aber kurz zuvor in den Hesperidengärten gesehen, als ich ..."

„Und damit rücken Sie erst jetzt heraus, Frau Gruber?", fuhr Johanna dazwischen. „Werden Sie bitte mal genauer!"

„Das liegt wohl daran, dass der Herr Kriminalrat mich so verwirrte, Frau Hauptkommissarin", entgegnete mit unschuldsvoller Miene Marlene. In ihren schwarzen Augen, die einen ungewöhnlichen Kontrast zu ihrem kastanienroten Haar bildeten, funkelte unverhohlener Spott.

Wenn das so weitergeht, artet sich meine Vernehmung zu einem Seniorenflirt aus, durchfuhr es Johanna finster. „Nun gut, Frau Gruber", lenkte sie dann ein, „ich hoffe, Sie haben sich inzwischen von Ihrer Verwirrung erholt und können uns berichten, wann und wo genau Sie das Opfer gesehen haben."

„Der Computerkurs findet immer Donnerstag Nachmittag von achtzehn Uhr bis neunzehn Uhr dreißig am Spittlertorgraben statt. Anschließend gehe ich mit meinen Gefährtinnen meist in den Rosenaupark ins Café Kiosk. Heute musste ich aber einer Bekannten im Wohnstift Hesperidenpark in der Johannisstraße noch ein Buch vorbeibringen, das ich ihr seit Wochen versprochen hatte. Auf dem Weg zum Rosenaupark nahm ich danach die Abkürzung durch die Hesperidengärten. Ich betrat die Gärten über das Barockhäusle und ging durch den ersten der drei Gärten an den Springbrunnen vorbei zum unteren Eingang, um über den Riesenschritt schnell zum Großweidenmühlsteg zu kommen. Danach sind es nur noch wenige Minuten bis zum Rosenaupark."

Johanna nickte ungeduldig, sie kannte den Weg. „Und wo sahen Sie Frau Professor Zech?"

„In unmittelbarer Nähe des unteren Eingangs zu den Hesperidengärten. Es war kurz vor zwanzig Uhr, und um diese Zeit werden die Gärten geschlossen. Sie war in eine Unterhaltung mit einem jungen Mann vertieft und hatte mich nicht bemerkt." Nachdenklich kaute sie auf der Unterlippe. „Es war eine hitzige Unterhaltung, vielleicht sogar ein Streit. Die Stimme des jungen Mannes klang jedenfalls ziemlich wütend."

„Wie sah dieser junge Mann aus?", wollte nun der alte Fürst wissen.

„Das ist eben das Problem", erwiderte Marlene. „Ich sah ihn nur von hinten. Auf alle Fälle hatte er seine langen dunkelbraunen Haare im Nacken zu einem Pferdeschwanz zusammengebunden."

„Vielleicht war es eine junge Frau?", wagte nun Sabine Reil, die bis jetzt stumm dem Gespräch gelauscht hatte, einzuwenden.

„Nein, nein", Marlene schüttelte den Kopf, „es war ein Mann. Er hatte eine männlich tiefe Stimme und war ungewöhnlich groß, bestimmt einen Meter neunzig oder sogar noch um einiges mehr. Er hatte breite Schultern und ein schmales Gesäß. Es war unverwechselbar ein Mann. Als ehemalige Krankenschwester habe ich einen Blick für körperliche Merkmale."

„Kleidung?", warf der Kriminalrat knapp dazwischen.

„Schwarze ausgewaschene Jeans, schwarzes kurzärmeliges T-Shirt, schwarze Turnschuhe", kam es ebenso knapp zurück.

„Alter?", erklang es nun trocken wie ein Pistolenschuss.

„Von hinten zwischen zwanzig und dreißig", schoss Marlene zurück. „Von vorn weiß ich es nicht, schließlich bin ich keine Hellseherin, Herr Kriminalrat a. D." Das ›a. D.‹ betonte sie eigens und fügte hinzu: „Ich dachte eigentlich, Frau Uhl führt die Ermittlungen."

Der alte Kriminalrat stutzte einen Augenblick und kratzte sich verlegen am Kopf. „Entschuldigen Sie bitte, Frau Gruber, das ist wohl auch so eine ..."

„Art Berufskrankheit", ergänzte Marlene mit einem maliziösen Lächeln. „Einmal Ermittler, immer Ermittler! Glücklicherweise leide ich nicht an derartigen Syndromen. Einmal Krankenschwester, immer Krankenschwester wäre für mich geradezu ein Albtraum."

Dieses Thema sollten die zwei lieber alleine vertiefen, fand Johanna und erhob sich. „Kommen Sie, Sabine, wir werden jetzt die Wirtin befragen."

Doch Marlene Gruber und der Kriminalrat ließen sich nicht abschütteln und schlossen sich ohne weitere Umstände den Beamtinnen an.

Auf dem Weg zum Café fragte der alte Fürst die Hauptkommissarin: „Sie sind doch hoffentlich die *Bärenführerin* der jungen Kollegin?"

Johanna nickte, und er wandte sich zufrieden an Sabine Reil: „Von Frau Uhl können Sie eine Menge lernen. Den Studenten an der Fachhochschule habe ich dauernd eingebläut, dass der Polizeiberuf in erster Linie ein Erfahrungsberuf ist. Jeder Fall ist anders, und jedes Mal werden Sie mit neuen Problemen konfrontiert. Wenn Sie als Berufsanfänger keinen guten Bärenführer im Rücken haben, der sie immer wieder an die Hand nimmt, stehen Sie schnell auf verlorenem Posten."

„Wir machen das schon", beruhigte Johanna Uhl den alten Herrn, „Frau Reil sitzt auch bei mir im Büro."

Nach wenigen Schritten betraten sie die Terrasse des Cafés. Als Polizeimeister Radloff die Hauptkommissarin erblickte, kam er erleichtert auf sie zu. „Gott sei Dank, dass Sie hier sind. Hoffentlich kriegen Sie was Vernünftiges aus denen heraus. Solche Verrückten sind mir auch noch nicht untergekommen. Besonders mit diesen Frauen werden Sie ihr blaues Wunder erleben. Also, ich wurde aus dem, was die mir erzählt haben, jedenfalls nicht schlau. Na, vielleicht haben Sie mehr Glück." Er nahm ein Blatt von seinem Schreibbrett und hielt es ihr hin. „Das sind die Personalien der Anwesenden, und die Leute von der Spurensicherung haben das Fahrrad des Opfers bereits sichergestellt."

„Johanna warf ihm einen anerkennenden Blick zu und fragte: „Ist Kommissar Popp noch nicht hier?"

„Doch, doch", erklärte Radloff, „er hat bereits mit den Männern begonnen. Draußen auf der Bleichstraße sitzt er im Einsatzwagen."

„Und Kommissar Wiesner?"

„Der hat sein Hauptquartier im zweiten Einsatzwagen bezogen und befragt gerade ein junges Paar", beschied ihr der Schutzpolizist.

„Gut, dann übernehmen wir die Frauen. Vielen Dank für Ihre Hilfe, Herr Kollege!"

Polizeimeister Radloff wandte sich zum Gehen, blieb dann aber noch einmal stehen und riet ihr sorgenvoll: „Stärken Sie sich lieber mit einer Tasse Kaffee, bevor Sie mit diesen eigenartigen Frauen anfangen. Ich sage nur eines: Trojanische Pferde." Viel sagend tippte er sich an die Stirn und strebte erleichtert dem Parkausgang zu.

Der Rat mit dem Kaffee war wirklich vernünftig, da es sicherlich eine lange Nacht werden würde. Die Hauptkommissarin hielt Ausschau nach der Wirtin.

Sie beschloss gerade, im Café nach ihr zu sehen, als Silvia mit einem Tablett, auf dem volle Prosecco-Gläser standen, in den Garten kam.

Johanna stellte sich bei ihr vor: „Hauptkommissarin Uhl von der Mordkommission, dies ist meine Kollegin Kommissarin Reil. Wir müssen Ihnen noch ein paar Fragen stellen."

„Warten Sie einen Augenblick, ich versorge nur schnell meine Computer-Damen mit dem Prosecco", entgegnete die Wirtin, „dann bin ich sofort für Sie da."

Johanna beobachtete, wie sie an einen Tisch trat, an dem vier alte Damen mit leeren Prosecco-Gläsern in den Händen der Wirtin erwartungsvoll entgegensahen. Offenbar waren dies die Frauen, die den bedauernswerten Kollegen Radloff mit Trojanischen Pferden und Tango an den Rand der Verzweiflung gebracht hatten.

Die Wirtin kam zurück, und Johanna bat um einen doppelten Espresso. „Für Sie auch?", fragte sie Sabine, die neben ihr stand.

Die junge Kommissarin schüttelte den Kopf und entschied sich für eine Tasse Tee. „Ich trinke nämlich niemals Kaffee", erklärte sie. „Davon bekomme ich immer Herzklopfen."

Beide setzten sich an einen Tisch in der Nähe der Büsche und warteten auf ihre Getränke.

„Jetzt könnten Sie sich aber von dem Schutzanzug trennen. Wir sind nicht mehr am Tatort." Mit gutmütig gemeintem Spott musterte Johanna ihre junge Kollegin. „Oder sind Sie etwa in Unterwäsche hineingeschlüpft?"

Sabine blickte an sich herab und errötete. „Natürlich nicht, aber ich habe ihn total vergessen." Sie schälte sich aus dem weißen Zellulosegewebe und merkte dabei kritisch an: „Unmöglich lange Beine haben diese Anzüge."

„Besonders kleidsam sind sie wirklich nicht", lachte die Hauptkommissarin. „Ich komme mir darin immer wie eine Astronautin vor. Vielleicht vergesse ich ihn deshalb so verdächtig oft."

Silvia brachte die Getränke und setzte sich zu ihnen. Für sich hatte sie ein Glas mit Mineralwasser gefüllt.

Johanna machte ihr Diktiergerät zur Aufnahme bereit und fragte: „Kannten Sie Frau Professor Zech? War sie ein regelmäßiger Gast? Kam sie heute in das Café und wann?"

Die Wirtin nahm einen Schluck aus ihrem Glas und überlegte einen Moment. „Frau Professor Zech kam ziemlich oft und meist donnerstags, aber nur bei schönem Wetter. Immer hatte sie ein Buch unter dem Arm. Wenn wenige Gäste hier waren, setzte sie sich an diesen Tisch." Sie wies auf einen Tisch, der abseits zwischen den Büschen stand. „Dann holte sie sich bei mir an der Theke ein Mineralwasser, aber nur ein ganz kleines, mit einer Scheibe Zitrone, darauf bestand sie, und las. Sie konnte es nicht ausstehen, wenn sich jemand zu ihr an den Tisch setzen wollte. ›Sehen Sie nicht, dass ich meine Ruhe haben möchte?‹, blaffte sie jeden an, der sich an ihren Tisch wagte." Mit einer heiser schnarrenden Stimme demonstrierte Silvia, wie die Frau Professor die Gäste verscheucht hatte. „Meist blieb sie eine halbe Stunde und ging dann weiter in Richtung Minnesängerbrunnen. War aber viel los, ging sie gleich weiter zum Brunnen. Dass sie eine Professorin war, wusste ich von den Computer-Damen."

Sie bemerkte Johannas fragenden Blick und erklärte: „Mit ihnen wohnte sie nämlich zusammen in einer Wohngemeinschaft."

Johanna spitzte die Ohren. Das mit der Wohngemeinschaft war überraschend für sie. Dem würde sie aber erst später näher auf den Grund gehen, da sie den Redefluss der Wirtin zunächst nicht unterbrechen wollte.

„Von selbst wäre ich aber nicht darauf gekommen, dass sie eine Professorin war", fuhr die Wirtin indessen munter fort und blickte die Kriminalbeamtinnen viel sagend an. „Immer trug sie eine riesige Perlenkette oder anderen großräumigen Schmuck um den Hals, sogar zu einem einfachen T-Shirt. Und natürlich Ohrringe, Armbänder und an jedem Finger einen Ring. Irgendwie kam sie mir mehr wie eine Avon-Beraterin vor, wenn es diese überhaupt noch gibt." Fragend blickte sie die Kriminalbeamtinnen an.

Beide zuckten gleichzeitig die Schultern und gaben damit ebenfalls ihre Unkenntnis über die Existenz von Avon-Beraterinnen zum Ausdruck.

„Jedenfalls war sie stets bis zum I-Tüpfelchen durchgestylt", ergänzte die Wirtin. „Nagellack, Lippenstift und Lidschatten passten immer genau zu den Klamotten, wie bei einer Kosmetikberaterin."

Das war auch Johannas Eindruck gewesen. Auf die Idee, Frau Professor Zech mit einer Kosmetikberaterin zu vergleichen, wäre sie aber trotzdem nicht gekommen. Unvermittelt fragte sie, um die Wirtin von den kosmetischen Problemen abzulenken: „Und wann kam Frau Professor Zech heute?"

„Wie ich es dem Polizisten in Uniform bereits sagte, habe ich sie nicht kommen sehen." Silvia zerfurchte angestrengt die Stirn und begann, auf ihrer Unterlippe zu kauen. „Ich weiß aber, dass sie hier war. Ihr Fahrrad lehnte nämlich hinten an der Hauswand, wo sie es immer abstellte." Sie wies mit der Hand um die Hausecke herum und setzte fort: „Ich trug Abfall zu den Mülltonnen, dabei bemerkte ich das Fahrrad. Es ist ein neongrünes Rad mit einem komischen Doppelrahmen. Ich denke, es wird wohl irgendwann gegen acht Uhr gewesen sein."

„Um diese Zeit hielten sich hier aber sicher noch mehr Gäste als jetzt auf, die sie gesehen haben könnten", warf die Kriminalbeamtin ein.

„Gäste", wiederholte Silvia gedehnt. „Nun, vor acht Uhr gingen die meisten. Die einen wegen der Gewitterwolken oder der Tagesschau im Fernsehen und die anderen wegen der Kinder, die ins Bett gebracht werden mussten. Außer dem Stammtisch, meinen Computerdamen und den zwei türkischen Männern waren keine weiteren Gäste mehr hier. Ich habe das Geschirr eingesammelt, die Tische gewischt und den Müll weggeschafft." Silvia machte eine

Pause und nippte von ihrem Wasserglas. Plötzlich fasste sie sich an die Stirn und rief: „Das Pärchen! Genau, dem Pärchen, das vor dem Ausgabefenster gesessen hatte, müsste die Professorin eigentlich aufgefallen sein. Kommen Sie, dann können Sie sich selbst ein Bild davon machen, was ich meine." Rasch erhob sie sich und winkte den Beamtinnen, ihr zu folgen. Sie führte sie um die Hausecke herum zu einem Tisch auf der Terrassenseite, die sich zum Park hin öffnete, und wies mit dem rechten Arm den Asphaltweg entlang. „Sehen Sie? Und es war bestimmt weit nach acht Uhr, als ich das Fahrrad sah."

Johannas und Sabines Blicke folgten dem ausgestreckten Arm und hatten ein Stück des Weges, der an der Bank vorbeiführt, auf der die Tote aufgefunden worden war, voll im Blick.

„Na, da bin ich aber neugierig, was Wiesner uns von dem Pärchen berichten wird", murmelte Johanna und kam zu der Überzeugung, dass aus der Wirtin im Augenblick nichts Wesentliches mehr herauszubringen war. Immerhin wusste sie nun, dass das Opfer beim Betreten des Parks offenbar nicht an der Frontseite des Cafés vorbeigekommen war. Es könnte die Treppen, die vom Spittlertorgraben herunterführen, genommen haben oder von der Ostseite des Parks gekommen sein. Oder es hatte tatsächlich den Weg hinter dem Café genommen und war dabei den ›Überall-Augen‹ des alten Kriminalrats entgangen, was für ihn eine herbe Enttäuschung bedeuten würde. Sie bezahlte ihren Espresso und übernahm auch großzügig Sabines Tee. Als die Beamtinnen sich erhoben, sahen sie, wie Klaus Wiesner zusammen mit einem jungen Paar auf das Café zusteuerte.

„Gott, ist das aufregend", flüsterte Sabine. „Vielleicht haben sie sogar den Täter gesehen."

„Und?", fragte Johanna, als Kommissar Wiesner die beiden jungen Leute entlassen hatte und zu ihnen trat, „was ist den zweien aufgefallen?"

„Denen und was auffallen!", stöhnte der Kommissar. „Die sind eher aus allen Wolken gefallen, als ich ihnen mitteilte, dass buchstäblich vor ihrer Nase jemand umgebracht worden war." Er drehte sich in Richtung Minnesängerbrunnen und schüttelte verzweifelt den Kopf. „Es ist wirklich unglaublich! Fast unmittelbar vor deren Augen wird jemand umgebracht, und denen fällt rein gar nichts auf. Liebe macht entweder blöde oder blind!", grollte er verbittert und wandte sich abrupt zu seinen Kolleginnen um. „Wisst ihr, was das heißt, wenn die anderen Zeugen ebenso unergiebig sind?" Er wartete keine Antwort ab und setzte hinzu: „Dann gnade uns Gott, dann können wir die ganze Nachbarschaft um diesen gottverdammten Park herum abklappern!"

Johanna nickte bedrückt, da sie ähnliche Befürchtungen hegte. „Aber hast du wenigstens eine Ahnung, welche Angehörigen wir verständigen müssen?"

Der Kriminalkommissar schüttelte verneinend den Kopf. „Sie lebte allerdings in einer Art Wohngemeinschaft mit den alten Frauen. Vielleicht wissen die Näheres." Mit dem Daumen deutete er hinter sich auf die Prosecco trinkende Damengruppe. „Könntest du die nicht übernehmen, von Radloff habe ich nämlich ein paar eigenartige Sachen über diese Alten gehört, Trojanische Pferde und so ..." Er brach ab und blickte Johanna hoffnungsvoll an. „Ich befrage dafür inzwischen die beiden Türken."

„Machen wir", lachte die Hauptkommissarin und stupste ihre junge Kollegin an. „Los, Sabine, lassen Sie uns ergründen, warum diese vier Damen den armen Radloff so aus der Fassung gebracht haben."

Fünftes Kapitel

Am Tatort setzten inzwischen die Kollegen von der Spurensicherung bei Scheinwerferlicht ihre Arbeit fort, da sich immer mehr dunkle Wolken am Himmel zusammenballten und die letzten Strahlen der untergehenden Sonne längst verschluckt hatten. Das drohende Gewitter, das viele wertvolle Spuren zunichte machen würde, trieb sie zudem zur Eile an. Johanna warf einen kurzen Blick auf den in grelles Licht getauchten Schauplatz des Verbrechens und trat danach auf die Frauengruppe zu, zu der sich inzwischen auch Marlene Gruber wieder gesellt hatte. Der Bildschirmschoner des Laptops ließ immer wieder inmitten blauer Wellen eine Gestalt auf einem silberfarbenen Surfbrett aufblitzen, auf dem ›Silver Surfer‹ zu lesen war.

„Ob die wohl zu einem Surfclub gehören?", wisperte Sabine, die den Bildschirmschoner neugierig betrachtete.

„Ich denke schon", beschied ihr Johanna ebenfalls im Flüsterton, „aber einem der besonderen Art. Sicherlich surfen sie im Internet, und ihre Silberlocken haben sie allesamt mit Haarfärbemitteln abgedeckt. Dafür habe ich einen Blick." Unauffällig musterte sie eine Frau nach der anderen und raunte Sabine ins Ohr: „So wie die alle auf Zack sind, hätte ich für den Bildschirmschoner eine noch bessere Idee, nämlich ›Best Agers‹."

„Auch nicht übel!", drang eine tiefe, warme Stimme an Johannas Ohr und ließ sie unwillkürlich an Zarah Leander denken. Ihre Besitzerin bedeutete den Polizistinnen mit dem Stiel der kleinen Damenpfeife, die sie in der Hand hielt, Platz zu nehmen. „Unsere Haarfarben haben uns zwar ziemlich im Stich gelassen, aber nicht unser Gehör. Das funktioniert immer noch bestens." Sie wandte sich an ihre Gefährtinnen. „Der Vorschlag mit Best Agers als Bildschirmschoner hat wirklich einiges für sich, oder was meint ihr dazu?"

Bis auf eine nickten die übrigen Damen lebhaft.

„Best Agers ist ›Denglisch‹, und dagegen verwahre ich mich ebenso entschieden wie gegen Silver Surfer", murrte Bertine Herbst und fuhr sich ungehalten durch ihre silberweiße Tolle im schwarzen Haar. „Dafür wird sich doch sicherlich auch ein deutscher Ausdruck finden lassen. Wie wäre es stattdessen mit ›Wir im besten Lebensalter‹?"

„Schwer wie Blei und unhandlich wie ein Sack Kartoffeln", zirpte Ilse von Bernheim mit glockenheller Stimme unter ihrem purpurroten Hut mit der rosa Tüllgarnierung hervor, dessen Form Johanna ein wenig an eine umgedrehte Salatschüssel erinnerte. „Solange wir nicht vom ›Bratwurst-Point‹ sprechen, kann ich ein wenig *Denglisch* durchaus aushalten."

„Ein Bratwurst-Point", schmunzelte Johanna, während sie für sich und Sabine zwei Stühle an den Tisch rückte, „würde sich in Nürnberg allerdings ebenso kurios ausnehmen wie die Karpfenbratwurst, die ich im letzten Herbst an den Fischtagen auf der Insel Schütt aß." Danach stellte sie sich und ihre junge Kollegin vor. Die beiden Beamtinnen setzten sich, und Sabine ergriff sofort die günstige Gelegenheit beim Schopf, ebenfalls einen Beitrag zum Denglisch-Thema zu Gehör zu bringen.

„Auch bei der Polizei ist seit der internationalen Vernetzung unserer Datenbanken ein erheblicher Zuwachs an englischen Ausdrücken zu verzeichnen", informierte sie unbefangen die anwesenden Damen. „An der Fachhochschule hatten wir einen Dozenten, der uns die kanadische ViCLAS-Falldatei für Gewaltverbrecher erklärte, die 2000 von der deutschen Polizei übernommen wurde. Dabei schimpfte er über die zunehmende Sprachpanscherei und warnte gar von einer neuen BSE-Krise."

„Neue BSE-Krise, Sie sprechen doch nicht etwa vom Rinderwahnsinn?" Marlene Gruber starrte die junge Kommissarin fassungslos an.

„Nein, nein", lachte Sabine. „Mit BSE meinte er ›Bad Simple English‹ und regte sich über den übertriebenen Gebrauch englischer Ausdrücke in der Alltagssprache auf. Wenn es nach ihm ginge, würden wir in Deutschland übrigens auch von der Desoxiribonukleinsäure, der DNS, sprechen und nicht von der DNA. Das A steht nämlich für das englische Wort Acid, was, wie Sie wissen, auf Deutsch Säure heißt."

„Nun reicht es aber mit BSE und Denglisch", fuhr die Hauptkommissarin energisch dazwischen, „immerhin geht es um Mord. Wer von Ihnen hat die Tote entdeckt?"

„Ich", kam es von Ingrid Sennefeld unter Schluchzen zurück. Tränen stürzten aus ihren vom Weinen bereits geröteten Augen, und sie barg ihr Gesicht in ein blütenweißes Taschentuch. „Schrecklich ... Ihre aufgerissenen Augen und überall Fliegen ...", würgte sie undeutlich hinter dem Taschentuch hervor.

Marlene Gruber tätschelte mit der Unerschütterlichkeit eines Sturm erprobten Kapitäns bei schwerer See Ingrids Arm. „Komm schon, meine Liebe, zum Weinen hast du noch hinreichend Zeit, aber jetzt braucht dich die Polizei."

Es schien zu wirken. Frau Sennefeld putzte sich die Nase und blickte die Polizistinnen entschlossen an. „Fragen Sie nur", krächzte sie mit belegter Stimme und kämpfte tapfer einen Schluckauf nieder, „aber ich befürchte, dass ich Ihnen nicht viel helfen kann. Ich habe sie doch nur gefunden, den Mörder habe ich nicht gesehen." Schrill schraubte sich ihre Stimme in die Höhe und verfing sich in einem weiteren Schluckauf.

„Fangen Sie einfach von vorne an", schlug Johanna vor. „Warum gingen Sie nicht gemeinsam mit Ihrer Gruppe in das Café, und von welcher Seite kamen Sie, als Sie das Opfer fanden?"

Ingrid Sennefeld richtete sich umständlich in ihrem Stuhl auf und warf einen kläglichen Blick in die Runde. „Nach dem Kurs gingen wir gemeinsam in Richtung Park. Auf den Stufen ..." Erneut wurde sie von einem heftigen Schluckauf durchgeschüttelt. „Also", setzte sie nach Atem ringend fort, „an den Stufen, die vom Spittlertorgraben in den Park führen, sah ich ein böses Gewitter heraufziehen und entschloss mich, schnell nach Hause zu gehen, um einen Schirm zu holen, damit ..."

„Die kunstvolle Arbeit deines lieben Detlev nicht versaut wird", warf Ilse von Bernheim boshaft dazwischen.

„Warum auch nicht?", blitzte Ingrid Sennefeld sie wütend an und verfiel unversehens in eine Berliner Klangfärbung, die anfangs nicht herauszuhören war. „Immerhin soll sie länger halten als nur für den gestrigen Opernbesuch. Außerdem hat sie eine Menge

Geld gekostet." Vorsichtig glitt ihre Hand über die bauschig aufgetürmte mahagonifarbene Hochsteckfrisur, aus der sich über den Ohren zwei Haarsträhnen ringelten und dem zarten Gesicht der alten Dame einen mädchenhaften Liebreiz verliehen. „Rheingold wurde gegeben. Sehr dramatisch und nur für echte Wagner-Liebhaber wie mich geeignet. Euch Operettensusen wäre dabei Hören und Sehen vergangen. Mögen Sie auch Wagner?"

Johanna nickte. Dabei betrachtete sie interessiert das Kunstwerk auf dem Kopf der Dame und vermutete, dass darin eine große Portion Fremdhaar verarbeitet war. Ob Frau Sennefeld die letzte Nacht aufrecht im Bett sitzend verbracht hatte, ging es ihr durch den Kopf, denn die Frisur war immer noch untadelig. Dann wurde sie sich ihrer unziemlichen Gedanken bewusst und fragte in amtlichem Ton: „Sie trennten sich also von der Gruppe und gingen durch den Park nach Hause?"

„Nicht so hastig, Frau Hauptkommissarin", mahnte Ingrid Sennefeld. „Während die anderen geradewegs den Sandweg nahmen, auf dem die Leute immer wieder Boccia spielen, bog ich nach links zum Brunnen ab. Dort saß Constanze und las in einem ..."

„Sie haben sie also zu diesem Zeitpunkt noch lebend gesehen?", unterbrach sie die junge Kommissarin überrascht. „Wann war das genau?"

„Kurz, nachdem wir uns getrennt hatten." Ingrid sah ihre Gefährtinnen ratlos an. „Wie viel Uhr könnte es wohl gewesen sein?"

„Ich denke, es war nach zwanzig Uhr, vielleicht viertel nach", gab Bertine Herbst mit volltönender Theaterstimme zu Gehör. „Wir hatten uns alle verspätet, da Ilschen dem Kunstmann unbedingt noch die Sache mit den Trojanischen Pferden und der Firewall verklickern musste."

„Und den Würmern und Viren", warf Ilse von Bernheim dazwischen. „Der ganze Schulungsraum ist verseucht, da könnt ihr Gift darauf nehmen!"

„Jetzt hör endlich auf damit, Ilse", schimpfte Marlene Gruber, „du hast deinen Computer selbst zum Abstürzen gebracht, weil du ständig wie eine Wahnsinnige wahllos auf die Tastatur eindrischst. Das hält der robusteste Computer nicht aus. Außerdem wollen die

Polizistinnen etwas über die Uhrzeit erfahren und nichts von deinen Trojanischen Pferden."

So schnell wollte Ilse von Bernheim sich aber nicht geschlagen geben. Mit strengem Blick fasste sie die Polizeibeamtinnen ins Auge. „Ich hoffe doch, in Ihrem Präsidium ist eine Firewall installiert. Wenn es nämlich einem gewieften Hacker gelingt, in Ihr System Trojanische Pferde einzuschleusen, dann gnade Ihnen Gott. Diese Pferde spionieren Ihre ganzen Verbrecherdateien aus."

„Machen Sie sich darüber keine Sorgen", beruhigte Johanna die alte Dame, „unser System ist wie eine Festung gesichert." Dann wandte sie sich an Frau Sennefeld. „Wir können also davon ausgehen, dass Sie das Opfer um zwanzig Uhr fünfzehn noch lebend sahen?"

„Ja. Ich habe ihr noch ›Hallo Conny‹ zugerufen. Sie war aber so vertieft in ihr Buch gewesen, dass sie es nicht gehört hatte. Ich lief dann den oberen Parkweg entlang nach Hause und holte den Schirm." Mit diesen Worten begann Ingrid Sennefeld, in ihrer großräumigen Handtasche zu kramen, zog einen klein zusammengefalteten feuerroten Regenschirm mit giftgrünem Rand hervor und hielt ihn wie eine Standarte in die Höhe. „Anschließend kehrte ich auf dem gleichen Weg zurück", setzte sie fort, während sie den Schirm wieder in den unergründlichen Tiefen ihrer Tasche verschwinden ließ, „und da sah ich sie. Schon aus der Ferne wurde mir klar, dass ihr etwas passiert sein musste. Vorher hatte sie dagesessen und gelesen. Und nun", schluchzte sie, „lag sie auf der Bank, die Hände baumelten zu Boden, der Kopf hing herunter, als ob er ihr gar nicht mehr gehörte, und ..."

„Einen Moment bitte", unterbrach Sabine noch einmal den Redefluss der alten Dame. „In welcher Position befand sie sich, als Sie sie lesend antrafen?"

„Nun, wie immer. Die Beine auf der Sitzfläche, damit keiner es wagen würde, neben ihr Platz zu nehmen."

„Auf welcher Seite der Bank, wohlgemerkt von Ihnen aus gesehen, befand sich ihr Kopf?", fragte Sabine aufgeregt.

Johanna verfolgte interessiert, wie Frau Sennefeld für einen Augenblick ihre Handgelenke musterte und dann mit dem Zeigefinger auf ihre Uhr tippte, die zur Hälfte aus dem langen Ärmel der smaragdgrünen Seidenbluse hervorblitzte. „Links", antwortete sie dann, „den Rücken ein wenig nach außen gedreht."

Die alte Dame schien eine Raum-Lage-Labilität zu haben, was es ihr erschwerte, rechts und links zu unterscheiden. Ihre Angaben erschienen Johanna jedoch glaubhaft.

„Wie viel Zeit benötigten Sie für den Hin- und Rückweg?", hakte Sabine erneut nach.

Ingrid Sennefeld ringelte eines der Löckchen, die eine frappierende Ähnlichkeit mit den Schläfenlocken orthodoxer Juden hatten, nachdenklich um den Finger. „Vielleicht sieben Minuten hin und sieben Minuten her, ich mache nämlich seit einigen Monaten Power Walking", setzte sie, das Geheimnis ihrer enormen Geschwindigkeit lüftend, erklärend hinzu, „und dann noch zwei Minuten für den Schirm. Macht sechzehn Minuten", stellte sie am Ende ihres Rechenexempels fest. „Constanze wurde zwischen zwanzig Uhr fünfzehn und zwanzig Uhr einunddreißig umgebracht."

Hauptkommissarin Uhl hatte wortlos und aufmerksam zugehört. Aus Erfahrung wusste sie, dass Zeugenaussagen sich im Nachhinein meist als wenig stichhaltig erweisen, da sich Zeugen hinsichtlich genauer Zeitangaben häufig gewaltig irren. Was Frau Sennefeld sagte, schien ihr jedoch glaubwürdig. Auf ein paar Minuten hin oder her kam es dabei gar nicht an. Auf Grund der zeitlichen Angaben könnte der Mord auf das Zeitfenster zwischen zwanzig Uhr fünfzehn und zwanzig Uhr dreißig begrenzt werden. Damit waren sie immerhin schon einen großen Schritt weitergekommen. Später würde sie Frau Sennefelds Angaben überprüfen und hoffte, mit deren Power-Walking-Tempo Schritt halten zu können. Zunächst interessierte sie aber die Lebensweise des Mordopfers. Womöglich stießen sie dabei auf ein Motiv für seinen Tod. Deshalb warf sie einen Blick in die Runde der fünf Frauen und fragte: „Frau Professor Zech lebte mit Ihnen zusammen in einer Wohngemeinschaft?"

Außer Marlene Gruber, die sogleich richtig stellte, nicht dazuzugehören, nickten alle zustimmend, und Bertine Herbst erläuterte: „Wir sind eine Seniorinnen-WG mit allen Konsequenzen."

„Konsequenzen?" Johanna runzelte erstaunt die Stirn.

„Einer für alle, alle für einen oder besser: Eine für alle, alle für eine, wir sind nämlich im Augenblick lauter Frauen", kam es mit einer Stimme zurück, die selbst die entlegensten Winkel der Nürnberger Kammerspiele auszufüllen vermochte, „wie bei den drei Musketieren."

Johanna sah sich plötzlich vier scharf blickenden Augenpaaren ausgesetzt, die sie in ihrer Entschlossenheit tatsächlich an die mit Musketen bewaffneten Fußsoldaten erinnerten, die sie aus historischen Filmepen kannte. Großkalibrige Luntenflintenweiber, ging es ihr durch den Kopf. Wie sich wohl in dieser WG das Zusammenleben gestaltet?

Charlotte Benz, die seit der Demonstration ihres ausgezeichneten Gehörs schweigend das Gespräch verfolgt hatte und nur genüsslich Rauchwolken aus ihrer Damenpfeife entweichen ließ, meldete sich nun mit anrüchig rauer Stimme zu Wort: „Ich habe mir das mit der Tatzeit noch einmal durch den Kopf gehen lassen. Also, unser armes Professorchen muss um einiges später um die Ecke gebracht worden sein. Dank Ilses Virenangst kamen wir erst zwanzig nach acht Uhr aus dem Schulungsraum. Ich hab nämlich kurz zuvor auf die Uhr geschaut, weil sich alles so endlos hinzog. Und von dort bis zur Treppe in den Park sind es ungefähr zehn Minuten." Mit ihren blauen Augen, die aus ihrem von der Sonne gegerbten und von vielen Runzeln durchzogenen Gesicht herausleuchteten, blitzte sie Marlene Gruber ärgerlich an. „Du musst es doch auch mitgekriegt haben, dass wir heute erst nach halb neun gekommen sind, oder hast du wieder mit dem alten Kriminellen herumgemacht?"

„Er ist kein Krimineller, sondern Kriminalrat, meine Liebe, und zwar außer Dienst", berichtigte Marlene sie mit einem feinen Lächeln. „Außerdem machen wir nicht herum, was immer auch du darunter verstehst, wir unterhalten uns nur gelegentlich."

„Gelegentlich?! Nur wegen dir geht er doch neuerdings zu diesem Stammtisch." Kichernd wandte sie sich an ihre Gefährtinnen: „Habt ihr auch schon bemerkt, wie er rot wird, wenn Marlene aufkreuzt? Ob der wohl noch einen hochkriegt, was meint ihr? Polizisten sollen ja bekannt sein für ..."

„Hatten wir nicht kürzlich vereinbart, liebe Charlotte, uns jeglicher sexistischen Äußerung zu enthalten?", erinnerte Marlene Gruber ihre Computerfreundin mit unbewegter Miene, „da es Frauen ebenso wenig gefällt, als frigide bezeichnet zu werden, wenn sie mal keine Lust zum Geschlechtsverkehr haben."

„Schon gut!" Charlotte hob friedfertig ihre beringten Hände mit den braunen Altersflecken. „Das war nur ein kleiner Ausrutscher in die Steinzeit des Geschlechterkampfs. Aber interessieren würde es mich trotzdem, ob er ..."

Bevor noch weitere Intimitäten auf den Tisch kamen, griff die Hauptkommissarin ein. „Sie haben uns durch ihre präzisen Zeitangaben ein Stück weitergeholfen, Frau Benz. Somit verschiebt sich der Todeszeitraum ein wenig ..."

„Nach hinten. Er liegt jetzt zwischen zwanzig Uhr dreißig und zwanzig Uhr sechsundvierzig", warf Frau Sennefeld schnell dazwischen. „Meine Gehzeiten sind lupenrein und weit über hundert Mal getestet. Diese Strecke walke ich täglich", setzte sie triumphierend hinzu, „und der Brunnen markiert die halbe Wegstrecke."

Die anderen WG-Bewohnerinnen nickten zustimmend, und Charlotte Benz steuerte erklärend bei: „Sie hat nämlich immer noch nicht die Hoffnung aufgegeben, sich ein festes Knackärschchen antrainieren zu können." Eine dicke Rauchwolke verhüllte ihr maliziöses Lächeln.

„Für Detlev, ihren Friseur", beeilte sich Ilse von Bernheim, im Brustton der Überzeugung hinzuzufügen, und zog sich die Hutkrempe tiefer in die Stirn.

Johanna ließ ihre Augen über die Runde gleiten und überlegte, was sie eigentlich noch hatte fragen wollen. Das war wirklich eine anstrengende Frauengruppe, die einen ganz konfus machte, und sie konnte es Polizeimeister Radloff aus vollem Herzen nachfühlen, dass er erleichtert die Flucht ergriffen hatte. Wie alt sie wohl waren? Frau von Bernheim, die ihr ein wenig jünger vorkam, schätzte sie auf Mitte sechzig, die anderen eher über siebzig.

„Kommen wir noch einmal auf das Opfer zurück", bat sie, als sie den Faden wieder gefunden hatte. „Seit wann lebte Frau Zech bei Ihnen in der WG?"

„Sie zog zu uns, nachdem ihr Ehemann ins Pflegeheim gekommen war. Das war vor zwei Jahren", erläuterte Frau von Bernheim.

„Pflegeheim?" Kommissarin Reil war überrascht. „Ist er so schwer krank?"

„Vollkommen dement", seufzte Ingrid Sennefeld mitfühlend und klaubte ein Stäubchen von ihrer Seidenbluse. „Zum Schluss war er so desorientiert, dass er nicht mehr alleine nach Hause fand. Ich weiß nicht, wie oft unsere arme Conny ihn an den unmöglichsten Stellen aufsammeln musste. Sogar die Polizei hat ihn einige Male nach Hause gebracht. Und jetzt ist Conny tot." Wieder begann sie, mit dem Schluckauf zu kämpfen.

„Sie hätte sich eben einen jüngeren Mann nehmen sollen, der nicht so schnell in die Knie geht", tönte es unter Ilse von Bernheims Hut ungerührt hervor. „Immerhin ist er gut fünfundzwanzig Jahre älter als sie und sieht mittlerweile aus wie hundert."

„Ohne ihn wäre aber unser Professorchen nicht da, wo sie heute ist", wandte Frau Benz ein und begann, hingebungsvoll in ihrer Pfeife herumzustochern. „Schließlich hat er ..."

Aufgeregt wurde sie von der jungen Kommissarin unterbrochen: „Sie glauben doch nicht etwa, dass der Ehemann etwas mit ihrer Ermordung zu tun hat? Ist denn ein dementer Mensch dazu überhaupt in der Lage?"

„Nicht so hastig, Fräuleinchen! Auch Polizistinnen sollten die elementare Anstandsregel beherrschen, andere aussprechen zu lassen", schnitt Charlottes rauchige Stimme scharf dazwischen. „Natürlich meine ich nicht ihren jetzigen beklagenswerten Zustand, sondern beziehe mich auf die handfesten Vorteile, die sie durch die Ehe mit ihm genossen hatte." Sie brach ab und setzte seelenruhig ihr Pfeifchen wieder in Brand.

Sabine begann, ungeduldig ihre Finger ineinander zu verflechten und wieder zu lösen, wagte es aber nach dem vorangegangenen Rüffel nicht, noch einmal zu unterbrechen.

Johanna beobachtete sie dabei amüsiert und fühlte sich an ihren eigenen Berufsanfang erinnert. Auch ihr war es anfangs schwer gefallen, die Aussagebereitschaft und die Glaubwürdigkeit von Zeugen richtig einzuschätzen. Im Laufe der Jahre hatte sie zudem die Erfahrung gemacht, dass manche Zeugen sich mit gezielten Fragen leichter taten, andere wollten dagegen von sich aus in Ruhe ihre Aussagen machen. Zur zweiten Gruppe gehörten ihrer Meinung nach diese alten Damen. Mit Geduld und gut Zuhören kam man bei ihnen offensichtlich am besten zurecht. Aber es kostete Zeit. Insgeheim sah sie auf ihre Uhr. Bis zur Obduktion blieb ihnen nur noch eine Stunde.

Die Pfeife brannte, wie sie sollte. Frau Benz nickte zufrieden und machte sich endlich daran, die Vorteile der Professorin zu erläutern. „Ihr Mann stammt aus einem sehr begüterten Haus. Er leitete ein Spielwarenunternehmen bereits in der vierten Generation. Damals, als sie heirateten, hatte er ihr das Studium und alle Extravaganzen, auf die Constanze viel Wert legte, finanziert. Außerdem hätte sie sich ohne sein Geld das private Pflegeheim nicht leisten können, von der Wohnung in unserer WG ganz zu schweigen."

Die Wohnung des Opfers musste unbedingt nach möglichen Hinweisen untersucht werden, durchfuhr es Johanna siedendheiß. Bevor sie sich auf den Weg zur Obduktion machten, würde sie Markus Popp und Klaus Wiesner daran erinnern.

„Ich wollte von vornherein nicht, dass sie bei uns einzieht", fuhr indessen Frau Benz fort, und Johanna spitzte die Ohren. Langsam schien es interessant zu werden. Wohlweislich enthielt sie sich jedoch jeglicher Nachfrage.

„Wir suchen uns unsere Mitbewohnerinnen nämlich äußerst sorgfältig aus, und das ist ein Prozess, der sich normalerweise über Jahre hinzieht", erläuterte nun Ingrid Sennefeld, während sie unermüdlich das weiße Taschentuch in den Händen knetete. „Dabei muss alles auf den Tisch gelegt werden, die finanzielle Bonität natürlich zuerst. Dann interessieren uns Vorlieben und Abneigungen, Toleranz, Charakterfestigkeit und vor allem Hilfsbereitschaft. Wir müssen uns schließlich auf jede hundertprozentig verlassen können und sind auf gegenseitige Hilfe angewiesen."

„Die Hilfsbereitschaft hat sie hinlänglich am Beispiel ihres Ehemannes bewiesen", setzte Charlotte in ätzendem Ton dagegen. „Ein paar Jährchen hätte sie sich schon noch um ihn kümmern können, zumal sie von ihm ausgiebig profitiert hat. Genau deshalb wollte ich nicht, dass sie bei uns einzieht. Auf ihre Hilfe wollte *ich* jedenfalls nicht angewiesen sein!" Wieder nebelte sie sich mit einer Rauchwolke ein.

„Ich bitte dich", meldete sich nun Ilse von Bernheim zu Wort, „eine Professorin mit internationalem Ruf kann doch ihre wissenschaftliche Karriere wegen eines dementen Ehemannes nicht aufs Spiel setzen."

„Zu der er ihr verholfen hat!", schnaubte Charlotte bitterböse. „Sie wollte ihn ganz einfach loswerden, weil er ihr lästig geworden war. Mit einem Pfleger hätte er auf alle Fälle noch Jahre zu Hause wohnen können. Ihr wisst selbst, dass unsere gute Constanze kein Kind von Traurigkeit war und neben ihrer Ehe noch einiges am Kochen hatte." Sie blickte die Kriminalbeamtinnen an und schob erklärend nach: „Wenn sie ein Gläschen zuviel erwischt hatte, schwärmte sie ständig von den jungen Wissenschaftlern, die ihr auf den Kongressen, zu denen sie alle Naslang fuhr, den Hof machen würden. Auf die Idee, dass diese jungen, knackigen Wissenschaftler sich von ihr handfeste Vorteile ausrechneten, kam sie überhaupt nicht. Eine affektierte Gewitterziege war sie, die nicht in Würde altern konnte!" Nun wandte sie sich direkt an Ilse von Bernheim: „Mit ihrem Haifisch-Charme und dem gestelzten professoralen Getue hat sie dich ganz schön eingewickelt. Ein Stern der Weisheit würde in unserer Hütte aufgehen, hast du uns erzählt. Mit ihrem Professorentitel würde sie die ganze WG schmücken und ihr Stil verleihen."

„Immerhin hat sie uns eine ungemein repräsentative Bibliothek eingerichtet", wagte Ingrid Sennefeld dagegenzuhalten. Es gefiel ihr offensichtlich nicht, dass vor den Beamtinnen so über die Tote hergezogen wurde.

„Repräsentative Bibliothek", wiederholte Charlotte voll Spott und begann, sorgsam die Asche aus ihrer Pfeife zu kratzen. „Ihre ganzen alten Pädagogikschinken, die kein Mensch lesen will, hat sie in unserem Salon untergestellt. Und aus dem Computerkurs, den sie uns versprochen hatte, wurde auch nichts, weil sie selbst keinen blassen Schimmer davon hatte. Darauf sind wir aber erst gekommen, als sie sich schon bei uns eingenistet hatte. Ich sage euch, die Professorin war auf der ganzen Linie eine Pleite. Und jetzt ist sie auch noch umgebracht worden, und wir haben die Scherereien!"

In der *Eine-für-alle-*WG schien es offenbar zu gären, und ganz so harmonisch, wie das Motto des Zusammenlebens verhieß, ging es dort wohl doch nicht zu. Als Täterinnen kamen die alten Damen aber nicht in Frage, überlegte die Hauptkommissarin. Sie hatten ein Alibi für die Tatzeit - bis auf Frau Sennefeld, die die Tote gefunden hatte. Ihre übergenauen Zeitangaben mussten nicht unbedingt der Wahrheit entsprechen.

Ein Blick auf die Uhr verriet ihr, dass es höchste Zeit war, zur Obduktion zu fahren. Ziemlich unvermittelt erhob sie sich deshalb. „Wir müssen der Obduktion Ihrer Professorin beiwohnen. Meine Kollegen Wiesner und Popp werden jetzt die Wohnung des Opfers in Augenschein nehmen, und ich setze mich mit Ihnen allen noch einmal in Verbindung." Beide Beamtinnen verabschiedeten sich.

„Gibt es eigentlich außer dem Ehemann weitere Angehörige, die wir von dem Todesfall unterrichten müssten?", fiel es Johanna bereits im Weggehen ein. Diese Frauen hatten sie gehörig durcheinander gebracht.

„Höchstens der Stiefsohn, was meint ihr?", grübelte Ilse von Bernheim und blickte ihre Gefährtinnen fragend an.

„Connys Tod interessiert den doch einen feuchten Schmutz", stellte Charlotte Benz sachlich fest. „Seit sein Vater im Pflegeheim gelandet war, herrschte völlige Eiszeit zwischen ihm und Conny."

Johanna überging diese Bemerkung stillschweigend und bat stattdessen um den Namen und die Adresse des Stiefsohns.

„Horst-Rüdiger Zech. Er wohnt in der Himpfelshofstraße", beschied ihr Bertine Herbst. „Sehen Sie", und sie wies zum Parkausgang, „das ist gleich hier um die Ecke. Sie können es gar nicht verfehlen, es ist das große, renovierte Gebäude mit der in unterschiedlichen Farben gestrichenen Fassade."

Sie hatten schon ein paar Schritte auf dem Parkweg zurückgelegt, als sie Ilse von Bernheims glockenhelle Stimme vernahmen, die der Wirtin zurief: „Bitte noch eine Runde Prosecco, Silvia. Auf diesen Schrecken hin haben wir uns das verdient. Und morgen lassen wir das Fitnesstraining einfach sausen."

Johanna dirigierte die junge Kollegin zu ihrem Auto, das in der Bleichstraße hinter den Einsatzwagen geparkt war. Kommissar Markus Popp stand neben dem ersten Einsatzfahrzeug und rauchte ein Zigarillo. Sie fragte ihn, ob er bei den Zeugen schon auf brauchbare Anhaltspunkte gestoßen war.

Der junge Kommissar schüttelte bedauernd den Kopf. „Bis jetzt ist nichts von Belang dabei."

„Na gut", seufzte sie. „Du und Klaus, ihr schaut euch in der Wohnung des Opfers um. Nehmt noch ein paar Kollegen von der Spurensicherung mit. Sabine und ich fahren jetzt zum Westfriedhof. Zuvor versuchen wir, den Stiefsohn des Opfers zu erreichen. Morgen früh um acht Uhr sehen wir uns bei der Dienstbesprechung."

Sechstes Kapitel

Johanna bugsierte ihr Auto aus der Parklücke, und nach wenigen Metern stach ihnen das bemalte Gebäude bereits ins Auge. Trotz der späten Stunde ertönte nach dem ersten Klingeln sofort das ›Ja, bitte‹ einer männlichen Stimme aus der Sprechanlage. „Hauptkommissarin Uhl, Mordkommission", gab Johanna knapp zurück, „machen Sie bitte auf. Wir müssen mit Ihnen sprechen."

„Erdgeschoß rechts", kam es unverzüglich zurück, und der Türöffner summte.

Sie betraten das Gebäude und standen vor dem Lift. Links führte eine Treppe nach oben. Rechts stand in der geöffneten Wohnungstür ein untersetzter älterer Mann und sah ihnen erwartungsvoll entgegen. Sein Kugelbauch schien das rotweiß geringelte Baumwollshirt sprengen zu wollen, und auch der dunkelblauen Jogginghose darunter misslang es gründlich, den umfangreichen Bauch zu bändigen. Mit einem seiner bloßen Füße war er aus den ausgelatschten Sandalen geschlüpft und kratzte sich mit der großen Zehe an der Ferse des anderen Fußes.

Die beiden Beamtinnen starrten ihn einen Augenblick überrascht an. Sollte das der Stiefsohn sein?

„Hauptkommissarin Uhl von der Mordkommission", wiederholte Johanna ihren Satz, den sie zuvor der Sprechanlage anvertraut hatte, „und das ist meine Kollegin, Kommissarin Reil. Wir müssen dringend mit Herrn Horst-Rüdiger Zech sprechen."

„Aber das tun Sie bereits, meine Damen. Möchten Sie nicht hereinkommen?" Galant trat er zur Seite, und sie drängten sich mühevoll an seiner Leibesfülle vorbei. Mit zwei Schritten und ohne Vorwarnung standen sie in einem saalartigen Wohnraum mit kantigen Säulen, die die gewölbte Decke des ehemaligen Fabrikgebäudes abstützten. Außer einer Glasvitrine, einem Sofa, zwei Sesseln, dazwischen ein Tischchen und an der Stirnseite des Raumes ein eingeschalteter Fernseher, auf dessen Panoramabildschirm gerade der Sheriff einen Bösewicht mit der Pistole in Schach hielt, befand sich nichts im Raum. Vor den breiten, bodentiefen Fenstern hingen dünne Stores, so dass man nicht ganz das Gefühl hatte, direkt auf der Straße zu sitzen. In dem merkwürdig kahlen Raum ohne Teppiche und Bilder hallten die Schritte der Beamtinnen unangenehm wider, als sie gemeinsam auf das Sofa zustrebten und Platz nahmen.

Herr Zech ließ sich auf einem der Sessel nieder, in dem er offenbar schon zuvor gesessen war, denn auf dem würfelförmigen Metalltischchen mit quadratischen Aussparungen an den Seiten stand in seiner unmittelbaren Reichweite eine geöffnete Bierflasche. Er griff danach und besann sich plötzlich auf seine Gastgeberpflichten. „Darf ich Ihnen auch ein Getränk anbieten?"

Johanna lehnte dankend ab und vergewisserte sich: „Sie sind der Stiefsohn von Frau Professor Zech?"

„Ja", bestätigte er knapp und ließ mit einem glucksenden Geräusch das Bier in seinen Schlund rinnen. Dann wischte er sich mit dem Handrücken die feuchten Lippen ab und bat mit einem schiefen Lächeln: „Verraten Sie bloß nicht meiner Frau, dass ich aus der Flasche getrunken habe. Das kann sie nämlich auf den Tod nicht ausstehen. Sie ist für ein paar Tage zu unserer Tochter nach Bad Windsheim gefahren, um sich von dem Umzug zu erholen. Morgen kommt sie aber zurück", seufzte er, „und dann geht es mit dem Einrichtungsstress weiter und natürlich auch mit Bier aus dem Glas."

Johanna, die sich mittlerweile daran gewöhnt hatte, dass der Stiefsohn im ähnlichen Alter wie seine Stiefmutter sein musste, drängte es danach, ihre Hiobsbotschaft endlich loszuwerden. „Ihre Stiefmutter ist vor gut einer Stunde tot im Rosenaupark aufgefunden worden", informierte sie ihn weit gefühlloser, als sie es sich ursprünglich vorgenommen hatte. „Nach unseren bisherigen Erkenntnissen wurde sie erdrosselt."

„Erdrosselt?" Erstaunt riss er die Augen auf und griff erneut zur Flasche. Er leerte sie auf einen Zug und linste betrübt in den Flaschenhals. „Schade", meinte er, „das war die letzte. Erdrosselt, sagten Sie?", wiederholte er fahrig. „Warten Sie einen Augenblick. Darauf brauch ich einen Schnaps. Für Sie auch ein Schlückchen?"

Die Beamtinnen schüttelten den Kopf, und er stemmte sich ächzend aus dem Sessel hoch und strebte auf einen Durchgang im rückwärtigen Teil des Wohnraumes zu, der durch schachtelförmige Umbauungen in halber Raumhöhe entstanden war. Die Decke dieser Umbauungen diente zugleich als Galerie, zu der eine rustikale Eisentreppe hinaufführte. Kurz darauf kam er mit einem reichlich gefüllten Cognacglas zurück. „Auf dich, Constanze!", hob er das Glas und setzte seinen zweifelhaften Toast fort: „Endlich hat dich der Teufel geholt!", und mit einem einzigen Zug stürzte er den Inhalt hinunter.

„Das wird sich noch erweisen, ob der Teufel sie geholt hat", hielt die Hauptkommissarin bedächtig dagegen. „Wo waren eigentlich Sie zwischen zwanzig und einundzwanzig Uhr?"

„Hier, warum?" Endlich schien die Tragweite der Frage in sein Bewusstsein zu sickern. „Sie verdächtigen doch nicht etwa mich?"

„Nicht, wenn jemand, der mit Ihnen weder verwandt noch verschwägert ist, Ihre Angabe bestätigen kann." Unverwandt starrte sie ihm in die Augen.

„Aber ich war hier!" Seine Stimme überschlug sich, und in seine Augen trat Panik. „Ich war hier, das müssen Sie mir glauben, und habe die Garderobe an die Wand gedübelt."

„Bestätigen kann das wohl niemand?", vergewisserte sich nun Sabine, während Johanna aufstand und an die Glasvitrine trat.

„Nein." Vernichtet vergrub er das Gesicht in den Händen. Dann schien ihm ein rettender Gedanke zu kommen, und er hob hoffnungsvoll den Kopf. „Aber die Nachbarn müssten es eigentlich mitbekommen haben, als ich die Löcher für die Dübel bohrte. Üblicherweise befasse ich mich nicht mit derartigen Sachen." Arrogant reckte er das Kinn in die Höhe, und der Wulst seines Doppelkinns glich nun dem Schnabelsack eines Pelikans. „Schließlich gibt es dafür Handwerker. Aber finden Sie mal einen, wenn Sie ihn brauchen. Also machte ich es selbst."

„Und haben deshalb keinen Zeugen", schlussfolgerte Sabine.

„Genauso ist es!" In seinen Augen glomm wieder das panische Flackern. Entmutigt ließ er den Kopf hängen, und sein Doppelkinn wölbte sich abermals hervor.

„Geben Sie mir bitte einmal die Telefonnummer Ihrer Tochter", bat die junge Kommissarin.

Während Sabine die Nummer ins Handy eintippte, versuchte Johanna, ihn zu beruhigen. „Wir werden uns in der Nachbarschaft gründlich umhören, darauf können Sie sich verlassen." Danach wandte sie sich wieder der Vitrine zu und musterte eingehend die Spielzeugautos. Jedes Einzelne stand auf einem kleinen schwarzen Sockel, in dem der Autotyp und das Herstellungsdatum mit Goldbuchstaben eingraviert waren. „Wenn Sie Glück haben, hat irgendjemand Ihr Bohren gehört. - Sind das die Produkte, die Sie in Ihrer Fabrik herstellen?"

„Wie bitte?" Im ersten Augenblick wusste er nicht, wovon sie sprach, und blickte sie erstaunt an. „Ja", bestätigte er, als er begriffen hatte, worauf sich ihre Frage bezog, „das sind die Prototypen der Spielzeugautos, die wir fertigen."

Sabine hatte inzwischen ihr Telefongespräch beendet. „Wie Sie selbst hören konnten, sind Ihre Frau und Ihre Tochter nun unterrichtet."

„Und haben beide ein glänzendes Alibi", merkte er mit einem schlauen Blick an. „Glauben Sie etwa, ich weiß nicht, warum Sie diesen Anruf tätigten?" Ein unanständiger Rülpser entfuhr ihm, und seine Stimme wurde durch den Alkohol weinerlich. „Jetzt bleibt Constanzes Tod ausgerechnet auch noch an mir hängen."

„Nun, nachdem Sie sich so offensichtlich gefreut haben, dass der Teufel Ihre Stiefmutter geholt hat, war das Verhältnis zwischen Ihnen wohl nicht besonders herzlich", vermutete Johanna mit falscher Freundlichkeit und kehrte wieder zur Couch zurück.

„Herzlich", wiederholte er und schnaubte dabei wütend, „war es weiß Gott nicht. Und jetzt muss ich kotzen." Behänder als seine Leibesfülle es vermuten ließ, sprang er auf und eilte auf eine der Türen in der würfelförmigen Umbauung zu. „Dieses Miststück", hörten sie ihn fluchen, „schlägt mir doch tatsächlich auch noch auf den Magen."

„Wir kommen wieder, wenn es Ihnen besser geht", rief Johanna ihm nach und war sich nicht sicher, ob er es gehört hatte. „Los", befahl sie dann, „wir müssen schleunigst zur Obduktion."

Während der Fahrt zum Westfriedhof hingen die Beamtinnen zunächst stumm ihren Gedanken nach. Erst als Johanna die Schnieglinger Straße entlang fuhr, begann sich Sabine zu den Eindrücken, die sie gewonnen hatte, zu äußern. „Der ist doch älter als seine Stiefmutter, oder? Unglaublich, was für Sachen es gibt. Wie das wohl zustande gekommen ist?"

„Nun, dafür gibt es eine Reihe von Möglichkeiten. Bevor wir aber ins Spekulieren geraten, warten wir lieber bis morgen und nehmen ihn uns gründlich vor."

Sabine nickte zustimmend, was Johanna in der Dunkelheit jedoch nicht mitbekam, und fuhr übergangslos fort: „Und dann diese komischen alten Frauen. Warum die wohl in einer WG zusammenwohnen? Eigentlich ist das doch eher eine Sache für Studenten. Und jetzt fangen die Senioren auch schon damit an."

„So übel finde ich die Idee eigentlich nicht", wandte Johanna ein. „Die Zeit der Großfamilien, in denen sich die einzelnen Generationen umeinander gekümmert haben, ist längst vorbei. Immer mehr ältere Menschen suchen Möglichkeiten, so lange wie es nur geht, unabhängig von anderen und nach ihren eigenen Vorstellungen ihr Leben zu verbringen. Die einen wollen ihren Kindern nicht zur Last fallen, und die, die keine Kinder haben, müssen sowieso eine Lösung dafür finden, wie ihr restliches Leben aussehen soll. Bevor ihnen nur noch der Weg ins Altenheim oder in ein teures Altenstift bleibt, ergreifen sie eben Selbsthilfemaßnahmen." Nachdenklich trommelte sie mit den Fingern aufs Steuerrad. „Nein, so übel ist die Sache mit einer Alten-WG wirklich nicht. Die Leute müssten natürlich zueinander passen, das haben wir ja heute hinreichend mitbekommen."

„Also, für meine Eltern kommt das nicht in Frage", protestierte Sabine. „Ich werde dafür sorgen, dass sie in ihrem Haus bleiben können, und werde mich um sie kümmern."

„Seien Sie doch realistisch, Sabine", entgegnete Johanna. „Sie sind Staatsbeamtin und müssen dort hingehen, wohin Sie versetzt werden. Ist es nicht so, dass Ihre Eltern in Forchheim leben und Sie seit gestern in Nürnberg? Im Notfall könnten Sie zwar in einer halben Stunde bei ihnen sein, aus Nürnberg kann aber auch ganz schnell Passau oder Ulm werden. Haben Sie sich das nicht überlegt?"

Während Sabine noch immer Gegenargumente suchte, bog ihre Vorgesetzte nach links auf den Parkplatz vor dem Krematorium des Westfriedhofs ein.

Beide stiegen aus und wurden sofort von einer heftigen Windböe erfasst, die dunkle Wolken über den Nachthimmel jagte. Im Westen zuckte ein Wetterleuchten auf. Vor ihnen ragte der wuchtige Gründerzeitbau des Krematoriums in der Dunkelheit auf. Mit seinen Türmchen, Kuppeln und Erkern erinnerte er eher an ein düsteres Schloss. Nur die beiden hohen Kamine an der rechten Seite gemahnten an seinen eigentlichen Zweck. Im Schein des Vollmondes, der immer wieder von vorbeiziehenden Wolkenfetzen verdunkelt wurde, sprangen die Konturen des Gebäudes kantig hervor.

„Richtig unheimlich ist es hier, Frau Uhl", ließ sich Sabine nach einiger Zeit vernehmen und zog sich ihre Jacke fester um die Schultern.

Johanna lachte. „Bei Tage sieht es hier längst nicht so dramatisch aus. Den Vollmond habe ich aber extra für Sie bestellt, damit es Sie gehörig gruselt." Dann hakte sie sich freundschaftlich bei der Jüngeren unter. „Kommen Sie, wir müssen uns beeilen. Der Staatsanwalt ist bereits da." Sie deutete auf einen Mercedes, dessen genaue Farbe in der Dunkelheit nicht auszumachen war.

Rasch betraten sie das Krematorium, stiegen die Treppe hinauf und bogen rechts in den Korridor ein. Die erste Tür links führte in den Sektionsraum.

Schwungvoll riss Johanna die Tür auf, und sofort umhüllte sie der Übelkeit erregende, süßliche Geruch der Desinfektionsmittel. Der Raum war in das gleißende Licht der OP-Lampen über dem Sektionstisch getaucht, auf dem die Leiche der Professorin lag. An dem kleinen Tisch neben dem Fenster saß auf einem der beiden Stühle der Staatsanwalt. Er blickte kurz von dem Aktenordner hoch und bellte: „Pünktlichkeit ist für Sie wohl ein Fremdwort!"

Johanna wusste, wie seiner Unfreundlichkeit beizukommen war. „Wir mussten die Angehörigen von dem gewaltsamen Ableben des

Opers unterrichten", erklärte sie friedfertig. „Sie wissen selbst, wie schwierig diese traurige Pflicht ist."

„Ist schon gut", lenkte Dr. Merseburger ein, während er seine Brille auf die Stirn schob und die junge Beamtin eingehend musterte. „Das ist wohl Ihre erste Obduktion?"

Als Sabine verunsichert „Die zweite" stammelte, fügte er barsch hinzu: „Na, hoffentlich machen Sie uns keine Schwierigkeiten."

„Schwierigkeiten?" Sabine verstand nicht, was er damit meinte.

„Er befürchtet, dass Sie kotzen müssen", wurde sie vorlaut von dem jungen Präparator aufgeklärt, der bereits die Schädeldecke der Toten aufgesägt hatte und nun Dr. König und Dr. Grillmeyer zur Hand ging.

Die zwei Obduzenten waren ein eingespieltes Team. Zügig öffneten sie mit dem Ypsilon-Schnitt den Brust- und Bauchraum und entnahmen geschickt die Organe. Nach dem Messen und Wiegen legten sie diese in die neben dem Sektionstisch aufgereihten Transportbehälter. Dr. König diktierte in das Mikrofon, das er um den Hals trug, seine ersten Befunde.

Johanna nahm ungern an Obduktionen teil. Es deprimierte sie. Wegen ihrer jungen Kollegin ließ sie sich ihre Gefühle aber nicht anmerken und verfolgte die Sektion mit unbewegtem Gesicht.

Plötzlich zupfte jemand an ihrem Jackenärmel. Als sie sich zur Seite wandte, blickte sie in Sabines kalkweißes Gesicht.

„Mir ist schlecht", stammelte diese mit blutleeren Lippen, „ich glaube, ich muss ..." Blitzartig fuhren ihre Hände zum Mund.

Johanna legte ihr den Arm um die Schultern und dirigierte sie geschwind zu den Toiletten. In der Eile irrte sie sich in der Tür und geriet in den Raum mit der Leichenwaage. Hastig schob sie Sabine eine Tür weiter, und mit letzter Kraft beugte diese sich über die Toilettenschüssel.

Johanna kehrte in den Sektionsraum zurück und wurde ungnädig vom Staatsanwalt empfangen. „Können wir jetzt weitermachen?"

Als sie nickte, näselte Dr. Max König mit verschnupfter Stimme: „Ich fasse also noch einmal zusammen. Die Drosselfurche ist ganz geschlossen und verläuft nahezu horizontal. Dem Knoten in dem

Seidenschal nach muss der Täter direkt hinter seinem Opfer gestanden haben. Es handelt sich um eine doppelläufige Strangmarke mit einem Zwischenkamm. Das Opfer hat mit den Händen versucht, das Drosselwerkzeug zu lockern. Über die ersten und zweiten Glieder von Zeige- und Mittelfinger der rechten Hand ziehen sich Abwehrspuren. Wir fanden flohstichartige Stauungsblutungen in den Augenbindehäuten und hinter den Ohren. Dezentere Blutungen zeigten auch die Mundschleimhaut und die Augenlider. Nun zum inneren Befund: Die Kehlkopfhörner sind gebrochen."

Er unterbrach sich, als Sabine mit verlegener Miene wieder den Sektionsraum betrat, und fragte teilnahmsvoll: „Geht es besser?"

„Ein wenig", kam es kläglich zurück. Um die Nasenspitze herum war sie noch ganz blass.

„Setzen Sie sich lieber hin", riet Max und holte vom Tisch den freien Stuhl. „Das dauert bestimmt noch einige Zeit, bis der Kreislauf wieder mitspielt." Er nieste kräftig.

„Das geht aber nicht", fuhr Dr. Merseburger empört auf. „Wenn Sie krank sind, bleiben Sie gefälligst zu Hause."

„Mach ich sofort, wenn Sie für mich einen Stellvertreter ausfindig gemacht haben. Mir ist es leider nicht gelungen!" Max schnäuzte sich geräuschvoll. „Urlaubszeit, verstehen Sie?"

Der Staatsanwalt stutzte einen Augenblick und befahl mürrisch: „Weiter!"

„Nun zum vorläufigen pathologischen Gesamtbefund", setzte Max ruhig fort. „Auf den ersten Blick hat dem Opfer bis auf die Blinddarmnarbe nichts gefehlt. Das Herz und die Lunge sind dem Augenschein nach ohne pathologischen Befund. Ein klein wenig vergrößert erscheint die Leber. Die Muskulatur ist angesichts des Alters erstaunlich gut trainiert. Sie starb so zu sagen bei bester Gesundheit."

Sie starb bei bester Gesundheit, ging es Johanna durch den Kopf. Wie absurd das klang.

„Gut", antwortete Staatsanwalt Dr. Merseburger, „dann sind wir fürs Erste hier fertig." Er packte seine Unterlagen zusammen und wandte sich zum Gehen. Unter der Tür drehte er sich noch einmal um und fasste Sabine, die wie ein Häuflein Elend auf dem Stuhl kauerte, scharf ins Auge: „Hoffentlich artet sich das nicht zur Dauereinrichtung aus. Als Polizistin müssen Sie schon einiges vertragen können. Das wussten Sie doch, als Sie mit dem Polizeiberuf anfingen." Ohne eine Antwort abzuwarten, schloss er hinter sich die Tür.

„Was ist denn plötzlich in den gefahren?", fragte Johanna in die Stille, die nach dem Abgang des Staatsanwalts entstanden war. „So kenne ich ihn gar nicht."

Dr. Grillmeyer lachte. „Wahrscheinlich hat er sich geärgert, weil er dem Bereitschaftsdienst gleich ein paar Mal hintereinander seine wohl verdiente Nachtruhe hatte opfern müssen. Und wenn er nachts antanzen muss, stört ihn die Fliege an der Wand. Am Tag ist er dagegen immer ganz umgänglich."

„Oder seine Frau hat ihn mal wieder nicht rangelassen, und seine Hormone spielen jetzt verrückt!", feixte der junge Präparator unverschämt in die Runde.

Johanna musterte belustigt sein jungenhaftes Gesicht und die glatten blonden Haare, aus denen leicht abstehende Ohren hervorlugten, und stellte eher beiläufig fest: „So ist das eben mit dem männlichen Denken. Es kreist meist um einfache Erklärungsmuster, und am einfachsten ist es, in sexuellen Größenordnungen beziehungsweise Häufigkeiten zu denken, nicht wahr?"

Die Ohren zwischen den blonden Haaren nahmen eine flammendrote Farbe an, und der Präparator wandte sich verlegen den Transportbehältern zu.

Johanna warf einen Blick auf ihre Uhr. Es war bereits nach Mitternacht, und die Dienstbesprechung war für den Morgen um acht Uhr angesetzt. Es wurde Zeit, dass sie nach Hause kamen. „Kommen Sie, Sabine", scheuchte sie deshalb die Kollegin hoch, „schauen wir zu, dass wir wenigstens noch ein paar Stunden Schlaf zusammenbekommen."

Max zog den Mundschutz herunter und begleitete die Beamtinnen. Mit dem Ellbogen öffnete er die Tür und reckte seine behandschuhten Hände nach oben, als er sie ihnen mit der Hüfte zuvorkommend aufhielt.

„Den Präparator kenne ich gar nicht. Ist der neu?", wollte Johanna im Hinausgehen wissen.
„Frisch von der Präparatorenschule in Berlin", bestätigte Max. „Wir nennen ihn Charly. Eigentlich heißt er Karl-Ernst, das ist uns aber zu umständlich. Er ist übrigens ein Ass in der kosmetischen Rekonstruktion von Leichen nach der Obduktion", raunte er ihnen zu. „Wie das blühende Leben sehen sie nach seiner Behandlung aus. Solltet ihr einmal einen kosmetischen Rat brauchen, dann wendet euch nur vertrauensvoll an Charly. Er vollbringt Wunder."
„Danke für den Tipp", erwiderte Johanna wenig begeistert und wandte sich zum Gehen. Einer kosmetischen Behandlung durch den Leichenpräparator konnte sie nicht viel abgewinnen.
„Ach übrigens, Johanna, wie wäre es mal wieder mit einem netten Abendessen und danach irische Live-Musik?", rief ihr Max hoffnungsvoll über den Flur hinterher. „Ich habe nämlich ein neues Lokal entdeckt."
„Warum nicht?", lächelte Johanna. „Aber erst, wenn du deine Erkältung losgeworden bist. Das Angebot, dir die Nase zu putzen, besteht nach wie vor", ließ sie ihn mit einem Augenzwinkern wissen. „Vergiss bitte den vollständigen Obduktionsbericht nicht. Den brauchen wir nämlich umgehend."

Die Beamtinnen verließen das Krematorium und stemmten sich der heftigen Böe entgegen, die sie abermals erfasste, als sie dem Auto zustrebten. Bis jetzt war jedoch noch kein einziger Regentropfen gefallen. Johanna brachte ihre junge Kollegin in die Gostenhofer Hauptstraße. Dort hatte diese ein kleines Appartement bezogen.
Sabine sah immer noch ziemlich mitgenommen aus, als sie sich von ihrer Vorgesetzten verabschiedete und hinzufügte: „Auf alle Fälle werde ich in der nächsten Zeit kein Fleisch essen, das kann ich Ihnen versichern."

Siebtes Kapitel

Johanna stand am nächsten Morgen wie gerädert auf. Sie hatte schlecht geschlafen. Ständig war die tote Professorin in ihren Träumen herumgegeistert, hatte sie aus mit schwarzem Kajal umrandeten Augen angestarrt und angeniest. Angeniest! Johanna schüttelte den Kopf. Was man auch so zusammenträumen konnte. Schläfrig tappte sie ins Badezimmer und erledigte ihre Morgentoilette. Die Wechseldusche wirkte Wunder, und sie kehrte wie neugeboren in ihr Schlafzimmer zurück. Nach eingehender Musterung ihres Garderobenbestandes entschied sie sich für einen hellgrauen Hosenanzug mit einem cremeweißen Top darunter, denn für die Dienstbesprechung wollte sie dezent gekleidet sein. Sie warf einen letzten kritischen Blick in den Spiegel und stieg die Treppe hinunter. Voll Vorfreude folgte sie dem Duft von frisch gebrühtem Kaffee, der verheißungsvoll aus der Küche waberte.

Ihre Zwillingstöchter Beate und Birgit frühstückten bereits und steckten dabei die Köpfe über der Zeitung zusammen. „Guten Morgen, Mama", scholl es ihr wie aus einem Mund entgegen. „Ist die tote Professorin dein Mordfall?"

Die Mutter nickte, und Birgit setzte mit dem Feingefühl eines Fleischerhundes hinzu: „Warum kommt eigentlich keiner auf die Idee und nimmt sich mal einen Lehrer vor?"

„Genau", stimmte Beate zu, „zum Beispiel Frau Oberndorfer."

Die Deutschlehrerin, Frau Oberndorfer, war seit einigen Wochen die Vertretung für Frau Köberlein, die sich ein Bein gebrochen hatte, als sie beim Joggen über eine Wurzel gestürzt war, und Johanna war alarmiert. Während sie sich ein Brot zurechtmachte, fragte sie beiläufig: „Was habt ihr denn mit Frau Oberndorfer?"

„Zoff, und zwar die ganze Klasse." Birgit warf wütend ihre langen blonden Haare zurück, und ihre schwarzen Augen sprühten Funken.

„Und in der Klasse haben wir auch Zoff." Wie ihre Schwester beförderte Beate nun ebenfalls ihre langen Haare mit Schwung in den Nacken und schnaubte: „Jeder ist gegen jeden, und Frau Oberndorfer gibt uns keine Gelegenheit, das mal gründlich durchzusprechen. Als Klassenleiterin müsste sie das aber tun. Du erinnerst dich hoffentlich, dass du heute einen Termin bei ihr hast."

„Um Himmels willen", entfuhr es ihrer Mutter, die den Termin zur Sprechstunde vollkommen vergessen hatte, „um wie viel Uhr?"

„Dreizehn Uhr, gleich nach Schulschluss."

Johanna nahm ihr Notizbuch aus der Tasche, die sie neben dem Tisch abgestellt hatte, und blätterte sich hastig zum heutigen Datum durch. Tatsächlich, und sie erinnerte sich nun auch daran, wie schwierig es gewesen war, den Sprechstundentermin zu bekommen. Deshalb hatte sie ihn dick umrandet, zweimal unterstrichen und mit drei Ausrufezeichen versehen. Seufzend klappte sie das Büchlein zu und nahm ihre Töchter näher in Augenschein. Beide waren wieder einmal haargenau gleich angezogen. Zu ihren Turnschuhen trugen sie schwarze Jeans und darüber weiße T-Shirts, die ihr neu vorkamen. Sie glichen sich wie ein Ei dem anderen.

„Wollt ihr vielleicht wieder einen der Lehrer reinlegen?", beunruhigte sie sich im höchsten Maße.

„Aber Mama", kam es entrüstet zurück, „du mit deinem ewigen Misstrauen! Der Polizeiberuf hat dich ziemlich verdorben." Beide statteten sich mit ihrem treuherzigen Cockerspaniel-Blick aus.

Ihre Mutter fiel darauf nicht herein, denn das verräterische Funkeln in den Augen der Mädchen sagte alles. Was mochten die zwei wohl wieder im Schilde führen?

„Ihr habt euch neue T-Shirts gekauft", merkte sie nun wie nebenbei an und biss in ihr Brot. „Steht doch bitte einmal auf, damit ich sehen kann, wie sie passen."

Die zwei warfen sich einen Blick zu und unterdrückten dabei ein Grinsen.

Ihre Mutter wusste, dass das mehr als ein Blick war. Sie konnten sich ohne Worte verständigen. Es musste mit den T-Shirts zu tun haben. Energisch drängte sie deshalb: „Steht schon auf. Ich möchte sehen, wofür ihr unser gutes Geld ausgebt."

Beide stellten sich nebeneinander vor sie hin.

Es waren einfache weiße Baumwollshirts. Auf Beates und Birgits Brustseiten prangte in schwarzen Buchstaben folgender Zweizeiler:

Victoria in manu nobis est: Viget aetas, animus valet!
Contra illis annis atque divitiis omnia consenuerunt.

„Das ist die Seite für die Lehrer", erklärte Birgit. „Alle in der Klasse haben vorn auf dem T-Shirt den gleichen Satz."

„Genau", bekräftigte Beate, „aber das war vielleicht schwierig, uns darauf zu einigen."

„Aha", gab ihre Mutter von sich und bemühte sich verzweifelt, den lateinischen Satz zu übersetzen. Aber sie kam nicht hinter den Sinn, da ihr zu viele Vokabeln fehlten. „Und was heißt das?"

Die Mädchen grinsten sich selbstgefällig an und begannen, wie aus einem Mund zu deklamieren:

„Wir haben den Sieg in der Hand: Wir sind jung und stark
und geistig voll da. Bei denen dagegen ist im Lauf der Jahre
und, weil sie im Geld schwimmen, alles vergreist."

„Herrgott noch mal, das ist aber reichlich unverschämt", entrüstete sich ihre Mutter, „und das ausgerechnet auch noch vor der Sprechstunde mit Frau Oberndorfer. Woher habt ihr eigentlich diese Weisheit?"

„Von einem Lateinlehrer", wurde sie von Birgit aufgeklärt, „der hat nämlich ein megamäßig tolles Buch geschrieben."

Beate hatte inzwischen in einem der beiden Büchertaschenrucksäcke, die die Mädchen neben der Küchentür abgestellt hatten, herumgekramt und kam mit einem Büchlein zurück. Sie reichte es ihrer Mutter.

Auf dem grauen Untergrund des Buchdeckels prangte eine meisterhaft ausgeführte Karikatur von drei alten Römern. Der im Vordergrund mit dem Lorbeerkranz um dem kahlen Schädel könnte Cäsar sein, sinnierte Johanna. Darunter stand als Titel: ›Der kleine Schmutzfink - Unflätiges aus dem Latein‹. „Ein Lateinlehrer hat das geschrieben?", verwunderte sie sich.

„Richtig", nickten die Zwillinge, „Gerhard Fink heißt er und unterrichtete sogar an einem Nürnberger Gymnasium."

„Ich glaube, bei dem hätte sogar uns Latein Spaß gemacht", fügte Beate mit einem tiefen Seufzer hinzu.

„Genau", pflichtete ihre Schwester bei, „aber unser staubtrockener Daum würde ja nicht einmal im Traum auf so eine Idee kommen. - Die Rückseite konnte jeder gestalten, wie er wollte, weil die für den Hintermann oder die Hinterfrau in der Klasse bestimmt ist. Du kannst dir denken, wie es da in der Klasse rundgeht, bei der dicken Luft, die wir gerade haben." Birgit drehte sich bei diesen Worten um und präsentierte ihrer Mutter den Rücken. „Hinter mir sitzt doch der Axel, der sich beim Daum dauernd einschleimt. Schau mal, was der jetzt vor Augen hat!"

Quer über dem Rücken von Birgits T-Shirt stand in fein säuberlich geschwungenen schwarzen Buchstaben: *Cularcultor*.

„Arschkriecher heißt das", erklärte Beate, während sie sich ebenfalls umdrehte. „Und das ist für die aufgetakelte Britta hinter mir, die sich immer so toll findet."

Auf ihrem Rücken war *Turpissima* zu lesen.

„Das bedeutet Vogelscheuche", unterrichtete nun Birgit ihre Mutter. „Wir haben lange überlegt, ob wir *Ambubaia*, also Schlampe, nehmen sollten oder *Milva*, das wäre die Nebelkrähe."

„Außerdem hat Peter schon *Ambubaia* für die Anne hinter ihm ausgesucht", ergänzte Beate.

„Aha", kommentierte Johanna ratlos das Gehörte, während sie flüchtig in dem Büchlein herumblätterte und eher beiläufig weitere Schimpfwörter wie Dreckstück, Trottel oder Rabenaas wahrnahm. „Wem gehört nun eigentlich dieses unflätige Lateinbuch?"

„Uns!", feixten die Zwillinge unverschämt. „Wir haben es letzte Woche in der Buchhandlung entdeckt, als wir für dich das Buch abholten, das du für Hellers Feier bestellt hattest."

„Und die Idee mit der Beschimpfung?"

„Die Lehrerbeschimpfung ist von uns", bestätigten sie den Verdacht der Mutter. „Das mit der Beschimpfung des Hintermanns stammt aber von Andreas. Gut, gelle?"

„Also ehrlich", wandte nun ihre Mutter ein, der schon angst und bange wurde, als sie an die Sprechstunde mit Frau Oberndorfer dachte, „hättet ihr euch nicht einen dezenteren Unfug einfallen lassen können? Das sieht mir jedenfalls arg nach einer Kriegserklärung aus."

„Wieso Kriegserklärung?", begehrten die Mädchen auf. „Das ist nur textiler Widerstand, und dezenter kann man den nicht machen, sonst versteht es überhaupt keiner. Es wird sowieso eine Zeit dauern, bis alle Lehrer kapiert haben, was auf der Vorderseite der T-Shirts steht." Mit diesen Worten räumten die Zwillinge ihre Sachen zusammen, schlangen sich ihre schwarzen Jacken um die Hüften, verknoteten die Jackenärmel über den textilen Widerstands-T-Shirts und verabschiedeten sich. „Ciao Mama, bis heute Abend. Aber ruf an, wenn du nicht zum Abendessen heimkommst."

Richtig, das Abendessen! Heute Abend war sie von dem Kollegen Ingo Heller zur Jubiläumsfeier eingeladen. Großzügig wie er in diesen Dingen war, ließ er seine Gäste sicherlich nicht hungern. „Wartet nicht mit dem Abendessen auf mich", rief sie deshalb ihren Töchtern nach, „im Präsidium ist heute Hellers Jubiläumsfeier."

„Okay, wir wissen Bescheid!"

Beate war eine Idee gekommen, und sie steckte noch einmal den Kopf durch die Tür. „Wenn du auch so ein T-Shirt möchtest, sag uns Bescheid. Der Typ von der Videoausleihe, bei dem wir immer wieder Filme holen, macht das. Wir haben übrigens einen enormen Preisnachlass für die ganze Klasse bei ihm ausgehandelt."

„Bloß nicht", wehrte Johanna entsetzt ab. „Ab in die Schule, du textile Widerständlerin!"

Johanna machte sich ebenfalls auf ihren Weg zum Präsidium. Während der Fahrt gingen ihr wieder ihre pubertierenden Töchter durch den Kopf. Wenn es um Unfug ging, waren die beiden immer mit in vorderster Reihe. Dr. Daum, der Lateinlehrer, mit dem die beiden ständig auf Kriegsfuß standen, hatte ihr in der letzten Elternsprechstunde indigniert klar gemacht, dass er von einer Kriminalbeamtin eigentlich besser erzogene Kinder erwartet hätte. Auf alle Fälle konnte sie sich nach diesem textilen Widerstand auf einiges gefasst machen.

Milva heißt auf Deutsch also Nebelkrähe, fiel es ihr in diesem Zusammenhang wieder ein. Wenn sie das nächste Mal ein Lied von Milva, dieser berühmten italienischen Sängerin mit den flammendroten Haaren und der wundervoll erotischen Stimme hören würde, käme ihr unweigerlich Nebelkrähe in den Sinn. Eigentlich schade, dachte sie, vielleicht ist es manchmal wirklich besser, ein bisschen weniger zu wissen.

Im Präsidium fand sie ihr Büro leer vor. Sabine hatte sich wohl schon auf den Weg zum Besprechungszimmer gemacht. Zunächst rief sie in der erziehungswissenschaftlichen Fakultät an, an der die tote Professorin das Nürnberger Institut für Bildungsforschung geleitet hatte, und vereinbarte einen Termin mit dem Dekan. Gleichzeitig bat sie ihn, alle Professoren und Mitarbeiter am Nachmittag zusammenzurufen. Danach ordnete sie ihre Unterlagen und ging ebenfalls zum Besprechungsraum. Schuldbewusst musste sie feststellen, dass alle schon anwesend waren und offensichtlich auf sie warteten.

Kommissar Markus Popp, den sie seit seiner Rückkehr vom Weiterbildungslehrgang in Ainring nur kurz gestern Abend zu Gesicht bekommen hatte, zwinkerte ihr zu und grinste anzüglich. „Hast dich wohl mit deinen Zwillingen beim Frühstück ein wenig verplaudert?"

„Stimmt", nickte sie. „Nachher werde ich dir erzählen, was sich die zwei wieder haben einfallen lassen." Sie knuffte ihn freundschaftlich in die Seite und nahm neben ihm Platz.

Dann blickte sie in die Runde und stellte fest, dass alle einen ziemlich unausgeschlafenen Eindruck machten. Das ließ sich aber nicht ändern. Die ersten Stunden nach dem Auffinden einer Leiche waren immer die wichtigsten. Hierbei wurden alle nur greifbaren Beamten eingesetzt, um die dringendsten Spuren, die am ehesten zerstört werden konnten, sicherzustellen. Als Leiterin der Untersuchung eröffnete sie nun die Besprechung und gab einen kurzen Überblick über den Tatort und die Zeugenbefragung, die sie durchgeführt hatte. Danach informierte sie die Gruppe über die bisherigen Obduktionsergebnisse.

„Kommen wir nun zur konkreten Analyse des Mordfalls. Klaus, übernimm bitte die Tatortanalyse. Gert wird dazu die kriminaltechnischen Untersuchungsbefunde beisteuern."

Klaus Wiesner öffnete die vor ihm liegende Mappe, entnahm ihr einen Stapel Tatortfotos und Skizzen, die er in die Runde gab, und begann mit seinem Bericht. „Zunächst gebe ich einen Überblick über die Auffinde- und Tatortsituation. Laut Aussage der Zeugin Sennefeld entdeckte sie die Tote gegen zwanzig Uhr fünfundvierzig. Die Tat muss kurz zuvor geschehen sein, da die Tote sich noch warm anfühlte, als die Zeugen Fürst und Gruber am Tatort eintrafen. Dies deckt sich auch mit der Aussage der Zeugin Sennefeld, die das Opfer etwa eine Viertelstunde zuvor noch lebend gesehen hat. Die Tote lag auf einer Bank am nordöstlichen Rand des Rosenauparks, nahe dem Zugang zum Spittlertorgraben. Ihr Kopf hing, von vorn gesehen, über die linke Schmalkante der Bank, und ihre Handrücken ruhten auf dem Boden auf. Das Tötungswerkzeug ist zweifelsfrei der Seidenschal, der fest um ihren Hals geknotet war und tief in die Haut einschnitt. Laut Zeugenaussagen ist er Eigentum des Opfers. Halb verdeckt vom Oberschenkel des Opfers, lag auf einer Plastiktüte mit dem Rücken nach oben ein aufgeschlagenes Manuskript mit blauem Einband. Auf dem Boden vor der Bank stellten wir einen grünen Drehbleistift sicher. In den Taschen fanden wir einen Hausschlüssel und eine Geldbörse. Im Geldscheinfach steckten unter anderem Kontoauszüge der VR-Bank Johannisstraße, die gestern, also am Tattag, erstellt wurden. Aus der Börse scheint auf den ersten Blick nichts zu fehlen, so dass wir einen Raubmord ausschließen können."

„Nicht so voreilig", mahnte Johanna, „zum Tathergang kommen wir schon noch."

„Aus kriminaltechnischer Sicht kann ich euch zunächst nur mit vorläufigen Ergebnissen weiterhelfen", ergriff nun Hauptkommissar Gert Hüber von der KTU das Wort. „Das Tötungswerkzeug ist eindeutig der eigene Seidenschal des Opfers. Allerdings sind wir noch nicht so weit, mit Sicherheit sagen zu können, ob auch der Täter darauf Spuren hinterlassen hat. Dr. König von der Rechtsmedizin hat mir heute Morgen mitgeteilt, dass er unter den Fingernägeln des Opfers Hautpartikel und winzige Blutspuren entdeckt hat. Die Analyse steht jedoch noch aus. Das Opfer muss sich gewehrt haben, denn über die Innenseiten der ersten und zweiten Fingerglieder der rechten Hand ziehen sich Abwehrspuren. Zudem haben wir auf der Kleidung des Opfers eine beträchtliche Anzahl von Haaren entdeckt. Neben langen blonden, die vom Opfer selbst stammen könnten, gab es auch kurze dunkle. Wir müssen noch herausfinden, ob es sich dabei um Menschen- oder Tierhaare handelt. Der Drehbleistift scheint der Toten zu gehören, zumindest befanden sich darauf ihre Fingerabdrücke."

„Gut", antwortete die Hauptkommissarin und stapelte die Tatortfotos und Skizzen, die inzwischen bei ihr angelangt waren, aufeinander, „dann kommen wir zu einer möglichen Tathergangsanalyse. Was ist wohl passiert?" Fragend glitt ihr Blick über die Gesichter der Anwesenden.

„Meiner Ansicht nach ist der Fundort auch der Tatort", ließ sich Kommissar Markus Popp vernehmen und zog den Stapel der Tatortfotos zu sich heran. Er suchte das mit der Leiche auf der Bank heraus und hob es für alle sichtbar in die Höhe. „Der Kopf der Toten hängt über diese kurze Seite der Sitzfläche. Der Täter könnte vom Spittlertorgraben her gekommen sein, blitzschnell den Schal zusammengezurrt haben und ..." Mit der Hand vollführte er eine Hals abschneidende Bewegung und sah bedeutungsvoll in die Runde.

„Dagegen spricht für mich aber das aufgeschlagene Manuskript, das halb verdeckt von den Beinen des Opfers auf der Bank gelegen hatte", warf Kommissarin Sabine Reil nachdenklich ein. „Wenn es wirklich zu einem blitzartigen Überfall, wie du ihn gerade beschrieben hattest, gekommen wäre, hätte das Opfer das Buch erschrocken fallen lassen, um sich wehren zu können."

„Da ist was dran", überlegte Johanna Uhl. „Es sieht tatsächlich so aus, als hätte die Professorin das geöffnete Manuskript mit den Seiten nach unten auf die Bank gelegt. Das bedeutet, dass ..."

„Dass das Opfer vielleicht über das Gelesene nachgedacht hat, da es sich dabei immerhin um eine Examensarbeit handelt, oder es hat den Täter gekannt und sich mit ihm unterhalten", spann nun

Markus den Faden weiter. „Dann könnte der Täter sich allerdings auch vom oberen Parkweg her genähert haben."

„Richtig", stimmte ihm Sabine zu, „und dadurch war es dem Täter auch möglich, ungewöhnlich nah an das Opfer heranzukommen. Von den WG-Bewohnerinnen und der Wirtin hatten wir nämlich erfahren, dass sich die Professorin üblicherweise ziemlich abweisend verhielt und den Kontakt zu anderen Menschen eher verhinderte."

„Diese Information über das Opfer ist aufschlussreich zur Bewertung des Opfer-Täterrisikos", grübelte Johanna, „und sollte von uns unbedingt berücksichtigt werden bei der Frage, ob und wie der Täter den Mord geplant hat."

„Trotz des tödlichen Ausgangs ging nach meinem Dafürhalten das Opfer kein leichtfertiges Risiko ein", gab Sabine zu Bedenken. „Die Professorin war eine körperlich gut trainierte Frau, die, wenn ich mir die Aussagen ihrer WG-Mitbewohnerinnen vor Augen führe, keineswegs einem Täter durch ihre Körperhaltung und ihr gesamtes Verhalten signalisierte, ein schwaches Opfer zu sein. Ich denke, auf jemanden, der einen Raubüberfall oder gar ein Sexualdelikt plante, wirkte sie eher abschreckend. Für ein Sexualdelikt wäre der Tatort um die Tatzeit herum zudem äußerst ungeeignet gewesen."

„Also mich persönlich hätte die alte Schachtel nie und nimmer zu einem Sexualdelikt animiert", knurrte Klaus, der in diesem Augenblick mit einer Kaffeekanne in der Hand zurückkam. Mit der anderen hielt er wie eine routinierte Bierzeltbedienung einen Kranz von Kaffeepötten an den Henkeln umklammert.

„Dich vielleicht nicht", tat nun auch Bernd Wagner, der bis jetzt stumm zugehört hatte, seinen Mund auf, „aber wir wissen alle, dass viele Sexualtäter sich schwache Opfer suchen, und das sind nun mal Kinder und alte Frauen. An junge, starke und selbstbewusste Frauen trauen sie sich meist allein gar nicht heran oder setzen K.-o.-Tropfen oder massive Waffengewalt ein. Am fiesesten finde ich übrigens dabei dieses GHB, dieses Liquid Extasy, das bereits nach zwölf Stunden im Körper nicht mehr nachzuweisen ist." Er beugte sich ein wenig zu Sabine hinüber und fuhr fort: „Wir hatten nämlich erst kürzlich einen schrecklichen Fall mit dieser Droge. Eine junge Studentin Anfang zwanzig kam mit heftigen Unterleibsschmerzen zu uns ins Präsidium und äußerte den Verdacht, vergewaltigt worden zu sein. Sie konnte sich aber an rein gar nichts mehr erinnern. Wir haben sie sofort untersuchen lassen. Dabei wurden neben den Vergewaltigungsspuren am Körper in ihrem Blut und in ihren Haaren Rückstände von dem GHB gefunden."

„Und der Täter?", wollte Sabine voll Spannung wissen.

„Das war gar nicht so einfach gewesen", mischte sich nun Markus Popp ein, „weil die junge Frau sich eben an nichts mehr erinnern konnte. Wir haben ihn letztendlich aber doch geschnappt. Es war ein Kommilitone von ihr gewesen, und sie hatte ihn zu sich in ihre Studentenbude eingeladen. Während sie aus der Küche ein paar Knabbersachen holte, hatte er ihr das GHB ins Glas geschüttet. Dieses Teufelszeug riecht und schmeckt nicht und ist von Wasser kaum zu unterscheiden. Ich erzähl dir nachher genauer, wie wir diesem hinterhältigen Typen doch noch auf die Spur gekommen sind. Jedenfalls war es ein Glück, dass sie sofort zu uns kam, als sie wieder bei Besinnung war."

„Aber *warum* wurde Professor Zech umgebracht?", lenkte Johanna nun die Aufmerksamkeit wieder auf den Mordfall und die Ausgangsfrage zurück. „Welches Motiv steht dahinter? Immerhin ist der Täter bei seiner Tat ein beträchtliches Risiko eingegangen."

„Genau dieses Risiko beschäftigt mich schon eine ganze Weile", sinnierte Klaus, während er die Henkeltassen verteilte und Kaffee eingoss. „Braucht jemand Milch und Zucker?"

Sabine hob artig wie eine Schülerin den Zeigefinger. „Bitte viel Milch, sonst bekomme ich Herzklopfen."

„Dann hol sie dir, sie steht in der Teeküche im Kühlschrank", beschied ihr Klaus.

Sabine machte sich auf den Weg zur Teeküche, und Klaus wandte sich wieder dem Täterrisiko zu. „Nach meinem Dafürhalten ging der Täter spontan und ungeplant vor. Er nahm dabei ein höchstes Maß an Risiko auf sich, entdeckt zu werden. Stellt euch mal den Park vor, jeden Augenblick hätte ein Jogger oder ein Walker oder sonst wer um die Ecke biegen können." Er fuhr sich durch seine kurzen braunen Haare und nahm einen Schluck Kaffee.

„Das ist auch mein Eindruck", nickte Markus. „Als Motiv kann ich mir Wut oder Hass vorstellen. Vielleicht hatte das Opfer den Täter derartig in Rage gebracht, dass er nach dem Schal griff und kräftig zuzog."

„Vielleicht hatte der Täter anfangs gar nicht vorgehabt, das Opfer umzubringen", ließ sich nun Sabine mit der Milchtüte in der Hand von der Tür her vernehmen. „Die Abwehrspuren an den Händen der Professorin zeigen jedenfalls, dass sie sich massiv gewehrt hatte. Diese unerwartet heftige Gegenwehr des Opfers könnte vielleicht zu einem absoluten Kontrollverlust des Täters geführt haben, der schließlich in der Tötung des Opfers mündete."

„Fassen wir einmal kurz zusammen", übernahm Hauptkommissarin Uhl wieder das Wort. „Ein sexuelles Motiv scheint nicht vorzuliegen, da weder der Ort noch die Zeit dafür als geeignet erscheinen. Zudem fanden sich keinerlei Anhaltspunkte für sexuelle Handlungen. Auch die Opferpersönlichkeit spricht dagegen. Ein Raubmotiv ist auch nicht zu erkennen, da dem Opfer nach unseren bisherigen Erkenntnissen nichts entwendet wurde. Wie Markus bin auch ich der Ansicht, dass es sich eher um ein persönliches Motiv handeln muss. Ich denke, wir können von einer persönlichen Konfliktsituation als Tatmotiv ausgehen. Dafür sprechen die gezielte Opferauswahl und vor allem die Nähe, die das Opfer dem Täter gestattete. Wir werden unsere Ermittlungen deshalb auf die Ankerpunkte im Leben des Opfers konzentrieren."

„Weißt du, was da auf uns zukommt?", raunte Klaus Sabine zu, die gerade den gesamten Inhalt der Milchtüte in ihre Tasse rinnen ließ. „Jetzt müssen wir in der Seniorinnen-WG und an der Uni herumstochern, Familienangehörige und Freunde befragen, eben ihren ganzen Lebensbereich unter die Lupe nehmen. Mal ehrlich, solche Fälle gehen mir bis hier her", demonstrierte er, indem er sich die ausgestreckte rechte Hand nachdrücklich unter die Nase hielt.

„Für mich wäre es auch das Letzte, in anderer Leute Leben herumstöbern zu müssen", entgegnete ihm Gert mitfühlend, „da klaube ich lieber die winzigsten Faserspuren und Haare von der Opferkleidung."

„Wie lange wird die Untersuchung des Seidenschals dauern?", wollte Johanna in diesem Zusammenhang von Gert Hüber wissen. „Wir bräuchten ihn nämlich dringend zur Tatrekonstruktion."

„Genau", pflichtete Klaus Wiesner bei. „Wenn er nämlich lang genug ist, um ihn um die Hände zu schlingen, könnte die Tat auch von einer weniger kräftigen Person ausgeführt worden sein."

„Richtig", bestätigte Markus, „dadurch bekommt man eine enorme Zugkraft. Sogar für eine Frau, die hinter dem sitzenden Opfer steht, wäre die Tat somit möglich."

„Nur mal langsam, Kollege", meldete sich nun wieder Kommissar Bernd Wagner zu Wort. „Warte doch erst ab, bis wir die Spuren analysiert haben, dann kannst du dir überlegen, ob der Täter auch eine Frau sein könnte. Die Haare könnten ebenfalls aufschlussreich sein."

„Ihr habt doch gestern die Wohnung durchsucht; fand sich dabei eigentlich irgendein Hinweis auf ein Tier?" Fragend blickte die Hauptkommissarin von Klaus zu Markus.

Markus schüttelte den Kopf. „Nur ein Aquarium mit Fischen, und die hinterlassen bestenfalls Schuppen."

„Das mit einer Frau als Täter geht mir irgendwie nicht aus dem Kopf", ließ sich nun Sabine nachdenklich vernehmen. „Ich glaube, ich habe in einem unserer Kriminologiekurse einmal gehört, dass Frauen eigentlich nicht erdrosseln."

„Das stimmt", bestätigte Markus. „Aber wie es so schön heißt: Keine Regel ohne Ausnahme!"

„Eben!", unterstützte ihn Klaus. „Eine kräftige Frau zum Beispiel, die den Eindruck erwecken möchte, ein Mann hätte das Verbrechen begangen ..." Er fuhr sich über sein unrasiertes Kinn, dass die Bartstoppeln knisterten, und setzte bedächtig hinzu: „Ja, das ist ganz und gar möglich. Was meint ihr?"

Johanna überlegte kurz und nickte. „Ich habe ebenfalls daran gedacht. Aber die einzige Frau, die im Augenblick als Täterin in Frage käme, ist Ingrid Sennefeld. Sie hat das Opfer als Letzte lebend gesehen und als Erste tot aufgefunden."

Sie gab noch einmal einen gerafften Überblick über die Aussagen von Frau Sennefeld. „Ich bin mir aber nicht sicher, ob das alles der Wahrheit entspricht. Mit diesen übergenauen Zeitangaben könnte sie auch einiges vertuschen wollen."

„Den Eindruck habe ich auch", stimmte Sabine zu. „Außerdem kennt man das aus der Kriminalliteratur: Der Mörder spielt den anständigen Bürger, benachrichtigt selbst die Polizei, und erst am Schluss wird alles entdeckt."

Klaus drehte in gespielter Verzweiflung seine Augen zur Decke und stöhnte. „Auf welche Art von Literatur beziehst du dich eigentlich, hoffentlich nicht gar auf Kriminalromane?"

„Ich hatte aber trotzdem so ein komisches Gefühl dabei, als ich ihr zuhörte", verteidigte sich Sabine. „Zudem machte sie mit ihrem Power Walking einen ziemlich kräftigen Eindruck. Wir müssen übrigens ihr Gehtempo noch nachprüfen", merkte sie in Richtung Johanna an, „gestern hatten wir wegen der Obduktion keine Zeit mehr dazu."

„Kräftige Beine bedeuten aber nicht, dass auch die Arme kräftig sind", wandte Klaus Wiesner sachkundig ein. „Zum Erdrosseln braucht man schon ein paar Muckis!" Zur Unterstützung seiner Argumente schob er den Ärmel seines hellblauen T-Shirts hoch und ließ seine beachtlichen Muskeln spielen. „Also für mich wäre das zum Beispiel kein Problem. Aber wie kommen wir zu einer Kräfteprobe von dieser alten Schachtel?"

„Bestimmt nicht, indem du sie ständig als alte Schachtel titulierst", wies ihn Johanna barsch zurecht. „Fallen dir im Zusammenhang mit alten Frauen eigentlich nur Respektlosigkeiten ein? Außerdem ist es wichtiger herauszufinden, ob sie ein Motiv hat. Ein überzeugendes Motiv kann ungeahnte Kräfte verleihen. - Wie sieht es eigentlich mit den anderen Zeugenaussagen aus?", wollte sie danach wissen, um die Besprechung zu Ende zu bringen.

„Das war nicht sehr ergiebig", meldete sich Markus sofort zu Wort. „Ich hatte mir den Stammtisch vorgenommen. Jeder der Stammtischbrüder kannte zwar die Zech, es hatte sie aber keiner kommen sehen. Wusstet ihr übrigens, dass der alte Fürst auch zum Stammtisch gehört? Von ihm erfuhren wir wenigstens, dass das

Opfer nicht am Café vorbei gekommen war." Er lachte und setzte hinzu: „Am liebsten hätte der alte Fürst mitermittelt. Ich konnte ihn kaum aus dem Einsatzwagen bekommen."

„Viel ist das leider nicht", bedauerte die Hauptkommissarin.

„Da war noch so ein eigenartiger Typ dabei, Weinhändler oder so", fuhr Markus fort, ohne Johannas Einwand zu beachten. „Der brüllte ständig vor Lachen und faselte was von Tango, Firewalls und Trojanischen Pferden daher. Ich konnte mir jedenfalls keinen Reim darauf machen, aber es muss mit den Frauen, die ihr befragt habt, zu tun haben. Weißt du davon Genaueres?"

„Polizeimeister Radloff von der Polizeiinspektion West kann dir das in allen Einzelheiten erzählen. Es würde mich nicht wundern, wenn er davon Albträume bekommen hat. Für unseren Mordfall ist es aber nicht wichtig." Dann wandte sich Johanna an Klaus Wiesner: „Und was war bei dir?"

„Leider auch nicht viel", knurrte dieser. „Von dem Pärchen, vor dessen Augen sich buchstäblich der Mord abspielte, weißt du bereits. Und die zwei Türken haben auch nichts bemerkt." Er streckte seine langen Beine weit von sich und schimpfte: „Also ehrlich, solche Zeugen würde ich am liebsten auf den Mond schießen! Von denen eine brauchbare Aussage zu bekommen, ist genauso aussichtslos, wie einen Pudding an die Wand zu nageln."

Johanna nickte mitfühlend und konsultierte ihre Notizen. „Und wie sieht es mit der Wohnung des Opfers aus?"

Klaus zog seine Beine wieder zu sich heran, setzte sich aufrecht hin und legte sofort los: „Das ist vielleicht eine noble Hütte, diese Alten-WG. Überall Marmor, Aufzug bis zum Dach, riesige Balkone mit Blick zum Park und über die Stadt - und Butler."

„Butler?" Johanna glaubte, sich verhört zu haben.

„Jedenfalls sah er so aus mit seiner gestreiften Weste, der Fliege und weißen Handschuhen. Und blasiert hat er getan. Er glaube nicht, dass er die Damen um diese Zeit noch stören dürfe." Klaus hob arrogant das Kinn und wiederholte mit gespitztem Mund und in näselndem Ton seinen letzten Satz.

Die Parodie schien ihm gelungen zu sein, denn Markus rief begeistert: „Genauso war es. Ein affektierter Kerl. Und sein Gang erst. Ganz fest hat er die Ar... Ich meine, die Gesäßbacken zusammengekniffen und ist vor uns hergestelzt. Ob der wohl schwul ist?"

„Komm endlich zu der Wohnung", schimpfte Johanna und trommelte ungeduldig mit den Fingern auf den Tisch. „Hat man dir auf deinem Lehrgang in Ainring nichts von präzisen Ermittlungen beigebracht?"

Markus zog den Kopf ein und errötete zart. Trotzdem konnte er es sich nicht verkneifen, im Flüsterton „Ein schwuler Butler, das ist doch was! Wer kennt das schon?" von sich zu geben, bevor er zur Wohnungsdurchsuchung überleitete. „Der Butler, er heißt übrigens Heiner Kränzlein und ist zweiundfünfzig Jahre alt, hat uns nach gutem Zureden endlich die Professorenwohnung aufgesperrt."

Johanna wollte lieber nicht wissen, wie *gut* Markus und Klaus dem Herrn Kränzlein zugeredet hatten. Manchmal konnten beide ziemlich rüde vorgehen. Andererseits war in den ersten achtundvierzig Stunden der Ermittlungen Eile geboten, und auf besondere Empfindlichkeiten konnte nicht immer Rücksicht genommen werden. Deshalb drängte sie nur: „Weiter!"

„Tja", Markus kratzte sich ratlos am Kopf, was sein gegeltes blondes Haar am Ende wie eine Bürste hoch stehen ließ. „Irgendwie war alles normal in der Wohnung. Zur Sicherheit haben wir den Inhalt des Schreibtisches ausgeleert und mitgenommen. Die Leute von der KTU haben eine Reihe von Fingerabdrücken sichergestellt. Danach haben wir die Wohnung versiegelt. Und jetzt müssen wir alles Zug um Zug überprüfen."

„Und was ist mit der Brunneninschrift?", ließ sich nun Sabine vernehmen.

Markus starrte sie konsterniert an, und sie berichtete ausführlich von ihrem Fund.

Sofort begann Klaus, „Sie hat ein schönes goldfarb Haar, zwei Äuglein lauter und klar" zu trällern, und Hauptkommissar Hüber schnappte nach Luft: „Das kann doch wohl nicht euer Ernst sein, ein Minnelied als Hinweis auf den Täter." Verärgert sprang er auf und puffte seinen Kollegen Bernd Wagner in die Rippen. „Los, wir müssen wieder zur KTU, sonst kriegen die den Schal erst in hundert Jahren und müssen den Fall anhand von Minneliedern rekonstruieren." Kopfschüttelnd machte er Anstalten, den Raum zu verlassen. „Minnelieder, das wird als Präzedenzfall in die Kriminalgeschichte eingehen."

„Wartet einen Augenblick", hielt Johanna sie zurück. „Wir brauchen sämtliche Informationen über das Opfer und den Stiefsohn Horst-Rüdiger Zech."

„Geht in Ordnung", lenkte Hauptkommissar Hüber zunächst ein. Sie hörten ihn jedoch „Minnelieder" knurren, als er die Tür hinter sich schloss.

„Trotzdem werden wir auch diesen Hinweis im Auge behalten", verteidigte Johanna ihre junge Mitarbeiterin, die sich nach dem Abgang der KTU-Kollegen verlegen in ihren Stuhl verkrochen hatte. „Nachdem wir der Überzeugung sind, dass ein persönliches Motiv vorliegen könnte, ist alles denkbar, und wir müssen sämtliche Möglichkeiten abklopfen."

„Wir müssen eben nach dem *Cui bono* fragen", warf Sabine schüchtern ein. „Wer könnte aus der Tat Nutzen ziehen? Frau Professor Zechs Stiefsohn schien über den Tod seiner Stiefmutter jedenfalls nicht besonders erschüttert gewesen zu sein." Für Klaus und Markus wiederholte sie kurz, was sich bei Horst-Rüdiger Zech ereignet hatte.

„Bis jetzt stochern wir ziemlich im Nebel herum", fasste Johanna die bisherigen Ergebnisse kurz und bündig zusammen. „Es bleibt uns also nichts anderes übrig, als unsere Untersuchung auf das Lebensumfeld des Opfers zu konzentrieren und dabei, wie Sabine zu Recht vorschlug, ein besonderes Augenmerk auf das *Cui bono* zu legen. Am besten gehen wir folgendermaßen vor: Sabine und ich werden uns noch einmal den Stiefsohn vornehmen. Markus und Klaus, ihr versucht herauszufinden, ob jemand im Haus des Stiefsohns seine Bohrgeräusche mitbekommen hat, und dann erkundigt ihr euch, ob ein Testament existiert. Danach fahrt ihr an das Nürnberger Institut für Bildungsforschung und nehmt euch das Büro der Professorin vor. Udo Wessels und Peter Starke werden euch dabei unterstützen. Momentan versuchen sie herauszubekommen, ob irgendjemand in der Umgebung des Rosenauparks Beobachtungen gemacht hat, die uns weiterhelfen könnten."

„Kennst du Udo und Peter bereits?", wollte Markus von Sabine wissen.

Als diese verneinend den Kopf schüttelte, begann er zu feixen. „Na, dann mach dich auf eine Überraschung gefasst. Die zwei sind unheimlich auf Zack und ..."

„Jeder von euch weiß nun, was zu tun ist", wurde er von Johanna unterbrochen, die darauf brannte, die Dienstbesprechung zu beschließen. „Sabine, Sie fahren mit mir mit."

Bevor alle den Raum verließen, hielt sie sie jedoch noch einmal zurück. „Vergesst bitte Kollege Hellers Dienstjubiläum nicht. Er hat uns alle dazu um neunzehn Uhr eingeladen. Viel Zeit haben wir leider nicht, aber zum Gratulieren wird es hoffentlich reichen."

Während Hauptkommissarin Uhl ihre Unterlagen zusammenpackte, fragte Markus Popp, der Johannas Töchter ins Herz geschlossen hatte und sich im Zweifelsfall immer auf deren Seite schlug, besorgt: „Was ist denn mit deinen Zwillingen?"

„Ach", seufzte sie, „kaum drehe ich den zweien den Rücken zu, lassen sie sich wieder einen neuen Unfug einfallen." Ausführlich erzählte sie ihm von dem textilen Widerstand der Zwillinge.

„Textiler Widerstand?", hakte Klaus nach. „Das ist aber interessant." Dann legte er sein Gesicht in nachdenkliche Falten. „Wo, sagtest du, haben sie sich die T-Shirts bedrucken lassen?"

„In dem Videoladen gleich bei mir um die Ecke." Johanna war erstaunt. „Warum möchtest du das wissen?"

„Nur so", gab Klaus gleichmütig zurück. „Man weiß ja nie, wofür man das brauchen kann."

„Kommen Sie, Sabine, wir machen uns jetzt auf den Weg zu dem Stiefsohn", trieb Johanna als Bärenführerin ihre junge Mitarbeiterin an.

In der Himpfelshofstraße staute sich bereits am Vormittag die sommerliche Hitze. Seufzend langte Johanna beim Aussteigen nach ihrem Jackett, das sie am liebsten im Auto gelassen hätte, und bedachte Sabine mit einem neidvollen Blick, die mit ihrem luftigen weißen T-Shirt und den Jeans weit besser der drückenden Schwüle trotzte.

Diesmal ertönte eine weibliche Stimme aus der Sprechanlage, als sie Zechs Klingelknopf betätigten.

„Ehefrau oder Reinemachefrau", mutmaßte Sabine.

Der Türöffner summte, und Johanna drückte die Eingangstür auf.

In der geöffneten Wohnungstür stand eine adrette alte Dame. „Mein Mann hat mir bereits alles berichtet", empfing sie die Kriminalbeamtinnen. „Leider ist er unpässlich und hat sich noch einmal hingelegt, nachdem er mich vom Bahnhof abgeholt hatte. Aber kommen sie doch herein, vielleicht kann ich Ihnen weiterhelfen." Einladend winkte sie die beiden Frauen mit ihrer über und über beringten Hand in die Wohnung. „Was darf ich Ihnen anbieten?", erkundigte sie sich gastfreundlich. „Kaffee, Tee, Mineralwasser, Orangensaft?"

„Bitte Mineralwasser." Johanna bemühte sich, ihrer Überraschung Herr zu werden. Ihrer Schätzung nach musste Frau Zech um einiges älter als ihr Ehemann sein.

„Sicherlich hat er ihr nicht gestanden, dass seine Unpässlichkeit von der Bier- und Cognacmischung herrührt", flüsterte Sabine, als sie sich allein im Raum befanden. „Irgendwie sieht sie wie seine eigene Mutt..." Sie brach ab, da Frau Zech in diesem Moment mit einem Silbertablett zurückkam und ihnen das Mineralwasser kredenzte.

Danach nahm sie in demselben Sessel Platz, in dem am Abend zuvor ihr Mann seine verhängnisvolle Alkoholmischung zu sich genommen hatte. „Wie Sie sehen, sind wir noch im Umzug begriffen", beschrieb sie mit einer graziösen Handbewegung den riesigen, halbleeren Raum. „Gottlob ist wenigstens das Wohnzimmer bis auf die Bilder und den Teppich fertig." Zufrieden glitt ihr Blick durch den Raum, und sie seufzte erleichtert: „Die Villa in der Hessestraße hatte ich nämlich gründlich satt. In meinem Alter steckt man das ständige Treppauf und Treppab nicht mehr so einfach weg, zumal ich seit zwei Jahren ein künstliches Hüftgelenk habe. Als dann dieses Fabrikgebäude hier zu Lofts umgebaut wurde, griffen wir sofort zu und sicherten uns das im Erdgeschoss. Außer der niedrigen Schwelle an der Eingangstür brauche ich in Zukunft keine einzige Treppenstufe mehr zu steigen, und die Galerie dort oben", dabei wies sie auf die freie Fläche über den würfelförmigen Umbauungen, „benötigen wir eigentlich nicht. Vielleicht setzen wir Wände darauf und machen daraus ein Fremdenzimmer. Mein Mann trauert der Villa allerdings nach", räumte sie lächelnd ein. „Dort hat er immerhin sein gesamtes Leben zugebracht, und die Fabrik ist auch nur einen Steinwurf weit weg. Ich denke aber", schob sie mit strengem Blick nach, „dass ihm die paar Minuten Autofahrt bis zur Fabrik durchaus zuzumuten sind. Immerhin ist er zehn Jahre jünger als ich und bis auf sein Übergewicht noch topfit. Die Wahrheit ist aber", verschwörerisch senkte sie ihre Stimme und beugte sich zu ihnen vor, „dass mir das Leben in der Villa mit all den Möbeln, die nie meine eigenen gewesen waren, zum Hals heraushing. Finstere Ungetüme aus der Gründerzeit mit Löwentatzenfüßen und Schnörkeln an allen Ecken und Enden waren das. Wir haben die Villa möbliert an eine Versicherung vermietet und nur ein paar ausgewählte Biedermeierstücke mitgenommen." Abschätzend musterte sie den kahlen Raum. „Davon kommt mir aber hier nichts herein, höchstens noch eine weitere Glasvitrine für meine Teddybärensammlung und eine Stehlampe", lenkte sie dann versöhnlicher ein, „und natürlich mein Flügel."

„Sie sind sicherlich davon unterrichtet, warum wir hier sind", gelang es Johanna endlich, die innenarchitektonischen Überlegungen ihres Gegenübers zu unterbrechen. „Frau Professor Constanze Zech wurde ermordet, und das Alibi Ihres Mannes zur Tatzeit ist bis jetzt mehr als fragwürdig."

„Ich weiß, Frau Hauptkommissarin. Ist das nicht schrecklich? Kaum lasse ich ihn allein, gerät er in einen derartigen Schlamassel. Ich war ganz schön erschrocken, als Sie gestern Abend bei meiner Tochter anriefen und uns von diesem Unglück in Kenntnis setzten. Aber mit Constanzes Tod hat Horst-Rüdiger nichts zu tun, das können Sie mir glauben. Er würde nicht einmal einer Fliege was zuleide tun."

„Einen übermäßig erschütterten Eindruck machte er aber nicht", warf Sabine knapp ein, verschwieg aber taktvoll den zweifelhaften Toast, den er anlässlich der Todesnachricht ausgebracht hatte.

„Wie sollte er auch", verteidigte die alte Dame ihren Ehemann, „schließlich hatte er ihr viele unglückliche Jahre zu verdanken. Lassen Sie mich der Reihe nach ..."

Es klingelte an der Haustür. „Das wird meine Putzhilfe sein, es wurde aber auch Zeit!" Trotz des künstlichen Hüftgelenks sprang sie hurtig auf und verließ mit energischen Schritten den Raum.

An das Ohr der Beamtinnen drangen Gesprächsfetzen, die offensichtlich von der befehlsgewohnten Stimme der Hausherrin stammten und im Wesentlichen putztechnische Anweisungen enthielten.

Dann kehrte die Hausherrin zu ihnen zurück und ließ sie mit einem schmallippigen Lächeln wissen, dass diese Putzweibsen, ganz gleich, woher sie kämen, allesamt begriffsstutzig bis zum Anschlag seien und vom Putzen keinerlei Ahnung hätten.

„Eigentlich wollten Sie uns Näheres von dem Verhältnis Ihres Ehemannes zu seiner Stiefmutter berichten", machte Johanna energisch dem Putzthema ein Ende.

„Richtig, wo war ich stehen geblieben?" Nachdenklich fingerte Frau Zech an ihrer altertümlichen Kette aus blutroten Granaten herum. Endlich schien sie den Faden wiedergefunden zu haben. „Der arme Junge", seufzte sie, und die Beamtinnen überlegten zunächst verzweifelt, vom wem nun die Rede sei. „Horst-Rüdiger und Constanze waren Klassenkameraden gewesen, und er hatte sich in sie verliebt. Nun, er brachte sie auch mit nach Hause, obwohl es seiner Mutter nicht recht war. Constanze stammte nämlich aus ganz kleinen Verhältnissen, aber wirklich ganz kleinen." Zur optischen Verdeutlichung dieser kleinen Verhältnisse hob sie Daumen und Zeigefinger und ließ bestenfalls zwei oder drei Millimeter Raum dazwischen. „Constanze ließ sich durch die Mutter jedoch nicht vertreiben und knöpfte sich zielstrebig den Vater vor. Stellen Sie sich das einmal vor, ein Schulmädchen und obendrein die Klassenkameradin des Sohnes!", empörte sie sich, um dann maliziös hinzuzusetzen: „Nun, mit dem riesigen Vermögen im

Hintergrund ließ sich für ein Schulmädchen auch sein Altherrenkörper mit den schlaffen Klöppeln unter der weichen Glocke ertragen, oder was meinen Sie?"

Die Kriminalbeamtinnen schluckten trocken, und keine konnte sich zur Preisgabe einer eigenen Meinung aufraffen.

Offensichtlich wurde diese auch nicht erwartet, denn Frau Zech fuhr aufgeräumt fort: „Jedenfalls schwebte der Seniorchef in den allerschönsten Frühlingsgefühlen und fühlte sich mächtig gebauchpinselt, weil das junge Ding ihm den Hof machte. Wie das eben bei Männern so ist", lächelte sie nachsichtig. „Wenn sich das Blut in den unteren Körperregionen sammelt, wird's oben hohl, nicht wahr?"

„Und seine Ehefrau?", warf Sabine zaghaft dazwischen.

„Unsere damalige Seniorchefin", fing Frau Zech den ihr zugespielten Ball auf, „das war auch so eine tragische Geschichte. Statt den alten Bock ziehen zu lassen und eine ordentliche Abfindung herauszuschlagen, hatte sie sich hartnäckig der Scheidung widersetzt und wollte ihn zurückgewinnen. Es kam, wie es kommen musste. Durch die ständige Aufregung erhöhte sich ihr Blutdruck, der zuvor auch schon viel zu hoch gewesen war, und sie erlitt einen Schlaganfall. Einige Monate siechte sie noch als Aphasikerin dahin, bis sie endlich sterben konnte."

„Und Sie", wollte nun Johanna wissen, „wie kamen Sie zur Familie Zech?"

„Eigentlich gehörte ich schon lange halb dazu", erklärte die alte Dame. „Ich war für die Buchhaltung der Firma zuständig und ging in der Villa sozusagen ein und aus. Mit der Seniorchefin verband mich ein inniges Verhältnis. Als sie noch in der Lage war, sich verständlich zu machen, musste ich ihr versprechen, ein Auge auf Horst-Rüdiger zu haben. Der arme Junge geriet nach dem Tod seiner Mutter völlig aus dem Gleichgewicht. Mütter und Söhne, das ist schon ein besonderes Kapitel, oder?"

„Ja, ja", murmelte Johanna nachdenklich, „manchmal sogar ein besonders finsteres."

„Auch das kommt vor", stimmte ihr die alte Dame zu. „Jedenfalls nahm ich mich des verlassenen Jungen an und wir heirateten, als das Trauerjahr vorbei war. Sein Vater war dagegen natürlich weit pietätloser gewesen. Er und Constanze heirateten gleich, kaum dass die Seniorchefin unter der Erde war. Mittlerweile hatte sie auch mit ihrem Studium begonnen."

„Und sein Sohn, was machte der nach dem Abitur?" Johanna nippte von ihrem Mineralwasser. „Nahm er auch ein Studium auf?"

„Nein. Trotz der begreiflichen Differenzen, die er mit seinem Vater hatte, gelang es mir, ihn zu überreden, gleich in die Firma einzutreten. Schließlich hing unser aller Zukunft von der Firma ab. Verstehen Sie?"

Johanna verstand und musste unwillkürlich lächeln. An Zielstrebigkeit hatte die ältere Frau Zech der jüngeren jedenfalls in nichts nachgestanden. Oder musste man von Schwiegertochter und Stiefmutter oder Schwiegermutter sprechen? In Anbetracht der seltsamen Altersverhältnisse kam ihr das alles reichlich kurios vor.

Sabine, die ihre Neugierde nicht so gut wie ihre Vorgesetzte bezähmen konnte, fragte unverblümt: „Wohnten Sie dann alle gemeinsam in der Villa?"

„Aber wo denken Sie hin", lachte Frau Zech. „Vater und Sohn gelang es zwar mit der Zeit, im geschäftlichen Bereich miteinander auszukommen. Privat mieden sie sich aber wie der Teufel das Weihwasser. Im Rahmen der Scheidung war dann die Villa an Zechs erste Frau gefallen und nach deren Tod an uns übergegangen. Constanze wollte natürlich ebenfalls ein ebenbürtiges Haus, sonst hätte sie den angeschimmelten Hessestraße-Casanova doch damals gar nicht genommen. Dabei hatte sie nicht einmal ordentliche Tischmanieren. Das Messer hielt sie jedenfalls wie einen Bleistift und die Gabel stets mit den Zinken nach vorne und sprach ständig mit vollem Mund. Irgendwann lernte sie es aber auch, wie man sich in unseren Kreisen zu benehmen hatte. In Ebensee ließ er ihr ein weißes Prachtexemplar mit Säulen errichten, eine richtig kitschige Südstaatenvilla, in der man ohne Probleme den Film ›Vom Winde verweht‹ noch einmal nachdrehen könnte. Die Firma wäre durch diese Kosten damals fast Pleite gegangen. Ja, ja", sinnierte sie und ließ ihre welken Hände über die Granaten um ihren Hals gleiten, „jetzt hat er auch sein Fett weg. Statt in der Südstaatenvilla zu residieren, vegetiert er nun in der Südstadt im Pflegeheim ›Zur Abendsonne‹ dahin und ist so weich in der Birne, dass er wahrscheinlich nicht einmal Constanzes Tod mitkriegt."

„Wie ist eigentlich das Firmenvermögen geregelt?", wollte Johanna in einem beiläufigen Ton wissen, nachdem sie die Südstaatenvilla verkraftet hatte.

„Nun, die Firma ist eine GmbH mit zwei Gesellschaftern. Die Gewinnausschüttung wurde zwischen Constanze Zech als Vormund meines Schwiegervaters und meinem Mann geteilt."

„Wie hoch ist sie pro Anteilseigner?"

„Seit ich nicht mehr in der Buchhaltung arbeite, fehlen mir dazu die genauen Zahlen", bedauerte Frau Zech, „aber man kann ganz gut davon leben."

„Was geschieht nun mit dem Anteil Ihres Schwiegervaters?"

„Ich denke, das ist sehr einfach", entgegnete die alte Dame. „Mein Mann wird sicherlich an Constanzes Stelle die Vormundschaft für seinen Vater übernehmen und seinen Anteil verwalten. Nach dessen Ableben wird alles an uns übergehen."

Irgendwo in der Wohnung polterte es, und eine Männerstimme brüllte wutentbrannt: „Verdammte Scheiße, können Sie den Putzeimer nicht woanders hinstellen?" Im nächsten Augenblick tauchte Horst-Rüdiger Zech auf und greinte: „Mummelchen, wo sind denn meine grauen Socken?"

Mummelchen nahm die Hand von der Granatkette und betrachtete ihren Mann.

Die Polizeibeamtinnen taten es ihr nach.

Erst jetzt wurde er der beiden Beamtinnen gewahr, und sein aufgedunsenes Gesicht färbte sich flammendrot. Verlegen glitt sein Blick an sich hinab über das gerippte weiße Unterhemd, die graue Hose mit dem nassen Hosenbein, von dem das Putzwasser auf den Boden tropfte, und seine bloßen Füße. „Verzeihung", stammelte er, „ich hatte keine Ahnung, dass Sie hier sind", und trat den Rückzug an.

„Die grauen Socken sind wie immer bei den anderen Socken in der linken unteren Schublade der Kommode", rief ihm Mummelchen nach und wandte sich mit einem nachsichtigen Kopfschütteln an die Polizistinnen: „Männer sind doch wirklich wie Kinder."

„So könnte man es in diesem Fall durchaus ausdrücken", murmelte Johanna. Wenn er statt Mummelchen Mamachen oder Muttilein gesagte hätte, wäre es ihr eigentlich auch nicht ungewöhnlich vorgekommen. Horst-Rüdiger Zech war der Chef eines hochkarätigen Spielwarenunternehmens, der sicherlich auch bei knüppelharten Verhandlungen den Mann stand. Nachdenklich glitt ihr Blick über die Glasvitrine mit den Prototypen der Spielzeugautos darin, die in der Fabrik hergestellt wurden, und weiter über die kahlen Wände des saalartigen Raumes mit den würfeligen Boxen im Hintergrund, die wohl die Schlafräume und das Badezimmer beherbergten. Wie mag es da wohl zu Hause bei dem einen oder anderen Spitzenpolitiker oder Wirtschaftsboss zugehen, die sich in den politischen Talkshows ungeheuer allwissend gaben und auch die unangenehmsten Fragen souverän parierten.

In diesem Moment vibrierte ihr Handy. Mit einer um Entschuldigung bittenden Geste trat sie an eines der Fenster. Während sie Markus' knappem Bericht lauschte, schaute sie durch die dünnen Vorhänge auf die in der Hitze brütende Himpfelshofstraße. „Keiner der Nachbarn kann das also bestätigen", wiederholte sie nachdenklich, „gut, dass ich das weiß. Bis später also."

Das leutselige „So, da bin ich wieder" des Herrn Zech ließ sie herumfahren. Der hellgraue Sommeranzug mit dem weißen Hemd darunter und der gelb gemusterten Krawatte schmeichelte Horst-Rüdiger Zechs fülliger Figur. Stattlich und seriös bis zu den blank geputzten schwarzen Schuhen mit den grauen Socken darüber stand er nun vor ihnen und verströmte bis hin zu seinen spärlichen graumelierten Haaren den Eindruck des erfolgreichen Unternehmers. Nur das eine Hosenbein schien noch ein wenig feucht zu sein. Jedenfalls war es wesentlich dunkler als das andere.

„Womit kann ich den Damen dienen? Mummel…" Er brach ab und fing seinen Satz noch einmal an: „Marga, mach mal schnell Kaffee. Für Sie auch, meine Damen?"

„Mir wäre ein Geständnis lieber", entgegnete Johanna mit unbewegtem Gesicht und strebte wieder der Couch zu.

„Geständnis?" Entgeistert starrte Horst-Rüdiger Zech sie an. „Was soll ich denn gestehen? Ich habe Ihnen doch bereits gestern erklärt, dass ich die verdammte Garderobe angedübelt habe."

„Nun, keiner der Nachbarn hat aber das Bohren gehört", setzte sie dagegen und fasste ihn scharf ins Auge. „Wenn Sie keine glaubwürdigen Zeugen beibringen können, ist es um Ihr Alibi ziemlich mies bestellt."

Ächzend ließ er sich in den noch freien Sessel plumpsen und stierte die Hauptkommissarin ungläubig an. „Das gibt es doch nicht", keuchte er und lockerte dabei seine Krawatte. „Das ganze Haus dröhnte von der Bohrerei, und ich hatte jeden Augenblick damit gerechnet, dass einer der Nachbarn Sturm läuten und sich beschweren würde." Verzweifelt schlug er die Hände vors Gesicht. Dann ließ er sie sinken. „Verdammte Scheiße, Marga", fuhr er seine Frau an, „wann machst du endlich den Kaffee?"

Frau Zech, die bis jetzt kein Wort verloren hatte, erhob sich und eilte in Richtung Küche davon. Währenddessen zog ihr Mann die Beine, die er zuvor weit von sich gestreckt hatte, zu sich heran, öffnete das Jackett und faltete seine Hände über dem Bauch wie zum Gebet.

Wenn das Hosenbein nun in der Zwischenzeit vollständig trocknet, bleiben die Sitzfalten wie hineingebügelt, ging es Johanna durch den Sinn, während sie interessiert seine Reaktion verfolgte.

„Allmächd, ich war es wirklich nicht", würgte er tonlos hervor und verfiel dabei in allerschönstes Nürnbergerisch, „das müssen Sie mir einfach glauben!"

„Aber Sie haben keinen Zeugen für die Tatzeit", wandte Sabine nachdrücklich ein.

„Dann suchen Sie gefälligst auch bei den Anwohnern in der Straße", schrie er sie plötzlich vor Zorn bebend an. „Ich hatte wegen der Hitze sämtliche Fenster sperrangelweit offen, und irgendjemand von den Scheißtypen in dieser gottverdammten Scheißstraße muss das Bohren doch gestern mitgekriegt haben. *Sie* müssen es beweisen, dass ich es war, und nicht ich!" Wütend starrte er die junge Kommissarin an. Frauen mit streichholzkurz geschnittenen Haaren konnte er von der Welt nicht ausstehen. Seiner Meinung nach waren die viel zu vermännlicht, und darauf konnte er verzichten. Männlich war er selber. Zumindest vermutete er das unter seiner dicken Speckschicht. „Tun Sie endlich Ihre Scheißpflicht, sonst hetze ich Ihnen Ihren eigenen Polizeipräsidenten auf den Hals", schnaubte er cholerisch und wischte sich mit einem Taschentuch den Schweiß von der Stirn.

Die Polizistinnen musterten ihn überrascht. Was hatte ihn denn plötzlich so in Rage versetzt?

„Nun, den Täter werden wir in jedem Fall kriegen", entgegnete Johanna, die sich als Erste gefasst hatte, mit einem mehrdeutigen Lächeln, „darauf können Sie sich verlassen." Nach einem Blick auf ihre Armbanduhr bedauerte sie: „Wir haben leider noch einen anderen Termin. Deshalb bitte ich Sie, sich morgen Vormittag um elf Uhr bei uns im Präsidium zur Protokollierung Ihrer Aussage einzufinden. Dann werden wir weitersehen." Sie gab ihm ihre Visitenkarte und verabschiedete sich mit den Worten: „Bleiben Sie bitte sitzen, wir finden allein hinaus."

„Dein Kaffee, Horst-Rüdiger!", näherte sich nun Frau Zech mit ihrem Silbertablett der Gruppe und reichte ihm zuvorkommend die Tasse.

„Lass mich mit deinem Scheißkaffee zufrieden", brüllte er sie an, „und schmeiß endlich die Scheißpolizisten hinaus!"

Frau Zech verschüttete vor Schreck den Kaffee, und ihre Augen wanderten fassungslos zwischen ihrem Mann und den Beamtinnen hin und her. „Was ist denn passiert?"

„Nichts, Frau Zech", beruhigte Johanna sie. Dann drehte sie sich nochmals zu Horst-Rüdiger Zech um und maß ihn von oben bis unten. „Der Grad der Zivilisation, Herr Zech", ließ sie ihn wissen, „bemisst sich an der Distanz, die der Mensch zwischen sich und seine Exkremente legt, besonders auch verbal", fügte sie hinzu und wandte sich der Tür zu. Aus den Augenwinkeln registrierte sie, wie er ihnen mit offenem Mund nachstarrte. Offensichtlich schien er über den Sinn ihres Satzes nachzugrübeln.

„Ekelhaftes Stinktier", zischte Sabine aufgebracht, als sie die Haustür hinter sich schlossen. „Wenn er es war, darf ich ihm höchstpersönlich die Handschellen anlegen, Frau Uhl, das müssen Sie mir versprechen."

„Warten Sie es doch ab, Sabine, vielleicht treffen wir bei diesem Fall auf noch ekelhaftere Stinktiere", beruhigte Johanna ihre junge Kollegin. „Aber seine heftige Reaktion fand ich ausgesprochen interessant. Meiner Erfahrung nach hat nämlich jemand gewaltig Dreck am Stecken, wenn er sofort mit dem Polizeipräsidenten droht. Vielleicht trat er damit die Flucht nach vorne an, in der Hoffnung, uns einzuschüchtern und von weiteren Ermittlungen abzuhalten. Mal sehen, was die anderen dazu sagen." Sie betätigte den Türöffner ihres Autos. Beide stiegen ein und stöhnten über die Backofenhitze, die sie im Wageninneren empfing.

„Hoffentlich finden wir an der Uni ein Schattenplätzchen zum Parken", jammerte Sabine und tupfte sich mit einem Papiertaschentuch den Schweiß von der Stirn.

„Zuerst muss ich noch wegen eines Sprechstundentermins mit der Deutschlehrerin an der Schule der Zwillinge vorbei", dämpfte Johanna zunächst Sabines Hoffnung auf ein schattiges Plätzchen und reihte sich ungeduldig in den Verkehr ein. „Zum Glück ist es für uns kaum ein Umweg."

„Die Mädchen haben wohl was ausgefressen?", wollte Sabine teilnahmsvoll wissen, und ihrem Tonfall war unschwer zu entnehmen, auf welche Seite sie sich im Notfall schlagen würde.

„Seit heute sicherlich. Der textile Widerstand wird bestimmt nicht dazu beitragen, das Klima zwischen den Lehrern und Schülern zu verbessern. Auch in der Klasse scheint es schon seit Wochen kräftig zu gären." Seufzend bog Johanna in die Straße ein und hielt vorschriftswidrig vor dem altertümlichen Schulgebäude. „Es wird bestimmt nicht lange dauern", versicherte sie und bat: „Verteidigen Sie bitte inzwischen das Auto vor unseren Kollegen von der Verkehrsstreife."

Vor dem Sprechzimmer wartete bereits eine Mutter. „Sie wollen wohl auch zu Frau Oberndorfer?", vermutete sie.

Johanna nickte, und die Frau fuhr fort: „Ich bin Pauls Mutter und habe schon seit einiger Zeit das Gefühl, dass mein Sohn in der Klasse gemobbt wird. Als Klassenleiterin weiß Frau Oberndorfer sicher Bescheid darüber und hat vielleicht einen Vorschlag, wie man das abstellen könnte."

„Das denke ich auch. Hören Sie, macht es Ihnen Probleme, wenn ich mich vordränge?", setzte Johanna eilig hinzu, als die Tür zum Sprechzimmer aufging und eine andere Mutter mit wütendem Gesicht herauskam. „Ich bin nämlich im Dienst und brauche wirklich nur ein paar Minuten."

„Gehen Sie nur", beschied ihr Pauls Mutter großzügig, „ich musste mir für die Sprechstunde sowieso den ganzen Tag freinehmen."

„Sie sind also die Mutter der Zwillinge", ließ sich Frau Oberndorfer vernehmen, während sie Johanna durch ihre schweren, schwarz gerahmten Brillengläser hindurch einer eingehenden Musterung unterzog. „Das wurde aber auch Zeit, dass Sie mal in die Sprechstunde kommen. Mit Ihren Töchtern gibt es gewaltige Schwierigkeiten."

Der textile Widerstand, fuhr es Johanna voll Schrecken in die Glieder.

„Die zwei schreiben ständig voneinander ab", empörte sich die Deutschlehrerin. Ihr gewaltiger Busen wogte unter der engen weißen Seidenbluse auf und nieder und drohte, die Goldknöpfe zu sprengen.

„Das kann doch gar nicht sein", verwunderte sich Johanna, „soviel ich weiß, sitzen sie gar nicht nebeneinander."

„Wie erklären Sie sich dann das?", funkelte Frau Oberndorfer sie durch die Brille an, griff nach zwei Heften und schlug sie auf. „Exakt das gleiche Aufsatzthema, die Gliederung fast wortwörtlich gleich, und die Ausführung der einen nahezu eine Kopie der anderen."

Johanna griff nach den Heften von Birgit und Beate. Es stimmte, was die Deutschlehrerin gesagt hatte, aber das kannte sie bereits von der Grundschule her. „Sie sind eben eineiige Zwillinge", lachte sie deshalb und war erleichtert, dass nicht der textile Widerstand den Zorn der Lehrerin hervorgerufen hatte. „Das Denken von eineiigen Zwillingen ähnelt sich so stark, dass sich auch ihre schriftlichen Ausführungen ungeheuer gleichen."

„Ungeheuer gleichen", schnaubte die Deutschlehrerin aufgebracht. „Es ist ungeheuerlich, wie naiv Sie sind und Ihre Töchter in Schutz nehmen. Ich denke eher, dass sie unter dem Tisch Zettel hin- und herwandern lassen."

„Dann würde ich an Ihrer Stelle aber was dagegen unternehmen", schlug Johanna friedfertig vor, „obwohl ich mir überhaupt nicht denken kann, warum sie das tun sollten. In Deutsch hatten sie bis jetzt immerhin recht ordentliche Zensuren."

„Was sich schlagartig ändert, wenn ich ihnen den Unterschleif nachweisen kann." Frau Oberndorfer maß sie mit bösartig zusammengekniffenen Augen und fingerte an dem schwarz glänzenden Blutsteinanhänger ihrer Kette herum.

„Gut", lenkte Johanna ein. „Machen Sie es doch wie die anderen Lehrer auch, die mir nicht geglaubt hatten, und setzen eben eines der Mädchen während der Schulaufgabe ans Lehrerpult. Die Zwillinge kennen diese Prozedur bereits bis zum Überdruss und regen sich darüber auch nicht mehr auf. Sie regen sich aber auf, weil Sie der Klasse keine Gelegenheit zu einer gemeinsamen Aussprache geben. Dabei wäre das dringend nötig. Die Stimmung in der Klasse scheint ziemlich vergiftet zu sein, und offenbar gibt es sogar einen Fall von Mobbing."

„Wo denken Sie hin, für solche Kinkerlitzchen habe ich jetzt kurz vor Schuljahresende keine Zeit", entrüstete sich die Deutschlehrerin und fuhr sich über das zentimeterkurze aschgraue Haar, das eng wie eine Sturmhaube ihren Kopf umschloss und über der Stirn in einer lang gezogenen Spitze endete. „Schließlich haben wir noch die gesamte Barocklyrik durchzunehmen."

„Aber das Zusammenleben in der Klasse ist doch im Augenblick wirklich wichtiger als die Barocklyrik." Johannas Blut geriet in

Wallung, und sie hatte Mühe, ihren Zorn niederzukämpfen. „Sie werden sehen", fügte sie mit Engelszungen hinzu, „wenn das Klassenklima wieder stimmt, geht es auch mit der Barocklyrik wie geschmiert."

„Wagen Sie es nicht, sich in meine Arbeit einzumischen", keifte Frau Oberndorfer wutentbrannt mit der Hand am wogenden Busen, und Johanna verließ wortlos das Sprechzimmer.

„Hoffentlich haben Sie mehr Glück", raunte sie Pauls Mutter zu und eilte zum Auto.

Achtes Kapitel

„Mit manchen Lehrern hat man wirklich Pech", seufzte Johanna, als sie sich auf den Fahrersitz schob und das Auto startete. „Dieser Klassenleiterin ist die Barocklyrik tatsächlich wichtiger als der Konflikt, den die Klasse hat." Mit wenigen Sätzen schilderte sie Sabine das Gespräch und machte ihrem Herzen weiter Luft: „Wozu brauchen dann Lehrer eigentlich eine so lange Ausbildung, wenn am Ende das rauskommt?"

„Damit die Höhe ihres Gehalts zu rechtfertigen ist", schlug Sabine trocken vor. „Mir geht übrigens dieser Horst-Rüdiger Zech nicht aus dem Sinn. Wenn wir nach dem *Cui bono* fragen, ist er nach meinem Dafürhalten der Hauptverdächtige. Durch den Tod seiner Schwiegermutter hat er doch nur Vorteile. - Erstens", reckte sie den Daumen in die Höhe, „bekommt er ihren Anteil an der Gewinnausschüttung und zweitens", dabei schnellte ihr Zeigefinger hoch, „kann er nun allein über die Firma entscheiden."

„Richtig", pflichtete ihr Johanna bei und lächelte grimmig, „und vielleicht erbt er sogar die Südstaatenvilla in Ebensee. Soviel ich weiß, gehört Ebensee zu den teuersten Wohnlagen Nürnbergs. Der Wert der Villa ist demnach nicht unbeträchtlich und als Mordmotiv nicht zu unterschätzen", fügte sie hinzu, während sie mit einer waghalsigen Linkskurve in den Parkplatz einbog, der auf zwei Seiten den würfelförmigen Gebäudekomplex der erziehungswissenschaftlichen Fakultät umschließt, und hielt nach einer Parklücke Ausschau. Vergeblich. Entrüstet schüttelte sie den Kopf. Waren heutzutage alle Studenten motorisiert? Dabei gibt es in unmittelbarer Entfernung gleich zwei Straßenbahnhaltestellen.

„So ist das eben", ließ sie Sabine wissen. „Kinder und Jugendliche sind die leidenschaftlichsten Umweltschützer und stürzen sich mit Feuereifer auf alle Mülltrennungs- und Tierschutzprogramme. Außerdem verteufeln sie jeden Autofahrer, der es wagt, allein mit seinem Auto zu fahren. Von meinen Zwillingen kenne ich das bis zum Überdruss. Haben sie aber selbst den Führerschein in der Tasche, schmilzt das ökologische Bewusstsein wie Wachs an der

Sonne. Auf einmal reicht das öffentliche Verkehrssystem hinten und vorne nicht mehr aus."

Sabine pflichtete ihr mit einem knappen Nicken bei. „Bei mir war das ebenso. Ich mag mich gar nicht mehr daran erinnern, wie ich meine Eltern mit dem Müll drangsalierte und jedem Joghurtdeckel hinterher jagte. Dann, mit Führerschein, jagte ich ihnen ständig das Auto ab."

„Glücklicherweise bleibt mir noch eine kleine Gnadenfrist, bis ich mich damit herumschlagen muss", seufzte Johanna. „Meine Zwillinge werden im nächsten Monat erst vierzehn."

Aber jetzt stand das Parkplatzproblem an. Suchend glitt ihr Blick über das geparkte Automeer und schrak auf, als jemand an ihr Fenster klopfte. Ein junger Mann mit raspelkurzen roten Haaren lächelte ihr zu, während sie die Seitenscheibe nach unten gleiten ließ.

„Sie suchen wohl einen Parkplatz?", vermutete er scharfsinnig.

Johanna nickte ungeduldig, und er setzte lässig hinzu: „Wenn Sie mich hier herausfahren lassen, haben Sie einen."

Die Polizeibeamtin ließ sich das nicht zweimal sagen und setzte ihr Auto ein paar Meter zurück.

Der Parkplatzbesitzer stieg jedoch nicht sofort in seinen über und über mit Werbeaufdrucken verzierten schwarzen Fiat Uno ein, sondern wandte sich noch einmal zu ihr: „Sie interessieren sich wohl auch für die Ringvorlesung von Professor Engelen? Machen Sie sich darauf gefasst, dass der Hörsaal brechend voll sein wird. Engelen ist nämlich eine Koryphäe. H 1."

„H 1?", wiederholte Johanna verwundert.

„Hörsaal 1", wurde sie über das kryptische Kürzel aufgeklärt. „Gehen Sie rechts herum zum Haupteingang, dann rechts die Treppe hoch. Links sind die beiden Hörsäle." Seiner Brust entrang sich ein bedauerndes Seufzen. „Leider habe ich keine Zeit, ich muss nämlich jobben. Ein paar Mäuse verdienen", fügte er erklärend hinzu, während er sein Auto aufsperrte. „Mit meinem Bafög komme ich kaum bis Monatsende über die Runden, und die Werbeaufdrucke auf dem Auto bringen gerade mal das Geld für ein paar Bücher ein ... oder ein paar Bierchen", grinste er ihnen verschwörerisch zu.

Johanna setzte noch ein Stückchen zurück, damit der Bafög-Bezieher bequemer herausfahren konnte, und parkte nun selbst ein. Die zwei Polizistinnen nahmen ihre Taschen an sich und schlugen die Richtung zum Haupteingang ein. Eine der beiden Doppeltüren stand offen, und sie betraten das Foyer der Fakultät. Links gewahrten sie eine Reihe von Stellwänden, die von angepinnten Mitteilungen überquollen. An den beiden Schmalseiten des Foyers führten Treppen nach oben zu den Seitenflügeln. Sie nahmen die rechte, da sich in diesem Gebäudeteil das Dekanat befinden sollte, wie Johanna von der Sekretärin am Telefon erklärt worden war. Richtig. Am Ende des Treppenabsatzes wies ihnen ein Pfeil die Richtung zum Dekanat. Links drängelten sich junge Leute ein paar Stufen hoch und schoben sich durch eine Tür. Neugierig gesellten sie sich dazu und fanden sich auf einer Freifläche wieder, von der rechts breite Türen abgingen. Eher unbewusst nahm die Hauptkommissarin die Stellwände und Ausstellungstische wahr. Auf dem Schild neben einer der zweiflügeligen Türen, durch die die Studenten hineinströmten, stand: H 1.041. Sollte das der Hörsaal 1 sein? Dann fand also hier die Ringvorlesung der Koryphäe statt.

Johanna stupste ihre Kollegin an: „Wollen wir es wagen?" Ihre eigene Studienzeit an der Beamtenfachhochschule Fürstenfeldbruck lag schon eine Ewigkeit zurück, und sie bekam plötzlich Lust, noch einmal Hochschulluft zu schnuppern.

Sabine warf einen Blick auf ihre Uhr. Bis zu dem Termin mit dem Dekan blieb ihnen noch eine gute halbe Stunde. „Klar", stimmte sie begeistert zu, „warum nicht? Koryphäen haben mich schon immer neugierig gemacht."

Entschlossen folgten sie den Studenten durch die Tür und sahen sich neugierig in dem Raum um, der Johanna ein wenig an den Physiksaal ihres alten Gymnasiums erinnerte. Treppenförmig staffelten sich lange Tischreihen mit Klappsitzen davor von unten nach oben. An den Seitenwänden führten Stufen hinunter zu einer freien Fläche, auf der vor einem langen Tisch mit Stühlen das

Rednerpult stand. Die Wand dahinter wurde von einer Projektionsleinwand beherrscht, die teilweise zwei breite, nach unten geschobene dunkelgrüne Tafeln verdeckte. Links daneben hing ein riesiges Gebilde aus getrockneten Pflanzen. Neben dem Pult stand ein Tisch mit einem Laptop darauf. Auf dem Projektortisch davor war ein Beamer aufgebaut. Technisch sind die Hochschulen heutzutage auf alle Fälle besser ausgerüstet als zu ihrer eigenen Studienzeit, stellte sie anerkennend fest.

Alle Zuhörer hatten bereits in irgendeiner Form Platz genommen, nur sie standen noch an der Tür, die jemand inzwischen geschlossen hatte. Ihr Blick glitt über die dicht gedrängte Menge. In den vorderen Reihen gewahrten sie eine stattliche Anzahl von graumelierten oder weißhaarigen Köpfen. Das Lehrpersonal scheint sich in all den Jahren auch nicht sonderlich verjüngt zu haben, stellte Johanna belustigt fest. Zu ihrer Studienzeit war das ähnlich gewesen. Als ›Silver Backs‹ hatten sie damals die in Ehren ergrauten Professoren und Dozenten bezeichnet. Das war natürlich ungeheuer respektlos gewesen, zumal der Ausdruck Silver Back gemeinhin für alte, kampferprobte Gorillamännchen verwendet wird, die ständig damit beschäftigt sind, ihr Revier abzustecken und vermeintliche Rivalen, die den Weibchen der Herde ans Fell wollen, in die Flucht zu schlagen. Unwillkürlich kamen ihr die agilen Silver Surfer in den Sinn, und sie fühlte sich in ihrer Vermutung bestätigt, dass die Gruppe der Best Agers ständig wuchs. Vor ihrem inneren Auge erhob sich eine auf den Kopf gestellte Pyramide, an deren nach unten weisender Spitze einsam ein Kind saß, und darüber türmte sich eine bedrohliche Menge von Best Agers auf. Nein, das war Denglisch, korrigierte sie sich. ›Die im besten Lebensalter‹ türmten sich über dem Kind auf, und zwar bleischwer und unhandlich wie Kartoffelsäcke.

In der ersten Reihe entstand Bewegung. Drei Männer erhoben sich und traten an das Rednerpult.

Nun mussten sie sich aber entscheiden, ob sie den Raum wieder verlassen oder bleiben wollten. Sie entschlossen sich fürs Bleiben. Aber wo könnten sie sich hinsetzen? Suchend sahen sie sich um.

Eine junge Frau, die auf der obersten Treppenstufe des linken Seitenganges saß, rutschte ein wenig zur Seite und winkte sie mit einer einladenden Handbewegung zu sich heran. Als Johanna und Sabine zaghaft an ihre Seite traten, flüsterte sie weithin vernehmbar, dass die Köpfe der hinteren zwei Bankreihen zu ihnen herumruckten: „Setzt euch doch endlich, oder wollt ihr eineinhalb Stunden stehen? So lange dauert das bestimmt." Mit diesen Worten klopfte sie nachdrücklich auf die Treppenstufe.

Gehorsam ließ sich Sabine neben der jungen Frau nieder, machte für ihre Vorgesetzte Platz und bedankte sich bei ihrer Nachbarin.

„Sei still, jetzt geht's los", beschied ihr diese knapp in ihrem durchdringenden Flüsterton. Dann fügte sie erklärend hinzu: „Jetzt werden erst einmal die Höflichkeiten ausgetauscht, zuerst der Dekan und dann der Niederau."

Johanna war froh, sich zum Bleiben entschlossen zu haben. Vorsichtig, damit sie dem vor ihr sitzenden jungen Mann nicht versehentlich in den Rücken trat, rutschte sie ein wenig hin und her, bis sie eine bequeme Sitzposition gefunden hatte, und verfolgte aufmerksam, was sich um das Rednerpult herum tat.

Der Dekan, ein eher schmächtiger Mann mit weißem Haarkranz, begrüßte den Referenten Professor Ulrich Engelen mit warmen Worten und versicherte der Zuhörerschaft, dass sie sich auf einen äußerst interessanten Vortrag gefasst machen könne.

Professor Niederau übernahm nun das Mikrofon und bedankte sich artig beim Referenten, der ihnen trotz seines vollen Terminkalenders die Ehre erwiesen habe, hier in Nürnberg zu referieren.

Nun trat der so Gewürdigte ans Mikrofon, und das halblaute Gemurmel der Zuhörer erstarb.

Johannas Bemühungen, den Referenten im Blick zu behalten, wurde immer wieder durch ihren hoch gewachsenen Vordermann zunichte gemacht, der sich ständig hin- und herbewegte. Offenbar saß er noch unbequemer als sie, was bei seiner Körperlänge durchaus verständlich war.

Der Redner war mittelgroß, soviel hatte sie auf alle Fälle mitbekommen, und unter seinem hellgrauen Jackett zeichnete sich unübersehbar ein Bauchansatz ab. Das eisgraue Haar trug er sehr kurz geschnitten, was ihn jugendlicher aussehen ließ als er tatsächlich war. Sie schätzte ihn auf einiges älter als sechzig Jahre.

Er stellte das Mikrofon auf seine Körperhöhe ein und ließ mit einem freundlichen Lächeln seine Augen über die Zuhörer wandern. „Meine Damen und Herren, liebe Studierende, ich freue mich natürlich sehr über Ihr zahlreiches Erscheinen. Das große Interesse an der Welt des Barocks erstaunt mich aber doch."

Nein, schrie Johanna innerlich auf. Mein Interesse am Barock und besonders an der Barocklyrik ist am Nullpunkt angelangt. Am liebsten hätte sie fluchtartig den Raum verlassen. Nach einem Blick auf Sabine, die mit höchster Konzentration den Worten zu lauschen schien, unterdrückte sie aber ihre Fluchtgedanken.

„Bevor ich mich jedoch mit der Epoche des Barocks auseinandersetze, lassen Sie mich zunächst ein paar Sätze zu dem Begriff ›Epoche‹ verlieren", hörte sie den Referenten fortfahren und begann, sich allmählich zu beruhigen.

Wie um nach Zustimmung zu suchen, machte er eine Pause und warf einen prüfenden Blick in das Auditorium. „Wie Sie bereits wissen", setzte er danach fort, „vollzieht sich der Wesenswandel der Menschheit in den Umbrüchen und Schüben von Epochen, die jeweils eine Weltgestalt ausbilden. Dabei ist zu bedenken, dass die ›Welt‹ einer Epoche nirgends unmittelbar in Erscheinung tritt, sie liegt aber allen Erscheinungen der Epoche zugrunde. Von diesem selbst nie unmittelbar erfassten oder zur Aussage gebrachten Wesensgrund her erhalten die Epochen ihr einheitliches Gesicht, das in Kunst, Musik und Literatur, in Religion, Philosophie und Recht, in Politik, Wirtschaft und Ethik, kurz in allen Wissenschaften, aber auch in der Mode und in der gesamten Lebenswirklichkeit des Menschen in Erscheinung tritt. Keines dieser Gebiete hat dabei ein bleibendes Vorrecht, wenngleich sich manche grundlegenden Erfahrungen der Zeit zunächst augenfällig auf einem Gebiet, beispielsweise der Politik oder der Religion, manifestieren." Er machte eine Pause und trank einen Schluck Wasser aus dem Glas am Pult.

Die Nachbarin der beiden Polizeibeamtinnen flüsterte weithin vernehmbar: „Das schätze ich so an dem alten Engelen, er geht alles philosophisch an und macht dabei vor keinem Wissenschaftsbereich Halt." Sie verpasste Sabine einen leichten Stoß in die Rippen und grinste schadenfroh. „Wetten, dass der Niederau jetzt ganz säuerlich lächelt."

Bevor Sabine nach dem Grund für das säuerliche Lächeln fragen konnte, setzte die junge Frau bereits munter fort: „So wie ich den Niederau einschätze, hätte der bestimmt mit einer sauberen Begriffsklärung angefangen, etwa in dem Sinne, dass die Herkunft des Wortes Barock ungeklärt sei. Es könnte aber von dem portugiesischen Wort ›Barroco‹ stammen, das ›schiefrunde Perle‹ bedeutet. Außerdem könnte es von der logischen Schlussfigur ›Baroco‹, übrigens einer äußerst komplizierten Figur in der scholastischen Logik, hergeleitet werden, die etwas Widersinniges hervorbringt." Nachdenklich runzelte sie die Stirn. „Das mit dem Widersinnigen könnte wirklich zu einigen Elementen des Barocks passen."

Die Polizistinnen staunten über das Wissen der jungen Frau, und Sabine fragte: „Studieren Sie Geschichte oder Kunstgeschichte?"

„Studenten siezen sich nicht, das solltest du doch langsam auch mitgekriegt haben", kam es zunächst ungehalten zurück. „Ich bin die Inga und studiere Lehramt Hauptschule. Und du?"

Der Referent hatte inzwischen den Faden seines Vortrags wieder aufgenommen, und Sabine kam zu ihrer Erleichterung um eine Antwort herum.

„In meiner philosophischen Strukturanalyse nähere ich mich der Epoche zunächst von außen über den Begriff Barock", setzte Professor Engelen fort. „Barock ist ein kunstgeschichtlicher Stilbegriff, der vor allem Erscheinungen der Architektur und der bildenden Künste zum Gegenstand hat und erst später auf alle Erscheinungen der Epoche übertragen worden ist. Es wurde üblich, den Begriff Barock auf die Kultur des 17. und 18. Jahrhunderts anzuwenden. Genauer gesagt handelt es sich hierbei um den Zeitraum von 1600, etwa der Zeit der Gegenreformation, bis 1780, was der Zeit um die französische Revolution entspricht."

Während er sprach, verdunkelte sich der Raum. Irgendjemand hatte das Licht ausgeschaltet. In der Düsternis leuchteten die Lichtpunkte an den Wänden der Seitengänge wie Katzenaugen. Der Referent schaltete den Beamer ein. Auf der Projektionsleinwand erschien ein Zeitstrahl, der von diesen Daten begrenzt wurde, und das rote Dreieck seines Minilasers hüpfte auf der Leinwand zwischen den Eckdaten hin und her. „Hierbei ist jedoch zu berücksichtigen, dass Stile wandern und in abgelegenen Gebieten viel später und dazu häufig noch viel abgeschwächter auftreten als in ihren historischen Ursprungszentren."

Erneut griff er zum Wasserglas. „Der Ursprung des Barocks ist in Rom zu suchen, wo er sich aus der Formenwelt der Renaissance geradezu nahtlos herausentwickelte. Michelangelo, ein Meister der Renaissance, könnte deshalb durchaus auch als ›Vater des Barocks‹ bezeichnet werden. Weitere Zentren des Barocks sind Paris und Wien, aber auch die Niederlande." Er räusperte sich und lächelte gewinnend. „Der Barock ist zwar eine europäische Gesamterscheinung, er weist aber überaus interessante nationaltypische Eigenheiten auf. In manchen Nationen hält die Kunst der neueren Zeit überhaupt erst durch den Barock Einzug. Es wird Ihnen sofort klar, was mit dem Begriff Barock umschrieben ist, wenn Sie diese kleine Auswahl an bedeutenden Namen lesen." Mit seiner Fernbedienung wählte er das nächste Bild seiner PowerPoint-Präsentation an.

Johanna entzifferte mühsam die Namen, die viel zu klein auf der Leinwand erschienen: Michelangelo, Palladio, Bernini, Borromini, Rembrandt, Hals, Rubens, Velazquez, Tiepolo, Balthasar Neumann, Johann Sebastian Bach, Georg Friedrich Händel.

„Häufig wird der Barock als Stil der Gegenreformation bezeichnet", ließ sich der Referent nun wieder vernehmen, „obwohl dies nach meinem Dafürhalten zu unscharf ist. Ist es nicht so, meine Damen und Herren", er steckte beide Hände in die Hosentaschen und begann, hin- und herzuwandern, „dass der geschichtliche Erfolg der Reformation auf katholischer Seite nach einer Zeit der Lähmung und Verunsicherung eine Reformbewegung ausgelöst hat, die zu einer entscheidenden Vergeistigung und Verinnerlichung des Glaubens führte? Diese wirkten nun ihrerseits wieder auf die protestantische Glaubensreform zurück. Deshalb bin ich der Ansicht, dass der Barock ein Stil ist, der die Konfessionen zwar übergreift, aber ganz entschieden einer christlichen Grundthematik entspringt." Professor Engelen hielt in seinem Hin- und Herwandern inne, ließ seinen Blick sinnend über das Auditorium gleiten und setzte mit erhobener Stimme, in der Begeisterung schwang, fort: „Ich bin der Überzeugung, dass diese religiöse Erneuerung und Verinnerlichung in einem engen Zusammenhang mit dem emotionalen, geradezu ekstatischen Grundzug des barocken Stils zu sehen ist, der Menschen und Dinge aus ihrer natürlichen Ordnung herauszureißen und in andere übermächtige Bewegungen hineinzustoßen scheint."

Während er eine Pause einlegte und wieder einen Schluck Wasser trank, ließ Johanna den letzten Satz mit geschlossenen Augen in sich nachwirken. Hatte sie nicht auch eine gewisse Ekstase in sich verspürt, als sie vor Jahren den Messias von Georg Friedrich Händel in der Sankt-Egidien-Kirche gehört hatte?

Erschrocken fuhr sie auf, als ihr Handy vibrierte. „Ich geh mal kurz raus", raunte sie Sabine ins Ohr und stahl sich auf Zehenspitzen aus dem Hörsaal.

„Hör mal", teilte ihr Markus Popp mit, als sie sich gemeldet hatte, „die Durchsuchung der Büroräume ist nahezu abgeschlossen, und wir haben zunächst einen Wust von Papier sichergestellt. Ich glaube aber nicht, dass uns dieser Papierkram einen Schritt weiterbringen wird. Auf alle Fälle haben wir die Sekretärin zum Schäumen gebracht, weil sie ohne die Unterlagen nicht weiterarbeiten kann. Postwendend hat sie sich natürlich beim Dekan beschwert."

„In zwanzig Minuten habe ich einen Termin mit ihm und werde das schon in Ordnung bringen", beruhigte ihn Johanna. „Fangt doch zwischenzeitlich schon mit der Befragung an."

„Das ist auch so eine Sache", erwiderte Markus, „du kannst dir gar nicht vorstellen, wie viele Leute hier arbeiten. Ich habe deshalb mit dem Dekan vereinbart, dass du die Mitarbeiter des Instituts übernimmst, und wir befragen die übrigen."

„Ausgezeichnet", stimmte ihm Johanna zu. „Bis später also."

„Der Grundgedanke dieser Epoche war durch den Systemansatz geprägt", hörte sie den Referenten vortragen, als sie in den Hörsaal zurück schlich und sich sachte wieder neben Sabine niederließ.

„Kopernikus, Galilei und Kepler formulierten den Systemgedanken im Rahmen ihrer astronomischen Untersuchungen der Planetensysteme und übertrugen ihre Erkenntnisse auf die Erscheinungen der Welt. Ihre Grundvorstellung von einem System besagt, dass alle Dinge Teile bestimmter Systeme sind, die in exakter und unausweichlicher Gesetzlichkeit die Abläufe regeln. Das System kann nur als Ganzes reagieren. Das Einzelne ist nur soweit von Bedeutung und Bestand, als es sich dem Kraftfluss, der in einem System herrscht, mit seinen eigenen Funktionen geschehensgemäß zur Verfügung stellt."

Professor Engelen unterbrach für einen Moment seinen Vortrag und fasste die Zuhörer scharf ins Auge. „Meine Damen und Herren", fügte er dann mit erhobener Stimme hinzu, „der Systemgedanke war von so großer Sprengkraft, dass er sich innerhalb kürzester Zeit in Europa durchsetzte und ein grundlegendes Umdenken bewirkte. Aber am sicht- und greifbarsten trat die Universalität des Systemdenkens in der Architektur auf. Ein Baukörper wird nun nicht mehr als ruhende Masse, sondern als ein System von Formen und Funktionen gesehen. Der Raum ist nicht mehr das Resultat von Mauern und Gewölben, sondern Mauern und Gewölbe sind das Resultat von Räumen. Der Raum tritt an die Stelle der Fläche, die Tiefendimension an die Stelle der Gesamtansicht."

Professor Engelen wischte sich mit einem Taschentuch den Schweiß von der Stirn und griff erneut zum Wasserglas. „Mehr noch, meine Damen und Herren, der barocke Raum besitzt eine Eigendynamik, die nach allen Seiten ausgreift." Nun erstarb seine Stimme zu einem dramatischen Flüstern. „Der barocke Raum ist gewissermaßen innen weiter als außen und in der Innenarchitektur reiner verwirklicht als in der Außenarchitektur."

Aus der vorderen Hälfte der Zuhörer wurde laut protestiert. Johanna konnte zu ihrem Bedauern den Einwand akustisch nicht verstehen.

Professor Engelen hatte ihn aber verstanden und reagierte mit einem feinen Lächeln. „Nun, meine Aussage bezieht sich nur auf die Außenarchitektur des Baukörpers. Ihr Einwand ist berechtigt, wenn man auch die Außenanlagen berücksichtigt. Und damit können wir, wenn Sie es wollen, auch schon zur Umweltarchitektur überleiten. In den barocken Gärten, Terrassen- und Landschaftsanlagen wird der Raum immer weiter fortgestaltet und optisch durch Gestaltachsen bis ins Unendliche geführt." Mit einschmeichelnder Stimme lud er die Zuhörer ein, ihn bei einem Rundgang durch einen barocken Garten zu begleiten.

In rascher Folge schaltete er von einem Bild zum nächsten. Atemlose Stille lastete im Raum. Nur Engelens Stimme war zu hören, die einen zunehmend unheimlichen, geradezu bedrohlichen Unterton bekam. „Sieh nur, exakt abgezirkelte Wege führen dich ins Unendliche. Figuren werden von Figurengruppen abgelöst. Dort schimmert eine weitere Figur auf. Du willst dich ihr nähern, schlägst einen anderen Weg ein und noch einen. Weitere Figuren locken, und du folgst der Lockung, musst ihr folgen wie unter unsichtbarem Zwang. Bäume und Hecken sind beschnitten. Sie stehen als Kugeln, Pyramiden, Kegel, Zylinder. Ein Irrgarten. Überall Geformtes. Die Schere des Gärtners formt und formt. Je mehr sie formt, desto näher bringt sie dich zum Grenzenlosen. Rette dich."

Auf der Leinwand erschien ein prunkvolles Schloss. Johanna kannte es, aber der Name wollte ihr einfach nicht einfallen.

Sabine flüsterte: „Das Schleißheimer Schloss ist das aber nicht. Das würde ich kennen."

„Ich habe eher an die Würzburger Residenz gedacht", wisperte Johanna, „bin mir aber nicht ganz sicher."

„Rette dich zum Schloss", riet die Stimme des Referenten. „Hier findest du Gewissheit. Ein Stockwerk steht gelassen über dem anderen. Ein Fenster folgt dem anderen. Die Dinge sind fest und endlich", verkündete zuversichtlich die Referentenstimme.

Im Auditorium war ein erleichtertes Aufatmen zu vernehmen.

„Sind sie das?", meldete die Stimme nun Zweifel an. „Wo ist das Ende? Unaufhörliche Ordnung, Unendlichkeit der Symmetrie, Endlosigkeit des Endlichen. Wiederum wächst aus dem Umschränkten das Weite, aus dem Geformten Unendlichkeit."

Plötzlich war aus der Referentenstimme jegliche Dramatik gewichen. „Der Trompe-l'oeil, diese Augentäuschung, suggeriert die Sprengung des Endlichen."

Johanna und Sabine, die von der hypnotischen Wirkung des Vortrags wider Willen in Bann gezogen waren, hatten Mühe, in die Realität zurückzufinden.

Den anderen Zuhörern schien es ähnlich zu ergehen, denn im Auditorium machte sich leichte Unruhe breit.

Professor Engelen wartete inzwischen gelassen, bis wieder Ruhe eingekehrt war. Er ließ aber den Raum verdunkelt, als er seine Zuhörer einlud, nun in einen barocken Raum hineinzugehen. „Wir dringen aber nicht in das eben gesehene Schloss ein, sondern betreten eine Kirche. In dem Schloss könnte ich Sie auch an den markanten Elementen des Barocks vorbeiführen, aber in einer Kirche kann ich Ihnen noch besser die unendliche Ausdehnung des Raumes demonstrieren."

Diesen Worten ließ er eine Reihe von Abbildungen folgen, auf denen unterschiedliche Akzente hervorgehoben wurden. „Sehen Sie", begann er zu erläutern, „im Barock baute man viel und vor allem rasch. Das Material musste deshalb leicht zu bearbeiten und geschmeidig sein. Man gönnte sich nicht die Zeit, sich mit Marmor oder hartem Holz aufzuhalten. Zudem widersprach eine materielle Schwere dem Drang des Barocks, von der obersten Sprosse immer noch höher zu streben. Man griff zum ›Stucco‹. Dieser Stuck, eine schnell härtende Masse aus Gips, Sand, Leim und Wasser, ist wie geschaffen zum halbplastischen Verzieren von Decken und Wänden. Der Barock wird zum klassischen Stil der Stuckatur. Mit diesem Material wird alles möglich. Sehen Sie sich in diesem Kirchenraum um. Überall schimmert edler Marmor."

Er machte eine Pause und fragte dann das Auditorium: „Aber - ist das Marmor? Häufig nicht", beantworte er seine Frage selbst. „Man machte Stuckatur, bemalte und polierte sie." Eine Marmorsäule rückte nun ins Bild. „Schauen Sie genau hin, betrachten Sie die täuschend echt wirkenden Maserungen in rostgelb und onyxfarben. Kaum eine Illusion, die misslänge. Man rückt ins Licht, fängt Strahlen ein, setzt Reflexe, wirft Schatten."

Ein weiteres Bild erschien. „Betrachten Sie den Putto, der Ihnen aus dem Deckengewölbe heraus eine Lilie entgegenreicht und sich dabei über eine Marmorbrüstung neigt. Was davon ist gemalt, was ist Plastik, was Marmor?" Aufmunternd schaute er in die Runde und wartete auf eine Antwort.

Aus dem Auditorium kamen nach einigen Augenblicken des Zögerns erste Zurufe.

„Das Deckengewölbe ist gemalt, aber der Putto und die Brüstung sind aus Marmor", ließ sich eine weibliche Stimme vernehmen.

„Quatsch", setzte ein junger Mann aus einer der hinteren Reihen dagegen, „die Brüstung ist auch gemalt, aber der Putto ist eine Halbplastik. Das sieht man schon am Schatten!"

Professor Engelen setzte eine bedauernde Miene auf. „Ich muss Sie leider enttäuschen. Alles ist gemalt."

Ein Raunen ging durch die Menge. Auch Johanna glaubte, ihren Augen nicht trauen zu können. Sie hätte schwören mögen, dass der Putto mit der Lilie und die Brüstung nicht gemalt seien. Gerade die Lilie nicht, die ihren Schatten auf das Gesicht des Putto warf.

„Der Schein trügt, und alles ist Illusion. Das Auge wird perfekt getäuscht. Ein Trompe-l'oeil, der ein Objekt mit Hilfe perspektivischer Mittel in einer naturgetreuen Weise wiedergibt, dass zwischen Wirklichkeit und gemaltem Objekt nicht mehr unterschieden werden kann." Mit einem letzten liebevollen Blick auf den Putto griff er seinen Vortrag wieder auf. „Zum Wesen des Barocks gehört es, dass die Malerei nicht vor der Fläche angebracht ist, sondern die Fläche negiert, sie auflöst und die Grenze des erfahrbaren Raumes in eine nicht begrenzbare Vision verwandeln möchte. Dem realen Raum wird ein gemalter hinzugefügt und dem ein weiterer." Sinnend blickte er auf die Zuhörer. „Noch genauer können Sie sich darüber beispielsweise bei Ernst H. Gombrich informieren. Er zeigt präzise auf, wie derartige Illusionen zustande kommen. Ich würde Ihnen als ersten Zugang zum Thema Barock neben anderer Literatur aber auch Stephan Hoppes Buch ›Was ist Barock?‹ empfehlen. Außerdem lege ich Ihnen ans Herz, selbst barocke Räume aufzusuchen. Dabei werden Sie feststellen, dass nichts so ist, wie es scheint, oder der Schein oftmals trügt."

Nichts ist so, wie es scheint. Johanna sann diesem Satz nach. Er gefiel ihr. Mystisch, rätselhaft und geheimnisvoll klang er in ihr nach und nistete sich in ihre Gedanken ein. Ein trügerischer Schein, der das Auge perfekt täuscht, ein Trompe-l'oeil.

„Na, habe ich euch zuviel versprochen von Engelen?", ließ sich Inga neben Sabine vernehmen, während sie sich als ordentliche Studierende die Literaturempfehlung notierte. „Wenn Niederau den barocken Raum behandelt hätte, lägen jetzt alle schnarchend über den Tischen."

Zu Johannas Bedauern vibrierte in diesem Augenblick wieder ihr Handy. Mit einem unhörbaren Seufzer rappelte sie sich abermals von der Treppenstufe hoch und verließ geräuschlos den Hörsaal.

„Ich will dir nur sagen, dass du dem Dr. Unger und dieser Claudia Burger stärker auf den Zahn fühlen solltest", teilte ihr Markus mit, als sie sich gemeldet hatte. „Die zwei versuchten ständig, uns bei der Durchsuchung zu behindern. Mir platzte schließlich der Kragen, und ich nahm sie mir genauer zur Brust, obwohl sie eigentlich dir zugedacht waren. Jedenfalls kamen mir ihre Alibis alles andere als astrein vor."

Johanna schürzte nachdenklich die Lippen, während sie Markus zuhörte, und näherte sich neugierig den Stellwänden und Ausstellungstischen auf der Freifläche vor den beiden Hörsälen. Das Motto der Ausstellung lautete: ›Quer durch die Natur der Kunst auf der Spur‹. Studierende der Kunsterziehung hatten Schulkinder dazu angeregt, auf vielfältige Art und Weise Pflanzen darzustellen. Johanna ging mit dem Handy am Ohr von Stellwand zu Stellwand und betrachtete interessiert die Kunstwerke. Besonders gut gefielen ihr die Schwarz-Weiß-Zeichnungen. Danach erregten bunte Farbtupfer ihre Aufmerksamkeit. Auf einem der Tische war getrocknetes Gras ausgebreitet, das ihr erstaunlich grün vorkam. Wie hatten das die Studierenden nur bewerkstelligt? Dazwischen steckten vielfarbige Blumengebilde aus Plastikmüll. Hübsch sahen sie aus, diese Müllblumen. Voll Rührung erinnerte sie sich an die aus Plastikmüll fabrizierten Muttertagsherzen, die ihr die Zwillinge vor Jahren verehrt hatten, und stellte dabei reichlich undankbar fest, dass sie eigentlich froh gewesen war, als diese Art von Geschenken mit der Zeit ausblieben. Viel mehr Freude bereiteten ihr nun die kulinarischen Geschenke ihrer Töchter. Gerade beim Kuchenbacken hatten die Mädchen inzwischen eine beachtliche Kunstfertigkeit entwickelt. Von wem sie diese Begabung wohl hatten? Von ihr sicher nicht. Vielleicht schlug bei ihnen das Erbe ihrer italienischen Großmutter durch, die wie aus dem Nichts kulinarische Köstlichkeiten auf den Tisch zaubern konnte.

„Dr. Unger und Claudia Burger, sagtest du?", vergewisserte sie sich noch einmal bei Markus. „Was haben sie denn eigentlich mit dem Opfer zu tun?"

„Beide waren immerhin direkte Mitarbeiter von Frau Professor Zech und gehören zu diesem *NIBF*."

„*NIBF*, was soll das denn sein?"

„Nun, dieses Nürnberger Institut für Bildungsforschung. Du findest es im Untergeschoß."

„Gut. Ich werde die zwei also genauer unter die Lupe nehmen." Johanna schaltete das Handy aus und warf einen Blick auf ihre Armbanduhr. Ein paar Minuten konnte sie für die Vorlesung noch erübrigen, dann wurde es aber höchste Zeit für das Gespräch mit dem Dekan.

„Die Grundkunst des Barocks ist aber nicht die Architektur oder die Malerei und schon gar nicht die Politik, sondern die Musik", hörte sie Professor Engelen sagen, als sie lautlos die Hörsaaltür öffnete und auf Zehenspitzen ihrem Platz neben Sabine zustrebte.

Die Projektionsleinwand wurde nun von dem Deckengemälde eines Kirchengewölbes ausgefüllt. Das Gewölbe schien sich nach oben ins Unendliche auszudehnen. Auf einmal durchbrauste Orgelmusik den Hörsaal.

Johanna erkannte die Musik auf Anhieb. Sie stammte aus dem Oratorium ›Der Messias‹ von Georg Friedrich Händel.

Die Musik wurde leiser, und Professor Engelen begann zu sprechen. „Die Barockmusik wird zum Medium der Offenbarung. Die Schöpfung klingt auf, die Evangelien werden zum Gesang, die Passion zum Opfer. Der Glaubensgehalt wird mehr durch die Musik als durch das Wort, nicht zuletzt durch das Kirchenlied verinnerlicht. Es genügt nicht, von der Passion des Herrn zu wissen, jeder muss sie mitleiden. Der Sopran ist im Oratorium die Stimme der Seele. Die Musik macht die Seele weinen, und nur der um Christus weinende Mensch ist Christ."

Die Musik wurde wieder lauter. Eine klare, auch in den ganz hohen Tönen reine Sopranstimme erhob sich über die Klänge der Orgel und durchflutete den Raum.

Johanna hatte sich ganz der Musik überlassen und dabei für sich überlegt, dass ihr Engelens Vortrag noch einmal so gut gefallen würde, wenn er auch ein Musikbeispiel des Nürnberger Barockmeisters Johann Pachelbel zu Gehör gebracht hätte. Es hätte nicht unbedingt sein weltbekannter D-Dur-Kanon sein müssen, aber seine Choralkantate ›Christ lag in Todesbanden‹ oder seine Psalmvertonung ›Lobet den Herrn in seinem Heiligtum‹ hätten es schon sein können.

In der ersten Reihe war eine Bewegung entstanden und schreckte sie aus ihren Gedanken auf. Ein Mann bahnte sich einen Weg durch die auf den Treppenstufen sitzenden Zuhörer. Erst als er sich an ihr vorbeiwand, erkannte sie ihn im verdunkelten Raum. Es war der Dekan. Sicherlich ging er zu dem mit ihnen vereinbarten Termin. Verstohlen gab sie Sabine ein Zeichen. Hastig verabschiedeten sie sich von ihrer Nachbarin und eilten ihm hinterher. Er wollte gerade die Tür des Hörsaals hinter sich schließen, als sie ihn eingeholt hatten. Sie schlüpften mit hinaus, und die Tür fiel ins Schloss. Die Sopranstimme, die sich zu einer wehmütigen Klage emporgeschwungen hatte, war nun nur noch ganz gedämpft vernehmbar.

„Guten Tag, Herr Professor Klenze, ich bin Hauptkommissarin Uhl, und dies ist Kommissarin Reil. Wir ermitteln in dem Fall Zech." Mit diesen Worten reichte Johanna dem Dekan die Hand.

Professor Klenze starrte die Kriminalbeamtinnen einen Augenblick überrascht an, begrüßte sie aber danach wohlwollend und bat sie, ihm in das Dekanat zu folgen.

Dort wurden sie bereits von Frau Wagner, der Dekanatssekretärin, erwartet. „Ich hatte schon befürchtet, Sie würden nicht herfinden."

„Aber nein", beschwichtigte sie die Hauptkommissarin, „Ihre Wegbeschreibung war tadellos. Wir haben uns nur erlaubt, Professor Engelens Vortrag ein wenig zu lauschen, und wir haben ihn sehr genossen."

„Das tun unsere Studenten", sie berichtigte sich, „ich meine, unsere Studierenden auch."

„Man sagt wohl nicht mehr Studenten?", vermutete Johanna.

„Ach, schon lange nicht mehr", lachte Frau Wagner, „aus Gründen der Gleichberechtigung. Mit Studierende ist sowohl die weibliche als auch die männliche Form gemeint. Kurios ist aber, dass die, für die diese Bezeichnung erfunden worden ist, sie gar nicht benützen. Die Studierenden bezeichnen sich selbst als Studenten und gehen demzufolge auch in Studentenkneipen. Sagen Sie selbst, Studierendenkneipe würde auch zu komisch klingen. Mit der weiblichen Gleichberechtigung kann man hin und wieder auch über das Ziel hinausschießen, finden Sie nicht? Aber gehen Sie, Seine Spektabilität erwartet Sie schon."

„Spektabilität?"

„Nun, Spektabilität ist die offizielle Anrede für einen Dekan", lächelte Frau Wagner nachsichtig.

Neuntes Kapitel

Die Polizistinnen wandten sich dem angrenzenden Raum zu, in dem der Dekan verschwunden war. Es war ein freundlicher Raum, der durch die breite Fensterfront auf der rechten Seite mit Licht durchflutet wurde. Vor der rückwärtigen Wand, an der einige durchaus ansprechende Bilder aus unterschiedlichen Stilepochen hingen, stand ein ziemlich altertümlicher Schreibtisch, der seine besten Jahre schon seit geraumer Zeit hinter sich zu haben schien. Johanna Uhl fand das in Ordnung, schließlich befand sich das Mobiliar in ihrem Büro auch nicht auf dem neuesten Stand, und mit öffentlichen Haushaltsmitteln musste man sorgsam umgehen. Die übrigen Wandflächen wurden von Regalen verdeckt. An dem mächtigen ovalen Tisch vor dem Schreibtisch fanden gut und gern zehn Personen Platz.

Der Dekan saß bereits auf einem der mit schwarzem Leder bezogenen Stühle und bat sie liebenswürdig, ihm gegenüber Platz zu nehmen.

„So, so", eröffnete er in dem für Rheinländer typischen Singsang das Gespräch, „Engelens Vortrag hat Ihnen also gefallen."

„Sogar sehr", bekräftigte die Hauptkommissarin, zumal sie vermeinte, aus seiner Anmerkung einen spitzen Unterton herausgehört zu haben.

„Ich wäre froh gewesen, wenn ich während meines Studiums auch in den Genuss eines so lebendigen Vortrags gekommen wäre, aber bei uns ging es meist ziemlich trocken zu."

„Bei uns war das ähnlich", stimmte Sabine aus vollem Herzen zu.

„Nun", entgegnete Professor Klenze mit sanfter Ironie, „Engelen legt eben großen Wert darauf, dass seine Lehrveranstaltungen von den Studierenden gut evaluiert werden. Uns anderen geht es mehr um echte Wissensvermittlung."

„Das eine muss aber das andere nicht ausschließen", wagte Johanna, ein wenig boshaft einzuwerfen. „Und den Studierenden hat es offensichtlich gut gefallen."

„Natürlich gefällt denen diese Multimedia-Show. Das sind doch alles Kinder unserer Spaßgesellschaft." Er musterte sie durchdringend. „Aber der Spaß hört beim Examen auf, da müssen sie zeigen, was sie können. Mit so einem Quatsch wie ›Rette dich zum Schloss‹ sollten die Damen und Herren Studierenden bei mir jedenfalls lieber nicht aufkreuzen." Er erhob sich, schob die Hände in die Hosentaschen und begann, vor den Kriminalbeamtinnen auf- und abzugehen. „Wenn man sich schon über barocke Kunst auslässt, dann darf auch die Kritik daran nicht fehlen." Er hielt in seinen Schritten inne und blickte auf die Hauptkommissarin hinab. „Ich beziehe mich besonders auf verschiedene italienische Künstler der zweiten Hälfte des sechzehnten Jahrhunderts, wie beispielsweise Caravaggio oder Carracci, die einen überspitzten antiklassischen oder besser gesagt, antinaturalistischen Stil, eine *Maniera* pflegten. Der Begriff Manierismus ist Ihnen sicherlich geläufig."

Die Hauptkommissarin nickte, und er nahm erneut seine Wanderung auf. „Künstler, die diesem Manierismus anhingen, haben unter der Preisgabe jeglicher klassischer Regeln alles dem emotionalen Eindruck geopfert. Um des dramatischen Effekts willens wurden Figuren künstlich in die Länge gezogen. Alles wogt und ist in unaufhörlicher Bewegung. Also ehrlich, das muss man mögen. Mein Fall ist es jedenfalls nicht."

Die Hauptkommissarin wollte gerade bekennen, dass sie dem Manierismus durchaus einiges abgewinnen könne. Bereits als Kind hatten sie diese ekstatischen, überlangen Heiligenfiguren mit den dramatischen Gesten ungemein beeindruckt.

Doch Professor Klenze gab ihr dazu keine Gelegenheit. „Dann muss man noch berücksichtigen, dass sich im Barock die größte Revolution im Denken des Menschen vollzog. Diese Ära hat bedeutende Philosophen wie Descartes, Spinoza, Locke und vor allem Blaise Pascal und Gottfried Wilhelm Leibniz hervorgebracht. Wenn Sie Zeit haben, dann setzen Sie sich einmal mit den drei Hauptordnungen in Pascals Denken auseinander. Er unterscheidet in die ..."

Plötzlich unterbrach er sich und kratzte sich unbehaglich an seinen grauen Schläfen. „Wie konnte ich nur", er räusperte sich verlegen, „angesichts des tragischen Todes unserer allseits verehrten

Kollegin." Mit einem entschuldigenden Blick nahm er ihnen gegenüber wieder am Tisch Platz. „Aber ich gerate immer in Rage, wenn ein Kollege nicht wissenschaftlich exakt arbeitet."

„Wir haben doch nur einen kleinen Teil von Professor Engelens Vorlesung gehört", hielt die Hauptkommissarin versöhnlich dagegen. „Sicherlich wird er im Laufe des Vortrags auch auf die bedeutenden Philosophen des Barocks eingehen."

„Wahrscheinlich haben Sie Recht", lenkte der Dekan ein wenig unwirsch ein, „aber dieser Multimedia-Show kann ich einfach nichts abgewinnen. Es kommt mir eben so unwissenschaftlich vor."

Johanna wollte, dass er sich nicht weiter über unwissenschaftlich arbeitende Kollegen grämte und kam deshalb übergangslos auf das Anliegen ihres Kommens zu sprechen. „Frau Professor Zech wurde gestern Abend ermordet aufgefunden. Auf der Suche nach dem Täter müssen wir allen nur erdenklichen Spuren nachgehen. Dazu gehört, dass wir auch in ihrem Arbeitsumfeld ermitteln."

„Um Himmels willen", fuhr der Dekan erschreckt auf, „Sie glauben doch hoffentlich nicht im Ernst daran, der Täter sei jemand von dem Institut oder der Fakultät?" Verzweifelt sank er in seinem Stuhl zusammen und vergrub das Gesicht in den Händen. „Seit Bestehen der Fakultät hat sich noch nicht ein derartig entsetzlicher Vorfall ereignet, und ausgerechnet während meiner Amtszeit als Dekan muss das passieren!" Endlich hatte er seine Fassung wiedererlangt und nahm die Hände vom Gesicht. „Was soll nun geschehen?"

„Heute Vormittag habe ich Ihnen bereits erklärt, dass wir mit allen Fakultätsmitgliedern sprechen müssen", erinnerte ihn die Hauptkommissarin. „Ich hoffe, Sie konnten das in die Wege leiten."

„Natürlich", versicherte ihr Professor Klenze und blickte auf seine Armbanduhr. „Die Mitglieder des Instituts müssten inzwischen im Sitzungssaal versammelt sein, wie ich es mit Ihren Kollegen vereinbart hatte." Während er angelegentlich seine Fingernägel zu inspizieren begann, fragte er vorsichtig: „War es denn unbedingt notwendig, sämtliche Unterlagen zu beschlagnahmen? Die Institutssekretärin ist vollkommen verzweifelt, weil sie ihre Arbeit nicht ordnungsgemäß erledigen kann."

„Wir müssen allen nur erdenklichen Hinweisen nachgehen, die uns auf die Spur des Täters bringen könnten", gab die Hauptkommissarin zu bedenken. „Das verstehen Sie doch sicherlich."

Er riss seinen Blick von den Fingernägeln los und nickte. „Tun Sie, was Sie für nötig erachten. Für die Befragung der übrigen Fakultätsmitglieder habe ich Ihren Kollegen den Seminarraum 1.010 zur Verfügung gestellt. Sechs Professoren fehlen. Die Herren Fichte und Seyfarth sind auf einem Kongress, der heute begann. Professor Niederau ist noch in der Ringvorlesung, die wir natürlich nicht mehr absagen konnten. Die anderen drei Kollegen sind wohl schon nach Hause gefahren, da sie von außerhalb kommen. Wir haben sie jedenfalls nicht mehr erreicht. Aber Sie bekommen von meiner Sekretärin sowieso eine Liste sämtlicher Professoren und Mitarbeiter."

„Gut", freute sich die Hauptkommissarin, „dann steht der Befragung nichts mehr im Wege."

„Nein, nein, und gehen Sie bitte nach eigenem Ermessen vor. Aber machen Sie schnell", fügte er hinzu, „Sie bringen nämlich unseren ganzen Lehrbetrieb durcheinander. Kurz vor Semesterende ist das ein Fiasko." Nervös fuhr er sich über den kahlen Oberkopf und durch seinen Haarkranz. „Ich mag mir gar nicht vorstellen, was unsere Erlanger Kollegen dazu sagen. Inständig bitte ich Sie um höchste Diskretion und unauffälliges Vorgehen."

„Machen wir, soweit es in unseren Möglichkeiten steht", versicherte ihm die Hauptkommissarin. „Bringen Sie uns jetzt bitte zum Sitzungssaal."

Professor Klenze führte sie aus seinem Büro und geleitete sie einen langen Flur entlang, an dem an einigen Stellen der Verputz hässlich abblätterte. Schräg gegenüber der Bibliothek machte er vor einer offen stehenden Tür Halt, aus der aufgeregtes Stimmengewirr drang, und bat: „Hier hinein, bitte."

Die beiden Polizeibeamtinnen fanden sich in einem schmucklosen, rechteckigen Raum wieder. Auf den Stühlen um einen ausladenden Konferenztisch herum hatte sich eine Gruppe von acht

Personen zusammengefunden. Bei ihrem Eintreten verstummten die Gespräche, und alle Augen waren auf sie gerichtet.

Der Dekan führte sie zu den freien Stühlen am Kopfende des Tisches und bat sie, Platz zu nehmen. „Ich habe noch den Prodekan und die Frauenbeauftragte dazu geladen."

Die Polizistinnen nickten zustimmend.

Er wandte sich nun an die versammelten Institutsmitarbeiter und stellte die Kriminalbeamtinnen vor. „Frau Uhl wird Sie nun von den Umständen des tragischen Ablebens unserer Frau Kollegin Zech unterrichten."

Die Hauptkommissarin erhob sich.

In diesem Augenblick klopfte es an der Tür und Frau Wagner, die Dekanatssekretärin, brachte auf einem Teewagen Tassen, Kannen und Schalen mit Gebäck herein. Sie stellte alles in die Mitte des Tisches und bat: „Bedienen Sie sich bitte selbst."

Während Sabine Reil für sich Tee eingoss und für ihre Vorgesetzte Kaffee, musterte Johanna die vor ihr Versammelten. Als alle sich mit Getränken versorgt hatten, gab sie zunächst einen kurzen Überblick über das Auffinden der toten Professorin und leitete danach zu ihrem Hauptanliegen über. „Für uns ist es nun wichtig herauszufinden, meine Damen und Herren, welches Motiv hinter dieser Tat steht. Hatte Frau Professor Zech Feinde?" Sie überlegte einen Augenblick und setzte erklärend hinzu: „Neid, Missgunst, Eifersucht, Wut oder aber auch Rache für ein erlittenes Unrecht könnten beispielsweise Motive sein."

Stille breitete sich aus. Alle Augen waren auf sie gerichtet, und sie konnte die Welle des Misstrauens, die ihr entgegenwogte, beinahe körperlich spüren. War sie mit der Aufzählung möglicher Motive über das Ziel hinausgeschossen? Waren die hier Anwesenden etwa voreingenommen gegenüber der Polizei? Diese Menschen kamen ihr ungewöhnlich beherrscht vor. Von neuem betrachtete sie die einzelnen Gesichter. In einigen las sie nun Entsetzen, Bedauern, Trauer, aber auch Angst, in einer derartigen Situation gewiss nichts Außergewöhnliches, andere schienen dagegen nach wie vor unbewegt.

In diesem Augenblick wurde die Tür schwungvoll aufgerissen, und eine Frau um die Sechzig betrat den Raum. Während ihr Blick über die noch freien Stühle glitt, stellte sie beiläufig fest: „So ein Mist, jetzt habe ich mich tatsächlich verspätet."

Der Dekan runzelte ärgerlich die Stirn und befahl in scharfem Ton: „Setzen Sie sich doch endlich, Frau Kollegin Becker", und der Hauptkommissarin raunte er „Das ist die Frauenbeauftragte" zu.

Die so Gerügte nickte indessen ungerührt, stellte ihre dunkelbraune Ledertasche auf einem Stuhl ab und zog den daneben zu sich heran.

Johanna betrachtete sie überwältigt. Ihr falbes kinnlanges Haar war von vielen grauen Strähnen durchwandert und nachlässig hinter die Ohren geschoben, was das Gesicht flächig werden ließ. Das rosafarbene Twinset über dem weißen halblangen Faltenrock ließ die stattliche Figur der ›Kollegin Becker‹ noch stattlicher erscheinen. Die mit weißen Söckchen bekleideten Füße in dunkelbraunen Birkenstock-Sandalen verliehen ihr Bodenständigkeit und Erdnähe. Bevor sie sich endgültig auf dem Stuhl niederließ, rückte sie ihn noch einmal zurecht. Dabei drehte sie sich im Gegenlicht der Fensterfront, und die Transparenz des weißen, reich gefältelten Rockes offenbarte in verhängnisvoller Weise die ganze Pracht des rosaroten knielangen Feinrippschlüpfers. Johanna dankte innerlich ihrer Mutter auf Knien, die sie immer vor weiten, weißen und ungefütterten Röcken gewarnt hatte. Damit steht man nackt in der Landschaft, hörte sie sie sagen. Und wie Recht sie hatte! Bei schwarz, weit und ungefüttert sollte man übrigens auch auf der Hut sein, hatte ihre Mutter warnend hinzugefügt.

Indessen hatte Kollegin Becker es sich auf ihrem Stuhl bequem gemacht, aus ihrer umfangreichen Tasche, die auf frappierende Weise einer geräumigen Einkaufstasche ähnelte, einen Schreibblock mit daran geklemmtem Kugelschreiber zutage gefördert und bat in die Stille: „Schiebt mir mal bitte die Kaffeekanne näher." Sie schenkte sich eine Tasse voll ein, gab Milch und drei Löffel Zucker dazu, rührte geräuschvoll um und nahm einen Schluck.

„Wer hat nun Constanze Zech um die Ecke gebracht?", warf sie danach in die immer noch lastende Stille ein.

Sämtliche Köpfe ruckten zu ihr herum, und ein gewaltiger Sturm der Entrüstung erhob sich. Sätze wie „Die arme Kollegin, so eine Taktlosigkeit hat sie nicht verdient!" und „Auch von einer Biologin hätte man wirklich mehr Stil und Feingefühl erwarten können!" schwirrten durch den Raum.

Sieh an, bemerkte die Hauptkommissarin überrascht, sie sind doch zu Emotionen fähig, und setzte ihre Beobachtungen fort.

Kollegin Becker tauchte noch einmal in ihre Tasche hinab und holte ein Brillenetui hervor. Umständlich öffnete sie es und schob sich eine schwarz gerahmte Brille auf die Nase, über deren Rand sie wie eine Eule zunächst in Johannas Richtung spähte. Anschließend ließ sie ihren Uhublick um den Tisch herumwandern und stellte seelenruhig fest: „Tot ist tot, mit oder ohne Stil und Feingefühl." Wiederum heftete sie ihren Blick auf die Hauptkommissarin. „Glauben Sie, der Täter oder die Täterin könnte jemand von uns sein?"

Die Hauptkommissarin überlegte einen Augenblick. „Nun, das ist nicht auszuschließen. Wie ich bereits eingangs sagte, ist das vor allem eine Frage des Motivs. Nach unseren Erfahrungen lassen sich niedrige Beweggründe überall finden. Selbst Universitäten sind davor nicht gefeit."

Im Raum erhob sich ein empörtes Murmeln, doch niemand wandte sich direkt an sie.

Endlich meldete sich ein junger Mann mit hellbraunen kurzen Haaren und einer kakifarbenen Anzugjacke über dem schwarzen T-Shirt zu Wort und stellte sich zunächst als Dr. Hans-Peter Unger, wissenschaftlicher Mitarbeiter und zuständig für die Auslandskontakte des Instituts, vor. „Ich bitte Sie, Frau Hauptkommissarin", merkte er dann kritisch an, „wir als *Scientific Community* begeben uns doch nicht in solche menschlichen Niederungen." Er lehnte sich in seinem Stuhl zurück und warf ihr aus halb geschlossenen Augen einen arroganten Blick zu. „Unser Interesse gilt der Wissenschaft. Entgleisungen dieser Art überlassen wir tunlichst dem ungebildeten Pöbel."

Lautes Klopfen mit den Fingerknöcheln auf die Tischplatte zeigte an, dass die übrigen Anwesenden seine Ansicht teilten.

Das ist also dieser Dr. Unger, mit dem sie sich auf Markus' Anraten hin gründlicher befassen sollte. Mit neu erwachtem Interesse musterte sie ihn und ließ danach ihren Blick über die Gesichter der übrigen gleiten. Wurde sie etwa auch zu dem ungebildeten Pöbel gerechnet? Wie dem auch sei, es war schwierig, mit ihnen in Kontakt zu kommen.

Eine dunkelhaarige Frau in den Fünfzigern erhob die Hand wie eine Schülerin und bat ums Wort. „Sie müssen verstehen, Frau Hauptkommissarin, dass wir alle über das gewaltsame Ableben unserer Frau Professor schockiert sind. Als Institutssekretärin geht mir dabei Beängstigendes durch den Kopf. Der gute Ruf der Fakultät könnte auf dem Spiel stehen, wenn es sich herausstellt, dass sich in unseren Reihen tatsächlich eine Mörderin oder ein Mörder befindet. Mehr noch, wir fühlen uns alle in Gefahr, denn das würde bedeuten, dass man selbst dem nächsten Mitmenschen nicht mehr trauen könne." Wie zur Unterstreichung des eben Gesagten wanderten ihre Augen voll Misstrauen über die Anwesenden, und sie rückte ihren Stuhl ein gutes Stück weit aus dem Kreis.

„Übertreiben Sie bitte nicht, Frau Greller!", entgegnete Frau Professor Becker kauend, die inzwischen einen der Gebäckteller zu sich herangezogen hatte und eines der Plätzchen nach dem anderen in ihrem Mund verschwinden ließ. Nun legte sie das eben angebissene Gebäck auf ihren Schreibblock und machte sich daran, ihre Gegenargumente zu erläutern. „Erstens wurde Constanze Zech nicht hier an ihrem Institut umgebracht, sondern im Rosenaupark. Als Täter können somit die unterschiedlichsten Leute in Frage kommen. Wer weiß, wem Constanze außerhalb des Instituts und der Fakultät noch auf die Zehen getreten ist. Ihr wisst selbst, dass sie dazu eine außerordentliche Begabung hatte."

„Ich bitte Sie, Frau Becker", wandte ein älterer Herr in schokoladebraunem Anzug ein - Kollege Ellrich von der Mathematik, unser gegenwärtiger Prodekan, wie Johanna vom Dekan erfuhr -, „dabei handelte es sich um ganz normale sachliche Auseinandersetzungen, wie sie eben zwischen Menschen mit unterschiedlichen

Interessen immer wieder vorkommen." Mit diesen Worten strich er sich durchs graumelierte Haar und dann über seinen stoppeligen grauen Dreitagebart. Dabei rutschte der Ärmel seiner Anzugjacke zurück, und ein buntes Freundschaftsband, wie die Hauptkommissarin es von ihren Zwillingen her kannte, wurde sichtbar.

Neugierig nahm die Kriminalbeamtin den Mann, der ein paar Stühle von ihr entfernt saß, genauer in Augenschein und rutschte sogar mit ihrem Stuhl unauffällig ein wenig in Richtung Wand, um nachzusehen, wie es mit ihm unterhalb des Tisches weiterging. Aus den schokoladebraunen Hosenbeinen lugten weiße Socken hervor, die in braunen Sandalen steckten. Ein gewissenhafter Herrenausstatter hätte mit ihm sicherlich alle Hände voll zu tun. Geräuschlos arbeitete sie sich mit ihrem Stuhl wieder zum Tisch heran und konzentrierte sich auf die Anwesenden.

„Ich weiß nicht, was Sie unter einer sachlichen Auseinandersetzung verstehen", erwiderte Kollegin Becker gerade und schob das angebissene Gebäck in den Mund, „aber die ständigen Rangeleien unserer lieben Constanze um die besten Seminarräume fand ich nicht sachlich, sondern reichlich egoistisch. Ich war immer der Ansicht, dass auch die Kollegen von der Bildungsforschung bei unserer Raumnot in den sauren Apfel beißen müssten und sich hin und wieder mit einem schlechteren Raum zufrieden geben sollten."

Von einer jungen, schlanken rothaarigen Frau wurde ihr ein warnender Blick zugeworfen.

Kollegin Becker ignorierte ihn, doch die Hauptkommissarin hatte ihn mit Interesse aufgefangen. Dieser *Scientific Community*, dieser illustren Wissenschaftsgemeinde, schienen menschliche Abgründe offenbar doch nicht so fremd zu sein, wie ihr zuvor versichert worden war. Eine ungünstige Raumbelegung kam ihr als Motiv aber allzu abwegig vor.

„Zweitens", ließ sich nun wieder Kollegin Becker vernehmen, „muss der Täter nicht aus unseren Reihen stammen. Er oder sie könnte genauso gut einer oder eine unserer Studierenden sein. Mit einigen davon ist Constanze nämlich gar nicht zimperlich umgesprungen."

„Jetzt hören Sie aber auf mit Ihren Verdächtigungen", fuhr der Dekan aufgebracht dazwischen und schlug so heftig mit der geballten Faust auf den Tisch, dass die Kaffeetassen tanzten. „Noch ein Wort in dieser Richtung, und Sie verlassen den Raum!"

„Die Entscheidung, wer den Raum zu verlassen hat, müssen Sie schon mir überlassen, Herr Dekan", wies ihn die Hauptkommissarin kühl zurecht. „Wie sollen wir denn den Mord an Frau Professor Zech aufklären, wenn Sie uns dabei nicht unterstützen?" Ihr Blick wanderte wieder über die Gesichter der Anwesenden. Einige wichen nun aus, senkten die Augen und begannen, sich Notizen zu machen. Andere starrten gleichmütig zurück, als ob das Thema sie nichts anginge. In manchen Gesichtern stand aber auch Unsicherheit und Angst.

„Es ist nur so", meldete sich die Rothaarige zu Wort - Dr. Julia Brand, Habilitandin von Frau Professor Zech, raunte der Dekan der Polizistin ins Ohr -, „wir können alle nicht glauben, dass der Täter oder die Täterin irgendjemand von der Fakultät oder gar von unserem Institut sein soll." Sie fuhr sich durch ihre kurzen Locken und schüttelte den Kopf. „Nein, vom Institut kann es sicher niemand gewesen sein, weder einer von uns Mitarbeitern noch jemand von den Studierenden. Ich will es einfach nicht", fügte sie schluchzend hinzu und barg ihr Gesicht in den Händen.

Die neben ihr sitzende Blonde legte ihr den Arm um die Schulter und versuchte, sie zu beruhigen. Dann wandte sie sich wütend zur Kollegin Becker um und zischte: „Da sehen Sie nun, was Sie angerichtet haben mit Ihren Verdächtigungen. Sagen Sie es doch gleich, dass ich in Ihren Augen die Hauptverdächtige bin, da ich mit Frau Professor Zech, wie jeder hier im Raum weiß, meine Auseinandersetzungen hatte."

„Beruhigen Sie sich bitte, Frau Burger", versuchte der Dekan zunächst die aufgebrachte junge Frau zu beschwichtigen. „Und Sie unterlassen gefälligst Ihre unhaltbaren Verdächtigungen", fügte er in Richtung Kollegin Becker scharf hinzu.

Das ist also Claudia Burger. Aus halb geschlossenen Lidern betrachtete die Hauptkommissarin die junge Frau mit den langen blonden Haaren, die nun mit zornig zusammengekniffenen Lippen ihre Tasse in den Händen drehte und aus ihren rauchblauen Augen dolchgleiche Blicke auf Kollegin Becker abschoss. Wie eine junge Ausgabe von Frau Professor Zech kam sie ihr vor. Eine bildschöne Frau mit Energie und Durchsetzungsvermögen.

„Verdächtigungen?! Ich habe niemanden konkret verdächtigt", setzte sich währenddessen Kollegin Becker zur Wehr. „Ich habe nur aufgezeigt, wer außer uns noch in Frage käme. Dabei bin ich noch gar nicht zu den weiteren Sekretärinnen, den studentischen Hilfskräften, dem Putzpersonal und den Hausmeistern an der Fakultät gekommen. Constanze hatte nämlich mit allen ihre ...", sie dachte kurz nach, „sachlichen Auseinandersetzungen." Wieder griff sie in den Plätzchenteller.

„Jetzt langt es aber wirklich, Frau Kollegin", schimpfte der Prodekan. „Sie müssen hier nicht dauernd das Enfant terrible spielen!"

„Was heißt spielen? Ich bin es doch in diesen der Wissenschaft geweihten Hallen." Obwohl Gudrun Becker diesen Satz nur halblaut vor sich hin gebrummelt hatte, war er dem feinen Gehör der Hauptkommissarin nicht entgangen. Mit diesem Enfant terrible, diesem schrecklichen Kind, das alle durch allzu große Offenheit in Verlegenheit bringt, würde sie sich gesondert unterhalten müssen.

Doch das Enfant terrible schlug bereits mit lauter Stimme zurück. „Als Biologin und gute Kennerin der Evolutionstheorie habe ich längst den Glauben an die Menschheit als Krone der Schöpfung verloren. Manche dieser Kronjuwelen sind nämlich mit ausgesprochen archaischen Reptilgehirnen ausgestattet und gehen rücksichtslos über Leichen. Auf unseren wissenschaftlichen Kongressen konnte ich dazu hinreichende Erfahrungen sammeln. Und nicht nur ich. Ich kann mich gut an einige von euch erinnern, die vollkommen vernichtet von so einem Kongress zurückkamen, weil ihre Thesen irgendeinem Reptilgehirn nicht standhielten."

„Schon gut, Frau Kollegin", versuchte der Dekan zu beschwichtigen. „Diese Interna helfen der Polizei nun wirklich nicht, den Mord aufzuklären."

„Vielleicht schon", entgegnete Frau Professor Becker, „zumal auch unsere liebe Constanze ein gut entwickeltes Reptilgehirn besaß." Dann wandte sie sich direkt an die beiden Polizeibeamtinnen. „Wie lange wird das hier noch dauern? Ich habe einen dringenden Termin mit einer Doktorandin. Die junge Frau ist allein erziehend und kann nicht alle Naslang antanzen."

Die Hauptkommissarin warf einen Blick auf ihre Armbanduhr. „Eigentlich sind wir am Ende. Wir könnten das Gespräch abschließen, wenn Sie alle so liebenswürdig wären, meiner Kollegin der Vollständigkeit halber mitzuteilen, wo Sie sich zur Tatzeit befunden haben und wer das eventuell bezeugen kann."

„Also, das mach ich sofort", rief Frau Professor Becker, während sie ihre Tasche ergriff und sich vom Stuhl erhob. „Ich war zu Hause und habe mir eine Lasagne gekocht. Bezeugen kann das niemand. Außerdem wohne ich in der Bärenschanzstraße, das ist nur ein paar Schritte von Constanzes WG und vom Tatort entfernt." Mit diesen Worten strebte sie der Tür zu und gestattete es allen, abermals einen Blick auf ihren rosaroten Feinrippschlüpfer zu erhaschen. Bevor sie die Tür hinter sich schloss, steckte sie noch einmal den Kopf in den Raum. „Jetzt gehöre ich wohl zu den Hauptverdächtigen?" Ohne eine Antwort abzuwarten, schloss sie die Tür.

Nach diesem wuchtigen Abgang der Kollegin Becker erhob sich Tumult im Sitzungsraum. An Johannas Ohr drangen Satzfetzen wie „Diese Frauenbeauftragte schafft es noch, uns alle in Teufels Küche zu bringen" oder „Was die Erlanger Kollegen wohl zu dem Mord an unserer Fakultät sagen?" Die Meinung, die andere über sie haben, war diesen Mitgliedern der *Scientific Community* offensichtlich ziemlich wichtig, registrierte die Hauptkommissarin. Das, so fand sie, machte diese Menschen vor ihr direkt menschlich. Mehr noch, es machte sie sympathisch. Sie beugte sich zu Kommissarin Reil hinüber und flüsterte: „Wenn Sie die Angaben der hier Anwesenden unter Dach und Fach haben, gehen Sie in den Seminarraum und unterstützen Markus und die anderen. Ich werde mich inzwischen in den Institutsräumen umsehen."

Sabine nickte zustimmend, und Johanna schlug mit dem Löffel ein paar Mal an ihre Tasse, um sich Aufmerksamkeit zu verschaffen. „Meine Damen und Herren", bat sie, als Ruhe eingekehrt war,

„ich appelliere noch einmal an Sie, uns bei der Aufklärung des Mordfalls an Frau Professor Zech zu unterstützen. Sollten Ihnen noch Hinweise einfallen, die uns weiterhelfen könnten, setzen Sie sich bitte sofort mit uns in Verbindung." Sie reichte dem Dekan ihre Visitenkarte.

Professor Klenze schrieb die darauf angegebenen Telefonnummern auf eine Folie und legte diese auf den Tageslichtprojektor.

Während die Hauptkommissarin ihre Unterlagen zusammenpackte, registrierte sie, wie einige die Nummern notierten, andere sie nur gelangweilt lasen und, ohne sie aufzuschreiben, begannen, sich mit den Nachbarn zu unterhalten. Vielleicht hatten sie wirklich nichts mitzuteilen. Es könnte auch sein, dass sie nicht in diesen Mordfall hineingezogen werden wollten, oder sie wollten generell mit der Polizei nichts tun haben, wie es bei den meisten Bürgern der Fall ist.

Die Hauptkommissarin verließ den Sitzungsraum und war im Begriff, sich nach rechts zu wenden. Daran wurde sie jedoch von dem rheinländischen Singsang des Dekans gehindert, der sie zuvorkommend bis zur Tür gebracht hatte. „Da geht's zur Fluchttür, Sie müssen nach links und dann rechts die Treppe hinab. Gedulden Sie sich einen Augenblick, ich schicke Ihnen Dr. Unger mit."

Während sie wartete, feixte sie stillvergnügt in sich hinein. Fluch-Tür, er hatte es tatsächlich wie Fluch-Tür ausgesprochen.

Auf dem Weg zu Frau Professor Zechs Institut strömten ihnen in dichten Trauben Studierende entgegen. „Engelens Vortrag scheint zu Ende zu sein", vermutete Dr. Unger. „Da ist jetzt kein Durchkommen. Warten wir einen Augenblick, bis die Menge sich ein wenig verlaufen hat."

Die Hauptkommissarin lehnte sich neben ihn an die Wand des Treppenhauses, und während sie amüsiert die lebhaft miteinander diskutierenden jungen Leute beobachtete, die dicht an dicht an ihnen vorbeizogen, bedauerte sie es abermals, das Ende der Vorlesung nicht mitbekommen zu haben.

Eine sachte Berührung am Arm ließ sie aufschrecken, und sie blickte in schwarz funkelnde Augen.

„Sie hier, Frau Gruber?" Johanna war überrascht, die alte Dame hier anzutreffen. „Was in aller Welt machen Sie hier?"

„Nun, ich war in der Ringvorlesung. Brillant, wie dieser Engelen seine Zuhörer in den Bann schlägt. Das war bis jetzt der unterhaltsamste Vortrag der Veranstaltungsreihe. Ich besuche übrigens alle Ringvorlesungen, die ich ergattern kann. An der WiSo wird momentan auch eine ungemein interessante über Arbeitsmarktpolitik im Rahmen der Globalisierung angeboten. Die kann ich Ihnen ebenfalls empfehlen."

Johanna wusste aus ihrem letzten Fall, dass Marlene Grubers Interessen ziemlich breit gefächert waren. Damals hatte sie an einer Vortragsreihe für allein erziehende Mütter und Väter teilgenommen. „Leider zähle ich noch zu den arbeitenden Mitgliedern der Gesellschaft. Ich bin dienstlich hier", bedauerte sie.

„In der Ringvorlesung waren Sie aber auch. Ich saß nur ein paar Bankreihen entfernt von Ihnen."

„Das ist richtig. Allerdings musste ich nach einer halben Stunde bereits gehen. Vielleicht berichten Sie mir bei Gelegenheit, wie es weitergegangen war."

„Gerne", stimmte die alte Dame zu. „Sie sind sicher wegen Constanze Zech hier, wenn ich mich nicht irre."

Die Beamtin nickte, und Frau Gruber fügte hinzu: „Von ihr kann ich Ihnen übrigens auch einiges erzählen, aber nur, wenn Sie Zeit haben."

„Abgemacht, Frau Gruber, ich rufe Sie an."

Dr. Unger führte sie ins Untergeschoss und beeilte sich, ihr die Glastür aufzuhalten. „Alle Räume hier gehören zum Institut", erklärte er, während sie den in dämmriges Licht getauchten Flur entlanggingen. Nach ein paar Schritten machte er vor einer Tür Halt und schloss sie auf. „Das ist mein Büro", teilte er ihr mit und ließ sie eintreten.

In diesem Augenblick läutete das Telefon, und mit einer um Entschuldigung bittenden Geste bedeutete er ihr, sich kurz zu gedulden.

Zehntes Kapitel

Johanna wartete geduldig und ließ dabei ihre Augen diskret über die Einrichtung des kleinen Raumes huschen. Spärliches Tageslicht drang durch die weit oben angesetzten Fenster, die keinen Blick auf das Geschehen draußen zuließen und sich über die gesamte Breite der Stirnseite hinzogen. Davor stand ein Schreibtisch mit eingeschaltetem Computer. An der linken Wandseite über einem halbhohen Regal erregten gerahmte Bilder von Indianern, Afrikanern, Eskimos und fremdartigen Landschaften die Aufmerksamkeit. Daran schloss sich eine Art Theke an, an der sich zwei Stühle gegenüberstanden. Die rechte Wandseite wurde von Raum hohen Regalen vollständig verdeckt. Das helle Birkenholz des Mobiliars verbreitete zwar eine anheimelnde Atmosphäre, aber trotzdem wirkte der Raum düster und wie in grünliches Licht getaucht. Ob das wohl an der geringen Lichtzufuhr durch das Oberlicht oder an den dicht belaubten Bäumen lag, die viel zu nah am Gebäude standen?

Trotz des heißen Sommertages fing sie zu frösteln an und begann, sich wie ein Fisch in einem Aquarium zu fühlen. In so einer Raumatmosphäre würde sie niemals arbeiten können und hatte das ungute Gefühl, dass sich ihre Energien zunehmend verflüchtigten.

Glücklicherweise beendete Dr. Unger bald sein Telefongespräch, stand auf und trat auf sie zu. „Was kann ich denn für Sie tun?"

„Lassen Sie mich bitte einen Blick in das Büro der Toten werfen."

„Selbstverständlich, kommen Sie." Er griff nach einem der Schlüssel am Schlüsselbrett oberhalb der Theke und führte die Polizistin eine Tür weiter. Während er aufschloss, schüttelte er ein ums andere Mal den Kopf. „Ich kann es immer noch nicht glauben, dass Frau Professor Zech ermordet wurde. Mir ist richtig übel geworden, als der Dekan uns davon unterrichtete."

Das Büro der Toten machte einen spartanischen Eindruck, und nichts Außergewöhnliches stach der Beamtin ins Auge.

Es gab weder Bilder, da alle freien Wandseiten bis zur Decke mit Bücherregalen voll gestellt waren, noch fand sich auf dem Schreibtisch ein Gegenstand, der auf die Persönlichkeit des Opfers schließen ließ. Rechts führte eine offen stehende Durchgangstür in ein weiteres Büro.

„Das ist das Reich von Frau Greller, der Institutssekretärin", wurde sie von Dr. Unger aufgeklärt. „In den weiteren Räumen den Gang entlang sind die anderen Institutsmitarbeiter untergebracht."

„Ihre Kollegen haben übrigens den gesamten Schreibtischinhalt und einen Teil der Institutsunterlagen mitgenommen", beschwerte sich Dr. Unger, als sie wieder in sein eigenes Büro zurückkehrten. „Hoffentlich bringen sie das bald wieder zurück. Solange kein Nachfolger für Frau Zech ernannt ist, muss ich mich nämlich um das Institut kümmern."

„Keine Sorge", beschwichtigte ihn Johanna, „in solchen Dingen arbeiten wir immer besonders zügig."

Während sie sich an der Theke auf einen der beiden unbequemen Holzstühle mit körperunfreundlich niedriger Rücklehne setzte, wandte er sich zu dem halbhohen Regal. Mit einem Wasserkocher, aus dem es herausdampfte, zwei klobigen Kaffeepötten und einem Glas Instantkaffee kam er zurück. „Möchten Sie?", fragte er und schob ihr den Kaffee hin. Einen Löffel schien er nicht zu besitzen.

Johanna schüttete ein kleines Häufchen von dem Granulat in die dickwandige Tasse und goss heißes Wasser darüber. Auf der Oberfläche der braunen Flüssigkeit bildete sich cremiger Schaum, und sie nippte davon. Normalerweise bevorzugte sie frisch gebrühten Kaffee, aber sie wollte den gastfreundlichen Dr. Unger nicht vor den Kopf stoßen. Deshalb nickte sie anerkennend. „Schmeckt ganz ordentlich."

„Vor allem geht es ruckzuck. Wenn ich aus einem Seminar zurückkomme, brauche ich sofort etwas, was meine Lebensgeister wieder mobilisiert. Er bereitete sich ebenfalls eine Tasse Kaffee zu und nahm einen Kräfte mobilisierenden Schluck. Gestärkt wandte er sich ihr zu. „Wissen Sie schon, wer es getan haben könnte?"

„Wie ich bereits im Sitzungssaal sagte, stehen wir erst am Anfang unserer Ermittlungen." Unverwandt schaute die Hauptkommissarin ihr Gegenüber an. „Ich frage jetzt noch einmal: Hatte Frau Professor Zech Feinde? Wirkte sie in letzter Zeit bedrückt? Ihr Büro ist direkt neben dem ihrigen. Wann haben Sie sie zum letzten Mal gesehen, und wo waren Sie zur fraglichen Zeit?"

Dr. Unger fuhr sich durch sein kurz geschnittenes hellbraunes Haar und lachte. „Jetzt haben Sie mich mit Fragen aber regelrecht bombardiert. Ich habe doch Ihren Kollegen bereits alles gesagt. Ist das wohl schon der Anfang eines Kreuzverhörs?"

„Das sieht ganz anders aus", erwiderte die Beamtin mit unbewegtem Gesicht. „Dabei würde Ihnen wirklich Hören und Sehen vergehen. Also, was wissen Sie von Frau Professor Zech?"

„Constanze Zech", begann er zögerlich zu sprechen und kaute nachdenklich auf seiner Unterlippe. Dann blickte er sie mit seinen haselnussbraunen Augen voll an. „Ich glaube, bei mir sind Sie an der falschen Adresse. Ich kann Frau Zech gegenüber nicht objektiv sein, wir hatten einige Probleme miteinander, zwischenmenschliche, verstehen Sie?"

Johanna freute sich. Zwischenmenschliche Probleme waren immer gut bei Ermittlungen. Um ihn gesprächsbereiter zu stimmen, bat sie um eine weitere Tasse des Instantkaffees. Dieses Opfer musste sie erbringen.

Gastfreundlich goss er ihr heißes Wasser über das Granulathäufchen in ihrer Tasse und rückte die Ärmel seiner kakifarbenen Anzugjacke über dem schwarzen T-Shirt wieder zurecht.

„Sie war wohl eine schwierige Vorgesetzte?", versuchte sie nun, ihm auf die Sprünge zu helfen.

„Ach Gott, schwierig", erwiderte er gedehnt, „das trifft es auch nicht. Wir waren eben häufig verschiedener Ansicht. Aber umgebracht hätte ich sie deshalb bestimmt nicht."

„Weshalb dann?"

„Sind Sie verrückt?", fuhr er empört auf. „Ich habe sie überhaupt nicht umgebracht."

Die Hauptkommissarin schaute ihn nur gleichmütig an und schlug vor: „Lassen wir zunächst Ihre zwischenmenschlichen Probleme mit Frau Professor Zech beiseite und sagen Sie mir, wo Sie sich gestern Abend zwischen zwanzig und einundzwanzig Uhr aufgehalten haben. Es wäre übrigens von Vorteil, wenn jemand Ihre Angaben bestätigen könnte." Sie fingerte in ihrer Tasche zunächst nach dem Aufnahmegerät. Eingedenk seiner geringen Gesprächsbereitschaft entschied sie sich dann aber für ihr Notizbuch.

„Sie wollen also ein richtiges Alibi", murmelte Dr. Unger. Er zog eine Zigarette aus der Schachtel neben seiner Kaffeetasse heraus und zündete sie an. „Im ganzen Fakultätsgebäude ist zwar Rauchverbot", stieß er mit einer Rauchwolke erklärend hervor, „da ich mein Zimmer aber mit niemandem teilen muss, kann ich hier drinnen machen, was ich will. Ihren Kollegen habe ich wirklich schon alles gesagt."

Johanna reagierte nicht und blickte ihn nur unverwandt an.

Er seufzte und zog so kräftig an seiner Zigarette, dass sich in seinen Wangen Krater bildeten. „Dann also noch einmal. Gestern hatten wir, das heißt meine Freundin Teresa Manteufel und ich, Gäste bei uns zum Abendessen, Dr. Lindenmann vom Lehrstuhl für Physik und seine Frau. Dazu hatte ich noch Dr. Offergelt mit Gattin eingeladen. Er leitet unseren Multimediaraum. Ich habe das Haus überhaupt nicht verlassen, dazu hätte ich gar keine Zeit gehabt. Bei uns bin nämlich ich der Koch. Offergelt hatte noch ein Problem mit den Medien, und Lindenmann half ihm dabei. Es war weit nach einundzwanzig Uhr, als sie endlich kamen. Deshalb sind sie auch erst nach Mitternacht gegangen." Diskret gähnte er hinter vorgehaltener Hand. „Für meine Begriffe reichlich spät, wenn Sie meine Meinung hören wollen. Mit den Naturwissenschaftlern ist das so eine Sache. Man weiß nie so genau, was die eigentlich interessiert. Jedenfalls zogen sich die Gespräche anfangs ziemlich mühevoll dahin. Erst als sie bei den Themen Mittelzuweisung und Computer angelangt waren, wurden sie lebhaft, und ich musste ständig das Gähnen unterdrücken. Immerhin hatte ich heute Morgen um acht Uhr schon meine erste Lehrveranstaltung."

Johanna notierte die Namen und Adressen seiner Freundin und der Gäste langsam und sorgfältig. Dann legte sie den Stift weg und musterte ihn eingehend. Er ist intelligent, gut aussehend, selbstbewusst und irgendwie glatt, ging es ihr dabei durch den Kopf. Außerdem hatte er bei ihr einen reichlich arroganten Eindruck hinterlassen, als er sich auf die *Scientific Community* berief, die das Morden eher dem ungebildeten Pöbel überließ. Ich muss ihn verunsichern und aus der Reserve locken, damit ich bei ihm zupacken kann. Aber wie?

Unter ihrem bohrenden Blick begann er, unbehaglich mit dem Stuhl zu kippeln, und sie fragte unvermittelt: „Was haben Sie gekocht?"

Dr. Unger ließ abrupt die Vorderbeine des Stuhls auf den Boden krachen und starrte sie zunächst konsterniert, dann verärgert an. Die Hauptkommissarin beharrte jedoch stumm auf ihrer Frage.

„Sie wollen das wirklich wissen?", fragte er ungläubig nach. Als darauf abermals keine Reaktion erfolgte, zuckte er ergeben mit den Achseln. „Als Vorspeise gab es gefüllte Champignonköpfe mit Weißbrot. Der Hauptgang wurde durch Rucolasalat auf einem Tomatenbett mit einem Dressing aus Balsamico-Essig und Kürbiskernöl eingeleitet. Darüber hobelte ich Pecorinokäse. Danach servierte ich Steinbeißerfilet an Safranreis." Offenbar schien er langsam Gefallen an dem kulinarischen Ausflug zu finden, denn er fragte: „Haben Sie schon einmal einen ganzen Steinbeißer gesehen?"

Johanna verneinte, und er fuhr fort: „Also, das sind mächtige Fische, bestimmt so lang wie mein Arm, mit einem gefährlichen Gebiss aus lauter langen, schief stehenden Zähnen, als ob sie eine Zahnregulierung dringend nötig hätten." Belustigt lachte er auf. „Jedes Mal fällt mir das mit der Zahnregulierung ein, wenn ich einen Steinbeißer sehe. Der Körper ist weiß mit schwarzen Flecken darauf wie ein Dalmatiner." Wieder lachte er. „Tessa und ich sagen Dalmatiner-Fisch dazu." Dann erstarb sein Lachen, und er beobachtete misstrauisch, wie sie alles mitschrieb. Schließlich kratzte er sich am Kopf und fragte unsicher: „Soll ich weiter aufzählen?"

Johanna nickte, und er setzte fort: „Zum Nachtisch gab es Champagnerparfait, dann Espresso und Sahneeclairs. Wer wollte, konnte sich noch von der Käseplatte bedienen. Wollen Sie auch die Käsesorten wissen und welche Getränke ich dazu reichte, vielleicht gar die Weinsorte mit Jahrgang und Lage?", fragte er voll Sarkasmus.

Johanna überlegte einen Augenblick. „Das wird nicht nötig sein", antwortete sie danach. „Ich denke, das ist wohl Geschmacksache."

„Dann möchte aber ich von Ihnen wissen, warum ich das ganze Essen aufzählen musste und Sie alles mitgeschrieben haben!"

„Nun", bekannte Johanna unschuldsvoll, „es hat mich einfach interessiert, was kochende Männer so zustande bringen. Leider ist mir ein derartiges männliches Prachtexemplar, wie Sie es offenbar sind, noch nie über den Weg gelaufen."

„Das ist doch einfach nicht zu fassen", begann Dr. Unger zu schimpfen. „Mir vermitteln Sie das Gefühl, der Hauptverdächtige zu sein, und dabei wollen Sie nur wissen, was ich gekocht habe."

„Es wäre nett, wenn Sie mir gelegentlich einmal das Rezept von dem Champagnerparfait zukommen ließen", lächelte die Hauptkommissarin, ohne auf seinen Ärger einzugehen. „Hoffentlich ist es nicht zu kompliziert."

„Lassen Sie mich gefälligst mit Kochrezepten in Frieden", knurrte Dr. Unger ungehalten. „Das war es dann hoffentlich. Kann ich jetzt endlich weiterarbeiten?"

„Wo denken Sie hin?", entgegnete die Polizeibeamtin seelenruhig und freute sich diebisch, ihn zunächst einmal seiner akademischen Ruhe beraubt zu haben. Er wirkte nun lange nicht mehr so selbstsicher wie eingangs. „Jetzt fängt es erst richtig an. Frau Professor Zech war also Ihre Vorgesetzte. Wie war denn so die Zusammenarbeit mit ihr?"

Dr. Unger warf ihr einen misstrauischen Blick zu. Das mit dem Essen saß ihm noch gewaltig in den Knochen. Dann blies er die Backen auf und ließ geräuschvoll die Luft entweichen. „Was gibt es da groß zu erzählen? Als Chefin hatte sie das Sagen, und ich war ihr wissenschaftlicher Mitarbeiter, der tat, was sie sagte. So einfach ist das."

Johanna überhörte den ironischen Unterton und fragte ruhig: „War sie eine angenehme Vorgesetzte?"

„Was heißt angenehm?" Dr. Unger hob die Schultern, streckte die Arme von sich und drehte die Handflächen nach oben. „Chef ist Chef. Wer Chef ist, hat eben das Sagen. Wer es nicht ist, muss tun, was der Chef will."

„War sie eine angenehme Vorgesetzte?", wiederholte Johanna noch einmal, ohne auf seinen vorherigen Satz einzugehen.

Er setzte seinen Ellbogen auf dem Tisch auf, stützte das Kinn in die Handfläche, trommelte mit den Fingern auf seine Oberlippe und starrte nachdenklich vor sich hin. „Nein, das war sie nicht", antwortete er nach einer Weile mit leiser Stimme. „Sie war unberechenbar. Manchmal war es so schlimm, dass ich glaubte, sie ticke nicht mehr richtig." Zur Unterstreichung des eben Gesagten nahm er seine Hand vom Kinn und tippte sich viel sagend mit dem Zeigefinger an die Stirn. „Es gab Tage, da war sie so fürchterlich, dass alle einschließlich der Sekretärin in Deckung gingen. Bloß ich nicht, ich musste immer standhalten und den Prellbock spielen."

„Sagen Sie mal", wollte die Hauptkommissarin eingedenk seiner vorzüglichen Kochkünste wissen, „haben Sie Ihre Chefin eigentlich auch bekocht?"

Das Eis zwischen ihnen schien zu bröckeln, denn unverblümt kam „Bekocht und beschlafen" von ihm zurück. „Ich sag es lieber gleich, bevor Sie es von den anderen erfahren."

„Bekocht und beschlafen?!" Johanna musste das erst einmal verdauen.

„Nun, ich dachte, es würde meiner wissenschaftlichen Karriere förderlich sein", gab Dr. Unger freimütig zu. „Was tut man nicht alles, wenn die guten Posten so dünn gesät sind? Bei der Polizei ist das sicher anders", schob er nach, als er den irritierten Gesichtsausdruck der Hauptkommissarin wahrnahm.

„Und Ihre Freundin, wie stand sie dazu?"

„Tessa Manteufel weiß davon nichts, und ich würde Sie dringend darum bitten, dies diskret zu behandeln." Er lehnte sich in dem unbequemen Holzstuhl zurück und drehte mit verlegener Miene das Feuerzeug in der Hand. „Es war doch alles nur rein körperlich, mit Liebe hatte das ganz und gar nichts zu tun. Aber Frauen verstehen das nicht und machen daraus immer ein riesiges Drama. Bei denen sind sofort Gefühle und all der Scheiß im Spiel."

„Gefühle und all der Scheiß", wiederholte die Hauptkommissarin nachdenklich. „Ihre Vorgesetzte war auch eine Frau. Dann traf das auch auf sie zu."

„Das war keine Frau, das war ein gefühlloses Monster. Vielleicht wissen Sie auch, dass sie ihren Ehemann ins Pflegeheim abgeschoben hat."

„Aber trotzdem hatten Sie ein intimes Verhältnis mit ihr!"

Dr. Unger rutschte unbehaglich auf dem Holzstuhl hin und her und zündete sich nervös eine zweite Zigarette an. „Es ist eben passiert", stieß er dann mit einer Rauchwolke hervor.

Die Polizistin vergegenwärtigte sich noch einmal den Anblick der toten Professorin. Selbst die Entstellung, die ihr durch die Strangulierung zugefügt worden war, hatte ihr attraktives Aussehen nicht vollends auslöschen können. Trotzdem hätte sie diese Frau Anfang der Sechziger nie im Leben mit einem erotischen Abenteuer in Verbindung gebracht, noch dazu mit einem so jungen Mann, der zugleich ihr eigener Mitarbeiter war. Bis jetzt war sie davon überzeugt gewesen, dass es eher eine Domäne der Männer sei, sich wesentlich jüngere Partnerinnen zu wählen. Es ließ ihr keine Ruhe, und sie fragte gerade heraus: „Haben Sie Frau Zech eigentlich geliebt?"

Dr. Unger legte beide Hände um die Kaffeetasse und starrte mit unbewegtem Gesicht an ihr vorbei an die Wand.

Obwohl seiner undurchdringlichen Miene nichts zu entnehmen war, spürte Johanna, wie es in ihm arbeitete. Reglos wartete sie.

Endlich kehrte wieder Leben in ihn zurück. Er senkte seinen Blick auf die Tasse in seinen Händen und flüsterte kaum vernehmbar: „Ja, das habe ich. Vom ersten Tag an war ich von ihr verzaubert. Ich habe sie angebetet und bewundert."

„Obwohl sie ein gefühlloses Monster war? Eingangs hatten Sie Frau Professor Zech jedenfalls so charakterisiert."

Nachdenklich kaute Dr. Unger auf seiner Unterlippe. Dann verzog sich sein Mund zu einem dünnen Lächeln. „Sie war janusköpfig, das ist wahr. An manchen Tagen konnte sie es mit sämtlichen

Furien aufnehmen, das wird Ihnen jeder hier am Institut bestätigen." Mit einer fahrigen Bewegung holte er eine weitere Zigarette aus der Packung und zündete sie an. „Wissen Sie", setzte er fort und blies ihr eine Rauchwolke ins Gesicht, „das Monsterbild hielt ich aufrecht, damit niemand hinter unsere Beziehung kam."

„Und die Story, aus Karrieregründen mit ihr ein intimes Verhältnis angefangen zu haben?"

„War für Sie", gestand er mit einem entwaffnenden Lächeln. „So eine Erklärung leuchtet doch jedem ein, oder?"

Johanna nickte, und es wurde ihr klar, dass sie ihr Gegenüber auf keinen Fall unterschätzen durfte. Auch er hatte etwas Januskopfiges an sich. Eher beiläufig fragte sie: „Und Professor Zech? Hat sie Ihre Liebe erwidert?"

„Ich denke doch." Er hob den Kopf und blickte Johanna an. „Aber wer weiß schon, was wirklich in einer Frau vorgeht." Ratlos schüttelte er den Kopf und seufzte. „Für mich war sie jedoch der Inbegriff einer Frau. Ich betete sie an. Sie war schön, klug, geistvoll und, wenn sie wollte, liebenswürdig und charmant. Ganz anders eben als junge Frauen. Eine Frau mit Lebenserfahrung ist wie eine raffiniert gewürzte Speise." Bei diesem kulinarischen Vergleich richteten sich seine Augen verträumt zur Decke, und seine Lippen umspielte ein genießerisches Lächeln. „Ja, diese Frauen! Man kann ihre Lebenserfahrung schmecken. Mal schmecken sie nach Erde, Laub und Herbst, wie ein köstliches Gericht aus dem Tontopf, andere kitzeln wie exotische Gewürze den Gaumen." Wie ein Gourmet leckte er sich die Lippen. „Bei diesen jungen Dingern fallen mir dagegen höchstens Hamburger und Döner ein. Mit Essen hat das wahrhaftig nichts zu tun. Das ist höchstens ein Blitzkrieg gegen den Hunger."

Er unterzog sie einem prüfenden Blick, und Johanna beschlich das ungute Gefühl, dass er ernsthaft überlegte, welcher Speise sie zuzuordnen sei. Eigentlich hätte es ihr egal sein können, aber trotzdem spürte sie, dass es sie kränken würde, vielleicht mit einem Hamburger oder Döner verglichen zu werden, denn seiner Miene war unschwer zu entnehmen, dass sie nicht ganz seiner bevorzugten Altersklasse entsprach.

„Ach, vergessen Sie den ganzen Unsinn mit dem Monster und den Karrieregründen", stieß er unvermutet hervor. „Das stimmt alles nicht. Constanze und ich waren ein Paar, allerdings ein Phantompaar."

„Phantompaar?", rätselte die Polizeibeamtin.

„Nun, wir hielten unsere Liebe geheim und traten in der Öffentlichkeit niemals gemeinsam auf. Was glauben Sie, wie verbiestert und eng es gerade in universitären Kreisen zugeht, und man entrinnt der Kontrolle der anderen nicht. Wissen Sie", setzte Dr. Unger nach einer kleinen Pause hinzu, „ein alter Professor, der mit einer jungen Studentin ein Verhältnis anfängt, wird ohne große Umstände toleriert. Aber machen Sie das Ganze mal umgekehrt, dann sind Sie als Mann aber gründlich unten durch, weil Sie gegen die patriarchalisch geprägten Regeln verstoßen. Die Norm *Mann-älter-als-Frau* gilt nämlich nach wie vor und drückt das bestehende Machtverhältnis aus. Nach dieser Norm würde ich nun mal als ausgemachter Schwächling gelten. Und Constanzes Verletzung der Norm würde einen handfesten Skandal bedeuten. Sie wäre die verruchte Frau, die sich einen jungen Liebhaber hält. Um diesem ganzen Gerede zu entgehen, haben wir unsere Beziehung eben geheim gehalten. Dass wir uns liebten, hätte uns doch niemand abgenommen. Auch Sie nicht."

„Ich weiß es wirklich nicht", bekannte Johanna wahrheitsgemäß. „Erzählen Sie mir deshalb bitte, wie alles zwischen Ihnen und Frau Professor Zech begann."

„Muss das denn sein? Mit ihrem Tod hat das alles wirklich nichts zu tun. Außerdem müsste ich dabei weiter ausholen", entgegnete Dr. Unger und warf demonstrativ einen Blick auf seine Uhr.

„Das macht nichts", lächelte Johanna leutselig. „Ich habe Zeit."

„Aber ich nicht", knurrte Dr. Unger ungehalten. „In einer halben Stunde beginnt mein Seminar, und dafür muss ich noch einige Arbeitsaufträge für die Studierenden vorbereiten."

„Das fällt aus. Die polizeilichen Ermittlungen haben Vorrang. Fangen Sie an!"

„Also", begann er, „ich bin eigentlich Ethnopädagoge und …"

„Aha", unterbrach ihn die Hauptkommissarin, „was macht denn ein Ethnopädagoge?"

Dr. Unger kaute einen Augenblick lang auf seiner Unterlippe. „Mit einfachen Worten kann man es vielleicht so auf den Punkt bringen: Ethnopädagogen setzen sich mit Erziehung und Bildung in anderen Kulturen auseinander. Beispielsweise erforschen wir die Unterschiede in der Sozialisation von Jungen und Mädchen. Auch Initiationsriten, wie Jungen auf ihre Rolle als Mann oder Mädchen auf ihre zukünftige Frauenrolle vorbereitet werden, sind dabei von Interesse. Aber nun weiter im Text. Wo war ich stehen geblieben?"

Johanna ließ ihn in Ruhe überlegen.

„Ach ja. Nach meiner Promotion hatte ich mit viel Mühe ein Post-Doc-Projekt an Land gezogen, das ich zum Thema meiner Habilitation machen wollte. Eine empirische Untersuchung bei den Cañari-Indianern in Ecuador. Constanze Zech unterstützte mich dabei, sonst hätte ich bestimmt keine Fördermittel bekommen. Im Gegensatz zu mir stand sie nämlich mit dem Ministerium auf äußerst gutem Fuß. Wenn ich das Wort Ministerium schon höre, wird mir übel!", stieß er verdrießlich hervor. „Überhaupt scheint in Bayern auf ministerieller Ebene das Geld keine Rolle zu spielen. Wir leisten uns nämlich für die Bereiche Wissenschaft, Forschung, Kunst, Kultus und Unterricht gleich den Luxus von zwei Ministerien. Das eine ist für Wissenschaft, Forschung und Kunst zuständig und das andere für Unterricht und Kultus. Ganz anders sieht es dagegen aus, wenn man Forschungsmittel beantragt." Mit einer heftigen Bewegung sprang er plötzlich auf und rückte die kakifarbene Hose zurecht. „So eine Erbsenzählerei können Sie sich im Traum nicht vorstellen. Von den ministeriellen Erlassen bin ich ebenso entzückt wie von so mancher päpstlichen Enzyklika."

Aus seinem Mund hörte es sich tatsächlich wie *Entzücklika* an, und das entzückte wiederum die Polizistin.

Dann warf er ihr aus halb geschlossenen Lidern einen schiefen Blick zu. „Wollen Sie eine kleine Kostprobe von der Kompetenz ministerieller Beamter hören?"

Johanna wollte eigentlich nicht. Die Polizei ist ebenfalls ein Beamtenapparat, und sie konnte selbst mit einschlägigen Kostproben aufwarten. Sie hoffte aber, ihr Gesprächspartner würde sie im Gegenzug mit bedeutsamen Informationen zu dem Fall Zech belohnen. Deshalb nickte sie zustimmend, machte es sich, so gut es ging, auf dem Holzstuhl bequem und sah ihn erwartungsvoll an.

„Dann passen Sie einmal gut auf", leitete er ein. „Wie ich Ihnen bereits sagte, drehte sich mein Forschungsprojekt um die Unterschiede in der Erziehung von Mädchen und Jungen bei den Cañari-Indianern in Ecuador. Die Lateinamerikaner sind noch schlimmere Bürokraten als wir Europäer, deshalb musste ich meine Zeugnisse und Urkunden ins Spanische übersetzen und vom Ministerium beglaubigen lassen. Und jetzt kommt es. Ich fuhr nach München und irrte hilflos durch die langen Gänge des Ministeriums auf der Suche nach jemandem, der die Beglaubigung vornahm. Keiner, den ich fragte, konnte mir sagen, an wen ich mich zu wenden hätte. Zu guter Letzt traf ich im hintersten Winkel auf eine alte Sekretärin und erzählte ihr in meiner Verzweiflung von meinem Anliegen. Glücklicherweise wusste sie genau Bescheid und gab mir die Zimmernummer des zuständigen Ministerialrats. ›Lassen Sie sich aber einen grünen eckigen Stempel auf Ihre Urkunden geben und nicht einen roten runden und keinesfalls auf die Originale‹, hatte sie mir noch nachgerufen. Das Zimmer hatte ich bald gefunden und meine Unterlagen mit der Anweisung der Sekretärin abgegeben. Um mir die Wartezeit kurzweiliger zu gestalten, schritt ich die Türen des langen, düsteren Flures ab. An den Türschildern konnte ich sofort die strenge Hierarchie ausmachen. Auf einen Ministerialdirektor folgte ein Ministerialdirigent und darauf ein Ministerialrat. Dann kam ein Sachbearbeiter, und die ministerielle Hierarchie begann mit dem Direktor wieder von vorne. Ermattet von so vielen wichtigen Beamten ließ ich mich auf der Bank neben der Tür, in die ich meine Urkunden hineingereicht hatte, nieder und wartete weiter. Überall herrschte Totenstille. Aus keinem Raum waren Geräusche von irgendeiner Aktivität zu hören. Auf einmal öffnete sich gegenüber die Tür eines Ministerialdirigenten. Ein Mann im dunkelgrünen Trachtenanzug mit Filzpantoffeln an den Füßen trat heraus und schlurfte geräuschlos in seinen Pantoffeln den Flur hinunter." Er setzte sich ihr wieder gegenüber. „Stellen Sie sich das einmal vor, in Filzpantoffeln!!!"

Johanna hatte das Bild geradezu plastisch vor Augen, wollte aber das Gespräch ein wenig beschleunigen. „Und Ihre Urkunden?"

„Roter runder Stempel und natürlich auf dem Original! Hätten Sie es anders erwartet?"

„Und dann?" Johanna begann, an der ministeriellen Geschichte langsam Gefallen zu finden.

„In meiner Verzweiflung kehrte ich wieder zu der alten Sekretärin zurück und zeigte ihr die Bescherung."

„Und weiter?"

„Sie sagte: ›Geben Sie mir mal Ihre Sachen, ich mach das jetzt selbst. Warten Sie hier.‹"

Nach kurzer Zeit kam sie mit den grün gestempelten Papieren zurück. Seitdem hoffe ich inständig, nie mehr irgendeine Beglaubigung des Ministeriums zu benötigen. Aber über meine versauten Originalpapiere könnte ich mich heute noch schwarz ärgern."

„Das glaube ich Ihnen aufs Wort, aber Sie sagten mir immer noch nicht, was Frau Professor Zech mit Ihrem Post-Doc-Programm zu tun hatte."

„Nun, sie hatte es befürwortet und als Thema meiner Habilitation akzeptiert."

Johanna konnte aus diesem hochschulinternen Vorgang keine besonderen zwischenmenschlichen Beziehungen ableiten. Aber da sie ein persönliches Tätermotiv vor Augen hatte, bohrte sie dezent weiter. „Wann vertiefte sich nun die Beziehung zu Ihrer Chefin?"

Dr. Unger rutschte unbehaglich auf seinem Stuhl hin und her. Dann legte er sein Jackett ab und hängte es hinter sich über die Stuhllehne. „Ich war schon einen Monat in Quito", quetschte er mürrisch hervor, „und sie kam nachgereist. Wir blieben einen weiteren Monat und beendeten zusammen die Untersuchung." Er hob die Augen, gewahrte den forschenden Blick der Kriminalbeamtin und setzte leise hinzu: „Dabei passierte es eben. Wir verliebten uns."

„Wann war das noch einmal?"

„Im vergangenen März. Warum wollen Sie das überhaupt wissen? Mit Constanzes Tod hat das wirklich nichts zu tun." Dr. Unger kam ins Grübeln und starrte nachdenklich auf die Tasse vor sich. Offensichtlich bemühte er sich, die Gedanken der Polizistin zu ergründen. Plötzlich blickte er überrascht auf. „Sie glauben doch nicht etwa, Constanze habe wegen mir ihren Ehemann ins Pflegeheim gebracht?"

Johanna schüttelte den Kopf. Das glaubte sie wirklich nicht. Außerdem wusste sie von den Bewohnerinnen der Alten-WG, dass Zechs Ehemann schon seit zwei Jahren im Heim lebte. Wieder glitt ihr Blick forschend über das Gesicht ihres Gegenübers. Stimmte seine Geschichte wirklich? Damit ihr Zeit zum Nachdenken blieb, bat sie um ein Glas Wasser. Einer weiteren Tasse des granulierten Kaffees würde ihr Magen nicht standhalten.

Dr. Unger griff nach einem der Gläser im Regal und bat, während er bereits die Zimmertür öffnete: „Einen Augenblick bitte, ich muss das Wasser aus der Toilette holen. Natürlich vom Waschbecken", setzte er hastig hinzu, damit kein Missverständnis aufkam.

Während er den Raum verließ, ging sie in Gedanken Punkt für Punkt seine Aussage zur Tatzeit durch. Sein Alibi musste auf alle Fälle überprüft werden. Trotz der zeitaufwändigen Gerichte kam es ihr ganz und gar nicht hieb- und stichfest vor. Manches konnte schon am Vortag oder zumindest einige Stunden zuvor zubereitet werden. Soviel Ahnung hatte auch sie vom Kochen. Von seiner Wohnung in der Nähe des Sankt-Rochus-Friedhofs waren es mit dem Fahrrad kaum zehn Minuten bis zum Tatort. Aber welches Motiv könnte er haben? Nach ihrem bisherigen Dafürhalten hatte er von seiner engen Verbindung mit Frau Professor Zech doch nur profitiert.

„Haben Sie Ihre Habilitation nun beendet?", fiel es ihr in diesem Zusammenhang ein, als er wieder den Raum betrat und ihr das gefüllte Glas reichte.

„Nein", schüttelte er den Kopf und lächelte gequält. „Nach Constanzes Tod werde ich mir das ganze Vorhaben überhaupt abschminken können. Es ist nämlich gar nicht so leicht, einen neuen Gutachter für die Arbeit zu finden." Abrupt wandte er ihr den Rücken zu und trat ans Oberlicht.

Die Kommissarin musterte ihn nachdenklich. Im Gegenlicht kam seine hoch gewachsene Gestalt eindrucksvoll zur Geltung. Die Wölbungen unter dem eng anliegenden, langärmeligen T-Shirt ließen kräftige Muskeln erahnen, und die Schultern waren gerade so breit, ihn nicht gedrungen wirken zu lassen. Als er seine Hände in die Hosentaschen schob, trat sein Gesäß, das einem Apoll würdig war, wirkungsvoll zutage. Sicherlich zog er die Blicke vieler Frauen auf sich. Nun, Frau Professor Zech schien seine Qualitäten auf alle Fälle auch erkannt zu haben. Was mag nur in ihr vorgegangen sein, als sie sich auf ein Verhältnis mit diesem jungen Mann eingelassen hatte? Hatte es ihr über die Ehe mit einem dementen Ehemann hinweggeholfen oder ihre Angst vor dem Altern gemildert?

Es schien eine Ewigkeit vergangen zu sein, bis er sich endlich vom Fenster abwandte und sich ihr wieder näherte.

„Natürlich war sie nicht perfekt, wer ist das schon. Sie vielleicht?"

Johanna schüttelte den Kopf und sah ihn gespannt an.

Nervös fuhr er sich durchs Haar und nahm wieder Platz. Er faltete seine Hände hinter dem Kopf, wandte seinen Blick zur Decke und wählte sorgsam seine Worte. „Man wird Ihnen erzählen, dass sie egoistisch, rachsüchtig und unberechenbar war. Frau Becker hatte in der Sitzung bereits ein paar Andeutungen gemacht. Nun, ich denke, das war sie auch. Jeder hat ein Stück von einem Schweinehund in sich. Sie doch auch, oder?" Er löste seinen Blick von der Decke und bedachte sie mit einem schiefen Lächeln.

„Mein Schweinehund steht hier nicht zur Diskussion", entgegnete die Hauptkommissarin kühl.

„Andererseits war sie auch sehr generös." Er nahm seine Arme herunter und verschränkte sie vor der Brust. „Ich will Ihnen einmal ein Beispiel ihrer Großzügigkeit geben. Constanze war meines Wissens die Einzige, die ihre Mitarbeiter bei den Kongresskosten finanziell unterstützte, wenn es nötig war. Selbst Claudia Burger, die an ihrer Chefin selten ein gutes Haar ließ und ständig bei der Sekretärin und den Hilfskräften über sie herzog, wird das zugeben müssen."

Eine Unterhaltung mit dieser Claudia Burger schien sich wirklich zu lohnen. Vielleicht ließ sich das heute noch bewerkstelligen. Die Beamtin riskierte insgeheim einen Blick auf ihre Uhr. Es wurde knapp. „Weiter", befahl sie deshalb ziemlich ruppig.

Dr. Unger stutzte einen Augenblick, fuhr danach aber kommentarlos fort, die Vorzüge seiner verblichenen Chefin und Geliebten zu würdigen. „Wenn jemand von ihren Mitarbeiterinnen oder Mitarbeitern auf einem Kongress einen Vortrag zu halten hatte, nahm sie sich immer die Zeit, ihn bis ins Detail mit vorzubereiten. Da können Sie lange suchen, bis Sie so eine Chefin finden."

„Und trotzdem war sie offenbar ziemlich unbeliebt", ließ Johanna nicht locker.

„Nun, sie brachte es fertig, viele Leute vor den Kopf zu stoßen. Das war aber nicht beabsichtigt", beeilte er sich hinzuzufügen. „Sie war eben ein Energiebündel mit überschießendem Temperament." Er lächelte verschämt. „Gerade ich muss das wissen. Sie war eine wundervolle Frau und eine großartige Wissenschaftlerin mit ..."

„Gut", unterbrach die Hauptkommissarin abrupt die Lobeshymne und stand auf. „Für heute soll es genug sein."

„Warten Sie", unterbrach er sie mit einem Mal atemlos, „das muss ich Ihnen unbedingt noch erzählen. Daran können Sie nämlich ermessen, wie entsetzlich und folgenreich Constanzes Tod für mich wirklich ist. Setzen Sie sich bitte noch einmal, und ich mache es auch wirklich kurz."

Seufzend ließ sich Johanna nochmals nieder und vermied es dabei geflissentlich, mit der körperunfreundlichen Stuhllehne in Berührung zu kommen. Erwartungsvoll sah sie ihn an.

„Zusätzlich zu der Forschungsarbeit über die Cañari-Indianer hatten Constanze und ich uns vorgenommen, den Aussagen von diesem Erich von Däniken ein wenig auf den Grund zu gehen. Dafür flogen wir von Quito nach Cuenca. Cuenca liegt südwestlich von Guayaquil in einem Andenhochtal. In seinem Buch ›Aussaat und Kosmos‹ hatte von Däniken nämlich erzählt, dass es in der Kirche Maria Auxiliadora in Cuenca eine kosmologische Schatzkammer gäbe, in der sich unter anderem drei massive Goldtafeln und eine Goldstele befänden, die älter als die Sintflut seien. Mit Hilfe dieser Goldarbeiten könne nachgewiesen werden, dass es bereits vor der Sintflut zwischen den Kontinenten Kontakte gab, und zwar durch außerirdische Kosmonauten. Ein Pater Crespi würde diesen Schatz hüten. Kurzum, die Kirche Maria Auxiliadora, deren Name von Däniken in seinem Buch ständig falsch schrieb, hatten wir bald ausfindig gemacht, aber dieser Pater Crespi war bereits verstorben. Wir nahmen daraufhin Kontakt zum Museumsdirektor von Cuenca auf. Nachdem es Constanze letztendlich gelungen war, sein anfängliches Misstrauen zu zerstreuen, führte er uns durch alle Sammlungen des Museums und ließ uns sogar einen Blick in die Stahlkammer mit den wertvollsten Gegenständen werfen. Meist waren es Objekte aus Stein oder Ton. Dazwischen lagen ein paar winzige Gegenstände aus Gold. Von den sagenhaften Goldarbeiten des Erich von Däniken war weit und breit nichts zu sehen. Als wir den Museumsdirektor danach fragten, überschüttete er uns mit einem derartig wütenden Wortschwall, dass ich Mühe hatte, sein Spanisch überhaupt zu verstehen. Sein Urteil über von Däniken war jedenfalls niederschmetternd. - Und die Goldplatten?, wagte ich einzuwerfen. - Können Sie gerne besichtigen. - Er verfrachtete uns in seinen Jeep und fuhr mit uns zur Kirche Maria Auxiliadora. Das Internat, das der Kirche angeschlossen ist, wurde gerade renoviert. Der Museumsdirektor führte uns durch mehrere kahle Räume an Trittleitern vorbei, auf denen Maler standen und die Wände weißten. Da, sagte er plötzlich und wies auf eine Ecke, vor der einer der Anstreicher hingebungsvoll den Pinsel schwang. Und da lehnten die Tafeln an der Wand, ohne Schutz vor der Farbe, die auf sie hinuntertropfte. So hatten wir uns die kosmologische Schatzkammer eigentlich nicht vorgestellt. Ich zog Erich von Dänikens Buch aus der Tasche und verglich seine Fotos mit den Goldtafeln. Zwei Tafeln mit Pyramiden darauf, eine mit einer fallenden Bombe und natürlich das Prunkstück, die Stele mit den sechsundfünfzig Schriftzeichen, allesamt lehnten sie an der Wand."

Johanna hatte voll Spannung den Atem angehalten. „Und alles war aus purem Gold?"

„Nicht einmal soviel Gold war da, wie ich Dreck unter den Fingernägeln habe. Die Goldplatten bestehen aus einer Art Messinglegierung. Als wir sie umdrehten, sahen wir, dass die Rückseiten bereits kräftig angerostet waren. Und vier Zentimeter dick waren sie auch nicht. Sie waren an den Rändern nur vier Zentimeter nach hinten gefalzt. Der Museumsdirektor sagte uns, von Däniken habe die Objekte, auf die er in seinem Buch verwies, bei den Indianern in Auftrag gegeben."

„Und dieser Pater Crespi gehörte demnach auch zu dem Komplott", schlussfolgerte Johanna mit kriminalistischem Spürsinn.

„Nein", Dr. Unger schüttelte nachdrücklich den Kopf, „er war nur ungeheuer naiv und arglos und ließ sich allzu leicht hinters Licht führen."

Nachdenklich kaute die Beamtin auf ihrer Unterlippe und musterte ihn abschätzend. „Aber was hat diese Geschichte eigentlich mit unserem Mordfall zu tun?"

„Nun, wir hatten dem Museumsdirektor versprochen, von Dänikens Machenschaften publik zu machen. Ich hatte die ganze Geschichte mit meiner Videokamera aufgezeichnet, und Constanze gelang es dank ihrer guten Beziehungen, Franken-TV dafür zu interessieren." Dr. Unger sprang auf und holte von seinem Schreibtisch einen Kalender. „In zwei Wochen ist der Aufnahmetermin. Der Sender hatte nämlich vor, mit uns ein Interview zu machen und Teile meines Videos zu zeigen. Sehen Sie, hier habe ich es notiert."

Johanna entzifferte die Eintragung in roter Schrift mit den drei Ausrufungszeichen dahinter. Während sie sich das Datum und den Namen des Programmleiters notierte, beugte Dr. Unger sich zu ihr hinüber. „Ohne sie ist es nun mehr als fraglich, ob es überhaupt noch zu dieser Sendung kommt. Auch daran erkennen Sie doch selbst, welch schlimmer Schlag Constanzes Tod für mich ist", beschwor er sie eindringlich. „Und die Sendung wäre für mich ungemein wichtig, da ich auch aus meiner Forschungsarbeit berichten könnte."

„Gut, wir werden alles überprüfen." Sie reichte ihm eine Visitenkarte. „Vielleicht kommt Ihnen noch eine Information in den Sinn, die uns weiterhelfen könnte." Dann erhob sie sich und fragte beiläufig: „Wo finde ich jetzt Frau Burger?"

„Claudia Burger", wiederholte er gedehnt, während er ebenfalls aufstand. „Entweder ist sie noch bei Ihrer Kollegin im Sitzungssaal oder drei Türen weiter nach links in ihrem Büro oder in der Mensa. Soll ich Sie hinbringen?"

War es Panik, was für einen Augenblick in seinen Augen aufgeblitzt war, als sie sich nach Claudia Burger erkundigte? Sie war sich immer noch nicht schlüssig, wie sie diesen Ausdruck in seinem Gesicht deuten sollte, der sofort einem zuvorkommenden Lächeln wich, als in diesem Moment schwungvoll die Tür aufflog und Inga, die Hauptschulstudierende aus dem Engelen-Vortrag, mit einem Berg von Büchern in den Armen hereinkam.

„Da sind Sie ja endlich, Frau Witte!", kommentierte Dr. Unger das Erscheinen der Studierenden und wandte sich zur Hauptkommissarin. „Frau Witte ist seit diesem Semester studentische Hilfskraft bei mir. Letztes Semester hat sie für Frau Professor Zech gearbeitet." Er blickte zu Inga Witte hinüber, die sich inzwischen an seinen Computer gesetzt hatte und damit begann, die Titel der mitgebrachten Bücher einzugeben.

„Stimmt", nickte Inga, während ihre Finger flink über die Tastatur flogen.

Johanna freute sich. Mit Inga würde sie auf alle Fälle auch sprechen.

„Das ist übrigens Hauptkommissarin Uhl von der Mordkommission, Frau Witte", stellte Dr. Unger nun Johanna vor. „Sie ermittelt im Mordfall Zech."

„Ach du Schreck", entfuhr es Inga, und sie lief dunkelrot an. „Dann war die Frau neben mir wohl auch von der Polizei, und ich hatte sie für eine Studentin gehalten und deshalb geduzt."

„Das macht nichts, Inga", lachte die Polizeibeamtin, „Frau Reils Studienzeit liegt noch nicht lange zurück, und sie hat sich darüber gefreut. Wann kann ich mit Ihnen über Professor Zech sprechen?"

„Wenn Dr. Unger nichts dagegen hat, sofort."

„Das geht schon in Ordnung", stimmte dieser großzügig zu. „Nachdem mein Seminar ausfällt, kann ich die Daten selbst eingeben. Lassen Sie es sich aber bloß nicht einfallen", setzte er plötzlich gereizt hinzu, „das Gespräch mit Frau Uhl als Arbeitszeit zu verbuchen, Frau Witte!"

So einer ist er also, ging es Johanna durch den Kopf. Sie verbarg aber ihre finsteren Gedanken hinter einem verbindlichen Lächeln. „Ich danke Ihnen für das aufschlussreiche Gespräch, das wir so bald wie möglich fortsetzen werden."

Dr. Unger nickte mit abwesendem Blick und vergrub das Gesicht in seinen Händen. Er schien nicht einmal wahrzunehmen, dass die beiden Frauen das Büro verließen.

Elftes Kapitel

Die Polizeibeamtin und die Studierende durchquerten nebeneinander den düsteren Korridor, und nach den ersten Schritten fauchte Inga aufgebracht: „Dieser Korinthenkacker tut wirklich so, als ob er das Geld für meine Arbeit aus seiner eigenen Tasche zahlen müsste!" Scharf zog sie die Luft ein. „Ich rechne auf die Minute meine Arbeitszeit ab, deshalb verletzen mich solche Bemerkungen. Aber einige Beamte scheinen wohl wirklich einen Hang zum Geiz zu haben, behauptet zumindest der Vater meines Freundes, der selbst Beamter ist und auf Dienstreisen mehrfach Kollegen dabei ertappte, wie sie sich am Frühstücksbuffet im Hotel die Taschen voll stopften, als ob bei ihnen zu Hause die Hungersnot ausgebrochen sei."

Johanna machte ein betretenes Gesicht, da sie ebenfalls Beamtin war.

„Wird man nun Beamter, weil man geizig ist, oder wird man geizig, weil man Beamter ist?", grübelte indessen Inga mit tiefem Ernst. „Wie dem auch sein mag, im Laufe meiner Semester habe ich an einer ganzen Reihe von Lehrstühlen als Hilfskraft gejobbt und immer wieder mal Geizhälse angetroffen. Überhaupt bekommt man dabei mehr Einblick in verschiedene Dinge, als die jemals ahnen."

Über diese Mitteilung freute sich die Polizistin besonders. Mit Inga schien ihr ein echter Glücksgriff gelungen zu sein. Sicherlich hatte sie auch an Professor Zechs Lehrstuhl Augen und Ohren offen gehalten.

„Gehen wir doch in die Mensa", schlug die junge Frau vor. „Um diese Zeit ist dort nicht mehr viel los, und wir sind ungestört."

„Prima", stimmte die Hauptkommissarin zu. „Vielleicht gibt es auch eine Kleinigkeit zu Essen. Inzwischen knurrt mir ganz fürchterlich der Magen. Vorher müsste ich aber dringend ..."

„Gute Idee", fiel ihr Inga ins Wort, „da mach ich glatt mit", und strebte eiligen Schritts auf die letzte Tür der linken Flurseite zu. Zuvorkommend hielt sie die Tür auf. „Bitte nach Ihnen."

Beide fanden sich in einem schummrigen, fensterlosen Raum wieder. Eine dichte Traube von Studentinnen drängelte sich vor den Waschbecken, und vor den Kabinen sah es auch nicht besser aus.

„Stehst du Schlange?", fragte Inga die Studierende, die ihr am nächsten stand.

„Und wie! Seit Ewigkeiten!", jammerte die junge Frau mit dem langen Patchworkrock entnervt. „Dabei fängt gleich das Unger-Seminar an. Die können doch nicht alle Verstopfung haben."

Inga schüttelte den Kopf. „Bei Verstopfung muss man nicht zur Toilette." Sie gab sich keine Mühe, leise zu sprechen. „Die sitzen auf der Brille und legen Farbe nach."

„Was machen die?", mischte sich nun die Polizeibeamtin ein, ungeduldig von einem Fuß auf den anderen tretend.

„Die machen sich schön für das Unger-Seminar", fuhr Inga voll Überzeugung fort. „Passen Sie auf, ich werde es Ihnen beweisen. Mit den Grausamkeiten fang ich an, das ist alte Managerweisheit." Sie wandte sich in Richtung Kabinentüren und rief mit markerschütternder Trompetenstimme: „Hallo Mädels, ihr könnt eure Malkästen wieder einpacken, das Unger-Seminar entfällt."

Das Stimmengewirr um die Waschbecken herum erstarb, aus einer der Kabinen rollte eine goldfarbene Lippenstifthülse hervor, nach und nach klappten alle Kabinentüren auf, und die Insassinnen kamen zum Vorschein: Eine mit unterschiedlich großen Augen, eines davon noch ungeschminkt, eine andere mit einer schwarzroten Ober-, aber noch blassen Unterlippe.

Die Polizeibeamtin betrachtete die jungen Frauen, die gerade dabei gewesen waren, sich für das Seminar schön zu machen. Was die wohl sagen würden, wenn sie erführen, dass Dr. Unger sie bestenfalls mit Hamburger und Döner verglich?

Ob Unger krank sei, wollten einige besorgt wissen. Eine andere, die nicht an der Verschönerung beteiligt gewesen war, schimpfte: „So ein Mist, und ich bin an der idiotischen Seminararbeit bis heute Früh um vier gesessen."

Wieder verschaffte sich Inga gellend Gehör. „Das Seminar fällt aus, weil die Zech umgebracht wurde und die Polizei hier ermittelt.” Sie deutete lässig mit den Daumen auf die Polizeibeamtin. „Das ist Hauptkommissarin Uhl, die mal für kleine Mädchen muss. Platz da für die Staatsgewalt!” Mit diesen Worten pflügte sie sich durch die Umherstehenden, hielt der Polizistin großmütig eine Kabinentür auf und verschwand selbst hinter der daneben.

„Zu dumm aber auch”, hörte Johanna Uhl plötzlich Inga nebenan laut schimpfen, „zu allem Überfluss habe ich gerade jetzt ›La Vite Catherine‹!”

„Was haben Sie?” Johanna hatte nicht richtig verstanden.

„Den flotten Otto”, unterrichtete Inga sie unbefangen von Kabine zu Kabine. „Nie im Leben hätte ich gedacht, dass die Zech mir einmal auf den Darm schlagen würde. Aufs Gemüt eher, aber doch nicht auf den Darm.” Ihre letzten Worte wurden von der Spülung übertönt, und sie kam wieder zum Vorschein. Sie gesellte sich zur Hauptkommissarin, die sich gerade die Hände wusch, drehte ebenfalls den Wasserhahn auf und grinste sie durch den Spiegel frech an. „War doch gut, wie schnell ich für uns die Brillen freigemacht habe, oder? Das ist alles reine Psychologie”, erläuterte sie fachmännisch. „Wenn ich mit der toten Zech angefangen hätte, hätte sich keine von der Brille weggerührt.”

Beide traten auf den Flur, verließen kurz darauf das Hauptgebäude und gelangten nach wenigen Schritten zur Mensa.

Inga erklärte der Polizeibeamtin, dass sie das Bezahlen zunächst auf ihre Mensakarte nähme; abrechnen würden sie nachher. Dann gingen sie nebeneinander an den Speisevitrinen vorbei. Johanna wählte eine Schüssel mit Salat, ein Käsebrötchen und ein Mineralwasser. Die Studierende entschied sich für ein Stück Apfelkuchen und dazu eine Coca Cola Light. Nebeneinander trugen sie ihre Tabletts ins Freie und ließen sich auf einer der Holzbänke, die die langen Tische umstanden, nieder. Nach der Abrechnung, die Johanna nach Ingas tief schürfenden Ausführungen zu geizigen Beamten besonders großzügig aufrundete, machten sie sich wortlos über das Essen her. Johanna fühlte sich von dem Salat erfrischt und biss danach herzhaft in das Käsebrötchen. Dabei ließ sie ihre Blicke herumschweifen.

In diesem Augenblick trat eine Frau mit einer kleinen Flasche Mineralwasser und einem Glas in der Hand aus der Mensa ins Freie. Sie grüßte freundlich und steuerte auf einen der Steinwürfel zu, die um steinerne Tische herum unter einer Baumgruppe standen.

Johannas Augen folgten ihr überrascht. Es war die ›Kollegin Becker‹ aus dem Sitzungssaal. Die Strahlen der langsam untergehenden Sonne offenbarten wiederum in verhängnisvoller Weise den knielangen rosa Feinrippschlüpfer unter dem weißen Faltenrock.

„Das ist Professor Becker vom Lehrstuhl Biologie", raunte ihr Inga zu. „Didaktik der Biologie heißt das eigentlich." Sie fing den fragenden Blick der Polizeibeamtin auf und ergänzte: „Das sind fast alles Didaktik-Lehrstühle an der Fakultät, weil sie sich in ihrem Fach mit der Unterrichtslehre auseinandersetzen. Ist doch klar, da sie Lehrer ausbilden." Mit ihrer Zunge befeuchtete sie den rechten Zeigefinger und tupfte so gewissenhaft die Kuchenkrümel von ihrem Teller, dass Johanna mütterliche Sorge überkam und sie ihr anbot, ein weiteres Stück zu kaufen.

„Ein Schokoriegel wäre mir lieber", bekannte Inga ungeniert und zog mit einem schmatzenden Geräusch den Finger aus dem Mund. „Den könnte ich zum Unger mitnehmen."

Johanna drückte ihr das Geld für zwei Schokoriegel in die Hand, und Inga freute sich aufrichtig. „Bei der Becker habe ich auch zwei Semester gejobbt", ließ sie dann die Beamtin wissen. „Sehr patent, obwohl sie beim Anziehen immer schrecklich daneben langt. Ihre Unterwäsche kennt inzwischen die ganze Fakultät."

Wenn Frau Professor Becker mit weiteren Röcken dieser Art aufwartete, konnte Johanna sich das lebhaft vorstellen.

„Dr. Unger sagte, dass Sie bei Frau Professor Zech studentische Hilfskraft waren", leitete sie nun auf ihr Anliegen über. „Dabei kann man einen Menschen ganz gut kennen lernen. Wie war sie denn so?"

„Eine Psychopathin und obendrein völlig durchgeknallt!"

Johanna starrte sie ungläubig an. „Urteilen Sie da nicht zu hart? Immerhin war sie Professorin."

„Ich war letztes Semester Hilfskraft bei ihr. Das war mein am sauersten verdientes Geld, das können Sie mir glauben." Wieder sog Inga am Strohhalm, und die letzten Tropfen der Cola Light gurgelten laut vernehmbar durch den Halm. Mit Bedauern linste sie in die Flasche und schob sie von sich. Dann wurde sie genauer. „Man wusste nie, wie man mit ihr dran war. Manchmal war sie richtig leutselig und zu Scherzen aufgelegt. Das konnte aber von einem Augenblick zum anderen genau ins Gegenteil umschlagen. Dann brüllte sie herum und gab Anweisungen, die zu den vorigen im vollkommenen Widerspruch standen. Am schlimmsten erwischte es die, die bei ihr ihre Zulassungsarbeit zum Examen schrieben. Jeden hatte sie dabei zur Schnecke gemacht. Alles, was vorher mit ihr abgesprochen war, warf sie plötzlich und ohne Grund wieder über den Haufen. Damit trieb sie jeden zur Verzweiflung, weil keiner fertig wurde. Glücklicherweise hatte ich davon schon vorher von Henning, einem Kommilitonen, Wind bekommen und machte deshalb meine Zulassungsarbeit bei Frau Professor Becker. Aber Henning hatte es ganz böse erwischt. Am Ende war er rein dem Wahnsinn nahe, und als I-Tüpfelchen hatte Zech nach dem ganzen Terror seine Arbeit auch noch mit ›mangelhaft‹ bewertet."

„Henning, sagten Sie?", fragte Johanna, der plötzlich eine Idee gekommen war. „Kennen Sie auch seinen Nachnamen?"

Inga nickte. „Henning Halbmeier heißt das arme Schwein. Die Zech schikanierte ihn so, dass er sogar geheult hatte, als er mir seine Leidensstory erzählte. Und das will einiges heißen, so leicht lässt der sich nämlich nicht aus der Fassung bringen."

Johanna erwiderte darauf nichts, merkte sich aber im Geiste vor, dem gründlicher nachzugehen.

„Wir nannten sie übrigens *Häuptling zuckendes Auge*", fuhr indessen die Studierende in ihrer Berichterstattung fort. „Sie hatte nämlich einen ganz gewaltigen Tick. Immer wenn sie sich aufregte, und das tat sie eigentlich ständig, zuckte ihr Auge." Plötzlich fing sie laut zu lachen an.

Johanna betrachtete sie verwundert.

„Es ist nur", gluckste Inga, während sie sich die Lachtränen von den Wangen wischte, „dass einmal ein Gastreferent hier war, den die Zech eingeladen hatte. Der hatte den gleichen Augentick. Ich saß gerade an Zechs Computer und gab die Titel der Bücher ein, die ich für sie aus der Bibliothek geholt hatte, als sie mit dem Referenten hereinkam. Sie bat mich, Tee zu kochen. Das machte ich auch und brachte ihnen den Tee. Dann setzte ich mich wieder an den Computer, und die beiden unterhielten sich über irgendein Forschungsprojekt, das sie zusammen durchführen wollten. Plötzlich fragte die Zech: Warum zucken Sie denn ständig mit dem Auge, Herr Kollege? Das macht mich ganz nervös. Aber *Sie* zucken doch unaufhörlich, schimpfte da der andere. Das ist ja nicht auszuhalten. Sie sollten unbedingt was dagegen unternehmen."

„Und dann?" Johanna war jetzt ganz begierig zu erfahren, wie das Gespräch ausgegangen war.

„Läutete das Telefon im Nebenraum, und die Zech schickte mich hinaus, um abzuheben. Ich bedauere es noch heute, das Ende dieser Unterhaltung nicht mitbekommen zu haben."

Johanna erging es ebenso. Dann lenkte sie ihre Gedanken wieder auf den Anlass ihres Herkommens. Sie musterte die wachen grauen Augen und das hübsche Gesicht der jungen Frau, das durch das düstere Grau des T-Shirts ein wenig blass wirkte. Die dunkelbraunen langen Locken waren im Nacken mit einem Gummiband zusammengefasst. Dabei hatten fast alle weiblichen Studenten, die sie aus Engelens Vortrag herauskommen sah, bunte, schwingende Sommerkleider getragen und den Eindruck erweckt, als ob sie geradewegs dem Film ›Brot und Tulpen‹ entstiegen wären. Und jede Einzelne hätte sich mit der Hauptdarstellerin messen können. Aber auch ihre Zwillinge blieben ihren T-Shirts und Jeans hartnäckig treu. Ihr Blick huschte diskret zu Frau Becker hinüber. Richtig frisch kam ihr da das Rosa und Weiß vor und erinnerte sie an den aus einer Unmenge Zucker bestehenden Pfefferminzbruch, den sie als Kind leidenschaftlich gern gegessen hatte.

„Auch ihre Mitarbeiter und die junge Assi hat die Zech mit ihrer Unberechenbarkeit regelrecht fertig gemacht", drang es an Johannas Ohr.

„Assi?", erstaunte sie sich. Ihre Zwillinge benutzten dies als böswilliges Schimpfwort, wenn sie jemanden als asozial einstuften. Das konnte aber wohl hier nicht gemeint sein.

„Ihre junge Assistentin", erläuterte Inga die Abkürzung. Dann schaute sie auf die Uhr und stellte entsetzt fest, dass ihr Seminar schon begonnen hatte. „Oh, oh", entfuhr es ihr, „da wird sich der alte Klenze aber wieder aufregen", und sprang hastig auf. „Das ist nämlich ein fürchterlicher Pedant. Wenn man bei dem zu spät kommt, hat man es ein ganzes Semester lang bei ihm versch... Ich meine vergeigt."

„Alle Seminare fallen wegen unserer Ermittlungen aus", beruhigte sie die Hauptkommissarin und bat im Gegenzug um weitere Informationen zu Zechs Mitarbeitern.

„Dr. Unger kennen Sie bereits. Meistens ist er okay und manchmal ein Oberknauser wie gerade vorhin. So was von geizig! Eben ein Korinthenkacker, der selbst seine Ausscheidungen in kleinster Form von sich gibt", schnaubte sie aufgebracht. „Von Dr. Julia Brand kann ich Ihnen nichts sagen, die kam erst dieses Semester. Da war ich schon weg."

Johanna notierte sich den Namen Dr. Julia Brand und leitete zu der Assistentin über. „Mit der jungen Assi meinen Sie sicherlich Claudia Burger?"

„Genau! Mit der müssen Sie aber zartfühlend umgehen. Die ist nur noch ein Nervenbündel, seit die Zech ihre Dissertation in der Luft zerrissen hat", bat die Studierende. „Also, ich hätte eine Stinkwut, wenn mir das passieren würde. Dabei macht sie ganz tolle Seminare."

„Das mag durchaus sein", entgegnete die Polizeibeamtin. „Aber zwischen einem Seminar und dem Abfassen einer Dissertation besteht eben ein gewaltiger Unterschied."

„Das schon", pflichtete Inga widerwillig bei, „trotzdem fühlt sich Claudia Burger ziemlich mies behandelt. Sie ist der Ansicht, dass die Zech ihr gegenüber voreingenommen war."

Jetzt wurde es aber richtig spannend, fand die Hauptkommissarin und konnte es kaum mehr erwarten, ein paar vertrauliche Worte mit dieser jungen Assistentin zu wechseln. Zunächst interessierte es sie jedoch, ob Inga das Verhältnis zwischen Professor Zech und Dr. Unger mitbekommen hatte. In großer Harmlosigkeit stellte sie deshalb in den Raum: „Aber zwischen Dr. Unger und Frau Professor Zech gab es keine Probleme."

„Probleme?!" Inga setzte wieder ihr freches Grinsen auf und brach in brüllendes Gelächter aus. Unvorsichtigerweise lehnte sie sich dabei zurück und wäre beinahe von der lehnenlosen Bank gefallen. „Da war es inzwischen sogar den Begriffsstutzigsten an der Fakultät klar, dass die zwei miteinander in die Kiste steigen, als die immer noch heimlich taten und sich vor den anderen siezten." Mit beiden Händen wischte sie sich die Lachtränen vom Gesicht, um gleich von neuem loszuprusten. „Sogar in Frau Greller, der Institutssekretärin, ein richtiger Gutmensch übrigens, der niemals irgendwem was Schlechtes zutraut, war ein Verdacht aufgekeimt. Und das will einiges heißen. Ausgerechnet die arme Greller hatte das Schicksal dazu ausersehen, die beiden ...", sie wurde von einem neuen Lachanfall geschüttelt und trommelte mit beiden Händen auf den Holztisch, „nun ja, in einer verfänglichen Situation zu erwischen. Sehr verfänglich", schob sie glucksend nach. „Die arme Greller, die ihre Schlüssel im Sekretariat vergessen hatte und deshalb zurückgekommen war, hatte fast der Schlag getroffen. Die Verbindungstür zu Zechs Büro stand nämlich einen Spalt offen. Und wissen Sie, was das Schönste ist", wieder hieb sie voll Begeisterung auf die Tischplatte, „bis heute haben die noch keine Ahnung davon, dass sie beim Bumsen gesichtet wurden. Dabei hat das längst die Runde in der Fakultät gemacht."

Das war wirklich dumm gelaufen für die Liebenden, sinnierte die Hauptkommissarin.

„Auch Wald- und Wiesenblumen hat der Korinthenkacker für die Zech gepflückt", riss Inga sie aus ihren Überlegungen. „Mit samt den Blattläusen daran hat er sie in eine Vase getan und ihr auf den Schreibtisch gestellt. Jeden Montag gab es einen dieser ›belebten‹ Sträuße." Übergangslos bat sie: „Sie müssen mir unbedingt mehr über die Arbeit bei der Polizei erzählen. Vielleicht wechsle ich das Studium. Seit dem letzten Praktikum habe ich nämlich die Nase voll vom Lehrberuf. Sie können es sich gar nicht vorstellen, wie schlimm das ist, dreißig angelaschte Jugendliche in der Klasse vor sich zu haben, die keinen Bock auf Schule haben."

„Bei der Polizei ist aber auch nicht alles Gold", gab die Beamtin zu bedenken. „Gerade bei der Mordkommission muss man einiges wegstecken können. Dabei könnte man manchmal den Glauben an das Gute im Menschen verlieren. Als Lehrerin hätten Sie immerhin die Möglichkeit, auf Jugendliche positiv einzuwirken."

„Darüber bin ich mir immer weniger sicher", meldete Inga ihre Zweifel an. „Mir kommt es so vor, als sei der Einfluss der Gleichaltrigen oder besser Gleichrangigen, wir nennen sie übrigens ›Peergroups‹, so mächtig, dass Schule und Eltern dagegen kaum was ausrichten können." Sie warf einen Blick auf ihre Armbanduhr. „Wenn Sie mich nicht mehr brauchen, gehe ich jetzt zurück zum Korint..., ich meine Dr. Unger, und mache mit meiner Arbeit weiter."

Die Polizistin nickte zustimmend. „Geht in Ordnung. Schreiben Sie mir rasch noch Ihre Adresse und Telefonnummer auf, damit ich Sie, falls nötig, erreichen kann." Mit diesen Worten riss sie ein Blatt aus ihrem Notizbuch und hielt es zusammen mit einem Stift der jungen Frau hin.

Während Inga schrieb, erinnerte sich die Beamtin an den Studenten. „Wissen Sie, wo dieser Henning Halbmeier wohnt, und kennen Sie seine Telefonnummer?"

Inga beendete ihre Notiz, ließ den Stift sinken und kaute einen Augenblick nachdenklich auf ihrer Unterlippe. „Genau, jetzt erinnere ich mich", rief sie erfreut, „er wohnt in einer WG gleich beim Trocadero. Das ist übrigens eine ganz witzige Kneipe und noch original aus den sechziger Jahren, selbst die Toiletten. Ich glaube, das ist die Helmstraße oder so ähnlich. Wenn Sie das Trocadero gefunden haben, sind Sie praktisch schon dort. Es ist das Haus rechts über der Straße. Eine riesige rote Ziegelsteinburg, die Sie gar nicht übersehen können. Die Telefonnummer habe ich zu Hause. Soll ich Sie anrufen?"

„Danke, das wäre sehr hilfreich", lächelte die Hauptkommissarin und reichte ihr eine Visitenkarte. „Rufen Sie mich aber bitte auch an, wenn Ihnen zu dem Fall Zech noch eine Idee kommt."

„Mach ich", versprach Inga und wandte sich zum Gehen. „Dafür erzählen Sie mir gelegentlich mehr von der Arbeit bei der Polizei."

„Nur zu Ihrer Information, Polizisten sind auch Beamte. Die Frage nach der Ursache des Geizes stünde somit abermals im Raum."

„Ich werde darüber nachdenken." Inga setzte wieder ihr freches Grinsen auf und winkte ihr mit dem Geld für die Schokoriegel in der Hand zum Abschied zu. „An den Genen von Beamten kann es wohl nicht liegen, da Sie ja auch nicht geizig sind."

Die Hauptkommissarin blieb noch einen Augenblick nachdenklich sitzen. Das mit den angelaschten Jugendlichen hatte sie ins Grübeln gebracht und sie an ihre pubertierenden Zwillinge erinnert. Ein Lehrer, der für diese Altersgruppe zuständig war, musste auf alle Fälle Schwerstarbeit leisten. In diesem Zusammenhang fiel ihr wieder Frau Oberndorfer ein, der die Barocklyrik wichtiger war als der Konflikt in der Klasse, und sie kniff die Lippen zu einem zornigen Strich zusammen. Trotzdem überlegte sie dann schuldbewusst, ob sie den Mädchen die Widerstands-T-Shirts hätte verbieten sollen. Aber wie?

Zwölftes Kapitel

In diesem Augenblick trat die Frau mit dem rosa Twinset und dem Faltenrock an ihren Tisch. „Becker ist mein Name. Vielleicht erinnern Sie sich an mich. Wir sahen uns im Sitzungsraum. Der Dekan hatte mich als Frauenbeauftragte gebeten, an dieser Unterredung teilzunehmen."

„Aber natürlich." Johanna stand auf und reichte ihr die Hand. „Hätten Sie ein paar Minuten Zeit, Frau Professor Becker?"

„Becker genügt. Dafür erlassen Sie mir einfach die Hauptkommissarin." Die Professorin raffte ihren Faltenrock zusammen und setzte sich Johanna gegenüber.

In diesem Augenblick strömte eine Gruppe von Studierenden ins Freie und nahm unter munterem Geplauder die restlichen Sitzgelegenheiten in Beschlag. Zwischen die jungen Frauen mischte sich eine Handvoll junger Männer. Johanna dachte an die Ringvorlesung, in der ihrer Rechnung nach die männlichen Professoren in der Überzahl gewesen waren. „Seltsam ist das schon", grübelte sie deshalb, „dass es immer noch überraschend wenige Professorinnen an den Universitäten gibt, obwohl die weiblichen Studierenden so eindeutig auf dem Vormarsch sind."

„Nun", lächelte die Professorin und nippte zierlich an ihrem Mineralwasser, das sie von ihrem Tisch mitgebracht hatte, „viele Frauen sind immer noch zu wenig durchsetzungsfreudig und zu sehr auf Harmonie bedacht. Man wird so erzogen, wissen Sie das nicht?"

Johanna dachte nach und nickte. Irgendwie stimmte das schon. Sie hatte das an sich selbst auch bemerkt.

„Frauen benützen zudem eher eine Beziehungssprache. In Gesprächen wollen sie häufig Vertrauen erwecken und eine Beziehung zum Gegenüber herstellen. Dabei greifen sie oft auf Floskeln wie ›Könnte es nicht sein …‹ oder ›Ich würde meinen …‹ zurück. Damit nehmen sie jeder Aussage sofort den Nachdruck, verstehen Sie?" Gudrun Becker warf ihr einen prüfenden Blick zu und nahm zufrieden Johannas Nicken wahr. „Bei einer ganzen Reihe von Männern geht es in Gesprächen aber vielfach darum, die Oberhand zu behalten, zu dominieren oder gar aufzutrumpfen. Von vornherein wollen sie dem Gesprächspartner den Wind aus den Segeln nehmen. Meiner Ansicht nach kommt männliches Gesprächsverhalten eher einem Wettkampf oder einem verbalen Duell gleich. Männer verwenden dafür zumeist eine Berichtssprache. Aus diesen unterschiedlichen Sprechweisen erwachsen übrigens häufig Missverständnisse und Konflikte zwischen den Geschlechtern. Viele Männer schätzen Frauen schon auf Grund der anderen Sprechweise als schwächer ein."

„Könnte es aber nicht auch sein", wandte Johanna ein und musste sogleich über sich selbst lachen, als ihr bewusst wurde, dass sie ihren Satz gerade mit einer Beziehungssprachefloskel eingeleitet hatte. „Eine Frau muss eben doppelt so gut sein, um ebenso viel zu gelten wie ein Mann", setzte sie deshalb von neuem an.

„Also", lachte Frau Professor Becker herzlich, „das ist wohl nicht so schwer, oder? Inzwischen sprechen die Examensabschlüsse eine beredte Sprache. Mit dem Vorurteil, Männer seien die vernunftbegabten und Frauen die emotionalen Wesen, wurde gründlich aufgeräumt. Aber", fuhr sie fort, „Frauen sind weniger mobil, besonders, wenn sie Kinder haben. An einer Universität muss man aber eine gewisse Mobilität mitbringen." Sie nahm wieder einen kleinen Schluck von dem Mineralwasser. „Schauen Sie", setzte sie dann fort, „in Bayern sind Hausberufungen geradezu unmöglich, und für junge Frauen mit Kindern ist es äußerst schwierig, ihre Arbeit in eine andere Stadt zu verlegen. Für die Kinder würde dies einen Schulwechsel bedeuten. Männer tun sich dabei leichter, indem sie einfach als *Di-Mi-Do-Professor* arbeiten." Anerkennend fügte sie hinzu: „Sie lernen übrigens schnell, das mit der Beziehungssprache ist Ihnen gleich klar geworden."

Johanna lächelte erfreut und begann dann, über *Di-Mi-Do-Professor* nachzugrübeln. Wieder so ein kryptisches Kürzel. Ratlos blickte sie der Frau ins Gesicht, deren graublonde Haare inzwischen vor die Ohren gerutscht waren. Dabei fiel ihr plötzlich wieder ein, woran sie dieser sanfte Ausdruck im Gesicht der Frau erinnerte. Es war die Madonna der barocken Verkündigungsgruppe in der ehemaligen Stiftskirche von Weyarn. Unwillkürlich musste sie schmunzeln, da sie bei diesem Mordfall zu ihrer eigenen Überraschung immer wieder auf die Epoche des Barocks stieß.

Professor Becker deutete das Lächeln der Kriminalbeamtin in ihrem eigenen Sinn und erklärte heiter: „Nun, diese Kollegen sind meist nur am Dienstag, Mittwoch und Donnerstag in der Fakultät anwesend. Am Donnerstagabend machen sie sich schleunigst in ihre heimatlichen Gefilde auf. Für eine Frau mit Kindern sind aber selbst diese drei Tage Abwesenheit kaum zu bewerkstelligen."

Das fand Johanna auch. Für sie als allein erziehende Mutter war es schon schwer genug, Beruf und ihre Zwillinge unter einen Hut zu bekommen, obwohl ihr Arbeitsplatz am gleichen Ort war. Ihr Hauptinteresse galt jedoch der toten Professorin. Deshalb fragte sie ziemlich übergangslos: „Hatte Frau Professor Zech eigentlich Feinde?"

„In vorderster Linie mich", offenbarte Professor Becker freimütig, und das Madonnenhafte war mit einem Mal wie weggewischt. „Wir verabscheuten uns gegenseitig zutiefst." Sie nippte wieder vom Mineralwasser, und ihr Gesicht bekam erneut den sanften Ausdruck, der so vortrefflich mit ihrer zarten Haut, die wie Porzellan schimmerte, harmonierte. „Allerdings war das nicht immer so gewesen", fügte sie nach einer kurzen Pause hinzu. „Constanze war eine brillante Wissenschaftlerin, die sich ihre Meriten zu Recht verdient hatte. Dafür habe ich sie stets bewundert, und ihr wissenschaftliches Lebenswerk nötigt mir auch heute noch größten Respekt ab. Mit viel Energie und persönlichem Einsatz hatte sie das Nürnberger Institut für Bildungsforschung ins Leben gerufen, und durch dieses Institut, wir kürzen es übrigens als *NIBF* ab, erlangte unsere Fakultät sogar internationales Ansehen. Aber ..." Sinnend schweifte ihr Blick in die dicht belaubte Krone des Ahorns über der Sitzgruppe.

„Aber?" Die Hauptkommissarin wollte nicht ungeduldig wirken, ein Blick auf die Uhr trieb sie jedoch zur Eile an.

„Aber unter mitmenschlichen Gesichtspunkten war sie verabscheuungswürdig", gab die Professorin unumwunden zu. „Ein paar Kostproben habe ich bereits in der Sitzung verlauten lassen. Sie konnte anderen das Leben ziemlich sauer machen."

„Dr. Unger sieht das aber nicht so", warf Johanna unschuldsvoll dazwischen.

Die Professorin verstand sofort und schmunzelte. „Da bin ich aber erleichtert, dass Sie darüber bereits Bescheid wissen und ich das nicht zur Sprache bringen muss. Inga wird Sie sicher noch detaillierter in Kenntnis gesetzt haben. Wissen Sie", sie schob sich wieder das Haar hinter die Ohren, „wahrscheinlich bin ich schon zu alt oder vielleicht zu altmodisch, um für derartige Verhältnisse Verständnis aufzubringen. In meinen Augen ist das immer noch ein Verhältnis mit einem Abhängigen, obwohl Dr. Unger, weiß Gott, ein erwachsener Mensch ist. Mit der Beurteilung seiner Habilitationsschrift ist er aber von Constanze abhängig. War", setzte sie hinzu und heftete ihren Blick wieder auf die Baumkrone.

Johanna verharrte wortlos.

„Von männlichen Kollegen sind mir derartige Vorlieben für junge Frauen hinlänglich bekannt. Sicherlich erscheine ich in Ihren Augen als spießig, und eigentlich berühren mich diese Dinge nicht wirklich, ich registriere sie nur und ..."

Johanna hörte hinter sich Schritte. Die Professorin unterbrach ihren Satz und rief erfreut: „Setz dich doch zu uns, Julia."

Die Frau mit den kurzen roten Locken, die an den Tisch trat, ordnete Johanna ihrer eigenen Altersgruppe zu. Es war die gleiche, die im Sitzungssaal in Tränen ausgebrochen war.

„Frau Uhl von der Mordkommission kennst du bereits", begann die Professorin formlos die Vorstellung, „und das ist Dr. Julia Brand, eine Mitarbeiterin an Constanze Zechs Institut."

Dr. Brand nahm neben Gudrun Becker Platz und setzte ihr Tablett ab. „Freut mich", wandte sie sich der Hauptkommissarin zu und reichte ihr die Hand. „Ich komme gerade vom Verhör und ..."

„Befragung", korrigierte die Polizeibeamtin, „Verdächtige werden verhört. Oder haben Sie sich als verdächtig erwiesen?"

„Eigentlich nicht. Die Aussagen meiner Kinder werden doch hoffentlich als Alibi akzeptiert", beunruhigte sich Dr. Brand plötzlich.

„Wie alt sind sie denn?"

„Tobias ist sechs und Marie acht Jahre. Ich habe sie zu der fraglichen Zeit ins Bett gebracht und danach Seminararbeiten korrigiert." Ihre Stimme wurde schrill und Panik trat in ihre Augen. „O Gott, ist das schrecklich. Ich habe keinen erwachsenen Zeugen, der das bestätigen kann. Mein Mann arbeitet nämlich an der Uni in Bayreuth und kommt erst heute Abend nach Hause."

„Wenn Sie mit der Tat nichts zu tun haben, brauchen Sie sich auch nicht zu ängstigen. Wir gehen bei unseren Ermittlungen äußerst sorgfältig vor. - Aber nun zu dem Mordfall. Erzählen Sie mir bitte von Ihrer Vorgesetzten."

In Dr. Brands Gesicht kehrte wieder Farbe zurück und ließ die unzähligen Sommersprossen, die die lustige Stupsnase, die Wangen und den Hals sprenkelten, ein wenig verblassen. „Was soll ich Ihnen denn erzählen?" Nervös fuhr sie sich durch das kurze karottenrote Haar. „Ich bin erst seit diesem Semester hier. In Augsburg kam ich mit meiner Chefin dermaßen überkreuz, dass eine weitere Zusammenarbeit nicht mehr möglich war. Auch der Forschungsansatz, zu dem ich mich in meiner Habilitation entschlossen hatte, lag nicht auf ihrer Linie."

„Und Constanze kam als rettender Engel und hat dich aus ihren Klauen befreit", warf Professor Becker mit sanfter Ironie dazwischen.

„Genauso war es", bestätigte Dr. Brand. „Auch das Thema meiner Habil, die ich immerhin fast fertig hatte, akzeptierte sie ohne Einschränkung."

„So ein Gutmensch, wie man jetzt glauben könnte, war Constanze aber beileibe nicht", wandte die Professorin sich nun an Johanna. „Zwischen ihr und der Augsburger Kollegin tobte seit Jahren ein Machtkampf. Gegenseitig verrissen sie sich in bissigen Rezensionen ihre Veröffentlichungen. Mich haben die mit spitzer Feder und wissenschaftlicher Verbrämung formulierten Gemeinheiten eigentlich immer amüsiert, aber gnade Gott denen, die zwischen diese Mühlsteine gerieten. Und du gerietest dazwischen." Sie bedachte Julia mit einem süffisanten Lächeln. „Aus reiner Herzensgüte hat sie dich nicht an ihren Lehrstuhl geholt. Erstens untermauertest du mit deinem Forschungsansatz den ihren, und zweitens konnte sie damit ihrer Erzrivalin eins auswischen. Wissen Sie", wandte sie sich an die Polizistin, „Frauen sind im Grunde auch nicht besser als Männer, wenn sie an die Macht kommen. Gegen Konkurrentinnen können sie ebenfalls ein ganz ordentliches Maß an Gehässigkeit an den Tag legen. Von Frauensolidarität ist da rein gar nichts mehr zu spüren. Wie überall hört die Solidarität eben dort auf, wo die eigenen Interessen beginnen."

„Trotzdem bin ich froh, am Institut hier arbeiten zu können." Dr. Brand, die bis jetzt ihr alkoholfreies Bier, das sie sich auf dem Tablett mitgebracht hatte, nicht angerührt hatte, schenkte sich ein und nahm einen kräftigen Schluck. „Mit Frau Professor Zech kam ich eigentlich gut zurecht. Sie ließ mir in allem weitgehend freie Hand."

„Und mit Frau Burger und Dr. Unger?", hakte die Hauptkommissarin in der Hoffnung nach, auf irgendein Motiv zu stoßen.

„Auch gut." Dr. Brand blickte sie über den Rand ihres Bierglases vergnügt an, und in ihren violettblauen Augen tanzten Lichter. „Nach dem Terror in Augsburg gefällt es mir überall gut, so dick kann es gar nicht mehr kommen."

„Wie würden Sie das Verhältnis zwischen Frau Burger und Frau Professor Zech nun charakterisieren?", unternahm Johanna den zweiten Anlauf.

„Ein wenig belastet", kam es vorsichtig zurück. „Es war mir aber nie ganz klar, was zwischen ihnen stand. Vielleicht waren sie sich in ihrem Temperament und ihrer Sturheit zu ähnlich und gerieten deshalb ständig aneinander."

Johanna führte sich noch einmal die bildhübsche junge Frau vor Augen, die eine erstaunliche Ähnlichkeit mit dem Opfer hatte, und nickte. Womöglich hatten beide Frauen, das Opfer und Claudia Burger, sich gegenseitig instinktiv als Rivalinnen wahrgenommen.

„Und Dr. Unger?"

Nervös begann sie, an ihrer Unterlippe zu knabbern und warf Professor Becker einen Hilfe suchenden Blick zu.

„Nur zu", ermunterte diese sie, „von dem Verhältnis zwischen Unger und Zech ist Frau Uhl hinreichend unterrichtet."

„Was gibt es da dann noch hinzuzufügen?", wand sich Dr. Brand unbehaglich. „Ich fand es vielleicht ungewöhnlich, da Frau Professor Zech um einiges älter war, aber mehr auch nicht."

„Mach der armen Hauptkommissarin doch die Arbeit nicht so schwer", fuhr Professor Becker ärgerlich dazwischen. „Frau Brand ist nämlich meine Stellvertreterin als Frauenbeauftragte", erklärte sie Johanna, „und wir unterhielten uns hin und wieder auch über das Verhältnis zwischen Constanze und Dr. Unger."

„Besser gesagt, zogst du über sie her", warf die Jüngere mokant dazwischen, „während ich ernsthaft um eine Erklärung dafür rang."

„Selbstverständlich zog ich über sie her, aber doch nicht wegen dieses asymmetrischen Verhältnisses mit dem jungen Unger. Vielmehr erbosten mich ihre Intrigen und ihre Unkollegialität. Sie hetzte jeden gegen jeden auf, wenn sie sich davon einen Vorteil ausrechnete", fuhr Kollegin Becker ungerührt fort und zupfte einen losen Faden von ihrem rosa Twinset. „Zudem ist unsere Geschichte voll von Beispielen, in denen ältere Frauen eine Beziehung zu jüngeren Männern aufnahmen. Ich erinnere nur an die mittelalterlichen Zünfte, die die Witwen der verstorbenen Meister zur Wiederverheiratung verpflichteten, wenn sie den Meisterbetrieb weiterführen wollten. Zweckmäßigerweise heiratete die Witwe meist ihren jungen Gesellen, da dieser mit der Arbeit im Betrieb bereits vertraut war." Ihr Zeigefinger richtete sich nun wie eine Speerspitze auf Johanna, die unwillkürlich zurückwich. „Ein wichtiges Beispiel ist zudem die Ritter- und Kriegergesellschaft des hohen Mittelalters, in der sich eine Frauenverehrung herausgebildet hat, die in der Troubadourlyrik als Minne besungen wird. Der Minnedienst war Teil der ritterlichen Ausbildung. Schon als Vierzehnjähriger durfte der Junker als Knappe Vertrauensstellungen am Hofe der verehrten Herrin übernehmen. Wenn er den Dienst zu ihrer Zufriedenheit versah, wurde er mit einundzwanzig Jahren durch die Ritterweihe mündig gesprochen. Der Minnedienst war mit einer engen räumlichen Nähe zur geliebten Herrin verbunden, und da wird mir keiner weismachen, Frau Uhl", dabei wedelte sie mit ihrem Zeigefinger vor Johannas Augen herum, „dass die Zuneigung des jungen Knappen immer unerwidert blieb, zumal der Rittergatte häufig abwesend war."

Die Hauptkommissarin riskierte insgeheim einen Blick auf ihre Armbanduhr und begann, ungeduldig ihre Finger zu kneten.

„Wissenschaftler können manchmal ziemlich ausschweifend sein, nicht wahr?", grinste Dr. Brand und versetzte der Professorin einen sanften Stoß in die Rippen. „Frau Uhl wäre dir sicher dankbar, wenn du dich langsam der Gegenwart nähern würdest. Zudem habe ich ernste Schwierigkeiten, mir unseren Hans-Peter Unger als Minnesänger vorzustellen."

„Als Sänger gerade nicht, aber in seiner Verehrung Constanze gegenüber erinnerte er mich durchaus an einen Minnesänger, der ihre Befehle kniend entgegennahm."

Gudrun Becker nippte vom Mineralwasser und fixierte abermals nachdenklich die dichtbelaubte Krone des Ahorns. „Ich bin jedoch weit davon entfernt, ihn als Constanzes Opfer zu sehen. Meiner Meinung nach liebte er sie aufrichtig. Außerdem gibt es inzwischen hinreichende Belege von jungen Männern, die alles dafür geben würden, mit einer älteren Frau schlafen zu dürfen. Ob er aber weiß, dass Constanze nicht nur mit ihm ein derartiges Verhältnis unterhielt?"

„Ach", entfuhr es Johanna Uhl überrascht, „ebenfalls mit einem jungen Mann?"

„Ja, mit verschiedenen. Ihre Spielwiese waren die wissenschaftlichen Kongresse. Das wurde uns von mehreren Doktorandinnen zugetragen, die ebenfalls an den Kongressen teilnahmen." Die Professorin verscheuchte eine Fliege vom Rand ihres Glases und heftete ihren Blick wieder auf den Baumwipfel. „Nun, so ungewöhnlich ist das auch wieder nicht."

Julia nickte lebhaft. „Wir haben sogar angefangen, solche Frauen zu sammeln. Die Kongresse boten dafür ein ausgezeichnetes Forschungsfeld. Bisher sind wir einschließlich Constanze auf fünf gekommen. Dafür gibt es verschiedene Erklärungen, und folgende leuchtete uns besonders ein. Diese Frauen haben sich ihre Karriere hart erarbeitet und ihre Selbstbestimmung und Unabhängigkeit unter großen Opfern erkämpft. Bei einem Mann im ähnlichen

Alter oder älter bestünde nun die Gefahr, dass dieser wieder das Heft in die Hand nimmt und der Weg abermals in die Bevormundung und Abhängigkeit führt. Ein junger Mann gefährdet dagegen von vornherein diese Freiheit nicht und verlangt auch keine Unterordnung."

„Richtig", pflichtete Gudrun Becker lebhaft bei, „in allen asymmetrischen Verhältnissen, ganz gleich, wie sie gestaltet sind, spielt nämlich auch der Faktor Macht eine durchaus wichtige Rolle."

„Nun, unter uns gesagt", stellte die Hauptkommissarin burschikos fest, „er ist aber auch ein sehr gefragter Frauentyp." Mit kurzen Sätzen gab sie die Szene in der Damentoilette wieder.

„Das stimmt wirklich", nickte Dr. Brand, „unsere weiblichen Studierenden sind ganz wild hinter ihm her. Eigentlich ist er deshalb zu bedauern, denn seine Seminare sind ständig überfüllt, und er hat dadurch eine Menge Korrekturen am Hals." Verwundert schüttelte sie den Kopf. „Bei diesem Überangebot hat es mich immer wieder erstaunt, dass er, statt einer jungen und knackigen Studentin, der bejahrten Zech den Vorzug gab."

„Meiner Meinung nach scheint es vielleicht auch an seinen Geschmacksknospen zu liegen", gab die Hauptkommissarin süffisant zu bedenken und schilderte, wie Dr. Unger Frauen und Essen in einen Zusammenhang brachte.

„Das ist mir aber ein Leckermaul!" Professor Beckers Augen glitzerten vor Vergnügen. „Vom Alter her rechne ich mich allemal einem Gericht aus dem Tontopf zu", und genießerisch glitt ihre Zunge über die Oberlippe. „Sollte die Zahl der jungen Männer, die sich nach Tontopf-Frauen umschauen, im Steigen begriffen sein, dann hätte selbst ich noch eine reelle Chance." Mitleidig betrachtete sie nun die beiden jüngeren Frauen. „So sehr es mich für Sie und für dich schmerzt", ihr Blick glitt von der Hauptkommissarin zu Julia, „aber auf der Kandidatenliste stündet ihr dabei ganz weit unten, als ... Wie drückte er sich aus?"

„Blitzkrieg gegen den Hunger", kam es wie aus einem Munde zurück.

Ein Blick auf die Uhr gemahnte die Hauptkommissarin daran, sich unverzüglich auf den Weg zu machen. „Ich habe noch einen Termin", bedauerte sie.

„Ein Momentchen bitte", wurde sie von Frau Professor Becker unterbrochen. „Ich wollte Sie schon die ganze Zeit fragen, ob es bei der Polizei auch Frauenbeauftragte gibt."

„Selbstverständlich!"

„Und, gibt's viel zu tun?"

„Es geht so", lächelte Johanna. „Inzwischen werden die Rufe meiner Kollegen nach einem Männerbeauftragten immer lauter. Anscheinend bekommen sie es langsam mit der Angst zu tun, dass ihnen alle Felle wegschwimmen."

„Ja, ja", nickte die Professorin, „bei uns war das ebenso. Mittlerweile sind aber allerorts Bestrebungen im Gange, die die berufliche Gleichstellung von Frauen und Männern zum Ziel haben. Dazu laufen übrigens in ganz Europa unter dem ein wenig sperrigen Begriff ›Gender Mainstreaming‹ bereits Programme. Das ist auch vernünftig, obgleich meiner Ansicht nach der Kampf der Geschlechter im Großen und Ganzen ausgefochten sein dürfte."

„Eine meiner Freundinnen, die in einer großen Nürnberger Anwaltskanzlei als Topmanagerin arbeitet, sieht das aber ein wenig anders", flocht Julia Brand schnell ein. „Ihrer Meinung nach werden Frauen und Männer erst dann gleichberechtigt sein, wenn in den Vorständen von Unternehmen genauso viele schwache Frauen zu finden sind, wie sich dort heute schon schwache Männer tummeln. Und unsere Arbeit als Frauenbeauftragte ist nach wie vor wichtig, liebe Gudrun", fügte sie nachdrücklich hinzu. „Schließlich haben wir immer noch Fälle von sexistischer Diskriminierung und handfester sexueller Belästigung. Denk nur an diesen Stimmbildungsfritzen, dem wir erst kürzlich das Handwerk legen mussten."

„Das stimmt schon", gab Gudrun Becker zu. „Aber glücklicherweise hält sich das bei uns im Rahmen. Wahrscheinlich liegt das daran, dass unsere Fakultät so klein und übersichtlich ist. Hier sprechen sich diese Dinge schnell herum."

„Diesem Typen von den Städtischen Bühnen, der bei uns einen Lehrauftrag für Stimmbildung hatte, mussten wir aber trotzdem gehörig auf die Zehen treten", wandte Julia Brand sich nun an die Polizistin. „Er hatte nämlich mehrere Studentinnen am Busen begrapscht und ihnen Küsse aufgenötigt. Dann hat er die so überrumpelten jungen Frauen auch noch beschimpft."

„Beschimpft?"

„Genau das", regte sich Julia auf. „Nach seinen Unverschämtheiten sagte er wortwörtlich zu den jungen Frauen: ›Du böses Mädchen, jetzt hast du mich wieder einmal so weit gebracht.‹" Empört starrte sie die Polizistin an. „Er drehte einfach den Spieß um und gab den Studentinnen die Schuld an seinem sexuellen Übergriff. Sich selbst sah er dabei als den verführten Unschuldsengel. Ein widerlicher alter Sack hoch in den Sechzigern war das gewesen. Seinen Lehrauftrag war er damit aber sofort los, dafür sorgten wir unverzüglich. Seltsam ist das schon", fuhr sie fort, „dass sich viele Männer mit der weiblichen sexuellen Selbstbestimmung und überhaupt mit intelligenten Frauen immer noch schwer tun."

„Als ich mein Studium begann, war das aber noch viel schlimmer", erinnerte sich Professor Becker. „Da gab es Studenten, die das Wort Vergewaltigung zu *Vergewohltätigung* verniedlichten. Wissen Sie, in dem Sinn, dass Frauen von dem, was gut für sie ist, ja gar keine Ahnung hätten und erst dazu gezwungen werden müssten. Über ihren Wortwitz konnten sie jedenfalls herzlich lachen. Diese Vergewohltätiger sitzen sicher alle längst auf einflussreichen Posten, dabei hätte ich ihnen bestenfalls die Pest an den Hals gewünscht oder am liebsten eine Vergewaltigung mit allem drum und dran. Wissen Sie", malte sie es schwelgerisch aus, „mit Bisswunden, Hämatomen am ganzen Körper, Schädeltrauma und blutenden Fissuren."

„Nun, Frauenfeinde gab es schon seit jeher", gab Dr. Brand zu bedenken. „Unter vielen anderen zähle ich Pythagoras und Aristoteles dazu und natürlich Friedrich Nietzsche, dessen Ausspruch ›Wenn du zum Weibe gehst, vergiss die Peitsche nicht‹ an den Stammtischen immer noch gern zitiert wird."

„Sie waren eben Kinder ihrer Zeit", wagte Johanna versöhnlich einzuwerfen, „und in deren Epoche tat man sich nun einmal schwer mit gleichberechtigten Frauen."

„Also, ich hätte mir von Mathematikern und Philosophen schon eine wesentlich anspruchsvollere Sichtweise der Dinge erwartet, Frau Hauptkommissarin", grollte Professor Becker, „als im Hauptstrom des damals vorherrschenden Denkens mitzuschwimmen. Jedenfalls fiel es der männlichen Welt letztendlich leichter anzuerkennen, dass die Erde eine Kugel ist, als die Frauen als gleichwertige Menschen zu sehen. Während Frauen in den USA und im europäischen Ausland gegen Ende des neunzehnten Jahrhunderts schon längst studieren konnten, wurden im deutschen Kaiserreich ihre intellektuellen Fähigkeiten noch immer angezweifelt. Der Münchner Medizinprofessor Theodor von Bischoff argumentierte selbst 1872 weiterhin unverdrossen, dass das weibliche Gehirn kleiner und leichter als das durchschnittliche männliche und damit entsprechend weniger leistungsfähig sei. 1903, als die Französin Marie Curie bereits einen Nobelpreis bekam, wurde es den *kleinhirnigen* Frauen in Bayern überhaupt erst möglich, ein Studium aufzunehmen. Nun, immerhin, nach über hundert Jahren kann wohl niemand mehr den Aufstieg der *Kleinhirnigen* aufhalten", grinste Gudrun Becker diabolisch und nahm ein Schlückchen vom Mineralwasser.

Mein Gott, hatte der Obermacho Ingo Heller Glück, dass ihr dieser Fall übertragen worden war. Hören und Sehen wären ihm dabei vergangen. In diesem Zusammenhang fiel Johanna wieder Hellers Jubiläum ein. Es war höchste Zeit zum Aufbruch. Hastig verabschiedete sie sich und kündigte die Fortsetzung des Gesprächs zu einem anderen Tag an.

„Rufen Sie uns einfach an, das Thema ist nämlich noch lange nicht erschöpft." Die Professorin schrieb auf die Rückseite ihrer eigenen Visitenkarte noch Dr. Brands Telefonnummer und reichte sie der Polizeibeamtin.

Dreizehntes Kapitel

Im Präsidium brachte Johanna schnell ihre Tasche ins Büro. Sabine Reil war nirgends zu sehen. Sicherlich befand sie sich schon im Jubiläumszimmer. Vor dem kleinen Spiegel, den sie sich an eine der Innentüren ihrer Regalwand geklebt hatte, zog sie sorgsam ihre Lippen nach. Aus dem Regal holte sie das Geschenkpäckchen für Heller und machte sich dann auf den Weg zur Cafeteria, in der das Jubiläum stattfand.

Die Feier war bereits im vollen Gange, und durch die geschlossene Tür drangen lautes Stimmengewirr und schmissige Musik. Ingo Heller hatte sich sein Fest wirklich einiges kosten lassen. An der Stirnseite des Raumes war ein reichhaltiges Buffet aufgebaut, und auf dem Tisch daneben gab es eine Auswahl der unterschiedlichsten Getränke. Auch ein Bierfass war angezapft. Obwohl Johanna mit Ingo Heller seit langem auf Kriegsfuß stand, musste sie zugeben, dass er in diesen Dingen immer äußerst großzügig war. Ihm traute sie es auf keinen Fall zu, dass er am Frühstücksbuffet eines Hotels seine Taschen voll stopfte. Deshalb trat sie mit einer Herzlichkeit, die ehrlich gemeint war, auf den Jubilar zu und überreichte ihm ihr Geschenk. „Ich wünsche dir alles Gute zu deinem Fünfundzwanzigjährigen, lieber Ingo."

Ingo Heller starrte sie überrascht an. Er konnte sich die ungewohnte Freundlichkeit seiner Kollegin nicht erklären und betrachtete misstrauisch das Päckchen.

„Mach schon auf", ermunterte ihn Johanna.

Er streifte die Schleife aus Jutegewebe ab und riss das dunkelgrüne Papier auf. Ein Buch kam zum Vorschein. Langsam wanderten seine Augen über den Titel und er grinste. „Du willst mich wohl in meiner Meinung zur Täterprofilerstellung bekehren?"

Johanna nickte. Sie hatte für dieses Fachbuch sogar ungewöhnlich tief in die Tasche gegriffen.

Kollege Heller schien dies zu ahnen und er sagte: „Herzlichen Dank dafür. Vielleicht steht tatsächlich was Brauchbares drin." Froh gestimmt hakte er sich dann bei ihr unter und dirigierte sie zum Buffet. „Bediene dich bitte!"

Johanna ließ sich das nicht zweimal sagen und belud sich einen Teller voll mit Köstlichkeiten.

Ingo Heller, ein eingefleischter Biertrinker, plagte sich inzwischen mit dem Öffnen einer Prosecco-Flasche ab. „Scheißding", hörte sie ihn fluchen, „dann sollen sie es doch draufschreiben, wenn man die Flasche zulassen soll!"

„Mit einem Korkenzieher geht es ganz leicht", riet sie ihm und wartete geduldig, bis er den Korken aus der Flasche befördert hatte. Wie bei Bier hielt er beim Einschenken das Glas schräg, damit kein Schaum aufkam. Währenddessen glitt ihr Blick über die Anwesenden. Von Markus Popp und Klaus Wiesner war nichts zu sehen. Sie hatte ihnen doch eingeschärft, pünktlich zu sein, und rätselte nun, wo diese wohl bleiben mochten. Reichlich verloren lehnte neben der Tür Sabine Reil. Mit ihrem Teller und dem Prosecco-Glas schob sie sich durch die Menge der Eingeladenen in Richtung der jungen Kommissarin.

Sabines Augen blitzten erfreut auf. „Echt, Frau Uhl, ich bin ehrlich froh, dass Sie da sind. Hier kenne ich doch keine Menschenseele."

„Und wo sind Popp und Wiesner?"

„Sie haben mich am Präsidium abgesetzt und sind zusammen wieder weggefahren, weil sie noch irgendeine Sache erledigen mussten."

„Erledigen?", verwunderte sich Johanna. „Seid ihr denn mit der Mitarbeiterbefragung nicht fertig geworden, oder haben sich etwa noch andere Spuren ergeben?"

„Ich weiß es nicht", gab Sabine kläglich zurück. „Sie haben mir nichts Genaueres gesagt."

„Na, macht nichts. Sicher werden sie bald auftauchen." Leutselig schlug sie dann der jungen Kollegin vor: „Holen Sie sich auch ein Gläschen Prosecco. Wir stoßen zusammen auf ›Du‹ an. Bei uns siezt man sich nämlich nicht, das ist viel zu umständlich."

Sabine machte sich sofort auf den Weg zum Buffet und kehrte mit einem vollen Glas in der Hand zurück. Beide stießen freundschaftlich auf ihre Vornamen an.

In diesem Augenblick öffnete sich die Tür, und hintereinander huschten verstohlen Markus Popp und Klaus Wiesner herein.

Johanna beobachtete, wie sie sich zielstrebig zu Ingo Heller vorarbeiteten. Sicherlich wollten sie ihm ein Geschenk übergeben.

Plötzlich entstand am Buffet ein Tumult, und über die Menge der Gäste hinweg erscholl Hellers dröhnender Bass. „So eine Schweinerei!", schimpfte er aufgebracht. „Soll ich etwa in diesem versauten Hemd den Stiglmeier begrüßen? Jeden Augenblick muss er hier sein."

Johanna und Sabine drängten sich neugierig nach vorn und erblickten den vor Zorn bebenden Heller. Auf seinem hellblauen Hemd, das farblich genau mit seinen Augen übereinstimmte, prangte ein riesiger braunroter Fleck.

Johanna tippte auf Gulaschsuppe.

„Chef", hörte sie Klaus Wiesner stammeln, „das ist mir jetzt aber ausgesprochen peinlich. Ich bin irgendwo mit meinem Teller hängen geblieben."

„Ein ausgemachter Idiot bist du!", brüllte Heller. „Bei mir brauchst du dich so schnell nicht wieder blicken zu lassen."

Klaus Wiesner war eigentlich Hellers Mitarbeiter, und Johanna bedauerte es sehr, dass dem Ärmsten dieses Missgeschick passiert war.

„Wenn Sie wollen, könnten wir Ihnen mit einem T-Shirt aushelfen", hörte sie nun zu ihrer Überraschung Klaus sagen. „Es ist ganz neu und auch hellblau wie Ihr Hemd. Eigentlich habe ich es aber für meinen Vater besorgt."

„T-Shirt?", fragte Heller misstrauisch. Dann blickte er angewidert an sich hinunter und knurrte: „Gib schon her."

Klaus reichte ihm eine Plastiktüte.

Heller riss sie wütend an sich, bahnte sich einen Weg durch seine Gäste und verließ den Raum. Nach kurzer Zeit erschien er wieder. Er trug ein hellblaues T-Shirt und stopfte sein schmutziges Hemd in die Tüte, in der zuvor das T-Shirt gewesen war. Seine Miene hatte sich merklich aufgehellt, und er schritt guter Dinge durch die Gasse, die die Gäste für ihn gebildet hatten. Als sie sich hinter ihm schloss, entstand ein Geraune. Die Gäste begannen zu grinsen. Manche lachten laut.

Nun sah Johanna auch, was diese unvermutete Heiterkeit hervorgerufen hatte. Auf Hellers Rücken stand in schwarzen Buchstaben, die sich unübersehbar von dem hellblauen Untergrund abhoben:

Ich bin hier der Chef, aber fragen Sie nicht,
wieso es so weit kommen konnte.

„Ach du Schreck", entfuhr es Johanna. Sie hatte es sich sofort zusammengereimt, wer dahinter steckte und beschloss, unverzüglich in Deckung zu gehen. Auf keinen Fall wollte sie anwesend sein, wenn Kriminalrat Stiglmeier dieser Form des textilen Widerstands ansichtig wurde. „Ich muss unbedingt nach Hause", raunte sie deshalb Sabine zu, „und nachsehen, was meine Zwillinge machen."

„Ich komme mit, ich bin nämlich ganz erledigt von dem Tag", wisperte Sabine zurück. „Irgendwie habe ich mich an diese geregelte Arbeitszeit noch nicht gewöhnt. Während des Studiums konnte man sich seine Zeit doch eher selbst einteilen. - Müssen wir uns von Heller noch verabschieden?"

„Eigentlich schon", überlegte ihre Vorgesetzte, „aber sicherlich wird jeden Augenblick der Stiglmeier auf der Bildfläche erscheinen, und dann hat Heller alle Hände voll zu tun. Mit seinem Chef will er sich nämlich immer besonders gut stellen. Gehen wir!" Sie schob Sabine energisch zur Tür hinaus und beide standen unvermutet vor Kriminalrat Stiglmeier.

„Die Damen gehen schon?", bedauerte dieser. „Das ist aber schade. Dabei hatte ich mich schon auf ein Tänzchen mit Ihnen gefreut." Er lauschte einen Augenblick der Musik, die aus der offenen Tür drang, und stellte sachkundig fest: „Hören Sie nur, ein Tango wird gespielt. Sind die Damen wirklich so herzlos und schlagen mir das Tänzchen ab?"

Johanna nickte und setzte ein tief betrübtes Gesicht auf. „Leider, Herr Kriminalrat, aber Sie wissen schon, ich muss wegen der Zwillinge nach Hause." Sie wusste, dass sie damit bei Stiglmeier, der ein ausgesprochener Familienmensch war, immer auf Verständnis traf. Außerdem hätte sie es ihm kaum begreiflich machen können, dass sie sich eher auf der Flucht befand.

„Ja, ja, die Kinder", merkte der Kriminalrat nachsichtig an, „dafür muss man schon seine Opfer bringen. Aber es zahlt sich aus, Frau Kollegin. Wenn Ihre Töchter erst einmal diese verflixte Pubertät hinter sich haben, werden Sie sehen, dass sich die Mühen gelohnt haben." Er verneigte sich knapp aus der Hüfte heraus. „Dann wünsche ich Ihnen noch einen schönen Abend. - Ach übrigens", wandte er sich noch einmal an sie, die Hand bereits auf der Türklinke, „wie sieht es denn aus in Ihrem Mordfall, Frau Uhl? Haben sich schon greifbare Spuren abgezeichnet?"

Johanna skizzierte mit wenigen Sätzen den gegenwärtigen Ermittlungsstand. „Das Motiv ist für uns allerdings immer noch ein vollkommenes Rätsel", setzte sie dann bedauernd hinzu.

„Und wie kommen Sie bei der Untersuchung mit den Uni-Leuten zurecht?", fragte er leichthin.

Täuschte sie sich, oder lag doch ein lauernder Unterton in seiner Frage? „Nun", begann sie deshalb zögernd, „bis jetzt erweisen sie sich als nicht besonders kooperativ und geben nur das preis, was nicht zu verheimlichen ist. Aber", lächelte sie, „ich grabe mir schon meine Informationskanäle. Darauf können Sie sich verlassen."

„Davon bin ich überzeugt, Frau Kollegin", pflichtete er ihr bei und rückte seine silbergraue Krawatte mit der grauen Perle zurecht. „Wissen Sie", fuhr er fort, während er ein Stäubchen von seinem dunkelgrauen Anzugärmel schnipste, „ich hatte in meiner Frankfurter Zeit einmal in einem ganz bösen Fall von Erpressung an der Johann-Wolfgang-von-Goethe-Universität zu ermitteln. Dabei ist mir aufgefallen, wie einfach es für diese Menschen ist, jemanden hinters Licht zu führen. Sie sind eloquent, haben für alles ein passendes Argument und können, wenn sie wollen, eine Mauer des Schweigens aufbauen, die kaum zu durchdringen ist. - Ich durchdrang sie aber", bekannte er mit einem breiten Lächeln. „Ein Stiglmeier lässt sich nämlich nicht so leicht ein X für ein U vormachen. Allerdings war ich danach um eine Illusion ärmer." Er zog ein blütenweißes Taschentuch hervor und begann, seine Bifokal-Brille zu polieren. „Zuvor war ich stets davon überzeugt gewesen, Bildung schütze ein gut Teil davor, ins kriminelle Milieu abzurutschen." Bedauernd schüttelte er den Kopf. „Aber kriminelle Energien gibt es leider überall. Ich konnte höchstens in der Art und Qualität der Tatdurchführung Unterschiede feststellen." Er vollführte abermals eine knappe Verbeugung. „Viel Erfolg wünsche ich, und halten Sie mich bitte auf dem Laufenden." Mit diesen Worten wandte er sich der Cafeteria zu.

„Jetzt aber nichts wie weg", zischte die Hauptkommissarin, als sich die Tür hinter dem Kriminalrat geschlossen hatte.

„Auf die Idee mit dem T-Shirt ist Klaus wohl durch die Geschichte mit deinen Zwillingen gekommen, die du uns heute Morgen erzählt hast", vermutete Sabine scharfsinnig, als beide in Johannas Auto stiegen. „Also, ich fand den Aufdruck auf Hellers Rücken ausgesprochen witzig."

„Heller wird das sicherlich weniger witzig finden", seufzte Johanna. „Ich bin neugierig, wie Klaus und Markus sich da herausreden werden. - Wie kommst du eigentlich mit deinem täglichen Kleinkram, ich meine, mit dem Haushalt, zurecht?", fragte sie ihre junge Kollegin, als sie das Auto vom Parkplatz steuerte.

„Ehrlich gesagt, gar nicht", kam es bedrückt zurück. „Der Kühlschrank ist leer, überall ist eine schreckliche Unordnung, und außerdem bräuchte ich dringend frische Wäsche und habe noch keine Waschmaschine."

„Der Anfang ist immer hart, aber das spielt sich schon ein." Als *Bärenführerin* fühlte sich Johanna auch für die privaten Probleme der jungen Kollegin verantwortlich. „Wie wäre es, wenn wir deine Schmutzwäsche holen und du dich dieses Wochenende bei mir einquartierst? Wenn dein nächstes Gehalt auf dem Konto ist, kaufst du dir eine Waschmaschine." Sabine war sichtbar erleichtert.

Während sie ein paar Sachen aus ihrer Wohnung holte, wartete Johanna im Auto und rekapitulierte für sich noch einmal das, was sie an der Fakultät erfahren hatte.

Irgendwie fand sie keinen Punkt, an dem sie richtig ansetzen konnte. Wieder und wieder kreisten ihre Gedanken um Dr. Unger. Wie kam Frau Professor Becker bloß darauf, ihn mit einem Minnesänger zu vergleichen? Die Tote wurde aber beim Minnesängerbrunnen gefunden, bohrte eine innere Stimme in ihr nach, und du suchst doch nach einem persönlichen Motiv. „So ein Unsinn", schalt sie sich selbst und wurde in ihren Gedanken von Sabine unterbrochen, die eine riesige Reisetasche auf die Rückbank des Autos wuchtete und wieder neben ihr Platz nahm.

„Ruhe!", schrieen die Zwillinge wie aus einem Mund, als die Beamtinnen wenig später Johannas Haus betraten, „wir müssen für die Theater-AG ein Stück einüben."

„Bestimmt brauchen wir nicht länger als eine halbe Stunde", bat einer der beiden Jungen, der mit Beate vor der großen Glasscheibe des Wohnzimmers stand. Seine sorgfältig gegelten Haarspitzen standen in alle Himmelsrichtungen ab. Wie die anderen drei trug auch er das weiße T-Shirt des textilen Widerstands.

„Ist schon gut", beschwichtigte Johanna und geleitete Sabine in Richtung Waschküche.

Als sich die erste Wäscheladung in der Maschine drehte, stiegen die beiden Frauen ins Dachgeschoss hinauf und richteten das Fremdenzimmer her. Sogar bis unter das Dach drangen die kraftvollen Stimmen der Theatermimen, und die beiden Frauen schauten sich beim Bettbeziehen belustigt an. „Sicherlich geht es wieder einmal um die ganz großen Gefühle", lächelte Johanna, als das herzzerreißende Schluchzen einer ihrer Zwillingstöchter erklang. Auf Zehenspitzen schlichen sie die Treppe wieder hinunter und kamen gerade recht, als der andere der beiden Jungen sich in den Sessel lümmelte, eine Limonadenflasche zum Munde führte, ungeniert rülpste und Birgit anbrüllte: „Daran bist nur du Schuld, du alte Schlampe. Von mir hätte er längst eine Tracht Prügel bezogen."

„Soweit gar nicht schlecht", zollte Beate dieser Szene Anerkennung. „Schade, dass deine Stimme immer wieder wegrutscht. Wie lange dauert das eigentlich noch mit deinem Stimmbruch?"

„Weiß ich doch nicht", entgegnete der Mime mit der Flasche in der Hand mürrisch und errötete verschämt, als er die Kriminalbeamtinnen sah. Verlegen zog er seine Baskenmütze tiefer ins Gesicht. „Außerdem muss ich jetzt nach Hause." Er spähte über den Rand seiner runden Nickelbrille zu dem anderen Jungen hinüber. „Was ist, Liberty, kommst du mit?"

„Ein Momentchen noch, Professor", entgegnete Liberty und zupfte kokett an einem seiner Haarstacheln. „Beate und ich müssen die Rolltreppenszene noch einmal durchgehen. Schaut genau zu, ob sie passt."

Beide stellten sich Rücken an Rücken in Positur, umklammerten sich an den Händen und begannen mit einer eindrucksvollen Pantomime. Beate stieg eine Treppe hinauf, und Liberty hinab. Die Oberkörper neigten sich Stufe für Stufe in die jeweilige Treppenrichtung, und ihre Hände drohten auseinander zu reißen. Im letzten Augenblick wechselte Liberty seinen Schritt und begann, rückwärts zu steigen. Sein Oberkörper hob sich quälend langsam, aber es genügte, das Auseinanderreißen der Hände aufzuhalten. Doch dann geriet er wieder in den Sog der Treppe, und die Hände trennten sich endgültig voneinander. Mit hängenden Schultern setzte er seinen Weg nach unten fort. Beate blickte ihm trostlos nach und schlug schluchzend die Hände vors Gesicht.

Birgit klatschte begeistert Beifall, und der Professor nickte anerkennend. „Nicht schlecht. Das muss natürlich noch richtig ausgeleuchtet und mit einer knallharten Musik unterlegt werden."

„Klar", stimmte Liberty zu, und sein Jungengesicht unter den Haarstacheln glühte vor Freude über den Beifall seiner Kameraden. „Ich hab auch schon eine CD mit einem wahnsinnig guten Sound darauf gefunden. Aber jetzt müssen wir wirklich los. Meine Mom wird bestimmt schon auf hundertachtzig sein, weil sie nicht weiß, wo ich bin."

„Wegen uns müsstet ihr eure Probe aber nicht unterbrechen", wandte Johanna ein, „wir verdrücken uns in die Küche. Ach, was probt ihr überhaupt?", wollte sie noch wissen und blickte dabei Birgit und den Professor an. „Zumindest euer Part hört sich furchtbar unanständig an."

„Ist das wahr, Frau Uhl?" Begeistert rückte der Professor seine Brille zurecht. „Es handelt von einem Jungen, der vollkommen abrutscht. ›Rolltreppe abwärts‹ heißt das Stück. Liberty ist der Abrutscher, und Beate will ihn retten. Sein Vater bin ich, und Birgit ist die Mutter. Eine echte Milieustudie mit schweinischen Ausdrücken. Aber wir müssen jetzt wirklich nach Hause, sonst gibt es Ärger."

Die zwei Jungen riefen ihr ein „Ade, Frau Uhl" zu und machten sich auf den Heimweg. Libertys Rücken schmückte die Aufschrift *Lotiolentus* und auf dem des Professors prangte *Verbero*. Johanna hatte keinen blassen Schimmer, was das heißen könnte, und sie wollte es auch nicht wissen. Ihr Bedarf an textilem Widerstand war für heute und überhaupt für die ganze Zukunft restlos gedeckt.

Formlos stellte sie ihren Zwillingstöchtern Sabine vor und öffnete zur Feier des Tages eine Flasche von ihrem gut gehüteten fränkischen Rotwein. Während sie für sich und die Kollegin die Gläser füllte, versorgten sich die Zwillinge mit Schwippschwapp, einem pappig süßen Cola-Fruchtsaftgemisch.

Sabine nahm einen Schluck von ihrem Rotwein und brannte darauf zu erfahren, warum sich die beiden Jungen Professor und Liberty nennen.

„Wir in der Klasse nennen sie so", berichtigte Beate. „Der Professor heißt eigentlich Paul, aber sag selbst", in größter Selbstverständlichkeit duzte sie die Kommissarin, „er sieht doch wirklich aus wie ein Professor. Außerdem sind seine Hobbys Lesen und Schachspielen."

„Und Theaterspielen", ergänzte Birgit. „Keiner weiß, wie der das macht, aber der lernt ruckzuck einen ellenlangen Text auswendig. Nebenbei ist er auch noch Klassenbester. Eben ein Professor und geht vielen aus der Klasse damit gründlich auf die Nerven!"

„Und der Liberty", mischte sich nun wieder Beate ein, „heißt Michael und ist echt krass. Der war letztes Jahr mit seinen Eltern in New York. Dort hatte es ihm die Freiheitsstatue besonders angetan. Seitdem gelt er seine Haare vorn zu diesen abstehenden Dornen. Gut, nicht wahr?"

Das fand Sabine auch. Eigentlich gefielen ihr beide Jungen gleichermaßen gut. „Jeder von ihnen hat eine ungeheuere Präsenz", urteilte sie fachmännisch wie eine Regisseurin.

„Darauf kannst du Gift nehmen, dass die Präsenz haben", feixte Birgit, „besonders Liberty. Seine Präsenz hat ihm schon einige Verweise eingebracht."

„Und wir", fuhr nun Beate aufgebracht dazwischen, „haben wohl keine Präsenz?"

„Mehr, als mir zuweilen lieb ist", versicherte ihnen ihre Mutter. „Besser sollte man Präpotenz dazu sagen."

Die Zwillinge blickten sich an, verengten ihre schwarzen Augen zu nachdenklichen Schlitzen, und Birgit stellte mit Grabesstimme fest: „Entweder ist das eine Gemeinheit oder Schweinkram."

„Schweinkram", entschied Beate, „immerhin steckt das Wort Potenz drin. Komm, wir verziehen uns und genehmigen uns noch eine Runde Fernsehen. Soviel an Unanständigkeit ist doch nicht auszuhalten."

Demonstrativ standen sie auf, warfen die langen blonden Haare in den Nacken, ergriffen ihre Schwippschwapp-Gläser und wünschten den beiden Polizistinnen eine gute Nacht.

Auf der Treppe ins Obergeschoß erörterten sie laut vernehmbar, wie das bei Liberty und dem Professor ankäme, wenn sie sie morgen in der Schule auf ihre Präpotenz ansprächen. „Das Professorchen wird stehenden Fußes in die Bibliothek sausen und im Fremdwörterlexikon nachschauen, darauf kannst du wetten", feixte Birgit.

„Und uns danach einen seiner ätzenden Vorträge halten", befürchtete Beate.

Die Polizeibeamtinnen gossen sich in der Zwischenzeit noch einmal Rotwein ein, und Sabine wollte wissen, wie die Zwillinge mit dem Tod ihres Vaters zurechtkämen.

„Als der Autounfall passierte, das ist bald vier Jahre her, war es für die zwei natürlich furchtbar", räumte Johanna ein. „Inzwischen habe ich das Gefühl, dass sie besser damit fertig werden als ich." Sie nippte von ihrem Glas und dachte einen Augenblick nach.

„Ich glaube, für sie ist es ein ungeheuerer Vorteil, eineiige Zwillinge zu sein. Sie unterstützen sich gegenseitig bis zur letzten Konsequenz und lassen niemanden in ihre Einheit eindringen. Auch mich nicht", setzte sie grübelnd hinzu. „Wenn ich mich mit einer von ihnen anlege, habe ich sogleich zwei Gegnerinnen am Hals. Glücklicherweise kommt das selten vor, und ich bin eigentlich froh, dass sie so stark und unabhängig sind. Ich werde aber erst richtig durchatmen können", seufzte sie, „wenn diese verflixte Pubertät ausgestanden ist."

„Das kann ich mir lebhaft vorstellen", pflichtete Sabine bei. „Mein Vater pflegte während meiner Pubertät stets mit dem gleichen Satz aufzuwarten: ›Man müsse die Kinder mit zwölf Jahren tief gefrieren können, und erst wenn sie achtzehn sind wieder auftauen.‹ Weißt du, dass die zwei Mädchen zusammen auch eine ungeheuere Präsenz haben? Sie sind in der Lage, andere regelrecht an die Wand zu drücken", ergänzte sie bewundernd.

„Nicht nur das", entgegnete Johanna, „sie können andere auch ganz kräftig um den Finger wickeln. Liberty und der Professor zappeln, ohne es zu merken, bereits in ihren Netzen. - Wie ging denn die Befragung der Institutsmitglieder und der Fakultätsangehörigen zu Ende?", wollte sie dann übergangslos wissen.

„Brav und ordentlich machten sie ihre Angaben", stellte Sabine mit einem leichten Lächeln fest, „wie es sich für ordentliche Professoren gehört, die ordentliche Studenten ausbilden."

„Studierende", verbesserte Johanna, „vergiss die sexistische Diskriminierung nicht."

Sabine sah sie überrascht an. Anscheinend hatte sie die Erläuterungen der Dekanatssekretärin vergessen. Deshalb erklärte sie ihr kurz noch einmal diese semantische Finesse zur Vermeidung sexistischer Diskriminierung.

Die junge Kollegin goss sich noch einmal Wein nach und drehte nachdenklich das langstielige Glas zwischen den Fingern. „Vermeidung sexistischer Diskriminierung. Ob die bei der Polizei wohl auch auf so eine Idee kommen, wenn noch mehr Frauen eintreten?", überlegte sie laut und probierte vorsichtig ein paar Wortschöpfungen aus: „Polizierende - oder vielleicht Polizeiende?"

„Polizeiende würde ich hier in Nürnberg auf keinen Fall empfehlen", lachte Johanna. „Du als Fränkin weißt es doch am besten, dass die Franken berühmt oder besser berüchtigt dafür sind, häufig p und b und d und t zu verwechseln. Du kannst dir selbst ausmalen, wie dann Polizeiende klingen würde."

Sabine stutzte, dann brach es plötzlich unter schallendem Gelächter aus ihr heraus: „Polizeiente!" Sie wischte sich die Lachtränen von den Wangen und erkundigte sich mit spitzbübisch funkelnden Augen: „Der Heller ist doch auch ein Franke, oder?"

Johanna nickte und versuchte sich nun ihrerseits grinsend mit „Hier Polizeiente Heller am Apparat". Der Vorstellung, den Obermacho Heller als Opfer der Vermeidung sexistischer Diskriminierung zu sehen, konnte sie viel abgewinnen, sogar sehr viel.

Der laute Summton der Waschmaschine meldete das Ende des Waschvorgangs. Während sie gemeinsam die Wäsche zum Trocknen aufhängten, griff Sabine erneut das Thema auf. „Mein Vater behauptet ständig, die Verwechslung von b und p und von d und t rühre von einer indogermanischen Lautverschiebung her. Glaubst du das auch?"

„Warum eigentlich nicht? Mein Vater, der die gleiche Schwäche aufweist, redet sich jedenfalls auch auf diese Lautverschiebung von anno dazumal heraus." Johanna gähnte herzhaft und schlug vor, mit oder ohne indogermanischer Lautverschiebung schlafen zu gehen.

Vierzehntes Kapitel

Trotz der frühen Stunde gesellten sich Birgit und Beate am Samstagmorgen im Nachthemd zu den Beamtinnen, die gerade frühstückten.

„Habt ihr wenigstens die Zähne geputzt?", fragte ihre Mutter streng.

„Klar! Wir sind doch keine Ferkel."

„Wie gefällt dir eigentlich der Polizeijob?", wollte Birgit von Sabine wissen.

„Mein Traumberuf ist es eigentlich nicht", gestand Sabine freimütig und warf Johanna einen entschuldigenden Blick zu. „Aber er ist immerhin der Zweitbeste für mich."

„Was wäre denn dein Traumjob gewesen?", hakte Beate nun ihrerseits nach.

„Pilotin." Sabine nahm einen Schluck Tee und lehnte sich in ihrem Stuhl behaglich zurück. „Bei der Lufthansa hatte ich alle Aufnahmetests hervorragend bestanden. Ich wurde aber nicht genommen, weil ich ihrer Meinung nach zu wenig kommunikativ bin."

Johanna war überrascht. Wie kommunikativ sollte eine Pilotin wohl sein? Die einzige Kommunikation, die sie bei Flügen bis jetzt von Piloten mitbekommen hatte, waren die Begrüßung und Verabschiedung der Fluggäste über das Bordmikrofon und die Mitteilungen über das Wetter, das gerade am Zielflughafen herrschte. So viel Kommunikation traute sie Sabine allemal zu.

„Die Swiss Air hatte mich sofort akzeptiert", fuhr Sabine indessen fort. „Aber dann rutschte sie komplett in die roten Zahlen und stellte die Pilotenausbildung ein."

„Und du gingst zur Polizei."

Sabine nickte. „Ich wollte einen Beruf, der aufregend und interessant ist."

„Ist der Polizeiberuf nun genügend aufregend und interessant für dich?" Johanna sah ihre junge Kollegin gespannt an.

„Seit gestern auf alle Fälle", bestätigte Sabine. „Ich hätte es mir nicht träumen lassen, gleich mit einem Mordfall anfangen zu können."

Die Zwillinge spitzten die Ohren und setzten ihren harmlosen Cockerspaniel-Blick auf. „ Ihr seid dem Täter wohl schon auf der Spur?"

Johanna warf ihrer Kollegin einen warnenden Blick zu. Hoffentlich fiel sie nicht auf die Niederträchtigkeit der Mädchen herein und gab Informationen preis, die nicht für deren Ohren bestimmt waren.

Sabine hatte verstanden und rettete sich in die nichts sagende Floskel: „Ach Gott, ihr wisst selbst, dass wir noch ganz am Anfang stehen." Eingehend betrachtete sie die enttäuschten Mienen der Mädchen. Dabei fielen ihr wieder die dunklen, fast schwarzen Augen der Zwillinge auf, die einen lebhaften Kontrast zu den blonden Haaren bildeten. Von ihrer Mutter hatten sie diese Augenfarbe jedenfalls nicht, da deren Augen zwischen Grau und Grün changierten. „Ach übrigens, wie ging eigentlich euer textiler Widerstand aus?"

„Da hat wohl jemand gepetzt!" Strafend schaute Birgit ihre Mutter an. „Jetzt kennt sicherlich das ganze Präsidium diese Story. Echt Mama, du bist unmöglich."

„Genau", bekräftigte Beate, „so was von indiskret."

„Aber nein", lachte Sabine, „nur Klaus Wiesner, Markus Popp und ich wissen davon. Die beiden haben eure Idee übrigens gleich nachgemacht."

Ausführlich erzählte sie nun von Hellers Jubiläumsfeier.

„Das ist ja ein Ding!" Beates Augen funkelten vor Vergnügen. „Der Spruch mit dem Chef ist auch nicht schlecht. Was meinst du, Birgit?"

„Hervorragend", pflichtete ihr die Schwester bei. „Der würde wie die Faust aufs Auge für unseren Direx passen."

Johanna, die bis jetzt stumm die Unterhaltung verfolgt hatte, griff nun empört ein. „Untersteht euch, Dr. Wenzel ist doch wirklich in Ordnung, das habt ihr selbst gesagt."

„Stimmt auch wieder", lenkte Birgit friedfertig ein. „Aber wie wäre es mit dem Hausmeister?" Erklärend wandte sie sich an Sabine: „Das ist nämlich ein Obera...!"

„Jetzt reicht es aber, ihr seid nicht mehr in eurem Theaterstück", fuhr ihre Mutter energisch dazwischen, bevor ihre Tochter verbal vollkommen entgleiste. „Was ist überhaupt bei eurer T-Shirt-Aktion herausgekommen? Hoffentlich hat euch Dr. Wenzel bereits ordentlich zusammengestaucht."

„Wo denkst du hin? Die Lehrer brüten noch über dem lateinischen Satz. Genau so, wie wir uns das vorgestellt haben", gab Beate ungerührt zurück und ignorierte dabei geflissentlich den scharfen Ton, den ihre Mutter angeschlagen hatte. „Am schärfsten war der Daum. Mit seinem Notizbüchlein schwänzelte er unauffällig, wie er zumindest meinte, durch die Tische und versuchte, heimlich den Satz von den T-Shirts abzuschreiben."

„Aber ihr habt doch auch ein paar nette Lehrer", wandte nun Sabine ein. „Bedauert ihr es nicht, die ebenfalls in die Pfanne gehauen zu haben?"

Die Zwillinge schüttelten nachdrücklich die Köpfe, dass die blonden Haare flogen. „Mit gefangen, mit gehangen. Außerdem brauchen sie sich ja nicht angesprochen zu fühlen."

„Axel hat sich übrigens fürchterlich über den *Cularcultor* aufgeregt, den er jetzt ständig vor Augen hat", grinste Birgit schadenfroh, „und er hat gedroht, dem Daum alles zu petzen, wenn ich das T-Shirt noch einmal anziehe. Nur zu, habe ich zu ihm gesagt, genau das ist es ja, was Arschkriecher zu tun pflegen."

„Einige haben sich inzwischen mehrere T-Shirts bedrucken lassen, natürlich mit den saftigsten Ausdrücken", steuerte Beate bei und blickte anklagend ihre Mutter an. „Und du hast immer gedacht, wir wären am schlimmsten."

Ihre Mutter ging nicht darauf ein und mahnte stattdessen zum Aufbruch. „Wir müssen los, Sabine, auf uns wartet ein volles Programm!" Und zu ihren Töchtern gewandt: „Auch ihr kennt euer Samstagsprogramm."

„Klar, Boss!", nickte Beate, und Birgit schob „Saubermachen und Wäsche" erklärend hinterher.

Während der Fahrt zum Präsidium zeigte sich Sabine beeindruckt von der Selbstständigkeit der Zwillinge.

Johanna nickte. „Aber anders geht es nicht. Wenn die Mädchen sich nicht selbst versorgen könnten, müsste ich zumindest Teilzeit arbeiten. Finanziell kämen wir damit aber auf keinen Fall über die Runden, und das wissen die zwei sehr gut. An ihrem Wohlstand ist ihnen jedoch einiges gelegen."

Im kleinen Besprechungsraum neben Johannas Büro ging es bereits lebhaft zu. Markus und Klaus standen vor dem Flipchart und erstellten mit farbigen Filzstiften ein Mind-Map des Tathergangs und möglicher Motive. Auf den Stühlen vor ihnen saßen Gert Hüber, Bernd Wagner, Udo Wessels und Peter Starke. Lautstark kommentierten sie die Kreise und Pfeile sowie die Liste der Motive, die Stück für Stück auf dem großen Papierbogen entstanden.

Ihr lautes „Guten Morgen" ließ alle sechs herumfahren. Johanna musterte die übernächtigten Gesichter und kam zu dem Schluss, dass sie sich an Hellers Feier länger beteiligt haben mussten, als es für sie gut gewesen war.

„Das wird sich noch erweisen, ob der Morgen gut sein wird", entgegnete Markus mit kratzender Stimme. „Wir hängen mit allem in der Luft. Bis jetzt sind kein eindeutiger Täter, geschweige ein eindeutiges Motiv in Sicht." Ächzend ließ er sich an dem Tisch nieder, um den sich inzwischen alle anderen versammelt hatten, und zog einen der Kaffeepötte, die Sabine auf einem Tablett hereingetragen hatte, in seine Reichweite. Vorsichtig blies er in die Tasse und nahm einen kleinen Schluck. „Komische Leute sind das übrigens an der Uni", setzte er dann in Richtung Gert Hüber und Bernd Wagner fort, „seid bloß froh, dass ihr mit denen nichts zu tun habt." Er schüttelte den Kopf. „So was von kompliziert. Bei manchen musste ich erst dreimal überlegen, um dahinter zu kommen, was sie mir eigentlich hatten sagen wollen. Aber irgendwie konnte jeder mit einem mehr oder weniger stichhaltigen Alibi aufwarten." Ärgerlich fuhr er sich durch seine von Gel strotzenden blonden Haare. „Mit möglichen Motiven sah es noch düsterer aus, obwohl es regelrecht zum Greifen in der Luft lag, dass die Zech ein ziemlicher Satansbraten war."

„Bei den Institutsmitgliedern, die ich befragte, war es ähnlich", vermeldete nun Sabine. „Insgesamt fehlen uns aber noch sechs Aussagen, die wir leider erst am Montag überprüfen können. Vielleicht haben wir dabei mehr Glück und stoßen auf einen brauchbaren Hinweis."

Johanna nickte. „Wie sieht es denn mit Zechs Büro und dem Schreibtischinhalt aus?"

„Ein Wust von Papier, den wir erst noch genau sichten müssen", seufzte Klaus Wiesner. „Mir ist einfach nicht klar, wonach wir eigentlich suchen sollen. Weit ergiebiger war dagegen der Schreibtisch in der Wohnung des Opfers. Besonders die Kontoauszüge und Belege verschiedener Banken haben es in sich, mein lieber Mann!" Klaus ließ ein anerkennendes Pfeifen ertönen, streckte seine Beine von sich und verschränkte die Hände am Hinterkopf. „Was die in einem Monat ausgegeben hat, kann ich in einem ganzen Jahr nicht verdienen. Stinkreich war die Alte."

„Vielleicht hängt der Mord doch mit ihrem Geld zusammen", sinnierte nun Gert Hüber. „Aber bei wem könnte man da ansetzen?"

„Und mit den Haaren auf der Kleidung des Opfers ist das auch so eine Sache", grübelte Bernd Wagner. „Wir haben zwar festgestellt, dass es Hundehaare sind und es sich um einen schwarzbraunen Hund handeln muss, aber mehr auch nicht. Es sind eher kurze Haare, wie bei einem Labrador oder Rottweiler, aber es kann auch die absonderlichste Promenadenmischung in Frage kommen."

„Bei den Anwohnern um den Park herum kam auch nichts von Belang heraus", stieß nun Udo Wessels enttäuscht hervor und strich sich müde über sein blasses Gesicht. Er sah krank aus, und seine Augen lagen tief in den Höhlen. Seinen langen, bis auf die Knochen abgemagerten Körper hielt er nach vorn gebeugt, als ob eine schwere Last ihn niederdrücken würde. Wer ihn nicht kannte, musste unweigerlich davon ausgehen, dass er jeden Augenblick vor Erschöpfung zusammenbrechen würde. Dabei sah er immer so aus, und an Zähigkeit übertraf ihn kaum einer.

„Aber gekannt hat sie fast jeder", warf Peter Starke vergnügt dazwischen und drehte die Daumen über seinem voluminösen Bauch. „Sie scheint sich jedenfalls mit Gott und der Welt angelegt zu haben. Ich verfüge selbst über ein ansehnliches Repertoire an Schimpfwörtern", fuhr er in seiner behäbigen Oberpfälzer Klangfärbung fort, „aber da konnte sogar ich noch dazulernen. Alte Spinatwachtel war dabei das harmloseste, womit sie tituliert wurde." Er rückte näher an den Tisch, richtete sich aus seiner gemütlichen Haltung auf, und sein leutseliges Lächeln war mit einem Mal wie weggewischt. „Auch in der VR-Bank Johannisstraße war sie gut bekannt. Dort nahm sie am Tattag übrigens eine Umschichtung ihrer Konten vor. Vielleicht ist bei der Motivfrage tatsächlich Geld im Spiel, was meint ihr?"

„Zugleich überprüfte sie den Kontostand einer gewissen Marie-Luise von Winneberg, zu deren Konten sie eine Vollmacht besaß", ergänzte Udo Wessels mit erschöpfter Stimme, die den durchdringenden und wachen Blick seiner Augen Lügen strafte.

Die Hauptkommissarin freute sich immer, wenn die beiden Kollegen zu ihrem Team stießen, und ergötzte sich an deren Wandlungsfähigkeit. Beide waren mit allen Wassern der Straße gewaschen. Udo Wessels Trauermiene erinnerte sie stets an die eines Bestattungsunternehmers. Dahinter verbarg er jedoch eine Gerissenheit, die sie ein ums andere Mal in Erstaunen versetzte. Ein vollendeter Täuscher war aber Peter Starke mit seinem gemütlichen Schmerbauch und dem ewig lächelnden, freundlichen Gesicht des hilfsbereiten Nachbarn. Seine Spezialität waren Verhöre, und er konnte dabei den größten Ganoven im Handumdrehen weich kochen, weil jeder zunächst auf sein harmloses Äußeres hereinfiel. Mit einem ›Da hat wieder einmal einer geglaubt, ich sei auf der Brennsuppe daher geschwommen oder komme aus Kleinstrunzenöd, und wollte mich für dumm verkaufen‹ pflegte er stets in großer Bescheidenheit seine Verhörerfolge zu kommentieren.

Wessels Grabesstimme riss sie aus ihren stillvergnügten Überlegungen. „Die Professorin kam einige Minuten vor Schalterschluss und verließ die Bank kurz nach siebzehn Uhr dreißig. Es fragt sich nun, wo sie sich bis zu ihrer Ermordung aufgehalten hat."

„Gegen zwanzig Uhr wurde sie doch von dieser Frau Gruber in den Hesperidengärten gesehen", warf Sabine, die neben Johanna saß, aufgeregt dazwischen und fuchtelte mit dem Kugelschreiber bedrohlich vor Johannas Nase herum.

Johanna nahm ihr den Stift aus der Hand, bevor er sich in eines ihrer Nasenlöcher verirrte. „Bis auf das Zeitfenster von siebzehn Uhr dreißig und zwanzig Uhr können wir also die letzten Stunden vor ihrem Tod nahezu lückenlos zurückverfolgen. Aber was machte sie in diesen zweieinhalb Stunden? War sie in dieser Zeit ständig mit dem jungen Mann zusammen, mit dem Frau Gruber sie gegen zwanzig Uhr gesehen hatte? Wenn wir nur wüssten, wer das sein könnte. Bis jetzt sind wir wirklich nicht sehr weit gekommen", bedauerte sie. „Und wie sieht es mit Fingerabdrücken aus?"

„Jede Menge", seufzte Gert. „Ich denke, wir beginnen mit denen in der Wohnung. Die in dem Büro in der Uni bringen uns nichts. Da wären wir mit dem Abgleich noch in zehn Jahren beschäftigt."

„Richtig!", pflichtete Johanna ihm bei und berichtete ihrerseits, was ihr in den Gesprächen mit Dr. Unger und Inga Witte aufgefallen war. „Wir müssen Ungers Alibi sorgfältig überprüfen. Außerdem müssen wir bei Franken-TV nachfragen, ob die Angaben zu dieser Ecuador-Sendung stimmen. Dann muss noch jemand von euch mit diesem Studenten Henning Halbmeier reden." Nachdenklich blickte sie in die Runde und entschied: „Sabine und Klaus, ihr nehmt euch den Studenten vor und anschließend Dr. Ungers Freundin. Hier habt ihr die Telefonnummern und Adressen." Mit diesen Worten schob sie ihnen einen gelben Notizzettel zu. „Markus und ich hören uns inzwischen in der Alten-WG genauer um. Danach versuche ich, an Zechs Assistentin zu kommen, und ihr überprüft weiter die Schreibtischinhalte." Sie überlegte kurz. „Besser ist es, wenn Udo und Peter die Assistentin übernehmen, dann bleibt mir noch Luft für eine andere Sache. Könnt ihr bitte zuvor noch bei dem Sender anrufen?"

Die beiden nickten zustimmend.

Peter Starke, wieder ganz der harmlose Nachbar, legte seine weich gepolsterten Hände zu einem spitzgiebeligen Dach zusammen und fragte: „Weiß man eigentlich, ob das Opfer ein Testament hinterlegt hat? Der Täter oder die Täterin könnten durchaus unter den Begünstigten sein und wollten es nur nicht abwarten, bis der Geldregen endlich floss."

„Leider müssen wir uns damit bis Montag gedulden", brummte Klaus. „Der Notar ist am Freitag zu einer Hochzeit nach Wiesbaden gefahren und kommt erst morgen Abend zurück. Ihr könntet aber vorab schon diese WG-Frauen danach fragen. Sicherlich haben die sich gegenseitig alles erzählt."

„Machen wir", versprach Markus, „und vielleicht ist in der WG der Butler wieder zugegen. Der wäre für mich heute ein echter Lichtblick", freute er sich und strich sich unternehmungslustig über das unrasierte Kinn.

Bernd warf ihm einen mitleidigen Blick zu und seufzte erleichtert: „Glücklicherweise muss ich nicht mit in diese WG. Ihr macht euch überhaupt keinen Begriff davon, was bei uns in der KTU los war, als diese Frauen zusammen mit dem Kränzlein zur Fingerabdruckabnahme antanzten. Die verursachten einen regelrechten Auflauf und legten die komplette KTU lahm."

Während Gert und Bernd sich verabschiedeten und sich wieder an ihre kriminaltechnischen Untersuchungen machten, blieben die anderen noch einen Augenblick sitzen.

„Wie ging das eigentlich aus mit Hellers Hemd?", fragte Johanna gleichmütig, während sie ihre Unterlagen zusammenpackte und innerlich darauf brannte, Hellers Reaktion zu erfahren.

„Nun", grinste Klaus und schaute sie mit unschuldigen Augen an, „anfangs war alles paletti. Heller freute sich über die gute Stimmung im Saal und machte vor Stiglmeier seine Hofknickse."

„Und dann bekam Stiglmeier seine Rückfront zu Gesicht", mischte sich Markus nun feixend ein.

„Und?" Johanna konnte ihre Neugier kaum noch bezähmen.

„Er ging um ihn herum, bis er ihn wieder von vorn vor Augen hatte, und stellte trocken fest: ›Das frage ich mich allerdings auch manchmal, Herr Kollege. Sie hätten es sich nicht eigens auf den Rücken schreiben müssen.‹"

„Und weiter?"

„Heller stürmte hinaus, wahrscheinlich zur Toilette, kam dann wutentbrannt zurück und machte mich vor versammelter Mannschaft zur Schnecke", setzte Klaus nun die Geschichte fort. „Der Stiglmeier verfolgte alles mit Argusaugen. Dann mischte er sich ein und meinte, Heller solle sich doch beruhigen, da das T-Shirt doch nicht für ihn bestimmt gewesen sei."

Johanna schüttelte enttäuscht den Kopf. „Der Stiglmeier ist wirklich zu gut für diese Welt. Eigentlich hättest du eine saftige Abreibung verdient."

„Die hab ich auch bekommen", lächelte Klaus säuerlich. „Er bugsierte mich vor die Tür und beschimpfte mich als pubertierenden Flegel. Zu schlimmeren Ausdrücken ist Stiglmeier glücklicherweise nicht fähig. Dann erinnerte er mich überflüssiger Weise daran, dass er bei einer eventuellen Beförderung ein Wörtchen mitzureden habe, und zwar ein gewichtiges. Wenn ich mir noch einmal Derartiges zu Schulden kommen ließe, könne ich mir meine Beförderung in einen ganz bestimmten anatomischen Körperteil stecken."

„Recht hat er", befand Johanna voll Überzeugung. „Du bist schlimmer als meine Zwillinge."

„Und trotzdem war es mir der Spaß wert", entgegnete Klaus ungerührt, „für die Schikanen, die ich bis jetzt unter Heller auszustehen hatte."

„Bei Heller brauchst du dich in der nächsten Zeit aber nicht mehr blicken zu lassen."

„Das habe ich auch nicht vor", kam es unerwartet ernst von Klaus zurück. „Ich würde gern in eurer Gruppe bleiben. Johanna, du könntest dich doch für mich einsetzen."

„Das muss ich mir aber sehr genau überlegen!" Johanna maß ihn mit einem abschätzenden Blick. „Wer weiß, mit welcher T-Shirt-Aufschrift du mich beehren würdest." Dann scheuchte sie alle auf. „Los, an die Arbeit!", und zu Markus gewandt, „komm schon, alte Leute legen Wert auf Pünktlichkeit."

Fünfzehntes Kapitel

Markus hielt suchend nach einem Parkplatz Ausschau, als sie die Bleichstraße erreicht hatten. Erst am Anfang der Bärenschanzstraße hatten sie Glück und legten die restlichen Meter zu Fuß zurück.

„Das muss wohl das Fitness-Studio sein, von dem die alten Damen erzählt hatten", machte Johanna Markus auf einen Neubau an der Ecke aufmerksam, hinter dessen großen Fensterscheiben Trainingsgeräte der unterschiedlichsten Art zu sehen waren. An fast jedem dieser Folterinstrumente wurde fleißig trainiert. Sie verpasste Markus einen Rippenstoß und grübelte laut vor sich hin, während sie durch die Fensterscheibe linste: „Ich frage mich übrigens schon lange, warum die meisten Fitness-Studios so große Schaufenster haben. Also bestimmt nicht, damit die Trainierenden hinausschauen können. Sieh selbst, dazu sind sie gar nicht mehr imstande, so fertig sind sie!" Ungeniert deutete sie mit dem Zeigefinger auf die schweißüberströmten Menschen an den Trainingsgeräten.

Markus presste nun ebenfalls sein Gesicht an die Scheibe und schirmte seine Augen seitlich mit den Händen ab, damit das Licht sich nicht im Glas spiegelte. „Du hast Recht", pflichtete er ihr bei, „ebenso gut könnten die in einem fensterlosen Raum trainieren. Nach Meinung eines Psychologen sind die Schaufenster dazu da, damit die anderen hineinschauen können und anschließend vom schlechten Gewissen geplagt werden."

„Und, regt sich bei dir schon das schlechte Gewissen, zumal ein Adoniskörper deine Chancen bei Frauen ungemein erhöhen würde?"

„Aber den habe ich doch schon", entrüstete sich Markus und strich sich wohlgefällig über seine Körpermitte. „An mir ist kein Gramm Fett, nur Muskeln, stahlharte Muskeln übrigens."

„Na, dann setz mal deine stahlharten Muskeln in Bewegung und klingle", befahl sie, als sie vor dem breiten schmiedeeisernen Tor standen, das den schmalen Vorgarten von der Bleichstraße trennte. Während sie warteten, wanderten ihre Augen über die frisch restaurierte Front des mächtigen Gründerzeitbaus. Wieder fiel ihr auf, wie experimentierfreudig die Nürnberger Architekten und Bauherrn zur Zeit des Historismus gewesen waren. Fachwerktürmchen wetteiferten mit barocken Balustraden. Der reich gestaltete Fries über der breiten Eingangstür mit der geschnitzten Barockfüllung war unverkennbar vom Zeitalter der Renaissance inspiriert. Trotz der waghalsigen Vermischung von Baustilen gefiel ihr das Haus wesentlich besser als viele der postmodernen Gebäude, die neuerdings aus dem Boden gestampft wurden mit dem einzigen Ziel, zusätzlichen Wohnraum zu schaffen, der bei minimalem Kostenaufwand den höchstmöglichen Gewinn abwerfen sollte. Wie anders könnten unsere Städte aussehen, ging es ihr dabei durch den Kopf, wenn so manche Planer und Architekten wie im Mittelalter für eine Woche am Pranger stehen müssten. Am besten gleich vor dem Haus, das sie vermurkst hatten, und mit einem Schild um den Hals, auf dem ›Dafür bin ich verantwortlich‹ zu lesen wäre. Man könnte sie aber auch zu einem Jahr Bausündenprobewohnen verurteilen.

Durch das Stück Vorgarten zwischen dem Tor und der Eingangstür zogen sich zwei mit Rasensteinen gepflasterte Streifen, die offenbar als Einfahrt dienten. Der kurz geschorene Rasen endete an den blauen und rosafarbenen Hortensienbüschen, die mit den dunkelroten Rosensträuchern dazwischen üppig an der Hauswand entlang wucherten.

Ein Summen ertönte, und Markus drückte flink die schmale Pforte auf, die in das Tor eingelassen war. Gleichzeitig öffnete sich ein Flügel der Eingangstür, und ein Mann mittleren Alters kam zum Vorschein. Über seinen abgewetzten Jeans hing ein ärmelloses mausgraues T-Shirt, und aus seinen braunen Sandalen lugten die nackten Zehen hervor.

„Was wollen Sie? Sind Sie angemeldet?", forschte er im näselnden Ton nach und stemmte seine Hände, die in groben Arbeitshandschuhen steckten, in die Hüften. Er verströmte den durchdringenden Geruch von frischer Farbe.

Sollte das der Butler sein, auf den Markus so erpicht war? Irgendwie war Johanna enttäuscht. „Selbstverständlich sind wir angemeldet", entgegnete sie jedoch liebenswürdig und zeigte ihm ihren Dienstausweis. „Und wer sind Sie?"

„Heiner Kränzlein - das ›Mädchen-für-alles‹ sozusagen."

„Ach nee! Irgendwie habe ich mir so ein Mädchen anders vorgestellt", gab Markus taktlos zum Besten und musterte den Mann eingehend. „Ich meine, mit mehr Anmut und Liebreiz."

„Und Sie sind ein ausgemachter Flegel. Waren Sie nicht schon vorgestern hier mit dem anderen Flegel?", schimpfte Kränzlein.

„Ich bin die Vorgesetzte dieser Flegel", offenbarte nun die Hauptkommissarin mit einem gewinnenden Lächeln. „Würden Sie uns bitte bei den Damen anmelden?"

„Na gut", knurrte er, „weil Sie es sind. Es könnte aber nicht schaden, Ihre Mitarbeiter stärker an die Kandare zu nehmen. Die ganze Wohnung unserer Frau Professor haben sie verwüstet und verdreckt. Wie soll ich das jemals wieder in Ordnung kriegen?"

Johanna war alarmiert. „Sie haben doch hoffentlich nicht damit angefangen? Die Wohnung bleibt bis auf weiteres versiegelt. Unterstehen Sie sich, noch einmal das Siegel zu missachten!", fügte sie drohend hinzu.

„Aber die Pflanzen!", jammerte er. „Es vertrocknet doch alles bei dieser Hitze, und da ist noch dieser bestialische Gestank."

„Wir geben Ihnen Bescheid, wenn wir alles untersucht haben. Dann können Sie die Pflanzen versorgen", schlug Johanna ihm ein wenig versöhnlicher vor. „Aber lassen Sie uns jetzt ins Haus."

Widerwillig trat er zur Seite und ließ sie ein.

Durch das ganze Gebäude hindurch wölbte sich halbrund die Einfahrt und mündete in einen kurzen, gepflasterten Hof. Niedrige Gebäude begrenzten ihn an beiden Seiten. Den großen Schwingtoren nach zu schließen handelte es sich um Garagen. Am Ende des Hofes tat sich ein mit hohen Bäumen bestandener Garten auf. Die gelben Sitzbezüge auf der Teakholzgruppe am Anfang des Gartens leuchteten wie Butterblumen auf dem Rasen. Kein Laut drang von der Bleichstraße herein in diese Idylle.

„Hier geht es hinein", wies ihnen Heiner Kränzlein, nun ganz kleinlaut geworden, den Weg und hielt ihnen die Tür auf, die in den rechten Gebäudeflügel führte. Sie stiegen drei Marmorstufen hinauf und fanden sich in einem schmucklosen Vorraum wieder, von dem eine Aufzugstür und eine Wohnungstür abgingen.

Er öffnete die Wohnungstür und bat sie in ein kleines Vestibül. „Die Damen sind sicher im Salon. Warten Sie bitte einen Augenblick, ich werde Sie anmelden." Er warf einen prüfenden Blick in den Spiegel mit dem schweren Goldrahmen über einer geschwungenen Barockkommode, strich sich das mausfarbene Haar, das sich im Nacken lockte, aus der Stirn und verschwand anschließend hinter der Schiebetür an der Stirnseite des Vestibüls.

„Hab ich es dir nicht gesagt", raunte Markus Johanna ins Ohr, „nobel bis unters Dach."

Heiner Kränzlein, der in diesem Moment zurückkam, enthob sie einer Erwiderung. Er schob beide Türflügel zurück und ließ sie eintreten.

„Da sind Sie ja endlich, Frau Hauptkommissarin!" Ilse von Bernheim trat mit einem Stickrahmen und einer Nadel mit grünem Garn in der Hand auf sie zu. „Wir sind ganz erpicht auf das Verhör."

Die drei anderen Damen winkten ihnen zur Begrüßung vom Computer her zu, vor dem sie in der rechten hinteren Ecke des Raumes auf ihren Stühlen eng zusammengerückt waren. „Wir kommen sofort!"

„Jetzt ist wieder alles weg", erboste sich in diesem Augenblick Bertine Herbst, „wie sollen wir da jemals ins Internet kommen?"

Markus trat hilfsbereit zu ihnen und besah sich das Problem. Während er mit ein paar Handgriffen den Schaden behob, warnte er die Damen, die alles mit Argusaugen verfolgten, vor den Risiken im Internet. „Erst gestern unterhielt ich mich nämlich mit einem Kollegen vom Kommissariat 36, unserer Spezialabteilung, die Beweise von Festplatten sichert und auswertet", ließ er sie wissen. „Dabei erzählte er mir von einem Paar, das sich zerstritten hatte. Die junge Frau zog aus der gemeinsamen Wohnung aus und nahm ihren Computer mit. Ihr Partner kannte jedoch die Geheimwörter und Zahlencodes, mit denen sie sich ins Internet einloggte und auch ihre Bankgeschäfte tätigte. Der eifersüchtige Mann platzierte von seinem Computer aus Trojaner auf ihrer Festplatte. Damit konnte er bequem ausspionieren, mit welchem neuen Freund sie E-Mails austauschte. Außerdem betätigte er sich als Hacker und löschte ihre Steuerabrechnungen, so dass sie mit dem Finanzamt gewaltige Probleme bekam."

„Trojaner? Sind die das Gleiche wie Trojanische Pferde?", wollte Ilse von Bernheim aufgeregt wissen und fuchtelte bedrohlich mit der Nadel herum.

Markus nickte, und sie warf über ihren Stickrahmen hinweg ihren Gefährtinnen einen triumphierenden Blick zu. „Habe ich es euch nicht gesagt, diese Trojanischen Pferde spionieren alles aus? Also, ich für meinen Teil habe die Nase gestrichen voll vom Internet, und in diesen verseuchten Computerraum setze ich keinen Schritt mehr. Da ist mir meine Gesundheit viel zu wichtig. Euch rate ich das übrigens auch an, bevor ihr euch eine schlimme Infektion zuzieht und Gott und die Welt über unsere intimsten Geheimnisse unterrichtet sind." Energisch begann sie, an ihrer Petit-Point-Stickerei weiterzusticheln.

„Da haben Sie aber was Schönes angerichtet." Bertine Herbst maß den jungen Kommissar mit einem missbilligenden Blick. „Ilschen wird zukünftig in blanke Hysterie ausbrechen, sobald wir den Computer auch nur einschalten. Wer sind Sie überhaupt?"

„Kommissar Popp." Verwirrt stand Markus auf und stammelte: „Ich wollte doch nur auf die Risiken hinweisen. Nach meinem Dafürhalten gehen nämlich viele Menschen allzu unbedarft ins Netz."

Auch die anderen Damen erhoben sich nun und begrüßten Johanna wie eine alte Bekannte.

Charlotte Benz nahm ihr Pfeifchen aus dem Mund, umrundete Markus und betrachtete ihn dabei eingehend wie eine neue Tiergattung. „Hübsch, hübsch", kommentierte sie, „vielleicht ein wenig blass um die Nase. Mutet man den jungen Leuten bei der Polizei heutzutage nicht ein wenig viel zu?", fragte sie dann in Richtung Johanna. „Das Jüngelchen ist doch kaum ausgewachsen."

Markus wäre am liebsten im Erdboden versunken. Unbehaglich strich er sich über sein unrasiertes Kinn und warf Johanna flehende Blicke zu.

Diese weidete sich innerlich an seiner Verlegenheit und dachte keinen Augenblick daran, ihm zu Hilfe zu kommen. Flegel müssen auch einiges aushalten können. Kränzlein schien es ähnlich zu ergehen, registrierte sie mit einem Blick aus den Augenwinkeln. Breitbeinig hatte er sich neben der Tür aufgepflanzt, die Arme über der Brust verschränkt, und hörte grinsend zu. Doch nicht lange.

Schneidend machte Ilse von Bernheims Stimme ihm Beine. „Was stehen Sie noch so dämlich herum, Henry?", fuhr sie ihn über ihren Stickrahmen hinweg an. „Und wie sehen Sie überhaupt aus?"

„Ich bin doch gerade beim Zaunstreichen", fuhr er erschrocken zusammen und vergrub die Hände in den Hosentaschen.

„Nichts da! Sie ziehen sich sofort um und gehen uns zur Hand." Keinen Widerspruch duldend fügte sie „Aber flott!" hinzu.

Heiner Kränzlein, genannt Henry, verließ unverzüglich den Raum.

Liebenswürdig und nun mit einer Stimme, auf der man glatt ausrutschen konnte, wandte sie sich der Hauptkommissarin zu, vor deren innerem Auge bei dem Wortwechsel wieder das Bild der Luntenflintenweiber erstanden war. „Setzen Sie sich doch, meine Liebe." Einladend wies sie mit der Sticknadel zu einem Sessel der cognacfarbenen Sitzgruppe, auf der die anderen Damen inzwischen Platz genommen hatten. „Dürfen wir Ihnen einen Sherry anbieten?"

„Oder wie wäre es mit einem Whisky?" Charlotte Benz drehte ihr Glas mit dem dicken Boden und dem bernsteinfarbenen Inhalt verlockend unter Johannas Nase.

Ingrid Sennefeld, die sich bis jetzt still im Hintergrund gehalten hatte, schlug angesichts des Trauerfalls mit leiser Stimme schwarzen Tee vor.

„Jetzt hör schon auf damit", pikierte sich Bertine Herbst, „das ist kaum noch auszuhalten. Wegen Connys Tod können wir uns doch in nächster Zeit nicht nur von Schwarzwurzeln, schwarzem Johannisbeersaft, schwarzem Kaffee und sonst noch Schwarzem ernähren."

„Also, mir wäre ein schwarzer Kaffee, aber ein extra starker, äußerst willkommen", bat Johanna mit schwacher Stimme. Diese Damen waren geradezu Furcht einflößend. Und welche Präsenz sie hatten. Sabine hätte ihre helle Freude an ihnen gehabt.

„Oder von Schwarzgeräuchertem mit Schwarzbrot", erweiterte Charlotte Benz zunächst die Ernährungsliste des Trauerhauses und erbarmte sich anschließend Markus', der noch immer im Raum stand und überwältigt die Frauen betrachtete. „Setzen Sie sich doch zu mir, junger Mann." Auffordernd klopfte sie auf das Leder neben sich.

Während er sich neben ihr niederließ, lächelte sie ihn von unten herauf kokett an. „Hat der hübsche Kommissar auch einen Vornamen?"

„Markus", quetschte er unbehaglich heraus, und Johanna verfolgte amüsiert, wie er zart errötete.

„Vielleicht möchte unser netter Kommissar einen Whisky? So stark, wie er gebaut ist, kann er sicher einen vertragen." Charlotte Benz tätschelte sein Knie, und Markus lief flammendrot an.

Von der anderen Seite rückte nun Bertine Herbst an seine Seite und bemächtigte sich seines anderen Knies. „Ach Gott, ist das wundervoll, endlich wieder einmal junges Blut im Hause zu haben", drang ihre geschulte Stimme wie ein Theaterdonner bis in die hintersten Winkel des Salons. „Das ist ein Samstag ganz nach meinem Herzen."

Markus saß in der Falle. Seine gute Erziehung, die ihm eingebläut hatte, alten Menschen gegenüber höflich und zuvorkommend zu sein, ließ ihn zum Opfer dieser Harpyien werden. Wie ein junges Mädchen presste er schamhaft die Knie zusammen und warf Johanna verzweifelte Blicke zu.

„Ganz verspannt ist das Jungchen. Wissen Sie was, ich werde Ihnen mal den Nacken massieren." Bertine Herbst lächelte mit der Freundlichkeit einer Klapperschlange und stemmte ihre grünseiden gewandete Walkürengestalt aus dem Lederpolster hoch.

„Nein!", fuhr Markus entsetzt in die Höhe, um gleich darauf wieder Platz zu nehmen, als er den belustigten Gesichtsausdruck seiner Chefin wahrnahm. „Eine Tasse extra schwarzen Kaffees würde mir vollauf genügen."

„Wird sofort erledigt", zirpte Ilse von Bernheim mit glockenheller Stimme. „Henry müsste jeden Augenblick kommen. Mit den Nerven des jungen Mannes scheint es aber nicht gerade zum Besten zu stehen", merkte sie dann in Richtung Johanna an. „Ich denke, als Vorgesetzte haben Sie einige Sorgfaltspflicht und Verantwortung Ihren Mitarbeitern gegenüber." Dabei stieß sie heftig die Nadel in ihre Stickarbeit.

„Da können Sie mal sehen", entgegnete die so Gerügte, das Lachen kaum verbeißend, „wie uns der Tod Ihrer WG-Genossin zusetzt. - An was sticken Sie denn da eigentlich?"

„An einem Zigarettenschachtelüberzieher für Ingrid, damit sie nicht ständig den schwarz umrandeten Todesbotschaften auf ihren Zigarettenschachteln ausgesetzt ist. Sie ist nämlich ungeheuer sensibel, und es kann ihr nicht zugemutet werden, immerfort die Warnung vor dem qualvollen Lungentod vor Augen zu haben. Stricken geht natürlich schneller, aber das verabscheue ich. Außerdem hatten wir für Constanze Zech schon einen Flaschenüberzieher gestrickt für den Fall, dass die EU-Bürokraten zukünftig auch Schnapsflaschen mit schwarz gerahmten ..."

„Stichwort Constanze Zech", gelang es der Hauptkommissarin endlich, zwischen die Handarbeitslektion zu fahren. „Damit sind wir auch schon beim Anlass unseres Besuchs. Wie ..."

Sie wurde jedoch von Kränzlein unterbrochen, der in diesem Augenblick wieder den Raum betrat und kaum wiederzuerkennen war. Statt der ausgebeulten Jeans und des verwaschenen T-Shirts trug er nun eine schwarze Hose mit messerscharfer Bügelfalte, ein weißes Hemd, darüber eine Weste mit schwarzen und silbernen Streifen und eine schwarze Fliege. Die Hände steckten in weißen Baumwollhandschuhen und die Füße in schwarzen Lackschuhen.

„Zwei kriegsstarke Kaffee, eine Tasse Tee und eine Flasche Prosecco", scholl es ihm von Ilschen entgegen, die offensichtlich für sein Herumscheuchen zuständig war. „Dann räumen Sie das Zeug hier vom Tisch und machen ein paar kleine Schweinereien."

Johanna fing von Markus einen Blick auf, in dem nacktes Entsetzen stand. Doch sie zuckte nur gleichmütig mit den Schultern. Übersetzt hieß das: Ruhe bewahren, wir haben alles im Griff.

Keineswegs beruhigt lehnte er sich wieder in das Lederpolster zurück und fragte Charlotte Benz zaghaft, ob er ein Zigarillo rauchen dürfe.

Das war ein entscheidender Fehler gewesen.

„Das Jungchen raucht", jubelte Charlotte und machte sich wieder über sein Knie her. Diesmal ging sie noch frivoler vor. Zärtlich strich sie ihm an der Schenkelinnenseite - er hatte es verpasst, seine Knie rechtzeitig zusammenzupressen - nach oben bis zum …

Später hatte er es während der Dienstbesprechung verschämt als ›Bis zum Anschlag‹ bezeichnet.

Glücklicherweise kam Henry mit den Getränken zurück und lenkte Charlottes Aufmerksamkeit ab. Johanna und Markus bekamen ihren Kaffee, Frau Sennefeld den Tee und die übrigen Damen Prosecco.

Mit den Schweinereien würde es noch einen Moment dauern, näselte Henry, und Markus ließ vor Erleichterung die Luft entweichen, die er unwillkürlich angehalten hatte.

„Nun zu der Ermordung Ihrer bedauernswerten Gefährtin", setzte Johanna erneut an und gab zwei Stück Zucker in den Kaffee, was sie sonst nie tat. Er hatte sich aber als so stark erwiesen, dass sie ernstlich um ihren Kreislauf fürchtete und lieber noch einen Schuss Milch dazu gab. „Wir müssen äußerst genau das Privatleben des Opfers untersuchen, um …"

Wieder wurde sie durch Henrys Erscheinen unterbrochen, der eine Platte mit erlesenen Leckereien auf den Tisch stellte. „Hier sind die kleinen Schweinereien", verkündete er. „Haben die Herrschaften noch weitere Wünsche?"

Markus' Gesicht entspannte sich sichtlich. Es wirkte geradezu fröhlich.

Ilse von Bernheim beäugte misstrauisch die Platte. Es schien aber alles nach ihrer Zufriedenheit zu sein.

Henry verteilte kleine Teller und Servietten, dann zog er sich mit einer angedeuteten Verbeugung diskret zurück.

Donnerwetter, ging es Johanna anerkennend durch den Kopf, das Mädchen-für-alles konnte tatsächlich mehr als Zaunstreichen und Türöffnen. Dann unternahm sie ihren dritten Anlauf, um endlich auf den Anlass ihres Hier-Seins zu kommen. „Erzählen Sie uns bitte Genaueres aus dem Privatleben von Constanze Zech, damit wir ein umfassendes Bild von ihr bekommen." Während des Sprechens visierte sie ein köstlich dekoriertes Forellenfilet-Kanapee an und beförderte es auf ihren Teller. „Vielleicht kommen wir damit hinter ein mögliches Motiv." Sie biss in das Häppchen und sah zu, wie die anderen Hände ebenfalls beherzt zugriffen. Warum nur, überlegte sie bei diesem Anblick, ähneln die Hände von alten Frauen, besonders, wenn sie mager waren und lange, lackierte Fingernägel hatten, zunehmend Vogelkrallen? Bei alten Männern war ihr das jedenfalls noch nicht aufgefallen.

Die Vogelkrallen zogen sich mit ihrer Beute von der Platte zurück, und Markus' kräftige Männerhand wagte sich hervor, aber nur bis zu dem ihm am nächsten liegenden Häppchen am Rand der Platte. Mit einem üppig garnierten Filet-Sandwich trat sie den Rückzug an.

„Was sollen wir Ihnen noch groß erzählen?", durchbrach Charlotte mit ihrer Zarah-Leander-Stimme das genussvolle Schweigen. „Constanze zog vor zwei Jahren bei uns ein, wohl gemerkt, unter meinem schärfsten Protest." Sie unterzog ihre Pfeifentasche, die neben ihrem Glas lag, einer eingehenden Prüfung und entschied sich dann für eine kurze Vauen aus honigfarbenem Wurzelholz. „Wissen Sie", blickte sie auf, während sie Tabak in den Pfeifenkopf stopfte, „Constanze hat sich bei der Generalin dermaßen lieb Kind gemacht, dass meine Einwände am Ende wirkungslos waren."

„Generalin?" Johanna war ratlos.

„Marie-Luise von Winneberg, ihr Mann war General im Zweiten Weltkrieg", erläuterte Bertine. „Alter steinreicher hanseatischer Adel, und ihr gehört dieses Haus."

„Das hätten Sie einmal sehen sollen, wie sie die Domestiken herumgescheucht hat, als sie noch konnte", warf Ilse von Bernheim ehrfurchtsvoll dazwischen. „Aber jetzt ist sie achtundneunzig und kann wegen ihrer rheumatischen Arthritis kaum noch einen Schritt laufen. Sie wohnt ganz oben im Penthouse."

Und du hast offensichtlich die Generalsrolle übernommen, schoss es der Hauptkommissarin dabei durch den Kopf, zumindest das Herumscheuchen der Domestiken.

Charlottes Pfeifchen brannte wie es sollte, und sie übernahm wieder das Gespräch. „Als Dr. Haverkamp, ein pensionierter Richter hier am Oberlandesgericht, auszog, machte sich Conny sofort an die Generalin heran. Und die ließ sich von ihrem Titel gehörig beeindrucken, wie das eben so ist bei dem erheirateten Adel." Sie schoss einen Blick, so scharf wie ein Pfeil, auf Ilse von Bernheim ab. „Was für dich ebenso gilt, meine Liebe! Auch dich hatte Connys Titel ordentlich beeindruckt."

Eine ärgerliche Röte überzog Ilses Gesicht, die inzwischen wieder zu ihrem Stickrahmen gegriffen hatte. Doch bevor sie zu einer Erwiderung ansetzen konnte, fragte die Hauptkommissarin verwundert: „In Ihrer WG gab es auch Männer?"

„Aber selbstverständlich", echauffierte sich Ingrid Sennefeld, „wissen Sie, die Geschlechtertrennung hing uns schon seit der ersten Schulklasse zum Halse heraus. Leider hatten wir mit den Herren Pech."

„Das kann man wohl sagen", pflichtete Ilse von Bernheim bei. „Der Erste, übrigens ein überaus betuchter ehemaliger Chefingenieur mit umfangreichen Liegenschaften, hatte anscheinend einiges missverstanden."

„Der hatte ganz gewaltig einiges missverstanden", empörte sich Bertine Herbst. „Ein sexistischer Mistkerl war das."

Die Köpfe der beiden Polizeibeamten ruckten überrascht zu ihr herum, und Markus wagte die Frage, die Johanna ebenfalls auf der Zunge lag: „Was hat er denn Schlimmes gemacht?"

„Erstens", Bertine hob den Daumen, „beteiligte er sich nicht am gemeinsamen Kochen. Wir sind aber eine *Eine-für-alle-und-alle-für-eine-WG* mit allen Konsequenzen, da geht es nicht an, dass jemand sich vor der Arbeit drückt. Aber wenn es ans Essen ging, war er pünktlich wie die Uhr."

„Richtig", erscholl es wie im Chor von den anderen, und Ilse von Bernheim schüttelte noch im Nachhinein ungläubig den Kopf. „Wenn es nach ihm gegangen wäre, hätte er überhaupt keinen Finger gerührt. Hausarbeit sei schließlich Frauensache, hatte er uns ständig wissen lassen. Das wäre bereits in den weiblichen Genen so angelegt. Also ehrlich, Frau Hauptkommissarin", wandte sie sich nun direkt an Johanna, „den Gen-Abschnitt, wo Hausarbeit drinsteht, möchte ich mit eigenen Augen sehen. Könnten Sie das nicht für uns arrangieren, da Sie doch tagtäglich mit DNA-Analysen zu tun haben?"

Glücklicherweise kam Johanna um eine Antwort herum, da Bertine bereits den nächsten Finger hob. „Zweitens gewöhnte er es sich eines Tages an, splitterfasernackt bei Tisch zu erscheinen."

Markus verschluckte sich an dem Bissen seines Filet-Kanapees, und der Hustenreiz trieb ihm die Tränen in die Augen.

„Wenn ihr damals nicht rechtzeitig die Rettung gerufen hättet, wäre ich glatt draufgegangen", erinnerte sich Charlotte mit düsterer Stimme und klopfte Markus kräftig auf den Rücken. „Bei seinem Anblick rutschte mir nämlich vor Schreck ein großer Brocken von der Forelle, die wir zubereitet hatten, in die Luftröhre, und ich wäre fast erstickt. Dass der aber auch so viel Aufheben um das mickrige, verschrumpelte Ding zwischen seinen Beinen machen musste. Wenn natürlich Sie sich in diesem Aufzug zu uns an den Tisch gesellt hätten", wandte sie sich an Markus und tätschelte nun zur Abwechslung wieder sein Knie, „hätte mir sogar Kohlsuppe geschmeckt."

Peinlich berührt starrte Markus zur Decke, und Bertine hob den dritten Finger. „Der Gipfel war aber die Sache mit den Pornoheften. Marlene Gruber kann es Ihnen bestätigen, die war damals auch zugegen. Wo bleibt sie denn heute? Samstags schaut sie nämlich fast immer um diese Zeit bei uns vorbei", erklärte sie der Hauptkommissarin.

Doch diese war am Gipfel der Geschichte interessiert und insistierte: „Was war denn nun mit den Pornoheften?"

Bertine schaute sie verwundert an. Anscheinend hatte sie den Faden verloren.

Ingrid sprang hilfreich in die Bresche. „Samstags hielten wir immer mit unseren Freundinnen unser Damenkränzchen ab mit selbstgebackenem Kuchen. Das machen wir übrigens heute noch. Jedenfalls drang er, obwohl keine Männer zugelassen waren, in das Kränzchen ein und hielt uns die Pornos unter die Nase. Er wollte unbedingt wissen, wie wir das, das ..."

„Die Schweinereien fänden", kam ihr Charlotte ohne großes Federlesen zu Hilfe. „Ich wusste damals gar nicht, dass ihr so prüde seid. Wegen mir hätte er jedenfalls nicht ausziehen müssen. An seinen ausgezogenen Zustand hätte ich mich irgendwann gewöhnen können, zumal er für uns alle so hervorragend die Steuererklärungen frisieren konnte."

„Aber er schadete dem Ruf unseres Hauses!", pikierte sich Bertine.

„Pah", Charlotte machte eine wegwerfende Geste, „was interessiert mich in meinem Alter noch der Ruf."

„Und der Richter?", schob Johanna schnell dazwischen, bevor die beiden Damen sich weiter über den Ruf des Hauses verbreiteten.

„Nun, das ist uns bis heute noch ein Rätsel." Ingrid Sennefeld faltete nachdenklich ihre Papierserviette zu einem Schiffchen. „Eines Tages eröffnete er uns, dass er in ein Altenstift ziehen werde. Er zöge männliche Gesellschaft insgesamt vor, da Männer doch weit berechenbarer seien als Frauen. Ob der wohl auf seine alten Tage noch schwul geworden ist?", fragte sie in die Runde und setzte, ohne eine Antwort abzuwarten, bedauernd hinzu: „Wie dem auch sein mag, finde ich es schade, dass er weg ist. Er hatte sich wunderbar in unseren Haushalt eingefügt, benützte immer seine eigene Küchenschürze, pinkelte ordentlich im Sitzen, und vor allem hatte er keinen Dreck gemacht."

Johanna wurde aber den Eindruck nicht los, dass der Richter eher geflohen war, und in ihr keimten ebenfalls Fluchtgedanken auf. „Wir werden die Wohnung des Opfers noch einmal in Augenschein nehmen", erklärte sie deshalb mit einer Stimme, die keinen Widerspruch zuließ, und erhob sich.

In diesem Augenblick ertönte der melodische Gongschlag der Türglocke.

„Das muss Marlene sein", rief Bertine, „sie kann Ihnen das mit den Pornoheften bestätigen, Frau Hauptkommissarin. Überhaupt muss ich mit ihr darüber noch ein Wörtchen reden. Während wir alle diesen Schmutz entrüstet von uns schoben, hat sie nämlich die Heftchen ganz genau durchstudiert. Aus rein anatomischem Interesse an der menschlichen Gelenkigkeit, hatte sie das begründet. Wer das wohl glaubt!"

Johanna, die ebenfalls mit der Erziehung, respektvoll mit alten Menschen umzugehen, groß geworden war, riss aber nun der Geduldsfaden. „Es ist unglaublich, wie Sie sich einer Befragung entziehen", schimpfte sie. „Morgen um zehn Uhr haben Sie sich im Präsidium einzufinden, und zwar Sie alle, wie Sie sich hier im Raum befinden. Es kann für Sie äußerst unangenehm werden", setzte scharf hinzu, „wenn Sie dieser Anordnung nicht Folge leisten."

„Wir entziehen uns doch nicht, Frau Hauptkommissarin", beschwichtigte sie Frau von Bernheim. „Fragen Sie nur, wir sagen alles."

„Selbstverständlich, und natürlich leisten wir Folge, Frau Hauptkommissarin", bekräftigte Bertine Herbst. „Also ich bin für das Präsidium. Den netten Herrn, der uns gestern die Fingerabdrücke abnahm, würde ich nämlich gerne wieder sehen. So zartfühlend, wie er meine Finger mit der schwarzen Schmiere bestrichen hatte." Kokett fuhr sie über ihre silberweiße Strähne, die sich über der Stirn durch ihr brikettartig geschnittenes schwarzes Haar zog. „Was trägt man eigentlich bei einem Verhör?", wollte sie danach mit einem Blick in die Runde wissen. „Ich hätte da ein cremefarbenes Ensemble mit Hut, ob das wohl passend wäre für den Anlass?"

Charlotte Benz schälte ihre kleine, rundliche Gestalt aus dem Lederpolster und trat zur Polizeibeamtin. „Kommen Sie, ich bringe Sie zu Constanzes Wohnung."

Im Hinausgehen registrierte Johanna die umfangreiche Bücherwand an der rechten Seite des Salons und stellte fest, dass sie tatsächlich von pädagogischen Werken überquoll.

Markus folgte den beiden Frauen zum Aufzug. Die Lifttür schloss sich in dem Augenblick, als Henry eine Frau in den Vorraum einließ.

Sechzehntes Kapitel

Der Aufzug hielt im dritten Obergeschoss. Von dem Vorraum gingen zwei Wohnungstüren ab, und eine Art Fluchttreppe führte nach oben und unten. Hinter der rechten Tür mit dem Polizeisiegel, das, wie Johanna sofort bemerkte, erbrochen war, befand sich Professor Zechs Wohnung. Ein unguter Geruch drang von irgendwoher in ihre Nase.

Beim Öffnen der Tür schlug ihnen feuchte Schwüle entgegen, und der bestialische Aasgeruch ließ sie zurückprallen. Entsetzt rang die Hauptkommissarin nach Atem. „Um Himmels willen", keuchte sie, „was ist denn hier passiert? Wenn ich die Leiche der Professorin nicht mit eigenen Augen im Park gesehen hätte, würde ich meinen, sie liegt hier irgendwo herum."

„In der Tat fuhr mir auch sofort der Gedanke nach einer Leiche durch die Glieder, als Henry mich heute morgen alarmierte", lachte Charlotte Benz. „Zentimeter für Zentimeter durchkämmten wir die Wohnung auf der Suche nach einem toten Vogel oder einer toten Maus, bis ich endlich auf die Ursache kam. Kommen Sie, ich zeige sie Ihnen."

Voll Spannung folgten ihr Johanna und Markus durch den Raum, in dem sich große und kleine Pflanzen dicht an dicht aneinanderdrängten, zu dem breiten Fenster.

Charlotte wies auf eine Reihe von flachen Pflanzenschalen. An einigen der kakteenähnlichen Gewächse hatten sich betörend schöne sternförmige Blüten entfaltet. Neben einem gelben Blütenstern schob sich ein tief purpurroter ans Licht. Davor wetteiferte einer mit einem knallroten Mittelring, und seine fünf zipfelförmigen cremeweißen Blütenblätter waren von schwarzbraunen Bändern durchzogen. Der Aasgeruch, der den Pflanzen entströmte, war jedoch überwältigend, und Markus hielt sich verzweifelt die Nase zu.

„Das sind alles Stapelias", klärte Charlotte sie auf. „Landläufig heißen diese stinkenden Prachtstücke auch Ordenssterne. Mit ihrem infernalischen Geruch locken sie Fliegen an, die bei der Eiablage die Blüten bestäuben. Deshalb werden sie auch Aasblumen genannt. Anscheinend beginnt jetzt die Blütezeit, und wir müssen uns auf ein paar ziemlich übel riechende Wochen gefasst machen."

„Aasblumen", näselte Markus mit zugehaltener Nase. „Wer ist denn so verrückt, sich Aasblumen in die Wohnung zu stellen?"

„Constanze." Charlotte suchte die Taschen ihrer vergissmeinnichtblauen Tunika über der gleichfarbigen Hose nach einem Taschentuch ab und presste es an die Nase. „Sie war wie besessen von allen exotischen Pflanzen und ließ keine Pflanzenbörse aus. Sehen Sie sich nur diesen schrecklichen Dschungel an."

Die Pflanzen waren offensichtlich gut versorgt und trugen durch die Feuchtigkeit, die sie an die Räume abgaben, dazu bei, sich wie in einem tropischen Urwald zu fühlen. Johannas Gesicht überzog sich in der feuchten Hitze sofort mit einem feinen Film aus Schweiß, und sie begann, sämtliche Fenster aufzureißen. Dann trat sie in die Mitte des Raumes, verschränkte die Hände am Rücken und drehte sich langsam um die eigene Achse. Dabei entging ihr kein Detail. Überall sah sie die Spuren von Fingerabdruckpulver, helles auf dem dunklen Schreibtisch und dunkles auf dem hellen Untergrund der Türzargen. Die Leute der Spurensicherung hatten gründlich gearbeitet. Auf der zweisitzigen Couch der Rattangruppe lag offen ein gepackter Koffer. Der Größe nach sollte er nur für ein paar Tage ausreichen. „Offenbar wollte die Professorin verreisen. Weißt du den Grund dafür?", fragte sie Markus, der neben sie getreten war.

„Gestern hätte sie nach Linz zu einem Kongress fahren wollen", kam es undeutlich hinter Charlottes Taschentuch hervor. „Ihr Vortrag wäre zwar erst am kommenden Montag gewesen, aber sie wollte noch ein paar Sachen erledigen."

„Was für Sachen?"

„Was weiß ich?" Frau Benz zuckte mit den Schultern und nahm das Tuch von der Nase. „Ich glaube, eine Angelegenheit für die Generalin. Sie wohnt genau darüber."

Johanna durchmaß rasch die anderen Räume, ein überraschend kleines Wohnzimmer und ein Schlafzimmer. Diesen Räumen gegenüber lagen das Badezimmer, eine Gästetoilette und eine zweckmäßig eingerichtete kleine Küche. Alles wirkte eher puritanisch und ohne sichtbaren Luxus, als ob der Professorin an klaren Linien und Übersichtlichkeit gelegen war. Im Vergleich zu der ›Südstaatenvilla‹, die sie zuvor bewohnt hatte, schien diese Wohnung einen eher mickrigen Eindruck zu machen. Das Einzige, was auf Emotionalität schließen ließ, waren die wuchernden Pflanzen, ein Aquarium und vor allem die zahlreichen Windspiele und Spiegel.

„Irgendwie hätte ich mir die Räume anders aufgeteilt", murmelte sie in Gedanken vor sich hin, während ihre Augen unablässig auch die kleinste Kleinigkeit registrierten.

„Das hätten wir auch getan, wenn wir beim Umbau gefragt worden wären", grollte Charlotte, die ihr neugierig von Raum zu Raum gefolgt war, und stemmte die Hände in die runden Hüften. „Wir versuchten, mit Hilfe der Feng-Shui-Methode das Beste aus diesen verkorksten Räumen zu machen. Ich spreche in der Wir-Form", schob sie erklärend ein, „weil ich in meiner Wohnung gegenüber das gleiche Problem habe. Also", sie legte eine kleine Pause ein, um sich zu sammeln, „bei Feng Shui ist ein möglichst harmonischer Chi-Fluss wichtig, damit die positiven Energien ungehindert fließen können."

Markus hatte sich, die Hände fast bis zu den Ellbogen in den Hosentaschen vergraben, zu ihnen gesellt. „Aha, und dieser Chi-Fluss floss hier wohl nicht harmonisch."

„Richtig", nickte Charlotte düster, „aber es war noch schlimmer. Er rauschte geradewegs hindurch." Nachsichtig musterte sie die konsternierten Mienen der Polizeibeamten. „Wir kamen auf diesen Mangel, als Conny sich ständig darüber beklagte, keinen klaren Gedanken fassen zu können. Kaum sei er da, wäre er auch schon wieder weg. Ich werde Ihnen den Grund dafür zeigen." Mit diesen Worten trat sie auf den kleinen Flur hinaus.

Johanna folgte ihr auf dem Fuße. Das Problem mit den guten Gedanken, die mir nichts dir nichts verschwanden, kannte sie zur Genüge und befürchtete insgeheim, dass dies die ersten Anzeichen einer vorzeitigen Senilität seien.

Markus heftete sich sofort an ihre Fersen. Offenbar hatte er damit ebenfalls Bekanntschaft gemacht.

„Und das war die Ursache." Charlotte öffnete die Tür, die sich genau gegenüber der Tür des kleinen Wohnzimmers befand, und die drei blickten in die winzige Gästetoilette mit dem WC-Sitz unter dem schmalen Fenster und dem Waschbecken auf der rechten Seite. Sie weidete sich einen Augenblick an dem Unverständnis, das sich auf den Gesichtern der beiden Polizisten abzeichnete. „Ganz einfach", setzte sie dann fort, um sie nicht weiter auf die Folter zu spannen, „als das kleine Wohnzimmer noch Constanzes Arbeitszimmer war, waren ihre guten Ideen buchstäblich für den Abfluss. An ihrem Schreibtisch saß sie trotz der geschlossenen Türen auf einer direkten Linie zur Toilettenschlüssel, und der Chi-Fluss ging auf geradem Weg durch die Toilettenspülung wieder hinaus. Ich riet ihr, die Räume zu tauschen und zur Sicherheit noch einen Baguaspiegel an der Außenseite der Toilettentür mit Wirkung zum Korridor anzubringen. Und es zeigte Früchte. Kurz darauf verfasste sie einen brillanten Artikel."

„Aha." Markus' Stimme klang nicht ganz frei von Zweifeln. „Und was hat es mit diesen unzähligen Windspielen und Spiegeln auf sich, die überall in der Wohnung angebracht sind?"

„Irgendjemand hatte Conny eingeredet, dadurch würde das Chi im Raum besser zirkulieren. Aber sie hatte wieder einmal maßlos übertrieben, ebenso wie bei den Pflanzen, obwohl Ordnung die wichtigste Feng-Shui-Regel ist." Sachte schloss sie die Toilettentür und blies ein Stäubchen von dem runden Baguaspiegel an der Außenseite der Tür. „Ich riet ihr übrigens zu dieser runden Spiegelform, da sie die Kreativität fördert. Wissen Sie", und sie zupfte kokett an dem Haarpinsel, der aus ihrem honigblonden Dutt aufragte, „ich habe mich nämlich eingehend mit dieser taoistischen Kunst und Wissenschaft vom Leben in Harmonie mit der Umgebung beschäftigt. Das zentrale Anliegen von Feng Shui ist der Weg des Windes und des Wassers. Von großer Bedeutung ist dabei der Ausgleich von Yin und Yang. Ich versuche, es Ihnen mit einfachen Worten zu …"

„Hören Sie, Frau Benz", unterbrach Johanna abrupt den Wortschwall, „wir sind auf der Suche nach dem Täter und dem Mordmotiv und nicht nach Yin und Yang. Uns würde es weit mehr helfen, wenn Sie uns Genaueres über das Privatleben des Opfers berichten würden."

„Ich sehe schon, Sie haben Ihre Körpermitte noch nicht gefunden, Frau Hauptkommissarin", entgegnete Charlotte nachsichtig. „Wenn Sie wollen, unterstütze ich Sie gern dabei."

„Unterstützen Sie uns bitte zunächst bei unseren Ermittlungen." Johannas Stimme klang eisig. „Wenn wir den Täter oder die Täterin hinter Schloss und Riegel haben, kann ich mich immer noch auf die Suche nach meiner Körpermitte machen."

„Schon gut", lenkte Charlotte friedfertig ein. „Aber setzen wir uns doch in Constanzes Wohnzimmer. Von dem langen Stehen schmerzen mir die Füße." Ohne eine Antwort abzuwarten, steuerte sie das kleine Wohnzimmer an, wies mit einer einladenden Handbewegung auf die schwarzen Ledersessel und begann, in der Glasvitrine neben der Tür herumzusuchen. Mit einer hauchdünnen chinesischen Porzellanschale kehrte sie zurück und ließ sich seufzend auf der Couch nieder. „Einen Aschenbecher hätten wir schon", informierte sie Markus und stellte die kostbare Schale auf die onyxfarbene Glasplatte des Couchtisches. „Wenn Sie wollen, besorge ich uns auch eine Kleinigkeit zu trinken. Constanze hat einen Vorrat von den edelsten Schnäpsen angelegt. Rauchen war ihr zuwider, ansonsten war sie aber eine ausgemachte Schnapsdrossel. Unsere WG spaltet sich übrigens in eine Raucher- und eine Säuferfraktion, und ich gehöre zu beiden. Was ist nun mit einem Schnäpschen?"

„Sie bleiben jetzt gefälligst sitzen und berichten uns von Frau Zech", befahl die Hauptkommissarin ungnädig.

Beide Raucher setzten ihre Tabakwaren in Brand, und Markus merkte dabei trübe an: „Der Tabak verrät, wie willensschwach wir sind. Andere Leute geben das Rauchen auf, aber wir schaffen es nicht und werden inzwischen wie Aussätzige behandelt."

„Ist schon gut", beschwichtigte ihn Johanna, die sich insgeheim immer darüber amüsierte, dass Raucher ständig ein schlechtes Gewissen hatten. „Die moralische Mehrheit ist bereits dabei, auch die Trinker und die Übergewichtigen zu verurteilen. Über kurz oder lang wird die ganze Menschheit durch die Gegend joggen oder walken, Vollwertkost essen und Karottensaft trinken und vor Gesundheit aus den Nähten platzen."

„Und unserem Gesundheitssystem wäre damit wohl aus der Klemme geholfen", warf Charlotte ironisch ein. „Sehen Sie, genau das glaube ich nicht. Der Mensch ist eben ein willensschwaches Wesen und sucht sich die nächste Sucht. Und die Süchte werden immer vielfältiger. Neben dem Glücksspiel und der Kaufsucht rechne ich inzwischen auch das ständige Telefonieren dazu. Ganz zu schweigen von den vielen Menschen, die ihre ganze Freizeit vor dem Computer zubringen. Die Folgeschäden sind bereits jetzt bekannt. Rücken- und Bandscheibenprobleme arten sich geradezu zu einer Volkskrankheit aus. Die Anfänge davon habe ich noch in meiner podologischen Praxis mitbekommen. Als medizinische Fußpflegerin kann ich nämlich bestimmte Krankheiten direkt von den Füßen ablesen. Der Mensch ist eben wie er ist, und die Summe seiner Laster bleibt unter dem Strich immer gleich."

Wieder nebelte sie sich mit einer Tabakwolke ein und ließ die beiden Polizeibeamten mit ihrer rauen Hexenstimme wissen: „Man könnte natürlich auch sein ganzes Leben vorbeugend leben. Der gesamte Tag wäre dann von Gesundheitsregeln strukturiert, und bereits beim Aufstehen müsste man sich vorbeugend verhalten. Ich stimme rundherum mit dem Psychotherapeuten Manfred Lutz überein, für den die ständigen Gesundheitsregeln direkt missionarische Formen annehmen und ihm inzwischen wie eine Art Ersatzreligion vorkommen. Früher hieß es, ›Rette deine Seele‹, und heute könnte es ›Rette deinen Körper‹ heißen."

„Dass ausgerechnet Sie als Podologin das sagen, überrascht mich aber schon", verwunderte sich Johanna.

„Nun, ich war nie so puristisch wie meine Kolleginnen und Kollegen", lächelte Charlotte verschmitzt. „Eigentlich gab ich meinen Patienten neben den perfekt gepflegten Fußnägeln immer nur einen Satz mit auf den Weg."

„Und der wäre?" Voll Spannung hing Markus an ihren Lippen.

„Von allem ein wenig und von nichts zuviel", erläuterte Charlotte. „Im Grunde ist das ganz einfach, und man verliert seine Lebensfreude nicht."

Johanna pflichtete ihr gerne bei und bat dann ohne Übergang: „Erzählen Sie mir von Constanze Zech."

„Es wäre besser, wenn Sie mir genaue Fragen stellen würden. Alte Frauen können in ihrer Mitteilsamkeit oft hemmungslos sein. Ist Ihnen das noch nicht aufgefallen?"

Johanna nickte und ihr wurde schlagartig bewusst, wie schwierig es häufig war, die richtigen Fragen zu stellen. „Fangen wir einfach noch einmal von vorne an", entschied sie dann. „Was bewegte Constanze Zech eigentlich dazu, ihr luxuriöses Haus gegen diese Wohnung hier einzutauschen?"

„Angst. Angst vor der Zukunft und vor dem Alleinsein, würde ich meinen." Charlotte Benz richtete ihren Blick nachdenklich auf das Windspiel mit den konischen Glasröhren, die bei jedem Lufthauch zarte Klänge ertönen ließen. „Der körperliche und geistige Verfall ihres Ehemannes hatte in ihr panisches Entsetzen hervorgerufen. Sie war keine besonders starke Persönlichkeit, wissen Sie."

„Eine Professorin und keine starke Persönlichkeit, das kann ich einfach nicht glauben." Energisch schüttelte die Hauptkommissarin den Kopf.

„Doch, doch. Ein in sich gefestigter Mensch würde niemals so rastlos sein Leben leben und nach allem greifen wollen, was sich bietet. Sie war mit nichts zufrieden, weder mit ihren beruflichen Erfolgen noch mit ihrem Wohlstand. Vielleicht rührte diese fortwährende Gier nach allem von ihrer armseligen Kindheit und Jugend her."

„Wann nahm sie denn Kontakt zu Ihrer Wohngemeinschaft auf?"

„Das war vor ungefähr fünf Jahren, als wir auf einer Tagung über alternative Wohnformen für Senioren unsere WG vorstellten. Constanze war auf Anhieb begeistert und belagerte uns seitdem pausenlos, bis es ihr endlich vor zwei Jahren gelang, hier einzuziehen. Sie fühle sich wie eine echte Begine, pflegte sie zu sagen, wenn sie ein Gläschen zuviel erwischt hatte."

„Begine?" Markus kratzte sich ratlos den Kopf, und seine gegelten Haare standen wie die Borsten eines Handfegers ab. „Hab ich in meinem ganzen Leben noch nicht gehört."

„Dieses Abschweifen vom Thema geht aber jetzt eindeutig auf Ihr Konto", stellte Charlotte mit einem strengen Blick aus ihren vergissmeinnichtblauen Augen unmissverständlich klar, „und Sie sollten sich vielleicht doch fragen, ob bei der Polizeiausbildung auch ausreichend Allgemeinbildung vermittelt wird." Befriedigt registrierte sie das betretene Schweigen, das plötzlich im Raum lastete. „Nun", fuhr sie versöhnlicher fort, „ich werde versuchen, Ihnen das mit wenigen Worten zu erklären."

Sie zog an ihrem Pfeifchen, drückte den Tabak fester und zog erneut. Erfreut stieß sie eine Rauchwolke aus. „Die Beginenbewegung entstand im dreizehnten Jahrhundert in den Niederlanden und breitete sich im Laufe der Zeit in ganz Europa aus. Die Beginen waren allein stehende oder verwitwete Frauen, die sich zusammentaten und gemeinsam in Wohnhöfen lebten. Zunächst waren es Frauen aus dem Adel und dem städtischen Mittelstand, später schlossen sich Frauen und Mädchen aus allen Gesellschaftsschichten der Bewegung an. Der Grund dafür ist einsichtig."

Sie stocherte in ihrem Pfeifchen herum, das wohl doch nicht so recht seinen Dienst tun wollte. „Ein Leben als Begine ermöglichte es Frauen, selbstständig und unabhängig zu sein, was in der damaligen Zeit weiß Gott nicht selbstverständlich war. Für viele stellte es eine akzeptable Alternative zur Ehe und Familie dar, zumal damals die Frauen die letzten gewesen waren, die ein Wörtchen bei der Partnerwahl mitzureden hatten. Ihre Mitgift oder ihr Erbe ging sofort in das Eigentum des Ehemannes über. Als Beginen konnten sie darüber aber selbst bestimmen und sie hatten vor allem die Möglichkeit, sich auf vielen Gebieten weiterzubilden. Häufig arbeiteten sie als Hebammen oder Lehrerinnen. Auch im Handwerk und Handel waren sie tätig. Ihr wirtschaftlicher Erfolg und ihre Selbstständigkeit waren den Handwerkszünften und dem Klerus jedoch bald ein Dorn im Auge. Am Wiener Konzil wurden sie aus der Kirche Gottes ausgeschlossen und mit fortschreitender Inquisition auch als Hexen und Ketzerinnen verfolgt. Der endgültige

Niedergang der Beginenkultur kam dann zur Zeit der Reformation, als ihre gesamten Besitztümer beschlagnahmt wurden. So viel zur Beginenbewegung aus historischer Sicht. Und was entnehmen wir für uns daraus?", fragte sie mit einem inquisitorischen Blick, der einer alt gedienten Lehrerin zur Ehre gereicht hätte, in die Runde.

Markus hatte als Erster Mut zu einer Antwort gefasst und begann, sich zunächst ausgiebig zu räuspern.

Charlotte fackelte jedoch nicht lange. Wie eine Lehrerin, die eine wohl formulierte Antwort nicht von einem nichtsnutzigen Schülermund verdorben haben wollte, wartete sie gleich selbst damit auf. „Die Beginen unterstützten sich gegenseitig in allen Lebenslagen. Wurde eine krank, pflegten sie die anderen, steckte eine finanziell in der Klemme, wurde ihr herausgeholfen. Bei uns ist das ähnlich. Wir beschützen uns gegenseitig. Trickdiebe oder anderes kriminelles Gesindel haben bei uns keine Chance. Es wird auch nicht vorkommen, dass eine von uns wochenlang tot in ihrer Wohnung liegt, bis sie endlich als von Maden zerfressene Mumie gefunden wird. Jede kennt die Patientenverfügung der anderen und kann einschreiten, wenn dagegen verstoßen wird. Ich bin aber gleich auf Nummer sicher gegangen und habe mir ›Keine Wiederbelebung‹ auf die Brust tätowieren lassen. Da das Ärzte- und Pflegepersonal in den Kliniken immer internationaler wird, habe ich mir darunter auch noch auf Englisch ›No Reanimation‹ schreiben lassen. Wollen Sie mal sehen?" Hurtig begann sie, die ersten Knöpfe ihrer Tunika zu öffnen.

„Nein, nein", wehrte Johanna ab. „Wir glauben Ihnen."

„Na gut", fügte sich Charlotte und schloss gehorsam wieder die Knöpfe. „Und dann schauen wir natürlich dem Pflegepersonal gründlich auf die Finger. Als Polizisten wissen Sie besser als ich darüber Bescheid, dass auch einige schwarze Schafe darunter sind, die ihre Patienten ganz schön malträtieren oder ausnehmen wie eine Weihnachtsgans."

Johanna nickte. Ihr war vor einiger Zeit ein ungeheuerer Fall zu Ohren gekommen. Der Leiter eines privaten Pflegedienstes hatte sich von seinen Schützlingen eine Kontenverfügung erschlichen, die Konten abgeräumt und das Geld auf verschiedenen schwarzen Kanälen durch ganz Europa zirkulieren lassen. Außerdem hatten sich bei ihm Todesfälle gehäuft, die bis heute noch nicht eindeutig geklärt werden konnten.

„Dagegen ergriffen wir Selbsthilfemaßnahmen und gründeten unsere WG. Die eigentliche Gründerin ist die Generalin. Sie ist sozusagen unsere ›Grande Dame‹ oder ›Groote Juffrouw‹, wie es bei den Beginen hieß. Ihr gehört das Haus, und sie finanzierte auch die teuren, behindertengerechten Umbauten. Allein der Lift verschlang Unsummen. Der ist aber notwendig, damit diejenigen von uns, die einmal im Rollstuhl landen, weiterhin mobil bleiben und nicht nur auf Erdgeschoßwohnungen angewiesen sind. Wir alle wollen uns schließlich auch gegenseitig besuchen und nicht nur darauf warten, bis jemand kommt. Wie wichtig das ist, können wir jetzt an unserer Generalin sehen. Seit Jahren braucht sie schon eine Gehhilfe und könnte ohne Lift ihre Penthousewohnung nicht mehr verlassen. An manchen Tagen kommt sie überhaupt nur in ihrem Rolli vom Fleck. Aber immerhin können wir sie damit auch zum musikalischen Damentee ins Opernhaus oder zum Frühstückstheater ins Schauspielhaus mitnehmen."

Sie reinigte ihre Pfeife über der kostbaren Chinaschale und wandte sich wieder den Beamten zu. „Sehen Sie, das ist auch ein besonderer Vorteil unserer WG. Wir gehen gemeinsam in die Oper oder zu anderen Abendveranstaltungen, und keine muss Angst haben, am Nachhauseweg überfallen zu werden. Und überhaupt unsere gemeinsamen Urlaube", gluckste sie, und ihre vergissmeinnichtblauen Augen funkelten verräterisch, „sind bereits Legende. Allerdings können wir niemals ins gleiche Hotel zurück, weil wir überall Hausverbot bekamen. Henry kutschiert uns im Kleinbus hin, und dann geht's rund."

Johanna musste sich nach dem Gehörten erst einmal sammeln. „Frau Professor Zech beteiligte sich ebenfalls an diesen Umtrieben?", fragte sie dann.

„Hin und wieder. Als Berufstätige konnte sie über ihre Zeit natürlich nicht so unbegrenzt verfügen wie wir. Außerdem sagte ihr unser Urlaubsprogramm nicht besonders zu. Lieber fuhr sie dafür zu den Kongressen. Wegen des Vorantreibens der Wissenschaft, sagte sie. Wegen des Aufreißens eines jungen Wissenschaftlers, sagten jedoch wir", offenbarte sie freimütig mit einem verschwörerischen Augenzwinkern und spitzte anzüglich die Lippen.

„Tja, das mit der Vorliebe für junge Männer ist mir nach wie vor ein Rätsel", grübelte die Hauptkommissarin. „Und aus diesem Dr. Unger werde ich auch nicht recht schlau."

Charlottes Miene wurde unergründlich. „Ist das für diesen Mord von Belang?"

„Aber sicher", mischte sich nun Markus ein. „Ich überlege mir nämlich schon die ganze Zeit, was seine Bereitschaft, mit einer alten Frau zu schlafen, über ihn selbst aussagt. Ist er am Ende pervers oder gar mitfühlend bis zur Selbstverleugnung?"

Charlotte lachte dröhnend. „Ich würde sagen, es wäre eher ein Hinweis dafür, dass er mal zum Augenarzt gehen sollte. Selbst im Dunkeln hätte man Conny kaum mit einer knusprigen Zwanzigjährigen verwechseln können, obwohl sie alles nur Erdenkliche dafür tat, das Altern aufzuhalten."

„Frau Zech war sehr vermögend", ließ sich nun die Hauptkommissarin nachdenklich vernehmen. „Könnte Dr. Unger daraus ein Vorteil erwachsen?"

„Aber nein, wo denken Sie hin?", lachte Charlotte. „So innig und tiefgehend sind alle diese Verhältnisse nicht gewesen. In finanziellen Dingen hatte Conny ihre fünf Sinne immer gut beieinander. Sie war großzügig und griff bei den Kongresskosten ihren Mitarbeitern zuweilen unter die Arme, aber mehr auch nicht."

„Sie wissen nicht zufällig, ob die Tote ein Testament gemacht hat?", hakte nun Markus ein.

„Selbstverständlich weiß ich das und mehr noch, ich weiß auch, was sie verfügt hat." Mit spitzen Fingern zupfte sie Tabak aus dem Lederbeutel und stopfte ihn diesmal in eine schwarze Pfeife mit weißem Mundstück, wobei das betörend süße Feigenaroma des Tabaks den ganzen Raum erfüllte und damit den bestialischen Gestank der Aasblumen zurückdrängte. Endlich blickte sie auf und nahm befriedigt die spannungsgeladenen Gesichter der Beamten wahr. „Jede von uns kennt die testamentarischen Verfügungen der anderen. Im Ernst- beziehungsweise Todesfall kontrollieren die Überlebenden, ob alles mit rechten Dingen zugeht."

„Was hat sie nun verfügt?" Markus konnte seine Ungeduld kaum bezähmen.

„Zu Beginn der Ehe machte Constanzes Ehemann, als er noch bei klarem Verstand war, einen Ehevertrag zur Sicherung des Firmenkapitals und der Gewinnausschüttung. Als er durch seine fortschreitende Krankheit nicht mehr geschäftsfähig war, ging die Verfügungsgewalt in Constanzes Hände über."

„Und jetzt nach ihrem Tod?", drängte Markus in der Hoffnung, endlich auf ein respektables Mordmotiv zu stoßen.

„Geht sie endlich an Zechs Sohn über, dem sie meiner Meinung nach schon lange zustehen würde, da er die Firma bereits seit vielen Jahren leitet. Nur durch diese unselige Vereinbarung war der Ärmste gezwungen, sich ständig mit Constanze, seiner Stiefmutter, auseinanderzusetzen."

„Wie war denn das Verhältnis zwischen ihm und seiner Stiefmutter?", fragte die Hauptkommissarin leichthin.

„Von Anfang an miserabel. Horst-Rüdiger Zech hatte dem Vater die Scheidung von seiner Mutter nie verziehen, was ich ihm eigentlich nicht verdenken kann. Constanze lehnte er vom ersten Tag an als Stiefmutter ab, zumal beide früher Klassenkameraden gewesen waren. Das Haus, das sein Vater für Constanze in Ebensee bauen ließ, hat er meines Wissens niemals betreten."

„Kennen Sie diesen Horst-Rüdiger Zech persönlich?"

„Aber ja! Als Conny ihren Ehemann ins Pflegeheim brachte und bei uns einzog, kam er eines Tages hier vorbei und beschuldigte sie vor uns allen als Erbschleicherin, hinterhältiges Luder und infame Betrügerin. Das war wohl die Zeit gewesen, als sie die Vormundschaft über ihren Ehemann antrat und damit Zugriff zum Firmenkapital bekam."

Markus und Johanna tauschten diskret einen triumphierenden Blick aus. Endlich war ein mögliches Motiv in greifbare Nähe gerückt, und die Frage nach dem *Cui bono*, wem der Mord demnach den größten Nutzen bringen könnte, schien vielleicht eine Antwort in Horst-Rüdiger Zech zu finden. Ihm musste noch einmal so schnell und gründlich wie möglich auf den Zahn gefühlt werden.

„Ich muss kurz telefonieren", entschuldigte sich Johanna, während sie sich erhob und in das Arbeitszimmer der toten Professorin hinüberging.

Es gelang ihr, nacheinander Sabine Reil, Horst-Rüdiger Zech und zum Schluss Marlene Gruber zu erreichen. Diese freute sich besonders über den Anruf der Hauptkommissarin und versprach, sich pünktlich am vereinbarten Treffpunkt einzufinden.

Zufrieden kehrte Johanna in das Wohnzimmer zurück und erwischte Markus dabei, wie er Charlotte Benz aufgeräumt mit einer wasserhellen Flüssigkeit im Glas zuprostete. Die Flasche vor ihnen steckte in einem schreiendroten Strickmäntelchen, in das über dem Flaschenbauch mit weißer Wolle feinsäuberlich ›Zum Schutz vor Warnhinweisen‹ eingestickt war.

„Schlehengeist, aber vom feinsten", urteilte er mit Kennerblick und schnalzte genüsslich mit der Zunge, „die milde Sonne der Fränkischen Schweiz schmeckt Tropfen für Tropfen heraus."

„Bist du verrückt?", zischte seine Vorgesetzte, „du bist doch im Dienst."

„Nur mal langsam, verehrte Frau Hauptkommissarin", mischte sich Charlotte ein. „Das ist aufopfernde Pflichterfüllung. Ich habe den jungen Kommissar davon überzeugen können, dass er die Lebensweise des Opfers am besten nachvollziehen kann, wenn er dasselbe zu sich nimmt wie das Opfer. Sie wissen doch: Der Mensch ist, was er isst."

„Das ist aber ein Getränk und noch dazu ein hochprozentiges!"

„Der professorale Kühlschrank gab eben außer ein paar vergammelten Yoghurts nichts Essbares her", verteidigte sich Charlotte mit einem durchtriebenen Lächeln. „Deshalb mussten wir unsere Gesundheit dem Schnaps opfern. Außerdem hat Constanze sowieso mehr getrunken als gegessen. Wollen Sie nicht auch ein Gläschen?"

Johanna musste unwillkürlich über Charlottes Unverfrorenheit schmunzeln und nahm Markus das Schnapsglas aus der Hand. „Wir müssen weiter, auf uns wartet noch eine Menge Arbeit."

Charlotte folgte ihnen.

Während sie auf den Lift warteten, zog Markus ein Etui mit Petit-Point-Stickerei am Deckel hervor und zeigte es Johanna. „Schau mal, was ich für meine Zigarillos geschenkt bekommen habe."

„Damit unser junger Kommissar nicht ständig die düstere Nachricht von den im Nikotinsaft verendenden Spermatozoen vor Augen haben muss", erklärte Charlotte Benz. „Aber eigentlich soll es eine Wiedergutmachung für die sexuelle Belästigung sein."

„Warum machen Sie das nur und tätscheln junge Männer am Knie und wer weiß wo sonst noch?", wollte Johanna neugierig wissen.

„Nun, Frau Hauptkommissarin, wir wurden als junge Mädchen und Frauen alle in irgendeiner Form belästigt. Mal wurde man wie zufällig am Busen begrapscht oder bekam einen Kuss aufgenötigt oder es gab einen Klaps auf den Po wie bei einer Bierzeltbedienung. Die Hauptübeltäter waren dabei angeheiratete Onkel, so genannte gute Freunde der Familie oder gar Schwiegerväter. Irgendwann beschlossen wir, auch zu belästigen, damit die Männer am eigenen Leib verspüren, wie entwürdigend das ist."

„Aber bei Kommissar Popp sind Sie wirklich an den Falschen geraten", nahm Johanna Markus sofort in Schutz, „ihm würde es nicht einmal im Traum einfallen, Frauen zu belästigen."

„Eben", bekräftigte Markus, „da hören Sie es selbst!"

„Mit Ihnen ist uns wohl wirklich ein Irrtum unterlaufen", bedauerte Charlotte zerknirscht. „Kollateral-Schaden würden Politiker dazu sagen. Bei Dr. Haverkamp war das ähnlich. Vor lauter Schrecken hatte der sich daraufhin eine Woche lang in seiner Wohnung verbarrikadiert, und wir mussten ihm das Essen vor die Tür stellen, damit er uns am Ende nicht verhungert. Bei unserem

Chefingenieur waren wir aber richtig gelegen, das kann ich Ihnen versichern."

Der Aufzug kam, und während sie geräuschlos nach unten schwebten, wollte Johanna wissen, wie viele Wohnungen die WG umfasst.

„Insgesamt sind es acht, und dazu kommen noch unsere Gemeinschaftsräume wie Küche, Salon, Sauna und Spezialbadewanne mit Lift", erklärte Charlotte. „Ganz oben ist das Penthouse der Generalin, darunter befinden sich jeweils zwei Wohnungen auf einer Etage. Eine davon haben wir als Gästeappartement umgerüstet, damit Besuch übernachten kann. Wir würden das aber sofort ändern, wenn Marlene Gruber sich endlich dazu aufraffen könnte, zu uns zu ziehen. Als ehemalige Krankenschwester wäre sie für uns eine willkommene Bereicherung."

„Vielleicht ist es ihr zu teuer", mutmaßte Johanna.

„Nein, nein", schüttelte Charlotte den Kopf. „Das kann es nicht sein. Die Generalin hat ihr die Wohnung unter günstigsten Konditionen angeboten. Sie würde nicht mehr bezahlen als sie es für ihre jetzige Wohnung auch tut. Als Gegenleistung müsste sie mich ein wenig bei den gesundheitlichen und pflegerischen Aufgaben unterstützen. Als Podologin bekam ich ähnlich gute Bedingungen. Einmal im Monat bringe ich dafür die Füße unserer Truppe auf Vordermann. Wie sieht es denn mit Ihren Füßen aus, Frau Hauptkommissarin? Diesen hypermodischen, unbequemen Schuhen nach zu schließen, bestimmt nicht zum Besten!"

Johanna schaute verlegen auf ihre hochhackigen Pumps hinunter.

„Eingewachsene Fußnägel, verkrüppelte kleine Zehen und Hühneraugen, vielleicht sogar schon Spreizfuß, stimmt's?"

Johanna nickte, und Charlotte rätselte: „Wie wollen Sie mit diesem Schuhwerk überhaupt einen Verbrecher verfolgen, wenn es mal nötig ist?"

„Dafür bin ich zuständig", grinste Markus spitzbübisch. „Meine Aufgaben sind das Schnelle und Grobe und ihre die Strategie. Außerdem hält sie den Kopf hin, wenn mal was schief gegangen ist."

„Das nennt man wohl heutzutage Teamarbeit", schmunzelte Charlotte, während sie die Haustür öffnete und die Beamten ins Freie ließ. „Schauen Sie", und dabei deutete sie auf die Eingangstür neben dem Torbogen, „das ist die achte Wohnung. Es ist eine nette kleine Zweizimmer-Wohnung, in der Henry haust. Alle Wohnungen sind durch eine Klingel mit der seinigen verbunden, damit er sofort zur Stelle sein kann, wenn man ihn braucht."

Beinahe hätte die Hauptkommissarin Heiner Kränzlein vergessen. „Sagen Sie ihm, dass er ab jetzt Frau Professor Zechs Wohnung wieder betreten darf. Sie ist nicht weiter versiegelt."

„Da wird ihm aber ein Stein vom Herzen fallen", freute sich Charlotte. „Irgendwie hat er einen Narren an Constanzes Urwald und dem Aquarium gefressen." Sachte schloss sie hinter ihnen die Haustür.

„Trotz des Zigarillo-Etuis bringen mich keine zehn Pferde mehr in diese Alten-WG", meuterte Markus aufgebracht, als sie sich auf den Weg zum Auto machten. „Wer weiß, was sich diese Frauen neben sexueller Belästigung noch einfallen lassen." Seufzend schob er sich dann hinters Steuerrad und fragte: „Was machen wir nun?"

„Du nimmst dir an meiner Stelle Dr. Ungers Freundin zur Brust und danach diesen Horst-Rüdiger Zech", entschied Johanna. „Er ist von deinem Kommen bereits informiert. Zuvor fährst du mich aber noch in die Johannisstraße."

Siebzehntes Kapitel

„Da ist das Trocadero!", schrie Sabine in der Hoffnung, Jonny Cashs ›Ring Of Fire‹ aus dem CD-Player zu übertönen, und deutete auf das niedrige alte Haus mit den staubigen Schaufensterscheiben. Suchend glitt ihr Blick über die umliegenden Häuser und blieb schließlich an dem dunkelroten Ziegelbau aus der Jahrhundertwende hängen. „Hier müsste die Studenten-WG sein", überbrüllte sie Jonny Cash und fuchtelte mit ihrem Zeigefinger vor Klaus' Nase herum. „Herrgott noch mal, mach endlich die Musik leiser, du Westernfuzzi."

„Westernfuzzi ist echt gemein", grummelte Klaus Wiesner beleidigt und parkte maßgenau vor dem Gebäude, „immerhin ist Jonny Cash absoluter Kult. Außerdem ist es Country-Musik. Was gefällt *dir* denn?"

Sabine war bereits aus dem Auto geklettert und wandte sich flüchtig zu ihm um. „Vieles, aber alles ein wenig leiser." Dann trat sie auf die Haustür zu und studierte die Klingelschilder. ›Augsberger 1x, Halbmeier 2x, Munker 3x, Ott 4x‹, war untereinander neben einem der fünf Klingelknöpfe mit handgeschriebenen Klebezetteln angeordnet. Energisch drückte sie zweimal den Klingelknopf, während Klaus, der sie inzwischen eingeholt hatte, kurzerhand die nur angelehnte Haustür aufstieß. „Los, komm schon", kommandierte er und hielt ihr die Tür auf.

Sabine trat in den schummrigen, modrig-feucht riechenden Flur und wäre um ein Haar über eine Gestalt vor ihr am Boden gestürzt, während es neben ihr laut schepperte und Klaus „Verdammte Scheiße" brüllte.

Die Gestalt schoss erschrocken in die Höhe. „Haben Sie keine Augen im Kopf?", schimpfte die junge Frau und strich das schwarze Haar, das ihr ins Gesicht gefallen war, unwillig zurück. „Hier wird geputzt!" Dann musterte sie den See aus schmutzigem Putzwasser, der sich aus dem umgestoßenen Eimer über den Boden ergoss, und ließ einige Sätze folgen, die weder im Ton noch in der Wortwahl liebenswürdig klangen.

„Entschuldigung", rief ihr Sabine zu und dirigierte Klaus an der Wand entlang in Richtung Treppe. In jedem Stockwerk machten sie Halt und prüften eingehend die Klingelschilder.

„Langsam, aber sicher glaube ich", keuchte Sabine auf der Treppe in den fünften Stock, „dass alle Verbrecher in den obersten Stockwerken und in Häusern ohne Lift wohnen. Man sollte dem BKA mal einen Tipp geben, vielleicht ließe sich dazu eine kriminologische Statistik über verbrecherische Wohngewohnheiten erstellen."

„Alle ab dem vierten Stockwerk aufwärts in Häusern ohne Aufzug vorbeugend in Haft zu nehmen, meinst du wohl", frotzelte Klaus zurück und konzentrierte danach seine Aufmerksamkeit auf eine barfüßige junge Frau in grauen Jogginghosen, die in der geöffneten Wohnungstür im fünften Stockwerk stand. Die Arme locker über dem weißen T-Shirt verschränkt, blickte sie ihnen belustigt entgegen. „Bisschen außer Puste, was?"

„Kann man so sagen", knurrte Klaus und reichte ihr seinen Dienstausweis. „Wir müssen mit Henning Halbmeier sprechen, ist er da?"

Die junge Frau nickte und musterte Sabine. „Und Sie, haben Sie auch einen Ausweis?"

Sabine kramte ihn aus ihrer Gesäßtasche hervor und hielt ihn der Frau vor die Augen. Diese nahm ihn an sich und studierte eingehend beide Ausweise, wobei sie ihren Blick ständig zwischen den Ausweisfotos und den Besuchern hin- und herwandern ließ. „Hatten Sie kein schmeichelhafteres Foto?", fragte sie Klaus, als sie endlich die Ausweise zurückgab. „Auf dem sehen Sie geradezu wie ein Schwerverbrecher aus."

„Was ist nun?", entgegnete Klaus gekränkt, „dürfen wir endlich reinkommen, oder soll das ganze Haus erfahren, warum wir hier sind?"

„Wenn es wegen der gestrigen Party ist und wir uns wieder eine Anzeige wegen öffentlicher Ruhestörung eingehandelt haben, ist es nicht so schlimm. Dafür hätten sie nicht extra herkommen müssen. Hier wohnen nur Studenten, und die meisten davon haben sowieso mitgefeiert. Aber kommen Sie herein. Ich bin übrigens die Gudrun, Gudrun Augsberger."

Sie folgten ihr durch den düsteren Flur, in dem alle nur möglichen Arten von Turnschuhen, Sandalen und anderes Schuhwerk an der Wand aufgereiht waren und ein leicht fußschweißiges Aroma verströmten. An den Haken darüber hingen Anoraks, Regencapes und Sweatshirts bunt gemischt übereinander. Die gegenüberliegende Wand war mit einer liebevoll gestalteten Putzuhr und einem in übersichtliche Spalten eingeteilten Einkaufsplan geschmückt. Daneben konnte man einem Plakat anschaulich entnehmen, wie der Müll zu sortieren war. Der Zeiger der Putzuhr wies auf Henning, und Sabine sah sich interessiert um. Sauber und aufgeräumt wirkte es rundherum. Von der gestrigen Fete waren alle Spuren restlos beseitigt. Dieser Henning schien ein bemerkenswert ordentlicher WG-Bewohner zu sein.

„Hier hinein", bat Gudrun Augsberger und wies ihnen den Weg in eine geräumige Küche. „Während ich schnell fertig mache, erzählen Sie mir bitte, was die Polizei von Henning will. Am Ende hat das mit unserer WG zu tun." Sie setzte sich an den Tisch und wandte sich einem Berg braun verfärbter Teebeutel zu.

„Eigentlich wollten wir mit Herrn Halbmeier ...", protestierte Klaus. Doch Sabine saß bereits auf einem der bunt zusammengewürfelten Stühle, die um den runden Tisch herumstanden, und zog Klaus neben sich.

„Was machen Sie da eigentlich?", wollte sie von Gudrun wissen, die mit einem kleinen Schraubenzieher die Klammern in den gebrauchten Teebeuteln öffnete und herauszog. Dann warf sie die zerlegten Beutel in einen Abfalleimer mit der Aufschrift ›Schweineeimer‹, dem ein geradezu schweinischer Geruch entströmte.

„Biomüll sortieren, wir sind nämlich eine Öko-WG. Bei uns wird der Müll vorschriftsmäßig getrennt." Mit dem Daumen wies sie hinter sich über die Schulter auf eine Batterie zugebundener Säcke und Kartons voll Flaschen und Altpapier. „Glas, Plastik, Restmüll und Papier. Der Rest vom gestrigen Fest. Ich bin darin sehr genau", seufzte sie, „deshalb bleibt das Trennen auch meist an mir hängen."

Sabine fühlte sich an ihre eigene Mülltrennzeit erinnert und vermutete teilnahmsvoll: „Die anderen nehmen das wohl nicht so ernst wie Sie?"

„So ist es", bestätigte Gudrun und steckte ihren blutenden Daumen in den Mund, den sie sich an einer der Teebeutelklammern verletzt hatte. „Der Oberschlamper ist der Henning. Wenn man ihn ließe, würde er das reinste Müllchaos anrichten. - Was hat er denn angestellt?"

„Wahrscheinlich nichts", wiegelte Sabine vorsichtig ab, „er könnte uns vielleicht in einem Mordfall behilflich sein." Unter dem Tisch wurde ihr von Klaus ein kräftiger Fußtritt verpasst, und er warf ihr einen warnenden Blick zu.

„Mordfall?" Gudrun sperrte erstaunt ihre grauen Augen auf und nuckelte wie ein Säugling heftig am Daumen. Dann riss sie ihn mit einem schmatzenden Geräusch aus dem Mund und fuhr sich durch ihre kurzen braunen Locken. „Handelt es sich dabei vielleicht um Hennings Pädagogikprofessorin, die im Rosenaupark umgebracht wurde? Also, auf die hatte er ja eine Stinkwut, weil ..." Erschrocken schlug sie sich die Hand vor den Mund und stotterte: „Ich sag nichts mehr, auf keinen Fall möchte ich ihn auch noch in irgendeinen Schlamassel reinreiten."

„Das tun Sie nicht", beruhigte Sabine Gudrun, „aber wo sind eigentlich die anderen WG-Bewohner?"

„Die sind alle wieder eingepennt, vermute ich, nachdem wir die gröbste Schweinerei beseitigt hatten. Dann kam die Halbmeier'sche Putzfrau und machte klar Schiff."

„Ihr habt eine Putzfrau?" Sabine glaubte, sich verhört zu haben.

„Sozusagen", grinste Gudrun. „Unsere WG-Feten finden immer dann statt, wenn die Putzuhr auf Henning zeigt. Henning muss nämlich nicht selbst putzen. Seine Eltern schicken dafür eine Putzfrau. Eigentlich müssten Sie ihr begegnet sein, weil sie gerade den Treppenhausdienst macht. Eine ganz fleißige junge Frau übrigens, der kein Dreck zuviel ist. ›Dreck bringt Geld‹", ahmte Gudrun die Putzfrau täuschend echt nach und rieb dabei Daumen und

Zeigefinger aneinander. „Und Hennings Eltern ist es egal, wie lange sie bei uns zu arbeiten hat. Die zahlen auch zehn Stunden am Stück anstandslos. In meiner früheren WG hatten wir einen dabei, dessen Mutter immer anrückte, wenn Sohnemann Putzdienst hatte. Wer das unbedingt mochte, hätte anschließend vom Boden essen können, so gründlich war sie. Und Kuchen für die ganze Mannschaft hatte sie auch gebacken. Solche Wagenräder", beschrieb sie mit weit geöffneten Armen. „Da hätten wir es uns auf keinen Fall getraut, ihr auch noch unseren Fetendreck zu hinterlassen. Mit unserer Frau Weigand gibt es damit aber null Probleme. Nur Kotze müssen wir selbst wegmachen."

„Wie hat sich eure WG eigentlich zusammengefunden?", wollte Sabine nun wissen und erhielt dafür postwendend von Klaus einen weiteren Tritt gegen das Schienbein, wobei er demonstrativ auf seine Uhr zeigte.

„Im Augenblick sind wir zwei Mädels, also ich und Biggi, ich meine Brigitte Ott, und zwei Jungs, Michael Munker und Henning Halbmeier. Zuvor waren wir drei Mädels und Michael. Julia, unsere frühere Mitbewohnerin, verliebte sich aber in einen Typen aus Hamburg. Zu dem zog sie dann, und wir inserierten ihr Zimmer."

„Auf das Inserat meldete sich dann Henning Halbmeier."

„Nicht ganz", berichtigte Gudrun und warf den letzten zerlegten Teebeutel in den Schweineeimer. Dann beförderte sie den Eimer mit einem kräftigen Stoß ihrer bloßen Füße ein Stück vom Tisch weg. „Puh, das stinkt schon wie eine Jauchegrube. Es wird Zeit, dass Henning das endlich zur Biotonne schafft. Also", wandte sie sich wieder den Polizeibeamten zu, „auf das Inserat meldete sich Hennings Mutter."

„Ach", entfuhr es Sabine, „ist das nicht ungewöhnlich?"

„Sie sagen es", nickte Gudrun düster. „Wir hatten unsere Telefonnummer angegeben, und Frau Halbmeier ließ einfach nicht locker. Irgendwie hatte sie auch unsere Adresse herausbekommen und stand eines Tages unvermutet vor der Tür. - Wollen Sie auch einen Tee?"

Sabine lehnte sofort dankend ab, als sie spürte, wie unter dem Tisch Klaus' Bein wieder in Bewegung kam.

Gudrun stand auf, füllte am Spülbecken Wasser in den Wasserkocher, holte eine ›Lady-Diana-Gedächtnis-Tasse‹ vom Bord und hängte einen Teebeutel hinein.

„Es gibt übrigens auch Teebeutel ohne Klammern", informierte Sabine die junge Frau beiläufig.

„Ach ja, und wo?" Vorsichtig goss Gudrun das heiße Wasser in die Tasse und kehrte zum Tisch zurück. „Bestimmt nicht bei den Discountern, wo die anderen ständig einkaufen. Im Grunde sind das richtige Ökoschweine, die sich nur von denaturierten Lebensmitteln ernähren und denen es schnurzegal ist, dass Schlachttiere tagelang durch ganz Europa gekarrt werden, um dort geschlachtet zu werden, wo es am billigsten ist. Mir als angehender Ökotrophologin ist das zuwider. Und die Berge von gehärteten Fetten, die die immerfort in sich hineinschlichten."

„Ich gebe Ihnen rundherum Recht", unterbrach Sabine hastig die ernährungswissenschaftliche Lektion und musterte die aufgebrachte Miene der jungen Frau, die sie auf ungefähr ihr eigenes Alter schätzte. „Aber erzählen Sie mir bitte weiter von Henning Halbmeiers Mutter."

Gudrun schlürfte von ihrem heißen Tee. „Frau Halbmeier traf Biggi und mich an und kam auch gleich auf den Punkt. Sie und ihr Mann hätten beschlossen, Henning aus dem Haus zu werfen, damit er endlich auf eigenen Füßen stünde und sein Leben selbst in die Hand nehmen würde. Eine WG mit zwei Mädchen, die dem Henning sicherlich ein wenig unter die Arme greifen würden, fände sie als Mutter dabei ideal. Wir fanden das ganz und gar nicht ideal, wie Sie es sich bestimmt denken können."

Sabine nickte verständnisvoll, und Gudrun setzte hinzu, während sie mit dem Daumennagel an den abblätternden Goldranken um Lady Dianas Konterfei kratzte: „In Biggi und mir keimte der Verdacht auf, dass wir beim Söhnchen nun die ganzen Erziehungsfehler ausbügeln sollten, die seine Eltern begangen hatten. Also lehnten wir ihr Ansinnen rundweg ab."

„Er ist aber doch eingezogen", knurrte Klaus und verschränkte die Hände hinter dem Kopf. Langsam wurde ihm das Gequatsche zuviel, zumal er nicht wusste, welches Ziel Sabine mit diesen nebensächlichen Fragen verfolgte.

„Weil wir nicht konsequent genug waren, korrumpierbar sind und uns kaufen ließen", lächelte Gudrun dünn. „Halbmeiers zahlen die Nebenkosten der Wohnung einschließlich Heizung und natürlich die Putzfrau. Auch die Kaution haben sie übernommen. Unter dem Strich rechnet es sich natürlich für jeden Einzelnen hier."

„Seit wann wohnt er nun hier, und wie läuft es denn?", warf Sabine beiläufig ein.

„Zu Beginn des Wintersemesters zog er ein und machte Terror bis Weihnachten", seufzte Gudrun. „Der war schlimmer als mein kleiner Bruder, als der mit drei Jahren seine erste Trotzphase hatte. Weihnachten kroch er zu seinen Eltern und wahrscheinlich in sein altes Kinderzimmer zurück, um dann pünktlich zum Beginn des Sommersemesters hier wieder aufzutauchen, aber so klein mit Hut." Mit ihrem über dem Tisch ausgestreckten Zeigefinger demonstrierte sie, indem sie nur einen unbedeutenden Zwischenraum von einigen Millimetern ließ, wie klein Henning bei seiner Rückkehr in die WG gewesen war. „Seine Eltern haben ihre finanziellen Zuwendungen auf ein Minimum zurückgefahren, und er muss jetzt ständig jobben, um einigermaßen über die Runden zu kommen."

„Warum denn das?", verwunderte sich Sabine.

„Weil er stinkfaul ist und schon dreimal das Studium geschmissen hat. Ich weiß gar nicht, wie viele Semester er eigentlich schon auf dem Buckel hat."

„Also, ich hätte dafür ein einfaches Rezept", schaltete sich nun Klaus resolut ein, „nix Studium, dafür aber arbeiten, und zwar damit", und wies demonstrativ auf seine Oberarmmuskeln. „Da oben", und er tippte sich nachdrücklich an die Stirn, „scheint wohl nicht besonders viel mit ihm los zu sein. Und jetzt will ich endlich mit diesem Herrn Halbmeier ein paar Takte reden." Er stand auf, und Sabine tat es ihm nach.

„Zweite Tür rechts. Sie müssen aber kräftig klopfen", riet ihnen Gudrun, „wahrscheinlich ist er noch scheintot von gestern."

„Na, dann machen wir uns mal an die Auferweckung der Toten", lächelte Klaus grimmig und ließ seinen Bizeps spielen.

„Vorsicht", rief ihnen Gudrun hinterher, „es kann durchaus sein, dass Sie Schwanz wedelnd empfangen werden."

„Auch noch einen Hund", stöhnte Klaus, „hoffentlich nicht in der Größe eines Kalbes."

Hinter der angegebenen Tür herrschte Stille, kein Laut drang zu ihnen heraus. Klaus klopfte zunächst manierlich mit dem Knöchel an, lauschte, ballte dann seine Hand zur Faust und ließ sie mehrmals heftig gegen das Türblatt krachen.

„Zum Teufel, hier wird heute nicht geputzt", erklang eine wütende Stimme.

„Polizei", brüllte Klaus zurück, „machen Sie bitte auf. - Na, wird's bald", schob er drohend hinterher, als sich nichts regte.

In diesem Augenblick öffnete sich die Tür, und vor ihnen stand splitterfasernackt Henning Halbmeier. Er verschränkte die Arme vor der bloßen Brust und starrte die Polizeibeamten überrascht an. Diese starrten ebenso überrascht zurück.

„Kein Hund", murmelte Klaus und kratzte sich am Kopf, „das müsste einem aber auch vorher gesagt werden, was es mit dem Schwanzwedeln auf sich hat."

„Ziehen Sie sich bitte etwas über", schlug Sabine vor, nachdem sie sich von dem Anblick erholt hatte, „und lassen Sie uns herein. Wir müssen mit Ihnen über Frau Professor Zech sprechen."

Henning Halbmeier trat zunächst einen Schritt zurück und ließ die Beamten ein. Dabei verhüllte er schamhaft mit beiden Händen seine männlichen Kostbarkeiten. In seiner Blöße genierte er sich gewaltig vor der versammelten Staatsgewalt und hetzte wie von allen Furien gejagt zu seinem zerwühlten Bett zurück. Hastig fuhr er in die Unterhose und die Jeans, die davor am Boden lagen, und suchte verzweifelt das Bett nach seinem T-Shirt ab.

„Das genügt schon", versicherte ihm Sabine gutmütig, „mehr müssen Sie sich wegen uns nicht überziehen", und zog für sich den Stuhl heran, der vor dem Schreibtisch am Fenster stand.

Klaus sah sich ebenfalls nach einer Sitzgelegenheit um. Mit dem Fuß schob er dann einen marokkanischen Lederhocker vor sich her, den er in einem Winkel entdeckt hatte, ließ sich seufzend darauf nieder und streckte seine Beine weit von sich. Dabei behielt er unablässig den Studenten im Auge, der mit seinen fast zwei Metern wie ein Turm vor ihnen aufragte und dessen Oberarm eine Tätowierung schmückte. „Setzen Sie sich doch endlich", bat er, „bevor ich noch Genickstarre bekomme."

„Ich würde mir aber gern die Zähne putzen." Verlegen strich Henning Halbmeier seine langen dunkelbraunen Haare aus dem Gesicht und bückte sich nach dem schwarzen Gummiring neben seinem zerknautschten Kopfkissen. Geschickt fasste er das Haar im Nacken zusammen und band es mit dem Gummi zu einem Pferdeschwanz.

„Nicht nötig", wiegelte Klaus kurzerhand ab, „uns genügt ein Sicherheitsabstand von einem Meter fünfzig. Weiter werden Sie hoffentlich nicht stinken."

„Ich müsste aber auch mal dringend ..." Verzweifelt presste der Student seine Hände auf den Unterleib. „Das Bier, verstehen Sie?"

Klaus verstand und rappelte sich von dem Kamelhocker hoch. „Gute Idee, wenn Sie in der WG auch eine Gästetoilette haben, würde ich mich dem Unterfangen gerne anschließen."

Henning Halbmeier nickte, und beide verließen den Raum.

Während Sabine auf deren Rückkehr wartete, nützte sie die Zeit und lüftete den durch und durch verlotterten Raum gründlich. Auf dem Schreibtisch neben dem Computer waren leere Colaflaschen und Kaffeetassen festgebacken, die sich bestenfalls mit einem Meißel weg brechen ließen. Sie nahm das oberste Blatt des windschiefen Papierstapels daneben zur Hand und überflog die wenigen Zeilen zwischen den Kaffeeflecken. Bei dem Manuskript handelte es sich wohl um eine Examensarbeit. Sie blätterte in dem unordentlichen Stapel weiter und drehte eine ›eselsohrige‹ Seite nach der anderen um. Der Text war in ungewöhnlich großer Schrifttype verfasst. Das macht nur jemand, der eine Mindestseitenzahl erbringen muss, im Grunde aber nichts zu schreiben weiß, ging es ihr dabei durch den Kopf, und sie wunderte sich, wie dieser Student überhaupt sein Abitur hatte bestehen können. Schnuppernd prüfte sie nun die Luft und stellte zufrieden fest, dass der größte Teil des unguten Aromas aus Alkoholdünsten, kaltem Rauch und ungewaschenem Körper sich verflüchtigt hatte. Nur ein Hauch von Fußschweiß stand noch im Raum, der anscheinend den Socken neben dem Bett entströmte. Oder kam er aus dem achtlos neben dem Schrank aufgehäuften Wäscheberg? Dieser Henning war tatsächlich nur mit eigener Putzfrau zu ertragen, und sie erboste sich über die Eltern, die derartige Sozialkretins auf die übrige Menschheit losließen. Sie langte wieder über den Schreibtisch und schloss das Fenster. Dabei fiel ihr Blick auf ein Stück Papier, das halb unter dem Computer hervorlugte. Neugierig nahm sie es zur Hand und faltete es auf. An einem Galgen baumelte eine weibliche Gestalt mit einem Schild um den Hals: ›Mein Name ist Professor Dr. Zech - Ich bekenne mich schuldig und habe den Tod verdient‹. Sabine studierte die reichlich infantile Zeichnung aufmerksam und drehte dann das Blatt unschlüssig in den Händen. Dass er mit der Professorin Ärger gehabt hatte, wussten sie bereits. Sie konnte es sich auch gut vorstellen, dass er sie in seinem ersten Zorn an den Galgen gewünscht hatte, warum auch nicht? Wünschen konnte man sich vieles, das hieß noch lange nicht, dass man seinen Wunsch auch in die Tat umsetzte. Und diese kindliche Zeichnung besagte im Grunde gar nichts. Damit hatte er seinem Ärger nur Luft gemacht. Sie wollte gerade das Papier an seinen Platz zurücklegen, als sie die Stimmen der Zurückkehrenden vor der Tür vernahm. Hastig faltete sie das Blatt zusammen und ließ es in ihrer Hosentasche verschwinden.

Klaus betrat nach dem Studenten das Zimmer und ließ sich wieder auf den Kamelhocker fallen. „So, Herr Halbmeier", verkündete er aufgeräumt und streckte seine Beine weit von sich, „nachdem Sie sich die Zähne geputzt und ein Aspirin gegen den Kater genommen haben, fällt es Ihnen bestimmt nicht schwer, uns ein paar Fragen zu Frau Professor Zech zu beantworten."

„Was soll ich Ihnen denn zu der Zech sagen können?", verwunderte sich Henning. „Ich kannte sie doch kaum."

„Obwohl Sie sie kaum kannten, hatten Sie mit ihr aber ganz schön Zoff. Worum ging es denn dabei?", wollte Klaus voll falscher Anteilnahme wissen.

„Also", begann Henning zögerlich und ließ sich auf das zerwühlte Bett plumpsen, „eben der übliche Ärger mit den Profs. Die sind doch alle gleich, alles bornierte akademische Erbsenzähler."

„Genauer bitte", forderte Klaus mit samtiger Stimme, die Sabine ihm nie im Leben zugetraut hätte.

„Es ging um meine Zulassungsarbeit zum Examen", wand sich Henning unbehaglich, griff nach seinem Kissen und drückte es wie einen Teddybären an sich.

Sabine nahm diese kindliche Geste belustigt wahr und fragte sich im Stillen, wie alt er wohl sein mochte.

„Erstens hat sie mir ein Thema aufs Auge gedrückt, das kein normaler Mensch in so kurzer Zeit bearbeiten kann, da können Sie alle fragen."

„Nämlich?" Klaus gelang es tatsächlich, echtes Interesse zu heucheln.

„›Worauf beruht die Wirksamkeit guter Schulen‹, und sie verlangte, dass ich besonders die englischsprachige Literatur mit einarbeite. Als ob das nicht gereicht hätte, wollte sie dazu auch noch eine empirische Untersuchung." Wütend hieb er auf sein Kissen ein. „Jedes Mal, wenn ich zu ihr in die Sprechstunde ging, um mit ihr die Arbeit durchzugehen, hatte sie wieder alles umgeworfen. Als Gipfel der Schikane bewertete sie dann meine Arbeit mit ›mangelhaft‹", gab er weinerlich preis und zog geräuschvoll die Nase hoch.

„Und was heißt das im Klartext?"

„Dass ich nicht zum Examen antreten kann und die Arbeit noch einmal schreiben muss."

„Schöner Mist, was?", tat Klaus nun in echter Anteilnahme kund und legte sein Gesicht in sorgenvolle Falten.

„Sie bringen es genau auf den Punkt", schniefte Henning und fuhr sich mit dem Handrücken über die Nase. „Damit werde ich mir wohl eine Verbeamtung als Lehrer abschminken können. Für das Examen werde ich sicher noch zwei Semester brauchen. Danach bin ich zu alt, um in den Staatsdienst übernommen zu werden."

„Wie alt sind Sie denn?", erkundigte sich Sabine, die das schon seit geraumer Zeit wissen wollte, es aber nicht gewagt hatte, in Klaus' Arbeit einzugreifen.

„Zweiunddreißig."

„Oh, oh, also einer von den Langzeitstudenten", gab Klaus taktlos zum Besten, um dann verständnisvoll fortzusetzen: „Ein paar Monate für Wehr- oder Zivildienst können Sie aber sicher geltend machen."

„Nö", lächelte Henning listig, „gegen den Wehrdienst konnte ich meine Plattfüße geltend machen. Zu irgendwas mussten die ja gut sein." Liebevoll betrachtete er seine riesigen Füße, deren Länge Sabine auf gut und gerne einen halben Meter schätzte. Sie hatte nicht die geringste Vorstellung, welche Schuhgröße ihm passen würde.

„Und gegen den Zivildienst setzte mein Vater Vitamin B ein, B wie Beziehungen, verstehen Sie? Der kennt immerhin Gott und die Welt. Ihm war es nämlich lieber, dass ich sofort mit dem Studium begann und nicht irgendwelchen alten Leuten oder sabbernden Kindern den Arsch abwischen musste."

„So, so", kommentierte Klaus das Gehörte, und nur Sabine vernahm dabei den ironischen Unterton. „Was studierten Sie denn im Laufe der Jahre, oder besser gesagt, im letzten Jahrzehnt?"

„Wirtschaftswissenschaften hier an der WiSo, weil mein Vater das wollte. Schließlich soll ich einmal seine Firma übernehmen."

„Aha, aber warum sattelten Sie da noch ein Lehramtsstudium drauf?", ließ Klaus nicht locker.

„Wegen so einem dämlichen Prof versaute ich das Vordiplom. Auf diese Gemeinheit hin ging ich nach Turin und studierte Malerei. Als aber diese Profs dauernd an meinem künstlerischen Ausdruck herummäkelten, verlor ich irgendwann die Lust daran. Ständig verlangten sie, alles so naturgetreu wie möglich darzustellen. Dabei liegt meine Stärke in den mächtigen Gefühlen, die aus dem Bauch herauskommen und nur darauf warten, in Farbe gefasst zu werden. Sehen Sie, wie hier, das ist eines meiner besten Werke." Er deutete auf ein großformatiges Bild an der Wand über dem Wäscheberg, und beide Beamte wandten sich dem Kunstwerk zu, das aussah, als ob ein Anstreicher darauf seine Pinsel abgewischt hatte. „Danach jobbte ich mal hier und mal dort, bis mein Vater mir drohte, den Geldhahn zuzudrehen, wenn ich nicht weiterstudiere. Daraufhin ging ich nach Erlangen und begann mit dem Wirtschaftsingenieurstudium."

„Darf ich raten", unterbrach ihn Klaus süffisant, „das brachen Sie dann wegen irgendeines dämlichen Profs beim Vordiplom ab und fingen mit dem Lehramtsstudium an."

"So ähnlich", bekannte Henning mit einem entwaffnenden Lächeln, „irgendwie habe ich ständig Pech mit den Profs."

„Und Ihre Eltern, wissen die schon von Ihrer vermurksten Examensarbeit?" Die Stimme des Kommissars klang butterweich und strafte seinen lauernden Gesichtsausdruck Lügen.

Henning schüttelte den Kopf, und echte Verzweiflung stand in seinem Gesicht. „Mit den monatlichen Schecks ist es damit endgültig Essig. Sie haben mir das Geld sowieso bis auf eine lächerliche Summe gekürzt, von der kein normaler Mensch leben kann. Damit ich einigermaßen über die Runden komme, hetze ich von einem lausigen Nebenjob zum anderen." Er vergrub sein blasses, übernächtigtes Gesicht in den Händen. Plötzlich fuhr er vom Bett auf und schrie wütend: „An allem ist nur diese widerliche Alte schuld. Wissen Sie auch, dass die mit ihrem eigenen Mitarbeiter herumgevögelt hat? So eine war das nämlich und obendrein völlig durchgeknallt. Da können Sie fragen, wen Sie wollen. Jeder wird Ihnen das bestätigen. Verdammte Kacke", entfuhr es ihm nach einem Blick auf die Uhr, „ich muss zum Job und bin noch nicht einmal gewaschen."

„Moooment", hob Klaus die Hände. „Erst beenden wir unseren Job hier."

„Was wollen Sie denn noch, ich hab Ihnen doch schon alles gesagt." Fahrig wühlte Henning in dem Wäschehaufen herum, zog ein schwarzes T-Shirt heraus und schnüffelte daran. „Einmal geht es noch", stellte er zufrieden fest und streifte es sich über.

„Wir haben aber noch weitere Fragen. Wann haben Sie Frau Professor Zech zum letzten Mal gesehen, und wo hielten Sie sich am Donnerstag zwischen zwanzig und einundzwanzig Uhr auf?" Klaus hatte sich breitbeinig vor der Tür aufgepflanzt und signalisierte damit unmissverständlich, dass er erst nach Beantwortung der Fragen den Weg freigeben würde.

Nicht schlecht macht er das, fand Sabine und beobachtete ihren Kollegen aufmerksam.

„Zu erstens", quetschte der Student hervor, während er barfüßig in die kahnartigen schwarzen Turnschuhe schlüpfte, die er aus dem Schrank geholt hatte, „habe ich die Zech am Donnerstag Vormittag um elf Uhr in ihrer Sprechstunde das letzte Mal gesehen, als sie mir die Bewertung meiner Zulassungsarbeit mitteilte. Mit ihrem fürchterlichen Haifischlächeln, das von einem Ohr zum anderen geht, hatte sie mir angeraten, es das nächste Mal bei einem anderen Gutachter zu versuchen." Seine Turnschuhe waren nun ordentlich geschnürt, und er richtete sich mit hochrotem Gesicht auf. „Danach musste ich in ein Seminar, zu dem mir noch der Schein fehlte. Anschließend fuhr ich nach Hause und trank auf den Schrecken mit der Zech einen zwei Finger hohen Whisky, aber so einen." Dazu spreizte er grinsend Daumen und Zeigefinger mindestens zehn Zentimeter auseinander. „Danach haute ich mich ein paar Stunden aufs Ohr. Und nun zu zweitens. Kurz vor zwanzig Uhr fuhr ich mit meinem Liegerad zu den Hesperidengärten und schloss sie ab. Das ist nämlich Nebenjob eins und lausig bezahlt. Danach düste ich in die Pegnitzauen und drehte dort eine schnelle Runde, bis mein Nebenjob zwei um kurz vor neun Uhr im Trocadero hinter der Theke begann. Sie sehen, Herr Kommissar", schob er mit einem überlegenen Lächeln nach und vergrub die Hände fast bis zu den Ellenbogen in den Hosentaschen, „Ihren Täter müssen Sie schon woanders suchen, so Leid es mir auch für Sie tut."

„Wenn Sie nun auch noch mit glaubwürdigen Zeugen aufwarten, die das bestätigen können, bin ich restlos zufrieden", entgegnete Klaus träge und wich keinen Zentimeter von der Tür.

„Nun", grübelte Henning, „der Wirtsgarten im Barockhäusle war gerammelt voll, als ich das Gitter zu den Gärten versperrte. Bestimmt haben mich einige der Gäste gesehen. In den Gärten saßen auch zwei alte Frauen, die gerade aufbrachen, als ich eintraf. Das muss sich doch nachprüfen lassen."

„Selbstverständlich", antwortete zu Klaus' Überraschung Sabine. „Frau Professor Zech haben Sie aber nicht zufällig in den Gärten angetroffen, da sind Sie sich ganz sicher?"

„Zum Teufel, ja", fuhr er auf und hob abweisend die Schultern. „Ich sagte Ihnen doch laut und deutlich, dass ich die Zech am Vormittag gesprochen habe."

„Ihre Ankunft im Trocadero wird uns wohl das Kneipenpersonal bestätigen", mischte sich Klaus nun wieder ein, und Henning nickte zustimmend. „Aber wie sieht es mit Ihrer Tour durch die Pegnitzauen aus?", wollte Klaus mit sorgenvoll gerunzelter Stirn wissen. „Haben Sie wirklich niemanden getroffen, der das bestätigen könnte?"

„Nein." Henning ließ mutlos den Kopf hängen. Dann schien ihm eine Idee zu kommen, und er richtete sich wieder auf. „Hören Sie", begann er geradezu fröhlich, „die Liegeradfahrer in Nürnberg können sie an einer Hand abzählen, „da müsste es doch mit dem Teufel zugehen, wenn sich niemand an mich erinnern kann."

„Manchmal geht es aber wirklich mit dem Teufel zu", murmelte Sabine und zog das zusammengefaltete Stück Papier aus der Hosentasche. „Das ist doch auch eines Ihrer Kunstwerke?" Mit undurchdringlicher Miene hielt sie ihm die Zeichnung mit der am Galgen baumelnden Professorin unter die Nase.

„Wo haben Sie das her?", keuchte er entsetzt und wollte ihr das Papier entreißen.

Sabine hatte ihre Hand jedoch rechtzeitig hinter dem Rücken in Sicherheit gebracht. „Von Ihrem Schreibtisch. *Mordsgedanken* haben Sie sich da gemacht, nicht wahr?"

„Kommen Sie", wiegelte er mit einem schiefen Lächeln ab, nachdem er sich von seinem Schrecken erholt hatte, „das war doch nur eine kindische Reaktion auf die bodenlose Gemeinheit mit der Zulassungsarbeit."

„Und Sie sind sich absolut sicher, mit Ihrem Liegerad in der fraglichen Zeit keinen Umweg über den Rosenaupark unternommen zu haben", warf Klaus leichthin ein.

„Zum Teufel, nein!"

„Gut", lenkte Klaus friedfertig ein, „wir werden Ihre Angaben überprüfen und uns wieder bei Ihnen melden. Sie haben hoffentlich nicht vor, in der nächsten Zeit die Stadt zu verlassen."

„Bestimmt nicht", versprach Henning kleinlaut und wollte sich an Klaus vorbeiwinden, der ihm großzügig die Tür geöffnet hatte. Er schloss sie jedoch wieder und legte seinen Zeigefinger nachdenklich ans Kinn. „Eines möchte ich aber doch noch gerne wissen, Herr Halbmeier. Warum ist denn für Sie eine Verbeamtung so wichtig, wenn Sie später sowieso die Firma Ihrer Eltern übernehmen?"

„Mich persönlich interessiert die Verbeamtung einen feuchten Dreck", knurrte Henning Halbmeier wütend, „aber mein Vater ist darauf so versessen. Er lässt mich erst in die Firma, wenn ich das Studium einschließlich Verbeamtung abgeschlossen habe. Wenigstens einmal im Leben musst du mir beweisen, mein Junge", ahmte er mit ironisch gespitztem Mund seinen Vater nach, „dass du eine Sache ordentlich zu Ende bringen kannst."

„Wo er Recht hat, hat er Recht", erwiderte Klaus und gab endlich die Tür frei.

„Hast *du* etwa die Zech umgebracht?", scholl es Henning erstaunt entgegen, als er an der Küche vorbeihastete. „Das wäre aber ein Ding, dann würden wir ja eine Mörder-WG sein."

„Meines Wissens nach die einzige, die es im ganzen Bundesgebiet gibt", ergänzte eine raue Männerstimme, die auf übermäßigen Nikotin- und Alkoholmissbrauch schließen ließ, „zumindest kenne ich keine andere."

„Arschloch", grollte Henning und riss die Wohnungstür auf.

„Und der Schweineeimer?", schrillte ihm Gudruns Stimme hinterher. „Schließlich hast du außer Dreck heute noch nichts gemacht."

„Genügt das nicht?", warf er ihr mit einem ironischen Grinsen über die Schulter zu und ließ die Tür krachend ins Schloss fallen.

„Na, wie geht's denn so nach der feuchtfröhlichen Nacht?", fragte Klaus in die offen stehende Küchentür hinein. „Befinden sich alle wieder unter den Lebenden?"

Die drei, die nun um den runden Tisch herumsaßen, nickten, und Gudrun Augsberger übernahm die Vorstellung. „Das ist Brigitte Ott. Sie studiert Sozialpädagogik und macht gerade ein Praktikum in einem Kindergarten. Michael Munker betreibt hauptberuflich eine Dienstleistungs-Ich-AG und studiert nebenbei Germanistik. Und das sind die KommissarInnen Reil und Wiesner."

„Ich bin aber keine Kommissarin", entrüstete sich Klaus Wiesner.

„Ich habe es doch mit dem großen ›I‹ dazwischen gesagt", klärte Gudrun ihn nachsichtig auf, „da sind Sie mit eingeschlossen und werden auf keinen Fall diskriminiert."

Michael Munker, der die Augen nur mit Mühe offen halten konnte, lümmelte sich am Tisch herum und hatte dabei seinen Kopf schwer in die Hand gestützt, wobei ihm die Che-Guevara-Mütze mit dem roten Stern in die Stirn rutschte. „Muss der Henning nun in den Knast?", erkundigte er sich träge und öffnete ein Auge. „Wenn der dort auch so einen Saustall anrichtet wie hier, weiß ich nicht, wer da mehr zu bedauern ist, die Knackis oder Henning."

„Die würden ihm schon Mores beibringen", ging Klaus zunächst auf Michaels lockeren Ton ein, „aber …"

„Hören Sie", funkte nun Sabine energisch dazwischen, „Henning Halbmeier hat uns als Zeuge wertvolle Hinweise zu der Ermordeten gegeben. Die Äußerungen über Ihren WG-Gefährten finde ich geradezu heimtückisch und hinterhältig. Ein wenig mehr Solidarität hätte ich schon erwartet."

„Der dämliche Typ wurde uns von seinen Eltern aufs Auge gedrückt, und wir haben mit ihm nichts als Scherereien. Ob er die Zech umgebracht hat oder nicht, ist mir eigentlich scheißegal."

Michael schloss sein Auge wieder und patschte nachdrücklich auf die Mütze, die an seinem Kopf festgewachsen schien.

Sabine musterte die drei eingehend und stellte in einem ätzenden Ton fest: „Das Geld von Hennings Eltern ist euch aber durchaus willkommen."

„Natürlich", grunzte Michael, „das ist nämlich Schmerzensgeld, und zwar sauer verdientes."

„Setzen Sie sich doch", bat Brigitte Ott und klemmte sich ihre glatten rotbraunen Haare entschlossen hinter die Ohren. Die beiden Polizisten lehnten dankend ab, und sie fegte mit einer knappen Handbewegung Michaels Ellbogen vom Tisch, dass dessen Kopf auf die Tischplatte knallte.

„Bist du verrückt?", fuhr er sie wütend an und rieb sich die schmerzende Stirn.

„Ich finde es auch nicht richtig, wie du über Henning herziehst", schimpfte sie. „Durch seine Eltern sind wir immerhin die am besten ausgestattete WG im ganzen Umkreis. Von wem haben wir denn die Waschmaschine, den Geschirrspüler und die Espressomaschine mit dem Kegelmahlwerk?"

„Von dem Kühlschrank mit dem Eisspender und der Mikrowelle ganz zu schweigen", ergänzte Gudrun. „Du hast nur einen altersschwachen Toaster eingebracht, bei dem man um sein Leben bangen muss, wenn man ihn einschaltet, weil jedes Mal die Funken sprühen."

„Wegen mir müsste dieser ganze High-Tech-Kram nicht sein", maulte Michael verdrießlich. „Mir kommt aber das große Kotzen, wenn ich nach Henning das Bad benützen muss. Überall in der Dusche hängen seine langen Haare herum und verstopfen den Abfluss."

„Aber alle pinkeln ordentlich im Sitzen, oder?", wollte Klaus zu Sabines Überraschung wissen und mauserte sich als echter WG-Insider. „Die Strafen, die ihr auf dem Plakat über dem Toilettensitz androht, müssten selbst den eingefleischtesten Stehpinkler zur Einsicht bringen."

„Haben Sie eine Ahnung", stöhnte Brigitte. „Immer wieder erwischen wir einen Typen, der breitbeinig über dem Lokus steht und seinen Lümmel schwenkt, dass es in alle Windrichtungen nur so pladdert. Aber die dürfen dann nur noch unter Aufsicht pinkeln."

„Tja." Klaus räusperte sich und warf Michael, der ihn mit seiner Mütze an einen Kommunarden der späten Sechziger erinnerte, einen mitfühlenden Blick zu. „Wir gehen jetzt und melden uns, wenn wir noch Fragen zu Herrn Halbmeier haben." Im Weggehen wandte er sich jedoch noch einmal um. „Ach, Herr Munker, welche Dienstleistungen bieten Sie denn so an in Ihrer Dienstleistungs-Ich-AG?"

„Oh, alles, was so anfällt. Für notorische Oberschlamper beschrifte ich die Videokassetten, CDs und DVDs ordentlich mit Etiketten. Natürlich gegen Bares", grinste er und rieb unmissverständlich Daumen und Zeigefinger aneinander. „Und zwar nach Stunden, immerhin muss ich mich durch den ganzen Kram durchglotzen. Dann springe ich ein, wenn jemand seine Hausordnung nicht machen kann, oder lass die Wäsche durch die Waschmaschine laufen."

„Dafür bringt er aber seine eigene Dreckwäsche zu Mama", informierte Brigitte die Anwesenden.

„Warum auch nicht? Sie macht das doch gern und freut sich, mich bei dieser Gelegenheit wieder einmal zu sehen. Außerdem habe ich keine Zeit dafür. Ich habe nämlich einen Kunden, dem ich jeden Morgen Brötchen einkaufe und Kaffee mache. Dann wecke ich ihn um sieben Uhr und bring ihm das Frühstück ans Bett."

„Aber vorgestern hätten Sie ihn sehen sollen, als er zurückkam", kicherte Gudrun. „Da war er nämlich der Party-Gag bei einem Junggesellinnenabschied gewesen. Die Jungesellinnen hatten ihn über und über mit Fingerfarben bemalt. Nicht ein Fitzelchen Haut hatten sie dabei ausgelassen."

„Was soll's?" Michael zuckte gleichmütig mit der Schulter. „Mir hat es fünfzig Euro eingebracht, und die Farben waren im Nu abgeduscht."

„So, so." Klaus blickte sinnend auf den locker am Tisch fläzenden Dienstleister hinab. „Ich glaube, von Ihrer Ich-AG habe ich schon einmal in der Zeitung gelesen. Schlagen Sie eigentlich auch Angebote aus, oder wie weit würden Sie bei Ihren Dienstleistungen gehen?"

„Unmoralisches lehne ich ab", gab Michael mit großem Ernst zurück, „ansonsten bin ich Geschäftsmann."

Die beiden Beamten verabschiedeten sich, und Michael rief hinterher: „Wenn Sie wollen, überlege ich mir auch eine absolut innovative Dienstleistung für die Polizei. Beispielsweise könnte ich Ihre Berichte verfassen. In den Krimis liest man nämlich ständig, dass Polizisten ungern Berichte schreiben. Allein schon von meinem Studium her wäre ich dafür wie geschaffen und hätte eine große Bandbreite anzubieten. Von Anekdote über Satire bis hin zur Realsatire, wenn Sie mich an den Verhören teilnehmen ließen, wäre alles machbar. Außerdem könnte ich auch Ihre Waffen warten. *Outsourcing* nennt man das."

„Das mit den Berichten gebe ich gerne an unseren Polizeipräsidenten weiter", grinste Klaus, „aber von Waffen lassen Sie gefälligst die Finger!"

Gudrun Augsberger brachte die Beamten zur Tür. „Henning war es bestimmt nicht", beschwor sie dabei Sabine, „dazu ist er viel zu dämlich."

„Wir haben ihn nur als Zeugen befragt", beruhigte Sabine sie. „Aber generell gesagt, können Sie sich wahrscheinlich gar keinen Begriff davon machen, wie viele dämliche Mörder es gibt."

„Endlich haben wir einen echten Tatverdächtigen", freute sich Klaus und rieb sich unternehmungslustig die Hände, als sie nebeneinander die Treppe im düsteren Hausflur hinunterstiegen. „Er hat ein sattes Motiv und weit und breit kein Alibi. Eigentlich müssten seine Eltern gleich mit eingeknastet werden", fügte er grimmig hinzu, „schließlich haben sie ihn zu so einem Wohlstandsflegel großgezogen."

Achtzehntes Kapitel

Marlene Gruber warf einen letzten Blick auf ihre Zuhörer und vor allem die Zuhörerinnen, die sich mächtig herausgeputzt hatten. Immerhin galt ihre Lesung als ein kulturelles Ereignis. Der Friseur des Stifts hatte wie immer alle Damen mit der gleichen Frisur versehen, nur in den Haarfarben gab es Unterschiede.

Carmen Gonzalez schob ihren mageren, knochigen Arm unter den ihren und begleitete sie zum Ausgang. „Ich habe kein einziges Wort verstanden", klagte sie mit ihrer erstaunlich kräftigen Stimme, die ihr Alter von dreiundneunzig Jahren Lügen strafte, „weil die dicke Hermine sich wieder einmal zwischen uns gesetzt hatte, obwohl sie weiß, dass ich furchtbar schwerhörig bin."

„Ich komme wieder", tröstete Marlene die zierliche Frau an ihrem Arm und rückte ihr die ein wenig schief sitzende Perücke zurecht, „dann lese ich ganz allein für dich."

„Versprochen?" Carmens verschrumpeltes, kleines Gesicht unter der graumelierten Perücke erglühte vor Freude. Marlenes Vorlesestunden waren ihr wöchentlicher Lichtblick. „Ich geh bis zum Abendessen noch ein wenig in den Garten. Bis bald, also!" Mit einer graziösen Handbewegung, wie sie nur Spanierinnen zustande bringen können, verabschiedete sie sich und trippelte in Richtung Garten.

Marlene schaute einen Moment der in tiefes Schwarz gekleideten kleinen Gestalt hinterher. Trotz der schmerzenden Knochen hielt sich Carmen aufrecht wie eine Flamencotänzerin. Carmens Freund war vor zwei Jahren gestorben, seitdem hatte sie kein helles Kleidungsstück mehr angerührt. In Spanien sei das früher so Sitte gewesen, hatte sie Marlene erklärt. Durch die Wirren des Zweiten Weltkrieges hatte es sie nach Deutschland verschlagen. Knut und Carmen waren sich zum ersten Mal in diesem Seniorenstift begegnet. Knut wohnte bereits hier, und Carmen entschloss sich kurzerhand, ebenfalls einzuziehen. Die Freundschaft hatte immerhin achtzehn Jahre gedauert. Marlene schmunzelte in sich hinein, als sie sich des Skandals erinnerte, den die beiden verursacht hatten, als sie gemeinsam unter der altengerechten und barrierefreien Dusche in Carmens Appartement erwischt worden waren. Wochenlang war hinter vorgehaltener Hand über das Liebesleben der zwei getuschelt worden. Während die wenigen Herren, die das Stift beherbergt, sich eher anerkennend über Knuts mutmaßliche Potenz äußerten, brach bei den Stiftsdamen ein Sturm der moralischen Entrüstung los, der darin gipfelte, dass die Damen bei den Pfarrern beider Hauptkonfessionen einen Gottesdienst zur Rettung des Seelenheils der Sünder durchsetzen wollten. Letztendlich kam es aber nur zu einem ›Schmerzhaften Rosenkranz‹. Die beiden Sünder hatten sich Händchen haltend gleich in die erste Bank der Stiftskapelle gesetzt und bewegt den Fürbitten gelauscht, die für sie gen Himmel geschickt wurden.

Beschwingt eilte Marlene an der Cafeteria und dem Schwimmbad mit den Massagedüsen vorbei und verließ das exklusive Seniorenstift, vor dessen Eingang eine Reihe von noblen Limousinen, schnittigen Sportwagen und luxuriösen Rennrädern abgestellt waren. Ein gutes finanzielles Polster scheint der Gesundheit auch im hohen Alter äußerst zuträglich zu sein, sinnierte sie und dachte voll Mitgefühl an die vielen alten Menschen in den städtischen Heimen, die sich mit dem Notwendigsten zufrieden geben mussten. Wenn sie dort las, hatte zwar keine der Zuhörerinnen zuvor den Friseur aufgesucht, aber ihr schlug stets eine überwältigende Welle von Dankbarkeit entgegen, weil sie das graue Einerlei der Tage ein wenig aufhellte.

Nun, ihre Lesung hier im noblen Seniorenstift war aber trotzdem ein Erfolg gewesen. Aus ihrem neuesten Groschenroman hatte sie diesmal eine erschütternde Passage über Intrigen und Niedertracht in einer Kurklinik vorgetragen. Die kriminelle Energie, die sie dem Klinikleiter in ihrem Roman unterstellt hatte, war jedoch bei einem Teil der Zuhörer auf strikte Ablehnung gestoßen. Am Ärzteimage hätte sie nicht so unbarmherzig kratzen dürfen, zumal eine nicht unbeträchtliche Zahl von Arztwitwen hier logierte. Im Gegenzug wurden ihr ein paar teuflische Gemeinheiten sadistischer Krankenschwestern vor Augen geführt, die sie tunlichst in ihrem nächsten Roman aufgreifen solle. Als die Diskussion hohe Wellen schlug und auszuufern drohte, hatte sie es vorgezogen, unter einem fadenscheinigen Vorwand zu verschwinden. Außerdem war ihr heute einfach nicht danach, einen schönen Sommertag mit ihren Altersgenossen zu vergeuden, die ständig Ansichten vorbrachten, die wahrscheinlich erstmals geäußert wurden, als die Menschen noch in Höhlen lebten und rohes Fleisch aßen. Sie war zudem nicht davon überzeugt, dass die Menschen heutzutage schlechter seien als vor siebzig Jahren, als sie geboren wurde. Keine Generation besaß ihrer Ansicht nach ein Monopol auf Rechtschaffenheit, und ihre schon gar nicht.

Sicherlich redeten junge Leute heutzutage so, als ob sie die Sünde persönlich entdeckt hätten, kicherte sie in sich hinein, als sie die Glastür des Stifts aufstieß. Natürlich führten sich manche auch so auf, als ob sie den Sex persönlich entdeckt hätten. Das machte die beiden Annahmen aber noch lange nicht wahr. In Wahrheit kannten sich Leute ihres Alters sehr wohl mit Sünde und Sex aus. Sie redeten bloß nicht darüber, weder bei Tisch noch in gemischter Gesellschaft. Das galt nicht als gutes Benehmen. In eingeschlechtlichen Gruppen ging es dagegen munter zur Sache, natürlich nur verbal, aber umso tabuloser. Frauengruppen taten sich darin besonders hervor.

„Eine kleine Spazierfahrt gefällig, Frau Gruber?" Hegelund Fürst lehnte mit lässig übereinander geschlagenen Beinen an seinem liebesapfelroten Sportwagen und riss sie aus ihren tief schürfenden Überlegungen.

„Das ist aber eine Überraschung. Woher wussten Sie denn, dass ich hier bin?"

„Nun, Sie sagten es doch selbst vor kurzem: Einmal Ermittler, immer Ermittler", lächelte Kriminalrat Fürst anzüglich. „Wie ist es nun mit der Spazierfahrt?"

„Ich bedauere es zutiefst, aber ich habe noch einen Termin."

„Ach, wie schade. Ein Rendezvous?"

„Sozusagen", konnte Marlene es sich mit einem boshaften Lächeln nicht verkneifen, als sie die Enttäuschung aus der Stimme des Kriminalrats heraushörte. „Ich muss mich aber beeilen."

„Steigen Sie ein, ich bringe Sie hin!" Einladend öffnete Hegelund Fürst den Wagenschlag und kämpfte mannhaft den Stachel der Eifersucht nieder, der sich in sein Fleisch zu bohren drohte.

Marlene kletterte mühsam in das niedrige Auto und hatte im gleichen Augenblick das ungute Gefühl, direkt auf der Straße zu sitzen. Sie nannte ihm ihr Fahrziel, und während er sich konzentriert in den Verkehr einreihte, betrachtete sie ihn insgeheim von der Seite. Die Runzeln, die sein Gesicht wie ein Gespinst durchzogen, ließen ihn älter wirken, als er eigentlich war. Aber ihr gefiel das. In glatten Gesichtern, so fand sie, gab es nichts zu lesen. Sie erzählten nichts von den Stürmen des Lebens, durch die man erst reift. Ihr Blick glitt über die vorspringende Adlernase hinauf zu dem kurzen grauen Haar, das sich oberhalb der Stirn bereits bedrohlich lichtete. Warum nur, sinnierte sie, fuhr er diesen unbequemen Sportwagen? Letztendlich gelangte sie zu der Überzeugung, dass das Auto als Ausdruck für seine verlorene Jugend und sein verlorenes Haar zu verstehen sei. Gerade eben in dem Seniorenstift hatte sie beobachtet, dass ältere Männer in dem gleichen Maße nach Cabrios gierten, wie sie Haarausfall hatten.

„Sagen Sie schon, woher wussten Sie, dass ich heute in diesem Seniorenstift eine Lesung halte?", fragte sie, als die Verkehrsampel von grün auf gelb sprang und er das Auto so abrupt zum Stehen brachte, dass der Sicherheitsgurt sie schmerzhaft in den Sitz zurückwarf.

„Von einem Ihrer Schriftstellerkollegen, Paul Emrich. Wir spielen hin und wieder eine Runde Skat zusammen." Hegelund Fürst warf ihr einen prüfenden Blick zu und legte den Gang ein. „Kann es sein, dass Sie und Paul miteinander Schwierigkeiten haben? Jedenfalls hatte ich den Eindruck."

Marlene schüttelte den Kopf. „Wir haben nichts miteinander, weder Schwierigkeiten noch literarische Gemeinsamkeiten." Angstvoll krallten sich ihre Hände in den Sitz, als er wie ein Geschoss auf den Vordermann zubrauste, um dann kurz vor dem Zusammenstoß eine Vollbremsung hinzulegen.

„Wissen Sie", fuhr sie fort, nachdem sie sich von ihrem Schrecken erholt hatte, „meine Texte werden von der schreibenden

Zunft kaum zur Kenntnis genommen. Als Schriftstellerin von Groschenromanen bin ich keiner ernsthaften Betrachtung würdig. Zunächst liegt das am Genre des Groschenromans und dann natürlich daran, dass ich *zugängliche* Prosa schreibe."

„Zugängliche Prosa, was soll das denn heißen?"

„Nun", lächelte Marlene fein, „das bedeutet, dass ich in meinen Heftchen vom Imperfekt, von Anführungszeichen und vor allem von einer Handlung Gebrauch mache. In das Reich von Paul Emrich, der sich seit neuestem der experimentellen Prosa verschrieben hat, würde ich mich nie hineinwagen."

„Dann verstehe ich aber nicht, warum er ein Problem mit Ihnen hat", rätselte der Kriminalrat und fixierte dabei die Ampel.

„Ich auch nicht." Aber Marlene wusste den Grund sehr wohl.

Paul Emrich gehörte wie sie zur Heftchenromanschriftstellerzunft und veröffentlichte bei dem gleichen Verlag wie sie unter dem Pseudonym ›Anne von Wittenberg‹ so genannte *rosa Prosa*, in der auf der letzten Seite stets ein zum Sterben schönes Aschenputtel einem ebenso schönen Mann aus dem Hochadel in die Arme sank. Auf den übrigen Seiten ging es ziemlich schlüpfrig zu, und die Geschichte schrammte haarscharf an einem Softporno vorbei. Gerade deshalb verkauften sich seine Heftchen wie die warmen Semmeln.

Seit einiger Zeit schien er sich jedoch in einer Schaffenskrise zu befinden. Als sie ihn auf seine Bitte hin kürzlich besuchte, hatte er ihr im vollkommen angesoffenen Zustand gestanden, dass er sich eigentlich zu Höherem berufen fühle. Ernest Hemingway sei dabei sein großes Vorbild, hatte er mit verwaschener Sprache gelallt. Nun, die Probleme mit dem Alkohol schien er von seinem Vorbild bereits übernommen zu haben, hatte sie boshaft registriert. Torkelnd hatte er sie dann zu seinem Schreibtisch geführt, wobei sie ihm mit ihrer ganzen Körperkraft Stütze und Halt geben musste, und hatte ihr eines von den feinen und edel gebundenen Büchlein zugesteckt, die sich auf dem Schreibtisch türmten. Während er sich einen weiteren Whisky eingoss, hatte er nicht lockergelassen, bis sie endlich zu lesen begann. Ratlos hatte sie Seite für Seite überflogen und war nicht hinter den Sinn des Geschriebenen gekommen. Er hatte sich an ihrer Ratlosigkeit geweidet und schien die *Unzugänglichkeit seines Werks* geradezu in vollen Zügen zu genießen, als ob die Unverständlichkeit ihn klüger machte als andere. Auf ihre Frage, ob er dafür auch schon einen einzigen Leser gefunden habe, hatte er in tiefem Bedauern den Kopf geschüttelt und mit einer vom Alkohol weinerlichen Stimme festgestellt, dass die Welt eben noch nicht reif dafür sei. Deshalb werde er nun einen Roman verfassen, der die ganze Menschheit aufrüttelt. Die Wahrheit werde er darin sagen über Gewalt und Korruption, Pornografie und Liebe, Überspanntheit und Bisexualität, das Machtgefüge zwischen Mann und Frau, geheime Freuden und unbekannte Schmerzen, vergängliche Leidenschaften und endlose Sehnsucht, über Maschinen, Macht und Tod. Tränen der Rührung waren ihm bei den Gedanken an sein gewaltiges Vorhaben über die Wangen gelaufen. Während sie ihm die Tränen abwischte und ihn auch noch in ihr Taschentuch schnäuzen ließ, hatte sie ihm geraten: Bleib lieber bei deiner *rosa Prosa*, davon lebst du doch ganz ordentlich. Im Zeitalter der gleichberechtigten Frauen würde ich an deiner Stelle aber zur Abwechslung einmal eine reiche Erbin aus dem Hochadel mit einem armen männlichen Aschenputtel verbändeln. War es da nicht verständlich, dass er mit ihr ein Problem hatte?

„Glück gehabt!", unterbrach Hegelund Fürst ihr Nachdenken und manövrierte das Cabrio geschickt in die Parklücke in der Lindengasse.

„Wollen Sie nicht mitkommen?", fragte Marlene beim Aussteigen scheinheilig.

„Zu Ihrem Rendezvous?"

„Warum nicht?"

„Ich mach mich doch nicht zum Idioten", erboste sich der alte Kriminalrat. „Soviel Selbstachtung habe ich immerhin noch im Leibe."

„Mir würde es aber nichts ausmachen", versicherte ihm Marlene mit einem koketten Augenaufschlag. „Vielen Dank fürs Herbringen." Mit klappernden Absätzen eilte sie auf den Eingang der Hesperidengärten zu.

Hauptkommissarin Uhl saß auf der Bank vor dem Springbrunnen und starrte gedankenverloren auf die Wasserfontäne. Der Mord an Frau Professor Zech wurde immer verworrener. Er kam ihr wie ein Wollknäuel vor, aus dem viele verschiedene Fäden hingen. Wenn sie an einem zog, bekam sie nur ein kleines Stück zu fassen, und der Rest verhedderte sich hoffnungslos ineinander. Außerdem waren sie immer noch nicht dahinter gekommen, wo sich die Professorin zwischen siebzehn Uhr dreißig und zwanzig Uhr aufgehalten hatte. Morgen würde sie die WG-Genossinnen dazu befragen. Oder vielleicht doch noch heute?

„Ich habe Sie hoffentlich nicht warten lassen, Frau Hauptkommissarin", drang Marlene Grubers melodische Altstimme an Johannas Ohr. Ohne große Umstände nahm sie neben ihr Platz und schlüpfte sofort aus ihren Sandaletten. „Eineinhalb Stunden stand ich in diesen Folterwerkzeugen am Stehpult und hielt im Seniorenstift meine Lesung. Ich lese nämlich immer im Stehen. Da trägt die Stimme weiter, und das ist wichtig, weil viele der Zuhörer bereits schwerhörig sind. Und danach kam noch eine endlose Diskussion."

„Na, so was", verwunderte sich Johanna, „worüber wurde denn diskutiert?"

„Mein Täter hatte ihnen wieder einmal nicht gepasst. Immer wenn ein Chefarzt oder ein Professor der Täter ist, werde ich wegen Verunglimpfung dieses Berufsstandes angegriffen. Einen mickrigen Assistenzarzt lassen sie gerade noch durchgehen. Am liebsten wäre ihnen aber ein Täter aus dem niederen Volk, der richtig ›herumproletet‹ und dem man den Bösewicht sofort an der Nase ansieht. Dann ist ihr Weltbild wieder in Ordnung. Manchmal bin ich direkt versucht, ihnen vorzuschlagen, sich ihre Geschichten selbst zu schreiben", seufzte Marlene und tätschelte Johannas Hand. „Dabei gebe ich mir alle erdenkliche Mühe, meine Arztromane spannend wie einen Krimi aufzubauen."

„Ihre Arztromane sind in Wirklichkeit Kriminalromane?", erstaunte sich Johanna und entledigte sich mit einem Seufzer der Erleichterung ebenfalls ihrer Schuhe. Voll Wohlbehagen reckte und streckte sie ihre in der sommerlichen Hitze angeschwollenen Füße.

„Nun", erklärte Marlene sachkundig, „wie bei einem gut aufgebauten Kriminalroman gebe ich die nötigen Hinweise, mit deren Hilfe der Leser selbst in der Lage sein müsste, den Mörder herauszufinden. In meinen Geschichten wird nämlich auch kräftig gemordet, zumal meine medizinische Klientel leichter als jeder Normalbürger Zugang zu den wirkungsvollsten Mordinstrumenten hat. Dabei sollte man aber nicht vergessen, dass es sich auch um eine Art Spiel handelt oder Schatzsuche oder, wenn Sie wollen, ein Kreuzworträtsel."

Sinnend wanderte ihr Blick über die vier Springbrunnen mit den Putten und Statuen. „Es ist nämlich nicht alles so, wie es zu sein scheint. Oft trügt der Schein, und wie beim Kochen gehören viele Zutaten zu einem Rezept, verstehen Sie?"

„Es ist nicht alles so, wie es zu sein scheint", wiederholte Johanna nachdenklich. „Erinnern Sie sich an Professor Engelens Vortrag über die Epoche des Barocks? Auch er sprach davon, dass nichts so ist, wie es scheint. Der Schein trügt, und das Auge wird perfekt getäuscht."

„Ein Trompe-l'oeil", nickte Marlene weise. „Sehen Sie, mit dieser Art von Täuschungen arbeite ich auch."

„Und vielleicht auch unser Mörder", grübelte Johanna. „Ich habe das ungute Gefühl, dass er direkt vor unserer Nase herumtanzt, und wir sehen ihn nicht. Wir lassen uns durch andere Dinge täuschen."

„So wird es sicher sein. Für mich persönlich wäre beispielsweise die Tatsache aufschlussreich, dass Constanze erst kürzlich ihre Villa in Ebensee verkauft hat. Vielleicht ist auch nichts daran an dem Gerücht, aber irgendwas hat sie mit dem Geld, das sie dafür bekommen hat, gedreht."

„Also, das müssen Sie mir ganz genau erzählen."

„Ich weiß leider auch nicht mehr", bedauerte Marlene und warf einen Blick auf ihre Armbanduhr. „Bis der junge Mann zum Zuschließen kommt, könnten wir uns ein wenig in den Gärten umsehen. Haben Sie Lust?"

„Gerne." Johanna schlüpfte mühsam in ihre Schuhe, die ihr auf einmal zwei Nummern zu klein vorkamen, und Marlene tat es ihr nach.

Gemächlich schlenderten sie an dem Springbrunnen vorbei, der von vier weiblichen Statuen umstanden ist, die die vier Erdteile Amerika, Abendland, Morgenland und Asien darstellen.

„Australien war zur damaligen Zeit eben noch nicht entdeckt", schmunzelte Marlene und musterte aufmerksam die barbusige Frauengestalt mit der Federkrone auf dem Kopf. „Aber Amerika gleicht eindeutig einem weiblichen Indianerhäuptling. Das wird der barocken Gesellschaftsordnung sicher einige Rätsel aufgegeben haben, finden Sie nicht auch? Zum sinnenfreudigen Barock passt ihre spärliche Bekleidung auf alle Fälle."

„Erstaunlich, dass das Abendland und die anderen Erdteile dagegen bis zum Hals züchtig verhüllt wurden", rätselte Johanna. „Wollte man ihnen keine Sinnenfreude unterstellen?" Sachte strich sie über die Blätter eines der Zitronenbäumchen, die den Weg säumten, und schwärmte: „Man kommt sich hier wirklich wie im Urlaub vor. Meiner italienischen Schwiegermutter würde das Herz aufgehen, wenn ich sie hierher brächte."

„Diese Zitronenbäumchen in den originalgetreuen Florentiner Terrakottakübeln sind der Inbegriff der einstigen Hesperidengartenpracht und sind, wenn Sie so wollen, für den Namen *Hesperiden* verantwortlich."

Marlene hakte sich locker bei der Hauptkommissarin unter. „Die Hesperiden Aegle, Arethusa und Hesperthusa waren Töchter des Abendsterns und der Nacht und lebten in einem paradiesischen Garten am Rande der Welt", setzte sie mit der einschmeichelnden Stimme einer routinierten Märchenerzählerin fort. „Dort behüteten sie einen Baum, der goldene Äpfel trug und Zeus und Hera zur Hochzeit geschenkt worden war. Herakles musste im Auftrag des mykenischen Königs Eurystheus zwölf Heldentaten bestehen. Eine der Aufgaben war es, aus dem Garten die goldenen Äpfel zu rauben. Der Garten wurde allerdings von Atlas bewacht, der das gewaltige Himmelsgewölbe auf seinen Schultern trug. Doch Herakles war ein ausgemachtes Schlitzohr", schmunzelte Marlene. „Er bot Atlas an, für ihn das Himmelsgewölbe zu schultern, wenn der ihm dafür die goldenen Äpfel stiehlt. Atlas, der das Himmelsgewölbe gründlich satt hatte, ging bereitwillig auf diesen Handel ein. Aber jetzt kommt's!", lachte Marlene. „Als Atlas mit den Äpfeln zurückkam, bat ihn Herakles, noch einmal kurz das Himmelsgewölbe zu übernehmen, da er sein Tragepolster zurechtrücken müsse. Atlas tat, worum er gebeten worden war, und war damit der Angeschmierte. Kaum war Herakles das Himmelsgewölbe wieder losgeworden, schnappte er sich die Äpfel und verschwand auf Nimmerwiedersehen."

Johanna kicherte und vermutete: „Die goldenen Äpfel waren wohl Zitrusfrüchte?"

„Richtig. Wahrscheinlich waren es Orangen und Pomeranzen. Herakles, der für seine Klugheit und Kraft bewundert wurde, findet man oft mit den goldenen Äpfeln in der Hand dargestellt. Sie galten als Symbole der ewigen Jugend und Unsterblichkeit in einem fernen, paradiesischen Zustand. Hinter dieser Hecke steht übrigens zwischen den beiden Statuen der Tugend und dem Laster neuerdings eine wirklich schöne Heraklesstatue, die unser tatkräftiger Bürgerverein von St. Johannis der Stadt schenkte", fügte sie hinzu und wies mit dem Daumen über die Ahornhecke. „Tugend, Laster und Herakles gehören nach der Mythologie nämlich untrennbar zusammen."

„Wieso denn das?" Johanna hob sich auf ihre Zehenspitzen und versuchte, einen Blick auf den Herakles zu erhaschen. Doch nur sein Kopf mit dem Lockenhaar und ein Teil des Oberkörpers wurden für sie sichtbar. Über seiner linken Schulter hing ein Löwenkopf.

„Auf seinen abenteuerlichen Wegen begegneten ihm zwei Frauen, die Tugend und das Laster. Das Laster versprach ihm ein sorgloses Leben voller Lust und Freude, und die Tugend stellte ihm ein Leben voller Mühe und Arbeit in Aussicht. Allerdings würden ihm die Götter dafür gnädig sein. Für wen, glauben Sie, Frau Hauptkommissarin, hat sich Herakles nun entschieden?"

„Natürlich für das Laster. Männer entscheiden sich gerne für das Laster." Seufzend ließ sich Johanna wieder auf ihre Absätze nieder. „Im Rotlichtmilieu wimmelt es nur so von lasterhaften Männern."

„Falsch, meine Liebe. Herakles entschied sich für die Tugend. Deshalb ist sein Blick auch auf die Statue der Tugend gerichtet. Aber jetzt möchte ich Ihnen endlich das zeigen, was mir besonders ans Herz gewachsen ist", drängte Marlene. Mit ausgreifenden Schritten, die ihr Alter Lügen straften, dirigierte sie die Polizeibeamtin an der Balustrade mit dem offen stehenden schmiedeeisernen Gitter vorbei, das den Wirtsgarten des Barockhäusle von den Hesperidengärten trennt, als eine männliche Stimme sie herumfahren ließ.

„Ist das Ihr Rendezvous?" Kriminalrat a. D. Fürst saß an einem der Tische neben der Balustrade und starrte Marlene pikiert an. „Das hätten Sie mir aber sagen können, dass Sie mit Frau Uhl verabredet sind."

„Ich hatte Sie eingeladen mitzukommen, erinnern Sie sich nicht?"

Der alte Fürst kratzte sich verlegen am Kinn, und Marlene informierte Johanna über die Sache mit der Verabredung. „*Rendezvous* sagte Herr Fürst", stellte sie klar, „während ich von einem Termin sprach."

„Auf der Höhe der Zeit befinden Sie beide sich aber nicht", lachte Johanna. „Heutzutage hat man ein *Date*, wie ich aus wohl informierter Quelle von meinen Zwillingen weiß", und sie begrüßte freudig ihren ehemaligen *Bärenführer*. „Frau Gruber wird den jungen Mann, der für das Abschließen der Hesperidengärten zuständig ist, unter die Lupe nehmen. Wenn er der gleiche ist, mit dem sie Professor Zech kurz vor ihrer Ermordung zusammen gesehen hat, sieht es für ihn nicht besonders rosig aus."

„Ich muss unbedingt auf seinen rechten Oberarm achten", fiel Marlene aufgeregt dazwischen. „In der Aufregung um Constanzes

Tod hatte ich die Tätowierung, die aus seinem T-Shirt-Ärmel hervorlugte, vollkommen vergessen. Das Stück, das sichtbar war, könnte ein Teil von einem Mädchengesicht sein."

„Ich komme mit", beschloss der alte Fürst und blickte sich suchend nach der Bedienung um.

„Trinken Sie bitte in Ruhe Ihre Apfelsaftschorle aus. Wir schauen uns noch ein wenig in den Gärten um." Bereits im Weggehen rief Marlene ihm „Treffpunkt Sonnenuhr!" zu.

Resolut führte sie die Hauptkommissarin am Arionbrunnen vorbei. „Arion, ein griechischer Sänger und Dichter hält eine Kithara im Arm und reitet auf einem Delphin. Der Sage nach", erläuterte Marlene im Weitergehen, „hatten Seeleute Arion gefangen genommen und wollten ihn töten. In seiner Not bat Arion, noch einmal auf seiner Kithara, von der übrigens die deutschen Wörter für Gitarre und Zither abstammen, spielen zu dürfen. Sein Spiel und Gesang versetzte die Seeleute in einen rauschhaften Zustand, und er stürzte sich kurzerhand ins Meer. Ein Delphin rettete ihn. - Aber kommen Sie!"

Johanna riss sich ungern von dem Kithara spielenden Sänger auf dem Delphin los, und während sie Marlene in den dritten Garten folgte, bewunderte sie einmal mehr die alte Dame.

Diesmal hatte sie sich sogar an einen außerordentlich waghalsigen modischen Selbstversuch herangetraut und trug eine Jacke im psychedelischen Muster auf Reptillederprägung mit schimmernden Glanzpunkten dazwischen. Die hervorstechende Auberginenfarbe wiederholte sich im einfarbigen Rock, während die Bluse aus dem gleichen Stoff wie die Jacke genäht war. Eine rundherum gepflegte Frau, die sich beileibe keinem gerade vorherrschenden Modediktat unterwarf, fand Johanna. Dazu kam sie ihr auch viel zu eigenwillig, wenn nicht gar mutwillig vor, denn blanker Mutwille hatte aus ihren schwarzen Augen gesprüht, als sie gerade eben dem alten Fürst die Sache mit dem Rendezvous verklickert hatte.

Vor dem Vierjahreszeitenbrunnen blieben sie stehen, und Johanna blickte verwundert auf die Obstbäume und Johannisbeerbüsche daneben, die überreich Früchte trugen.

Marlene folgte ihren Blicken. „Da staunen Sie, nicht wahr? Nun, die meisten Nürnberger Barockgärten waren in einen Zier- und einen Nutzgarten gegliedert. Jetzt möchte ich Ihnen aber endlich meine Lieblingsskulpturen zeigen."

Energisch übernahm sie wieder die Führung und kämpfte sich mit ihren Riemchensandaletten den Kiesweg entlang zu einer Gruppe mit vier kleinen Gestalten auf hohen Sockeln.

„Das sind vier Zwerggrotesken", verkündete sie mit dem Stolz einer Mutter in der Stimme, die ihre sauber gewaschenen und gekämmten Kinder präsentiert. „Sehen Sie, die Gartennärrin mit den Blumen im Arm beißt in einen saftigen Apfel, und der Prahlhans mit seiner maßgeschneiderten Jacke über dem üppigen Kugelbauch zeigt seine wohl gefüllte Geldkatze vor. Liebevoll drückt dagegen der Weinnarr ein Büschel Weintrauben ans ..."

„Säuferherz", ergänzte Johanna, der langsam klar wurde, was die Attribute, mit denen die Zwerggrotesken ausgestattet waren, bedeuten sollten. Bei der vierten Figur wurde sie allerdings von ihrer Fantasie im Stich gelassen. Das zwergenhafte Männlein war in eine Art Umhang gehüllt, der sich wie eine Zipfelmütze nach oben zuspitzte und aus lauter Halmen zu bestehen schien.

„Das ist meine Lieblingsgroteske", strahlte Marlene. „Sie verkörpert den Vogelherdnarren, der in eine Strohgarbe gehüllt ist. Die Vogeljäger pflegten sich nämlich früher so zu verkleiden, wenn sie auf Waldtauben Jagd machten." Liebevoll strich sie dem Vogelherdnarren über die Füßchen, die unter der Strohgarbe hervorlugten.

„Das sind übrigens Personalpersiflagen", erläuterte sie. „Damit wurden bedeutende Nürnberger Bürger dargestellt und natürlich auch ein wenig verunglimpft, was aber niemand ernsthaft übel nahm. Meist waren sie sogar stolz darauf, auf diese Weise berühmt und verewigt zu werden. Der Weinnarr soll übrigens der Großkaufmann, Marktadjunkt und Junggeselle Nikolaus Dietrich Döbrich sein, und als Vogelherdnarr wurde der Großkaufmann und Marktvorsteher Schmidt erkannt, der im Sebalder Wald einen

Vogelherd besaß. So wurden schon seit alters her Plätze bezeichnet, die sich besonders gut zur Vogeljagd eigneten."

Der Vogelherdnarr mit seiner Strohgarbenverkleidung ließ Johannas Gedanken ungewollt zu ihrem Professorinnenfall abschweifen. „Wie dieser Narr Vögel täuscht, so täuscht mich der Täter oder die Täterin", murmelte sie vor sich hin. „Ich hatte mit ihm oder ihr bereits zu tun, das fühle ich. Ja, ich fühle es genau und lasse mich täuschen."

„Seien Sie nicht ungeduldig", riet Marlene, die die halblauten Sätze verstanden hatte, „er oder sie gerät Ihnen schon noch ins Netz wie diesem Narren die Waldtauben." Mit einem liebevollen Blick auf die Zwerggrotesken bekannte sie: „Also, ich könnte dieser Sitte auch heute noch viel abgewinnen und denke dabei an einige unserer Politprominenz."

„O ja", stimmte Johanna begeistert zu, „Bundespräsident, Bundeskanzler und Oppositionsführung als Zwerggrotesken in lockerer Gruppe vor der Berliner Regierungszentrale, und alle mit den entsprechenden Attributen, wie ..."

„Nun, ich würde gleich allen Strohgarben verpassen", bekannte Marlene ohne großes Federlesen. „Vor der Wahl hüllen sich nämlich alle in große Versprechungen, und hinterher sieht es ganz anders aus."

„Hier sind Sie also", wurde sie vom alten Fürst in ihrer fragwürdigen politischen Betrachtungsweise unterbrochen. „Und ich stand mir an der Sonnenuhr die Beine in den Bauch. Die geht übrigens falsch!"

„Das kann nicht sein", protestierte Marlene, der die Hesperidengärten ebenso sakrosankt waren wie der Sankt-Johannis-Friedhof gleich nebenan. „Sie müssen die Sommerzeit mit einberechnen. - Da kommt der junge Mann übrigens", fügte sie mit einem Blick in Richtung Arionbrunnen hinzu und kniff die Augen wegen der tief stehenden Sonne zusammen.

„Kommen Sie, Herr Kriminalrat, wir mimen jetzt ein Liebespaar und lassen ihn an uns vorbeigehen. Frau Uhl postiert sich inzwischen da drüben am Garteneingang. Wenn ich den Daumen hebe", wandte sie sich verschwörerisch an Johanna, „dann ist er es, und Sie können ihn in die Zange nehmen." Ohne weitere Umstände umarmte sie den überrumpelten Kriminalrat, und Johanna hörte sie im Weggehen „Und jetzt küssen!" kommandieren.

Wie befohlen lehnte sie sich an den Sandsteinpfeiler der Pforte und blickte über den Garten mit den Springbrunnen. Das U-förmige Fachwerkgebäude mit dem Wirtsgarten davor schien in unendliche Ferne gerückt, und sie verstand nun, was Professor Engelen in seiner Vorlesung von den barocken Gärten hatte zum Ausdruck bringen wollen. Auch der Garten vor ihr wurde weiter und weiter fortgestaltet und optisch durch Gestaltachsen bis ins Unendliche geführt. Ein Springbrunnen, eine Figurengruppe, ein Zitronenbäumchen und ein Querweg scheinen den Blick zunächst einzufangen, doch der nächste Brunnen, die nächste Figur, das nächste Bäumchen im Terrakottakübel und der nächste Querweg locken bereits. Die den Garten umsäumenden Hecken und die Längswege ziehen den Blick unaufhaltsam mit sich und verstärken die Illusion der Unendlichkeit.

Ungern riss sie sich von dem betörenden Anblick los und beobachtete, wie der junge Mann dem eng umschlungenen Liebespaar ein paar Worte zurief und dann in den dritten Garten einbog.

Das Liebespaar steuerte gemächlich auf die Pforte zu, und Marlene hob weit sichtbar den Daumen. „Er ist es", flüsterte sie und befreite sich abrupt aus der Umarmung des Kriminalrats, der diesem Spiel offensichtlich einiges hatte abgewinnen können und nur ungern seine Arme löste.

Der junge Mann, der durch seine bemerkenswerte Größe die Ahornhecken zwischen den Gärten überragte, hastete nun in den Garten mit den Springbrunnen und kam geradewegs auf sie zu. „Wir schließen", beschied er der Hauptkommissarin mürrisch, „verlassen Sie bitte den Garten."

„Nur zu", entgegnete die Beamtin und zückte ihren Ausweis, „schließen Sie ab, und danach werden wir uns über Frau Professor Zech unterhalten, Herr Halbmeier."

Henning Halbmeier fiel vor Überraschung der Schlüssel aus der Hand. „Sind jetzt alle verrückt geworden?", schimpfte er und bückte sich nach dem Schlüssel. „Ich habe mit Zechs Tod nichts zu schaffen."

„Kurz vor ihrer Ermordung wurden Sie aber hier mit ihr gesehen."

„Das ist doch völliger Unsinn", protestierte der Student. „Ihren Kollegen habe ich gerade eben erklärt, dass ich die Zech am Donnerstag um elf Uhr im *NIBF* zum letzten Mal gesehen habe."

Johanna musterte das bleiche, unrasierte Gesicht mit dem verwöhnten Zug um den weichen Mund und dem wenig ausdrucksvollen Kinn. Hübscher Bursche, ging es ihr dabei durch den Kopf, jedoch ohne Energie und persönliche Ausstrahlung. „Ihre Aussage ist aber falsch. Sie waren am Donnerstag gegen zwanzig Uhr genau hier vor dem Gartenhaus in ein ziemlich hitziges Gespräch mit Frau Professor Zech verwickelt. Dafür gibt es Zeugen."

„So ein Quatsch", versuchte er aufzubegehren.

„Die letzte Gewissheit, dass Sie es waren, brachte übrigens Ihr Tattoo. Lassen Sie es mich bitte vollständig sehen."

„Wenn es unbedingt sein muss", seufzte er und krempelte den kurzen Ärmel seines schwarzen T-Shirts nach oben. Ein erstaunlich gut gearbeiteter Mädchenkopf wurde sichtbar. Langes, gelocktes Haar umrahmte anmutig das hübsche Gesicht. ›Für immer, Gabi‹, stand in schwungvollen Lettern darunter.

„Ihre Freundin?"

„Sie war es", kam es kleinlaut zurück. Offenbar begann sein Widerstand zu bröckeln. „Ich hab leider kein Geld zum Wegmachen."

„Trägt diese Gabi wenigstens auch Ihr Konterfei am Körper?"

„Nö", bekannte er zerknirscht, „war wohl doch nicht die große Liebe gewesen. Nur ich Idiot habe daran geglaubt."

„Mit anderen Mädchen spielt sich damit wohl nicht mehr viel ab", vermutete die Polizistin und spürte, wie sich in ihr ein wenig Mitleid regte.

„Sie sagen es überdeutlich. Keine glaubt mir, dass diese Geschichte längst zu Ende ist. Wenn ich das nicht bald loswerde, kann ich ins Kloster gehen."

„Bevor Sie ins Kloster eintreten, möchte ich aber wissen, worum es in dem Gespräch mit Frau Professor Zech hier in diesem Garten ging."

„Ich habe Ihnen doch gesagt, dass ich sie hier nicht gesehen habe", versuchte er, noch einmal zu leugnen.

„Gut, wie Sie wollen. Ich rufe nur schnell einen Streifenwagen, dann setzen wir das Gespräch im Präsidium fort." Johanna zog ihr Handy aus der Tasche und begann, die Nummer einzutippen.

„Bitte nicht", flehte er, „ich muss doch nachher noch zum Kellnern ins Trocadero. - Es stimmt, die Zech war hier gewesen."

„Na, also", lächelte Johanna und schaltete das Handy ab, „es geht doch. Worum drehte es sich nun bei dem Gespräch? Der Zeugenaussage nach war es mehr ein Streit gewesen."

„Ich wollte sie wegen meiner Zulassungsarbeit zum Examen dazu überreden, alle Augen zuzudrücken und sie wenigstens mit ›ausreichend‹ zu bewerten und nicht mit ›mangelhaft‹. Das hätte mir vollauf genügt."

„Und wie stand Frau Professor Zech zu Ihrem Vorschlag?"

„Wie denn wohl?", stieß er verbittert hervor. „Mit einem zuckersüßen Lächeln hatte sie mir erklärt, bereits alle Augen zugedrückt zu haben. Eigentlich hätte sie meine Arbeit mit ›ungenügend‹ bewerten müssen. Meine empirische Untersuchung in vier Nürnberger Schulen sei der reine Hohn gewesen, die überdies zum theoretischen Teil der Arbeit nicht passe, von dem einige Ausführungen für meine normale Leistung ihrer Ansicht nach viel zu gut seien." Er ließ den großen Schlüssel um den Zeigefinger wirbeln. „Dann hatte sie den Verdacht geäußert, dass ich mir die guten Passagen aus dem Internet herunter geladen hätte, und sie würde mir noch auf die Schliche kommen."

„Und, haben Sie?"

„Nun ja, nicht so direkt", wand er sich unbehaglich wie ein Wurm und drehte die Spitzen seines langen dunkelbraunen Pferdeschwanzes um die Finger. „Das macht doch heutzutage jeder.

Alle laden sich passende Examensarbeiten, die ins Internet gestellt werden, herunter und schauen nach, was sie davon brauchen können. In meinem Fall hatte das aber wenig genützt, da ich mich noch zusätzlich mit dieser idiotischen Schuluntersuchung herumschlagen musste."

„Frau Professor Zech kam Ihre Arbeit jedenfalls nicht koscher vor", konstatierte Johanna und maß ihn mit einem durchdringenden Blick. „Was hätte Ihnen im ungünstigsten Fall passieren können?"

„Eine Bewertung mit ›ungenügend‹ und die Wiederholung der Arbeit", erklärte er und zuckte die Achseln. „Im Grunde ist es das Gleiche, was ich jetzt auch habe. Nur ein ›ausreichend‹ hätte mir aus dem Schlamassel geholfen."

Johanna fand die Sanktionen für einen derartig dreisten Unterschleif reichlich milde. Sicherlich passierte dies auch bei Diplomarbeiten und bei Dissertationen. Aber das war nicht ihr Problem. Damit hatten sich glücklicherweise die Universitäten selbst herumzuschlagen.

„Trafen Sie Frau Professor Zech zufällig hier?", fragte sie beiläufig und fixierte dabei die Tätowierung an seinem Oberarm, die dank des immer noch hochgekrempelten Ärmels in voller Pracht weiterhin sichtbar blieb. So ein dummer Junge, ging es ihr dabei durch den Sinn.

„Klar, was sonst? Glauben Sie etwa, ich hätte mich nach dieser miesen Behandlung mit ihr auch noch privat verabredet?" Geräuschvoll zog er die Nase hoch und begann dann, nachdenklich auf seiner Unterlippe zu kauen.

„Sie bringen mich da übrigens auf eine Idee. Mein Gott, war ich dämlich. Ich hätte es wie dieser Unger machen sollen, da sie sowieso auf Junge stand, wie das ganze *NIBF* weiß. Ein bisschen mit ihr herumvögeln, und die Sache wäre geritzt gewesen."

„So, meinen Sie?"

„Sicher. Für eine Examensarbeit vögle ich sogar die Großmutter meines Freundes Michael, und das will was heißen", grinste er anzüglich. „Die ist nämlich fett wie eine Tonne und hat keinen einzigen eigenen Zahn mehr im Mund. Aber was soll's?"

Wieder fixierte Johanna die Tätowierung und dachte dabei: Recht geschieht dir, du dämlicher Dussel. Nicht einmal ein Examen bringst du zuwege.

„Was taten Sie, nachdem Sie den Garten abgeschlossen hatten?", fragte sie ganz im Gegensatz zu ihren finsteren Gedanken mit samtiger Stimme.

In gespielter Verzweiflung verdrehte er seine Augen. „Ich raste mit meinem Liegerad durch die Pegnitzauen, um nach Zechs Gemeinheit Dampf abzulassen, und kurz vor neun Uhr begann ich mit dem Kellnern im Trocadero. Das habe ich Ihren Kollegen alles bereits erzählt."

„Gut, das wäre für heute alles. Sperren Sie bitte noch einmal auf und lassen mich hier hinaus, dann spare ich mir den Weg über den Wirtsgarten."

„Aber selbstverständlich, für schöne Frauen mach ich doch alles", ließ er sie in einem reichlich schmierigen Ton wissen, und in ihr keimte der Verdacht auf, dass auch er langsam über die Qualität von ›Tontopf-Frauen‹ nachzudenken begann.

„Für alte, fette und zahnlose aber auch, wenn es sich für Sie rechnet", warf sie ihm leichthin über die Schulter zu und strebte der Lindengasse zu.

„Und, hat er gestanden?" Marlene platzte beinahe vor Neugierde, als Johanna um die Ecke bog und sich zu den beiden auf die Bank an der äußeren Gartenmauer setzte.

„Wir wissen jetzt lediglich, worum es bei dieser hitzigen Diskussion, die Sie beobachtet hatten, gegangen war", dämpfte Johanna Marlene Grubers Jagdfieber und gab das Gespräch mit Henning Halbmeier in großen Zügen wieder.

„Das ist in der Tat nicht viel", bedauerte der alte Fürst zunächst, um dann nachdenklich fortzufahren: „Aber trotzdem würde ich ihn nicht aus den Augen lassen. Immerhin stand er unter einem enormen Druck. Mein Sohn war auch so ein Verbissener. Als der sein Ingenieurdiplom machte, hatte ich echte Sorgen um ihn. Er steigerte sich dermaßen hinein, als stünde sein Leben auf dem Spiel."

„Unter Druck stand dieser Henning Halbmeier durchaus auch", grübelte Johanna, „und er kann kein anständiges Alibi zur Tatzeit vorweisen. Ich bin neugierig, zu welchem Ergebnis Sabine Reil und Klaus Wiesner gekommen sind. Aber jetzt brennt mir eine ganz andere Sache unter den Nägeln, und ich muss dringend noch einmal zu Professor Zechs WG."

„Ich würde gerne mitkommen, Frau Hauptkommissarin, wenn es Sie nicht stört", bat Marlene artig. „Vielleicht kann ich Sie sogar ein wenig bei den Damen unterstützen, die können nämlich ziemlich durchtrieben sein."

„Davon bekam ich heute schon eine einschlägige Kostprobe", stöhnte Johanna. „Die Idee, mich zu begleiten, ist in diesem Fall gar nicht übel."

„Wenn es um den Schutz der Damen geht, komme ich auch mit!" Unternehmungslustig hieb sich der alte Fürst mit der geballten Faust in die offene Hand.

„Lieber nicht", wehrte Johanna lachend ab. „Bei diesen Harpyien bräuchten eher Sie unseren Schutz. Markus Popp kann ein langes Lied davon singen. Oder lassen Sie sich etwa gerne sexuell belästigen?"

„Nun, wenn es uns der Aufklärung des Falles näher brächte, wäre ich durchaus bereit, auch dieser Gefahr ins Auge zu sehen. Aber, wie Sie meinen."

Gekränkt heftete der alte Fürst seinen Blick auf die dicht belaubte Kastanie in dem kleinen Rasenstück vor der Bank. Dann überwand er mannhaft seine Enttäuschung. „Ich werde Sie hinfahren. Das können Sie mir auf keinen Fall abschlagen."

„Das würden Sie tun, Herr Kriminalrat?" Marlene war eingedenk des Fußmarsches in ihren Sandaletten von seinem Angebot vor Freude überwältigt und küsste ihn dankbar auf die Wange.

„Aber nur, wenn Sie mich Hegelund nennen und ich zu Ihnen Marlene sagen darf", bat sich der alte Fürst, die Gunst der Stunde nutzend, im würdevollen Ton aus.

„Natürlich, Hegelund", gurrte Marlene wie eine Waldtaube und hakte sich die paar Meter zu seinem Auto bei ihm unter. „Darf es auch Hegi sein?"

Johanna, die den beiden folgte, konnte die Antwort des alten Kriminalrats zu ihrem Leidwesen nicht richtig verstehen, aber irgendwie hatte sie wie „Dann sag ich aber Leni" geklungen. ›Hegi und Leni‹ hört sich hübsch an, fand Johanna.

Sie zwängten sich zu dritt in das liebesapfelrote Cabrio, wobei Marlene die schmale Rückbank bevorzugte und sich bemühte, nicht ständig wie hypnotisiert den Tacho zu fixieren.

Vor dem Haus in der Bleichstraße verabschiedete sich der alte Fürst bei Marlene mit einem Kuss auf die Wange und von Johanna mit einem aufmunternden „Sie machen es schon".

Bevor er den Motor erneut startete, rief er ihnen nach: „Ich mach noch einen kurzen Abstecher in das ›Balazzo Brozzi‹. Wenn Sie nicht zu lange brauchen, warte ich auf Sie und bringe Sie nach Hause."

„Das ist aber nett, wir beeilen uns", gurrte Marlene und drückte die Gartenpforte auf, als der Türsummer ertönte.

Neunzehntes Kapitel

„Die Damen sind beim Kochen", informierte sie Heiner Kränzlein an der Eingangstür und führte sie in den Salon. „Ich werde von Ihrer Ankunft Bescheid geben." Mit energisch zusammengekniffenen Gesäßbacken stolzierte er davon, und seine Lacklederschuhe knarrten bei jedem Schritt.

„Ich weiß nicht, welchen Narren meine Freundinnen an diesem Typen gefressen haben", raunte Marlene Johanna zu. „Mir ist er rundweg unsympathisch, und bereits nach dem ersten Blick in seine gelben verschlagenen Augen würde ich ihm keinen Meter über den Weg trauen."

„Mir kommt er auch reichlich merkwürdig vor", pflichtete ihr die Hauptkommissarin bei und wurde von Ilse von Bernheims glockenheller Stimme unterbrochen.

„Kommt herein, meine Lieben, es ist bereits angerichtet." Dann wandte sie sich im Scharfrichterton an Heiner Kränzlein: „Und Sie können sich für heute Abend frei nehmen."

„Danke, gnädige Frau", murmelte Kränzlein, deutete eine Verbeugung an und zog sich zurück.

Ilse von Bernheim bat die Besucherinnen in die geräumige Küche, in der die anderen WG-Bewohnerinnen noch letzte Hand an das Mahl legten.

Hurtig wurden zwei weitere Gedecke aufgelegt, und alle versammelten sich um den ovalen Esstisch, an dem zwölf Personen bequem Platz fanden. Ingrid Sennefeld reichte die Schüssel mit Klößen herum, und Bertine Herbst servierte die Schäufele. Charlotte Benz verteilte mit ihrem kalten Pfeifchen im Mund den gemischten Salat in Glasschüsselchen.

„Was ist mit Marie-Luise?", wollte Ilse von Bernheim wissen und löffelte sich dabei reichlich Soße über den Braten. „Hat ihr niemand Bescheid gegeben, dass das Essen auf dem Tisch steht?"

„Hat Magendrücken und kommt erst zum Dessert", beschied ihr Frau Benz, während sie das Pfeifchen aus dem Mund nahm, es neben ihren Teller legte und ihre Serviette entfaltete. „Guten Appetit!"

Zunächst legte sich ein genussvolles Schweigen über den Raum, das nur vom Klappern des Bestecks unterbrochen wurde.

„Das Schäufele ist köstlich, und die Klöße sind rundherum ein Gedicht", lobte Johanna die Kochkunst der Damen.

„Das freut uns aber, dass es Ihnen schmeckt", strahlte Ingrid Sennefeld sie glücklich an. „Bei der Essenszubereitung geben wir uns wirklich viel Mühe."

„Essen ist eben die Erotik des Alters", dämpfte Bertine Herbst Ingrids Freude. „Im Gegensatz zu uns hat sich Constanze jedoch weniger aus Essen gemacht. Dafür fuhr sie lieber zu den Kongressen", schob sie mit einem anzüglichen Augenzwinkern hinterher.

„Mich interessiert brennend", versuchte Johanna, nun die Aufmerksamkeit auf ihr Anliegen zu lenken, „wo Frau Professor Zech sich zwischen ..."

„Alles zu seiner Zeit", fuhr ihr Charlotte Benz barsch über den Mund, „erst wird gegessen, und nach dem Dessert dürfen Sie fragen, soviel Sie ..." Sie wurde durch den Türgong unterbrochen.

„Ich geh schon, Henry habe ich bereits frei gegeben." Ilse von Bernheim sprang auf und verließ die Küche.

Charlotte Benz hielt den Kopf schief und lauschte den Stimmen, die vor der Tür zu hören waren. Dann rief sie: „O Gott, geht in Deckung, Mädels, die Dr.-Antje-Katrin-Kühnemann-Geschichte naht. Sicherlich will sie wissen, was nun mit Connys Wohnung passiert. Sie will nämlich unbedingt zu uns ziehen", erklärte sie der Hauptkommissarin.

„Dann möchte ich lieber nicht weiter stören." Johanna tupfte sich mit der Serviette den Mund ab und war im Begriff aufzustehen. „Morgen sehen wir uns sowieso im Präsidium und ..."

„Nichts da", schnitt ihr Charlotte brüsk das Wort ab, „den Auftritt von Melitta Kemmler dürfen Sie sich auf keinen Fall entgehen lassen."

Ilse von Bernheim öffnete die Tür, und eine zierliche, kleine Frau in einem hellblauen Chanelkostüm schoss flink herein.

Johanna musterte das faltige Gesicht mit den hochroten Rougeflecken auf den Wangen und taxierte den Neuankömmling auf Mitte siebzig.

„Meine Lieben, ist das nicht schrecklich", begrüßte Melitta Kemmler die Anwesenden und rang die Hände, „ihr Ärmsten, ein Todesfall in eurem Haus."

„Mord", knurrte Charlotte, „und nicht in unserem Haus."

„Wie dem auch sei", fuhr Melitta unbeirrt fort, „es ist schrecklich, was der armen Conny zustieß, und euch gehört mein ganzes Mitgefühl."

Ohne weitere Umstände nahm sie am Tisch Platz und inspizierte den Inhalt der Schüsseln und Platten. „Schäufele, und das auch noch um diese Zeit", mokierte sie sich, „wollt ihr euch alle durch die Gicht umbringen?"

„An Gicht stirbt man nicht", korrigierte Marlene, „daran leidet man nur, und zwar kräftig. Durch eine Störung des Harnsäurestoffwechsels kommt es zu Ablagerungen von Harnsäurekristallen vor allem in den Händen und Füßen", erläuterte sie im professionellen Krankenschwestern-Ton. „An den Gelenken bilden sich Knötchen, und in chronischen Fällen verschleißt der darunter liegende Knochen."

„Zu neunzig Prozent tritt aber Gicht bei Männern auf", steuerte Ingrid Sennfeld sachkundig bei, „du kannst dir deshalb ruhig vom Schäufele nehmen."

„Eben nicht!", fuhr Melitta Kemmler auf und strich sich aufgeregt durch ihre blau gefärbten spärlichen Locken. „Wer weiß, vielleicht gehöre ausgerechnet ich zu den zehn Prozent der Frauen, die Gicht bekommen. Ich nehme deshalb nur ein paar Blättchen Salat zu mir."

Sie schien sich in der WG wie zu Hause zu fühlen, denn sie wusste, wo die Salatschüsselchen und Gabeln zu finden waren. „Danach", fuhr sie fort und stocherte mit der Gabel in die Luft, „würde ich auf diese entsetzliche Mordgeschichte hin ein Gläschen Prosecco bevorzugen." Sie spießte ein Salatblatt auf und sah verschwörerisch in die Runde. „Dann gibt es Kaffee. Ich habe euch nämlich als Trost für den ausgestandenen Schrecken einen wunderbaren schlesischen Mohnkuchen gebacken."

„Esse ich nicht mehr", knurrte Charlotte ungnädig, „da sind Opiate drin. Das haben jedenfalls zwei junge Burschen, die bei dem Wettbewerb ›Jugend forscht‹ einen Preis bekommen haben, in einem Experiment nachgewiesen."

„Du meinst Drogen?", vergewisserte sich Melitta Kemmler atemlos.

„Richtig! Selbst bei geringen Mengen Mohn nimmt der Körper die Opiate auf und reichert sie als Droge an."

„Das ist ja ein Ding", freute sich Melitta, „ohne es zu wissen, verstoße ich schon seit Jahrzehnten gegen das Betäubungsmittelgesetz. - Und wer sind Sie?", wandte sie sich übergangslos an Johanna.

„Mordkommission", übernahm Charlotte formlos die Vorstellung, „Hauptkommissarin Uhl."

„Bloß gut, dass Sie nicht von der Drogenfahndung sind", atmete Melitta erleichtert auf. „Ich bin nämlich nicht scharf darauf, auf meine alten Tage noch im Gefängnis einsitzen zu müssen. Dort soll es sogar zu körperlichen Übergriffen kommen, habe ich mir erzählen lassen."

„Bei dir greift niemand mehr über", beschied ihr Charlotte reichlich gefühllos, und Ingrid Sennefeld bemühte sich, sie mit „Vielleicht gibt es auch einen Seniorenknast" zu trösten, „oder du bekommst Einzelhaft."

Melitta ließ sich die Tröstungen zunächst wortlos durch den Kopf gehen und beschloss dann, wieder ihr Hauptanliegen in Angriff zu nehmen.

„Die arme Conny", jammerte sie. Dabei zog sie ein blütenweißes Stofftaschentuch mit umhäkelter Spitze aus der Tasche ihres Chanelkostüms und tupfte sich über die Augen, was die Hauptkommissarin interessiert verfolgte, zumal sie seit ewigen Zeiten kein Spitzentaschentuch mehr zu Gesicht bekommen hatte. „Ich war rundweg entsetzt, als ich die Geschichte in der Zeitung las."

Johanna wollte sich gerade zu einer verständnisvollen Erwiderung aufraffen, als hinter dem Taschentuch wasserhelle, vor Sensationslust funkelnde Äuglein zum Vorschein kamen und Frau Kemmler fortfuhr: „Ich war übrigens auch kürzlich in der Zeitung und sogar im Fernsehen."

„Kürzlich", mokierte sich Charlotte, „fünf Jahre ist das her."

Doch Frau Kemmler ließ sich nicht beirren. „Ich gehörte zu den ersten Patientinnen, bei der durch die Kürzung der Mutterbänder das Problem der Inkontinenz behoben wurde."

Johanna riskierte einen vorsichtigen Blick in die Runde. Doch niemand schien an diesem körperlichen Gebrechen einen besonderen Anstoß zu nehmen.

„Dann wurde von mir ein Film gedreht, der zeigte, was ich mit meiner neu erworbenen Blasenstärke alles unternehmen kann." Geziert wie ein Filmstar strich Melitta Kemmler ein vorwitziges Ringellöckchen, das sich aus ihrem schütteren Haar in die Stirn gewagt hatte, zurück.

„Es wurde gedreht, wie ich mit meinem Enkel einen Spaziergang durch den Tiergarten machte und wir die Affen fütterten. Anschließend unternahm ich eine Gondelfahrt auf der Pegnitz. Und dann wurde für einen ganzen Tag das komplette Nordostbad gesperrt, und sie filmten mich beim Schwimmen."

„Und dann wurde der Film in Dr. Kühnemanns Gesundheitssendung gezeigt", unternahm Ingrid Sennefeld den Versuch, die Berichterstattung zu beschleunigen.

„Ja", bestätigte Melitta ungehalten, „aber zuvor gab es noch ein ausführliches Interview mit Dr. Antje-Katrin Kühnemann. Eine bildschöne Frau übrigens und so sympathisch und einfühlsam."

„Jetzt kannst du den Rest auch noch erzählen, nachdem du uns solange aufgehalten hast", platzte Bertine Herbst dazwischen, und ihre Augen glitzerten boshaft. Sie ließ sich von Melitta, die verzweifelt versuchte, sie am Sprechen zu hindern, nicht zurückhalten.

„Es ist nämlich so", erklärte sie der Hauptkommissarin, „dass bei der Operation einiges schief ging, besser gesagt, zu sehr verkürzt und verengt wurde. Jedenfalls bekam Melittas Freund Heinrich, zu dem Melitta ein durchaus körperliches Verhältnis unterhielt, echte, also ..."

„Einführprobleme", klärte Charlotte kurz und bündig die Anwesenden auf.

„Na ja", gestand Melitta ein und lief blutrot an, so dass die Rougeflecken nahezu unsichtbar wurden, „die Ärzte sagten mir, dass sie über das Verhältnis mit Heinrich hätten Bescheid wissen müssen, dann hätten sie es bei der Operation berücksichtigt. Was geschieht nun mit Connys Wohnung?", kam sie übergangslos auf ihr Anliegen zurück, um das Operationsthema ein für alle mal vom Tisch zu bringen.

„Also, ich könnte von heute auf morgen einziehen. Wissen Sie", wandte sie sich an die Hauptkommissarin, „ich wohne im Wohnstift ›Herbstlaub‹, und zwar in Block A, obwohl ich Beamtin war. Somit würde ich doch in den Block B gehören."

Johanna war ratlos und konnte mit dieser Information nichts anfangen.

Doch Ilse von Bernheim half ihr auf die Sprünge. „Sie ist der Überzeugung, dass im Block A lauter ehemalige Arbeiterinnen und Arbeiter wohnen, weil er mit A angeht. Da sehen Sie mal, wie versnobt sie ist. So etwas passt nun wirklich nicht zu uns."

Ob es wohl auch einen Block C gab, sinnierte die Hauptkommissarin, und es fiel ihr beim besten Willen keine Berufsgruppe ein, die dort wohnen könnte, höchstens Chemiker oder Computerspezialisten. Auf alle Fälle nahm sie es sich ernsthaft vor, in Zukunft jedem Mordfall aus dem Weg zu gehen, in den auf irgendeine Weise Senioren und vor allem Seniorinnen verwickelt waren. Inzwischen wusste sie nicht einmal mehr, warum sie eigentlich hier war, und konnte das Bedürfnis zur Flucht kaum noch unterdrücken. Mit einer fadenscheinigen Ausrede erhob sie sich und bahnte sich den Weg zur Tür, die in diesem Moment aufgestoßen wurde.

In einem Rollstuhl rollte eine Greisin herein.

Vom Schoß abwärts war sie in eine Lamadecke gehüllt und hielt mit der Rechten einen Stock mit silberner Krücke umklammert. Indem sie ein paar Mal mit dem Spazierstock laut auf den Boden klopfte, verschaffte sie sich Aufmerksamkeit.

„Warum sagt mir niemand, dass wir Besuch haben?", erklang die quengelnd dünne Stimme der Hochbetagten. Mit den spärlichen Haaren auf dem Kopf und der Nase, die wegen des fehlenden Fleisches scharf aus dem Gesicht hervorsprang, glich sie einem Vogel, und zwar einem Raubvogel. „Nun, was ist los?" Wieder stieß sie mit dem Stock herrisch auf.

Johanna, die sich blitzschnell zusammengereimt hatte, dass es sich um die Generalin handeln musste, trat auf sie zu und nahm die kalte, fleischlose Greisinnenhand grüßend in die ihre. „Ich bin kein Besuch", erklärte sie, „ich bin von der Mordkommission und untersuche den Mord an Ihrer WG-Gefährtin Constanze Zech."

Die Generalin musterte sie eingehend von oben bis unten. Dabei hielt sie ihre Hand fest umklammert, und die Polizistin staunte über die Kraft, die offensichtlich noch in der alten Frau steckte. Ein scharfer Blick aus stahlblauen, von unzähligen Runzeln umgebenen Augen traf sie.

„Dann klären Sie das mal schnell auf, damit wir hier wieder Ordnung hereinkriegen", beschied ihr die Generalin und zog die Hand zurück. „Wenn Melitta hier ist, gibt es Mohnkuchen, nicht wahr?", fragte sie dann in die Runde.

Die anderen WG-Bewohnerinnen schienen gehörigen Respekt vor der Greisin zu haben. Alle sprangen von ihren Plätzen auf und bemühten sich um sie. Man schob sie zum Tisch, und der Mohnkuchen wurde gebracht.

„Sie setzen sich ebenfalls und essen ein Stück Kuchen", wandte sich der alte Raubvogel mit der befehlsgewohnten Stimme eines Vier-Sterne-Generals zu der Hauptkommissarin um. „Danach bringen Sie mich in meine Wohnung, ich muss mit Ihnen reden. Und du kommst auch mit!" Bei dem letzten Satz langte sie nach ihrem Stock und zielte mit der silbernen Krücke voran über den Tisch hinweg auf Marlene.

Marlenes Miene blieb unergründlich, als sie wortlos nickte. Dann zwinkerte sie der Polizeibeamtin verschwörerisch zu und bedeutete ihr, sich zu setzen.

Johanna nahm seufzend wieder Platz und ließ sich den delikaten Mohnkuchen schmecken. Die Opiumanreicherung interessierte sie umso weniger, als sie sah, wie beherzt selbst Charlotte Benz zugriff.

„Was ist nun, Marie-Luise", unternahm Melitta Kemmler, die Gunst des Mohnkuchens nutzend, einen erneuten Vorstoß bezüglich ihres Anliegens. „Kann ich in Connys Wohnung einziehen?"

„Welchen Vorteil hätte unsere WG davon?"

„Außer Drogen verseuchtem Mohnkuchen", schränkte Charlotte Benz sofort boshaft ein.

„Nun, als ehemalige Finanzbeamtin könnte ich die Steuererklärungen übernehmen", schlug Melitta hoffnungsvoll vor.

„Na, ich weiß nicht recht, ob das so gut ist", meldete Ilse von Bernheim ihre Zweifel an. „Bei dir bin ich mir nicht sicher, auf welche Seite du dich schlägst. Am Ende müssen wir vielleicht mehr zahlen als vorher."

„Wir werden darüber beraten", entschied Marie-Luise von Winneberg und klopfte mit dem Krückstock energisch auf den Boden. „Ich ziehe mich jetzt zurück, und ihr zwei begleitet mich."

Marlene und die Hauptkommissarin erhoben sich folgsam und verabschiedeten sich von den Damen.

„Bis morgen also, Frau Hauptkommissarin", rief Bertine Herbst aufgekratzt hinterher. „Mein cremeweißes Ensemble mit Hut habe ich für das Verhör schon bereitgelegt. Nur über die Handtasche und die Schuhe bin ich mir noch nicht im Klaren."

Johanna brach der Schweiß aus bei der Vorstellung, die komplette Frauen-WG morgen im Präsidium versammelt zu sehen, die bereits die gesamte KTU durcheinander gewirbelt hatte.

„Ein unvorhergesehenes Ereignis hat Ihr Erscheinen zunächst unnötig gemacht, meine Damen", erklärte sie deshalb und weidete sich an der Enttäuschung, die sich auf den Gesichtern abzuzeichnen begann. „Ich gebe Ihnen Bescheid, wenn wir Ihre Aussagen benötigen."

„Jetzt kommen Sie doch", nörgelte die Generalin und rollte zur Tür.

Johanna und Marlene folgten ihr unverzüglich zum Fahrstuhl.

Zwanzigstes Kapitel

Lautlos glitt der Lift nach oben, und die Tür öffnete sich im obersten Stockwerk. Marlene ließ sich von der Generalin den Schlüssel geben und öffnete die Wohnungstür.

Brütende Hitze, zarter Lavendelduft und der modrige Geruch eines alten Menschenkörpers schlugen ihnen beim Eintreten entgegen. Marlene Gruber schob Frau von Winneberg in das Wohnzimmer, und Johanna unterdrückte im letzten Augenblick das Bedürfnis, sofort alle Fenster sperrangelweit aufzureißen, als ihr Blick auf die Lamadecke über den Knien der Greisin fiel und sie an deren kalte Hand dachte. Alte Menschen sind eben schlecht durchblutet und frieren leicht, ging es ihr durch den Kopf, während sie durch die große Glasscheibe auf die Dachterrasse mit den Gartenmöbeln und Pflanzkübeln starrte.

Im Hintergrund erhob sich zum Greifen nah die trutzige Burg mit dem mächtigen Sinnwellturm, und aus dem Meer der ziegelroten Hausdächer ragten die gotischen Türme von Sankt Lorenz und Sankt Sebald zum Himmel. Wieder wurde ihr bewusst, wie eindrucksvoll Nürnberg von der strengen Gotik seiner Kirchen beherrscht wird. Auch die Sankt-Jakobs-Kirche gegenüber dem Präsidium ist gotisch und die Kirche ›Zu Unserer Lieben Frau‹ am Hauptmarkt ebenso. Fast hätte sie die frühgotische Sankt-Klara-Kirche mit dem gewaltigen Tonnengewölbe in der Königstraße vergessen, die sich zwischen die hohen Gebäude duckt und meist übersehen wird. Ebenso unbeachtet schmiegt sich schräg gegenüber die gotische Sankt-Martha-Kirche zwischen die Häuser. Dabei zählen ihre wundervollen Glasgemäldefenster zu den ältesten in Nürnberg und gelten sogar als einmaliges Meisterwerk mittelalterlicher Glasmalerei. Die Sankt-Egidien-Kirche mit ihren Barocktürmen tanzt dagegen eindeutig aus der Reihe der Gotik, und natürlich Sankt Elisabeth, die Mauer an Mauer mit dem Polizeipräsidium steht. Täglich kam sie an ihr vorbei und bestaunte das klassizistische Gotteshaus mit dem mächtigen Kuppelbau, das sie ein wenig an das römische Pantheon erinnerte.

„Setzen Sie sich doch endlich!"

Johanna schrak hoch und wandte sich um. Marie-Luise von Winneberg saß nun in einem der drei zierlichen Biedermeiersessel und hatte ihre fleischlose Hand auf den Griff der daneben stehenden Gehhilfe gelegt. Der Rollstuhl war verschwunden.

Marlene Gruber hatte sich auf die Biedermeiercouch zurückgezogen und betrachtete interessiert den silbernen Tafelaufsatz auf dem Tisch mit der üppig geschmückten Figurengruppe.

Johanna leistete dem Befehl der Generalin unverzüglich Folge, rückte einen der Sessel näher an den runden Tisch mit den feuervergoldeten Verzierungen und nahm darin Platz. Diskret huschten dabei ihre Augen über die geschwungene Barockkommode im Hintergrund und den dazugehörigen Aufsatzsekretär. Im Germanischen Nationalmuseum hatte sie ähnliche Stücke gesehen und war überzeugt, dass diese Möbel hier einen beträchtlichen Wert darstellten.

„Wollen Sie einen Schluck trinken?" Die nahezu wimpernlosen stahlblauen Augen mit den geröteten Lidern waren auf die Hauptkommissarin gerichtet.

„Gerne. Ein Glas Mineralwasser, bitte."

„Kümmere dich darum", wandte sich die Generalin an Marlene, „und mir bringst du das Übliche um diese Stunde."

Marlene nickte. Sie schien über das Übliche Bescheid zu wissen und verließ das Wohnzimmer.

„Ich muss mit Ihnen reden, und zwar über Geld, das fehlt." Die wimpernlosen Vogelaugen hefteten sich auf Johanna.

„Das fällt aber nicht in meinen Zuständigkeitsbereich, Frau von Winneberg, wie Sie wissen, gehöre ich zur Mordkommission. Ich kann Ihnen aber die Nummer des Einbruchs…"

„Nichts da", wurde sie barsch unterbrochen, „hören Sie erst einmal zu, dann werden Sie es selbst sehen, dass das durchaus in Ihr Aufgabengebiet fällt."

„Na gut", lenkte Johanna friedfertig ein und lehnte sich in dem für ihren Geschmack wenig bequemen Sessel zurück, „ich höre."

„Conny hatte Bankvollmacht zu meinen Konten bei der VR-Bank Johannisstraße, wo sie selbst auch ein Konto unterhielt."

„Das weiß ich bereits." Johanna bemühte sich, nicht ungeduldig zu wirken. „Aber warum ausgerechnet diese Bank? Ist es für Menschen in Ihrem Alter nicht besonders wichtig, ein Geldinstitut in unmittelbarer Nähe zu haben?"

„Für mich ist die hundertprozentige Sicherheit meiner Geldanlagen wichtig, die mir von einer Bank garantiert wird. Die Entfernung zur Bank ist erst die zweite Frage."

Trotz des hohen Alters hatte die Frau ihre fünf Sinne noch gut beieinander, fand Johanna und fragte: „Haben noch weitere Personen zu Ihren Konten Zugang?"

„Ja, Frau von Bernheim und Frau Sennefeld. Frau Herbst und Frau Benz haben eine Vollmacht abgelehnt."

„Warum das denn, ich dachte Sie seien eine *Eine-für-alle-WG?*"

„Bertine Herbst, weil sie in Gelddingen zu schusselig ist und ihr eigenes Konto kaum überblickt. Charlotte Benz hatte mir rundheraus erklärt, dass ihr bei so viel Geld übel würde. Wie dem auch sei, meistens hatte Conny meine finanziellen Dinge geregelt und deshalb am Donnerstag ..."

Sie unterbrach sich, als Marlene ein schwer beladenes Silbertablett hereinschleppte und es ächzend neben dem Tafelaufsatz auf den Tisch wuchtete.

Johanna, die bei dem Üblichen zu dieser Stunde an ein herzstärkendes Mittel wie Melissengeist gedacht hatte, wurde um eine Illusion ärmer. Neben ihrem Mineralwasser, den Gläsern und einer Karaffe mit Eiswasser stand eine Flasche mit grünem Inhalt: Absinth!

„Willst du ihn als *Death In The Afternoon*, dann hole ich noch Champagner, oder nimmst du ihn mit Eiswasser?", erkundigte sich Marlene bei der Generalin mit der Routine eines gut sortierten Barkeepers und servierte der Polizeibeamtin das Mineralwasser.

„Mit Eiswasser. Seit Connys Tod habe ich mit dem *Tod am Nachmittag* meine Schwierigkeiten. Irgendwie schmeckt er mir nicht mehr. - Aber wieder zurück zum Donnerstag. Conny brachte mir von der Bank meine Kontoauszüge und wir überprüften gemeinsam die Geldumschichtungen."

„Moment", unterbrach die Hauptkommissarin und riss ihre Augen von Marlene los, die gerade in zwei Gläser einen kräftigen Schuss der grünen Flüssigkeit schüttete, einen Teelöffel mit Zucker in den Absinth tauchte und dann der Generalin den Löffel mit dem grün gefärbten Zucker in die Hand drückte. Nun stellte sie eines der mit Absinth gefüllten Gläser in Frau von Winnebergs Reichweite und zündete den Alkohol getränkten Zucker auf dem Löffel an.

„Moment", wiederholte Johanna und beobachtete dabei die blauen Flammen, die den Zucker auf dem Löffel umzüngelten. „Nach dem Bankbesuch kehrte Frau Professor Zech noch einmal hierher zurück?"

„Das sagte ich doch gerade eben", schnarrte Frau von Winneberg ungehalten. Sie sah zu, wie die Flammen erloschen, und tauchte den Löffel mit dem karamellisierten Zucker in das Glas. Dann langte sie nach der Karaffe mit Eiswasser, füllte ihr Glas auf und rührte mit dem Löffel um. „Zünden Sie mal Marlenes Zucker an!"

Johanna tat, wie ihr geheißen, und fragte dabei: „Wie lange blieb Frau Zech bei Ihnen?"

„Nicht lange, vielleicht eine halbe Stunde", mutmaßte die Generalin, und das Licht des Kristalllüsters spiegelte sich auf der bleichen Kopfhaut zwischen den spärlichen Haaren, als sie sich vorbeugte und an ihrem Glas schnupperte. „Riecht sündhaft gut", stellte sie mit einem breiten Lächeln fest. „Conny hatte nicht viel Zeit, da sie noch packen musste. Ich denke, es war ungefähr viertel nach sechs, als sie in ihre eigene Wohnung ging."

„Langsam klärt sich ein Teil der fehlenden Zeit zwischen siebzehn Uhr dreißig und zwanzig Uhr", murmelte Johanna und sah zu, wie auch auf Marlenes Zuckerlöffel die Flämmchen erloschen. „Aber warum in aller Welt war sie abends um acht in den Hesperidengärten?"

„Das möchte ich aber auch allzu gern wissen", warf Marlene ein, die Johannas halblaute Sätze verstanden hatte, und goss Eiswasser in ihr Glas.

„Auf Conny!" Die Generalin hob das Glas zum Toast. „Möge es dir, wo du jetzt bist, gut ergehen!"

Marlene tat es ihr nach, und beide nippten von der grünen Flüssigkeit.

„Köstlich, die ›Grüne Fee‹", stellte die Generalin fest und leckte über ihre schmalen Lippen. „Obwohl diese legalisierte Absinthversion einiges von der berauschenden und süchtig machenden Wirkung des Thujon eingebüßt hat, schmeckt man den Wermut, den Anis und die Kräuter noch gut durch. Natürlich reicht er nicht an den Absinth aus meiner Jugend heran", kicherte sie und nahm einen weiteren Schluck.

„Damals trieb ich mich sehr zum Ärgernis meiner Eltern mit Intellektuellen und Künstlern herum, und in diesen Kreisen trank man vorzugsweise Absinth. 1923 wurde er leider verboten", bedauerte sie, um dann mit einem verschmitzten Lächeln fortzufahren: „Glücklicherweise hatten viele unserer Freunde rechtzeitig im Geheimen ein umfangreiches Lager angelegt, so dass wir noch einige Zeit danach unserem Laster frönen konnten. Ich war übrigens eine der ersten unter meinen Freundinnen, die sich damals einen Bubikopf schneiden ließ, und Friedrich von Winneberg, mein späterer Ehemann, fand ihn hinreißend. Gott, waren wir eine ausgelassene Gesellschaft. Ich könnte Ihnen Geschichten erzählen, Frau Hauptkommissarin, aber jugendfrei sind die allesamt nicht", gluckste sie und griff wieder zum Glas.

Johanna verbarg ihr geringes Interesse an nicht jugendfreien Geschichten von Hochbetagten hinter einem freundlichen Lächeln und fragte stattdessen: „Frau von Winneberg, haben Sie eine Erklärung dafür, warum Frau Professor Zech sich gegen zwanzig Uhr in den Hesperidengärten aufhielt?"

Soviel zu der von meiner Generation gepachteten Moral und Wohlanständigkeit, dachte indessen Marlene mit einem mokanten Lächeln und hing ebenso gespannt wie die Hauptkommissarin an den Lippen der Generalin. Connys Erscheinen in den Gärten beschäftigte sie schon seit dem Mordtag.

„Natürlich habe ich dafür eine Erklärung, junge Frau. Ich hatte für die ›Altstadtfreunde‹, die in der Weißgerbergasse gerade eines der wundervollen alten Fachwerkhäuser restaurieren, einen Scheck über zehntausend Euro ausgestellt und vergessen, ihn Conny mitzugeben. Als sie zurückkam, nahm sie ihn an sich und versicherte mir, ihn vor ihrer Abreise noch zur Bank zu bringen. Conny war in solchen Dingen immer zuverlässig, und deshalb kann ich es mir vorstellen, dass sie nach dem Kofferpacken noch einmal zur Bank fuhr und den Scheck dort in den Briefkasten warf. Das lässt sich doch leicht nachprüfen."

„Sicherlich", bestätigte Johanna und freute sich, bei der Aufklärung der fehlenden Zeit vor der Ermordung der Professorin ein weiteres Stück vorangekommen zu sein. „Aber nun zu der Reise von Constanze Zech. Warum wollte sie schon am Freitag nach Linz fahren, obwohl sie ihren Vortrag erst am Montag halten sollte?"

Die alte Dame starrte auf die grüne Flüssigkeit in ihrem Glas. „Nun, das Ganze ist für mich nicht gerade schmeichelhaft, aber ich denke, dass es Ihnen bei der Aufklärung des Mordes an Constanze weiterhelfen könnte."

Am liebsten wollte Johanna die Greisin sofort mit einem knappen ›Reden Sie schon‹ bedrängen, doch sie hielt sich zurück und ließ ihr Zeit, sich zu sammeln und die rechten Worte zu finden.

„Als Conny bei uns einzog, unterhielten wir uns einige Male darüber, wie man einen Teil des Geldes vor der hohen Kapitalertragssteuer in Sicherheit bringen könnte. Da sie öfter in Österreich zu tun hatte, kamen wir überein, dass sie das Geld, das ich mir hin und wieder beim Verkauf von einigen Antiquitäten und Bildern in bar auszahlen ließ, nach Österreich schaffte."

„Und das hätte am vergangenen Freitag wieder einmal stattfinden sollen", vermutete die Hauptkommissarin. „Um welchen Betrag handelte es sich denn?"

„Hunderttausend Euro von Conny und fünfundzwanzigtausend von mir."

„Und das alles in bar?", vergewisserte sich die Hauptkommissarin ungläubig. Das Ganze fiel zwar in den Bereich der Steuerfahndung, aber die stattliche Höhe des hinterzogenen Betrags könnte durchaus auch ein Mordmotiv sein. „Woher hatte denn die Professorin die hunderttausend Euro?"

„Sie verkaufte die Villa in Ebensee und der Käufer, der einen Teil seines in Liechtenstein angelegten Geldes nach Deutschland zurückbringen wollte, hatte einen genialen Plan. Sie einigten sich offiziell auf einen niedrigeren Preis, und der Unterschied zum tatsächlichen Wert wurde in bar ausgezahlt.

„Also hunderttausend Euro an der Steuer vorbei?" Fassungslos starrte Johanna ihr Gegenüber an. „Was hatte sie mit dem Geld eigentlich vor?"

„Irgendwann nach meinem Tod hätte sie eine eigene WG gründen wollen, in der sie wie bei den Beginen die *Grande Dame* oder *Groote Juffrouw* sein würde. Das war nämlich ihr Herzenswunsch, und dafür hortete sie auch das Schwarzgeld."

„Hätte sie das in dieser WG nicht werden können?"

„Nein." Marie-Luise schüttelte energisch den fleischlosen Kopf. „Von den jetzigen Mitgliedern würde sie niemals den nötigen Rückhalt dazu bekommen haben. Außerdem schwebten ihr wesentlich intellektuellere Genossinnen vor, die sie aus ihrem akademischen Zirkel rekrutiert hätte."

„Aha." Die Hauptkommissarin griff zu ihrem Wasserglas und leerte es auf einen Zug. „Wer in diesem Haus wusste von diesen finanziellen Transaktionen?"

„Alle. Wir sind, wie Sie wissen, eine *Eine-für-alle-und-alle-für-eine-*WG. Da gibt es keine Geheimnisse."

Johanna erblasste. Das würde bedeuten, dass sie sich mit ihren Ermittlungen möglicherweise wieder am Anfang befanden und verstärkt in dieser schrecklichen WG herumstochern mussten.

„Fühlen Sie sich nicht wohl, Frau Uhl?", drang Marlene Grubers einschmeichelnde Altstimme an ihr Ohr. „Wissen Sie was, Sie nehmen jetzt auch einen Absinth zu sich, und es wird Ihnen gleich besser gehen."

Ohne eine Antwort abzuwarten, schüttete sie die grüne Flüssigkeit in Johannas leer getrunkenes Wasserglas, tauchte einen Löffel voll Zucker hinein und drückte ihr den Löffel in die Hand. Sie entzündete den Alkohol, und Johanna starrte in die blauen Flammen. Als die Flammen erloschen, verrührte sie den Zucker mit der Flüssigkeit im Glas, wie sie es zuvor bei den anderen beobachtet hatte, und Marlene goss Eiswasser darüber. „Weiß dieser Heiner Kränzlein auch von diesen finanziellen Unternehmungen?", fragte sie und hob das Glas.

„Nein, sicher nicht." Frau von Winneberg schüttelte nachdrücklich den Raubvogelkopf. „Weder Kränzlein noch die Zugehfrau und meine Pflegerin sind davon unterrichtet. Warum auch? Domestiken muss man sich vom Leibe halten, das hatte mir meine Mutter schon vor Jahrzehnten eingebläut."

„Ich sage dir aber auch schon seit Jahren, dass ich diesem Kränzlein nicht über den Weg trauen würde", wandte Marlene ein. „Meine Mutter hatte mir nämlich bereits vor Jahrzehnten eingebläut, misstrauisch zu sein, wenn bei einem Mann die Haare auf den Händen eine andere Farbe haben als auf dem Kopf."

„Auf dem Kopf trägt er mausbraun. Glaubst du wirklich, dass jemand sich das freiwillig färbt? Und was wächst ihm eigentlich an den Händen?"

„Rot, tizianrot, würde ich dazu sagen."

„Meine Damen", schaltete sich nun die Hauptkommissarin ein, „wer wird denn solche Haarspaltereien betreiben, wenn heutzutage auf zahlreichen Politikerköpfen andere Haarfarben sprießen, als sie an den Händen haben."

„Stimmt auch wieder", brummte Marlene. „Die von der Opposition haben sich einheitlich für die Farbe von mittelbrauner Schuhwichse entschieden. Offenbar bekommen sie Mengenrabatt. Und die von der Regierungspartei ..."

„Jetzt trinken Sie schon, Frau Uhl", unterbrach die Generalin ungeduldig, und Marlenes tief schürfende Betrachtungen über die Farbwahl der Regierungspartei blieben unvollendet.

Johanna hob das Glas zum Toast. „Wir kriegen den Kerl, der Ihre Gefährtin auf dem Gewissen hat. Darauf können Sie Gift nehmen", fügte sie hinzu und nahm ein vorsichtiges Schlückchen von der Grünen Fee. „Donnerwetter", keuchte sie und stellte das Glas entsetzt auf den Tisch zurück. „Das schlägt ja wie der Blitz ein. Allein vom Geruch fällt man schon in ein Delirium tremens und beginnt zu halluzinieren."

„Na so was", murmelte Marie-Luise von Winneberg konsterniert, „ich dachte, die legalisierte Absinthversion enthielte weniger von dem berauschenden Thujon."

„Deine Latte der Strafvergehen erhöht sich aber bedenklich", merkte Marlene Gruber in Richtung der Generalin kritisch an. „Neben notorischer Steuerhinterziehung bist du nun auch noch im Begriff, ein Mitglied der Staatsgewalt zur Strecke zu bringen. Das wird böse Folgen haben. Ich denke, Frau Hauptkommissarin, wir gehen lieber, bevor es zum Schlimmsten kommt."

„Schade, dass Sie den Absinth an mich vergeudet haben, Frau von Winneberg", entschuldigte sich Johanna und drückte zum Abschied die kalte Knochenhand der Greisin. „Ach übrigens", fiel ihr plötzlich ein, „wo wurde das Schwarzgeld eigentlich aufbewahrt? Doch nicht etwa hier im Haus?"

„Nein, nein", lachte die Alte meckernd. „Wir deponierten es wie immer in einem Bankschließfach der Hauptgeschäftsstelle. Conny fuhr dort mit dem Rad vorbei, bevor sie die Bankauszüge holte. Nachdem sie es mir gezeigt hatte, wird sie es wohl in ihren Koffer gepackt haben."

„Auch das wussten die anderen Damen im Hause?"

„Nun, ich denke schon. Da wir es immer so machten."

„Gut, für heute wäre es das. - Kommen Sie allein zurecht?", fragte Johanna bereits im Gehen.

„Aber natürlich. Machen Sie sich um mich keine Sorgen, meine Pflegerin wird jeden Augenblick hier sein und mir ins Bett helfen. Dabei wird sie auch gleich Ihren Absinth übernehmen, auf den ist sie nämlich regelrecht versessen."

Das Wort ›Pflegerin‹ ließ die Hauptkommissarin noch einmal herumfahren. „Wie oft kommt diese Pflegerin und wann genau?"

„Morgens gegen zehn Uhr, ich bin nämlich eine Langschläferin", bekannte Marie-Luise von Winneberg zerknirscht, „und abends ebenfalls gegen zehn Uhr. Während des Tages brauche ich sie nicht, da mir meine Gefährtinnen behilflich sind."

„Und die Zugehfrau?"

„Die kommt fast täglich und nimmt sich eine der Wohnungen vor. Gegen Mittag ist sie fertig, isst eine Kleinigkeit mit uns und geht dann. Sie arbeitet schon seit Jahren bei uns und hat unser aller Vertrauen."

„Mit dem Wort Vertrauen wäre ich an Ihrer Stelle aber ein wenig vorsichtiger. Gerade Senioren werden häufig Opfer von Straftaten. Lesen Sie denn keine Zeitung?"

„Natürlich haben Sie grundsätzlich Recht", lenkte Frau von Winneberg ein. „Aber bei unserer Möhrlein Gunda ist Ihr Misstrauen nicht gerechtfertigt. Die schaut nämlich mit einem Spiegel sogar unter dem Rand des Toilettensitzes nach, ob dort alles sauber ist, und kämmt die Teppichfransen so ordentlich übers Parkett, da liegt keine einzige Franse schief. So ein gewissenhafter Mensch, Frau Hauptkommissarin, stielt nicht."

„Na, gut. Und dieser Kränzlein hat Ihr Vertrauen wohl auch", stellte die Polizistin beiläufig fest. „Wo war er denn, als Frau Professor Zech das Geld ins Haus brachte?"

„Vielleicht im Garten. So viel ich weiß, hatte er den Zaun im Rückteil des Gartens fertig zu streichen. Sie mögen ihn wohl nicht, hm?", mutmaßte sie, als sie Johannas undurchdringliche Miene gewahr wurde. „Ich würde aber für ihn meine Hand ins Feuer legen. Er war schon bei mir angestellt, als mein Mann noch lebte. Lassen Sie sich nicht durch Marlenes Argwohn beeinflussen. - Connys jungen Freund, diesen Dr. Unger, können Sie übrigens auch von Ihrer Liste streichen, falls er draufsteht, Frau Hauptkommissarin", fügte sie nach einer kurzen Pause hinzu. „Ich kenne diese Jüngelchen, hatte nämlich selbst einmal so eine Liaison, bis mir das alles zu anstrengend wurde."

„Ach, Sie auch?" Johanna fielen vor Erstaunen fast die Augen aus dem Kopf.

„Natürlich", bekannte die Generalin mit einem anzüglichen Lächeln. „Wissen Sie, in meinen Künstlerkreisen leisten sich immer wieder einmal alte Frauen junge Männer. Selbstverständlich leistete ich ihn mir erst nach Friedrichs Tod."

„Selbstverständlich", wiederholte die Hauptkommissarin matt. „Wie viele Jahre jünger war er denn?"

„Über dreißig Jahre." Die Greisin gluckste vor Lachen und griff nach Johannas Glas mit der ›Grünen Fee‹. „Ich war siebzig und er neunundreißig. Alle Verwandten und Bekannten ächteten mich dafür. Selbst meine Bridgedamen luden mich wegen dieser skandalösen Beziehung nicht mehr ein."

Sie nippte genüsslich vom Glas, und ihre stahlblauen Augen funkelten. „Und wie sie sich alle die Mäuler über uns zerrissen haben. Mir wurde sexuelle Abhängigkeit unterstellt, und ihm, dass er nur hinter meinem Geld her war. Dafür fühlte ich mich lebendig wie nie in meinem Leben zuvor. Er gab mir das Gefühl, noch begehrenswert zu sein, und ich hielt ihn dafür aus. Wir genossen das Leben in vollen Zügen, und wenn er geblieben wäre, hätte er mich sogar beerbt."

„Warum blieb er denn nicht?" Johanna versuchte erst gar nicht, ihre Neugierde zu verbergen.

„Er hielt letztendlich den Druck seiner Familie und seiner Freunde nicht mehr aus. Dabei wurde natürlich mir als Frau der Skandal angelastet. Ich war die verruchte Frau, die ihn verführte. Er wurde dabei als Opfer gesehen, vielleicht auch als Schwächling. Ein alter Freund, der sich gern als Hobbypsychologe betätigte, riet mir jedenfalls dringend, dieses unwürdige Verhältnis zu beenden, da ich mich damit in eine nicht wieder gutzumachende Schuld verstricken würde. Ich würde nämlich den armen Jungen durch meine Übermutterung entmannen und gar zu meinem Wiegenkind machen."

„Du hättest ihn übermuttert und entmannt?", hakte Marlene interessiert nach.

„Von wegen", lachte Frau von Winneberg ihr schnarrendes Lachen. „Nicht einen Augenblick hätte ich daran gedacht, ihn zu bemuttern oder gar zu übermuttern. Und es war sein eigener ausdrücklicher Wunsch, mit mir intim zu werden. Dabei war ich nie so tollkühn gewesen, meine eigenen körperlichen Reize zu überschätzen. Er fand meinen Körper aber so spannend wie ein unbekanntes Land und liebte mich aufrichtig."

„Trotzdem beugte er sich dem gesellschaftlichen Druck und trennte sich von Ihnen", warf Johanna ein und ihre Gedanken wanderten dabei zu Dr. Unger.

„Wir beugten uns beide, Frau Hauptkommissarin." Marie-Luise von Winnebergs Augen umflorten sich dunkel von verhaltener Melancholie. „Letztendlich, denke ich, war es auch richtig. Unsere Beziehung hätte bei diesem Druck der anderen nie eine Zukunft gehabt. Ganz anders ist es dagegen, wenn ein alter Mann sich eine wesentlich jüngere Frau nimmt", fügte sie hinzu und ihre Augen begannen, kämpferisch zu funkeln. „Während alte Frau und Sex gemeinhin als eine Provokation gilt, ruft alter Mann und Sex sogar Bewunderung hervor."

„Für Sie war das Ende dieser Beziehung wohl ein schwerer Schlag?", vermutete Johanna.

„Anfangs schon", nickte Frau von Winneberg, „ich litt wie ein Tier. Danach schloss ich das Kapitel Liebe endgültig ab und machte mich auf die Suche nach geeigneten WG-Mitgliedern."

Johanna blickte nachdenklich auf die in ihrem Stuhl zusammengekauerte alte Frau hinunter, die mit wehmütiger Miene ihren Erinnerungen nachzuhängen schien. „Warum sind Sie eigentlich so überzeugt, dass Dr. Unger mit dem Tod der Professorin nichts zu tun hat?" Trotz des fehlenden Geldes hatte sie immer noch ein persönliches Tätermotiv im Auge.

„Warum hätte er sie denn töten sollen?", gab die Greisin die Frage zunächst zurück, und die Wehmut in ihren Augen wich einem messerscharfen Blick. „Der Trieb im Menschen, auch der Tötungstrieb, erwacht, wenn er etwas haben will. Meist handelt es sich doch dabei um Sex, Geld und Macht. Gerade Sie als Polizistin müssten das genau wissen."

Johanna nickte nachdenklich, und Frau von Winneberg hob einen ihrer arthritisch verkrümmten Finger. „Sex können Sie schon einmal streichen. Conny war eine sehr attraktive Frau und den Genüssen des Lebens durchaus zugetan. Geld?" Mühsam streckte sie den zweiten Finger und schüttelte nachdrücklich den Kopf. „Nein, das kann ich mir auch nicht vorstellen. Er verdient selbst ganz ordentlich, und Conny war immer großzügig. Und Macht? Macht kommt ganz und gar nicht in Frage", stellte sie entschieden fest, während sie versuchte, den dritten Finger zu heben. „Gerade Conny verhalf ihm zu seiner jetzigen Position, die nun durch ihren Tod durchaus gefährdet sein kann."

„Wie wäre es mit Liebe und Eifersucht?", gab nun Marlene zu bedenken. „Vielleicht war er eifersüchtig auf ihre anderen Liebhaber und fühlte sich von ihr betrogen?"

„An das hätte ich zuallerletzt gedacht, wenn ich überhaupt daran gedacht hätte", grübelte die Generalin und schüttelte nachdenklich den Vogelkopf. „Das kann ich beim besten Willen nicht glauben."

„Einiges spricht aber tatsächlich dafür", sinnierte Johanna. „Meiner Ansicht nach liebte er sie wirklich. Zudem hat er für ›Tontopf-Frauen‹ eine außerordentliche Vorliebe", stellte sie noch mit einem leisen Lächeln in den Raum und schilderte mit wenigen Sätzen Dr. Ungers kulinarischen Ausflug bezüglich Frauen.

„Na so was", murmelte die Greisin, und ein Anflug von Bedauern stahl sich in ihre Worte, „dann hätte ich es vielleicht doch nicht bei nur einem Verhältnis belassen sollen. Sollte er wirklich um Conny gekämpft haben, und aus rasender Eifersucht endete es schließlich in dieser Tragödie?"

„Warum eigentlich nicht?", überlegte Marlene und legte die Hand auf die Türklinke. „Auf mich machte er zwar keinen besonders kämpferischen Eindruck, als ich ihn vor ein paar Monaten bei einer Vortragsreihe des *NIBF* erlebte, aber ganz ohne Kampf kommt eben keiner durchs Leben. Höchstens ein Sozialfall", setzte sie im Hinausgehen hinzu, „und selbst der muss sich mit dem Sozialamt herumschlagen."

Einundzwanzigstes Kapitel

Die Hauptkommissarin und Marlene Gruber verließen die Penthousewohnung. Während der Aufzug sie nach unten brachte, schüttelte Johanna ein ums andere Mal den Kopf. „Ist das eine verrückte WG. Lassen sich diese Damen denn gar nichts einfallen, was auch für die Allgemeinheit von Nutzen wäre?"

„Nun, in erster Linie macht es ihnen einen riesigen Spaß, andere zu schockieren", lachte Marlene. „Und das gelingt ihnen immer. Man muss übrigens ziemlich abgebrüht sein, wenn man sich mit ihnen zusammen unter die Leute wagt. Bei ihren ehrenamtlichen Tätigkeiten lassen sie sich aber niemals was zuschulden kommen. Da sind alle äußerst korrekt."

„Ehrenamtliche Tätigkeiten?" Johanna glaubte, sich verhört zu haben. Nie und nimmer hätte sie diese Frauen mit einem Ehrenamt in Zusammenhang gebracht.

„Jede von ihnen geht einem Ehrenamt nach, das war eine Grundbedingung, um überhaupt in die WG aufgenommen zu werden. Marie-Luise von Winneberg legt darauf größten Wert. Als sie selbst dazu noch in der Lage war, tourte sie zur Unterhaltung der Alten in den städtischen Altenheimen herum und sang herrlich unanständige Couplets von Friedrich Holländer. Ingrid Sennefeld begleitete sie am Klavier, und die zwei brachten jedes Mal den Saal zum Kochen."

„Und was machen die anderen?"

„Charlotte Benz pflegt zweimal in der Woche kostenlos die Füße von Alten, die sich eine Fußpflege nicht leisten können. Bertine Herbst leitet in einer Grundschule die Theater-AG, und Ilse von Bernheim hat sich auf die Begleitung gebrechlicher Menschen zu Behörden spezialisiert. Bei allen Ämtern ist sie übrigens wegen ihrer Hartnäckigkeit gefürchtet wie die Pest. Seit Marie-Luise keine Couplets mehr singen kann, gibt Ingrid Sennefeld, die selbst hervorragend Russisch spricht, Deutschunterricht für junge Aussiedler aus der ehemaligen Sowjetunion. Verraten Sie bloß nicht, dass ich Ihnen das erzählt habe", flehte Marlene, als sie die schmiedeeiserne Pforte zur Bleichstraße aufstieß, „sie möchten nämlich ihr Image als ›Femmes fatales‹ um jeden Preis aufrechterhalten."

„Mach ich", versicherte Johanna und merkte sich im Geiste vor, sowohl die Pflegerin als auch die Putzfrau und vor allen Dingen diesen Kränzlein eingehend unter die Lupe zu nehmen.

Nebeneinander und jede in ihre Gedanken versunken, gingen sie den düsteren Rosenaupark entlang. „Wussten Sie eigentlich", unterbrach Marlene das Schweigen, „dass der Rosenaupark erst 1893 eine Grünanlage wurde? Zuvor war er nämlich ein Weiher mit einer Insel darin und hieß Bleichersweiher. Die Anwohner wuschen dort ihre Wäsche und legten sie zum Trocknen und Bleichen in die Sonne."

„Davon kommt wohl auch der Name Bleichstraße", vermutete Johanna und starrte im Vorbeigehen mit neu erwachtem Interesse in die Düsternis der Grünanlage. Schemenhaft nahm sie die dunklen Umrisse einiger Bäume wahr. Den Minnesängerbrunnen, der tief im Park lag, konnte sie zwar nicht erkennen, aber ihre Gedanken wanderten unwillkürlich zu dem Mord an der Professorin, bei dessen Aufklärung sie immer noch keinen Schritt weitergekommen waren.

Sie schreckte hoch, als die hell erleuchteten Fenster des ›Balazzo Brozzi‹ vor ihnen auftauchten. Einige der Tische neben der Straße waren noch besetzt, und der alte Kriminalrat blickte erfreut von seiner Weinschorle auf, als sie an seinen Tisch traten. Zuvorkommend rückte er ihnen die Stühle zurecht. „Hier außen ist Selbstbedienung. Was darf ich den Damen bringen?"

„Lassen Sie mich das bitte machen." Und zu Marlene gewandt fragte Johanna: „Für Sie auch Mineralwasser?"

„O ja, bitte. Damit die Grüne Fee im Magen ein wenig verdünnt wird."

Johanna betrat den ersten Raum des Gasthauses, der fast unmerklich in einen zweiten überging und an einer langen Theke endete. Es gab einige kleine Tische für zwei oder vier Gäste, und an den großen hatten gut und gern zehn Personen Platz. Die altertümlichen Uromasofas hinter den großen Tischen versahen die Räume mit reizvollen Farbtupfern. Eines in einem herrlichen Königsblau war in eine dunkelbraune hölzerne Rückwand mit ovalem Spiegel eingebaut und machte dem ›protzigen Palast‹ alle Ehre. Die Verballhornung zu ›Balazzo Brozzi‹ mutete geradezu wie eine Liebeserklärung an das fränkische Unvermögen an, p und b zu unterscheiden. Während sie an der Theke auf das Mineralwasser wartete, warf sie einen Blick in den idyllischen Innenhof mit den Windlichtern auf den Tischen und den gelben Sonnensegeln darüber. Aus der Küche waberten würzige Kräuter- und Knoblauchschwaden.

Als sie zum Tisch zurückkehrte, beschrieb Marlene dem alten Fürst gerade das Rezept vom *Death In The Afternoon*, und der alte Herr fand es haarsträubend, zumal er nicht so recht an eine legalisierte Absinthversion glauben mochte.

„Ich hoffe doch, meine Liebe", hörte Johanna ihn sagen, „dass Sie nicht tagtäglich Umgang mit diesen WG-Damen pflegen. Zumindest Ihrer Leber wäre das äußerst abträglich."

Johanna nahm Platz und beseitigte sofort mit einem großen Schluck Mineralwasser die letzten Reste der Grünen Fee in ihrem Mund. Dann gab sie einen kurzen Überblick über das Gespräch mit der Generalin.

„Die hundertfünfundzwanzigtausend Euro sind aus dem Koffer verschwunden, sagten Sie? O je", kratzte sich der alte Fürst am Kopf, „das bedeutet, dass das Geld das Mordmotiv sein könnte."

Johanna nickte trübselig. „Wenn es in diesem Fall so weitergeht, haben wir so viele Verdächtige, dass wir allein mit den Spurenblättern einen dicken Ordner füllen können."

„Warten Sie mal", unterbrach der alte Fürst, „die ganze Zeit wollte ich Ihnen schon etwas sagen, aber durch Lenis schrecklichen *Death In The Afternoon* kam ich vollkommen aus dem Konzept."

Er nennt sie doch Leni, registrierte Johanna befriedigt. Sie hatte sich also nicht verhört gehabt. Mit einem liebevollen Blick umfing sie Hegi und Leni, die nebeneinander saßen, und fand, dass sie ein nettes Paar abgaben. Bei Gelegenheit würde sie Marlene Gruber genauer auf den Zahn fühlen.

„Als ich die Damen abgeliefert hatte", griff der alte Fürst seine Berichterstattung auf, „vertrat ich mir kurz die Beine und inspizierte die neu restaurierten Hausfassaden in der Bleichstraße. Übrigens allesamt gut gemacht. Ich wollte schon wieder ins Auto steigen, als ein 5er-BMW vor dem WG-Haus hielt. Zur gleichen Zeit kam der Kränzlein aus dem Haus und stieg ins Auto."

„Er war eben verabredet", warf Johanna ein. „An einem Samstagabend ist das doch nicht ungewöhnlich."

„Das ist alles richtig, meine Liebe", stimmte der alte Kriminalrat zu, „aber mich interessiert der Typ am Steuer des BMWs. Ich habe ständig das Gefühl, ihn zu kennen und dass er ein alter Kunde von uns sein könnte. Seit Stunden zermartere ich mir schon den Kopf."

„Hoffentlich hat er Sie nicht gesehen", mischte sich nun Marlene aufgeregt ein, „dann wären Sie nämlich *verbrannt* und für weitere Observierungen nicht mehr zu gebrauchen."

„Leni, Sie sind eine unverbesserliche Heftchenromanschreiberin mit einer blühenden Fantasie", wies der alte Fürst Marlene milde zurecht und legte wie zufällig seine Hand auf die ihre, was sie sich anstandslos gefallen ließ, wie Johanna ein wenig neidvoll registrierte. Während sich ihre kleine Liaison mit Max, dem Gerichtsmediziner, mühevoll dahinschleppte, legten diese Alten ein Tempo vor, dass ihr Hören und Sehen verging.

„Wir sind doch nicht beim Geheimdienst", beendete der alte Fürst inzwischen seinen Satz. „Er konnte mich auch gar nicht sehen, weil ich mich in eine Garageneinfahrt verdrückt hatte."

„Gut so", nickte Marlene zufrieden. „Jetzt müssen Sie sich nur noch von diesem auffälligen Cabrio trennen, damit wir ihm weiter auf den Fersen bleiben können."

„Niemals", erboste sich der Kriminalrat. „Außerdem bleiben wir niemandem auf den Fersen, dafür haben wir die Polizei, die ohne uns gut zurechtkommt. Es wäre übrigens empfehlenswert", wandte er sich an Johanna, „nachschauen zu lassen, ob der Kerl bereits straffällig geworden ist. Ansonsten bin ich im Ruhestand. Und Sie auch, meine Liebe", setzte er unmissverständlich für Marlene hinzu. „Wir sind nicht unersetzlich. Die Jungen können es ebenso gut."

Johanna erinnerte sich bei dem Satz mit den Jungen sorgenvoll an ihre Zwillinge und wollte ein Taxi rufen.

„Nichts da", beschieden ihr Hegi und Leni wie aus einem Mund. „Wir brechen gemeinsam auf."

Als Johanna später in ihrem eigenen Auto saß und nach Hause fuhr, lachte sie belustigt in sich hinein. Der alte Fürst hatte zunächst sie zum Präsidium gebracht und war danach mit Marlene weitergefahren. Der kürzere Weg wäre aber umgekehrt gewesen.

„Es ist fast elf Uhr, Mama", empfing Beate ihre Mutter mit gerunzelter Stirn, als sie die Haustür aufsperrte. „Sabine ist schon seit zwei Stunden hier."

„Ach Schätzchen", tätschelte Johanna ihrer Tochter die Wange, „die Verbrecher halten sich einfach nicht an die mit der Gewerkschaft ausgehandelten Arbeitszeiten."

Sie entledigte sich mit einem Seufzer der Erleichterung ihrer Schuhe, wusch sich die Hände und trat ins Wohnzimmer. Am Esstisch neben dem Durchgang zur Küche saßen Birgit und die junge Kommissarin und aßen.

„Wir haben Ratatouille gemacht, weil es die Auberginen im Sonderangebot gab", informierte Beate ihre Mutter. „Als du nicht kamst, haben wir mit dem Essen angefangen."

„Und es schmeckt köstlich." Sabine häufte sich einen Nachschlag auf den Teller. „Wenn wir diesen Professorenfall abgeschlossen haben, müsst ihr mir zeigen, wie das geht."

„Klar doch, ganz einfach", legte Birgit sofort los, „dazu brauchst du ..."

„Wenn der Professorenfall abgeschlossen ist, sagte Sabine", unterbrach ihre Mutter sie abrupt und war drauf und dran, ihren Töchtern mitzuteilen, dass dieser französische Gemüseeintopf ins Deutsche übersetzt ›Fraß‹ heißt. Doch sie verbiss es sich, da es ihr reichlich herzlos vorkam, ihren Töchtern zu bescheinigen, sie hätten Fraß zubereitet.

Aus der Küche holte sie Eiswasser und gesellte sich mit an den Tisch. „Wie war es denn so?", fragte sie in die Runde.

„Ach, wie immer", nuschelte Beate, während sie sich den Mund mit der Serviette abwischte, „nachdem wir mit unserer Arbeit fertig waren, kamen Liberty und der Professor zur Theaterprobe. Liberty brachte ein paar irrsinnig gute CDs für die Rolltreppenszene mit. - Was wollte eigentlich Frau Oberndorfer gestern von dir?"

Ihre Mutter erzählte die Sache mit den Aufsatzheften, und die Zwillinge starrten sie ungläubig an.

Beate hatte sich als Erste wieder gefasst. „Warum sollten wir uns unter dem Tisch Zettelchen zuschieben, wenn wir sowieso wissen, was jede von uns schreibt?", lachte sie dann.

Birgit stimmte in ihr Lachen ein. „Es gäbe höchstens einen Sinn, wenn ich in das Heft vom Professor einen Blick riskieren würde."

„Stichwort Professor", schaltete sich nun wieder Beate ein. „Unser schlauer Professor wusste übrigens gleich, was präpotent bedeutet. Das hieße überheblich oder unverschämt und wäre eine eindeutige Beleidigung."

„Und deshalb sind wir jetzt auch beleidigt und genehmigen uns eine Runde Fernsehen", hieb Birgit in die gleiche Kerbe. „Als echte Sühneleistung haben wir uns zudem neue Jeans vorgestellt."

Ihre Mutter wollte sich keineswegs um die Sühne drücken, aber ihr schwebten statt der Jeans eher die bezaubernden *Brot-und-Tulpen-Kleider* der hübschen Studierenden an der erziehungswissenschaftlichen Fakultät vor.

Sofort zogen die Zwillinge einen unwilligen Flunsch und protestierten lautstark. „Kommt gar nicht in Frage. Bei diesen Dingern rutschen dauernd die Träger. Außerdem würden uns die Jungs in der Klasse ständig in den Ausschnitt linsen und über die Körbchengrößen Wetten abschließen."

„Dann also wieder Jeans", gab sich ihre Mutter geschlagen. „Aber wie wäre es mit neuen T-Shirts? Ihr könnt doch nicht ewig in diesen fürchterlichen Widerstandsfummeln herumlaufen. Rosa würde euch auf alle Fälle gut stehen", setzte sie hinzu und hatte dabei das Pfefferminzbruchrosa von Frau Professor Becker im Auge.

„Schweinchenrosa?!" Birgit war bestürzt. „Mama, das kann doch wohl nicht dein Ernst sein. Die ganze Klasse würde *Oink, oink* grunzen, wenn wir damit aufkreuzen. Und die Widerstands-T-Shirts werden so lange getragen, bis *alle* Lehrer die Aufschrift kapiert haben."

„Das haben sie sicher längst."

„Und warum sagen sie dann nichts?", wollte Birgit aufgebracht wissen.

„Weil sie viel zu klug sind. Sie übergehen eben euren textilen Widerstand mit Schweigen und lassen damit eure Provokation ins Leere laufen."

Entgeistert starrten sich die Zwillinge an, und Beate fauchte: „Das wäre allerdings eine zum Himmel stinkende Gemeinheit!"

„Los", befahl Birgit, „wir gehen nach oben und überlegen uns, wie wir den Lehrern doch noch ein Wörtchen entlocken können."

Sabine unterrichtete Johanna über die Befragung des Henning Halbmeier und hörte sich danach voll Spannung an, was sich in der Frauen-WG ereignet hatte.

„Damit rücken diese Frau Sennefeld und der Heiner Kränzlein direkt ins Fadenkreuz", kommentierte sie das Gehörte und verengte ihre Augen zu nachdenklichen Schlitzen. „Die anderen Frauen können mit dem Geld eigentlich nichts zu tun haben, da sie zur fraglichen Zeit immer zusammen waren. - Was aber wäre, wenn sie sich gegenseitig ein Alibi geben ...", fuhr sie dann grübelnd fort und kratzte den letzten Rest ihres Ratatouille vom Teller.

„Du meinst, dass eine der alten Damen sich aus dem Computerkurs schlich und das Geld klaute, als die Professorin noch einmal zur Bank geradelt war, und anschließend wieder seelenruhig in den Kursraum zurückkehrte?", vergewisserte sich Johanna mit sanfter Ironie. „Danach brachte Ingrid Sennefeld im Vorbeigehen, als sie ihren Schirm holte, die Professorin um, damit diese nicht hinter den Diebstahl kam."

„Das hat es alles schon gegeben", rief Sabine ihr hinterher, als sie die leeren Teller in die Küche trug und sich ein weiteres Glas Wasser holte. „Und diese Alten sind ganz schön schräge Vögel, denen ich allerhand zutraue."

„Mit den schrägen Vögeln hast du sicher Recht", rief ihr Johanna aus der Küche zu, „und als vorbildliche Bürgerinnen kann man sie schon auf Grund der Steuerhinterziehung weiß Gott nicht bezeichnen. Ich kann es mir aber beim besten Willen nicht vorstellen, dass sie sich gegenseitig bestehlen und umbringen."

Herzhaft gähnend tauchte sie wieder aus der Küche auf, trank ihr Glas aus und schlug vor, für heute den Tag zu beenden. „Morgen um acht Uhr ist Dienstbesprechung", erinnerte sie ihre junge Kollegin.

Zweiundzwanzigstes Kapitel

In der Nacht war endlich das ersehnte Gewitter niedergegangen und hatte die Luft angenehm abgekühlt.

Die Polizistinnen räumten gerade das Frühstücksgeschirr in die Spülmaschine, als Birgit mit zerzausten Haaren und in ihrem verwaschenen Nachthemd mit dem Pandabären auf der Brust in der Küche erschien und nörgelte: „Warum habt ihr uns nicht zum Frühstücken geweckt?"

„Dienstbesprechung, mein Schätzchen. Wir müssen gleich ins Präsidium." Johanna drückte ihre Tochter an sich und stellte dabei schuldbewusst fest, dass die Zwillinge dringend neue Nachthemden bräuchten.

„Aber heute ist doch Sonntag", maulte Birgit verdrießlich. „Wir hatten ausgemacht, gemeinsam zum Bardentreffen zu gehen."

„Das machen wir auch", versprach ihre Mutter. „Ihr geht schon voraus, und wenn wir fertig sind, kommen wir hinterher. Schaltet das Handy ein, damit wir euch erreichen können."

„Na gut." Barfüßig patschte Birgit wieder die Treppe hinauf. „Dann werde ich noch eine Runde schlafen."

Johanna und Sabine trafen als Erste im Präsidium ein und machten sich sofort daran, für die ganze Mannschaft Kaffee und Tee zu kochen. Als Sabine das Geschirr ins Besprechungszimmer brachte und Johanna ihre Unterlagen zurechtlegte, kamen Udo Wessels und Peter Starke gemeinsam herein.

Peter trug eine umfangreiche Platte mit Streuselkuchen wie eine Monstranz vor sich her.

„Einen schönen Gruß von meiner Frau", ließ er im schönsten Oberpfälzer Wohlklang wissen, „damit unsere grauen Zellen Nahrung bekommen und die Dienstbesprechung nicht ganz für den Abfall ist." Er stellte den Kuchen in die Mitte des Konferenztisches und ließ sich ächzend auf einem der Stühle nieder. „Hoffentlich schmeckt der Ärger, mit dem sie ihn gebacken hat, nicht allzu bitter heraus. Unser Ältester hat nämlich heute seinen sechzehnten Geburtstag und seine ganzen Kumpels dazu eingeladen. Da hätte sie mich gerne als Zuchtmeister dabeigehabt." Die ganze Hiobsbotschaft hatte er mit dem freundlichen Lächeln eines lieben Nachbarn überbracht und ließ nun die Daumen über seinem Schmerbauch kreisen.

„Deine Frau hat sich aber spürbar beruhigt", flocht Udo Wessels mit kraftloser Stimme dazwischen, während er seinen ausgemergelten Körper auf den Stuhl daneben schob, „als ich ihr versicherte, dich nach der Besprechung unverzüglich nach Hause zu bringen und dich bei der Züchtigung der Knaben tatkräftig zu unterstützen." Ausgehungert langte er nach einem Kuchenstück.

Klaus Wiesner rief bereits unter der Tür: „Sabine, hast du schon mitgeteilt, dass wir den Täter so gut wie sicher haben?"

Sabine wollte gerade antworten, als Markus Popp auftauchte und sich mit beiden Händen nervös durch sein gegeltes Haar fuhr. „Mann, o Mann", stöhnte er dabei, „das ist vielleicht eine Kratzbürste, die Freundin dieses Dr. Unger. Langsam beginne ich zu begreifen, warum ihm die angeschimmelte Professorin besser gefiel."

Wie ein ausgehungertes Raubtier fiel auch er über den Kuchen her und setzte kauend hinzu: „Ich werde den Verdacht nicht los, dass sie ihn in die Pfanne hauen will. Das Alibi, das sie dem Unger gibt, ist nämlich keinen Pfifferling wert."

Johanna blickte kurz von ihren Unterlagen auf. „Gedulde dich mit deiner Berichterstattung, bis alle da sind", bat sie ihn, „und der Kuchen ist von Frau Starke."

„Und ich dachte schon, er wäre von deinen Zwillingen, weil er so hervorragend ist. Von dir könnte er deshalb ja auf keinen Fall sein", grinste er sie unverschämt an.

„Warte nur, du Flegel, als Strafe werde ich dich allein in die Frauen-WG schicken", drohte sie ihm, und Markus erblasste merklich. „Nur das nicht", flüsterte er, „da knöpfe ich mir lieber noch einmal die Kratzbürste vor."

Gert Hüber und Bernd Wagner kamen nun hereingeschlendert, und Gert fragte bereits unter der Tür: „Hat das Minnelied euch schon zum Täter geführt?"

Sabine errötete verschämt, und Klaus begann sogleich „Sie hat ein schönes goldfarb Haar, zwei Äuglein lauter und klar" zu trällern. „Also dem Studenten traue ich alles zu, selbst das golden gefärbte Haar der angejahrten Professorin könnte ich mir bei ihm als Motiv vorstellen."

Johanna eröffnete gerade die Besprechung, als es an der Tür klopfte und Kriminalrat a. D. Hegelund Fürst eintrat. „Es stört Sie doch hoffentlich nicht, wenn ich an der Besprechung teilnehme?", fragte er artig.

„Keineswegs", lächelte Johanna. „Am besten wird es sein, wenn Sie uns Ihre Beobachtungen von gestern Abend gleich mitteilen. Dann kann Gert anschließend mit Ihnen die Dateien durchgehen. Vielleicht haben Sie Glück und finden darin den Mann, den Sie am Steuer des BMWs gesehen haben."

Der alte Fürst ließ sich nicht lange bitten und schilderte in kurzen Worten seine Beobachtungen. „Das Ganze erhält eine zusätzliche Brisanz durch die Vorfälle, die Frau Uhl gestern in dieser Seniorinnen-WG aufgedeckt hat", schloss er seine Berichterstattung. „Immerhin geht es um verschwundenes Schwarzgeld in der Höhe von hundertfünfundzwanzigtausend Euro."

Damit die Anwesenden den Sachverhalt richtig verstanden, gab Johanna einen Überblick über das Gespräch mit Frau Marie-Luise von Winneberg.

„Gut, das ist tatsächlich eine wichtige Spur", stellte Udo Wessels mit Grabesstimme fest und griff zu einem weiteren Kuchenstück. „Trotzdem dürfen wir die anderen Spuren nicht außer Acht lassen. Bei Franken-TV haben wir angerufen. Das mit der Däniken-Sendung stimmt jedenfalls."

„Aber wird die Sendung nach Frau Professor Zechs Tod überhaupt zustande kommen?", rätselte Johanna.

„Die Sendeleitung geht auf alle Fälle davon aus und hat sich deshalb bereits mit Dr. Unger in Verbindung gesetzt."

„Wann war das?" Johanna war wie elektrisiert.

„Es könnte gestern oder vorgestern gewesen sein, in der Sendeleitung war man sich dabei nicht absolut sicher."

„Da müssen wir unbedingt noch einmal nachhaken", insistierte Johanna. „Der genaue Zeitpunkt des Anrufs ist wirklich wichtig.

Wenn das Gespräch nämlich bereits vor meiner Befragung des Dr. Unger erfolgt war, dann hat er mich angelogen, und seine ganzen Aussagen wären damit mehr als fragwürdig."

„Das übernehmen Peter und ich", schlug Udo Wessels vor. „Wir haben übrigens herausgefunden, dass dieser Dr. Unger noch ein weiteres Motiv gehabt haben könnte, die Professorin ins Jenseits zu befördern. Gestern haben wir nämlich diese Claudia Burger ein wenig in die Zange genommen und Überraschendes zutage gefördert."

„Kurzum", mischte sich nun Peter ein, während er behäbig lächelnd seine Hände über dem hervorgewölbten Bauch zu einem spitzen Giebel faltete, „die junge Dame scheint der gleiche Satansbraten wie die tote Professorin zu sein und mit so vielen Haaren auf den Zähnen, wie ich sie nicht einmal am ganzen Körper habe. Aber am Ende hat sie so ordentlich ausgepackt, dass kein Auge trocken blieb."

Reingefallen ist sie auf euch, ihr Künstler der Verstellung. Johanna unterdrückte ein Lächeln und hörte weiter zu.

„Sie müsse einen großen Teil ihrer Dissertation überarbeiten, weil dieser Zech ihr Forschungsansatz nicht behagt habe, was immer das auch sein soll. Von dem her hätte sie selbst durchaus auch ein Motiv gehabt", stellte Peter Daumen drehend fest, „aber leider hat sie ein unwiderlegbares Alibi. Zur fraglichen Zeit hielt sie ein Seminar über … Moment bitte." Er konsultierte seine Aufzeichnungen. „Über Schleiermacher, wer immer das auch sein mag, und als Zeugen konnte sie vierundzwanzig Studenten anführen."

„Studierende", korrigierte Sabine mit einem maliziösen Lächeln, „wegen der sexistischen Diskriminierung."

Peter starrte sie verständnislos an, und sie erklärte ihm die sprachliche Finesse.

„Aha. Vierundzwanzig Studierende können also ihr Alibi bezeugen", wiederholte er dann gehorsam.

„Aber dieser Dr. Unger hat ein noch bemerkenswerteres Motiv", ließ sich nun Udo Wessels vernehmen, und sein Kopf sank ihm wie unter schwerster Depression auf die Brust. „Laut dieser Claudia Burger ist seine Habilitation nicht einmal mehr das Papier wert, auf dem sie steht." Mühevoll hob er den Kopf und schickte einen tieftraurigen Blick in die Runde. „Diese Zech soll nämlich am Freitag vor einer Woche auf einem Kongress der, der … Wartet mal, gleich hab ich es." Hastig blätterte er durch seine Unterlagen und fuhr mit dem Zeigefinger eine Seite entlang. „Da habe ich es: Deutsche Gesellschaft für Erziehungswissenschaft. Der Kongress fand vor einer Woche in Hamburg statt. Und auf diesem Kongress soll Frau Professor Zech wichtige Ergebnisse aus seiner Forschungsarbeit unter ihrem eigenen Namen vorgestellt haben."

Erschöpft lehnte er sich in seinem Stuhl zurück und schüttelte voll Melancholie den Kopf. „In meinen Augen wäre das Diebstahl von geistigem Eigentum. Die eigene Vorgesetzte, die selbst den Gipfel ihrer Karriereleiter erreicht hat, würde ihm damit Forschungsergebnisse entrissen haben, für die er viel Zeit, Mühe und, laut dieser Claudia Burger, Geld investiert hatte. Wenn er tatsächlich der Täter ist, hätte ich sogar Verständnis für ihn. Und die Ecuador-Geschichte könnte er somit auch ausschließlich auf seine Fahne schreiben."

„Aber warum sollte er damit bis Donnerstag gewartet haben?", wandte Johanna ein. „Außerdem finde ich keinen Zusammenhang zu dem verschwundenen Geld."

„Aus Zeitgründen war er nicht zu diesem Kongress gefahren, weil er an seiner Habilitation weiterzuarbeiten hatte. Claudia Burger, die jedoch teilgenommen hatte, traf ihn erst am vergangenen Mittwoch wieder im Institut und berichtete ihm von dem Kongress. Das hatte ihn nach ihren Worten ins Mark getroffen, zumal er der Zech das nie im Leben zugetraut hätte. Irgendwie entnahmen wir Frau Burgers Worten, dass die Professorin und Dr. Unger sich ziemlich nahe standen. Mehr als allgemein üblich, versteht ihr?" Fragend hob er seinen Blick.

Johanna verstand und nickte. „Sie hatten ein Verhältnis miteinander. Trotzdem kriege ich den geistigen Diebstahl und den Diebstahl des Geldes nicht auf eine Reihe."

„Vielleicht handelt es sich dabei um zwei Delikte, die nichts miteinander zu tun haben", gab Peter freundlich lächelnd zu bedenken.

„Jetzt bin aber ich mit Dr. Ungers Freundin an der Reihe", meldete sich Markus ungeduldig zu Wort und legte das angebissene Kuchenstück auf den Teller. „Eine tolle Frau ist das übrigens, genau meine Kragenweite." Zur Verdeutlichung seiner Kragenweite schrieb er mit beiden Händen zwei ausladende Kurven in die Luft, die Klaus ein bewunderndes „Oh, oh" entlockten und sogar den blutleeren Udo Wessels zu einem anerkennenden Pfeifen veranlassten.

„Diese Teresa Manteufel, sie bat mich übrigens, sie Tessa zu nennen", schob er mit einem so siegessicheren Blick in die Runde ein, als ob sie ihn nachdrücklich an ihre Bettkante gewinkt hätte, „wohnt gar nicht mit diesem Unger zusammen, obwohl sie sich als seine LAG bezeichnet hatte. Und ich dachte immer, Lebensabschnittsgefährten teilen auch Tisch und Bett miteinander."

„Die teilen eben alles nach Abschnitten", nuschelte Peter Starke mit vollem Mund. „Ich wäre dir übrigens dankbar, wenn du die ganze Geschichte zügiger berichten würdest. In meinem Garten tobt sich nämlich eine Horde Halbwüchsiger aus, und bevor die aus meinem Anwesen eine Ruine machen, möchte ich wieder zu Hause sein."

„Schon gut." Markus hob friedfertig beide Hände. „Diese Tessa Manteufel ist bei der N-ERGIE am Plärrer Sachbearbeiterin. Nach Dienstschluss ging sie um siebzehn Uhr in ihre Wohnung gleich neben dem ›Prismagebäude‹ und zog sich um. Gegen achtzehn Uhr dreißig machte sie sich auf den Weg zu Dr. Ungers Wohnung in der Imhoffstraße. Dafür braucht man gut fünf Minuten. Dr. Unger war in der Küche und bereitete ein Abendessen vor, da Gäste erwartet wurden. Sie tranken zuerst ein Glas Campari mit Orangensaft, dann verließ sie die Küche, weil er beim Kochen nicht gestört werden wollte. Während er den Kochlöffel schwang, besah sie sich in der Zwischenzeit in seinem Arbeitszimmer das Problem, das er mit seinem Computer hatte. Nach einundzwanzig Uhr kamen Ungers Gäste, und er bat alle zu Tisch."

„Damit hat er doch ein hieb- und stichfestes Alibi", ereiferte sich Sabine. „Warum sagtest du eingangs, es sei keinen Pfifferling wert?"

„Genauso dachte ich anfangs auch, als ich der schönen Tessa zuhörte. Aber jetzt kommt es. Als ich sie fragte, ob sie es bezeugen könne, dass Dr. Unger zwischen zwanzig und einundzwanzig Uhr die Wohnung nicht verlassen habe, da hatte sie knapp mit *Nein* geantwortet und mich dabei mit ihren grünen Augen unverwandt fixiert. Was sagt ihr nun?"

Im Besprechungszimmer erhob sich ein Tumult, als ob eine Bombe eingeschlagen hätte.

„Soviel zur Loyalität von Lebensabschnittsgefährtinnen, die obendrein auch noch bekocht werden", kommentierte Klaus süffisant, und Udo Wessels versank kopfschüttelnd in tiefe Depression. „Das sieht mir aber arg nach einem Rachefeldzug aus."

„Warum eigentlich nicht", stimmte Johanna nachdenklich zu. „Vielleicht will sie sich für sein Verhältnis mit der Zech rächen? Wie hat sie es denn begründet, dass sie seine Anwesenheit nicht bezeugen kann?"

„Sie sagte, sie hätte die Tür des Arbeitszimmers geschlossen, damit sie sich besser auf den Fehler im Computerprogramm konzentrieren konnte. Außerdem wäre sie so vertieft in die Arbeit gewesen, dass erst die Ankunft der Gäste sie daraus hoch geschreckt hätte."

„Ihr könnt sagen, was ihr wollt", ließ sich nun Peter vernehmen, „aber für mich klingt das durchaus plausibel. Mir geht es nämlich ähnlich, wenn ich an meinem PC herumdoktere."

„Damit sitzt der Dr. Unger aber gehörig in der Tinte", schlussfolgerte Johanna und klopfte sich nachdenklich mit dem Kugelschreiber an die Zähne. „Seit heute wissen wir, dass er ein sattes Motiv hat, und obendrein hat sich sein Alibi in Luft aufgelöst. Irgendjemand von uns muss ihn sich so schnell wie möglich vornehmen."

Sie musterte einen der Anwesenden nach dem anderen, und alle schlugen betreten die Augen nieder. „Sabine und ich machen das, bevor wir zum Bardentreffen gehen", beschloss sie, und die Augen der Übrigen hoben sich wieder erleichtert. „Schau einmal, ob du ihn ans Telefon bekommst." Sie reichte Sabine das Spurenblatt mit Dr. Ungers Angaben.

„Diesen Langzeitstudenten Henning Halbmeier würde ich aber trotzdem nicht außer Acht lassen", nörgelte Klaus Wiesner, der bereits befürchtete, seinen Lieblingsverdächtigen zu den Akten legen zu müssen.

Ausführlich gab er die Fakten wieder, die er gemeinsam mit Sabine in der Studenten-WG zusammengetragen hatte, wobei er mit dem Schwanzwedeln begann und mit dem gezeichneten Galgen, an dem die Professorin baumelte, endete. Dabei reichte er die infantile Zeichnung in die Runde.

Während die anderen das ›Kunstwerk‹ betrachteten und mit entsprechenden Kommentaren würdigten, ergänzte Johanna Klaus' Bericht um das Gespräch, das sie mit dem Studenten geführt hatte.

„Das ist wohl ein ausgemachter Schwachkopf, was?", ließ sich Peter leidenschaftslos vernehmen.

„Schlimmer noch", bekräftigte Klaus, „seine geballte Dummheit schlägt dir wie eine Faust in die Magengrube. Jedenfalls hat er ein nicht von der Hand zu weisendes Motiv und, wie es scheint, null Alibi. Aber das werde ich noch genau überprüfen."

In diesem Moment kehrten der alte Fürst und Gert Hüber zurück. Gleich nach ihnen schlüpfte Sabine durch die Tür.

„Und?" Johanna betrachtete alle drei gespannt.

Der alte Fürst schüttelte enttäuscht den Kopf. „In der Datei habe ich den Kerl leider nicht gefunden. Ich komme aber noch dahinter, woher ich ihn kenne."

„Dafür scheint der Schal des Opfers viel versprechend zu sein", informierte Gert die Gruppe. „An ihm wurden zwei verschiedene Spuren festgestellt. Eine stammt zweifelsfrei vom Opfer. Aber die andere, die aus Schweiß, Haut- und Blutzellen besteht, könnte durchaus zu unserem Täter gehören. Die Hautpartikel und Blutspuren, die wir unter den Fingernägeln des Opfers fanden, weisen jedenfalls die gleiche DNA-Struktur auf. Demnach muss das Opfer den Täter mit den Nägeln gekratzt haben. Zum Abgleich bräuchten wir nun von den Verdächtigen dringend Genmaterial."

„Gut, wir werden das bei der Staatsanwaltschaft und dem Ermittlungsrichter in die Wege leiten." Nachdenklich kaute Johanna auf ihrer Unterlippe. „Ihr könnt sagen, was ihr wollt", grübelte sie, „aber ich bin mehr und mehr davon überzeugt, dass der Mord und der Diebstahl irgendwie zusammengehören. Ich denke zudem, zur Tötung kam es eher spontan, da das Täterrisiko beträchtlich hoch war. Niemand mit ein wenig Verstand würde einen Mord am hellen Tag in einem gut besuchten Park planen, bei dem er damit rechnen *muss*, überrascht zu werden. Außerdem würde er nicht eine so breite Spur hinterlassen und sich wenigstens mit Handschuhen schützen. Entweder trug das Opfer das Geld noch bei sich oder der Täter hat es nach der Tat aus der Wohnung geholt."

„Da ist was dran", räumte Markus ein. „Eine spontane Tat, und zwar aus Wut oder Hass, würde ich durchaus auch diesem Horst-Rüdiger Zech zutrauen. Immerhin zieht er aus dem Tod der Professorin einen erheblichen Vorteil, und wir konnten bis jetzt keinen Zeugen auftreiben, der sein Alibi bestätigt. Ich denke, wir sollten ihn uns noch einmal vornehmen, was meint ihr?"

„Gut", entschied Johanna, „Peter und Udo sollen das nach dem Anruf beim Sender gleich erledigen. Und du", damit blickte sie Markus boshaft lächelnd an, „gehst in die Seniorinnen-WG und überprüfst die Aussagen von der Reinemachefrau und Frau von Winnebergs Pflegerin. Danach knöpfst du dir den Kränzlein und Frau Sennefeld noch einmal vor. Klaus klärt das Alibi des Studenten ab, und ihr", damit wandte sie sich an Peter und Udo, „rettet nach der Befragung des Horst-Rüdiger Zech Peters Haus vor dem Ruin. - Was ist nun mit diesem Dr. Unger?", fragte sie Sabine, während sie ihre Unterlagen zusammenpackte.

„Der ist zwar zu Hause, aber über die Ankündigung unseres Besuchs ganz und gar nicht erfreut."

„Nicht erfreut, sagtest du? Das freut mich aber", grinste Johanna, und ihre Augen glitzerten. „Ich wäre jetzt auch lieber mit den Zwillingen beim Bardentreffen, statt mich mit ihm über sein ödes Verhältnis mit der toten Professorin zu unterhalten. Bis morgen um acht Uhr", rief sie zum Abschied in die Runde.

„Und ich werde herausfinden, mit wem sich dieser Kränzlein traf", ergänzte der alte Fürst im Hinausgehen das Ermittlungsprogramm.

Dreiundzwanzigstes Kapitel

Johanna und Sabine beschlossen, lieber mit der U-Bahn zum Plärrer zu fahren, damit sie anschließend beim Bardentreffen ein Gläschen Wein trinken konnten.

Nach der kurzen Fahrt durch Nürnbergs Untergrund tauchten sie in das Vielvölkergemisch auf der Gostenhofer Hauptstraße ein. Vorsichtig umrundeten sie die Warenstände, die über den Gehsteig wucherten, und die Freiluft-Cafés, an deren Tischen überwiegend Männer saßen. Fremdländische Sprachfetzen drangen an ihre Ohren, und nicht nur die Hitze trug dazu bei, dass sie sich mehr und mehr wie im Orient vorkamen. Rechts blickten sie in die düsteren Räume des ›Marmara‹, und links gegenüber lockte das ›Istanbul‹ mit türkischen Köstlichkeiten. Dazwischen bewunderten sie die renovierten Fassaden der Gründerzeitgebäude.

„Hübsch, nicht wahr?" Eine samtig dunkle Frauenstimme ließ sie herumfahren. „Dabei hat Gostenhof als ehemalige Vorstadt von Nürnberg eine schreckliche Geschichte hinter sich."

Sie gewahrten hinter sich Marlene Gruber, die leger an der Wand neben einem breiten Durchgang lehnte und sie wohl schon seit geraumer Zeit beobachtet hatte.

„Was tun Sie denn hier, Frau Gruber?", wunderte sich Johanna.

„Ich observiere", tat Marlene geheimnisvoll. „Alte Schachteln sind nämlich weitaus unauffälliger als junge, hübsche Damen wie Sie. Sie haben wohl gar nicht bemerkt, wie Sie die Blicke sämtlicher Männer in dieser Straße auf sich ziehen. Von einigen Gesichtern konnte ich wie aus einem Buch ablesen, wonach dem Besitzer der Sinn gerade stand."

Mitleidig ließ sie ihre Augen über die Männer an den Bistrotischchen schweifen. „Wie sie da alle sitzen", sinnierte sie, „glauben die immer noch unverbrüchlich daran, dem stärkeren und edleren Geschlecht anzugehören. Dabei können sie einem langsam Leid tun. Gleich da vorne ist übrigens eine überaus gut besuchte Selbstverteidigungsschule für Frauen und Mädchen", setzte sie mit einem breiten Lächeln hinzu.

Die Polizistinnen schlossen sich dem breiten Lächeln an, und Johanna wollte wissen, wen sie observiere.

„Das verrate ich erst, wenn ich erfolgreich war. Aber was machen Sie hier?"

Johanna hielt sich ebenso bedeckt. „Nur eine Zeugenbefragung in der Imhoffstraße, keine große Sache."

„In der Imhoffstraße?" Marlene war begeistert. „Wie wäre es, wenn wir uns nachher in der ›Kartoffel‹ treffen? Die Straße ist kurz, und bis zu dem Lokal würden es für Sie nur ein paar Schritte sein. Vielleicht kann ich Ihnen dann auch von dem Ergebnis meiner Observierung berichten."

Johanna überlegte kurz. Warum eigentlich nicht? Ihren Zwillingen würde sie über das Handy Bescheid geben. „Einverstanden. Bis später also!"

„Nicht so hastig, Frau Hauptkommissarin", hielt Marlene sie zurück. „Weil Sie schon hier sind, möchte ich Ihnen gerne was zeigen. Kommen Sie doch!" Wie die Hexe im Märchen von ›Hänsel und Gretel‹ krümmte sie den Zeigefinger und lockte sie hinter sich her.

Gemeinsam mit Marlene Gruber durchschritten sie den Durchgang, in dem es verhängnisvoll nach menschlicher Notdurft roch, und fanden sich in einem großen, rechteckigen Garten wieder, den mehrstöckige Gebäude lückenlos umschlossen.

„Das ist der klägliche Überrest des ersten und prächtigsten Barockgartens, den Nürnberg jemals besaß", ließ Marlene die Beamtinnen wissen und breitete die Arme wie im Besitzerstolz aus. „1614 wurde er von dem Botaniker Johann Volkamer angelegt", fuhr sie fort, während sie einem der Längswege an der Ahornhecke entlang folgten, die die Terrassen der unteren Wohnungen vor zudringlichen Blicken schützte. „Sein Enkel Johann Christoph Volkamer war von Beruf eigentlich Kaufmann, aber auch er beschäftigte sich eingehend mit Botanik und Gartenkultur. Er erweiterte die Gärten und verfasste 1708 ein Buch mit dem Titel ›Nürnbergische Hesperides - oder gründliche Beschreibung der edlen Citronat, Citronen und Pomeranzen-Früchte‹. Damit hat er den Begriff des ›Hesperidengartens‹ geprägt und die Nürnberger Gartenkultur weithin bekannt gemacht."

Vom Längsweg bogen sie in einen der Querwege ein, und die Hauptkommissarin registrierte erfreut, dass diese Wege den ansonsten schmucklosen Garten ebenso untergliederten, wie es ihr bereits in den Hesperidengärten von Sankt Johannis aufgefallen war. Sogar die optischen Gestaltachsen, die den Blick ins Unendliche schweifen lassen sollen, konnte sie ansatzweise erkennen.

Im Schatten einer der Walnussbäume in den Rasengevierten saßen zwei kleine Mädchen und spielten mit ihren Barbiepuppen. Auf der bunt lackierten Holzburg daneben turnte eine Horde von Kindern herum, und zwei kleine Jungen buddelten wie besessen tiefe Löcher in das Sandbett um die Burg herum.

Marlene war ihren Blicken gefolgt. „Die Zeiten änderten sich eben", brachte sie wie zur Entschuldigung vor. „Im achtzehnten Jahrhundert wurde die Stadt erweitert, und die prächtigen Gärten mussten weichen. In Gostenhof musste übrigens immer wieder einmal etwas weichen", setzte sie hinzu, als sie abermals am übel riechenden Durchgang angelangt waren. „Wenn es im Mittelalter zum Krieg kam, wurde, wohl gemerkt von den Nürnbergern selbst, Gostenhof immer wieder einmal dem Erdboden gleichgemacht, damit man eine freie Schusslinie auf den Feind hatte."

Mit einem „Bis später in der Kartoffel, ich halte Ihnen einen Platz frei" entließ Marlene die Beamtinnen und wandte sich wieder ihrer Observierung zu.

„Bei diesem Fall machen mir die alten Frauen ganz schön zu schaffen", bekannte Sabine freimütig, als sie die Rothenburger Straße überquerten und in die Imhoffstraße einbogen. „Die haben eine Präsenz, dass mir regelrecht die Luft wegbleibt."

„Dabei bist du noch nicht einmal in das Innere dieser Seniorinnen-WG vorgedrungen", entgegnete Johanna ungerührt und tippte während des Gehens die Nummer ihrer Töchter ins Handy.

„Hallo, meine Miezekatzen, wo seid ihr und was macht ihr?", hörte Sabine sie fragen.

„Auch gut, bis später."

„Sie lagern zusammen mit Liberty und dem Professor auf dem Kopfsteinpflaster vor der Lorenzkirche und lauschen einem irren Sound, der so laut war, dass ich sie kaum verstehen konnte", informierte Johanna ihre Kollegin, „und dass wir mehr als überflüssig seien. Ist dir nun klar, warum ich das Ende der Pubertät wie Regen nach sieben Jahren Dürre herbeisehne?"

Sabine sah das nicht ganz so tragisch. Während sie den Klingelknopf an Dr. Ungers Wohnung betätigte, versuchte sie ihre Vorgesetzte mit „Sie nehmen immerhin keine Drogen und sind nicht zu Unzeiten schwanger" zu trösten.

Der Türöffner summte, und sie drückte die Tür auf. Auf der Treppe in das dritte Stockwerk seufzte Johanna: „Ich finde es nicht gerecht, dafür auch noch dankbar sein zu müssen. Außerdem kann das alles noch kommen."

Sabine wurde einer Antwort enthoben, da am nächsten Treppenabsatz eine Tür geöffnet wurde und Dr. Unger in legeren beigefarbenen Shorts mit einem olivgrünen langärmeligen T-Shirt darüber vor ihnen erschien. Er biss in einen Apfel und winkte sie wortlos in die Wohnung.

An der offen stehenden Küchentür machte die Hauptkommissarin Halt und warf einen neugierigen Blick hinein. Eingedenk seiner hervorragenden Kochkünste interessierte sie die technische Ausstattung besonders. Eher enttäuscht zog sie ihren Kopf wieder zurück, denn selbst sie hatte an Küchengeräten mehr aufzubieten als er, und blickte unvermutet in seine ironisch funkelnden Augen. Dr. Unger stand dicht hinter ihr und hatte ihren Blick richtig gedeutet.

„Sie wollen wohl wissen, wo ich den Steinbeißer zubereitet habe?", erkundigte er sich und biss abermals in den Apfel. „Dazu brauche ich keine High-Tech-Küche, nur einen Gasherd, bei dem die Temperatur auf den Punkt stimmt."

Johanna fühlte sich ertappt und ließ sich sofort das Arbeitszimmer zeigen.

Er führte die Beamtinnen bis zum Ende eines schmalen Flurs, dessen weiße Wände über und über mit Bildern von exotischen Menschen, Tieren und Landschaften bestückt waren. „Hier ist es!"

Die Hauptkommissarin warf einen Blick auf die von Büchern und Ordnern überquellenden Metallregale an den Wänden und den eingeschalteten Computer auf dem Schreibtisch. Dann wandte sie sich wieder zum Flur um und schätzte nachdenklich die Entfernung zwischen Arbeitszimmer und Küche ab. Er hätte tatsächlich die Küche, die keine zwei Schritte von der Wohnungstür entfernt war, unbemerkt verlassen können, wenn die Tür zum Arbeitszimmer geschlossen war.

„Kommen Sie doch zum Balkon", hörte sie ihn hinter sich sagen. „Bei diesem herrlichen Sonnenschein ist es im Freien allemal angenehmer als hier drinnen."

Sie ließen sich von ihm durch ein spärlich möbliertes Wohnzimmer führen, in dem die blaue Recamiere mit dem würfelförmigen Tischchen aus hellem Kiefernholz davor Mühe hatte, sich gegen den mächtigen Esstisch mit den zwölf Stühlen zu behaupten. Auf alle Fälle ist er ein gastfreundlicher Mensch und vielleicht doch nicht so geizig, wie Inga Witte glaubte, ging es Johanna durch den Kopf, während sie auf den kleinen Balkon traten, der wie ein Bienenkorb an der Hauswand klebte. Dr. Unger hatte fürsorglich eine Markise ausgerollt, und auf dem runden Tisch standen Gläser und ein Aschenbecher, der aus lauter gewölbten Münzen zusammengefügt war.

„Das sind die letzten peruanischen Soles", erklärte er und griff nach einer Platte mit liebevoll dekorierten Kanapees auf dem Teewagen daneben. „Die Peruaner stellten ihre Währung auf Pesos um, und ihre schönen Soles haben nun nur noch den Wert der Asche, die ich darauf abstreife."

Die Beamtinnen nahmen auf den Kunststoffstühlen Platz und beobachteten, wie er kleine Teller und Servietten verteilte. „Andere mögen um diese Zeit Kaffee und Kuchen, ich bevorzuge aber Eistee und salzige Kleinigkeiten. Greifen Sie zu, ich habe die Schnittchen selbst gemacht. Wenn mir Ihr Kommen früher angekündigt worden wäre, hätte ich Champagnerparfait zubereitet", merkte er in Johannas Richtung mit einem ironischen Lächeln an.

Johanna ließ sich Eistee servieren und nahm eines der Kanapees, das sie durch seinen roten Lachsbelag anlockte. „Die Aussage Ihrer Freundin Teresa Manteufel bringt Sie in ernste Schwierigkeiten, Herr Dr. Unger", eröffnete sie schonungslos das Gespräch, nachdem sie das köstliche Kanapee verzehrt hatte. „Ihren Worten nach kann sie es nicht bezeugen, dass Sie am Donnerstag die Wohnung zwischen zwanzig und einundzwanzig Uhr nicht verlassen haben."

„Ich weiß, was sie gesagt hat. Sie hat mich deshalb gestern Abend noch angerufen, als Ihr Kollege gegangen war."

„Und nun?" Johanna musterte ihn gespannt.

„Und nichts. Ich war in der Küche, wie ich es Ihnen bereits erklärt habe. Ich bin zwar ein guter Koch, aber zaubern kann ich nicht. Auch ich brauche für die Gerichte eine bestimmte Zeit." Ratlos schüttelte er den Kopf. „Ich weiß nicht, was auf einmal in Tessa gefahren ist."

„Vielleicht ist sie dahinter gekommen, dass Ihnen das Verhältnis zu Frau Professor Zech doch wichtiger war, als Sie ihr das glauben machen wollten."

„So wird es wohl sein." Mutlos trat er an die Brüstung des Drahtgitterbalkons und schob seine Hände in die Taschen der Shorts.

„In einem Liebesfilm wäre er die Idealbesetzung für den tragischen Helden, der auf Grund widriger Umstände auf die Liebe seines Lebens verzichten muss", hauchte Sabine in ihr Ohr. „Aber ich trau ihm keinen Meter über den Weg, dazu ist er viel zu schön."

„Schönheit ist wahrhaftig kein Grund, jemanden zu verdächtigen", wisperte Johanna zurück und wandte sich mit einem liebenswürdigen Lächeln an Dr. Ungers Rücken. „Was ist nun dran an der Geschichte, dass Frau Professor Zech einen Teil Ihrer Forschungsergebnisse auf ihre eigene Fahne geschrieben hat?"

Entsetzt fuhr er herum und würgte tonlos heraus: „Woher haben Sie das?"

„Frau Claudia Burger war so freundlich, uns darüber zu informieren." *Corvorum cibaria,* das Rabenaas, ging es Johanna dabei durch den Kopf.

„Sollte sie das wirklich getan haben, was ich übrigens bezweifle", wiegelte er nun mit einem schiefen Lächeln ab, als er sich wieder im Griff hatte, „dann ist es unbeabsichtigt passiert. Conny hätte mir niemals Forschungsergebnisse gestohlen, das können Sie mir glauben. Dazu war sie viel zu korrekt. Ich denke, das ist nur wieder eine von Claudia Burgers Intrigen."

„Welchen Anlass hätte Frau Burger dafür?"

„Nun, sie war auf das gute Verhältnis, das ich zu Conny hatte, eifersüchtig und versuchte ständig, einen Keil zwischen uns zu treiben."

Mit einer heftigen Bewegung drehte er sich zu ihnen um. „Sie war hinter mir her und konnte es nicht vertragen, dass ich ihre Gefühle nicht erwiderte. So, jetzt wissen Sie es haargenau."

Johanna musterte unschlüssig den Mann, der barfüßig und mit vor der Brust verschränkten Armen am Balkongitter lehnte. Stimmte denn seine Geschichte? Er wirkte eingefallen und machte einen unglücklichen Eindruck. Unter dem Tod der Professorin schien er ernstlich zu leiden. Oder litt er an dem Verrat, den sie an ihm begangen hatte? Oder litt er unter der Schuld, die er auf sich geladen hatte, als er sie umbrachte?

In ihrem Kopf schwirrte es, und sie trat neben ihn an die Balkonbrüstung. „Wann wurden Sie eigentlich von Franken-TV über das Zustandekommen des Interviews informiert?"

„Ach, auch das wissen Sie bereits?" Nachdenklich fuhr er sich durchs Haar. „Ich glaube, es war gestern Vormittag, als der Sendeleiter mich anrief. Aber eigentlich bin ich überhaupt nicht mehr an der Sendung interessiert. Ohne Conny hat das alles für mich keinen Sinn mehr."

Sollte sie ihm das wirklich glauben? Vielleicht war er auch ein hervorragender Schauspieler. Voll Zweifel beobachtete sie ihn von der Seite.

„Ist der Sankt-Rochus-Friedhof mit seinen herrlichen Sarkophagengräbern nicht ein Kleinod?", flüsterte er neben ihr und richtete seinen Blick auf das harmonische Gräberfeld unter ihnen, aus dem sich die gotische Sankt-Rochus-Kapelle wie ein Denkmal erhob. „Er ist zwar kleiner als der in Sankt Johannis, aber ebenso schön. Seit Conny tot ist, stehe ich oft hier und denke nach. Ich habe sie mit allen Fasern geliebt", stammelte er kaum vernehmbar und fuhr sich mit dem Handrücken über die Nase. „Niemals hätte sie mir das mit den Forschungsergebnissen angetan. Claudia muss das falsch verstanden haben oder hat es einfach erfunden."

„Kennen Sie eigentlich die Inschrift am Rande des Minnesängerbrunnens?", erkundigte sich Sabine Reil unvermutet.

„Sie meinen den Brunnen, in dessen Nähe Constanzes Leiche gefunden wurde?", vergewisserte sich Dr. Unger überrascht.

Sabine nickte.

Er nickte ebenfalls und blickte versonnen über den Friedhof. Dann begann er mit verhaltener Stimme zu deklamieren:

„Sie ist so gar on arglist,
An zuht und eren ir nit gebrist,
Sie ist auch aller tugend voll,
Was sie hat geziembt ir wol."

Ein schmerzvoller Ausdruck stahl sich in sein Gesicht, und er umklammerte mit beiden Händen die Balkonbrüstung.

„Sie ist so tugendlich und fein
Und leucht recht als der sonnenschein,
Sie gleicht auch wol dem hellen tag,
kein mensch ir lob schön preisen mag."

„Aber ich vermag es", flüsterte er, „sie fehlt mir so sehr." Mit hängenden Schultern und trostlosen Augen drehte er sich zu den Polizistinnen um. „Aber das können Sie sicher nicht verstehen."

„Vielleicht doch", erwiderte die Hauptkommissarin und überlegte sich ein paar tröstende Worte. Dann beließ sie es aber dabei. Womit hätte sie ihn auch trösten können?

„Krempeln Sie doch bitte einmal die Ärmel Ihres T-Shirts hoch", befahl sie stattdessen.

Überrascht starrte er sie an. „Was soll das nun wieder?"

Doch sie beharrte mit unbewegtem Gesicht darauf.

Seufzend schob er die Ärmel bis zu den Ellbogen nach oben und legte einen langen blutunterlaufenen Kratzer am rechten Unterarm frei.

„Woher haben Sie das, etwa von Frau Zech?"

„Natürlich nicht! Ich habe mich an einer dieser scharfkantigen Metallstreben meines Bücherregals gerissen, als ich von ganz oben einen Ordner holte und aus Versehen den daneben stehenden mit herauszog. Ich habe schnell hingegriffen und ihn aufgefangen, und dabei passierte dieser Kratzer. Sie glauben doch wohl nicht im Ernst, ich hätte Constanze umgebracht?"

„Das ist keine Glaubensfrage, Herr Dr. Unger. Wir brauchen nun doch eine DNA-Analyse und ein protokolliertes Verhör. Machen Sie sich bitte zur Vernehmung in unserer Dienststelle fertig." Mit kurzen Worten begründete sie den Tatverdacht und wies darauf hin, dass er auf Grund von Teresa Manteufels Aussage kein nachweisbares Alibi habe.

Während Sabine telefonisch einen Streifenwagen anforderte, klärte sie ihn über seine Rechte auf.

„Schon gut", meinte er resigniert, „nach Connys Tod kann ich die Habilitation sowieso in den Wind schreiben. Sehen Sie", fuhr er in Anbetracht der misslichen Situation, in der er sich befand, erstaunlich ungerührt fort und drehte sich wieder zum Friedhof um, „wenn Sie durch den Haupteingang den Friedhof betreten, liegt gleich rechts das Grab von Peter Vischer dem Jüngeren. Man kann es gar nicht verfehlen, weil einem sein Wappen mit den zwei auf einer Lanze aufgespießten Fischen sofort ins Auge springt. Er war ein begnadeter Künstler. Am besten gefällt mir von seinen

Werken das Sebaldusgrab, das er Anfang des 16. Jahrhunderts geschaffen hat. Es steht in der Sebalduskirche. Kennen Sie es?"

Die Hauptkommissarin nickte und nahm sich vor, wieder einmal einen Blick auf diese Meisterleistung deutscher Gießkunst zu werfen.

„Ich war übrigens am Peter-Vischer-Gymnasium. Damals wollte ich unbedingt Archäologe werden", lachte er bitter und zog die Schultern hoch, „und jetzt wartet das Gefängnis auf mich. Ist das nicht eine Bilderbuchkarriere?"

„Sie sind nur vorläufig festgenommen", korrigierte Johanna. „Allerdings müssen Sie sich auf sehr intensive Verhöre gefasst machen."

Ihr Blick schweifte wieder zum Friedhof, und ihr fielen verwitterte, niedrige Steinkreuze in einem Rasenstück außerhalb der Friedhofsmauer ins Auge. Mit dem Zeigefinger deutete sie darauf. „Gehören die auch zum Sankt-Rochus-Friedhof?"

„Ach die meinen Sie." Dr. Unger hatte ihre Frage zunächst nicht begriffen. „Nein, das ist ein alter Militärfriedhof aus dem Jahre 1693. Er war übrigens bis 1919 in Betrieb, und in seiner Erhaltungsform ist er einzigartig in Bayern. - Jetzt wird es wohl ernst", fügte er hinzu, als unter ihnen der Streifenwagen auftauchte, und er straffte die Schultern.

„Brauche ich einen Anwalt?", fragte er, als er in das Polizeifahrzeug stieg.

Johanna nickte. „Ich kann Ihnen nur dazu raten."

„Er kennt die Brunneninschrift und kann sie sogar auswendig aufsagen", jubelte Sabine, als sie die wenigen Schritte zur ›Kartoffel‹ zurücklegten. „Gert Hüber werden die Augen übergehen", setzte sie befriedigt hinzu und malte sich im Geiste aus, wie der Kollege von der KTU beschämt den Kopf einziehen würde, nachdem er sich so ausgiebig über sie lustig gemacht hatte. Auch Klaus Wiesner würde die Lust vergehen, die letzten zwei Zeilen des Minneliedes zu trällern.

Sie rekapitulierte noch einmal für sich das Gespräch und den Eindruck, den sie von Dr. Unger gewonnen hatte, und es befielen sie Zweifel. „Glaubst du wirklich, dass er es war?"

„Ich weiß es nicht, aber zu viele Verdachtsmomente sprechen dafür. Diesen Kratzer wollte er jedenfalls vor uns verbergen, denn es ist reichlich ungewöhnlich, bei dieser Hitze ein langärmliges T-Shirt zu tragen."

„Richtig", stimmte Sabine zu, „mir kommt das auch merkwürdig vor. Was wird nun mit ihm?"

„Wir können ihn ohne Beschluss des Untersuchungsrichters immerhin achtundvierzig Stunden festhalten. Zunächst lassen wir ihn bis morgen schmoren, danach werden Peter und Udo ihn sich vorknöpfen. Bis dahin werden wir auch die Genehmigung zur Speichelprobe und Blutuntersuchung haben, und dann sehen wir weiter. - Das muss die ›Kartoffel‹ sein."

Johanna machte vor einem niedrigen Gebäude Halt, dass von außen wie ein Bauernhaus aus dem Mittelalter aussah. Eine breite, gewölbte Durchfahrt brachte sie in einen idyllischen Wirtsgarten. Überall wucherten üppig rote und weiße Geranien, die mit den rotweißen Sonnenschirmen wetteiferten. Nur wenige Tische waren besetzt, und sie sahen Marlene Gruber sofort, die eine Apfelsaftschorle vor sich stehen hatte und eifrig die Speisekarte studierte.

„Das ging aber schnell", stellte sie erfreut fest und vertiefte sich wieder in die Lektüre der Speisen. „Du liebe Güte, was man aber auch alles aus Kartoffeln machen kann, sogar Pizza."

Die Bedienung versorgte Johanna und Sabine ebenfalls mit Speisekarten, und Marlene fragte: „Wie hätten Sie es denn gern, süß oder salzig?"

„Süße Kartoffeln", antwortete Sabine wie aus der Pistole geschossen, „salzig kann ich sie selbst kochen."

„Stimmt auch wieder", pflichtete Johanna ihr bei und blätterte sich zu den Desserts durch. „Aber Backers mit Apfelmus nehme ich nicht, die bekomme ich von meinen Zwillingen alle Naslang."

„Ich habe mich bereits entschieden", verkündete Marlene, „und nehme den Kartoffelschmarrn mit Mandeln, Rosinen und Preiselbeeren."

„Das hört sich nicht schlecht an", pflichtete Johanna bei. „Aber ich bin richtig zum Schlemmen aufgelegt und bestelle deshalb den mit Vanilleeis und Aprikosen gefüllten Kartoffelpfannkuchen. Dazu gibt es heiße Schokoladensauce."

„Und ich nehme den Kartoffeleisbecher", beschloss Sabine. „Ich kenne bereits Basilikumeis, Gorgonzolaeis und Knoblaucheis, - schmeckt übrigens durchaus interessant -, und jetzt möchte ich einmal Kartoffeleis probieren."

Die Bedienung nahm die Bestellung entgegen, und die drei Damen steckten danach eifrig die Köpfe zusammen. „Kamen Sie bei Ihrer Befragung ein Stück weiter?", fragte Marlene wie nebenbei.

„Wir haben Dr. Unger vorläufig festgenommen", platzte Sabine heraus und schlug sich entsetzt die Hand vor den Mund, als sie Johannas strafenden Blick auffing. „Ach du Schreck, das hätte ich wohl nicht sagen dürfen."

„So ist es", nickte Johanna. „Ermittlungsinformationen hat man tunlichst mit größter Diskretion zu behandeln."

Sabine sank zu einem Häuflein Elend in sich zusammen, und Johanna ließ sie eine Zeitlang schmoren. „Zu deinem Glück ist Frau Gruber mit dem Fall aber einigermaßen vertraut. Sie hat sogar das Opfer erbracht, zusammen mit dem alten Fürst ein Liebespaar zu mimen."

Marlene errötete. „Das war notwendig, damit er nicht *verbrennt* und für weitere Observierungen noch zu gebrauchen ist, Frau Hauptkommissarin."

„Die er gar nicht vornehmen möchte, sondern der Polizei überlassen will", erinnerte Johanna sanft die alte Dame. „Aber wen haben *Sie* eigentlich observiert?"

„Kränzlein." Marlene weidete sich einen Moment an den erstaunten Gesichtern der Polizeibeamtinnen. „Nach meinem Frühstück am Johannisfriedhof machte ich mich heute Vormittag zeitig auf, um Charlotte Benz das Buch über die Feng-Shui-Methode zurückzubringen. Dabei ging ich durch den Rosenaupark, was kaum ein Umweg war. Bereits aus der Ferne sah ich Kränzlein, der einen Hund spazieren führte. Als er den Park verließ, folgte ich ihm im sicheren Abstand."

„Damit Sie nicht *verbrannten*", flocht Johanna ironisch ein.

Doch Marlene nickte ernsthaft. „Das war weit komplizierter, als ich zunächst gedacht hatte. Der Hund schnüffelte wie besessen an jeder Hausecke, und Kränzlein ließ ihn geduldig gewähren. Dabei schaute er in der Gegend herum, und ich musste ständig in Einfahrten springen oder mich hinter Bäumen in Sicherheit bringen. Um es kurz zu machen, er brachte den Hund in genau das Gebäude, wo Sie mich vorhin antrafen."

„Dort, wo wir die Überreste der Hesperidengärten besichtigten?", vergewisserte sich Sabine überrascht.

Marlene nickte. „Vom Durchgang her beobachtete ich, an welcher Klingel er läutete. Gleich darauf wurde er eingelassen, und ich konnte am Klingelschild ablesen, dass er zu ›Suttner‹ gewollt hatte. Ich ging in den Hesperidengarten und versteckte mich hinter einem Busch, von dem aus ich den Eingang gut im Blick behalten konnte. Kurz darauf kam Kränzlein ohne Hund wieder heraus und verschwand."

„Und Sie folgten ihm."

„Nein, ich observierte weiter." Marlenes Augen glitzerten mutwillig.

„Aber ich dachte, Sie waren hinter Kränzlein her gewesen", wunderte sich Sabine.

„Nicht nur, ich wollte auch ..."

In diesem Augenblick wurden die süßen Kartoffelgerichte gebracht. Jede nahm das ihrige in Empfang, und sofort richteten sich alle Augen auf das Kartoffeleis.

„Auf den ersten Blick sieht es wie Fruchtsalat mit je einer Kugel Schokoladen-, Erdbeer- und Vanilleeis aus und darüber eine Sahnehaube mit Schokoladenstreusel", stellte Johanna enttäuscht fest.

„Die gelbe Kugel könnte aber vielleicht aus Kartoffeln sein", wandte Marlene hoffnungsvoll ein.

Sabine griff zum Löffel und probierte. „Vanille." Dann probierte sie weiter. „Schokolade und Erdbeere, da ist kein Fitzelchen von einer Kartoffel darin."

„Na, so was", wunderte sich Marlene, „vielleicht haben sie sie in den Fruchtsalat geschnitzelt."

Sabine begann, den Fruchtsalat freizulegen, und die drei steckten über dem Eisbecher die Köpfe zusammen. „Probieren Sie mal diese gelben Scheibchen da", riet Marlene und zog ihren Zeigefinger, den sie tief in den Eisbecher getaucht hatte, wieder zurück. „Die sehen mir am ehesten nach Kartoffel aus."

Sabine fischte nach einem der gelben Schnitzel, und alle Augen waren gespannt auf sie gerichtet.

„Und?"

„Apfel."

Enttäuscht sanken sie wieder in ihre Stühle zurück.

Johanna machte sich nun ihrerseits über ihren Kartoffelpfannkuchen her. „Köstlich", schwärmte sie und leckte sich Puderzucker von der Oberlippe. „Der ist jedenfalls aus Kartoffeln."

„Der Schmarrn auch", bestätigte Marlene und riet Sabine, sich bei der Bedienung zu beschweren.

Auf Sabines Winken kam die Bedienung an den Tisch und hörte sich ihr Anliegen an. Dann schüttelte sie ratlos den Kopf. „Aber der Kartoffeleisbecher ist der Eisbecher nach Art des Hauses, und unser Haus heißt nun mal *Kartoffel.*"

„Alle anderen Gerichte sind aber doch auch aus Kartoffeln", wagte Sabine einen weiteren Vorstoß. „Warum denn nicht das Eis?"

„Eis aus Kartoffeln?" Die Bedienung musterte sie ungläubig. „Pfui Teufel", schimpfte sie dann und schüttelte sich im Weggehen vor Abscheu, „das würde doch kein Mensch essen."

„Ich schon", flüsterte Sabine und stocherte lustlos im Eisbecher nach Art des Hauses herum.

Ihre Miene hellte sich jedoch ein wenig auf, als die anderen ihr von ihren Gerichten einen Teil abgaben, und sie erkundigte sich, während sie von Marlenes Schmarrn probierte: „Habe ich das vorhin richtig verstanden, Sie frühstücken auf einem Friedhof?"

Marlene nickte und wandte sich belustigt an Johanna. „Sehen Sie nur, jetzt macht Ihre junge Kollegin das gleiche Gesicht wie Sie damals, als ich es Ihnen erzählte."

„Frau Gruber frühstückt morgens vor dem Grab ihres verstorbenen Ehemannes", klärte Johanna Sabine auf und wollte im gleichen Atemzug von Marlene wissen, ob sie das dem alten Fürst eigentlich schon mitgeteilt habe.

„Nur bei schönem Wetter gehe ich mit meinem Picknickkorb zu Huberts Grab", berichtigte Marlene. „Ich bin doch nicht verrückt und setzte mich der Kälte aus."

Dann machte sie eine betretene Miene. „Nein, den Herrn Kriminalrat habe ich davon noch nicht in Kenntnis gesetzt. Männer tun sich mit derartigen Mitteilungen nämlich ein wenig schwer."

Nicht nur Männer, dachte indessen Johanna und beschloss, dem Gespräch eine andere Wendung zu geben. „Was war nun mit Ihrer Observierung?"

„In einem anderen Zusammenhang lief mir schon einmal ein Uwe Suttner aus Gostenhof über den Weg, und ich war neugierig, mit welchem Suttner sich Kränzlein traf." Marlene zerknüllte die Serviette, legte sie auf den Teller und betrachtete die Beamtinnen viel sagend. „Um es kurz zu machen, ich habe tatsächlich diesen Uwe Suttner aus dem Haus kommen sehen. Er ist übrigens als Altenpfleger bei einem ambulanten Pflegedienst angestellt. Einmal sah ich ihn in einer WG am Stadtpark und das andere Mal bei Josefine Schneider in der Breiten Gasse. Jetzt frage ich Sie, meine Damen, was Kränzlein mit diesem Altenpfleger zu tun hat."

„Das ist in der Tat interessant", grübelte Johanna. „Ich würde mich auch gerne mit den Patienten unterhalten, die die Dienste des Altenpflegers in Anspruch nahmen. Können Sie mir die Namen geben?"

„Nichts leichter als das, Frau Hauptkommissarin", lächelte Marlene, „ich würde Sie auch hinbringen. Gerade bei Fini Schneider wäre das empfehlenswert, da sie trotz ihrer zweiundachtzig Jahre noch ziemlich mobil ist und sich nie an Termine hält. Glücklicherweise hat sich ihr Aktionsradius mit den Jahren mehr und mehr eingeschränkt, und inzwischen gelingt es mir schon nach einer halben Stunde, sie irgendwo aufzustöbern, wenn ich sie sprechen will."

„Und der Patient aus der Wohngemeinschaft?"

„Ist auch eine Patientin, und zwar Eva-Maria Hölldobler", berichtigte Marlene. „Seit einigen Monaten wird sie von diesem Suttner ambulant betreut. Ich glaube, er gibt ihr Spritzen gegen ihre Diabetes mellitus, weil sie das nicht selbst kann."

„Wie sah eigentlich der Hund aus, den Kränzlein ausführte?", fragte Johanna zu Marlenes Überraschung.

„Dunkles, fast schwarzes Fell und ungefähr so hoch", zeigte Marlene, indem sie ihre Hand mehr als einen halben Meter über den Kies bestreuten Boden des Wirtsgartens hielt.

„Aber fragen Sie mich nicht nach der Rasse, die war undefinierbar. Irgendwie war er mit Wald und Wiese und sämtlichen Nürnberger Laternenmasten gemischt, für die er übrigens ein geradezu lasterhaftes Interesse entwickelte. - Der ganze Hund scheint zudem überwiegend aus Wasser zu bestehen."

„Ich muss mal eben telefonieren." Johanna erhob sich und ging ein paar Schritte tiefer in den idyllischen Garten, den man nie und nimmer von der Straße her hier vermutet hätte. Zunächst bat sie den Erkennungsdienst, ihr bis Morgen genauere Daten zu Uwe Suttner zu besorgen. Dann rief sie ihre Zwillinge an, die inzwischen zur Katharinenruine übergewechselt waren. Hinter Beates Stimme, die ihr in den höchsten Tönen von der coolen Musik vorschwärmte und dass sie ohne sie bestens zurechtkämen, war eine melancholische irische Ballade zu hören. Johanna spürte sogar über das Handy, wie die ganze historische Altstadt in einem Meer von Musik schwamm. Seufzend kehrte sie zum Tisch zurück und überlegte das weitere Vorgehen. Mit diesem Suttner würde sie erst sprechen, wenn ihr über ihn mehr Informationen vorlagen. Sie könnte sich aber in der Zwischenzeit ein wenig bei diesen Patientinnen umhören. „Um meine Zwillinge brauche ich mir keine Sorgen zu machen, sie zerschmelzen gerade wie Butter an der Sonne bei irischer Musik. Würden Sie so liebenswürdig sein, uns zu diesen Patientinnen zu bringen, Frau Gruber?"

„Aber ja, Frau Hauptkommissarin, mit Freude, wir wären übrigens startklar."

„Als Polizeibeamtin möchte ich mich aber ungern der Zechprellerei schuldig machen", wandte Johanna ein und sah sich nach der Bedienung um.

„Das hat Frau Gruber bereits erledigt", erklärte Sabine, „und wir wurden eingeladen."

„Sozusagen als Wiedergutmachung für das Kartoffeleis", schmunzelte Marlene und steuerte den Ausgang des Wirtsgartens an.

Mit ausgreifenden Schritten hielten sie auf die elegante Silhouette des Hochhauses am Plärrer zu. Unvermutet hielt Marlene Gruber inne und bat: „Lassen Sie mich einen Augenblick den Anblick genießen. Wilhelm Schlegtendal, der Architekt des Hochhauses, war nämlich ein Freund meines verstorbenen Ehemannes gewesen. Er hatte ein untrügliches Gespür für Proportionen, und diese Begabung spiegelt sich in jedem Detail des Gebäudes wider. Sehen Sie nur, wie filigran der Dachabschluss ist. Als das Hochhaus 1953 gebaut wurde, war es mit seinen fünfzehn Stockwerken das höchste und modernste Gebäude in ganz Bayern. Wissen Sie eigentlich, wovon die unvergleichliche Eleganz des Hochhauses herrührt?"

„Nun", grübelte die Hauptkommissarin und ließ den Blick über die Fassade mit den unzähligen Fenstern gleiten, „es scheint wie auf Stelzen zu stehen."

„Nicht übel", lächelte Marlene. „Aber es kommt noch eine außergewöhnliche Besonderheit dazu. Ab dem fünften Geschoss weichen die Folgegeschosse jeweils einen Zentimeter von der Außenkante zurück, so dass das Gebäude sich bis zum obersten Stockwerk auf jeder Seite um zehn Zentimeter verjüngt. Da können Sie lange suchen", setzte sie fort, während sie ihren Fußmarsch wieder aufnahmen, „bis Sie wieder ein Hochhaus mit soviel Ästhetik finden. Deshalb finde ich es nur gerechtfertigt, dass es 1988 unter Denkmalschutz gestellt wurde."

Vierundzwanzigstes Kapitel

Am Plärrer stiegen sie in die U-Bahn ein und fuhren bis zum Rennweg, da sich Eva-Maria Hölldoblers WG in unmittelbarer Nähe des Stadtparks befand. Als versierte Kennerin der öffentlichen Verkehrsmittel lotste Marlene Gruber sie ohne Umwege aus der Unterwelt wieder ans Tageslicht. Sie überquerten die Bayreuther Straße und standen nach wenigen Schritten vor dem Parkeingang.

„Am schnellsten geht es, wenn wir ihn von hier aus durchqueren", meinte Marlene und drang bereits in den Park ein.

Die Beamtinnen wechselten einen gequälten Blick, in dem bei jeder das Gleiche stand: Am schnellsten wäre es gewesen, wenn sie sich in einem Streifenwagen hätten hinbringen lassen, und sie folgten seufzend ihrer Führerin.

Der Parkweg führte an großzügigen Rasenflächen vorbei. Leicht bekleidete Menschen lagen auf Decken und lasen oder hatten sich zu einem Picknick zusammengetan. Bald ließen sie das geduckte Gebäude des Stadtparkrestaurants hinter sich und standen nach wenigen Schritten am Ufer eines Teiches, in dem Höckerschwäne, Blässhühner und Stockenten gemächlich ihre Bahnen zogen.

Vor ihnen ragte wie ein Monument die kolossale Brunnenanlage des Neptunbrunnens auf. Auf einem mit Wasserspeiern verzierten Postament steht Neptun mit dem Dreizack in der Hand und beobachtet griesgrämig die Wasser speienden Pferde, Drachen und Fische, die sich unter ihm auf dem Felsgestein in dem runden Wasserbecken tummeln. Dazwischen tummelten sich aber auch badende Kinder und spritzten sich unter lautem Kreischen gegenseitig Wasser ins Gesicht. Johanna bekam einen tüchtigen Schwall ab und trat erschrocken einen Schritt zurück.

„Das ist aber eine Überraschung, da ist sie ja", hörte sie plötzlich Marlene hinter sich sagen. Sie drehte sich um und sah zu, wie Marlene auf eine Frau zuging, die auf einer Bank vor dem Brunnen saß. Um sie herum flatterte und trippelte eine Heerschar von Tauben.

„Kommen Sie, meine Damen", rief Marlene, „das ist Frau Hölldobler."

Die Beamtinnen traten näher und begrüßten die alte Dame mit der seltsamen Schirmmütze aus Stroh auf dem Kopf, während Marlene die Vorstellung übernahm.

„Ach du Schreck", entfuhr es Frau Hölldobler, und ihr verhutzeltes Gesicht unter der Mütze mit dem ausladenden Schirm nahm einen ängstlichen Ausdruck an, „werde ich deswegen jetzt verhaftet?" Hastig versuchte sie, einen Stoffbeutel vor ihren Augen verschwinden zu lassen, indem sie ihren rosaroten Faltenrock darüber breitete.

„Das Taubenfüttern ist in der Tat nicht erlaubt", stellte die Hauptkommissarin ernst fest, und Sabine wies auf den Brunnen: „Sehen Sie nur, wie die den Neptun zugeschissen haben. Der kann kaum noch aus den Augen gucken. Und das Ganze ausgerechnet noch neben dem Schild ›Füttern verboten‹. Also wirklich, ich muss schon sagen ..."

Johanna versetzte ihr einen mahnenden Rippenstoß und beruhigte die gesetzesbrecherische Taubenfütterin. „Deshalb sind wir jedoch nicht hier. Wir wollen mit Ihnen über Uwe Suttner sprechen."

Erleichtert zog Frau Hölldobler den Futtersack wieder hervor und raffte ihren Faltenrock zusammen, damit alle auf der Bank Platz fanden. „Ohne meinen Uwe wäre ich vielleicht schon tot", begann sie zu berichten, „täglich kommt er und gibt mir die Spritze gegen meinen Zucker."

„Von wem wurde er denn vermittelt?"

„Dr. Hauenstein hatte das in die Wege geleitet. Inzwischen versorgt er fast alle in unserer Wohngemeinschaft, und wir leiden furchtbar, wenn er im Urlaub ist. Wissen Sie", fügte sie hinzu, „im Alter gewöhnt man sich ungern an ein neues Gesicht."

„Und was macht dieser Heiner Kränzlein bei euch?", fragte Marlene Gruber wie nebenbei.

„Ach der", schwärmte Frau Hölldobler, „ist für uns überhaupt ein Geschenk Gottes. Der kann einfach alles. Er gräbt uns die Beete um, wechselt die Glühbirnen und hat sogar schon unsere Waschmaschine repariert. In technischen Dingen kennt er sich hervorragend aus. - Glauben Sie wirklich, dass *meine* Tauben den Neptun so zugerichtet haben?", fragte sie übergangslos und blickte zum Neptun hinauf, auf dessen Krone sich gerade eine Taube niederließ und seinen wallenden Bart verunzierte.

„Sicherlich", bestätigte die Hauptkommissarin herzlos, „wer was im Kröpfchen hat, kann auch was ins Töpfchen machen. Außerdem locken Sie mit dem Futter die Ratten an. - Aber wie kam dieser Herr Kränzlein eigentlich in Ihre WG?"

„Unsere Gruppe lernte ihn kennen, als wir Marie-Luise von Winnebergs WG besichtigten und uns darüber informierten, wie eine Alten-WG funktioniert."

„Senioren-WG", warf Sabine korrigierend dazwischen.

„Nein, mein Fräulein, Alten-WG", lächelte Eva-Maria Hölldobler milde und schob ihre Mütze in den Nacken, so dass der ausladende Schirm ihr Hutzelgesicht wie ein Heiligenschein umrahmte, „wir sind alt und stehen auch dazu. Warum soll man das Alter künstlich beschönigen, das ist doch keine Krankheit? Geradezu paradox finde ich es, wenn neuerdings von den jungen Alten gesprochen wird. Alt ist alt und damit basta."

Zur Bekräftigung ihrer Ansicht klopfte sie zunächst nachdrücklich auf den Taubenfuttersack, griff dann hinein und riskierte es unter den vier Augen des Gesetzes, eine Handvoll zu verstreuen. „Sehen Sie", stellte sie hoch befriedigt fest, „keine Ratten. Meine Täubchen picken so schnell, da haben die Ratten überhaupt keine Chance, auch nur ein Körnchen zu erwischen."

„Aber nun wieder zurück zu Kränzlein", mischte sich nun Marlene ein. „Seit wann treibt er sich bei euch herum?"

„Er treibt sich nicht bei uns herum", entrüstete sich Frau Hölldobler, „er unterstützt uns ab und zu, wenn Not am Mann ist. Als wir vor neun Jahren die WG gründeten, waren wir vier Ehepaare. Leider sind inzwischen Isoldes und mein Ehemann gestorben. Albert und Otto sind bereits so wackelig, dass sie die Beete nicht mehr umgraben können. Deshalb macht Kränzlein das an seinem freien Tag, und Marie-Luise ist damit einverstanden."

„Schon gut, Eva-Maria", lenkte Marlene ein und tätschelte beruhigend die blau geäderte Hand, die den Futtersack umklammerte, „was macht er denn noch?"

„Das habe ich doch alles bereits erzählt", erwiderte Frau Hölldobler und zog sich den Mützenschirm wieder ins Gesicht. „Ach ja", ergänzte sie, „dazwischen erledigt er hin und wieder einen Großeinkauf für uns."

„Weder Heiner Kränzlein noch Uwe Suttner haben eine Bankvollmacht, oder?", warf die Hauptkommissarin wie nebenbei ein.

„Selbstverständlich nicht, wo denken Sie nur hin", pikierte sich die alte Dame und versetzte dem Mützenschirm einen kräftigen Stoß nach oben. „Sehen Sie, das ist einer der Vorteile unserer WG. Wir regeln das füreinander, miteinander und untereinander. Wollen Sie uns nicht einmal besuchen? Dann kann ich Ihnen zeigen, wie das bei uns funktioniert."

„Gerne", nickte Johanna, und Eva-Maria fuhr unverdrossen fort: „Bei uns ist es natürlich nicht so nobel wie in der Winneberg-WG, aber trotzdem recht gemütlich. Guntram, Isoldes Mann, hatte das Haus in der Mörlgasse vor Jahren von seinen Eltern geerbt. Es war groß genug, um es in vier durchaus komfortable Wohnungen aufzuteilen. So einen luxuriösen Aufzug wie die Winneberg-WG haben wir allerdings nicht. Der ist auch nicht nötig, da wir nur ein Obergeschoss haben. Für alle Notfälle ließen wir aber einen Treppenlift einbauen, und die Infrastruktur um das Haus herum stimmt. Das ist wichtig, wenn man eine WG plant. Wir haben die Geschäfte, Banken und Ärzte, die wir brauchen, in unmittelbarer Nähe. Um die Ecke herum ist außerdem die Haltestelle der Straßenbahn, mit der wir ruckzuck in der Innenstadt sind."

Schön machen das die Alten, freute sich Johanna. Auf diese Art braucht niemand vor dem Alter Angst zu haben. Die WG-Mitglieder müssen aber zusammenpassen.

„Ach übrigens", lenkte Sabine das Gespräch wieder auf Kränzlein und Suttner zurück, „hatten Ihnen die beiden irgendwann das Angebot gemacht, die Konten der WG-Bewohner zu betreuen?"

Ihre Stimme klang gleichmütig, was ihren lauernden Gesichtsausdruck Lügen strafte.

„Sicherlich, ein paar Mal sogar, und zwar jedem und jeder Einzelnen von uns. Nun, die beiden sind eben ausgesprochen hilfsbereit, aber wir helfen uns lieber untereinander." Mit einem schlauen Blick lugte sie unter dem ausladenden Mützenschirm hervor. „Im Alter wird man nämlich zunehmend misstrauisch, und außerdem kann man in der Zeitung inzwischen die schlimmsten Sachen lesen."

Die Polizistinnen wechselten einen erleichterten Blick, und Marlene drückte Eva-Marias Hand. „Sehr gut macht ihr das in eurer WG."

„Wie du weißt, könntest du sofort bei uns einziehen. Ich würde mich in Isoldes Wohnung mit einquartieren, und du könntest meine übernehmen."

„Ich werde es mir überlegen", antwortete Marlene und ließ ihre Augen zum Brunnen schweifen. „Den Park und den Brunnen mag ich nämlich sehr, zumal der Neptunbrunnen vom gleichen Bildhauer stammt, der schon am Sankt-Johannis-Friedhof das Barock-Epitaph auf dem Paumgartner-Grab modelliert hat. Georg Schweigger war das. Zusammen mit dem Goldschmied Christoph Ritter leitete er mit diesem grandiosen Barock-Brunnen einen machtvollen Schlussakkord für die Jahrhunderte alte Tradition des Erzgusses ein."

Alle blickten mit neu erwachten Interesse hinauf zu dem griesgrämigen Neptun hoch oben auf seinem Postament, und Marlene fuhr in ihrer Erklärung fort: „Eigentlich war der Brunnen für den Hauptmarkt bestimmt gewesen und hätte den ›Schönen Brunnen‹ ersetzen sollen. Dazu kam es aber glücklicherweise nie. Mal verhinderten finanzielle, mal politische Gründe die Aufstellung. Aus Geldmangel wurde er schließlich an den russischen Zaren Paul I. für sein Schloss Peterhof nahe Sankt Petersburg verkauft. 1902 besannen sich die Nürnberger wieder auf das Kunstwerk und ließen eine Kopie anfertigen, die dann bis 1934 auf dem Hauptmarkt stand."

„Daran erinnere ich mich noch", bestätigte Frau Hölldobler mit einem eifrigen Kopfnicken. „Er befand sich zwischen dem Schönen Brunnen und der Kirche zu Unserer Lieben Frau. Der Hauptmarkt wirkte dadurch eigentlich ziemlich voll gestellt."

„Richtig. Deshalb wurde er auch später auf den Marienplatz verfrachtet. Außerdem war er dem Christkindlesmarkt und den täglichen Marktständen im Wege. 1961 musste er dem Busbahnhof weichen und gelangte zu guter Letzt hierher."

„Das ist also eine Kopie?" Eva-Maria Hölldoblers Stimme klang enttäuscht.

„Aber eine außerordentlich gute, meine Liebe. Sie entstand nach Gipsabdrücken vom Original."

„Kopie oder nicht", steuerte die Hauptkommissarin bei und erhob sich, „auf alle Fälle ist er imposant. Ach übrigens, könnten Sie sich, schon dem Neptun zuliebe, nicht dazu durchringen, sich ein anderes Hobby zuzulegen?"

„Nun, vielleicht doch", lenkte die unverbesserliche Vogelfütterin ein und fasste dabei die weißen Höckerschwäne ins Auge. Ihnen traute sie es nicht zu, dass sie sich auf der filigranen Krone des Neptuns niederließen und gewissenlos ihr schmutziges Geschäft verrichteten. „Ich muss auch gehen", beschied sie dann den Beamtinnen. „Unser gemeinsames Kochen geht nämlich jetzt los."

Schwerfällig rappelte sie sich hoch und griff nach dem Stock, den sie über die Banklehne gehängt hatte. „Die Beine wollen leider nicht mehr so, wie ich gerne möchte", setzte sie entschuldigend hinzu.

Dabei bot sie mit dem rosa Faltenrock, der weißen Bluse und den weißen Söckchen an den Füßen, die in bequemen Gesundheitsschuhen steckten, einen rundherum erfrischenden Anblick, der die Hauptkommissarin ein wenig an die Professorin Becker erinnerte. Nur die Farben waren umgekehrt verteilt.

„Sehen Sie sich aber bitte vor und halten Sie sich nicht im Park auf, wenn er menschenleer ist", mahnte sie fürsorglich. „Sie wissen, dass immer wieder Seniorinnen und Senioren überfallen werden."

„Alte", korrigierte Frau Hölldobler, „und erst letzte Woche wurde ich hier überfallen."

„Ach, und haben Sie Anzeige erstattet?"

Frau Hölldobler schüttelte den Kopf und lächelte verschmitzt. „Es war nämlich so, der junge Bursche raste mit dem Fahrrad an mir vorbei und riss mir den Beutel aus der Hand. Was meinen Sie, was der wohl für Augen gemacht hat, als er sich später seine Beute besah. Trotzdem tat es mir um das Taubenfutter Leid, und deshalb nehme ich jetzt immer meinen Cäsar mit."

Cäsar? Suchend blickten sich die Polizistinnen um, aber sie konnten nirgends einen Hund entdecken.

„Diesen Cäsar", lüftete Frau Hölldobler das Geheimnis und griff in einen zweiten Stoffbeutel, der den Beamtinnen offensichtlich entgangen war. Sie zog eine rund zehn Zentimeter hohe Bronzebüste hervor und wog sie in der Hand.

„Wenn jemand mir zu Leibe rücken will, dann hole ich einfach mit meinem Cäsar im Sack kräftig aus und schlage ihn dem Angreifer um die Ohren. Mein Mann war nämlich Altphilologe und hatte ihn aus Rom mitgebracht. Nachdem ich ihn jetzt über fünfzig Jahre lang abgestaubt habe, soll er auch einmal was für mich tun", setzte sie hinzu und ließ den Cäsar wieder im Sack verschwinden.

„Um Himmels willen", entsetzte sich Johanna, „dabei können Sie auch an den Falschen geraten, der dann den Cäsar am Ende gegen Sie einsetzt."

„Gehen Sie doch in einen von unseren Selbstverteidigungskursen, die unsere Kollegen von der Opferhilfe regelmäßig für Senioren anbieten", schlug Sabine vor. „Dort werden Ihnen ein paar durchaus wirkungsvolle Befreiungsgriffe beigebracht und Strategien aufgezeigt, wie Sie eine brenzlige Situation vermeiden können. Das ist auf alle Fälle sinnvoller, als mit dem Cäsar zuzuschlagen. Wissen Sie auch, dass Sie verpflichtet sind, dem Opfer zu helfen, wenn Sie es k. o. geschlagen haben?"

„Das kann doch wohl nicht Ihr Ernst sein, Frau Polizistin", entrüstete sich die alte Dame. „Ich soll den Mistkerl, der mich überfallen hat, auch noch wiederbeleben, damit er dann erneut auf mich losgehen kann? Vielleicht soll ich ihn gar noch von Mund zu Mund beatmen!"

„Das natürlich nicht", beschwichtigte Sabine, „an Ihrer Stelle würde ich aber über das Handy die Polizei verständigen, damit die sich um den Verletzten kümmern kann."

„Ich habe kein Handy."

„Dann gehen Sie eben ins nächste Restaurant und bitten den Wirt, für Sie bei der Polizei anzurufen", schlug Sabine versöhnlich vor.

Frau Hölldobler dachte nach und malte dabei mit ihrem Gehstock unsichtbare Ornamente auf den Asphaltweg. Endlich sah sie auf. Auf ihrem runzeligen Gesicht zeichnete sich ein breites Grinsen ab, und ihre Augen funkelten.

„Das ist gut", lachte sie, „genauso werde ich es machen. Ich gehe in das Stadtparkrestaurant und schreie bereits unter der Tür: Da draußen liegt einer, den ich k. o. geschlagen habe. Rufen Sie sofort die Polizei, damit die sich um ihn kümmert. Was glauben Sie, wie alle Gäste im Lokal erschrocken vor mir zurückweichen werden. Schon deshalb werde ich weiterhin meinen Cäsar mitschleppen", setzte sie durchtrieben hinzu.

„Das mit dem Selbstverteidigungskurs kann ich mir trotzdem noch durch den Kopf gehen lassen", lenkte sie dann zum Abschied ein. „Vielleicht wird mir da ein weiterer Trick verraten, wie ich einen Angreifer flachlegen kann."

Johanna blickte ihr kopfschüttelnd nach, und Sabine stöhnte: „Jetzt rüsten die Alten sogar schon mit dem Cäsar auf. Aber das sage ich dir", fuhr sie lachend fort, „auf diese Weise bereitet der Cäsar sogar denen Kopfschmerzen, die ihn in der Schule gar nicht selbst hatten lesen müssen."

Gemeinsam verließen sie den Park und hatten Glück. Die ›Neun‹ zuckelte gerade um die Kurve, als sie die Straßenbahnhaltestelle in der Pirckheimer Straße erreichten. Nach ein paar Haltestellen stiegen sie am Hauptbahnhof aus und machten sich auf den Weg in die Altstadt.

Marlene Gruber übernahm wieder die Führung und lotste sie die Königstraße entlang. An der Klaragasse blieb sie stehen und schaute auf ihre Armbanduhr. „Josefine Schneider trinkt um diese Zeit entweder im ›Fenster zur Stadt‹ eine Tasse Tee, oder sie genehmigt sich ein Weißbier am Lorenzer Platz."

Johanna freute sich, als sie nach wenigen Schritten auf das Gebäude mit den großen halbrunden Sprossenfenstern im Erdgeschoss zusteuerten. Wenn sie bei ihren Kollegen von der Opferhilfe in der Zeughauswache schräg gegenüber zu tun hatte, nützte sie meist die Gelegenheit und trank dort Kaffee. Mütter können hier in einem eigenen Raum ihre Kinder stillen, andere suchen in dem kleinen Andachtsraum mit dem schönen Kreuzrippengewölbe Ruhe und innere Einkehr. Obdachlose finden Gelegenheit, an einem der Tische wieder zu Kräften zu kommen. Man kann in den ausliegenden Zeitungen blättern oder, wenn man will, um ein persönliches Gespräch bitten. Für den Kaffee zahlt jeder soviel, wie es ihm möglich ist. Und wenn jemand nichts zahlen kann, dann eben nicht.

Fini hätten sie gerade verpasst, wurde ihnen an der Theke von einer der netten ehrenamtlichen Helferinnen mitgeteilt, ohne die dieses Projekt der Stadtkirche zum Scheitern verurteilt wäre.

„Also dann, auf zum Lorenzer Platz", befahl Marlene Gruber und marschierte vorneweg wie ein Generalfeldmarschall die Pfannenschmiedsgasse entlang. Am Ende der Gasse tat sich vor ihnen der Lorenzer Platz auf, und Marlene dirigierte sie in das obere Stockwerk des Gasthauses. Suchend glitt ihr Blick über die Gäste an den Tischen auf der Terrasse. „Sie ist noch nicht da", stellte sie enttäuscht fest, „dann müssen wir eben ein wenig warten."

Sie bemächtigten sich sogleich des Tisches in der Nähe der Tür, der soeben frei geworden war, und Marlene schlug unternehmungslustig vor, ein Gläschen Frankenwein zu trinken.

Zunächst wurde ein Aschenbecher gebracht und mit ihm zusammen Josefine Schneider.

Mit der einen Hand hing sie am Arm des Obers und mit der anderen stützte sie sich auf ihren Stock. Ihre wasserhellen Augen blitzten erfreut auf, als sie Marlene erkannte, und der Ober rückte ihr fürsorglich den Stuhl neben Marlene zurecht. „Danke, mein Bester", tätschelte sie ihm die Hand, „und jetzt bringst du mir das Übliche."

„Fini, die beiden Damen sind von der Polizei und möchten mit dir reden", begann Marlene die Vorstellung. „Sie wollen nämlich von dir …"

„Warte einen Augenblick, ich muss das nur noch schnell notieren." Josefine zog aus ihrer Handtasche ein in rote Seide eingeschlagenes Büchlein mit daran geklemmtem Kugelschreiber hervor, blätterte sich zur gesuchten Seite durch und fragte: „Wie spät ist es und wo sind wir?"

Marlene sagte es ihr und wollte im Gegenzug wissen, was sie sich da eigentlich aufschreibe.

„Es ist so", erklärte Frau Schneider, während sie sich ihre Notizen machte, „als mein Gedächtnis schlechter wurde, schenkte mir meine Enkelin, die Uschi, das Büchlein. Jeden Morgen notiere ich, wenn ich die Zeitung gelesen habe, das Datum, dann schreibe ich auf, was ich mache. Und da ich nie weiß, wo das Geld von meiner Rente hinkommt, habe ich hier eine Rubrik, in der ich die Ausgaben vermerke."

„Über den Verbleib Ihrer Rente wissen Sie somit Bescheid", warf die Hauptkommissarin beiläufig ein.

„Nun, das sollte ich eigentlich", murmelte Josefine bedrückt, „aber irgendwie stimmt das alles nicht. Dabei bräuchte ich das Geld dringend für die Haarverpflanzung, damit ich endlich dieses Ding loswerde." Wütend griff sie sich ins Haar und brachte damit ihre blonde Perücke bedenklich ins Wanken.

„Erst gestern hatte ich wieder vergessen, sie aufzusetzen, und Mathias, mein jetziger Zivi, hatte auf dem Absatz kehrtgemacht, als er mich sah, weil er meinte, er habe sich in der Wohnung geirrt. Uschi hatte mir versprochen, das alles zu überprüfen, aber dann ist sie mit ihrem Mann vor einem Jahr in die USA gezogen."

„Haben Sie denn keine weiteren Angehörigen?"

„Das schon", seufzte sie und packte das Büchlein weg, „aber alle wohnen so weit weg, und keiner hat Zeit. Wenn ich den Uwe nicht hätte, wäre ich vollkommen aufgeschmissen. Er erledigt einfach alles ..."

„Uwe Suttner?", vergewisserte sich Marlene.

„Der Frankenwein für die Damen", unterbrach der Kellner das Gespräch, „und für Sie, Frau Schneider, das Übliche." Er verteilte die Weinrömer und stellte ein Glas Weizenbier in Josefine Schneiders Reichweite.

„Danke, mein Lieber", entgegnete sie und kramte in ihrer Tasche, „das ist für dich." Mit diesen Worten drückte sie ihm einen Schokoriegel in die Hand.

„Ohne ihn wäre es mir nämlich nicht mehr möglich, hier zu sitzen", informierte sie ihre Tischgenossinnen, als der Kellner sich entfernt hatte. „Dabei ist das seit vielen Jahren mein Lieblingsplatz." Versonnen schweifte ihr Blick über die gotischen Türme der mächtigen Sankt Lorenzkirche mit der filigranen Rosette oberhalb des Hauptportals. „Ich kann kaum noch gehen und schleppe mich bis hierher, aber ohne einen Blick auf die Lorenzkirche möchte ich keinen Tag beenden. Da sehen Sie mal, wie anspruchslos man im Alter wird."

Die Hauptkommissarin fand es bemerkenswert, wie die alte Dame sich in die Pflicht nahm und täglich das Haus verließ. Sie musterte die adrette hellblauweiß karierte Bluse über dem schmalen eierschalenfarbigen Rock und freute sich darüber, wie sie noch auf sich achtete. „Aber wie kommen Sie eigentlich hier herauf?", fragte sie dann neugierig. „Sind die Treppen nicht allzu beschwerlich?"

„Kommen Sie mal näher", wisperte Josefine und beugte sich vor. Alle taten es ihr nach und steckten über dem Tisch die Köpfe zusammen. „Mit dem Speiseaufzug, aber das braucht niemand zu wissen. Franz hilft mir dabei, deshalb bekommt er auch den Schokoriegel."

„Auf Ihr Geheimnis", lachte Johanna und hob den Weinrömer. Die anderen griffen ebenfalls zu den Gläsern, und Johanna wollte noch ein weiteres Geheimnis gelüftet haben. „Wie machen Sie das bloß, mit über achtzig Jahren noch ein nahezu faltenloses Gesicht zu haben? Haben Sie dafür eine Spezialcreme?"

„Nix Creme", lächelte Fini verschmitzt und deutete auf ihr Weißbier. „Das da ist mein Schönheitsrezept. Davon trinke ich täglich ein Glas. Manchmal bin ich allerdings übermütig", gestand sie und errötete wie ein junges Mädchen, „und trinke zwei."

Sachen gibt es auf der Welt, sinnierte Johanna und nippte von ihrer Scheurebe, deren erdigem Geschmack sie jedes Mal aufs Neue mit Wonne nachspürte. Nach dem Genuss von Weizenbier hatte sie noch nie eine schönheitsfördernde Wirkung festgestellt, höchstens eine Gewichtszunahme.

Übergewicht ist auch ein Mittel gegen Falten, fuhr sie insgeheim in ihren Überlegungen fort, aber ein eher zweifelhaftes. Sie beschloss, Frau Schneider hinsichtlich des Uwe Suttner nicht weiter zu beunruhigen. „Wie wäre es, Frau Schneider", schlug sie deshalb in einem unverfänglichen Ton vor, „wenn jemand von der Polizei morgen Ihre Ausgaben überprüft?"

Finis Antwort versank in dem furiosen Trommelwirbel, den die Musikgruppe vor dem Hauptportal der Lorenzkirche gerade vom Stapel ließ, und die Hauptkommissarin lehnte sich zu ihr über den Tisch.

„Das würde die Polizei wirklich tun?", verstand sie nun und drückte aufmunternd die runzelige, blau geäderte Hand. „Selbstverständlich! Morgen Vormittag gegen elf Uhr kommt jemand von uns zu Ihnen und überprüft alles."

Der Trommelwirbel verebbte, und Finis Stimme war nun für alle gut vernehmbar.

„Das ist wieder einmal ein Grund, übermütig zu werden", zwitscherte sie in den höchsten Tönen und versetzte unternehmungslustig ihrer Perücke einen Stoß. „Für Sie auch noch eine Runde?"

„Meine Zwillinge erwarten mich an der Bühne am Hauptmarkt", bedauerte Johanna und stand auf. „Was mich noch interessiert, Frau Schneider", fragte sie, bevor sie sich verabschiedete, „wie war denn das eigentlich gemeint mit der Haarverpflanzung?"

„Nun", tat Fini Schneider ein wenig verschämt, „eine Umverteilung von unten nach oben. Unten brauche ich es ja weiß Gott nicht mehr."

„Habe ich das richtig verstanden", fuhr Sabine atemlos dazwischen, „Sie wollen das, das ..."

„Aber sicher", nickte Fini mit großem Ernst, „ich tausche Schamhaar gegen fehlendes Haupthaar. Ein Arzt aus Bielefeld hat meine diesbezüglichen Problembereiche bereits eingehend unter die Lupe genommen."

„Aber stimmt denn dabei auch die Haarstruktur?", wollte Sabine mit ungezügelter Neugier wissen. „Ich meine, hatten Sie vorher auch gelocktes Haar?"

„Das nicht", lächelte Fini schelmisch, „aber gegen ein neckisches Lockenköpfchen hätte ich auch heute in meinem Alter nichts einzuwenden."

„Bedauerlicherweise muss ich auch gehen", verkündete Marlene und rückte Finis Perücke zurecht, „ich habe nämlich noch ein *Date*." Mit einem verschwörerischen Augenzwinkern verabschiedete sie sich.

„Mein lieber Mann", stöhnte Sabine, als sie sich von Fini Schneider getrennt hatten und am Tugendbrunnen vorbeischlenderten, „was die Alten sich aber auch so alles einfallen lassen. Lockenköpfchen, stell dir das einmal vor. Und mir wird jetzt schon himmelangst, wenn ich an ihr Konto denke. Hoffentlich ist das Geld noch zu retten."

„Das hoffe ich auch", seufzte Johanna, während sie höllisch aufpasste, im Gedränge der Bardenliebhaber nicht von Sabine getrennt zu werden.

Der Menschenstrom um sie herum kam zum Stillstand, und Johanna blickte über die Köpfe hinweg zur Justitia auf der Spitze der Bronzesäule des Tugendbrunnens auf, die mit verbundenen Augen ein Schwert und eine Waage in den Händen hält. In diesem Mordfall Zech kam sie sich ebenso blind vor wie diese Justitia aus der Spätrenaissance. Langsam begann sich der Menschenstrom wieder in Bewegung zu setzen, und sie erhaschte einen letzten

Blick auf die sechs manieristisch in die Länge gezogenen bronzenen Frauenfiguren der Haupttugenden, aus deren bloßen Brüsten wenig tugendhaft Wasser spritzt. Sittsamkeit schien in der Spätrenaissance wohl keine darstellenswerte Tugend gewesen zu sein, sinnierte sie, oder blitzte bei diesen Figuren etwa schon das sinnenfrohe Barock auf?

„Am besten wird es sein, wenn du morgen zu Josefine Schneider mitgehst", empfahl sie Sabine, als auf der Museumsbrücke das Gedränge nachließ und sie wieder nebeneinander hergehen konnten. „Dich kennt sie bereits und muss sich nicht ängstigen."

„Gut, das mach ich. Schauen wir doch mal, wo wir deine Zwillinge ausfindig machen." Sabine begann, rücksichtslos eine Schneise durch die Menschenmenge zu pflügen, die sich vor der Bühne am Hauptmarkt angesammelt hatte. Johanna folgte ihr auf dem Fuß, damit die Lücke sich nicht vorzeitig vor ihr schloss, und überhörte dabei geflissentlich die Beschimpfungen der Bardenliebhaber.

Dicht vor der Bühne, auf der eine tschechische Band die Zuhörerschar zum Kochen brachte, lagerten die Zwillinge inmitten einer Gruppe von Jugendlichen. Rechts und links wurden sie vom Professor und von Liberty eingerahmt.

„Da seid ihr ja endlich", wurden sie ungnädig empfangen. „In einer halben Stunde geht das Fest zu Ende, und ihr habt so gut wie alles versäumt."

„Am ›Schönen Brunnen‹ wartet übrigens Max auf dich", informierte Birgit ihre Mutter mit so weittragender Trompetenstimme, dass sie trotz der ohrenbetäubenden Musik von den Umstehenden sofort niedergezischt wurde.

Sabine beschloss, bei den Zwillingen zu bleiben, da sie unbedingt in die neuesten Entwicklungen der Musikszene eingeweiht werden wollte.

Johanna kämpfte sich deshalb allein durch die Menge, die sich nur widerwillig vor ihr öffnete. Plötzlich spürte sie einen Arm um ihre Schultern, und eine tiefe Stimme hauchte dicht an ihrem

Ohr: „Gerade hatte ich beschlossen, mich in die Pegnitz zu stürzen, weil du nicht kamst, und zwar kopfüber."

„Und wärst mit dem Kopf hoffnungslos im Schlamm stecken geblieben, lieber Max", lachte Johanna, „denn der Fluss ist bestimmt keinen Meter tief. Warum bist du eigentlich nicht bei den Zwillingen geblieben? Sie haben sich immerhin einen Logenplatz vor der Bühne erobert. Für dich hätten sie sicherlich auch ein Plätzchen frei gehalten."

„Ich muss mir einen Wunsch erfüllen", tat Max ganz geheimnisvoll, „und das geht, wie du weißt, nur hier am Schönen Brunnen, und zwar mit dir zusammen. Komm mit!"

Energisch bahnte er sich einen Weg durch das Gedränge und zog sie hinter sich her. „Wir müssen uns dringend was wünschen", beschied er den Jugendlichen, die auf den Treppenstufen unter dem schmiedeeisernen Gitter des Brunnens herumlümmelten, und zwängte sich an den Sitzenden vorbei. Einen Arm hob er zu dem goldenen Ring im Gitter und den anderen legte er um Johannas Schultern. Während er an dem Ring zu drehen begann, senkte er seinen Mund auf den ihren und schloss die Augen. Er küsste sie bedachtsam, und der Druck um ihre Schultern verstärkte sich.

„Der Wunsch ist im Kasten", flüsterte er ihr nach einer Weile ins Ohr und blies ihr zärtlich ins Haar, „jetzt brauche ich nur noch auf die Erfüllung zu warten."

„Ist das ein lebenswichtiger Wunsch, sozusagen ein Herzenswunsch?", wollte Johanna wissen.

„Es ist ein lebenswichtiger Herzenswunsch, von dessen Erfüllung mein Glück und meine Zukunft abhängen."

„Dann gibt es nur eines, du musst auch den zweiten Ring drehen."

„Zweiter Ring?" Max starrte sie verständnislos an. „Wo soll der denn sein?"

„Komm mit." Diesmal übernahm Johanna die Führung und umrundete fast die Hälfte des Brunnens.

„Hier müsste er eigentlich sein", murmelte sie und suchte angestrengt das Gitterwerk ab. „Ich hab ihn. - Macht mal Platz, wir wollen uns was wünschen."

„Der Wunschring ist aber auf der anderen Seite", entgegneten die auf den Treppenstufen Sitzenden und rückten nur unwillig zur Seite.

„Siehst du ihn?", fragte Johanna und deutete auf den schwarzen Ring, der im schwarzen Gitter kaum zu erkennen ist. „Den musst du auch drehen."

„Dann komm mal näher." Max begann mit der gleichen Prozedur wie vorher. Als sie seine Lippen auf den ihren spürte, machte sie es, wie sie es bei Marlene beobachtet hatte. Sie genoss es einfach, und es gefiel ihr. Von den Alten konnte man wirklich noch einiges lernen, ging es ihr dabei durch den Kopf.

„Was hast du dir denn gewünscht?", fragte sie neugierig, als sie die Steinstufen wieder hinuntergestiegen waren.

„Willst du das wirklich wissen?" Max' Augen glitzerten.

Als Johanna nickte, beugte er sich zu ihr hinunter und raunte in ihr Ohr: „Einmal bei Vollmond mit dir zusammen an der Liebesinsel in der Pegnitz nackt zu baden, habe ich mir gewünscht."

„Du bist aber ganz schön unverfroren", lachte Johanna, die die Idee als solche gar nicht übel fand. „Aber stell dir das Gerede vor, wenn eine Polizeistreife uns dabei erwischen würde, und als interessierte Zuschauer hätten wir sämtliche Bewohner des anderen Ufers. Aber eigentlich brauchen wir darüber nicht nachzudenken, da Wünsche, die ausgesprochen werden, sowieso nicht in Erfüllung gehen."

„Das habe ich befürchtet", bekannte Max geknickt, „deshalb schlage ich vor, alles noch einmal zu wiederholen."

„Machen wir", schrie Johanna ihm ins Ohr, während auf der Bühne die Trompeten zu Fanfaren anschwollen und den Schlussakkord einleiteten, „aber erst, wenn wir den Hauptmarkt für uns alleine haben."

Beifallsstürme tobten um sie herum, und wieder war eines der unvergleichlich stimmungsvollen Bardentreffen vorübergegangen.

„Ich habe übrigens ein Geschenk für dich." Max klopfte suchend die zahllosen Taschen seiner ärmellosen Weste über dem weißen

Polo-Shirt ab. Endlich wurde er fündig und zog ein zigarrenförmiges, in dunkelblaues Samtpapier eingeschlagenes Päckchen hervor.

Johanna nahm es überrascht in Empfang und machte sich sogleich neugierig ans Auspacken. Ein glasklares Etui kam zum Vorschein, in dessen Innerem sie einen Ring entdeckte, der über einer Papierrolle steckte.

Max öffnete für sie das Etui, fischte den Ring heraus und hielt ihn ihr vor die Augen. „An was erinnert er dich?"

Johanna musterte den Edelstahlring, durch dessen obere Wölbung sich ein feiner Goldreif zog. Vorsichtig berührte sie den Goldreif und stellte überrascht fest, dass er sich drehen ließ.

„Sag schon, an was erinnert dich dieser Ring?", beharrte Max ungeduldig auf seiner Frage.

„Irgendwie an den goldenen Wunschring im Brunnengitter", antwortete Johanna nachdenklich.

„Kluges Mädchen", freute sich Max und streifte ihr den Ring über den kleinen Finger der linken Hand. „Das ist der ›Nürnberger Wunschring‹, den übrigens der Sohn von unserer Puppenmacherin in der Unteren Krämersgasse anfertigt. Ist er nicht eine außerordentliche Zierde an der Hand einer Nürnbergerin?"

„Ich bin aber keine echte Nürnbergerin", bekannte Johanna schuldbewusst, „wie du weißt, mussten meine Eltern noch vor meiner Geburt aus beruflichen Gründen nach München ziehen."

„Das ist natürlich ein schlimmer Makel", konstatierte Max mit strengem Blick. Dann zog er sie aber tröstend an sich. „Wir verzeihen dir jedoch großmütig deine unwürdige Geburt, weil du eine weit überzeugendere Nürnbergerin bist als so manche Eingeborene."

Gerührt betrachtete Johanna den Ring an ihrem Finger und drehte am Goldreif.

„Ich würde zu gern erfahren, was du dir gerade wünschst", wisperte Max in ihr Haar, „und hoffe inständig, dabei auch eine Rolle zu spielen."

„Warum nicht?", lachte Johanna spitzbübisch. „Aber Nacktbaden bei Vollmond an der Liebesinsel ist nicht dabei, soviel kann ich dir verraten. Ich wünsche mir eine Gondelfahrt auf der Pegnitz."

„Da seid ihr ja!"

Unvermutet waren die Zwillinge mit Sabine im Schlepptau aufgetaucht und rissen die Aufmerksamkeit ihrer Mutter an sich.

„Liberty und der Professor bleiben noch eine Stunde", stürmte Beate auf sie ein, „wir dürfen doch auch?"

„Auf keinen Fall", entschied ihre Mutter, „es ist spät, und morgen früh müsst ihr zur Schule."

„Aber die anderen dürfen doch auch bleiben", maulte Birgit, „nur wir mit unserer Polizistenmutter haben wieder einmal die Deppenkarte gezogen."

„Lass sie doch noch ein Stündchen mit ihren Schulkameraden zusammen", bat Max. „Wir trinken in der Zwischenzeit ein Gläschen Wein."

Auch Sabine begann, sich auf die Seite der Zwillinge zu schlagen, und warf ihr einen bittenden Blick zu.

„Na gut", gab Johanna bei dieser Übermacht nach. „In einer Stunde sehen wir uns dort oben. Entweder findet ihr uns im Alex oder im Café Kröll." Dabei deutete sie auf die Terrasse, von der man den gesamten Hauptmarkt bequem im Blick hatte.

„Danke, Max, du bist sooo süß. Das werden wir dir nie vergessen."

Max ließ sich die Umarmungen der Zwillinge mit einem breiten Lächeln nur zu gern gefallen.

„Und mir wird wohl nicht gedankt?"

„Danke, Mama, bis später", warfen sie ihr bereits im Weggehen über die Schulter zu.

„Soviel zu meinen präpotenten Zwillingen", grummelte Johanna verdrossen, als sie auf der Terrasse saßen und die Gläser mit der kühlen Scheurebe vor sich hatten.

„Also ich finde die zwei richtig nett", stellte Max fröhlich fest und sonnte sich weiter in dem Gefühl des guten Menschen, das die doppelte Umarmung bei ihm hinterlassen hatte.

„Ich auch", stimmte ihm Sabine zu, „aber trotzdem möchte ich nicht in Johannas Haut stecken. Flöhe zu hüten scheint mir leichter zu sein, als es mit den beiden aufzunehmen."

„Wie läuft es denn so mit eurem Fall?", schob Max ein, um von den Zwillingen, die er ins Herz geschlossen hatte, abzulenken.

Joanna erzählte ihm seufzend von den Geschehnissen in der *Eine-für-alle-*WG, und Sabine steuerte die Geschichte mit dem Cäsar und Fini Schneiders Geldprobleme bei.

Die Idee einer Seniorenwohngemeinschaft fand Max hervorragend. „Ihr könnt euch gar nicht vorstellen, welch schreckliche Sachen ich schon auf meinem Seziertisch sehen musste, zum Beispiel schwere körperliche Misshandlungen, die sogar von Angehörigen zugefügt wurden, oder schlimmste Vernachlässigungen. Da finde ich es nur richtig, dass die Alten Selbsthilfemaßnahmen ergreifen und sich zusammentun."

„Würdest du auch in eine Alten-WG ziehen wollen?", erkundigte sich Johanna neugierig. „Du bist Ende vierzig, und mir wurde geraten, bereits mit fünfzig anzufangen, nach geeigneten Gefährten zu suchen. Das sei nämlich ein Prozess, der sich gut über zehn Jahre hinzöge."

„Ich?!" Max schaute sie betroffen an und fuhr sich unbehaglich durch sein kurzes schwarzes Haar, in das sich einige graue Fäden mischten. „Ich und Alten-WG? Ich hatte eigentlich eher ans Heiraten gedacht und an ein Häuschen, in dem ich mit meiner Frau bis an mein Lebensende glücklich und zufrieden bin." Dabei neigte er sich zu ihr hinüber und senkte seine grauen Augen bedeutungsvoll in die ihren.

„Dann stimmt es also doch, was Frau Gruber mir heute in der Straßenbahn erzählt hat", platzte Sabine gefühllos in den gefühlvollen Augenblick hinein, und Johanna spitzte gespannt die Ohren, da ihr dieses Gespräch offenbar entgangen war.

„Sie sagte, überwiegend Frauen würden WGs gründen. Ältere Frauen hätten auch weniger den Wunsch, zu heiraten, und würden lieber nach dem Motto ›Zusammen erleben und getrennt wohnen‹ ihr Leben führen. Viele allein stehende oder verwitwete Männer wollen dagegen heiraten, damit ihre Pflege im Alter gesichert sei. Die beste Sicherheit dafür sei eine Ehefrau, da sie für das Wohlergehen des Partners verpflichtet sei. Bei der Wahl dieser Pflegesicherung würden sie übrigens gar nicht wählerisch sein, - sagte zumindest Frau Gruber", schob Sabine rasch nach, als sie Max empört die Stirn runzeln sah.

Gerade als er seinem Herzen ausgiebig Luft machen wollte, klingelte Johannas Handy.

Sie kramte es aus ihrer Tasche und antwortete mit „Uhl". „Hervorragend", hörten Sabine und Max sie nach einer Weile sagen. „Gut, dann also bis morgen."

„Das waren Markus und Klaus", unterrichte Johanna die beiden, die wie gebannt an ihren Lippen hingen. „Es haben sich neue Entwicklungen ergeben. Hoffentlich kommen Beate und Birgit bald, wir haben nämlich morgen einen anstrengenden Tag vor uns."

„Aber was ist denn los?" Max' Empörung war mit einem Mal verflogen und hatte höchster Spannung Platz gemacht.

„Es kam gerade zu zwei weiteren Festnahmen, aber das erzähle ich dir später", antwortete Johanna fahrig und hielt unablässig nach den Zwillingen Ausschau.

„Da sind sie", rief Sabine, als sie die beiden Mädchen über den Hauptmarkt schlendern sah.

Die Beamtinnen verabschiedeten sich hastig von Max.

„Viel Glück für morgen, meine Märchenfee", flüsterte Max Johanna zu, als er sie kurz in den Arm nahm, „und dreh ab und zu an dem Wunschring, das hilft."

„Danke Max, und nochmals danke für den Ring. Er wird mir sicher helfen." Bevor sie die Treppe hinunterstürmte, warf sie ihm noch eine Kusshand zu.

„Ich würde dir gerne noch mehr helfen und beileibe nicht aus späteren Pflegegründen, aber du lässt es ja nicht zu", vertraute er flüsternd der abendlichen Brise an, die über den Hauptmarkt strich, den Schönen Brunnen sanft umschmeichelte und sich in den gotischen Spitzbögen der Kirche zu Unserer Lieben Frau verfing.

Fünfundzwanzigstes Kapitel

Während Marlene Gruber den Taxifahrer bezahlte und aus dem Auto stieg, kam ein liebesapfelrotes Cabrio die Straße heruntergeschossen und hielt nur eine Handbreit hinter dem Taxi. Überrascht trat sie näher und beugte sich zum geöffneten Seitenfenster an der Fahrerseite hinunter. „Was um aller Welt tun denn Sie hier?"

„Steigen Sie bitte ein, meine Liebe", bat der alte Kriminalrat, „es muss nämlich nicht die gesamte Bleichstraße erfahren, was ich Ihnen sagen will."

„Gut", stimmte Marlene zu, umrundete das Cabrio und kletterte mühsam auf den Beifahrersitz, „aber nur kurz, ich bin nämlich mit den WG-Damen zum Abendessen verabredet. Heute gibt es Dampfnudeln, die ich mir auf keinen Fall entgehen lassen will."

„Ich weiß, ich hatte Sie nämlich gesucht und deshalb in der WG angerufen. Dabei wurde ich übrigens auch zu den Dampfnudeln eingeladen. Eine Frau Benz sagte mir als Begründung, dass sie für *alte Kriminelle* eine außerordentliche Vorliebe habe. Also, ich kam nicht dahinter, was sie damit meinte. Sie etwa?"

Marlene nickte und wollte es ihm gerade erklären, als ein dunkelgrauer 5er-BMW langsam an ihnen vorbeifuhr und vor dem WG-Gebäude zum Stehen kam. Gleichzeitig ging die Haustür auf, und Kränzlein kam heraus. Eilig durchquerte er den Vorgarten, öffnete die kleine Pforte im schmiedeeisernen Gittertor und stieg, ohne nach rechts oder links zu schauen, in den BMW, der sich sofort in Bewegung setzte.

„Nichts wie hinterher", entschied der alte Fürst und startete das Cabrio. „Bitte angurten!"

„Und die schönen Dampfnudeln?", jammerte Marlene, als sie sich von ihrer Überraschung erholt hatte und gehorsam den Sicherheitsgurt anlegte.

„Machen nur dick." Der alte Kriminalrat ließ ein paar Autos zwischen sein Cabrio und den BMW. „Jetzt bin ich aber neugierig, wohin die beiden wollen", murmelte er, während er sich in den

Verkehr einreihte und dabei unablässig das dunkelgraue Fahrzeug fixierte.

Vom Frankenschnellweg ging es weiter zum Autobahnzubringer. Als sie auf die A 6 einbogen und der BMW sein Tempo merklich erhöhte, musterte er besorgt den Treibstoffanzeiger. „Hoffentlich reicht der Sprit", seufzte er, „bei dieser Geschwindigkeit verbraucht das Auto Unmengen an Benzin."

„Habe ich Ihnen nicht gesagt, dass dieses Cabrio für Observierungen gänzlich ungeeignet ist?" Marlene machte sich keine Mühe, die Schadenfreude in ihrer Stimme zu verbergen. „Was hatten Sie mir eigentlich in der Bleichstraße sagen wollen?"

„Wie bitte? Zum Teufel, wohin wollen die eigentlich? Jetzt sind wir schon an Schwabach vorbei, und bis Ansbach ist es auch nicht mehr weit."

„Ich fragte, was Sie mir in der Bleichstraße hatten sagen wollen", wiederholte Marlene geduldig und schloss entsetzt die Augen, als unvermutet ein weißer Mercedes knapp vor ihnen von rechts auf die Überholspur einscherte.

„Ach ja, richtig." Nervös trommelte der alte Fürst mit den Fingern auf das Lenkrad. Dann tastete er, ohne die Augen von der Straße abzuwenden, mit seiner Rechten nach Marlenes Hand und umfasste sie zärtlich. „Ich wollte Sie ins Balazzo Brozzi entführen und mit Ihnen zusammen bei einem Gläschen Champagner nachdenken, ob Sie sich für den Gedanken erwärmen könnten, gemeinsam mit mir …"

Plötzlich riss er seine Hand zurück, umklammerte das Steuerrad und schrie: „Festhalten, die wollen auf die A 7, und ich muss ganz rechts rüber." Halsbrecherisch zog er das Cabrio über die Fahrspuren.

Marlene schloss währenddessen die Augen, legte ihr Schicksal in die Hände des Schöpfers und wartete auf den Aufprall, der nun unweigerlich folgen würde.

„Geschafft", schnaufte der Kriminalrat erleichtert auf. „Wir sind auf der A 7, und Sie können Ihre Augen wieder aufmachen. Wo die bloß hinwollen, hoffentlich nicht nach Ulm. Bis dahin würde das Benzin auf keinen Fall reichen."

„Ich wäre zutiefst dankbar, wenn es nur noch ein paar Meter weit reichen würde", krächzte Marlene kläglich, „mir ist nämlich hundeelend. Wenn Sie noch einmal mit einem derartig wüsten Fahrstil aufwarten, kann ich für nichts mehr garantieren." Mit zitternden Händen kramte sie in ihrer Handtasche, zog ein Papiertaschentuch aus der Packung und presste es vorsichtshalber an den Mund.

„Ich bitte Sie inständig, meine Liebe, halten Sie noch ein wenig durch", flehte der alte Fürst und fuhr dann merklich erleichtert fort: „Schauen Sie, die haben den Blinker gesetzt und wollen hier abfahren."

Zu Marlenes Erleichterung verlangsamte er das waghalsige Tempo und folgte dem BMW in einem sorgfältig kalkulierten Sicherheitsabstand.

Bald, nachdem sie in eine Landstraße abgebogen waren, schimmerte ein hell erleuchtetes, mit zahlreichen Fahnen geschmücktes Gebäude aus der Dunkelheit, dessen halbrunder Vorbau auf den ersten Blick ein wenig an das römische Kolosseum erinnerte.

Der BMW hielt zielstrebig auf das Gebäude zu, und der Kriminalrat lachte grimmig auf. „Schau, schau, ins Spielcasino Feuchtwangen geht also die Reise."

Während der BMW das Parkhaus ansteuerte, suchte sich der alte Fürst eine Abstellmöglichkeit auf dem großen, gut besuchten Außenparkplatz. Dann griff er nach seinem Handy auf der Konsole und tippte eine Nummer ein.

„Fürst hier, hören Sie, Herr Popp, Kränzlein und der Altenpfleger Suttner sind gerade in das Parkhaus der Spielbank Feuchtwangen gefahren … Wie bitte?" Aufmerksam lauschte er einen Moment in den Hörer. „Gut, bis nachher. Wir werden sie inzwischen ausfindig machen." Danach wandte er sich teilnahmsvoll an Marlene: „Geht es Ihnen wieder besser?"

Sie nickte, und er rieb sich unternehmungslustig die Hände. „Hervorragend, dann wollen wir mal die beiden aufstöbern."

Marlene packte das Papiertaschentuch weg und kletterte erleichtert aus dem Auto. Verzweifelt versuchte sie zunächst, die schlimmsten Falten in ihrem sandfarbenen Hosenanzug zu glätten. Vergeblich. Wie hineingebügelt trotzten sie hartnäckig allen Verschönerungsbemühungen. Kritisch beäugte sie nun ihren Begleiter und stellte schadenfroh fest, dass seine hellgraue Hose es ebenfalls mit einer Ziehharmonika aufnehmen konnte. Lediglich das dunkelblaue Jackett sah manierlich aus, da es während der Höllenfahrt auf der Rückbank gelegen hatte.

„Ich glaube übrigens nicht, dass Sie ohne Krawatte eingelassen werden", mutmaßte sie beim Anblick des offenen Kragens seines kurzärmeligen weißen Hemdes.

„Ein ehemaliger Ermittler ist stets für alle Lebenslagen gerüstet", grinste er und öffnete die Beifahrertür seines Autos. Er griff ins Handschuhfach und zog einen schmalen Schlips aus schwarzem Nappaleder hervor, bei dessen Anblick jeder Altkleidersack in Tränen ausgebrochen wäre.

„Schlips ist Schlips", lachte er, als er Marlenes indigniertes Stirnrunzeln wahrnahm, und stopfte das gute Stück in die Jackentasche.

Gemeinsam strebten sie den hell erleuchteten, breiten Glastüren zu. Bevor sie das Gebäude betraten, warf Marlene einen neugierigen Blick auf die Speisekarte des Casino-Restaurants. Das angebotene Fünf-Gänge-Menü fand sie durchaus preiswert, allerdings machte ihr die offerierte Speisenfolge keinen übermäßigen Appetit, und sie dachte wehmütig an die Dampfnudeln, die ihr entgangen waren. Dampfnudeln! Sie musste sich umgehend bei der WG für ihr Fernbleiben entschuldigen. „Geben Sie mir bitte mal Ihr Handy", bat sie.

Der Kriminalrat reichte es ihr, und sie tippte die Nummer ein. Als abgehoben wurde, erklärte sie, dass sie sich in der Spielbank Feuchtwangen befände und die übrig gebliebenen Dampfnudeln morgen auch kalt essen würde. Dabei bestätigte sie, dass der ›alte Kriminelle‹ auch mit von der Partie sei.

„Von welchem Kriminellen ist denn da ständig die Rede?", wollte der alte Fürst Stirn runzelnd wissen. Aber dann erwachte in ihm das Jagdfieber, und ungeduldig zog er Marlene mit sich, die ihm willig folgte, da sie auf diese Weise einer Antwort enthoben wurde.

Sie betraten das hohe Foyer in düsterer Sichtbetonbauweise, und der Kriminalrat a. D. wandte sich sofort an die Garderobiere, die untätig hinter ihrem Tresen saß. Während der Sommermonate wurden selten Kleidungsstücke abgegeben, und er konnte sich mit Muße nach den Örtlichkeiten erkundigen.

„Für den Roulettesaal im Obergeschoß brauchen Sie aber eine Krawatte", rief die Garderobiere ihm nach, als er wieder zu Marlene zurückkehrte. „Bei mir könnten Sie sich eine ausleihen."

„Nicht nötig", beruhigte er sie und klopfte grinsend auf seine ausgebeulte Jackentasche.

„Nehmen wir uns zunächst den unteren Raum mit den Spielautomaten vor", schlug er Marlene vor und bot ihr seinen Arm an. Sie hakte sich locker ein, und sie stiegen zusammen die Treppe hinunter.

Bereits an der breiten Glastür hatten sie das Gefühl, in ein kleines Stück Las Vegas einzutauchen. Überall blinkte, blitzte und rasselte es. In der Mitte des Raumes schimmerte eine mächtige goldene Krone, von vier riesigen künstlichen Fackeln umgeben, aus denen immer wieder beängstigend echt wirkende Flammen bis fast unter das blaue Dach des Saales schossen.

An nahezu allen Automaten wurde gespielt. Mühevoll drängten sie sich durch die Herumflanierenden. Einige trugen bis zum Rand mit Fünfzig-Cent-Münzen gefüllte Körbchen in den Händen und hielten Ausschau nach einem freien Automaten, den sie mit den Münzen füttern würden. Bei anderen waren die Körbchen bereits leer. Warum die trotzdem nach einem freien Automaten Ausschau hielten, blieb Marlene ein Rätsel.

Während der alte Fürst mit Falkenblick den Raum nach Kränzlein und Suttner absuchte, wurde sie von einem jungen Mann in den Zwanzigern in den Bann gezogen, der auf einem Hocker vor einem Automatenroulette kauerte. Immer wieder zog er eine Tabelle zurate, warf eine Münze ein und betätigte den Automaten. Keine Münze wurde ausgespuckt, und er nahm in seiner Tabelle Eintragungen vor. Wieder und wieder das Gleiche: Tabelle - Münze - Automat - Tabelle.

„Sechs Euro sind es schon", zählte sie leise mit und ging dicht an ihm vorbei, um zu sehen, was er tatsächlich mit der Tabelle machte.

Sofort legte er den Arm über das Papier, und sie flüsterte ihm zu: „Sie dummer Junge, so weit kann ich doch gar nicht sehen."

Stumpfe Augen in einem leeren Gesicht wandten sich ihr für einen Augenblick zu, um sich sofort wieder auf den Rouletteautomaten zu heften.

Erschüttert suchte sie Hegelunds Nähe und fand ihn vor dem Bayern-Jackpot wieder.

„Wollen wir ein Spielchen wagen und schlimmsten Falls einen Euro fünfzig auf den Kopf hauen? Der Jackpot steht immerhin gerade bei stattlichen 106 840 Euro." Unternehmungslustig begann er, seinen Geldbeutel zu durchforsten. „Hören Sie, könnten Sie mir vielleicht mit fünfzig Cents aushelfen?"

Marlene, die zutiefst betroffen an einem der Spielautomaten des Jackpots Platz genommen hatte, reichte ihm wortlos die Münze. Auf dem Display unter den Köpfen der drei königlich bayerischen Löwen zogen vor ihren Augen immer und immer wieder die Worte ›Glück ist die königliche Unterhaltung - für nur dreimal fünfzig Cents erwarten Sie königliche Gewinne‹ vorbei.

Wie ein gewiefter Zocker warf Hegelund die Münzen ein, und die Trommel begann sich zu drehen. In null Komma nichts war das Spiel vorbei, und der Bayern-Jackpot hatte sich auf 106 841,50 Euro erhöht.

„Mist", schimpfte er enttäuscht und fragte dann hoffnungsvoll: „Hätten Sie vielleicht noch ein paar Münzen?"

„Nichts da", schnaubte Marlene aufgebracht, „das fehlte gerade noch, dass Sie meine sauer verdiente Rente verspielen, Sie haltloser Mensch. Wir gehen jetzt an die Bar und trinken einen Kaffee, damit Sie wieder zur Besinnung kommen und sich an den Anlass erinnern, der uns hierher geführt hat."

Hegelund duckte sich unter Marlenes Worten und folgte ihr kleinlaut zur Bar. Von den hohen Barhockern an der hinteren Längsseite aus hatten sie die Eingangstür bequem im Visier und mussten sich bei der Musterung der Hereinkommenden nicht die Köpfe verrenken. Als der Kaffee kam, bezahlte Hegelund sofort, damit sie unverzüglich ihre Verfolgung aufnehmen konnten, wenn es nötig sein sollte.

Marlene nahm einen Schluck vom Kaffee, und nach und nach begann die Beklemmung sich zu lösen, die das leere junge Gesicht des Spielers in ihr hervorgerufen hatte. Verstohlen riskierte sie einen Blick in seine Richtung. Nach wie vor kauerte er vor dem blinkenden Roulettegerät und fütterte wie ein Automat den Automaten. Ihr Auge schärfte sich, und sie nahm nun auch in vielen anderen Gesichtern diese Leere wahr. Dabei wurde ihr bewusst, dass nahezu gleich viel Männer und Frauen die Spielbank besuchten.

„Gehen wir doch nach oben zu den Roulettetischen", schlug sie vor, in der Hoffnung, dieser trügerisch funkelnden Scheinwelt entfliehen zu können. „Vielleicht setzen sie dort bereits ihr Spiel."

Gehorsam, da er es mit ihr sich nicht noch einmal verderben wollte, folgte ihr Hegelund in das Obergeschoss der Spielbank. Dabei schlang er sich die schäbige Lederkrawatte um den Hals und machte sich nicht einmal die Mühe, sie unter den Kragen zu stecken.

An dem Tresen neben der Tür, die in den Roulettesaal führte, bezahlten sie das Eintrittsgeld, und aus ihren Personalausweisen wurden alle Daten herausgelesen, die für eine Spielbank wichtig sind.

„Jetzt gehören wir zu den bayerischen Zockern und sind offiziell registriert", raunte er in ihr Ohr, als sich die Tür zum Roulettesaal wie von Geisterhand vor ihnen öffnete.

Suttner sahen sie sofort. Lässig lehnte er an einem der Bistrotischchen in der Nähe der Black-Jack-Spieltische und scherzte mit einer Frau, die Marlene auf ihr eigenes Alter schätzte. Die Frau umklammerte mit einer ihrer beringten Hände einen beachtlichen Stapel Jetons, in der anderen hielt sie ein Sektglas. Kokett lächelte sie Suttner von unten herauf an und prostete ihm zu. Er hob ebenfalls sein Glas und erwiderte ihr Lächeln, das aber nicht bis in seine Augen vordrang, die unaufhörlich im Saal umherhuschten.

Was er wohl suchte, Opfer? Wer sind seine Opfer, alte Frauen? In der Gewissheit, dass er sie nicht erkannte, beobachtete ihn Marlene ungeniert.

„Kommen Sie, ich habe den Kränzlein entdeckt", flüsterte Hegelund und zog sie sachte am Arm zu den Roulettetischen, die von Spielern und Zuschauern dicht belagert waren.

Kränzlein tänzelte zwischen zwei der neun Tische hin und her. Auf dem linken Tisch platzierte er zwölf Jetons auf unterschiedlichen Feldern und ging sofort zum rechten, auf den er in der gleichen Weise zehn setzte.

„Nichts geht mehr", hörten sie einen der beiden Croupiers sagen, und Kränzlein kehrte zum linken Tisch zurück, auf dem die Kugel gerade zum Stillstand kam. Er nahm den Stapel von sieben oder acht Jetons, den ihm der Croupier zugeschoben hatte, in Empfang und verteilte ihn unverzüglich wieder auf dem Spielfeld. Mit Jetons aus seiner Jackentasche ergänzte er sie abermals auf zwölf. Danach tänzelte er zum rechten Tisch zurück, an dem nun ebenfalls die Kugel zum Stillstand gekommen war. Vier Jetons wurden ihm zugeschoben, und er erhöhte sie aus der Jackentasche auf zehn.

„In dieser Runde hat er auf alle Fälle zehn Jetons verloren", raunte Marlene dem alten Fürst ins Ohr. „Haben Sie eine Ahnung, wie hoch sein Einsatz ist?"

Hegelund schüttelte bedauernd den Kopf. „Aber dahinter kommen wir heute sicher noch. Ich muss mal eben telefonieren, halten Sie inzwischen die Stellung."

„Gut. Und wenn er fliehen will, werde ich mich ihm mit der geballten Kraft meines Körpers entgegen werfen."

„Sie sind wirklich die umwerfendste Frau, der ich je begegnet bin", flüsterte er dicht an ihrer Wange und blies ihr sanft ins Haar. „Aber mit dem Entgegen-Werfen warten wir lieber auf die Kommissare Popp und Wiesner, die sind besser trainiert als wir. Ich sage ihnen schnell über das Handy Bescheid, wo sie uns finden, damit sie nicht die ganze Spielbank absuchen müssen und ..."

„Unversehens dem Reiz des Bayern-Jackpots erliegen", ergänzte Marlene mit einem boshaften Lächeln.

Der alte Kriminalrat stahl sich davon, und Marlene beobachtete weiter Kränzlein, der ständig zwischen den zwei Roulettetischen hin- und hertänzelte. Mit dem stets gleichen maskenhaft starren Gesicht, aus dem keine Gemütsbewegung herauszulesen war, strich er die wenigen gewonnen Jetons ein und setzte neue. Wie unter Zwang schien er zu handeln.

In Marlene keimte die gleiche Beklemmung auf, die sie bereits bei den Spielautomaten erfasst hatte, und sie verspürte das unbezähmbare Bedürfnis, einem der Croupiers den Rechen zu entreißen und dreinzuschlagen. Dreinschlagen wollte sie auf die Croupiers, die mit unbewegter Miene zusahen, wie Existenzen vernichtet wurden, und sich, wenn die Kugel zu rollen begann, scherzhafte Sätze zuwarfen. Dreinschlagen auf die Spieler und die Gaffer und vor allem auf Kränzlein, damit der endlich aus seiner Trugwelt erwachte.

Zentimeter um Zentimeter arbeitete sie sich in die Nähe des Croupiers auf ihrer Seite des Tisches und begann vorsichtig, die Hand auszustrecken. Erschrocken riss sie sie wieder zurück, als sie eine Hand auf ihrer Schulter spürte.

„Sie sind eben eingetroffen", flüsterte der alte Fürst, „und haben noch eine kleine Unterredung mit der Spielbankdirektorin. Was taten Sie eigentlich gerade direkt am Spieltisch?", verlangte er dann, von ihr zu wissen. „Wollten Sie etwa ein Spielchen wagen, meine Liebe?" Scherzhaft drohte er ihr mit dem Finger. „Sie haben es aber faustdick hinter den Ohren."

In diesem Augenblick öffnete sich die Saaltür, und die Kommissare Popp und Wiesner schlenderten herein. Mit dem geübten Blick routinierter Ermittler erfassten sie sofort die Situation und trennten sich. Klaus Wiesner steuerte auf Suttner zu und Markus Popp auf Kränzlein.

Markus zückte seinen Dienstausweis, stellte sich dem tänzelnden Kränzlein in den Weg und hinderte ihn daran, wiederum Jetons auf dem rechten Tisch zu platzieren. Das zuvor maskenhaft starre Gesicht verzerrte sich vor Wut, und er versuchte, sich den Weg zum Roulettetisch mit Gewalt zu erkämpfen. Markus, der damit gerechnet hatte, drehte ihm mit einem schmerzhaften Griff die Arme nach hinten. Ohne auf die verzweifelte Gegenwehr Kränzleins zu achten, fragte er einen der Croupiers am linken Tisch: „Was ist, hat er gewonnen?"

Wortlos wurden ihm mit dem Rechen drei Jetons zugeschoben. Markus griff danach und steckte sie dem Kränzlein in die Jackentasche. Danach bugsierte er ihn zur Eingangstür, wo Klaus Wiesner bereits mit Suttner wartete.

„Was geschieht nun mit ihnen?", fragte Marlene, deren maßlose Wut erst abzuklingen begann, als Kommissar Popp den tänzelnden Kränzlein zum Stillstand gebracht hatte.

„Zunächst werden sie getrennt vernommen", vermutete der alte Fürst. „Die Spielbankdirektorin hat ihnen dafür zwei Räume zur Verfügung gestellt. Je nach dem, was die Vernehmung ergibt, lässt man sie entweder laufen oder nimmt sie vorläufig fest und bringt sie nach Nürnberg. - Und was machen wir, meine Schöne, vielleicht doch ein Spielchen?"

„Fahren Sie mich bitte nach Hause", flehte Marlene. „Dieser Sumpf hier bereitet mir so viel Übelkeit, dass ich ganz wackelig auf den Beinen bin."

„Schade", bedauerte Hegelund Fürst von Herzen, „vielleicht hätten Sie mir Glück gebracht."

„Sicherlich nicht", entgegnete Marlene und setzte mehrdeutig hinzu: „Sie wissen doch, wer Glück in der Liebe hat, hat Pech im Spiel."

„Also, wenn Sie das so sehen, meine Liebe, dann gehen wir sofort", entschied Hegelund frohgemut, und ein glücklicher Schimmer stahl sich in seine Augen.

„Wenn ich es mir recht besehe, stimmt das auch mit dem Sumpf", stellte er auf dem Weg zum Auto fest und riss sich mit einem Ruck seine ›Krawatte-für-alle-Gelegenheiten‹ vom Hals. „Schlimmer noch, es ist ein durchaus legaler Sumpf." Er hielt Marlene die Autotür auf und schob sich anschließend seufzend hinter das Lenkrad. „In Deutschland erwirtschaften über achtzig Spielbanken jährlich mehr als vier Milliarden Euro. Rund achtzig Prozent der Einnahmen führen sie an den Staat ab."

Er startete das Fahrzeug und steuerte es aus der Parkbucht heraus auf die Straße. „Dieses Geld wird übrigens fest in die öffentlichen Haushalte eingeplant. Dabei interessiert es den Staat wenig, dass es nicht selten aus reichlich dubiosen Quellen stammt." Mit einem letzten Blick auf das in strahlendes Licht getauchte Gebäude fügte er hinzu: „Diese Spielbank hier in Feuchtwangen ist die erfolgreichste in Bayern. Wussten Sie das?"

Marlene schüttelte den Kopf, was er im dunklen Auto jedoch nicht bemerkte, und in ihr keimte abermals der unbezwingbare Wunsch zum Dreinschlagen auf. Während der Heimfahrt führte sie sich ständig die Spieler vor Augen. Es waren durch und durch alltägliche Menschen, meist von der Art, wie sie mit ihr zusammen in der Straßenbahn fuhren oder ihr täglich beim Einkaufen begegneten.

Sechsundzwanzigstes Kapitel

Johanna und Sabine waren am nächsten Morgen noch nicht lange im Präsidium, als die Tür zu Johannas Dienstzimmer aufflog und Markus und Klaus hereinstürmten.

„Lässt sich irgendwo noch ein Schluck Kaffee auftreiben?", fragte Klaus und schaute dabei hoffnungsvoll seine Kollegin Sabine an. „Ich bin nämlich von gestern noch vollkommen groggy."

„Für mich bitte auch", seufzte Markus, „das war jedenfalls eine reichlich kurze Nacht."

„Klar mach ich euch Kaffee." Bereits im Hinausgehen drehte Sabine sich noch einmal um und drohte: „Ich schütte ihn euch aber kochendheiß über den Kopf, wenn ihr es wagt, in meiner Abwesenheit mit eurem Bericht zu beginnen."

„Das Herzchen hat sich aber erstaunlich schnell bei uns eingewöhnt, so wie sie mit uns umspringt", knurrte Klaus, und Johanna rief Sabine nach: „Bring mir bitte auch einen mit! Wer weiß, wie lange sich das heute noch hinzieht."

Gemeinsam gingen sie nach nebenan in das Besprechungszimmer.

„Udo Wessels hat sich übrigens gerade noch einmal Kränzlein zur Brust genommen, und Peter Starke den Uwe Suttner", sagte Klaus, während er sich hinter dem Besprechungstisch auf einen Stuhl quetschte. „Soviel werde ich hoffentlich noch sagen dürfen, ohne einen verbrühten Kopf zu riskieren."

„Aber kein Wort mehr, bevor ich sitze", keifte Sabine von der Tür her und trug die Tassen herein, aus denen es herausdampfte.

Alle nahmen ihre Tassen in Empfang, und Klaus wartete geduldig, bis Sabine Platz genommen hatte.

„Aber jetzt, und schön der Reihe nach", leitete er ungeduldig seine Berichterstattung ein. „Als wir vom alten Fürst die Nachricht bekamen, dass er Kränzlein und Suttner auf den Fersen war, bretterten wir sofort hinterher. In der Spielbank Feuchtwangen nahmen wir beide vorläufig fest und verhörten sie. Während es uns bei Kränzlein schnell klar wurde, dass er spielsüchtig ist, blieb uns Suttners Motiv, warum der sich in der Spielbank aufhielt, zunächst unklar. Er spielte nämlich nicht. Erst der Hinweis eines Kellners brachte ein wenig Licht ins Dunkle. Offensichtlich machte der sich, während Kränzlein sein Geld verzockte, an alte Frauen ran. Dem Kellner war es jedenfalls so vorgekommen. Aus ihm selbst war dazu jedoch kein Wort herauszukriegen. Das Einzige, was er gestern von sich gab, war die Bitte um einen Anwalt. Unsere Feuchtwanger Kollegen brachten ihn im Rahmen der Amtshilfe für uns nach Nürnberg, während wir Kränzlein kostenlos zurückbeförderten. Wir konnten nämlich nicht beide zusammen in unserem Auto transportieren, da sie die Möglichkeit gehabt hätten, sich miteinander abzusprechen. Wenn wir hier fertig sind, werde ich Udo Wessels beim Verhör unterstützen. Irgendwie muss doch diese taube Nuss zu knacken sein."

Er schaute auf die Uhr und kaute nachdenklich auf seiner Unterlippe. „Wenn mich nicht alles täuscht, werden die Kollegen, die Suttners Wohnung gerade überprüfen, bald hier sein. Vielleicht ist denen etwas in die Hände gefallen, was Suttners Gesprächsbereitschaft erhöhen könnte."

„Gut, Klaus, das war auf alle Fälle eine hervorragende Arbeit", lobte ihn Johanna. In diesem Zusammenhang fiel ihr Fini Schneider ein, und sie erinnerte Sabine daran, bei ihr vorbeizuschauen.

„Das mach ich sofort, aber zuerst möchte ich noch Markus' Bericht hören."

Markus Popp brannte bereits darauf, endlich zu Wort zu kommen, und ließ sich auch nicht lange bitten. „Kränzlein gehört nicht gerade zu den *Ersten Spielern*, aber ..."

„Was soll das denn heißen, Erste Spieler?", rätselte Sabine.

„Die Leute von der Spielbank verstehen darunter Spieler, die besonders hohe Beträge verzocken." Markus lächelte dünn, nestelte aus seiner Jackentasche das Etui mit der Petit-Point-Stickerei auf dem Deckel und fingerte nach einem Zigarillo. Während er den Aschenbecher von der Mitte des Tisches zu sich heranzog, zündete er es an und stieß eine dichte Rauchwolke aus. Das Etui schnappte so peinlich laut zu, als ob jemand geschossen hätte, und Sabine fuhr erschrocken zusammen. „Über diese Ersten Spieler werden übrigens häufig intern Listen geführt", setzte Markus indessen ungerührt fort, „was eigentlich illegal ist, und sie werden mit attraktiven Angeboten zu Spiel-Wochenenden gelockt. Erst kürzlich gab es einen spektakulären Fall in Baden-Baden. Dort hatte ein Unternehmer sieben Millionen Euro verspielt und damit seine eigene Existenz und die seiner Familie vernichtet. Er lebt jetzt von der Sozialhilfe."

„Um Himmels willen", entsetzte sich Sabine. „Dagegen muss der Staat doch etwas tun?"

„Einen Teufel tut der Staat dagegen", schnaubte Markus aufgebracht und zog so heftig an seinem Zigarillo, dass sich in seinen Wangen Krater bildeten. „Warum sollte er auch seinen eigenen Geldhahn zudrehen? Während ihr selig geschlummert habt, machte ich dazu ein paar Recherchen. Der BSE spült nämlich fette Gewinne in die Staatskasse."

„BSE?" Sabine starrte ihn überrascht an. „Meinst du etwa *Bad simple English?*"

„Oder doch Rinderwahnsinn?" Ratlos kratzte sich Klaus am Kopf. „Am Ende handelt es sich dabei gar um eine neue Form von staatlichem Wahnsinn."

Markus schüttelte den Kopf und ließ ein paar Mal sein Etui zuknallen, bis Johanna es ihm aus der Hand nahm. „Ich spreche vom Bruttospielertrag, der gemeinhin als BSE abgekürzt wird. Der Glücksspiel-BSE ist der Unterschied zwischen dem Einsatz des Spielers und dem Gewinn, der ihm ausgezahlt wird. Anhand der letzten Zahlen, die ich finden konnte, trugen die 840 000 Gäste der bayerischen Spielbanken im vergangenen Jahr knapp achtzig Millionen Euro weniger nach Hause als sie mitgebracht hatten. Ohne auch nur einen einzigen Jeton gesetzt zu haben, kassiert der Fiskus 45 Prozent der BSE-Summe als Spielbankenabgabe, weitere 15 Prozent fließen in die Kassen der jeweiligen Gemeinden. Von den verbliebenen 40 Prozent ziehen die Spielbanken ihre Kosten ab und überweisen den Rest ebenfalls an den Fiskus."

„Damit bereichert sich der Staat aber gerade auch an Spielsüchtigen", empörte sich Sabine.

„Richtig." Markus lächelte maliziös. „Rund fünfundneunzig Prozent der Einnahmen stammen eben von Spielsüchtigen. Laut dem

Verband ›Glücksspielsucht‹ ist die Spielsucht übrigens die Sucht mit der höchsten Selbstmordrate. - Aber jetzt wieder zu Kränzlein. Zu den so genannten Ersten Spielern gehörte er zwar nicht, aber einem der Croupiers konnte ich nach gutem Zureden entlocken, dass er den Betrag, den Kränzlein in letzter Zeit verspielte, auf annähernd fünfzigtausend Euro schätzt. Allein gestern hatte er zehntausend Euro verzockt. Jetzt frage ich euch, woher der das Geld zum Spielen hat."

„Das hättest du lieber Kränzlein fragen sollen", warf Johanna ungeduldig ein, „wir wissen es jedenfalls nicht."

„Hab ich ja", grummelte Markus verdrossen, „aber der Stockfisch macht das Maul nicht auf. Mal sehen, ob Peter, der ihn gerade in der Mangel hat, etwas aus ihm herausleiern kann."

„Hoffentlich", seufzte Johanna und war ein wenig enttäuscht. „Dann bleibt uns nichts anderes übrig als zu warten, bis ihr ihn zum Reden gebracht habt."

„Nicht ganz", lächelte Markus listig, „ich bin nämlich noch nicht fertig. Als wir Kränzlein gestern hier abgeliefert hatten, fuhr ich mit ein paar Kollegen von der KTU abermals zu der Seniorinnen-WG, und wir nahmen uns seine Wohnung und die der Professorin noch einmal gründlich vor. Dieser Mistkerl hatte doch tatsächlich in der Zech-Wohnung Mikrofone eingebaut und konnte die Professorin nach allen Regeln der Kunst belauschen. Die Kollegen überprüfen gerade auch die anderen Wohnungen, weil wir das den alten Leutchen in der Nacht ersparen wollten."

„Sehr vernünftig", lobte ihn Johanna. „Aber nehmen wir einmal an, er hat auch die anderen Wohnungen verwanzt, dann konnte er über das Geld, das vor der Steuer hinterzogen werden sollte, Bescheid gewusst haben. Und damit können wir ihn packen. Mir ist allerdings immer noch nicht klar, welche Rolle der Altenpfleger dabei spielt."

„Gib uns ein schlappes Stündchen Zeit, dann sind die zwei Vögelchen endgültig gar gekocht", schlug Klaus unternehmungslustig vor und verpasste Markus einen Rippenstoß. „Auf geht's, wetzen wir die Messer."

Unter der Tür drehte sich Markus noch einmal um und machte ein betretenes Gesicht. „Was ich noch sagen wollte", begann er, „als wir letzte Nacht bei der WG Sturm läuteten, machte uns diese Sennefeld auf. Sie fiel vor Schreck in Ohnmacht, und wir mussten den Notarzt rufen. Es ging ihr aber bereits besser, als ich abzog", fügte er zu Johannas Beruhigung hinzu.

Sabine machte sich auf den Weg zu Fini Schneider, und Johanna fand endlich Zeit, die Sachen in Augenschein zu nehmen, die in der Wohnung des Opfers sichergestellt worden waren. Neben den zahlreichen persönlichen Gegenständen und den Bankunterlagen fiel ihr ein Büchlein über die Beginenbewegung in die Hände. Die Professorin schien sich ernsthaft damit auseinandergesetzt zu haben, denn auf fast jeder Seite hatte sie Unterstreichungen vorgenommen und Marginalien an den Rand geschrieben. Zuunterst in dem hellblauen Sack fand sie das Manuskript, das sie bei der Toten auf der Parkbank gefunden hatten. Neugierig schlug sie die in blaues Kartonpapier gebundene Schrift auf und las den Titel: ›Der 17. Juni 1953 - Eine Untersuchung über politische Manipulation Jugendlicher‹. Es handelte sich um eine Magisterarbeit, die an der Freien Universität Berlin eingereicht worden war. Als Referent wurde der Universitätsprofessor Dr. Jürgen Hallweg aufgeführt und als Koreferentin die Universitätsprofessorin Dr. Constanze Zech.

Interessiert las sie im Vorwort, dass der Verfasser, Christian Arnold, das Thema zu seiner Magisterarbeit deshalb gewählt hatte, weil sein Großvater im Alter von achtundzwanzig Jahren bei dem Aufstand vom 17. Juni 1953 erschossen wurde. Er war von einem guten Freund, das hatte er damals zumindest geglaubt, als Rädelsführer denunziert worden. Der Verfasser führte im Vorwort weiter aus, er werde anhand von zwölf weiteren Einzelbeispielen aufzeigen, wie es dazu kam, dass Jugendliche sich dazu hergaben, andere zu verraten und damit deren Todesurteil in Kauf zu nehmen. Zudem wolle er einige Thesen zur Diskussion stellen, welchen Beitrag Schulen dabei leisten können, dem Problem der politischen Manipulation entgegenzuwirken.

Worum ging es gleich wieder bei diesem Aufstand, rätselte Johanna und blätterte weiter. Im ersten Kapitel wurde sie fündig.

Der Aufstand in der DDR vom 17. Juni 1953 begann als Aufstand der Arbeiter in rund sechshundert Betrieben. Die Ursachen dafür gingen jedoch auf die zweite Parteikonferenz der SED im Juli 1952 zurück. Dort hatte der SED-Generalsekretär Walter Ulbricht den Aufbau des Sozialismus verkündet. Es kam zu einer zunehmenden Sowjetisierung und in der Folge zu einer schweren Ernährungskrise und zum Rückgang der industriellen Produktion. Die SED-Führung reagierte darauf im Mai 1953 mit einem Gesetz zur Erhöhung der Arbeitsnormen um 10,3 Prozent. Vor allem die Arbeiter sahen sich ungerecht behandelt, und vielerorts wurde zum Streik aufgerufen. Der Arbeiteraufstand weitete sich schnell zum Volksaufstand aus, der geradezu revolutionäre Züge annahm. Bald ging es nicht mehr nur um die Rücknahme der Normenerhöhung, sondern auch die Rufe nach freien Wahlen, nach der Wiedervereinigung Deutschlands, und die Forderung der Ablösung Ulbrichts wurden immer lauter. Der Freiheitswille der DDR-Bevölkerung konnte nur noch mit härtester Brachialgewalt unterdrückt werden.

Johanna seufzte tief bewegt und schloss das Manuskript. Mit dem Mord an der Professorin hatte diese unglückselige Geschichte aber nichts zu tun. Sie wollte das Manuskript gerade in den Sack zurücklegen, als ihr das eingeknickte Eselsohr ungefähr in der Mitte des Werkes auffiel.

Als sie es an der markierten Stelle aufschlug, sprangen ihr sofort die Marginalien am Rande ins Auge. Neugierig entzifferte sie die Sätze und folgte dem Pfeil, der auf einen längeren Absatz verwies. „Das gibt es doch nicht", flüsterte sie, während ihre Augen über die Zeilen flogen. „Ich muss sofort hin." Hastig packte sie das Manuskript in die Tasche. Die anderen wollte sie beim Verhör nicht stören, deshalb wählte sie Sabines Nummer, damit wenigstens sie Bescheid wusste, wo sie in der nächsten Zeit zu finden war.

In diesem Augenblick wurde die Tür stürmisch aufgerissen, und ihre Kollegen strömten hintereinander herein. Während Markus, Peter und Udo ein siegessicheres Lächeln wie eine Fahne vor sich hertrugen, schrie Klaus bereits von der Tür her: „Wir haben die tauben Nüsse geknackt, der Fall ist reif für den Staatsanwalt und das Gericht."

„Prima", strahlte Johanna und schaltete das Handy wieder ab, ohne auf Sabines „Hallo" geantwortet zu haben. „Wir setzen uns am besten ins Besprechungszimmer."

„Einen Moment", bat Peter und verschwand zusammen mit Udo.

Die anderen wechselten inzwischen ins Besprechungszimmer über, und Markus zog sogleich sein Zigarilloetui heraus. Bevor er es öffnete, betrachtete er es liebevoll. „Sabine findet ein besticktes Etui für einen Mann ungewöhnlich. Was meinst denn du dazu?"

„Ungewöhnlich?", sinnierte Johanna. „Ich würde sogar außergewöhnlich dazu sagen. Aber könntest du bei Gelegenheit nicht den Verschluss reparieren? Der knallt so laut wie ein Pistolenschuss."

„Kommt überhaupt nicht in Frage. Gerade dieser Knalleffekt gefällt mir. Damit habe ich heute Morgen dem Stiglmeier bereits einen gewaltigen Schrecken eingejagt. Ich glaube, wenn er eine Waffe bei sich gehabt hätte", lachte er, „hätte er sie gezogen. - Außergewöhnlich sagtest du? Dann passt es auf alle Fälle zu mir, findest du nicht? Ich bin doch auch außergewöhnlich."

„Zuweilen sogar außergewöhnlich frech, deshalb hast du bei meinen Zwillingen auch so einen dicken Stein im Brett."

In diesem Augenblick ging die Tür auf, und Peter, der zwei Platten mit Kuchen und Schnittchen hereinstemmte, beendete die ›außergewöhnliche‹ Diskussion. „Die Reste vom gestrigen Geburtstag", verkündete er. „Meine Frau hatte den Appetit der jugendlichen Meute mal wieder überschätzt."

Hinter ihm erschien Udo mit Tellern, Tassen, Gläsern, Kaffee und Mineralwasser auf einem Tablett.

„Deine Frau sei gepriesen", frohlockte Klaus mit einem begehrlichen Blick auf die Schnittchen. „Wenn sie dich irgendwann satt hat und sich scheiden lassen will, sag mir bitte Bescheid."

„Obwohl sie rund fünfzehn Jahre älter ist als du?", wollte Udo Wessels interessiert wissen.

„Das macht mir nichts aus", antwortete Klaus nach einem weiteren Blick auf die Platten. „Man kann nicht alles im Leben haben, und Essen hält schließlich Leib und Seele zusammen. Außerdem sieht sie doch ganz proper aus."

„Schluss damit", fuhr Johanna dazwischen, bevor es noch intimer wurde. „Was kam nun bei den Verhören heraus? Fangt zunächst mit Kränzlein an."

Markus streifte die Asche von seinem Zigarillo und begann mit seinem Bericht. „Aus den Unterlagen, die wir in seiner Wohnung fanden, und anhand der Bankauskünfte wurde ersichtlich, dass Kränzlein sich in einer argen finanziellen Klemme befand. Bei der Bank hatte er bereits zwei Kredite aufgenommen, einen über zehntausend Euro und den anderen über fünfundzwanzigtausend Euro. Er muss alles verspielt haben, denn auf seinem Konto war nicht ein Euro Guthaben."

„Mit welchem Geld hat er denn dann gestern gespielt?", verwunderte sich die Hauptkommissarin.

„Uwe Suttner hätte es ihm geliehen, behauptete er. Diese Aussage wurde auch von Suttner bestätigt."

„Und jetzt?" Johanna konnte ihre Enttäuschung kaum bezwingen.

„Wir drehten beide daraufhin so gründlich durch die Mangel, dass ihnen Hören und Sehen verging, getrennt natürlich", schob Markus nach und grinste süffisant. „Kränzlein hatte tatsächlich die ganze WG verwanzt und wusste von den hundertfünfundzwanzigtausend Euro im Koffer der Professorin. Als diese das Haus noch einmal verließ, nutzte er die Gunst der Stunde und nahm angeblich fünfundzwanzigtausend Euro an sich. Danach radelte er zu seinem Freund Suttner und deponierte es dort. Suttner gab er fünfzehntausend Euro, die er sich von ihm geliehen hatte, und zehntausend steckte er für die Spielbank ein. Anschließend machten die beiden einen Spaziergang und führten Suttners Hund Gassi. Die restlichen hunderttausend fanden unsere Kollegen in Suttners Küche unter der Spüle im Putzeimer. Sie waren in einem stinkenden Putzlappen eingewickelt. Dämlicher ging es wirklich nicht mehr", knurrte er. „Unsere Kollegen hatten das Versteck bei der Wohnungsdurchsuchung in null Komma nichts aufgestöbert."

„Ebenso gut wäre aber auch folgende Möglichkeit denkbar", schlussfolgerte Johanna und klopfte nachdenklich mit dem Kugelschreiber gegen ihre Zähne. „Durch die Wanzen in den Wohnungen wusste Kränzlein über das Geld Bescheid. Als er zusammen mit Suttner den Hund ausführte, kamen sie an der auf der Bank sitzenden Professorin vorbei. Beide nahmen an, dass sie das Geld bei sich trug, und unternahmen den Versuch, sie wegen Steuerhinterziehung zu erpressen. Als dies misslang, brachten sie Frau Zech um und nahmen das Geld an sich." Grübelnd zwirbelte sie danach eine Haarsträhne um die Finger und fragte: „Sagt mal, passt der Hund eigentlich zu den Haaren, die auf der Kleidung des Opfers gefunden wurden?"

„Gert Hüber hat von dem Tier Haarproben genommen und ist ziemlich überzeugt davon. Das genaue Analyseergebnis wird er uns im Laufe des Tages noch geben", ließ nun Peter mit vollem Mund verlauten. Er schluckte den Bissen hinunter und setzte fort: „Die beiden schwören Stein und Bein, dass sie immer zusammengeblieben sind und die Professorin gar nicht gesehen haben."

„Und der Hund, wie sollen dann die Hundehaare auf die Kleidung des Opfers gelangt sein?", insistierte Johanna.

„Kränzlein behauptete, der Hund sei frei herumgelaufen. Er habe die Professorin auch gekannt und war ziemlich zutraulich. Tiere und besonders Hunde hätte sie gern gehabt, ganz im Gegensatz zu Menschen", erläuterte Peter. „Die zwei versicherten übrigens, bis gegen zweiundzwanzig Uhr zusammen gewesen zu sein. Dann radelte Kränzlein in die WG zurück, und kurz darauf seid ihr mit den Leuten von der Spurensicherung gekommen." Mit einem seiner Wurstfinger deutete er auf Markus und Klaus.

„Habt ihr an den Händen oder Unterarmen der beiden eigentlich Kratzer oder andere Spuren entdeckt, die vom Opfer stammen könnten?" Johanna dachte an die winzigen Blutspuren unter den Fingernägeln, die nicht mit der Blutgruppe des Opfers übereingestimmt hatten.

„Nur Kränzlein hatte Kratzer an den Händen", erwiderte Markus. „Er behauptete, sich diese beim Rosenschneiden zugezogen zu haben. Bei ihm werden wir auf alle Fälle eine Speichelprobe nehmen und eine DNA-Analyse veranlassen. Mir fällt erst jetzt auf, dass ich gestern zum ersten Mal seine Hände richtig sah, da er immer irgendwelche Handschuhe getragen hatte."

„Na gut", seufzte Johanna, „schade, dass wir den Mord nicht sofort nachweisen können und erst auf die DNA-Analyse warten müssen."

„Aber das ist doch nur noch eine Frage der Zeit", tröstete Peter sie mit Oberpfälzer Behäbigkeit. „Das sitzen wir auf einer Backe ab."

„Und nun zu Suttner", forderte sie Klaus und Udo auf.

„Das ist vielleicht ein mieses Schwein", begann Klaus sofort, herzhaft zu schimpfen. „Bei dem haben wir Ordner gefunden, aus denen hervorgeht, dass er vorzugsweise alte, allein stehende Frauen ausgenommen hat. Irgendwie war es ihm gelungen, an Bankvollmachten heranzukommen und die Konten abzuräumen. Eigentlich hat uns der alte Fürst darauf gebracht. Als der noch im Dienst war, hatte er einen ähnlichen Fall bearbeitet, in dem auch dieser Suttner verwickelt war. Leider konnten sie ihm damals nichts nachweisen und mussten ihn wieder laufen lassen. Deshalb konnte er ihn auch gestern nicht in unserer *Schönheitsgalerie* finden."

„Aber jetzt kann ihm einiges nachgewiesen werden", ertönte es fröhlich von der Tür her. Sabine schlenderte herein und ließ sich auf einen Stuhl fallen. „Dieser Mistkerl hat die arme Fini Schneider um sage und schreibe zwanzigtausend Euro erleichtert. Stellt euch mal diese Gemeinheit vor."

„Der hatte sich aber nicht nur an hilflose Alte herangemacht", vermeldete Udo Wessels mit hohler Stimme. „Seht mal, was wir bei ihm noch gefunden haben." Mit diesen Worten schlug er den Schnellhefter auf, der vor ihm auf dem Tisch lag. „Das sind Antworten von Frauen auf Kontaktanzeigen."

Klaus langte hurtig in den Schnellhefter und zog einen Bogen Papier hervor, auf dem Anzeigen aufgeklebt waren. „Hört mal, was der erst kürzlich in den Nürnberger Nachrichten, in der Nürnberger Zeitung, in der Abendzeitung und im Sonntagsblitz inseriert hat: ›Charmanter Oberpfälzer, 42 Jahre, sucht erotischen Kontakt zu Seniorinnen ab 60 bis 80 Jahre.‹ Wenn statt 42 Jahre 52 darin gestanden hätte, wäre mein Verdacht sofort auf dich gefallen, lieber Peter. Der Suttner kommt nämlich ursprünglich auch aus Neumarkt", setzte er genüsslich hinzu. „Diese Oberpfälzer haben es aber wirklich in sich."

„Blöder Sack", entgegnete Peter Starke und warf einen freundlichen Blick in die Runde. „Was kümmert es eine Oberpfälzer Eiche, wenn sich eine Nürnberger Wildsau an ihr kratzt."

Johanna fiel siedendheiß das Manuskript ein, und sie schloss zur Überraschung aller hastig die Dienstbesprechung. „Esst aber in Ruhe fertig, das habt ihr euch redlich verdient. Dann kümmert euch bitte um die Erlaubnis für die Speichelprobe und die DNA-Analyse und leitet Suttners Betrügereien an die Kollegen weiter. Ich muss noch einmal weg. Es wäre gut, Sabine, wenn du mich begleiten würdest."

Erst im Auto fand Johanna Zeit, ihre junge Kollegin über das Manuskript zu informieren. Während sie den Weg zum Plärrer einschlug und kurz darauf nach rechts abbog, bat sie Sabine, die Magisterarbeit auf der Seite des Eselsohrs aufzuschlagen.

Sabine vertiefte sich in den Text und blickte erst auf, als sie in der Bleichstraße vor dem WG-Gebäude hielten. „Das ist ja ein Ding", stieß sie überrascht hervor und klappte das Manuskript zu.

Johanna klingelte und antwortete auf die Frage aus der Sprechanlage mit „Hauptkommissarin Uhl, wir müssen dringend mit Frau Sennefeld sprechen."

Der Türöffner summte, und unter der Haustür erschien Charlotte Benz. Sie wartete, bis die Beamtinnen näher gekommen waren. Dann nahm sie ihr Pfeifchen aus dem Mund und fragte: „Hat Ingrid etwa was ausgefressen, oder warum wollen Sie zu ihr?"

„Wir müssen nur noch einmal einige Angaben überprüfen", hielt sich die Hauptkommissarin bedeckt. „Das ist übrigens Kommissarin Sabine Reil."

„Wir kennen uns bereits. Aber kommen Sie herein, ich bringe Sie zu Ingrid." Frau Benz trat zur Seite. Als Sabine an ihr vorbeiging, hielt sie sie am Arm fest. „Sagen Sie mal, Sie Küken, hätte es für Sie nicht einen geeigneteren Beruf gegeben als ausgerechnet die Mordkommission?"

„An was hätten Sie denn dabei gedacht?", wollte Sabine interessiert wissen, als sie im Aufzug standen und in das zweite Stockwerk hinauffuhren.

„Nun ja", murmelte Charlotte Benz und kratzte sich mit dem Mundstück der Pfeife an der Schläfe, „Tierpflegerin vielleicht."

„Nicht schlecht", antwortete an Sabines Stelle die Hauptkommissarin und lachte, „unter Löwen oder Bären hätte es dabei aber nicht sein dürfen. Meine junge Kollegin wollte nämlich einen aufregenden Beruf ergreifen."

„Wenn das so ist, dann sind Sie wohl doch an der richtigen Stelle." Charlotte musterte die junge Frau mit neu erwachtem Interesse.

Die Lifttür glitt zur Seite, und die drei Frauen traten auf den kleinen Flur.

Charlotte wies auf die rechte der beiden Türen. „Das ist Bertine Herbsts Wohnung, und hier wohnt Ingrid Sennefeld." Sie ging die wenigen Schritte auf die linke Tür zu und fragte: „Soll ich nicht lieber mitkommen? Ingrid geht es nämlich nicht gut, seit Ihre Beamten sie heute Nacht herausgeklingelt haben und der Notarzt kommen musste. Als dann auch noch die Leute kamen, die alle Wohnungen durchsuchten, hatte sie sich dermaßen erschrocken, dass sie außer ein wenig Tee und ein paar Bröselchen Zwieback bis jetzt noch nichts zu sich nehmen konnte."

„Lassen Sie nur", beschwichtigte sie Johanna, „wir werden zartfühlend sein."

„Gut, aber lassen Sie mich wenigstens einen Blick auf sie werfen." Ohne eine Erwiderung abzuwarten, öffnete sie die Tür und trat in den kleinen, düsteren Flur. „Ingrid, meine Liebe, wo bist du? Die Hauptkommissarin will mit dir sprechen." Keine Antwort war zu hören, und sie drang mit den Beamtinnen im Gefolge zum Wohnzimmer vor.

Ingrid Sennefeld kauerte hilflos wie ein Vogel mit gebrochenen Flügeln in einem Sessel der Sitzgruppe aus hellbraunem Veloursleder und hatte trotz der Wärme eine Decke um sich geschlagen. Sie wandte ihnen ihr leichenblasses Gesicht zu und schien um Jahre gealtert. Das sonst so sorgfältig hochgesteckte mahagonifarbene Haar hing in wirren Strähnen herunter. „Ich habe Sie bereits seit Stunden erwartet", flüsterte sie tonlos.

„Dann geh ich mal wieder", sagte Charlotte, „oder soll ich euch einen Tee machen?"

„Bitte bleib", bettelte Frau Sennefeld, „zu dir habe ich als Einzige Vertrauen, und du sollst alles wissen."

Charlotte warf einen fragenden Blick auf die Hauptkommissarin. Diese nickte zustimmend, und sie nahm auf der Couch in unmittelbarer Nähe ihrer WG-Gefährtin Platz.

Die Beamtinnen setzten sich ebenfalls, und Johanna zog das Manuskript heraus. Sie schlug die Seite mit dem Eselsohr auf und ließ Ingrid Sennefeld einen Blick darauf werfen. „Sie kennen das, nicht wahr?"

„Ja, und deshalb habe ich Conny umgebracht. Sie hatte mir gedroht, alles in der WG zu erzählen, und ich hatte Angst, hinausgeworfen zu werden."

Charlotte Benz starrte ihre Gefährtin mit offenem Mund entsetzt an. „Du hast Conny umgebracht? - Herrgott noch mal", stieß sie hervor und drehte sich zu den Beamtinnen um, „jetzt ist sie von all der Aufregung verrückt geworden."

„Leider nicht", erwiderte Johanna und wandte sich mit sanfter Stimme an Frau Sennefeld. „Wollen Sie uns nicht erzählen, was passierte? Vielleicht tut es Ihnen sogar gut, darüber zu sprechen."

„Ja, vielleicht." Ingrid Sennefeld zog ein zerknülltes Taschentuch unter der Decke hervor und schnäuzte sich die Nase. Dann begann sie mit leiser Stimme, die von Satz zu Satz kräftiger wurde, zu sprechen. „Sie müssen wissen, meine Familie stand der SED ziemlich nahe. Mein Vater und Erich Mielke waren Freunde gewesen. Die ganze Familie war überzeugt gewesen, dass es der damals noch jungen DDR unter dem Sozialismus gut gehen würde. Wir glaubten einfach daran", schluchzte sie. Energisch putzte sie sich die

Nase und fuhr fort: „An diesem 17. Juni, als ganz Ost-Berlin brodelte, ging ich die kurze Strecke vom Alexanderplatz zum Strausberger Platz, wo sich Tausende von Menschen versammelt hatten. Dort sah ich Walter Zadek, einen meiner Klassenkameraden, auf einem Tisch stehen. In die aufgebrachte Menge schrie er: ›Wir wollen nicht nur haben Brot, sondern wir schlagen die Russen tot.‹ Alle Umstehenden stimmten begeistert in diesen Satz ein und skandierten ihn immer und immer wieder. Dann brüllte er: ›Nieder mit Ulbricht, weg mit Mielke und seiner Mischpoke, wir fordern den Generalstreik und wollen freie Wahlen und die Wiedervereinigung.‹ Ich lief empört nach Hause und erzählte es meinem Vater. Danach nahm alles seinen Lauf. Walter wurde noch am selben Tag verhaftet und hingerichtet. Man hatte ihn erschossen. Er war wie ich neunzehn Jahre alt, und ich habe ihn denunziert.

Erst Jahre später wurde mir bewusst, wie sehr ich mich durch das Unrechtsregime hatte manipulieren lassen und wie Recht Walter hatte. Meine Familie zählte damals zu den so genannten Bonzen, und uns ging es weit besser als vielen anderen."

„Du grundgütiger Himmel", rief Charlotte, nachdem sie sich von ihrem ersten Schrecken erholt hatte, „das ist in der Tat eine böse Überraschung. Aber warum brachtest du denn Conny um?"

„Meine Schuldgefühle verfolgten mich schon seit ewigen Jahren. Die waren auch der Grund, dass ich gegen den Willen meiner Eltern noch vor dem Mauerbau Ostberlin verließ und in den Westen ging. Aber erst bei euch in der WG fühlte ich mich richtig zu Hause und wiegte mich in der Hoffnung, dass das niemals aufkommen würde."

„Aber was passierte nun an diesem Donnerstag wirklich?", wollte Sabine voll Ungeduld von der alten Dame in der Decke erfahren.

„Nun, ich trennte mich von den anderen, um meinen Schirm zu holen. Als ich an der Bank vorbeikam, auf der Constanze saß, rief ich ihr ›Hallo, Conny‹ zu. Sie sah von dem Manuskript auf und fragte, wohin ich ginge. ›Meinen Schirm holen‹, antwortete ich ihr wahrheitsgemäß. ›Gut, bis nachher‹, sagte sie darauf, ›ich muss dir etwas zeigen.‹ Als ich zurückkam, winkte sie mich zu sich heran und hielt mir diese Magisterarbeit unter die Nase. ›Diese Denunziantin Ingrid Sennefeld, die den jungen Walter Zadek in den Tod geschickt hat, bist doch du, nicht wahr?‹, fragte sie mich. Als ich erschrocken nickte, legte sie das Manuskript auf die Bank und fuhr unbarmherzig fort: ›Wenn das die WG erfährt, kannst du dein Bündel packen. Für Denunziantinnen, die andere in den Tod schicken, ist bei uns kein Platz.‹ Ich stand hinter ihr, als sie mir die aufgeschlagene Arbeit vor die Augen gehalten hatte. Panik und unermessliche Wut packten mich, als sie höhnisch zu lachen begann und sich an meiner Angst weidete. Ich ergriff die beiden Schalenden, die ihr über den Rücken hingen, schlang sie um meine Hände und zog und zog und zog."

Erschöpft schloss sie die Augen, schlug die Arme vor die Brust und wiegte mit dem Oberkörper unaufhörlich hin und her. Über ihren rechten Unterarm zogen sich blutunterlaufene Kratzer.

„Mein Gott", stöhnte Charlotte Benz auf und vergrub ihr Gesicht in den Händen. „Natürlich hätten wir wütend reagiert und dir das Leben zunächst zur Hölle gemacht, aber irgendwann hätte sich alles wieder eingerenkt."

„Daran konnte ich in diesem schrecklichen Moment einfach nicht glauben", flüsterte Ingrid Sennefeld kaum hörbar. „Erinnere dich, wie oft wir über Schuld und Vergebung diskutiert haben. Und hattet ihr nicht alle immer gesagt, Steuerhinterziehung und was sonst noch alles seien keine Schuld im wörtlichen Sinne? Echte Schuld habe der auf sich geladen, der wissentlich Leib und Leben anderer gefährdet. Und genau das tat ich. Ich wusste zwar zu diesem Zeitpunkt nicht, dass man ihn hinrichten würde, seine Gefährdung hatte ich aber in Kauf genommen. In meinen Augen war Walter Zadek ein Feind der DDR und damit auch meiner Familie gewesen. Dafür sollte er auch bestraft werden. - Aber doch nicht mit dem Tod", schluchzte sie. „Nein, das hatte ich nicht gewollt."

Behutsam griff Johanna nach der eiskalten Hand der alten Dame. „Wir müssen Sie festnehmen, Frau Sennefeld. Packen Sie bitte ein paar Sachen ein, die für Sie notwendig sind."

„Seit Donnerstag ist alles gepackt. Seitdem habe ich auf diesen Augenblick gewartet." Schwerfällig schälte sich Ingrid Sennefeld aus der Decke und stand auf. „Gieß bitte meine Pflanzen", bat sie Charlotte im Hinausgehen.

„Mach ich, darauf kannst du dich verlassen. Außerdem besorgen wir dir den besten Anwalt von Nürnberg, schließlich sind wir eine *Eine-für-alle-und-alle-für-eine-WG*, du dummes Huhn."

Charlotte begleitete sie bis zum Auto und rief ihrer Gefährtin zu: „Wenn du zurückkommst, werden wir das Problem von Schuld und Vergebung neu diskutieren. - Muss sie nun wirklich in Untersuchungshaft?", wollte sie danach von den Beamtinnen wissen. „Sie sehen doch selbst, wie schlecht es ihr geht. Außerdem besteht bei ihr keinerlei Flucht- oder Verdunkelungsgefahr."

„Wir werden sehen, was wir für sie tun können", versuchte Johanna, die alte Dame, die nervös auf ihrem kalten Pfeifchen herumkaute, zu beruhigen. „Der Staatsanwalt wird sie auf alle Fälle in Augenschein nehmen, und dem Ermittlungsrichter muss sie ebenfalls vorgeführt werden."

Charlottes Gesicht entspannte sich merklich. „Sagen Sie", fragte sie und hinderte Johanna daran, ins Auto zu steigen, „hätten Sie nicht Lust, zu uns in die WG zu ziehen, nachdem sich unsere Reihen so bedenklich gelichtet haben? Alle wären übrigens begeistert."

„Aber ich habe doch noch schulpflichtige Zwillinge."

„Für uns würde das kein Problem darstellen", lächelte Charlotte. „Damit wären wir eben eine Generationen übergreifende WG, und ihre Zwillinge bekämen auf einen Schlag fünf zusätzliche Großmütter. Im Augenblick vier", berichtigte sie sich und bückte sich zum Wagenfond hinunter, um Ingrids kalte Hand zu tätscheln. „Marie-Luise würde für Sie sogar ihr Penthouse räumen."

„Ich werde es mir überlegen." Johanna schob sich hinter das Steuer, und ihre Augen blitzten mutwillig. „Mit einer Kriminalbeamtin im Haus müsste sich die WG aber Steuerhinterziehung und andere kriminelle Machenschaften gründlich abschminken, richten Sie das Frau von Winneberg bitte aus."

„Man würde sehen", lächelte Charlotte durchtrieben und winkte ihrer Gefährtin nach, die zusammengekauert wie ein Häuflein Elend im Auto davongefahren wurde.

Siebenundzwanzigstes Kapitel

Die Nachricht von Ingrid Sennefelds Verhaftung schlug wie eine Bombe in die außerplanmäßige Dienstbesprechung ein, die die Hauptkommissarin kurzfristig anberaumt hatte, als sie Frau Sennefeld ins Präsidium gebracht und im Gegenzug Dr. Unger auf freien Fuß gesetzt hatten.

Markus, der die Verhältnisse in der WG hinreichend am eigenen Leib zu spüren bekommen hatte, schüttelte ein ums andere Mal den Kopf. „Ich glaube es einfach nicht", quetschte er zwischen den Zähnen hervor, während er sich ein Zigarillo anzündete, „eine Tat, die bereits so viele Jahrzehnte zurückliegt, soll der Anlass für den Mord gewesen sein. Zumal diese alten Frauen doch allerhand anderes auf dem Kerbholz haben."

„Sie haben eben ihren eigenen Ehrenkodex", vermutete Sabine und strich über den blauen Einband des Manuskripts. „Steuerhinterziehung und andere Delikte sahen sie als geringfügige Vergehen an. Die Denunzierung, die durch dieses Manuskript ans Licht kam, wäre dagegen wohl von allen sozial aufs strengste geächtet worden. Und diese Ächtung durch ihre WG-Gefährtinnen scheint Ingrid Sennefeld mehr als alles in der Welt gefürchtet zu haben. Nur so kann ich mir ihre Tat erklären. Immerhin war die WG ihr Lebensmittelpunkt."

„Schade, dass man sich seine Täter nicht aussuchen kann", knurrte Klaus Wiesner eingedenk seines Lieblingsverdächtigen verdrossen. „Diesem Henning Halbmeier hätten einige Jahre ohne große Ablenkung bestimmt gut getan. Vielleicht hätte er im Rahmen der Resozialisierung sogar eine anständige Ausbildung auf die Beine gebracht."

„Und ich hätte am liebsten diesem ekelhaften Stinktier von Horst-Rüdiger Zech Handschellen angelegt", seufzte Sabine aus vollem Herzen. „Mit Wonne hätte ich sie um seine feisten Handgelenke festgezurrt."

„Gebt euch doch zufrieden mit unserem Ermittlungserfolg", beschwichtigte Johanna die erregten Gemüter. „Immerhin haben wir diesem Suttner das Handwerk gelegt, und der Kränzlein wird wohl auch für einige Zeit hinter Schloss und Riegel verschwinden. Vielleicht hilft ihm dies sogar, von seiner Spielsucht loszukommen. Sicher hätte ich mir als Täterin auch nicht gerade die alte Ingrid Sennefeld gewünscht", fügte sie grübelnd hinzu. „Ob es nun vom Gericht als Mord oder als Totschlag gewertet wird, bleibt abzuwarten, und das muss sie durchstehen. Ich hoffe aber von Herzen, dass man Milde walten lässt."

„Willst du wirklich in diese WG einziehen?", fragte Sabine neugierig, als sie nebeneinander im Auto saßen, um ihre Sachen aus Johannas Haus zu holen.

Johanna trommelte nachdenklich mit den Fingernägeln auf das Steuerrad. „Wenn ich allein leben würde, vielleicht schon. Die Idee mit der WG finde ich nämlich bestechend, und diese Frauengruppe wirkt trotz ihrer kriminellen Machenschaften durchaus anziehend auf mich. Sie gebärden sich übrigens schlimmer, als sie tatsächlich sind, und schockieren andere allzu gerne."

Trotz Marlene Grubers Bitte, nichts davon zu erzählen, berichtete sie von den Tätigkeiten, die die WG-Frauen ehrenamtlich ausführten. „Langweilig würde es sicherlich nicht werden. Aber", sie warf einen kurzen Blick auf ihre junge Kollegin, „kannst du dir die Reaktion meiner Zwillinge auf diesen Vorschlag vorstellen?"

„In Bild und Ton", lachte Sabine, „ich sehe sie geradezu plastisch vor mir." Und in einem Ton, der dem der Zwillinge zum Verwechseln glich, jammerte sie: „Aber Mama, das kann doch nicht dein Ernst sein, dass wir mit diesen alten Spinatwachteln in einer WG zusammenwohnen sollen. Die ganze Schule würde sich über uns schlapp lachen."

„Genau so", bestätigte Johanna die gelungene Parodie, „und damit ist das Thema selbstverständlich vom Tisch. Ich bin neugierig, was sie gerade machen", fügte sie hinzu, als sie vor ihrem Haus hielt. „Um diese Zeit komme ich nämlich selten nach Hause."

„Wie wäre es mit Zuckerstange?", hörten sie Birgits Stimme vorschlagen, als sie den Hausflur betraten.

„Ach nein, dann lieber Liebstöckel", setzte Beates Stimme dagegen.

„Offensichtlich sind sie wieder beim Kochen", wisperte Johanna vergnügt. „Ich bin schon gespannt, was sie diesmal zusammengebraut haben. Kochen können sie, das muss ihnen der Neid lassen."

Mit einem fröhlichen „Hallo, da sind wir wieder" traten die beiden Beamtinnen ins Wohnzimmer, und Birgit und Beate fuhren entsetzt von den Esszimmerstühlen hoch.

„Müsst ihr so hereinschleichen und uns erschrecken?", schimpfte Beate.

„Davon kann man geradewegs einen Herzschlag kriegen", grollte Birgit und bückte sich nach dem Bleistift, der ihr vor Schreck aus der Hand gefallen war.

Ihre Mutter prüfte schnuppernd die Luft und fragte enttäuscht, als ihr kein würziges Aroma in die Nase stieg: „Ich dachte, ihr seid beim Kochen?"

„Kochen?!" Entgeistert starrten sie die Zwillinge an. „Wieso Kochen?"

„Ich dachte, ich hätte was von Zuckerstange und Liebstöckel gehört, obwohl mir die Kombination dieser Zutaten reichlich gewagt vorkommt."

„Ach das", feixte Birgit und verpasste ihrer Schwester einen herzhaften Rippenstoß, „das hat mit Kochen nichts zu tun."

„Wir helfen nur unseren Klassenkameraden ein wenig", übernahm nun Beate die Fortsetzung der Erklärung. „Seit ein paar Tagen sind die nämlich ständig damit beschäftigt, sich für ihr *bestes Stück* einen geeigneten Namen auszudenken. Und dabei fallen denen nur dämliche oder fürchterlich ordinäre Sachen ein. Willst du mal eine Kostprobe hören?"

„Auf keinen Fall", wehrte ihre Mutter ab. „Was halten denn eure Kumpels für ihr bestes Stück?"

„Na, du weißt schon", druckste Birgit peinlich berührt herum.

„Würdet ihr das, was ihr als dementsprechendes Organ am Körper habt, auch als euer bestes Stück bezeichnen?", fragte nun Sabine scheinheilig.

„Niemals", fuhren beide entrüstet auf, „so ein Schwachsinn." Birgit tippte sich nachdrücklich an die Stirn. „Mein bestes Stück wäre hier."

„Und warum sagt ihr das nicht einfach euren Kumpels, statt euch idiotische Namen wie Zuckerstange und Liebstöckel auszudenken", schlug ihre Mutter mit samtiger Stimme vor und zauste die langen Haare der Mädchen.

„Probieren könnten wir es ja", meinte Birgit, die zunehmend Gefallen an dieser Idee fand.

„Genau, das machen wir", entschied Beate resolut.

„Und ich lade euch jetzt zu einem fürstlichen Essen ein", verkündete Johanna in die Runde, „unser Professorenfall ist nämlich gelöst, und das muss ausgiebig gefeiert werden. Du kommst selbstverständlich mit", wandte sie sich als fürsorgliche Bärenführerin an Sabine, „am Rückweg setzen wir dich in deiner Wohnung ab. Den anderen aus unserer Rosenau-Ermittlungsgruppe werde ich ebenfalls Bescheid geben und natürlich Marlene Gruber und dem alten Fürst."

„Max musst du aber auch einladen", mahnte Birgit. „Immerhin hat er dir diesen schönen Wunschring geschenkt."

„So einen möchten wir übrigens auch", mischte sich nun Beate ein. „Vielleicht kann man damit sogar ein paar Lehrer zum Teufel wünschen."

Nachdenklich musterte Johanna ihre Töchter und drehte dabei an dem feinen Goldreif. „Meiner Ansicht nach haben einige Lehrer den Ring eher verdient als ihr. Sicherlich würden auch sie liebend gerne ein paar Schüler und Schülerinnen zum Teufel wünschen." Bei dem Wort ›Schülerinnen‹ wanderte ihr Zeigefinger unmissverständlich zwischen den beiden Mädchen hin und her. „Und selbstverständlich ist Max mit von der Partie."

Liebe Leserin und lieber Leser

Sollten Sie den Wunsch verspüren, an einer Veranstaltungsreihe des *NIBF* teilnehmen zu wollen, werden Sie enttäuscht sein. Dieses Institut gibt es leider nicht.

Ebenso müßig ist es, nach den Professorinnen und Professoren Ausschau zu halten. Sie sind allesamt erfunden. Die Nichtexistenz der Frau Professor Becker mit ihrer Vorliebe für ungewöhnliche Kleidung und außergewöhnliche Ansichten ist dabei jedoch ernsthaft zu bedauern.

Die Existenz der munteren Seniorinnen-WG ist dagegen verbürgt. Sie wurde nur in eine andere Straße verlegt, damit ihr nicht die Tür von den vielen alten Damen eingerannt wird, die bereits auf ihren gepackten Koffern sitzen und nur darauf warten, in die nach dem Mord freigewordene Wohnung einzuziehen.

Marlene Gruber verschwendet für ihren Teil keinen Gedanken ans Kofferpacken. Nach wie vor durchstreift sie tagtäglich die Stadt und pirscht sich an ihre Opfer heran.

Seien Sie auf der Hut, wenn Sie in einem der Nürnberger Straßencafés sitzen und Marlene Sie artig fragt, ob der Stuhl neben Ihnen noch frei sei. Wetten, dass Sie dem bittenden Blick aus den schwarzen Augen der harmlosen alten Dame nicht widerstehen können? Damit ist es aber auch schon passiert, und Sie erliegen Marlenes Charme, der Sie zum Erzählen anstachelt. Ohne Unterlass werden Sie erzählen und erzählen. Sollten Sie sich dabei jedoch als eine dem Glücksspiel zugeneigte Person erweisen, dann gnade Ihnen Gott. Während sie Ihnen wissbegierig lauscht und aufmunternd Ihren Arm tätschelt, damit der Redefluss nicht versiegt, strickt sie bereits an ihrem nächsten Groschenroman.

Ihre Lebensgeschichte, in der Sie höchstwahrscheinlich eine niederschmetternde Rolle spielen werden, können Sie einige Wochen nach dieser unseligen Begegnung an jedem Kiosk kaufen.

Lena Bloom

Rosen in Sankt Johannis

Kriminalromane bei Fouqué ISBN 3-8267-5105-1

"Warum eigentlich ist nicht schon vorher jemand darauf gekommen? Der Johannis-Friedhof mit seinen Jahrhunderte alten, steinernen Liegegräbern, mit den prunkvollen Bronzegussplatten darauf, den sogenannten Epitaphien, mit der Johannis-Kirche und der Holzschuher-Kapelle ist der ideale Schauplatz für einen Kriminalroman. Zur Handlung: An einem Septembermorgen entdeckt eine alte Dame neben dem Grab der Patrizierfamilie Paumgartner einen kauernden Mann. Aus seiner Stirn ragt ein riesiger Nagel - so wie aus dem Totenschädel unter dem Epitaph des Paumgartner-Grabs. Eine makabre Inszenierung, deren Hintergründe Hauptkommissarin Johanna Uhl herausfinden will. Diese Suche wird nicht leicht, besonders, als die erschreckenden Vorlieben des Opfers zu Tage gefördert werden ..."
(Bayerischer Rundfunk)

"Der historische Nürnberger Friedhof ist Schauplatz eines spannenden Krimis von Lena Bloom."
(Nürnberger Nachrichten)

"...»Rosen in St. Johannis« von Lena Bloom ist spannend bis zum Schluss, die Auflösung des Falls überraschend ..."
(Das Fenster, Athens, Georgia, USA)

"Hinter dem klangvollen Namen Lena Bloom verbirgt sich eine promovierte Erziehungswissenschaftlerin und Soziologin ... Sie möchte mit ihrem Kriminalroman Menschen anregen, die beschriebenen Stätten kennenzulernen, oder wenn es sich mehr um das einheimische Publikum handelt, wiederzuentdecken ...
Auf der Buchmesse in New York wurde der Nürnberg-Krimi, der beileibe kein Heimatstück ist, ebenfalls schon vorgestellt."
(Nürnberger Zeitung)